DROEMER

ANDERS
DE LA MOTTE

# BLUT EICHE

KRIMINALROMAN

Aus dem Schwedischen von
Marie-Sophie Kasten

DROEMER

Die schwedische Originalausgabe erschien 2020 unter dem Titel
»Våroffer« bei Forum, Stockholm.

**Besuchen Sie uns im Internet:**
**www.droemer.de**

Aus Verantwortung für die Umwelt hat sich die Verlagsgruppe
Droemer Knaur zu einer nachhaltigen Buchproduktion verpflichtet.
Der bewusste Umgang mit unseren Ressourcen, der Schutz unseres Klimas
und der Natur gehören zu unseren obersten Unternehmenszielen.
Gemeinsam mit unseren Partnern und Lieferanten setzen wir uns
für eine klimaneutrale Buchproduktion ein, die den Erwerb von
Klimazertifikaten zur Kompensation des $CO_2$-Ausstoßes einschließt.
Weitere Informationen finden Sie unter: www.klimaneutralerverlag.de

FSC® www.fsc.org
MIX
Papier aus verantwortungsvollen Quellen
FSC® C083411

Deutsche Erstausgabe April 2021
Droemer Taschenbuch

Covergestaltung: HildenDesign, München
Coverabbildung: HildenDesign unter
Verwendung mehrerer Fotos von Shutterstock.com
Satz: Adobe InDesign im Verlag
Druck und Bindung: CPI books GmbH, Leck
ISBN 978-3-426-30743-4

2 4 5 3 1

*Für meine Leserinnen und Leser,*
*weil ich dank euch den schönsten Job der Welt habe.*

April ist der übelste Monat von allen, treibt
Flieder aus der toten Erde, mischt
Erinnerung mit Lust, schreckt
Spröde Wurzeln auf mit Frühlingsregen.

Aus *Das öde Land* von T. S. Eliot

# PROLOG

## *19. MAI 1986*

Sobald Klein-Stefan in das Sumpfgebiet fuhr, musste er an das tote Mädchen denken. Er konnte einfach nicht anders. Die Gerüchteküche, die schon am Morgen des ersten Maitages in Gang gesetzt worden war, hatte in den letzten Wochen für einige Aufregung in der Gegend gesorgt und seinen Kopf mit entsetzlichen Bildern gefüllt, gegen die er sich nicht wehren konnte.

Ihr lebloser Körper auf dem Opferblock mitten im Steinkreis. Das weiße Kleid, die offenen Haare. Die über der Brust gekreuzten Hände mit den zwei Hirschgeweihen zwischen den steifen Fingern. Das einst so schöne Gesicht von einem blutigen Tuch bedeckt, als ob derjenige, der sie getötet hatte, ihr hinterher nicht in die Augen schauen wollte.

Die meisten Bewohner von Tornaby waren sich schon absolut sicher darin, wer sie ermordet hatte und dass das Ganze eine scheußliche, aber einfache Geschichte war. Eine Familientragödie. Aber es gab auch einige, die hinter vorgehaltener Hand behaupteten, dass sich in der Walpurgisnacht, am dreißigsten April, in Wirklichkeit etwas ganz anderes zugetragen hatte. Dass es vielleicht der Grüne Mann leibhaftig war, der sich sein Frühlingsopfer geholt hatte.

Obwohl er lange Zeit an Spukgeschichten geglaubt hatte, bekam Klein-Stefan eine Gänsehaut. Sumpfwald umschloss den schmalen Schotterweg und schlug mit seinen langen, grünen Fingern gegen den Autolack. Von allen Ländereien, die zum Schloss gehörten, mochte er den Sumpf am wenigsten. Er verabscheute die Feuchtigkeit dort, den Verwesungsgeruch und den wassergetränkten Untergrund, der dich in einem Moment trug, um im nächsten deine Stiefel so tief in den Schlamm zu ziehen, dass selbst ein erwachsener Mann Mühe hatte, alleine wieder herauszukommen. *Der Sumpf ist das Reich des Grünen Mannes*, beschwor sein Großvater immer. *Die Menschen tun gut daran, sich von dort fernzuhalten*. Der abergläubische alte Griesgram hatte wohl nicht ganz unrecht.

Der Schotterweg, dem Klein-Stefan folgte, führte tief in den Sumpf hinein nach Svartgården, dem Hof, auf dem das tote Mädchen gewohnt hatte. Vor etwa einem Monat hatte er sie noch zur Bushaltestelle mitgenommen. Sie hatte hier im Pick-up gesessen, auf dem Beifahrersitz, direkt neben ihm. Sie hatte nicht sehr viel gesagt, schien in Gedanken versunken. Klein-Stefan hatte sie heimlich beobachtet, ihre Bewegungen verfolgt, ihr Gesicht betrachtet. Und plötzlich hatte ihn ein Gefühl überkommen, das er sich damals nicht richtig erklären konnte.

Er war verheiratet, hatte zwei kleine Töchter, Haus, Auto und einen guten Job, alles Dinge, die er normalerweise schätzte, die aber in diesem Moment, als er neben diesem schönen Mädchen saß, auf einmal erdrückend wirkten. Sein Leben war bereits abgesteckt: eine lange, vorhersehbare Reise, ohne einen Hauch des Verlockenden und Verbotenen, das von dem Mädchen ausging, ja, wonach sie sogar roch. Süß und säuerlich wie frisch ausgetriebener Flieder. Ein Duft, der Sehnsucht weckte. Begehren.

Als sie einmal weggeschaut hatte, war er kurz davor gewesen, seine Hand auszustrecken und ihren Arm zu streicheln. Als könnte er mit einer leichten Berührung an all dem teilhaben, was ihm entging. Im letzten Moment hatte er sich zurückgehalten, aber das Gefühl, etwas verloren zu haben, hatte ihn noch mehrere Tage lang begleitet.

Der Schotterweg wurde schlechter, je weiter er in den Sumpf hineinfuhr, und Klein-Stefan tat sein Bestes, um den tiefsten Schlaglöchern auszuweichen. Lasse Svart sollte die Straße instand halten, so war es im Pachtvertrag vermerkt, aber das war ihm natürlich vollkommen egal. Lasse hatte sich jahrelang darauf verlassen können, dass der Graf niemals einen anderen Pächter finden würde, dass keiner an ein paar Dutzend Hektar feuchten Sumpfwalds interessiert wäre, und er deshalb auf Svartgården im Prinzip tun und lassen konnte, was er wollte. Er hatte dort sein eigenes kleines Königreich, in sicherer Entfernung von Gesetzen, Vorschriften und neugierigen Blicken.

Aber das war vor der Walpurgisnacht gewesen. Bevor Lasse Svarts sechzehnjährige Tochter erschlagen auf dem Opferstein gefunden worden war, der Boden um sie herum voller Hufabdrücke.

*In der Walpurgisnacht ist der Grat zwischen Leben und Tod am schmalsten. Alles ist in Bewegung, die Natur ist hungrig, und der Grüne Mann reitet durch die Wälder.*

Er unterdrückte ein erneutes Schaudern.

Der Wald öffnete sich, und er fuhr auf den lehmigen Vorplatz von Svarts Hof. Drei heruntergekommene Gebäude standen geduckt unter den Bäumen in der Dunkelheit, als versuchten sie sich zu verstecken. Zwischen den Brennnesseln lagen verrostete Landwirtschaftsgeräte.

Er hatte Svartgården schon einige Male besucht, meist in Begleitung des Schlossverwalters, Erik Nyberg, und jedes Mal war ihnen ein Rudel kläffender Terrier entgegengesprungen, noch bevor er den Wagen geparkt hatte. Jetzt waren keine Hunde zu sehen. Alles war still und leer. Nicht einmal die Vögel machten auf sich aufmerksam, obwohl es ein Frühlingsmorgen war. Stattdessen lag eine seltsame, bedrückende Ruhe über dem Hof.

Klein-Stefan blieb einen Moment neben dem Wagen stehen und schob sich eine Prise Snus unter die Lippe, während er darauf wartete, dass Lasse oder eine seiner Frauen den Kopf aus dem Wohnhaus steckten und wissen wollten, was zum Teufel er hier zu suchen hatte. Aber alles blieb dunkel und still. Lasses roter Pick-up war weg, er stand weder auf dem Hof noch im Fahrzeugschuppen, und der alte, klapprige Ford, mit dem die Frauen normalerweise herumfuhren, war auch nicht zu sehen. Er schaute auf die Uhr. Halb acht Uhr morgens. Wer war denn so früh schon unterwegs?

Aus den Augenwinkeln nahm er eine Bewegung wahr. Ein kleiner Hund schaute an der Schmiede um die Ecke. Er war noch ganz jung, kaum mehr als ein Welpe.

»Komm her!«, rief Klein-Stefan, ohne richtig zu wissen, warum.

Der Hund machte ein paar vorsichtige Schritte nach vorne, hielt

Kopf und Körper dabei gesenkt und klemmte den Schwanz ängstlich zwischen die Beine. Dann blieb er plötzlich stehen und erstarrte, als ob er etwas gehört hätte.

Klein-Stefan drehte den Kopf, aber das Wohnhaus sah noch immer dunkel und still aus. Als er sich wieder dem Hund zuwandte, war dieser verschwunden.

Auf halber Treppe zum Wohnhaus hinauf bemerkte er, dass die Haustür nur angelehnt war. Er blieb auf der Betonstufe stehen und wusste nicht genau, was er tun sollte. An der Wand neben der Tür hing eine etwa fünfzig Zentimeter große Figur, die aus grünen Zweigen geflochten war. Sein Großvater hatte auch jedes Jahr so eine Figur gemacht und an die Haustür gehängt.

*Damit der Grüne Mann heute Nacht weiterreitet und nicht an unserem Haus stehen bleibt.*

»Hallo! Ist jemand zu Hause?«

Die Worte prallten von den Hauswänden ab und kehrten als verzerrtes Echo wieder. Als ob die Stimme jemand anderem gehörte, jemandem, der ihn aus der Dunkelheit und dem grünen Dickicht heraus beobachtete, ihn nachäffte und sich einen Spaß mit ihm erlaubte.

Klein-Stefan schielte zu der unheimlichen Figur aus Zweigen, und einen Moment lang war er kurz davor, die Treppe wieder hinunterzusteigen, sich in seinen Wagen zu setzen und wegzufahren. Er könnte Erik Nyberg sagen, dass niemand zu Hause gewesen wäre und die Ablesung des verdammten Wasserzählers warten musste. Aber er war ein erwachsener Mann, der seine Arbeit zu erledigen hatte, und kein kleiner Bub mehr, der sich vor Spukgeschichten fürchtete.

Er klopfte an die Tür.

»Hallo!«, rief er noch einmal. »Ist jemand zu Hause? Hier ist Klein-Stefan, vom Schloss.«

Keine Antwort.

Die Stille, die vom Haus ausging, verstärkte sein Unbehagen, er begann zu schwitzen, sein Hemd klebte ihm am Rücken. Er holte tief Luft, klopfte noch einmal, stärker jetzt. Dann öffnete er die Tür ganz und betrat den Flur. Das Haus roch seltsam. Er vernahm einen muffigen, tierischen Geruch, den er nicht richtig einordnen konnte.

»Hallo?«

Er schaute in die Küche. Auf dem Küchentisch standen benutzte Teller, Gläser und Besteck von drei Personen. Ein paar Fliegen schwirrten um die Essensreste. Hinter dem Tisch war einer der Stühle umgefallen. Klein-Stefan drehte sich um. Durch die Türöffnung auf der anderen Seite des Flurs sah er ein ordentlich gemachtes Bett.

»Hallo!«, rief er, diesmal in Richtung Obergeschoss.

Noch immer keine Antwort. Sein Unbehagen wuchs, aber er riss sich zusammen und stieg die steile Treppe hinauf. Die Stufen knarrten unter seinen Stiefeln.

Das obere Stockwerk lag im Dunkeln. Links gab es ein Schlafzimmer mit einem Doppelbett, genauso ordentlich gemacht wie das im Untergeschoss. Die Tür auf der rechten Seite war geschlossen. Es dauerte ein paar Sekunden, bis er erkannte, dass sie nicht einfarbig grün, wie er zunächst gedacht hatte, sondern von einem sorgfältig gemalten Blätterwerk überzogen war. Fast wie ein Kunstwerk.

*Elitas Zimmer* hatte jemand in schönen, verschlungenen Buchstaben in Augenhöhe daraufgeschrieben.

Hier drin hatte sie gewohnt. Hier hatte sie gelebt.

Elita Svart. Das Frühlingsopfer.

Klein-Stefan legte die Hand auf die Türklinke, glaubte seinen Herzschlag durch die Räume hallen zu hören. Er war auf dem Weg, etwas Verbotenes zu tun, in eine Welt einzudringen, zu der er eigentlich keinen Zutritt hatte. Ein ungebetener Gast, ein Eindringling.

Da bemerkte er einen zweiten Text auf der Tür. Kleine, verzerrte Buchstaben, die sich fast mit dem Blätterbild vermischten, aber immer deutlicher hervortraten, je mehr sich seine Augen an die Dunkelheit gewöhnten.

*Die Natur ist hungrig, der Grüne Mann reitet durch die Wälder.*

Zugleich entdeckte er noch etwas: Verborgen zwischen dem gemalten Blattwerk befand sich ein großes, unheimliches Männergesicht.

Die Einsicht durchzuckte ihn schlagartig, und es überlief ihn eiskalt. Er wusste nicht, warum, aber das Gefühl war so stark, dass sich seine Nackenhaare aufrichteten. In diesem Haus war etwas passiert. Etwas Schlimmes, das Lasse Svart und seine Frauen dazu gebracht hatte, mitten beim Abendessen aufzuspringen, zu ihren Autos zu rennen und in die Nacht hinauszufahren. Etwas, das mit einem toten sechzehnjährigen Mädchen auf einem kalten Stein zu tun hatte und mit einem geisterhaften Reiter, der durch den Wald galoppierte.

Klein-Stefan ließ den Türgriff los und sprang in drei Sätzen die Treppe hinunter. Dann stürzte er durch den Flur zur Außentreppe und zu seinem Wagen.

Eilig startete er den Motor, legte einen Blitzstart hin und schaute erst in den Rückspiegel, als er sich ganz sicher sein konnte, Svartgården tief im Wald hinter sich gelassen zu haben.

# 1

»Hallo, Margaux, hier ist Thea. Tut mir leid, dass ich schon länger nicht mehr angerufen habe. Ich war viel mit dem Umzug beschäftigt. Aber jetzt sind David und ich in Schonen angekommen. Unser neues Leben kann beginnen, eine neue, glücklichere Geschichte als die alte. Zumindest hoffen wir das beide.«

Die Drohnenkamera macht als Erstes eine Nahaufnahme des Schlossportals und der feudalen Steintreppe. Dann vergrößert sie langsam den Ausschnitt, bis das gesamte Schloss im Bild zu sehen ist. Es besteht aus einer großen Mittelpartie und zwei angehängten Flügeln, die das Gebäude von oben wie ein lang gezogenes H aussehen lassen.

Man sieht die weiße, frisch verputzte Fassade, das grüne Kupferdach, das Kutscherhaus und die Stallungen, die etwas weiter rechts liegen, hinter dem Ostflügel, und den Burggraben jenseits des Westflügels. Dann hört man die Stimme des Sprechers.

*Schloss Bokelund befindet sich in circa vier Kilometern Entfernung von der kleinen Gemeinde Tornaby in der Kommune Ljungslöv, welche im nordwestlichen Teil der Provinz Schonen liegt, unweit vom Südende des Nationalparks Söderåsen. Das Schloss gehört zu den ältesten in Schonen, seine Geschichte reicht bis ins vierzehnte Jahrhundert zurück. Das jetzige Hauptgebäude im französischen Renaissancestil wurde um 1880 errichtet, aber Reste der alten Burg lassen sich noch im Keller erahnen, wo ein Kerkerloch erhalten geblieben ist.*

Das Letzte ist ein wenig überspitzt formuliert. Tatsächlich weiß niemand so genau, wofür das kleine Gewölbe im Keller verwendet wurde. Aber David hat recht, dass ein Kerker deutlich besser klingt als ein Vorratskeller, das muss Thea zugeben.

Die Drohnenkamera zoomt noch wenig weiter hinaus, sodass der moosgrüne Burggraben, der die Schlossinsel umschließt, sichtbar wird. Außerdem die Allee, die im Süden das Schloss mit der Hauptstraße verbindet, und die schmale Steinbrücke, die im Norden in den Schlosswald hinüberführt. Im Osten lässt sich der Sumpf erspähen.

*Schloss Bokelund liegt auf einer Insel, umgeben von einem Burggraben, der erschaffen wurde, als man im siebzehnten Jahrhundert das Wasser des nahe liegenden Sumpfgebiets umleitete. Der Sumpf von Tornaby, eines der größten Feuchtgebiete Schonens, gehört mit seiner reichen Pflanzen- und Tierwelt zu den Natura-2000-Schutzzonen.*

Schnitt zu Hirschen im Gegenlicht, Farn, Moos, einer Libelle, die über einem stillstehenden Gewässer tanzt, einer Schar Gänse, die über den blauen Himmel zieht.

Zurück zur Drohne. Eine neue Kamerafahrt, diesmal von oben nach unten, in entgegengesetzter Richtung der ersten Aufnahme, sodass man schließlich auf dem großen Absatz der Schlosstreppe landet, wo Thea und David gerade stehen.

*Seit 1996 befindet sich das Schloss im Besitz der Bokelund Stiftung. Diese wurde von Graf Rudolf Gordon gegründet, dem letzten Privateigentümer des Schlosses. Die Bokelund Stiftung ist in ihrer Art einzigartig, ihr Zweck besteht in der Förderung der Gemeinde Tornaby sowie ihrer Bewohner. Die Stiftung finanziert unter anderem eine Buslinie sowie eine Bezirksarztstelle und vergibt Stipendien. Außerdem hat man kürzlich das Schloss renoviert und im alten Glanz wiederhergestellt.*

Der Filmabschnitt endet.

»Was hältst du davon?« David sieht eifrig, aber auch nervös aus. »Das Interview, das wir gleich machen, wird direkt dahinter eingefügt.«

»Schön«, erwidert Thea und bereut die Wortwahl sofort, als sie Davids Grimasse sieht. »Professionell«, fügt sie hinzu. »Sehr professionell.«

David schaut zufriedener drein. Er klappt das Laptop zu und legt es auf die Steinbalustrade.

»Ich habe den Film gerade vom Produzenten bekommen.« Er zeigt auf einen kleinen Mann mit Baseballkappe, der ein Stück entfernt steht und mit dem Kameramann und dem Tontechniker diskutiert. »Ein paar Feinheiten werden noch geändert, und die Musik fehlt, aber das machen sie nach dem Interview. Ich glaube, das wird richtig gut. Hoffentlich hält das Wetter.«

Er wirft einen beunruhigten Blick in den Himmel. Dafür, dass es erst Mitte April ist, ist es ziemlich warm, die Frühlingssonne scheint, aber ein grauer Streifen breitet sich langsam am Horizont aus.

»Das muss einfach perfekt werden«, murmelt David, vermutlich mehr zu sich selbst als zu ihr.

Thea legt ihre Hand auf seinen Arm.

»Das wird es auch, bleib ganz ruhig.«

David nickt, zwingt sich zu einem schiefen Lächeln. Er trägt eine kreideweiße Kochuniform. Der schon leicht graue Bart entlang der Kieferknochen ist ordentlich getrimmt und das blonde Haar nach hinten gekämmt.

Eine Frau mit einer Schminktasche am Gürtel kommt auf sie zu.

»Hallo. Ich würde gern Ihre Stirn ein wenig pudern.«

»Ja, natürlich.«

Die Visagistin ist um die dreißig und damit sicher fünfzehn Jahre jünger als Thea und David. Außerdem ist sie ziemlich attraktiv. Bis vor Kurzem hätte David jetzt schon seine große Charmeoffensive gestartet und dieses selbstsichere Lächeln gezeigt, gegen das man sich nur schwer wehren konnte. Aber David ist nicht er selbst. Immer wieder kaut er an seinem Daumennagel herum, die Fingerspitze ist schon ganz rot, und die Visagistin muss kämpfen, um die Schweißperlen auf seiner Stirn zu verdecken.

Sie wendet sich an Thea.

»Sind Sie auch dabei?«

»Nein«, unterbricht David. »Meine Frau ist ein bisschen schüchtern.«

Er zwinkert Thea zu, will damit wohl zeigen, dass alles in Ordnung und die Diskussion beendet ist und er respektiert, dass sie nicht ins Fernsehen will. Aber Thea weiß, dass das nicht stimmt.

»David, kannst du kurz herkommen?«, ruft der Produzent.

Thea zieht sich ein Stück zurück. Am liebsten würde sie die Treppe hinunterschleichen und nach Hause ins Kutscherhaus verschwinden, um sich so weit entfernt von der Kamera wie möglich aufzuhalten. Aber die Fernsehreportage ist eine große Sache für das Schloss, und sie muss zumindest da sein und Interesse zeigen.

»Wie geht es voran?«, fragt eine Stimme schräg hinter ihr.

»Gut.« Thea versucht, ihre Überraschung zu verbergen. Davids Mutter hat trotz ihrer Größe ein ungewöhnliches Talent dafür, sich anzuschleichen. Ingrid ist etwas über eins fünfundsiebzig und damit gut zehn Zentimeter größer als Thea. Sie hat einen geraden Rücken und breite Schultern, an ihr ist nichts zusammengesunken, wie man es oft bei Leuten im Rentenalter sieht. Das stahlgraue Haar ist kurz geschnitten, der Blick hinter der Brille scharf.

»Das Wetter scheint zu halten. Das ist sehr gut.«

Thea nickt zur Antwort.

»Wann kommt Doktor Andersson morgen?« Ingrid wechselt rasch das Thema, das ist typisch für sie.

»Um neun«, antwortet Thea, obwohl sie sich sicher ist, dass Ingrid über ihren Terminplan schon genau Bescheid weiß.

»Und dann wird sie dich hier herumführen, dir die Praxisräume zeigen und erklären, wie alles funktioniert.«

Feststellungen, keine Fragen.

»Mhm.«

»Sigbritt Andersson ist eine ausgezeichnete Bezirksärztin«, fährt die Schwiegermutter fort. »Sie hat Tornaby viel bedeutet.«

Thea wartet auf das Aber, das in der Luft hängt. Und wie auf Bestellung kommt es auch.

»Aber Sigbritt war von Natur aus immer ziemlich neugierig, schon als sie klein war. Bei ihr muss man immer ein bisschen aufpassen, was man sagt, wenn du verstehst, was ich meine. Vor allem, wenn es um Privates geht.«

Ingrid schweigt exakt lange genug, um wieder abrupt das Thema wechseln zu können.

»Du hast deine Medikamente abgesetzt, habe ich gehört. Schön, dass du auf dem Weg der Besserung bist.«

Thea sagt nichts, bedankt sich innerlich bei David für diesen kleinen Übergriff.

»David und du, ihr braucht einander.« Ingrid deutet mit einem Nicken auf ihren Sohn, der mit dem Produzenten und dem Reporter spricht, der ihn interviewen soll. »Ihr braucht die Möglichkeit, euch zu erholen. Von allem wegzukommen, was passiert ist.« Sie nickt noch einmal, wie um das Gesagte zu bekräftigen. »Ich kümmere mich übrigens gerade um die Gästeliste für das Testessen. Wie schade, dass deine Eltern nicht mehr unter uns sind.«

Das neue Gesprächsthema wirkt unschuldig, aber bei Ingrid weiß man nie genau.

»Ja«, antwortet Thea. Die Lüge ist gut einstudiert und fühlt sich nicht einmal mehr unwahr an.

Ingrid berührt sie am Arm.

»Du sollst wissen, dass du für Bertil und mich wie eine eigene Tochter bist.«

Das zu hören überrascht Thea, und sie weiß nicht richtig, was sie sagen soll. David und sie hatten zwar schon ein paar Jahre lang eine On-Off-Beziehung, aber verheiratet sind sie erst seit November. Die Male, die sie ihre Schwiegereltern getroffen hat, lassen sich wahrscheinlich an einer Hand abzählen. Und Ingrid Nordin ist für gewöhnlich keine Person, die Gefühle oder auch nur Wertschätzung zeigt.

»Wie geht es Bertil heute?«, bringt Thea hervor.

»Gut. Er wäre gern gekommen, aber er fühlt sich ein bisschen müde. Jetzt fangen sie bestimmt gleich an.« Ingrid zeigt zum TV-Team hinüber.

David hat sich an denselben Platz auf dem Treppenabsatz gestellt, an dem der Drohnenfilm endet. Der Reporter, der ihn interviewen soll, ist ein junger Mann mit kreideweißen Zähnen und einem eng anliegenden Anzug. Er sieht ein bisschen zu ehrgeizig aus, um so eine Art von Wohlfühlreportage zu machen. Seiner Körpersprache und den gereizten Blicken nach, die er dem Produzenten immer wieder zuwirft, scheint er der gleichen Meinung zu sein.

Die erste Frage klingt wie aus dem Sport-Business.

»David Nordin, erzählen Sie! Wie fühlt es sich an, nach über zwanzig erfolgreichen Jahren als Koch, Küchenchef und Restaurantleiter in Stockholm nach Hause zurückzukommen?«

Thea kennt die Antwort bereits. Sie und David haben für das Interview fast eine Woche lang geübt. Dennoch ist sie überraschend nervös.

»Fantastisch natürlich«, sagt David. »Das Schloss Bokelund ist ein wunderbarer Ort für ein Restaurant. Ich bin sehr glücklich darüber, meine Heimat und die regionale Küche damit hervorheben zu können. Das ist ein natürlicher Schritt für mich, auf den ich jahrelang gewartet habe.«

David endet mit einem Lächeln, das ihn so aussehen lässt, als würde er vor Selbstsicherheit strotzen. Dieser Teil der Geschichte ist besonders wichtig, der muss sitzen. David ist der erfolgreiche Sohn der Gemeinde, der triumphierend zurückkehrt, um Touristen und Sommergäste anzulocken. Kein Gastwirt mit zweifelhaftem Ruf, der in aller Stille gezwungen war, seine Restaurants zu schließen und mit eingeklemmtem Schwanz in den Süden zu fliehen.

»Und jetzt stehen also Sie und zwei Ihrer Jugendfreunde hinter diesem Projekt?«

Thea atmet tief aus. Der Reporter hält sich an die vereinbarten Fragen.

Auch David wirkt erleichtert. »Das ist richtig. Jeanette Hellman und Sebastian Malinowski. Sebastian ist einer der Gründer des IT-Unternehmens Conexus, und Jeanette blickt auf eine lange Karriere in der Finanzbranche zurück. Wir sind alle in Tornaby aufgewachsen und sehen das Restaurant als Chance an, unserem geliebten Heimatort etwas zurückzugeben.«

*Oh, oh! Wer hat ihm denn diesen Satz geschrieben? Das warst doch wohl nicht du, ma chère?*

Margaux' Stimme kommt aus dem Nichts. Thea zuckt zusammen, unterdrückt den Impuls, sich umzudrehen. Natürlich weiß sie, dass Margaux nicht da sein kann. Obwohl sie recht hat. Das mit dem geliebten Heimatort ist ganz klar zu dick aufgetragen.

»Eine fantastische Möglichkeit«, beantwortet David eine Frage, die Thea nicht mitbekommen hat. »Wir sind der Bokelund Stiftung äußerst dankbar dafür, dass sie das Schloss renoviert und ins Restaurant investiert hat. Uns sozusagen den Weg geebnet hat …« Er lacht.

Thea schaut verstohlen zu ihrer Schwiegermutter, die sich ganz auf das Interview konzentriert. David erwähnt nicht, dass sie die Vorsitzende des Stiftungsrates ist. Dass sie hier in der Gegend fast überall die Finger im Spiel hat, inklusive dieser Reportage.

Inzwischen scheint sich David warm geredet zu haben. Seine Stimme klingt nicht mehr so angespannt, sein Lächeln kommt spontaner. Thea entspannt sich ein wenig.

»Hat das Schloss denn auch ein paar Gespenster?«, hört sie den Reporter fragen.

Wieder taucht Margaux in ihrem Kopf auf. Diesmal als Bild. Der schräge Pony, die braunen Augen, der leicht schief stehende Schneidezahn, gegen den sie immer ihre Zunge drückt, bevor sie lächelt.

»Natürlich gibt es die«, sagt David. »Zwei Stück. Mitte des achtzehnten Jahrhunderts ertrank eine junge Frau, als sie im Eis des Burggrabens einbrach. Der Legende nach war sie auf dem Weg in den Wald, auf der anderen Seite, zu einem heimlichen Liebestreffen mit dem Sohn des Försters. Und im späten neunzehnten Jahrhundert fiel eine andere junge Frau bei einer Hubertusjagd im Schlosswald vom Pferd und brach sich das Genick. Es heißt, dass man die beiden Frauen manchmal nachts durch den Wald reiten hört. Zumindest, wenn man an solche Geschichten glaubt.«

Der Reporter nickt interessiert.

»Aber es gibt wohl noch eine wahre Geschichte? Von einem dritten Mädchen, das gestorben ist. Ich denke dabei an das Frühlingsopfer.«

Davids Lächeln erstarrt, während Thea sieht, wie ihre Schwiegermutter den Rücken strafft.

»Ja, eine traurige Geschichte. Vielleicht nichts, was man …« Davids Blick wird unsicher, er sieht zuerst zu Thea, dann zum Produzenten.

»Wir brechen ab!« Der Produzent nimmt den Reporter beiseite. Sie scheinen hitzig zu diskutieren.

David kaut an seinem Daumennagel herum, seine Stirn glänzt. Thea geht zu ihm und greift nach seiner freien Hand, die warm und verschwitzt ist.

»Was war das denn?«

Er schüttelt den Kopf. »Nichts. Ich bin nur ein bisschen aus dem Konzept geraten.«

Die Visagistin taucht wieder auf und pudert seine Stirn. Das Gespräch zwischen Produzent und Reporter geht weiter.

»Aber warum?«, hört Thea den Reporter fragen. »Der True-Crime-Aspekt ist doch viel interessanter. Die Zuschauer lieben so etwas, ich begreife nicht, warum wir …«

Der Produzent unterbricht ihn und sagt etwas, woraufhin sich der Reporter umdreht und verärgert die Treppe hinuntergeht.

David drückt ihre Hand, während Ingrid zum Produzenten geht und ein paar Worte mit ihm wechselt.

»Wir machen es noch mal«, sagt der Produzent und winkt dem Kameramann zu. »Ich stelle die Fragen, wir fangen einfach von vorn an und halten uns an das, was vereinbart war, okay?«

David nickt steif. Thea lässt seine Hand los und verschwindet schnell aus dem Bild.

»Gut, dann los.«

Der Produzent stellt die gleichen einleitenden Fragen wie beim ersten Mal, aber David verhaspelt sich sofort. Sie wiederholen es mehrmals, aber David kann sich nicht mehr konzentrieren. Die Antworten, die er hervorbringt, klingen mechanisch und einstudiert, und sein Charme ist völlig verschwunden.

Thea sieht, wie der Produzent auf die Uhr schielt und dann zum Himmel schaut, an dem der graue Streifen näher kommt.

»Wir machen eine kurze Pause, nimm einen Schluck Wasser, David.«

Der Produzent und Ingrid beraten sich erneut, während David an einer Wasserflasche nippt. Die Visagistin führt dabei einen ungleichen Kampf gegen seine Schweißperlen.

»Alles geht schief«, murmelt er. »Noch bevor wir überhaupt angefangen haben.«

Thea greift wieder nach seiner Hand. »Du schaffst das schon. Versuch, dich ein bisschen zu entspannen.«

»Das geht nicht. Wir müssen umdenken. Irgendwas anderes machen.« Er drückt ihre Hand, schaut sie bittend an und hebt die Augenbrauen, damit sie auch sicher versteht, was er meint. »Ich schaffe das nicht ohne dich, Thea. Bitte …«

Sie schluckt, versucht, das Risiko zu überblicken.

Ingrid unterbricht ihre Gedanken.

»Tja, Thea. Peter und ich haben darüber geredet, dass es gut wäre, wenn du auch im Beitrag vorkämst.« Sie deutet auf den Produzenten. »Die stützende Ehefrau, die neue Distriktärztin und so weiter.«

Thea spürt, dass alle Blicke auf sie gerichtet sind. Ihr Magen verkrampft sich, ihr Mund ist trocken. David drückt noch einmal ihre Hand. Immer fester, bis sie es fast nicht mehr aushält.

Sie holt tief Luft.

»Okay«, erwidert sie und bereut es sofort. Aber jetzt ist es zu spät.

Margaux' heisere Stimme taucht wieder in ihrem Kopf auf.

*Wir haben alle unsere Gespenster, Thea. Manche mehr als andere.*

In der Ferne, hinter dem immer grauer werdenden Streifen am Horizont, beginnt es bedrohlich zu donnern.

# 2

»Du fragst dich bestimmt, wie es Emee geht. Sie läuft davon, sobald ich sie von der Leine lasse. Dann verschwindet sie im Wald und kommt nicht, wenn ich rufe. Ich glaube, dass sie nach dir sucht, Margaux. Dass sie Sehnsucht nach dir hat. Das haben wir beide. Vermisst du uns auch? Entschuldige, das ist eine dumme Frage.«

Thea geht durch den Buchsbaumgarten und weiter über den Rasen hinter dem Schloss. Emee kennt den Weg schon. Der Hund läuft eifrig den Pfad entlang und zieht an der Leine.

Auf der Rückseite des Schlosses ist der Burggraben breiter. Er bildet dort ein langes, schmales Becken oder fast schon einen kleinen See, der von einer Steinbrücke geteilt wird, die zum Wald hinüberführt. Die Brücke ist nur etwa zwei Meter breit. Sie wurde im frühen neunzehnten Jahrhundert gebaut, vermutlich damit die Herrschaft vom Schloss aus direkt in den Wald reiten konnte.

Unter der Brücke ist das Wasser flaschengrün, es fließt träge dahin, und die Oberfläche ist an den meisten Stellen von Wasserpflanzen und einer schleimigen Algenschicht bedeckt. Das Wasser kommt aus dem Sumpf und führt einen Geruch mit sich, den Thea schon an anderen Orten wahrgenommen hat, zum Beispiel im nigerianischen Urwald, in der trockenen Wüstenlandschaft von Äthiopien, der gerichtsmedizinischen Station in Solna und zwischen den syrischen Ruinen. Der Geruch nach Erde und Vergorenem, nach Eisen und Ammoniak, nach Maden und Insekten mit bebenden Flügeln, die von der Verwesung leben.

Thea überläuft ein Schauer, und Emee schnaubt, als wolle sie auch von dem modrigen Wasser weg. Sobald sie die Brücke passiert haben, löst Thea die Leine, und der Hund verschwindet wie ein grauer Blitz zwischen den Bäumen.

Thea folgt dem Fußweg unter den hohen Baumkronen und wartet, bis sie außer Sichtweite des Schlosses ist, bevor sie sich eine Zigarette anzündet. Gauloises ohne Filter. Sie hat sie durch Margaux schätzen gelernt, allerdings David versprochen, damit aufzuhören.

Sie nimmt einen tiefen Zug, hält den Rauch zurück, bis er in den Luftwegen brennt.

*Was ist schlimmer als ein Arzt, der raucht?*, witzelte Margaux immer. *Zwei Ärzte, die rauchen, natürlich!*

Ein alberner Scherz, aber Margaux hatte immer Erfolg damit. Sie brauchte nur den Kopf vorzubeugen, den Blick hinter ihren Ponyfransen zu verbergen, die sie wie eine Comicfigur aussehen ließen, damit man anfing zu lachen.

Das Fernsehinterview von vorhin beunruhigt Thea. Sie versucht sich einzureden, dass es nur ein paar Minuten Bildmaterial sind, dass es trotz allem über fünfundzwanzig Jahre her ist und dass niemand sie wiedererkennen wird. Außerdem hatte sie keine Wahl, denn David hätte nicht alleine weitermachen können. Die Eröffnung rückt immer näher, er arbeitet jeden Tag sehr lang und telefoniert ständig. Der Druck auf ihn ist enorm.

Trotzdem ist sie davon überzeugt, dass es die unerwartete Frage war, die ihn aus der Fassung gebracht hat. Ein drittes totes Mädchen, aus deutlich jüngerer Zeit, über die der Reporter offensichtlich sehr viel lieber sprechen wollte, als mit der Wohlfühldokumentation weiterzumachen. David hat ihr gegenüber diese Geschichte nie erwähnt. Sie muss die richtige Gelegenheit abwarten, um ihn danach zu fragen.

Der Schlosswald erhebt sich aus dem umliegenden Sumpf wie ein sanfter Hügel. Ein Stück festes Land, wo die Bäume älter und größer werden konnten als an anderen Stellen. Die Bokelund Stiftung hat das gesamte Geld in das Schlossgebäude gesteckt und den Wald sich selbst überlassen. Der Teil in unmittelbarer Nähe zur Brücke und zum Schloss ähnelte irgendwann einmal einem Park, aber inzwischen ist der Kies auf den Wegen von Unkraut überwuchert, die alten Laternen sind nicht mehr angeschlossen, und nur wenige Bänke taugen noch zum Sitzen. Nicht dass jemand das tun würde. In der knappen Woche, die Thea nun hier ist, hat sie nicht eine Menschenseele im Wald getroffen, was vielleicht nicht so verwunderlich ist. Tornaby liegt fünf Kilometer entfernt, und das Schloss hat kaum Nachbarn. Es führen auch nur wenige Wege hierher. Es scheint, als habe die Welt diesen Ort vergessen und Thea die ganze verfallene Schönheit überlassen. Das frisch ausgetriebene Laubdach ist noch nicht geschlossen, sodass das Sonnenlicht auf den von Buschwindröschen bedeckten Boden fällt. Vögel singen, und der Wind bläst sanft durch die Baumkronen. Alles ist unglaublich schön, wobei es durch den Verfall zugleich ein wenig traurig wirkt. Vielleicht gefällt es ihr deshalb so gut?

Ein schiefer Pfosten mit Richtungsweisern informiert darüber, wie weit es zurück zum Schloss ist (fünfhundert Meter nach Süden, auf demselben Weg, den sie gekommen ist), nach Tornaby Dorf (fünf Kilometer nach Westen, entlang des fast zugewachsenen Pfades links), zum Steinkreis, den sie bisher noch nicht erforscht hat (sechshundert Meter geradeaus in Richtung Norden), und ein letzter Pfeil weist nach rechts zum Kanal (fünfhundert Meter nach Osten).

David hat erzählt, dass der Kanal eigentlich ein breiter Graben ist, der zwischen Schlosswald und Sumpf ungefähr einen Kilometer ins Land schneidet und das Wasser aus dem Feuchtgebiet in den Burggraben leitet. Er hat den Plan, ein Restaurantfloß anzuschaffen, um über den Burggraben und den Kanal bis zum Forsthaus zu fahren, das am anderen Ende liegt. Thea fragt sich allerdings, ob das träge Wasser und der Sumpfgeruch den Essensgästen nicht den Appetit verderben würden. Aber natürlich hat sie das David gegenüber nicht erwähnt.

Sie folgt dem Pfad Richtung Osten, zieht langsam an ihrer Zigarette, damit sie so lange wie möglich etwas davon hat. Nach einigen Minuten erreicht sie eine Lichtung. An der einen Seite streckt sich ein uralter Baum mit buckligem Stamm und schweren, verdrehten Zweigen in den Himmel. Die Rinde ist grau, wirkt durch das helle Licht jedoch fast weiß.

Statt wie sonst den Pfad weiterzugehen, überquert sie die Lichtung und geht auf den Baum zu. Der Stamm hat sicher einen Umfang von vier Metern, vielleicht mehr. Daneben steht eine schmutzige Informationstafel, die ihr bisher noch nicht aufgefallen war. Sie reibt die Algen ein wenig weg, um den Text lesen zu können.

*Eiche. Quercus robur.*
*Die Eiche ist einer der größten Bäume Skandinaviens und kommt von Schonen bis Gästrikland vor. Dieses Exemplar wird Galgeneiche genannt. Allerdings ist ungewiss, ob der Baum tatsächlich*

*für Hinrichtungen genutzt wurde. Einer Untersuchung von 1998 zufolge wird das Alter der Eiche auf über neunhundert Jahre geschätzt, was sie – neben dem Weißdornhain beim Steinkreis – zum ältesten Baum des Schlosswaldes macht. Die knotigen Wucherungen am Stamm werden Maserknolle oder Holzkropf genannt und werden vermutlich durch einen genetischen Defekt hervorgebracht, der bewirkt, dass die Holzfasern beim Austreiben im Verhältnis zum Stamm in die falsche Richtung wachsen.*
*In ungefähr drei Metern Höhe finden sich am Stamm zwei größere Maserknollen sowie ein Loch, die zusammen betrachtet Ähnlichkeit mit einem Männergesicht haben. Die Formation wird im Volksmund Grüner Mann genannt und knüpft an eine lokale Sage an. Ihr zufolge ist der Grüne Mann ein Naturwesen, das in manchen Frühlingsnächten die Gestalt eines Menschen annimmt und durch die Wälder reitet, um den Winter und die Dunkelheit zu vertreiben. Derselben Sage nach legt man Frühlingsgaben in den Mund des Grünen Mannes, um die Wiederkehr des Lebens zu beschleunigen.*

Thea mustert den Stamm. Die Formation, die der Text beschreibt, ist leicht zu entdecken. Zwei abstehende Ovale, deren Ränder geschwollen und deren Mittelteil glatt ist, und unter ihnen ein schwarzes, kreisrundes Loch. Das Ganze sieht zweifellos aus wie ein verzerrtes Männergesicht mit leeren Augen und einem weit geöffneten Mund.

Direkt zu ihren Füßen wachsen einige Buschwindröschen. Ohne genau zu wissen, warum, pflückt sie ein paar von ihnen und steckt sie sich in die Jackentasche. Dann drückt sie die Zigarette aus, stellt den Fuß auf den untersten Knoten am Stamm, schiebt sich nach oben und greift mit der einen Hand nach dem nächsten. Seit sie klein war, ist sie nicht mehr auf Bäume geklettert, aber sie erinnert sich noch an die Technik, die ihr großer Bruder ihr beigebracht hat. Die Hände zum Festhalten, die Füße zum Hochdrücken. Thea wiegt nicht viel, außerdem sind ihre Arme, ihre Schultern und ihr Rücken kräftig.

Die helle Eichenrinde ist rau und bucklig, voller Risse und Falten, nach denen sie greifen kann, und es dauert nicht lange, bis sie die Höhe des Gesichts erreicht hat. Sie starrt der unheimlichen Figur in die toten Augen und kommt sich auf einmal lächerlich vor. Was macht sie da eigentlich? Solche Einfälle waren eher typisch für Margaux, sie selbst beschäftigt sich mit Vernunft, Logik und Dingen, die sich messen und ordnen lassen. Sie liebt es zu puzzeln, Fluchtwege auszukundschaften, und hat immer einen Rucksack mit dem Nötigsten zur Hand, falls das Schlimmste eintreffen sollte. Vielmehr hatte, korrigiert sie sich. Bis das Schlimmste tatsächlich eintraf.

Thea holt die Buschwindröschen aus der Jackentasche und schiebt sie dem Grünen Mann in den Mund. Das Loch ist größer, als es von unten aussah, Thea kann problemlos die ganze Hand hineinstecken. Ein Stück weiter hinten spürt sie eine Kante, als wäre der dicke Stamm teilweise hohl. Sie steckt den Arm so tief hinein, wie sie kann, schließt die Augen und ruft sich das Bild von Margaux ins Gedächtnis. Sie versucht, jedes Detail ihres Gesichts zu erkennen. Die dunkle Haarsträhne, die Augen, die kleinen Sommersprossen auf der Nase. Ihr Lächeln.

Dann lässt sie die Buschwindröschen ins Innere des Baums fallen.

*Für die Wiederkehr des Lebens.*

Ein Wind zieht durch den Wald, drückt die Baumwipfel herunter und wirbelt totes Laub vom Boden auf. Er führt den Geruch nach Elektrizität und Gewitter mit sich. Thea fröstelt.

Irgendwo tief im Wald beginnt Emee zu bellen.

# 3

## *WALPURGISNACHT 1986*

*Liebe Leser!*
*Jede Geschichte braucht einen Anfang, eine Mitte und ein Ende.*
*Das ist mein Anfang.*
*Ich heiße Elita Svart. Ich bin sechzehn Jahre alt. Ich wohne auf einem Hof mitten im Wald, in der Nähe von Tornaby.*
*Wenn ihr das hier lest, bin ich schon tot. Aber wir fangen ganz von vorn an, oder was meint ihr?*

Der Vorarbeiter der Werkstatt machte sich über ihn lustig, so viel war Arne Berg ziemlich schnell klar. Der fette Kerl hing über dem Ladentisch und sprach so laut, dass seine beiden Mitarbeiter, die ein Stück entfernt damit beschäftigt waren, bei einem Volvo 245 das Öl zu wechseln, sicher hörten, was gesagt wurde.

»Wie war noch der Name?«

»Polizeiassistent 2971 Berg, Polizei Ljungslöv. Ich soll ein Einsatzfahrzeug abholen.«

Arne strich sich mit einer Handbewegung über den Schnurrbart, von der er glaubte, sie würde ihn älter und erfahrener aussehen lassen.

»Soso.« Der Vorarbeiter bewegte einen speckigen Finger über die Spalten seines Auftragsbuchs. »Ein Einsatzfahrzeug für die Polizei in Ljungslöv. Wird das denn gebraucht? Ich dachte immer, ihr würdet da draußen in der Pampa mit dem Traktor fahren.«

Arne konnte die beiden Blödmänner drüben am Volvo feixen hören, aber er verzichtete darauf, sich umzudrehen. Stattdessen klopfte er mit dem Fingerknöchel auf die Theke.

»Den Schlüssel. Ich habe es eilig.«

»Eilig! Wieso denn? Musst du heim und melken, Jüngelchen?

Oder sollst du dem Geheimdienst helfen, den Palme-Mord aufzuklären?«

Erneutes Gelächter, diesmal lauter. Der Vorarbeiter richtete sich auf, holte einen Autoschlüssel hervor und legte ihn demonstrativ vor sich auf den Ladentisch. Offenbar wollte er die Sache so weit wie möglich in die Länge ziehen.

Arne war es gewohnt, dass die Leute ihn zum Narren hielten. Er war zweiundzwanzig und der Jüngste auf der Polizeiwache von Ljungslöv. Ein Frischling, der gerade die Ausbildung beendet hatte und nur Kaffee kochen, am Empfang stehen und Botengänge machen durfte. Polizeichef Lennartson hatte nur äußerst widerwillig dafür gesorgt, dass Arne im Postauto nach Helsingborg mitgenommen wurde, um den neuen Streifenwagen abzuholen. Lennartson bekam immer einen besonderen Ausdruck im Gesicht, wenn sich ihre Blicke kreuzten. Eine Mischung aus Verärgerung und Widerwillen, der Arne nur allzu oft schon begegnet war. Als wäre das etwas, was er bei den anderen hervorrief, ohne es selbst unter Kontrolle zu haben.

Er biss sich auf die Lippen. Im Sommer würden andere, jüngere Polizisten auf die Station kommen, sodass er in der Hierarchie ein kleines Stückchen aufstieg. Dann würde er wie ein richtiger Polizist auf die Straße kommen. Bis dahin musste er die Situation einfach ertragen, Lennartsons Grimassen und die Schikanen der anderen Kollegen aushalten. Aber dieser Werkstattfuzzi und seine zwei Helfer waren nur mickrige Zivilisten, die überhaupt kein Recht hatten, sich über einen echten Polizisten lustig zu machen.

Der Vorarbeiter kritzelte etwas in sein fleckiges Auftragsbuch.

»Berg war der Name.« Der große Kerl grinste breit.

»Mhm ...« Arne ahnte schon, was kommen würde.

»Bergauf oder bergab?«

Die Idioten am 245er brachen in schallendes Gelächter aus, und Arne presste die Zähne in die Unterlippe. Bergab-Arne, so hatten sie ihn in der Schule immer genannt. Sie hatten über seine Noten gelacht, darüber, dass er schlecht Fußball spielte, darüber, dass seine Eltern ihn erst spät bekommen hatten. Manchmal hatten sie sogar angedeutet, dass seine große Schwester eigentlich seine Mutter sei, obwohl Ingrid erst zwölf gewesen war, als er geboren wurde.

Egal, mit wie vielen er sich geprügelt hatte, wie viele Schläge er ausgeteilt und eingesteckt hatte, das Gelächter hatte nicht aufgehört, selbst nicht, als er erwachsen wurde. Weil er nicht zum Militärdienst taugte, weil er keinen Job lange behielt, weil die Polizei ihn nie genommen hätte, wenn nicht sein Schwager Bertil mit Lennartson Bridge spielen würde.

*Bergab-Arne.*

»Hier unterschreiben!«

Der Werkstattfuzzi drehte das Auftragsbuch zu ihm hin und zwinkerte ihm zu, als sei Arne ein kleiner Laufbursche und kein Polizist in voller Uniform.

»Der Saab in der Ecke da drüben. Und halt ihn bitte vom Acker fern, Berg.«

Arne kritzelte seine Unterschrift und riss den Schlüssel an sich.

Die beiden Idioten waren immer noch damit beschäftigt, neues Motoröl in den Volvo zu füllen. Der Behälter mit dem alten Öl stand noch auf einem kleinen Rollwagen. Der eine Idiot hatte Strähnen in seiner Vokuhila-Frisur, der andere trug einen Ohrring. Bestimmt waren beide heimliche Schwuchteln. Nicht viel älter als Arne selbst, aber trotzdem glaubten sie, über ihn lachen zu dürfen.

Die Männer richteten sich auf und grinsten ihn blöd an, als er vorbeiging. Sicher überlegten sie, was für eine dumme Bemerkung sie zum Abschied noch machen könnten.

»Ihr müsst mal den Boden wischen«, sagte Arne, bevor einer von beiden dazu kam, den Mund zu öffnen.

Dann trat er so fest er konnte gegen den Rollwagen mit dem Öltrog, woraufhin sich ein Schwall klebrigen Motoröls auf die Füße der Männer ergoss. Lachend ging er zum Polizeiauto, sprang hinein und fuhr davon.

Das Einsatzfahrzeug war ein Saab 900 Turbo. Er war erst ein paar Tausend Kilometer gefahren und roch noch immer wie ein Neuwagen. Ein Kraftpaket mit hundertfünfundsiebzig PS.

Auf der Bundesstraße 21 Richtung Osten schaltete Arne das Blaulicht und die Sirene ein und schaffte es, den Tacho auf über hundertachtzig hochzujagen. Er genoss es, wie die anderen Autofahrer zur Seite fuhren, um ihn durchzulassen. Er sah noch die beiden Idioten aus der Werkstatt vor sich, wie sie mit ölverschmierten Schuhen herumrutschten, während ihr Chef wie ein verstopftes Walross herumbrüllte.

Zum ersten Mal seit Langem hatte Arne gute Laune. Als wäre etwas von ihm abgefallen. Mit diesem Wagen konnte er fahren, wie und wohin er wollte. Lennartson war Hobbybauer und hatte die ganze Woche davon geredet, dass seine Sau bald werfen würde, daher hatte er wahrscheinlich für heute schon Schluss gemacht und keine Ahnung, wo Arne sich herumtrieb. Solange er sich etwas abseits von Ljungslöv hielt, würde niemand erfahren, was er mit dem Polizeiwagen machte. Hauptsache, er stand morgen rechtzeitig vor Dienstbeginn um acht Uhr in der Garage.

Das Ortsschild von Tornaby tauchte auf, und Arne wurde langsamer. Es war höchste Zeit, dass die Leute sein neues Ich zu sehen bekamen. Den neuen Arne Berg.

# 4

»Du fragst dich, ob ich immer noch den gleichen Albtraum habe. Ich würde so gerne Nein sagen, denn ich möchte nicht, dass du dir meinetwegen Sorgen machst. Es geht mir gut, Margaux. Reden wir nicht mehr darüber, okay?«

Der Knall dröhnt in Theas Ohren. Sie springt aus dem Bett, wirft sich auf den Boden und schlägt die Arme über den Kopf.

Das Feldlazarett in Idlib. Die explodierenden Bomben, die die Gebäude und die Menschen darin zerreißen, alles und jeden unter den Trümmern begraben. Vom Betonstaub droht sie zu ersticken.

Sie muss aufstehen, den Schutzhelm aufsetzen. Sie muss nach Margaux schauen, muss hier weg, muss …

David steht in der Tür. Er bewegt den Mund, aber sie hört nicht, was er sagt, ihr Kopf befindet sich immer noch in dem zerstörten Krankenhaus. Sie kämpft sich durch die Trümmer, die Verwüstung, stolpert über die Toten …

Dann fühlt sie seine Hände auf ihren Schultern. Er schüttelt sie vorsichtig. Der Albtraum lässt von ihr ab, und sie kann wieder hören.

»Thea«, sagt er mit sanfter Stimme. »Bist du wach?«

Es gelingt ihr zu nicken, wobei sie merkt, wie dunkel es ist. Das Nachtlicht in der Wandsteckdose neben der Tür ist erloschen, keine Außenbeleuchtung dringt durch das Fenster. Nur ein schwaches Mondlicht fällt herein und lässt Davids Gesicht kreideweiß erscheinen.

Er zieht sie an sich. Erst da realisiert sie, dass ihr Körper angefangen hat zu zittern. Zuerst nur ein bisschen, dann immer stärker, bis ihre Zähne klappern und sie sich kaum noch aufrecht halten kann. Ihre Brust verengt sich, die Atmung wird flach.

»Ganz ruhig«, murmelt er in ihr Ohr. »Das war nur ein Blitzeinschlag. Du bist hier in Sicherheit, Thea. Atme ruhig und tief.«

Sie versucht, seinem Rat zu folgen, macht tiefe Atemzüge, presst sich so fest sie kann an ihn. Der Druck auf der Brust lässt nach, und das Zittern wird in dem Maße schwächer, wie der Albtraum allmählich von ihr lässt.

»Alles okay?«

Sie nickt, zieht sich zurück und wischt mit dem Handgelenk die letzten Tränen weg.

»Ich muss zum Schloss hoch«, sagt er. »Der Strom ist ausgefallen. Kommst du mit?«

Sie nickt wieder. Sie möchte auf keinen Fall allein im Dunkeln bleiben.

»Weißt du, wo die Regenjacken sind? Es schüttet.«

Sie folgt ihm ins Wohnzimmer, trinkt in der Küche ein Glas Wasser. Plötzlich merkt sie, dass etwas fehlt.

»Hast du Emee gesehen?«

»Sie ist an mir vorbeigehuscht, als ich die Haustür geöffnet habe.«

»Wann?«

»Direkt nach dem Knall. Ich habe nach draußen geschaut, um nach den Lampen am Schloss zu sehen, da ist sie abgehauen. Es ist stockdunkel.«

David klingt, als würde er sich deutlich mehr Sorgen um das Schloss als um den Hund machen. Sein Handy beginnt zu klingeln.

»Securitas«, sagt er und dreht sich weg, um zu telefonieren.

Thea öffnet die Haustür. Der Regen prasselt auf den Kies und das Pflaster vor dem Eingang.

»Emee«, ruft sie, muss aber einsehen, dass ihre Stimme nicht einmal über den Hof trägt.

»Im Schloss wurden sowohl der Feuermelder als auch die Alarmanlage ausgelöst«, sagt David. »Wahrscheinlich ein Kurzschluss. Wir müssen sofort hinfahren.« Er kramt eine Taschenlampe aus einer Schublade.

»Aber Emee …«

»Wir finden sie bestimmt unterwegs. Jetzt komm!«

Er reißt die Haustür weiter auf und rennt vornübergebeugt zum Wagen. Thea zögert einen Moment, dann zieht sie Schuhe und Jacke an und läuft hinterher.

Zwischen dem Kutscherhaus und dem Hauptgebäude des Schlosses sind nur zweihundert Meter Schotterweg. David tritt auf das Gas und lenkt mit einer Hand, während er am Daumennagel der anderen kaut. Sie selbst hält nach Emee Ausschau, besorgt darüber, dass David sie überfahren könnte. Aber sie ist ein Straßenhund, versucht Thea sich selbst zu beruhigen. Emee weiß, dass Autos gefährlich sind.

Das Schloss sieht irgendwie noch schwärzer aus als ihr kleines Haus, als ob die hohen Mauern, der Turm und das steile Dach die Dunkelheit noch verstärken würden.

David macht vor der Küchentür am Ostflügel eine Vollbremsung. Während er mit dem Schlüssel hantiert, nimmt er die Taschenlampe in den Mund. Von innen hört man das Heulen der Alarmsirene zwischen den Steinwänden widerhallen.

»In der Küche gibt es eine Notlampe. Geh einfach dem Licht nach«, ruft David über seine Schulter, bevor er die Kellertreppe hinunter verschwindet.

Thea ist froh darüber, dass er sie nicht aufgefordert hat mitzukommen. David weiß, dass sie Keller verabscheut: den Geruch, die stickige Luft und die Dunkelheit. Sie hasst Dunkelheit.

Sie folgt dem schwachen Licht zur Notlampe, schaltet sie ein und läuft schnell damit den Gang entlang, der zum großen Speisesaal führt. Vielleicht ist Emee auf dem Weg zur Brücke und zum Schlosswald? In dem Fall müsste man sie von der rückwärtigen Terrasse aus sehen können.

Schlagartig verstummt die Sirene, der Speisesaal liegt dunkel und verlassen da. Die neuen Tische und Stühle stehen noch gestapelt in der Ecke, die Wände sind mit vergoldeten Paneelen bedeckt, die erst kürzlich gereinigt wurden. Thea richtet die starke Lampe auf die Deckenbemalung: griechische Motive, junge Frauen in langen Gewändern in einem Wald. Naturwesen kreisen um sie herum, Satyrn, Zentauren und andere, deren Namen sie nicht kennt. Einige Bäume sehen aus wie lebendige Wesen, und sie muss an das Gesicht in der Galgeneiche denken, an den Grünen Mann, dem sie Buschwindröschen geopfert hat. Im Nachhinein eine idiotische Idee.

Sie öffnet die Glastüren, die auf die Rückseite des Gebäudes führen. Der Wolkenbruch scheint vorüber und in einen leichten Nieselregen übergegangen zu sein. Sie zieht die Kapuze ihrer Jacke über den Kopf und tritt auf die gepflasterte Terrasse hinaus. Dort lässt sie das Notlicht über die niedrigen Hecken des Buchsbaumgartens schweifen, dann weiter Richtung Rasen.

»Emee! Emeee!«

Ein kräftiger Blitz erleuchtet den gesamten Garten. Ein blauweißer Kern mit roten Kanten, der die Finsternis durchbricht und im Wald jenseits des Burggrabens einschlägt. Der Knall ertönt fast im selben Moment und ist so laut, dass Thea der Atem stockt.

Der Albtraum ist wieder da. Die Druckwelle, die Panik, das Gefühl, nicht aufstehen zu können, zu ersticken. Wieder beginnt ihr Körper zu zittern. Sie geht in die Hocke, beugt den Kopf nach vorn, versucht, ruhig zu atmen.

Ein und aus. Eiin und auus …

Etwas berührt Thea am Rücken. Es ist Emee. Der Hund schiebt die Schnauze in ihre Hand und knurrt leise, woraufhin sie den Hund eng an sich zieht, und seltsamerweise protestiert Emee nicht, sondern steht still da und lässt sich umarmen.

Während der Regen ihr in die Jacke tropft, macht Thea weiter tiefe, langsame Atemzüge, und einige Minuten später lässt der Panikanfall nach. Sie wischt Tränen und Regentropfen mit dem Jackenärmel weg.

»Gutes Mädchen«, murmelt Thea in das Ohr der Hündin. »Bald ist es vorbei. Wir müssen nur ein bisschen abwarten.«

Aus den Augenwinkeln nimmt sie einen Lichtschein wahr, der aus dem Westflügel kommt. Einen Moment lang glaubt sie, es sei David, doch der hat eigentlich keinen Zugang zum westlichen Teil, und selbst wenn er ihn hätte, hätte er in der kurzen Zeit nicht dorthin gelangen können. Außerdem ist der Schein zu schwach und unstet, um von einer Taschenlampe zu kommen.

Jemand steht in einem der Fenster dort oben. Ein kleiner Mann mit einer Kerze in der Hand, zur Hälfte hinter einem Vorhang versteckt. Quer durch den Regen treffen sich ihre Blicke.

Thea erkennt den Ausdruck in seinen Augen wieder, sieht ihn jeden Morgen und jeden Abend in ihrem Badezimmerspiegel.

Trauer.

Der Mann nickt ihr leicht zu, bläst dann die Kerze aus und wird von der Dunkelheit verschluckt.

# 5

## *WALPURGISNACHT 1986*

*In Tornaby entkommt niemand der Vergangenheit. Alles wiederholt sich, wieder und immer wieder, nur mit neuen Gesichtern. Wie ein einziges langes Ritual.*
*Aber heute Nacht wird sich alles ändern. Alles ist in Bewegung geraten, und der Grüne Mann reitet durch die Wälder.*
*Hört ihr ihn kommen? Hört ihr ihn meinen Namen flüstern?*
*Elita Svart, Elita Svart …*

Arne bog nach Tornaby ab, kurbelte das Seitenfenster des Polizeiwagens herunter und ließ den Ellbogen hinaushängen. Er fuhr absichtlich langsam, nickte allen, die er traf, mit unbewegter Miene zu, woraufhin die anderen das Nicken verwundert erwiderten: der Eisenwarenhändler, der Maler, die mürrische Briefträgerin, alles Leute, die ihn sonst nie gegrüßt hätten. Er machte kehrt und fuhr die Runde noch ein paarmal. Dann parkte er vor der Sparkasse und stieg aus dem Wagen.

Zwei andere Autos standen schon dort, nämlich der grüne Land Rover des Grafen und der weiße Pick-up, der dem Schlossverwalter Erik Nyberg gehörte. Im Normalfall wäre Arne nicht hineingegangen, denn er hatte seit seiner Kindheit Angst vor Rudolf Gordon. Die älteren Kinder hatten sich gegenseitig Angst eingejagt, indem sie sich Geschichten darüber erzählten, wie der Graf sie fortgejagt hatte, als sie in der Nähe des Schlosses im Wald gespielt hatten, oder wie er die Hunde auf sie gehetzt hatte und ihnen auf dem Pferd nachgefolgt war. Manche hatten sogar behauptet, sie hätten den Grafen in der Walpurgisnacht einmal als Grüner Mann verkleidet durch den Wald reiten sehen, einfach nur, um sie zu erschrecken.

Aber weder Ammenmärchen, Spukgeschichten noch spindeldürre alte Männer machten dem neuen Arne Berg Angst. Er setzte die Uniformmütze auf, rückte das weiße Holster zurecht und betrat die Bank.

Die drei Erbsenzähler, die für Bertil arbeiteten, sahen hinter dem verglasten Schalter auf und schauten erschrocken, was Arnes ohnehin schon gute Laune noch verbesserte.

»Na, wie läuft's denn so?«, fragte er, so autoritär er konnte. Er schob die Daumen unter den Gürtel und wippte auf den Fersen, wie er es bei älteren Polizeibeamten gesehen hatte.

»Gut«, murmelten die Angestellten fast im Chor.

»Ausgezeichnet«, erwiderte Arne. »Ist der Direktor da?«

»Er hat eine Besprechung«, sagte der Erbsenzähler, der ihm am nächsten saß.

Arne machte ein grimmiges Dienstgesicht, wie er es vor dem Spiegel geübt hatte.

»A-aber ich glaube, sie sind gerade fertig«, fügte der Mann hinzu und drückte auf einen Knopf, der eine Tür zum Schalterraum öffnete.

Arne trat ein. Er wusste, wohin er gehen musste, er hatte seinen Schwager schon oft hier besucht. Bertils Büro befand sich im ersten Stock, darin gab es drei große Fenster, die auf die Hauptstraße hinausgingen. Arne überlegte, ob er die Treppe geschmeidig hinaufspringen oder doch lieber langsamen, gemessenen Schrittes gehen sollte. Er entschied sich für Letzteres und konnte den ganzen Weg hinauf die Blicke der Erbsenzähler spüren.

Die Tür zum Büro seines Schwagers stand offen. Bertil, der Graf und Erik Nyberg standen davor und waren wohl gerade im Begriff aufzubrechen. Arne verlangsamte seine Schritte noch mehr.

»Dann machen wir es so«, hörte er Bertil sagen. »Heute ist der letzte Apriltag, die Pacht muss also heute noch gekündigt werden, wenn ihr nicht noch einen Monat warten möchtet.«

»Erik, kannst du das bitte übernehmen?« Der Graf hatte eine nasale Aussprache, wie viele aus der Oberklasse.

»Ich fahre heute Nachmittag raus«, antwortete der Verwalter.

»Am besten nimmst du noch jemanden mit«, meinte Bertil.

»Lasse Svart wird die Kündigung nicht gerade begeistert hinnehmen.«

Bei dem Namen wurde Arne noch etwas hellhöriger.

»Ich weiß, wie man mit Lasse umgehen muss«, sagte Erik Nyberg schroff. »Aber ich nehme Per mit. Der Junge muss lernen, wie man die Dinge in die Hand nimmt.«

»Ich habe gehört, dass aus der Musikakademie nichts wurde«, entgegnete Bertil.

»Nein.« Erik Nyberg wechselte einen kurzen Blick mit dem Grafen. »Wir hielten das für keine gute Idee. Besser, er bleibt zu Hause und lernt einen ordentlichen Beruf.«

»Also, wir müssen jetzt gehen. Danke für deine Hilfe, Bertil«, beendete der Graf das Gespräch.

Die drei Männer gaben sich die Hand, wandten sich zur Treppe und bemerkten erst jetzt Arne. Der Graf sah flüchtig zu ihm hin. Rudolf Gordon ging auf die siebzig zu, war groß und dünn, hatte scharf geschnittene Züge und eingesunkene Augen. Erik Nyberg war dagegen einen Kopf kürzer und hatte ein wettergegerbtes, raues Gesicht, ein Aussehen, für das Arne ihn beneidete und das aus irgendeinem Grund dadurch verstärkt wurde, dass er immer eine zerschlissene Moleskin-Jacke trug.

»Meine Herren«, sagte er, als die beiden Männer vorbeigingen, und tat sein Bestes, um seine dienstliche Miene zu bewahren. Zu seiner Zufriedenheit erhielt er ein Nicken zur Antwort.

»Hallo, Arne.« Bertil klang nicht verlegen, eher ein wenig überrascht.

Arne richtete sich groß auf und wippte wieder auf den Füßen, während der Schwager ihn von oben bis unten musterte.

Bertil war fünfzehn Jahre älter und, seit Arne zehn Jahre alt gewesen war, wie ein großer Bruder für ihn. Eigentlich waren sie gleich groß. Trotzdem hatte Arne das erste Mal in seinem Leben das Gefühl, dass er nicht zu seinem Schwager aufsehen musste.

»Wie schön, Besuch von einem Ordnungshüter zu bekommen. Komm rein.« Bertil machte einen Schritt zur Seite und schlug die Arme aus. »Setz dich!«

Arne sank in einen der Ledersessel, die in der Ecke standen. Das Pistolenholster scheuerte ein bisschen gegen seine Hüfte, er rückte es zurecht. Eine große Zigarrenkiste stand auf dem Tisch, drei Kippen lagen noch im Aschenbecher. Bertil öffnete einen Schrank und holte eine Kristallkaraffe und zwei Cognacgläser hervor, die er auf den Tisch stellte.

»Wir genehmigen uns einen kleinen Schluck und ein paar Züge, oder? Du musst nur versprechen, Ingrid nichts davon zu sagen.«

Arne öffnete den Mund, um etwas zu erwidern, aber die Worte blieben ihm im Hals stecken, und er musste sich mit einem kurzen Nicken begnügen.

»Worum ging es gerade?«, fragte er, als sie die Zigarren angezündet und einen Schluck Cognac getrunken hatten. »Mit dem Grafen und Erik Nyberg. Ich habe etwas von Lasse Svart gehört.«

Bertil blies eine graue Rauchsäule an die Zimmerdecke. Er sah aus, als würde er nachdenken.

»Das ist eigentlich geheim …« Er verstummte kurz, zupfte sich einen Tabakkrümel von der Zunge und beugte sich dann vor. »Der Graf hat ein Angebot für das Land um Svartgården bekommen. Die Armee will ihr Übungsgelände ausweiten. Sie bezahlt richtig gut für einen heruntergekommenen Hof und ein paar Hektar Sumpfland.«

Arnes Brust schwoll vor Stolz an, denn er und Bertil waren jetzt zum ersten Mal auf Augenhöhe, und Bertil sprach so vertraulich mit ihm wie noch nie.

»Verrückt! Dann fliegt Lasse Svart jetzt raus.« Arne grinste, begriff aber plötzlich, was das bedeutete. »Was wird dann aus der Familie?«, schob er so schnell hinterher, dass er von dem Zigarrenrauch husten musste.

Bertil zuckte mit den Schultern. »Keine Ahnung. Das ist Lasses Problem. Aber es würde mich wundern, wenn ihm irgendjemand in der Gegend etwas vermieten wollte. Mit seinem Ruf, meine ich. Es wäre wahrscheinlich das Beste für alle, wenn Lasse einfach seine Frauen und sein Hab und Gut nehmen und verschwinden würde.«

Arne versuchte, ein gleichgültiges Gesicht zu machen, aber die vertrauliche Stimmung fühlte sich auf einmal nicht mehr so gut an wie noch vor einem Moment.

Er wusste auch, warum und mit wem das zu tun hatte.

Elita Svart.

# 6

»Ich habe im Wald etwas gefunden, Margaux. Ein Puzzlestück aus einer anderen Erzählung.«

Thea nimmt Emee mit hinunter in den Speisesaal des Schlosspersonals. Dort findet sie ein paar Kerzen, die sie anzündet, dann trocknet sie sich und den Hund notdürftig mit einer alten Decke ab. Es ist kurz nach fünf. Die Erinnerung an die Panikattacke hängt ihrem Körper noch nach und macht sich immer wieder in Form fast unmerklichen Zitterns ihrer Hände bemerkbar.

David läuft zwischen den Räumen hin und her, sie hört ihn telefonieren. In dem Moment, als er zu ihr in den Saal kommt, beendet er das Gespräch.

»Ah, du hast den Hund gefunden. Sehr gut! Tut mir leid, dass ich dir nicht beim Suchen geholfen habe. Hier herrscht das reinste Chaos. Die Tiefkühltruhen und Kühlschränke haben keinen Strom. Ich muss versuchen, irgendwann heute an einen Generator zu kommen, wenn das hier länger dauert.«

Er zieht einen Stuhl heran und setzt sich ihr gegenüber hin. Dann ändert sich sein Gesichtsausdruck, er sieht besorgt aus.

»Bist du okay? Geht es wieder besser?«

Sie nickt.

»Kann ich etwas für dich tun?«

»Alles in Ordnung, David. Ich mache mir eher Sorgen um dich. Wir hatten noch keine Zeit, über das Interview zu sprechen. Was ist da passiert?«

Er macht eine wegwerfende Handbewegung.

»Ach, ich habe nur den Faden verloren. Hatte schlecht gegessen, zu wenig geschlafen und hatte einfach keine Energie mehr. Aber du warst meine Rettung.« Er beugt sich vor und ergreift ihre Hand. »Ohne dich hätte ich alles vermasselt. Ich bin dir wirklich dankbar, Thea.«

Sie lächelt ihn an. Es freut sie, dass er ihr Opfer anerkennt, und an das Risiko, das es trotz allem bedeutet, versucht sie nicht zu denken.

»Wonach hat der Reporter denn gefragt?«

»Was meinst du?«

»Das mit dem dritten Mädchen, das gestorben ist?«

David schüttelt langsam den Kopf. »Eine tragische Geschichte. Ein junges Mädchen, das in den Achtzigerjahren im Schlosswald ermordet wurde. Das ist definitiv nichts, womit wir das Restaurant in Verbindung bringen wollen, deshalb bin ich aus dem Konzept geraten. Aber du hast wie gesagt die Situation gerettet.«

Er lässt ihre Hand los und steht auf, holt das Handy hervor.

»Tut mir leid, ich muss rangehen. Noch mal Securitas.«

Erst als er den Raum verlassen hat, fällt Thea auf, dass das Telefon gar nicht geklingelt hat.

Sie wartet, bis es dämmert, und geht dann zum Kutscherhaus zurück, wo sie sich trockene Sachen anzieht. Es hat aufgehört zu regnen, der Himmel wechselt von Rot zu Hellblau. Doktor Andersson kommt erst in zwei Stunden, aber Thea ist zu aufgeregt, um einfach nur die Zeit abzusitzen. Sie beschließt, mit Emee eine Runde durch den Schlosswald zu drehen.

Nach dem nächtlichen Unwetter ist der Boden durchweicht. Der Weg ist voller Pfützen, und in den Spinnennetzen, die den Platzregen überstanden haben, glitzern Wassertropfen. Thea zündet sich heimlich eine Zigarette an, macht ein paar tiefe Züge und bläst die letzten Überbleibsel des Panikanfalls in die Luft, aber es sind nicht primär die Reste ihrer posttraumatischen Belastungsstörung, die sie beunruhigen.

David hat versucht, alles zu bagatellisieren, aber es war offensichtlich, dass er nicht über das tote Mädchen sprechen wollte. Warum nicht? Wenn es in den Achtzigerjahren gestorben war, war David noch ein Kind, als es passierte.

Als Thea die Lichtung mit der Galgeneiche erreicht, ist die Zigarette aufgeraucht. Emee ist schon vor ihr dort angekommen und beschnüffelt interessiert den Baum.

Mit der alten Eiche ist irgendetwas passiert, am Stamm ist eine kantige, schwarze Stelle zu sehen, die gestern noch nicht da war. Thea geht näher heran, während Emee angefangen hat, zwischen dem Laub an den Wurzeln der Eiche zu scharren.

Die schwarze Stelle beginnt ganz oben in der Krone, von wo aus sie wie eine verkohlte, zackige Narbe den Stamm hinunterführt und das Gesicht des Grünen Mannes in zwei Hälften teilt, bevor sie schließlich den Boden erreicht. Hier muss heute Nacht also der Blitz eingeschlagen haben.

Die Kraft und Gewalt des Einschlags sind schrecklich und faszinierend zugleich. Thea fährt mit den Fingern über die Narbe, deren Ränder verkohlt sind. Die dicke Rinde ist hier weggebrannt, und in der Mitte der Narbe sieht man das hellere Holz im Inneren der Eiche. Es riecht immer noch verbrannt.

Emee scharrt weiter, ihre Bewegungen werden immer aufgeregter.

»Was hast du denn da, Mädchen?«

Thea geht in die Hocke. Weiter unten ist die Narbe breiter, als hätte die elektrische Kraft in dem Moment kulminiert, als der Blitz den Boden traf. Tatsächlich ist am Fuße des Baums ein Loch in den Stamm gebrannt. Emee scharrt eifrig in der Erde und am verbrannten Holz, sodass Splitter und Erdklumpen um ihre Pfoten auffliegen. Dabei gibt sie einen Laut zwischen Bellen und Wimmern von sich.

»Was hast du da, Emee?«

Thea kann irgendetwas im Loch erkennen, etwas schwach Glänzendes. Sie schiebt Emee zur Seite und steckt die Hand hinein. Ihre Finger berühren etwas Glattes, Kaltes, sie versucht, danach zu greifen, aber das Loch ist zu klein. Um es zu vergrößern, bricht sie ein paar Stücke des verkohlten Holzes ab. Emee will ihr helfen, aber Thea hält sie mit ihrem Körper davon ab, woraufhin der Hund unzufrieden knurrt, sich aber schließlich damit abgibt.

Der Gegenstand im Inneren des Baumes ist zur Hälfte unter feinem, braunem Dreck begraben, einer Mischung aus verrottetem Holz und vertrockneten Blumen. Nach einer Weile gelingt es Thea, ihn herauszuholen. Es ist eine alte Farbdose mit Deckel, ungefähr zwanzig Zentimeter hoch und halb so breit. Das Etikett ist weg, die Oberfläche verrostet. Ein fast frisches Buschwindröschen ist mit der Dose zum Vorschein gekommen. Es muss eines von denen sein, die sie gestern in den Mund des Grünen Mannes gesteckt hat, was bedeuten muss, dass die Dose auf die gleiche Weise im Baum gelandet ist, ihrem Äußeren nach allerdings vor ziemlich langer Zeit.

Vorsichtig schüttelt sie ihren Fund. Es raschelt leise. Emee hat sich mit heraushängender Zunge und schräg geneigtem Kopf neben sie gesetzt und scheint genauso neugierig wie Thea selbst zu sein.

Der Deckel der Dose sitzt so fest, als wolle er um jeden Preis sein Geheimnis wahren. Das Feuerzeug ist zu groß, um ihn aufzubrechen, aber mit dem Schlüssel geht es besser. Plötzlich gibt der Deckel nach, das Metall knackt leise, und die Dose ist offen.

Thea schüttet den Inhalt behutsam in ihre Hand. Eine kleine Figur und ein wenig trockenes Laub fallen zuerst heraus. Die Figur ist etwa zehn Zentimeter groß und aus zwei Zweigen gefertigt, die miteinander verflochten wurden. Der längere Zweig ist in der Mitte zu einer Schlaufe geformt, was der Figur einen Körper und einen Kopf verleiht. Die Enden bilden die Beine, und der kürzere Zweig, der direkt unter die Schlaufe geknotet wurde, bildet Taille und Arme.

Einen Moment lang muss Thea an ihren Vater denken, an die Holzpuppe, die er ihr geschnitzt hat, als sie klein war. Schnell schiebt sie die Erinnerung beiseite.

In der Dose liegt noch etwas. Ein zusammengerolltes Papier

klemmt an der einen Seitenwand fest. Thea legt die Figur weg, um es herauszupulen, und stellt fest, dass es gar kein Papier ist, sondern ein altes, verblichenes Polaroidfoto. Sie streicht es glatt, so gut es geht.

Das Foto zeigt eine junge, dunkelhaarige Frau in einem weißen Kleid. Die Frau steht auf einem flachen Stein, ihre Arme vor der Brust verschränkt, sie hat den Kopf ein wenig schräg nach vorne gebeugt. Sie hat die Augen geschlossen, in den Händen hält sie zwei Hirschgeweihe.

Hinter ihr sieht man seltsam verdrehte Bäume, und zu beiden Seiten der jungen Frau stehen zwei Figuren, die, der Größe nach zu urteilen, Kinder sein müssen. Sie tragen Tiermasken, die das Gesicht bedecken. Die Masken erinnern Thea an die Deckengemälde im Speisesaal des Schlosses. Hase, Fuchs, Eule und dann noch ein Reh, vermutet sie.

Die Kinder halten jeweils ein Ende der langen Bänder, die um die Handgelenke der jungen Frau gebunden sind. Fast sieht es so aus, als würden sie sie dort auf dem Stein festhalten. Die Frau ist sehr schön. Hat eine Art von zerbrechlicher, unschuldiger Schönheit an sich, die nur in dem kurzen Spalt zwischen Kindheit und Erwachsenenalter existiert.

Das Foto ist bei Tageslicht aufgenommen worden, aber trotzdem strahlt das Ganze etwas Unbehagliches aus: Die Kinder, der Stein und die verwachsenen Bäume geben dem Ganzen eine Horrorfilmatmosphäre, die von der flachen Perspektive und den verblichenen Farben auf dem Foto verstärkt wird.

*Walpurgisnacht 1986* hat jemand in das weiße Feld unter dem Bild geschrieben. *Komm um Mitternacht zum Steinkreis.*

Und dann noch ein letztes Wort. Thea liest es laut.

»Frühlingsopfer.«

# 7

## *WALPURGISNACHT 1986*

*Sie starren mich an. Nicht nur die Jungs in der Schule. Auch die Lehrer, die Väter, die Trainer, die alten Männer auf dem Marktplatz. Alle.*
*Die meisten machen es heimlich, wenn sie glauben, dass niemand es merkt, aber ich spüre ihre Blicke. Ich weiß, was sie über Elita Svart denken. Was sie mit mir machen wollen.*

Die Schule war für heute zu Ende, das Wartehäuschen für den Schulbus leer. Arne kontrollierte den Bereich hinter der Tribüne des Fußballplatzes und drehte eine Extrarunde am Kiosk vorbei. Dann fuhr er zum Festplatz, wo der Dorfverein für das Walpurgisfest heute Abend einen großen Reisighaufen errichtet hatte. Ganz oben auf dem Haufen, an ein T-förmiges Gestell gelehnt, stand eine mannsgroße Puppe. Sie bestand aus geflochtenen Ästen und Zweigen, den Kopf bildete eine leere Schlaufe. Arne hatte so etwas schon zigmal in verschiedenen Variationen gesehen: ein Grüner Mann.

Seine große Schwester Ingrid hatte ihm früher schreckliche Geschichten über den Grünen Mann und sein Geisterpferd erzählt, so wie sie die Bewohner von Tornaby seit Generationen ihren Kindern erzählten. Er gestand es sich nicht gern ein, aber irgendetwas an dieser gesichtslosen Zweigpuppe ließ ihn immer noch erschaudern.

Da entdeckte er ein paar Kinder auf der anderen Seite des Reisighaufens, hielt an und kurbelte das Seitenfenster herunter. Als sie das Polizeiauto bemerkten, sahen sie sich an, hoben ihre Rucksäcke auf und wandten sich ihren Fahrrädern zu, wie um abzuhauen.

»David!«

»Hallo, Onkel Arne.« Der Junge ließ seinen Lenker los und sah erleichtert aus. »Cooles Auto!«

Arne nickte zufrieden.

»Was macht ihr hier?«

»Nichts.« Die Antwort kam viel zu schnell.

»Was macht ihr denn heute Abend?«

David wandte sich verlegen zu seinen Freunden. Arne versuchte, sich daran zu erinnern, wie sie hießen; er wusste, dass sie sich oft bei Ingrid und Bertil im Gästehaus aufhielten, aber hatte sich nie wirklich bemüht, ihre Namen zu behalten. Es waren wie immer das chinesische Mädchen und der kurz geschorene Pole, dessen Eltern irgendwelche hohen Tiere in der Plastikfabrik waren, und hinter ihnen sah Arne noch ein erschrockenes Gesicht, das wahrscheinlich dem Sohn der verrückten Schneiderin gehörte.

»Nichts Besonderes. Nur das Walpurgisfeuer anschauen.« David deutete mit einem Nicken auf den Holzhaufen.

»Euch werden doch wohl keine Dummheiten einfallen?«

»Natürlich nicht!«

David schüttelte den Kopf, die anderen drei taten es ihm gleich.

»Gut. Ihr habt nicht zufällig Elita Svart gesehen?«

Einen Augenblick lang schienen alle in der kleinen Gruppe mitten im Kopfschütteln zu erstarren. Nur ihre Blicke waren in Bewegung, flogen wie verschreckte kleine Spatzen umher.

Arne schaute seinen Neffen fest an. David öffnete ein paarmal den Mund, als wäre er kurz davor, etwas zu sagen.

»Nein, haben wir nicht, stimmt's, David?«

Es war die kleine, adoptierte Prinzessin, die gesprochen hatte. Sie streckte sich und schaute David auffordernd an.

»Nö«, murmelte er.

»Elita geht in die Neunte«, fügte das Mädchen hinzu. »Wir sind erst in der Sechsten.«

»Soso, wie du meinst. Wie heißt du noch mal?«

»Jeanette. Aber alle nennen mich Nettan.«

»Dein Vater ist doch Rektor hier in der Schule, oder?«

»Ja. Und meine Mutter ist im Gemeinderat.«

Das Mädchen starrte ihn auf eine Art an, die Arne zugleich ärgerte und amüsierte.

»Sieh mal an.«

Er zog die Luft zwischen den Zähnen ein. Diese Rotzlöffel hatten irgendeinen Blödsinn vor, das war nicht zu übersehen. Die Frage war, ob er Lust hatte herauszufinden, was es war. Er strich sich mit Daumen und Zeigefinger über seinen Schnurrbart. Was konnte eine Bande feiger Zwölfjähriger in Tornaby schon ausrichten? Die Antwort fiel leicht: nichts, was ihn interessierte.

»Lasst euch keine Dummheiten einfallen«, sagte er. »Sonst kommt vielleicht der Grüne Mann und holt euch.«

Er zeigte auf die Puppe oben auf dem Reisighaufen, und zu seiner Belustigung sah er, dass die vier Kinder etwas blass um die Nase wurden.

# 8

»Hallo, Margaux, ich bin es wieder. Ich habe dir versprochen, dir von Tornaby zu erzählen. Hier wohnen ganz normale Menschen, die ihre Arbeit machen und ihren Beschäftigungen nachgehen. Man hat einen ordentlich gemähten Rasen und die lokale Sonntagszeitung. Ein sicherer Ort. Zumindest nach außen. Ich muss immer an dieses Foto denken.«

Doktor Andersson ist kurz vor dem Rentenalter, eine kräftige Frau mit Doppelkinn und kleiner, eckiger Brille. Sie trägt eine Regenjacke und eine Cargohose und ächzt laut vor Anstrengung, als sie aus ihrem kleinen weißen Toyota steigt, um Thea die Hand zu geben.

»Hallo, Thea, wie schön, dass wir uns endlich persönlich kennenlernen. Ich bin Sigbritt.«

Ihr Händedruck ist fest und ein wenig klebrig.

»Das war ein ordentlicher Sturm heute Nacht. Mit Gewitter und allem, und das schon im April. Habt ihr ihn gut überstanden?«

»Einigermaßen. Wir haben immer noch keinen Strom. David

hat davon geredet, dass er versuchen will, einen Reservegenerator für die Kühlschränke und Gefriertruhen zu besorgen.«

»Oje. Dann hoffen wir mal, dass der Strom bald wieder da ist, Thea.«

Die Ärztin ist eine, die ihre Gesprächspartner ständig beim Namen nennt. Das ist nicht ungewöhnlich bei Leuten, die beruflich mit Menschen zu tun haben. Der Wagen, den sie fährt, ist neu, auf den Türen steht der Name des lokalen Autohändlers in Großbuchstaben, was ein bisschen seltsam für den Dienstwagen einer Bezirksärztin ist. Aber diese ganze Position ist seltsam, das hat Thea schon mitbekommen.

»Gefällt es euch im Kutscherhaus?« Sigbritt reckt neugierig den Hals, als wolle sie einen Blick durch die Fenster erhaschen.

»Ja, natürlich. Wir richten uns so langsam ein.« Eine glatte Lüge. Die Umzugskartons stehen in Wahrheit noch unberührt da.

»Gut! Je schneller, desto besser, nicht wahr?« Die Ärztin bleibt noch ein paar Sekunden stehen, anscheinend hofft sie insgeheim, ins Haus gebeten zu werden, aber dann zuckt sie mit den Schultern. »Na, dann. Steig ein, wir fahren los!«

Thea verschließt die Haustür des Kutscherhauses. Sie hat die alte Farbdose in ihr Zimmer gebracht und das Polaroid in die Innentasche ihrer Jacke gesteckt. Lag die Dose wirklich seit Frühling 1986 in der Galgeneiche, wie ein mystischer Gruß aus der Vergangenheit? Wer waren die schöne junge Frau und ihre vier kleinen maskierten Diener? Und warum waren sie so verkleidet?

*Komm um Mitternacht zum Steinkreis. Frühlingsopfer.*

Das erinnert Thea daran, worüber der Fernsehreporter mit David sprechen wollte, ein Thema, das David allerdings zu vermeiden schien. Dieses Mädchen, das in den Achtzigerjahren im Schlosswald ums Leben kam. Hatte der Reporter es nicht auch Frühlingsopfer genannt?

Sigbritt Andersson lenkt den Dienstwagen zurück zum Schotterweg, dann fährt sie an den alten Ställen vorbei und weiter Richtung Schloss, wo Davids Wagen, zusammen mit mehreren anderen

Fahrzeugen von verschiedenen Handwerkern, vor dem Ostflügel parkt.

»Wie läuft es denn? Wird das Restaurant rechtzeitig fertig?«, erkundigt sich die Ärztin, als sie am Hauptgebäude vorbeifahren.

»Ich glaube schon. David arbeitet rund um die Uhr.«

»Ingrid hat ein bisschen davon erzählt, was geplant ist. Die Stiftung hat viel Geld in die Renovierung gesteckt.«

Thea vermutet, dass die letzte Behauptung eigentlich eine Frage ist, aber sie antwortet nicht darauf.

Sigbritt fährt weiter durch die Schlossallee und biegt nach rechts auf die Hauptstraße ab, wobei die Bezeichnung missverständlich ist. Die Straße besteht aus einem Streifen holprigen Asphalts ohne Mittellinie, der sich zwischen Rapsfeldern und Wald hindurchwindet.

»Tja, Thea, wie du schon weißt, beruht dieser Job ein bisschen auf einem Spezialarrangement. Er wird von der Bokelund Stiftung und ein paar privaten Sponsoren finanziert, zum Beispiel dem Autohändler.« Die Ärztin klopft beinahe zärtlich auf das Steuer. »Es ist eine Halbtagsstelle, und wir machen einerseits Hausbesuche, andererseits verfügen wir über eine kleine Praxis im Bürgerhaus. Keine besonders toll ausgestattete, aber das ist auch nicht nötig, der Job ist ziemlich einfach: Wunden säubern, Grippeimpfungen, den Leuten in Hals und Ohren schauen, Spreißel aus Fingern entfernen und solche Sachen.«

Die Ärztin bremst ab, weil ihnen ein Traktor entgegenkommt. Sie hupt und winkt dem Fahrer fröhlich zu. »Klein-Stefan«, sagt sie. »Er arbeitet schon seit vielen Jahren für das Schloss.«

Thea denkt gerade über den Ausdruck Spreißel nach, den Andersson benutzt hat. Wahrscheinlich meint sie Splitter. Der hiesige Dialekt ist ihr noch nicht ganz vertraut.

»Bezirksärztin zu sein ist natürlich nicht ganz so dramatisch, wie für Ärzte ohne Grenzen zu arbeiten«, fährt Andersson fort. »Der Grundgedanke bei dem ganzen Arrangement ist, dass die Bewohner von Tornaby Zugang zu einem eigenen Arzt haben, jemandem, der Teil der Dorfgemeinschaft ist. Ein bisschen wie früher, verstehst du? Montag- und dienstagvormittags muss die Praxis geöffnet sein, einfach weil es die Leute hier so gewohnt sind. Die restliche Zeit teilst du dir selbst ein und stellst deinen Terminplan spätestens am Freitag in der Woche davor auf die Homepage. Freiheit mit Verantwortung, sozusagen.«

Thea nickt. Ihre Schwiegermutter hat ihr den Aufbau schon erklärt, aber solange die Bezirksärztin spricht, stellt sie zumindest keine neugierigen Fragen.

»Die Bokelund Stiftung ist zum Wohle der Dorfgemeinschaft entstanden, das hat Ingrid dir sicher erzählt, und die Stelle des Bezirksarztes ist ein guter Job, der beste, den ich je hatte.«

Ein leichtes Bedauern schwingt in diesem letzten Satz mit und deutet an, dass es eine Fortsetzung gibt. Aber jetzt im Moment kommt keine.

Die Straße wird gerader, bekommt eine Mittellinie und sowohl Tempolimit-Schilder als auch Bremsschwellen und sogar eine elektronische Messtafel, die den Autofahrern einen schönen Tag wünscht, sofern sie sich an die erlaubten vierzig Stundenkilometer halten.

»Tja, das Dorf kennst du inzwischen sicher, du musst schon oft hier gewesen sein.«

Thea nickt, obwohl es nicht stimmt. Abgesehen von der letzten Woche war sie nur ein einziges Mal in Tornaby, und das nur kurz. David hat sich immer gescheut, hierherzukommen, aber sie hat nie nachgefragt, warum, denn sie war in erster Linie froh darüber, Fragen zu ihrem Geburtsort zu entgehen. Doch nach dem Interview und Davids seltsamem Verhalten von heute Morgen kommt sie ins Grübeln, ob es nicht einen besonderen Grund dafür gibt, dass sie sich von hier ferngehalten haben. Einen, der mit einem toten Mädchen zu tun hat.

Sie muss an das Polaroidfoto in ihrer Jackentasche denken. Vielleicht kann ihr die gesprächige Kollegin erklären, worum es da geht? Aber zuerst müssen sie sich ein bisschen besser kennenlernen.

Im östlichen Teil des Dorfes stehen Häuser aus den Fünfzigerjahren. Dach und Fassaden aus Eternit, die Einfahrten breit genug für zwei Autos. Allmählich geht die Bebauung in Einfamilienhäuser aus Stein über, mit dicht belaubten Gärten, hohen Fahnenmasten und weißen Zäunen zur Straße hin. Jahreszahlen aus dem frühen zwanzigsten Jahrhundert sind an die Hauswände gemalt. Eines der größten Häuser gehört ihren Schwiegereltern.

Im Zentrum von Tornaby finden sich die fast schon obligatorische Pizzeria, eine kombinierte Eis- und Wurstbude und ein Eisenwarenhändler, der darum kämpft, nicht von den Baumärkten verdrängt zu werden. Dahinter liegt die Freiwillige Feuerwehr, die mit ihrem kleinen Turm und dem roten Tor ein bisschen wie Legospielzeug aussieht. Die Post ist schon lange weg, aber die Sparkasse, in der ihr Schwiegervater einmal Bankdirektor war, hat noch eine kleine Filiale. Das Gleiche gilt für den Supermarkt.

Auf einem Hügel mitten im Dorf thront die von hohen Pappeln umgebene Kirche. Es ist ein Gebäude aus düsteren, grauen Sandsteinblöcken mit mehreren Seitenschiffen und einem gewaltigen Turm, was die Kirche im Verhältnis zum restlichen Dorf viel zu groß wirken lässt.

»Die älteste Steinkirche in Schonen«, sagt Doktor Andersson, als sie daran vorbeifahren. »Die Krypta und eine der Mauern wurden schon im elften Jahrhundert erbaut. Die Gegend hier war ein religiöses Zentrum, lange bevor das Christentum sich durchsetzen konnte. Tornaby hat seinen Namen vom Weißdorn, der den vorchristlichen Religionen als heiliger Baum galt.«

Thea brummt etwas, damit sie wenigstens ein bisschen interessiert wirkt.

Das Bürgerhaus des Dorfes liegt genau gegenüber der Kirche, es ist ein roter Ziegelbau. David ging hier bis zur sechsten Klasse in die Schule, bevor die Schule in den tristen Betonklotz am Sportplatz zog. Das ist so ziemlich alles, was Thea über seine Kindheit weiß, außer dass er mit Nettan und Sebastian befreundet war, die jetzt auch seine Partner beim Schlossprojekt sind.

Sie denkt wieder an das Foto, die maskierten Kinder, die schöne junge Frau. Walpurgisnacht 1986, das ist dreiunddreißig Jahre her. David war damals zwölf, sie selbst fünfzehn. Ein ganz anderer Mensch als jetzt.

*Bürgerhaus Tornaby* steht auf einem unnötig großen Schild neben der Einfahrt und darunter, in kleineren Buchstaben: *Arztpraxis, Heimatmuseum, Versammlungsraum, Café, Secondhandladen.* Zwei Frauen mit Kinderwagen unterhalten sich unter einem Kirschbaum. Sie winken, als der Wagen auf den Parkplatz fährt.

»Viele Familien mit kleinen Kindern ziehen hierher«, sagt die Bezirksärztin. »Die neue Straße hat ihren Teil dazu beigetragen, und in zwei Jahren wird die Reftinge-Bahn eingeweiht, dann bekommen wir einen Nahverkehrszug.«

Nachdem sie geparkt hat, hört die Ärztin nicht auf zu reden, während sie mühsam aus dem Wagen steigt.

»Tornaby ist perfekt für Familien mit kleinen Kindern, es gibt hier einen starken Zusammenhalt, jeder kennt jeden. Das Bürgerhaus ist ein wichtiger Bestandteil, ein Ort der Versammlung, wofür wir der Bokelund Stiftung und dem Dorfverein zu danken haben. Außerdem haben sie sich bei den Politikern dafür eingesetzt, dass die Schule bleiben kann. Das ist viel besser, als die Kinder alle nach Ljungslöv zu schicken, wie die anderen kleinen Dörfer es tun müssen. Wir haben im Übrigen eine Facebook-Gruppe, in die du eintreten solltest, Thea. Da erfährt man das meiste, was im Dorf passiert.«

»Ich habe kein Facebook.«

»Ach.«

Die Ärztin hebt verwundert die Augenbrauen, stellt aber keine weiteren Fragen. Sie führt Thea zu einer Tür an der Giebelwand.

»Du und David habt keine Kinder?«

Thea schüttelt den Kopf. »Nein, wir sind kinderlos.«

»Aha …« Doktor Andersson sieht auf einmal verlegen aus, als würde sie sich bei diesem Ausdruck unwohl fühlen.

Ein einfacher, wenn auch nicht ganz fairer Trick, den Thea von Margaux gelernt hat. Die Wahrheit ist, dass David und sie das Thema immer vermieden haben. Vielleicht, weil keiner von ihnen die Ausflüchte des anderen hören wollte. Und jetzt sind sie sowieso zu alt.

Der Praxisraum ist größer, als Thea erwartet hat. Fünfundzwanzig Quadratmeter mit Platz für eine Untersuchungsliege, ein paar abschließbare Schränke und ein Waschbecken. An den Wänden hängen alte Schulposter, die verschiedene Teile der menschlichen Anatomie zeigen. Der Raum riecht nach Seife, die Gardinen sehen neu aus, und auf dem Schreibtisch steht ein großer Blumenstrauß in einer Vase.

*Herzlich willkommen, Doktor Lind, wünscht der Ortsverein Tornaby* steht in der etwas altmodischen Handschrift von Davids Mutter auf der Karte.

»Wie du siehst, wirst du erwartet. Nach all den Jahren sind sie mich wahrscheinlich leid.«

Der Kommentar soll ein Scherz sein, aber die Stimme der Ärztin klingt wieder etwas traurig, was darauf hindeutet, dass das Ganze zum Teil auch ernst gemeint ist. Die groß gewachsene Frau schaut auf ihre winzige Armbanduhr und reibt sich die Hände.

»Wir haben noch zwanzig Minuten Zeit, bis wir aufmachen, was hältst du daher von einer Tasse Kaffee und etwas selbst gemachtem Gebäck, Thea? Die Mädels im Café drüben kümmern sich in der Regel gut um uns. Montags gibt es immer Sandkuchen.«

Nach dem Kaffeetrinken zeigt Doktor Andersson, wie man sich in das Computersystem auf dem Laptop einloggt, wie man einen Termin anlegt und die Krankenakten aktualisiert. Die Patienten, die brav auf den Stühlen im Flur draußen warten, stellen Thea vor die erwarteten Herausforderungen.

Sie impft zwei Kleinkinder, wechselt den Verband an einer Wunde und diagnostiziert eine Ohrenentzündung. Sigbritt Andersson lässt sie die Arbeit machen und sieht ganz entspannt aus, während sie mit ihrer Kaffeetasse in der Ecke sitzt.

Die Patienten sind vor allem Mütter von kleinen Kindern und Rentner. Alle heißen sie auf eine Art willkommen, die vermuten lässt, dass Thea im Dorf schon Gesprächsstoff war. Die Mütter möchten gerne mehr über David, das Schlossrestaurant und die Einweihung wissen. Die älteren Patienten wollen lieber ihre

Krämpfe besprechen, aber fast alle fragen, wie es ihrem Schwiegervater geht, und bitten sie, sowohl Bertil als auch Ingrid zu grüßen.

Sämtliche Patienten sind ihr gegenüber außerdem sehr offen, was Doktor Andersson zu imponieren scheint. Thea selbst ist darüber gar nicht überrascht. Seit sie klein war, haben sich die Menschen ihr anvertraut: ihr großer Bruder, ihr Vater, später ihre Studienfreunde, Kollegen, Patienten. Alles, was sie tun muss, ist, mit ein bisschen Small Talk anzufangen und dann still dazusitzen und zuzuhören.

»Alle Menschen suchen nach jemandem, der ihnen zuhört«, sagte Margaux immer. »Jemand, der versteht und nicht beurteilt. Und das kannst du gut, ma chère. So gut, dass sich sogar Muscheln vor dir öffnen. Deshalb solltest du dich lebenden Menschen widmen, nicht toten. Aber sei vorsichtig. Mit einem großen Talent hat man auch große Verantwortung.«

Dann fällt Thea wieder das seltsame Polaroidbild ein. Welche Geschichte verbirgt sich dahinter? Und wer kann sie ihr erzählen?

# 9

## *WALPURGISNACHT 1986*

*Deine Mutter ist schön, Elita. Das habe ich mir anhören müssen, seit ich klein war. Lola ist schön, aber auch sensibel. Sie glaubt an Elfen und Waldwesen und spricht am liebsten mit ihren kleinen Porzellanfiguren.*

*Vater hat einmal eine Figur zerschlagen, ein weißes Kaninchenbaby, das sie auf dem Flohmarkt gekauft hatte. Eva-Britt saß stundenlang mit Kleister und Zahnstocher am Küchentisch, bis jede Scherbe wieder am richtigen Platz saß und Mutter aufhörte zu weinen. Lola ist wie dieses Porzellankaninchen. Äußerlich heil, aber trotzdem kaputt. Eva-Britt ist der Klebstoff. Dank ihr hält alles zusammen.*

Als Arne auf den Hof der Familie Svart fuhr, war es kurz nach fünf. Er war vorsichtig gefahren, hatte versucht, den größten Matschlöchern auszuweichen, um den Streifenwagen nicht unnötig zu verschmutzen. Er hätte weiter nach Ljungslöv fahren, den Wagen in die Garage stellen und den Schlüssel in der Wache an den Haken hängen sollen. Aber er wollte, dass Elita ihn im Polizeiauto sah, und außerdem hatte er wichtige Neuigkeiten.

Er parkte direkt auf dem Hof, stieg aus und rückte den Gürtel mit den Handschellen, dem Funkgerät und dem weißen Holster mit der Pistole zurecht. Dann setzte er sein Schiffchen auf und zog es tief in die Stirn.

Ein Rudel Hunde kam angerannt, kleine, giftige Terrier, die ihn anbellten und nach seinen Hosenbeinen schnappten. Arne trat dem aufdringlichsten Hund in den Hintern und starrte die anderen Köter an, bis sie sich mit eingezogenem Schwanz davontrollten. Er war schon seit mindestens ein, zwei Jahren nicht mehr hier draußen gewesen, und der Hof sah schlimmer aus, als er ihn in Erinnerung gehabt hatte. Auf den Dächern fehlten Pfannen, und der First der Scheune war mit einer grünen Persenning bedeckt. Über dem gesamten Hof lag ein sumpfiger, feuchter Geruch, den Arne früher kaum registriert hatte, der ihn aber jetzt die Nase rümpfen ließ.

Neben der Treppe zum Wohnhaus stand ein selbst gemachtes, windschiefes Schild.

*Lars Svart Hufschmied*

Darunter in einer anderen Handschrift:

*Eva-Britt Rasmussen und Lola Svart*

*Naturmedizin, Pferdemassage*

Die Haustür ging auf, und Eva-Britt trat auf die Treppe. Sie trocknete die Hände an einem schmutzigen Tuch ab und starrte auf den Streifenwagen. Dann sah sie ihn.

Eva-Britt und Ingrid waren ungefähr gleich alt, hatten den gleichen scharfen Blick, die gleiche spitze Zunge, aber Eva-Britt sah mindestens zehn Jahre älter aus als Ingrid. Ihr Haar war bereits ergraut, der Mund meistens zu einer bitteren Grimasse verzogen.

»Ach, du bist es«, brummte sie.

Arne starrte sie an und begann, die Treppe hinaufzusteigen. »Bittet ihr mich nicht auf eine Tasse Kaffee herein?«

Früher wäre Eva-Britt in der Tür stehen geblieben, hätte den Weg versperrt und ihm gesagt, er solle verschwinden. Aber heute rückte sie zur Seite. Sie schien einzusehen, dass er nicht mehr Bergab-Arne war, Lasses kleiner Laufbursche, sondern jemand, dem man Respekt zollen musste.

Die Küche war genauso unordentlich wie früher. Überall standen Flaschen, Becher, Kanister und kleine Schüsseln herum. Hinzu kam der beißende Geruch.

Lola, Elitas Mutter, stand am Herd und war dabei, irgendeinen Aufguss aufzuwärmen. Sie reagierte nicht auf seinen Gruß. Lola war schon immer eine beeindruckende Erscheinung gewesen: mandelförmige Augen, langes dunkles Haar und eine Haut wie Porzellan. Früher hatte Arne sich nur getraut, sie heimlich anzuschauen, aber jetzt, wo er sie genauer betrachtete, fiel ihm auf, dass sie nicht mehr ganz so schön war, wie er sie in Erinnerung hatte. Oder vielleicht hatten auch die letzten Jahre ihre Spuren hinterlassen. Ihr Blick war scheu, die Hände schwielig, und sie stand mit gebeugtem Rücken da. Einen kurzen Moment lang erfüllte Arne überraschenderweise ein Gefühl der Zärtlichkeit.

»Na, was treibt ihr Damen so?«, fragte er mit sanfter Stimme.

Lola schaute hastig weg, was ihn störte. Er hatte sie nicht erschrecken wollen.

»Nichts«, zischte Eva-Britt und stellte sich mit überkreuzten Armen vor ihn, sie schien zu ihrem alten, bissigen Ich zurückgefunden zu haben. »Du hast im Übrigen kein Recht dazu, hier einfach so reinzuschneien, Arne.«

Eva-Britts Art, seinen Namen auszusprechen, hatte ihn immer gereizt. Sie spuckte ihn quasi aus, als ob die Buchstaben schlecht schmecken würden.

»Kein Recht, sagst du?«

Er ging um Eva-Britt herum und trat an den Küchentisch, hob einen der Plastikkanister hoch und roch am Inhalt. Dabei tat er so, als hätte er solche Kanister nicht schon hundertmal gesehen.

»Das riecht nach Schnaps. Du weißt schon, dass Herstellung und Verkauf von Selbstgebranntem verboten sind. Darauf droht eine Haftstrafe, oh, oh …«

Eva-Britt sank leicht in sich zusammen.

»Lasse ist unten an der Pferdekoppel«, sagte sie etwas zu laut.

»Aha.«

»Elita ist auch dort.«

Arne verkorkte den Kanister langsam und stellte ihn ab. Dann nickte er Lola so freundlich er konnte zu, drehte sich um und verließ die Küche.

# 10

»Alle hier sind freundlich. Fast unnatürlich freundlich, du weißt schon, so ähnlich wie die Nachbarn am Anfang von *Rosemary's Baby*. Jetzt lachst du, oder? Du erinnerst dich, dass ich diese ganzen Horrorfilme immer verabscheute, die ich mir mit dir ansehen musste. Dass wir meist auf deinem Bett saßen, das Laptop zwischen uns, während ich versuchte, meine Angst vor dir geheim zu halten. Ich vermisse diese Stunden, Margaux. Ich vermisse sie so.«

Thea und Doktor Andersson steigen in den Toyota. Sie sollen auf dem Nachhauseweg einen Patientenbesuch bei Kerstin Miller machen, die wohl Davids ehemalige Lehrerin ist und mitten im Schlosswald im Forsthaus wohnt. Thea überlegt, ob David sie jemals erwähnt hat, erinnert sich aber nicht daran.

»Wenn du einen Hausbesuch machst, ist es wichtig, dass du vorher auf den Knopf für Dienstreisen drückst.« Die Ärztin zeigt auf das GPS, das am Armaturenbrett befestigt ist. »Dann wird es im Fahrtenbuch eingetragen und so. Die Stiftung möchte ihre Ausgaben kontrollieren können.«

Sie stöhnt leise bei der Anstrengung, die es sie kostet, den Oberkörper beim Rückwärtsfahren nach hinten zu drehen.

»Also, das ging doch wunderbar«, fasst sie zusammen, als sie den Parkplatz verlassen. »Ich hatte Sorge, dass die Patienten ein bisschen schüchtern sein könnten, vor allem gegenüber einer Person von außerhalb, aber sie haben ja geredet, als würdet ihr euch seit Jahren kennen. Du wirst perfekt nach Tornaby passen, Thea.«

Sie brummt zufrieden über ihre eigene Feststellung.

»Obwohl du nicht immer als Allgemeinärztin gearbeitet hast, oder?«

»Nein, ich war ein paar Jahre in der Gerichtsmedizin.«

»Ach. Und warum hast du damit aufgehört?«

Thea zuckt mit den Schultern.

»Ich habe mich mit einer Frau angefreundet, die ich bei einer Konferenz kennengelernt habe, und sie hat mich dazu gebracht, zu Ärzte ohne Grenzen zu gehen. Sie hat mich quasi überredet, meinte, ich wäre bei lebenden Menschen von größerem Nutzen.«

Sie verstummt, hat keine Lust, mehr über Margaux zu sagen.

Die Kollegin scheint sich mit der Antwort zufriedenzugeben, sie schweigt fünf Sekunden, bevor sie das Gesprächsthema wechselt.

»Ingrid und ich sind zusammen in die Schule gegangen. Aber das hat sie vielleicht schon erwähnt?«

Thea schüttelt den Kopf.

»Ich kenne sie und Bertil von klein auf. Ingrid war die Organisatorin in der Klasse. Sie hat schon damals alles gesteuert. Bertil war ein paar Klassen über uns. Er war gut im Fußballspielen, und außerdem sah er gut aus.« Sie lacht. »Also, gut aussehend für Tornaby. Ein bisschen wie Elvis, mit Samtaugen und welligem Haar. Viele waren hinter Bertil her, auch deutlich hübschere Mädchen als Ingrid. Aber sie wollte ihn unbedingt haben, und alle anderen taten gut daran, ihr aus dem Weg zu gehen. Nicht einmal Bertil hatte da wohl viel mitzureden.« Die Ärztin lachte wieder. »Sie waren außerdem wie füreinander geschaffen. Genauso willensstark und ehrgeizig, genauso verantwortungsbewusst. Ingrids Vater besaß den Dorfladen und war Vorsitzender im Sportverein, und Bertils Vater hatte zum einen die Bank und saß zum anderen im Gemeinderat. Die High Society hier im Dorf, wenn du verstehst, was ich meine. Ingrid war einundzwanzig, als sie heirateten, David kam ein Jahr später zur Welt.«

Die Ärztin senkt die Stimme.

»Das hätte fast übel geendet. Ingrid bekam schwere Blutungen und wäre beinahe draufgegangen.«

»Oh, das wusste ich nicht.«

»Ja, es war ziemlich knapp. Bertil hielt quasi Wache im Krankenhaus. Er weigerte sich zu gehen, bevor die Gefahr nicht vorüber war.«

»Hat David deshalb keine Geschwister?«

Sigbritt Andersson nickt betrübt. »Die Ärzte mussten ihre Gebärmutter entfernen. Traurig, denn ich weiß, dass sie sich immer eine große Familie gewünscht hat. Ingrid hat es wirklich nicht leicht gehabt, musst du wissen.«

Sie dreht sich zu Thea, lächelt schief und macht eine kurze Redepause, wie um ihr die Möglichkeit zu geben, auch etwas zu sagen.

»Wie auch immer«, fährt sie fort, als das Schweigen etwas zu lange dauert. »Ingrids Eltern starben, als ihr kleiner Bruder Arne noch ein Teenager war, sodass Ingrid und Bertil ihn im Prinzip mit großgezogen haben. Hast du Arne schon kennengelernt?«

»Nur ganz kurz.«

Die Ärztin hält den Kopf leicht geneigt, sie scheint auf eine Fortsetzung zu warten. Als nichts kommt, wirkt sie beinahe enttäuscht.

»Arne ist ein bisschen speziell. Er war eine Zeit lang mit einer Thailänderin verheiratet, die er mit ihrem kleinen Sohn hierhergebracht hatte. Aber sie sind wieder zurückgegangen. Ich glaube, das hat ihn schwer getroffen, den Armen.«

Andersson ist mit dem Thema offenbar durch, oder sie hat einfach eingesehen, dass Thea sie nicht mit pikanten Details über Davids Familie versorgen wird, denn sie schweigt mehrere Minuten lang.

Sie fahren einen anderen Weg aus dem Dorf hinaus, kommen am Sportplatz und an der Schule vorbei. Auf der Festwiese neben dem Sportplatz hat man angefangen, Reisig für das Walpurgisnachtfeuer aufzuschichten. Aber etwas an diesem Holzhaufen ist anders, als Thea ihn kennt. Er wird um einen Pfosten mit einem Querbalken herumgebaut.

»Was ist das?«, fragt Thea und deutet auf den Reisighaufen.

»Was denn? Ach, du meinst das Gestell. Das ist für den Grünen Mann. Es ist eine lokale Sitte. Manche sagen, sie sei mit der Familie Gordon aus England herübergekommen, andere behaupten, sie sei viel älter. Vielleicht hast du schon davon gehört?«

Die Ärztin wartet die Antwort nicht ab.

»Alljährlich verbrennen die Bewohner von Tornaby einen Grünen Mann auf einem Scheiterhaufen. Man stellt ihn gemeinsam her, ähnlich wie die Mittsommerstange. Meist wird er ein paar Tage vor der Walpurgisnacht angebracht. Eigentlich ist es ein alter Fruchtbarkeitsritus, genau wie das Walpurgisfeuer. Man verbrennt das Alte und Tote, um für das Neue, Lebendige Platz zu schaffen.«

»Im Wald gibt es eine Eiche mit einem Gesicht. Man soll wohl kleine Opfergaben in seinen Mund stecken.«

Die Ärztin nickt. »Es gibt bestimmt ein halbes Dutzend ähnlicher Bäume hier in der Gegend. Das mit den Opfergaben ist auch so ein heidnisches Überbleibsel. Manche Leute hier fertigen ihre eigenen kleinen Figuren vom Grünen Mann an und hängen sie für die Walpurgisnacht an die Haustür, damit der Grüne Mann auf seiner wilden Jagd die Haustiere nicht verschreckt.«

Thea erinnert sich an die kleine Figur in der Dose.

»Früher«, fährt die Ärztin fort, »also lange vor meiner Zeit, gab es bei der Verbrennung des Grünen Mannes sogar eine kleine Zeremonie. Man wählte ein junges, hübsches Mädchen aus dem Dorf als Scheinopfer, bevor man das Feuer anzündete. Aber ich glaube, diese Tradition hat Anfang des zwanzigsten Jahrhunderts aufgehört. Im Bürgerhaus gibt es ein paar alte Fotos, die zeigen, wie es ablief, falls du interessiert bist?«

Die Ärztin wird von ihrem Handy unterbrochen. Sie wühlt kurz in ihren Taschen herum, bis sie es schafft, die Kopfhörer der Freisprechanlage in die Ohren zu stecken und den Anruf anzunehmen.

»Nein, nein, du störst nicht. Wir sind auf dem Weg zu Kerstin Miller.«

Thea denkt über den kleinen Vortrag der Kollegin nach. Eine alte Tradition, kleine Figuren aus Zweigen und eine junge Frau als Scheinopfer für den Grünen Mann. Alles passt genau zu den Dingen, die sie in der Galgeneiche gefunden hat. Aber wer sind das Mädchen und die Kinder auf dem Bild?

Sie folgen dem kurvigen Feldweg, den sie heute Morgen gefahren sind, kommen an der Auffahrt zum Schloss vorbei und erreichen nach ein paar Kilometern einen Laubwald.

Während Sigbritt Andersson noch mit jemandem telefoniert, der wahrscheinlich ihr Mann ist, biegt sie nach links in einen Schotterweg ein, wo der Wald dichter wird. Durch das Laubdach über ihnen sieht man nur einen schmalen Streifen vom Himmel. Anhand der Karte des GPS an der Armatur erkennt Thea, dass sie östlich des Burggrabens in das Sumpfgebiet gelangt sind.

Schließlich beendet Andersson das Gespräch.

»Ach ja, das hätte ich übrigens fast vergessen, Thea. Von der Regionalverwaltung Schonen hat jemand angerufen, sie haben wohl ein Problem mit deiner Personennummer.«

Thea atmet tief ein, greift auf ihre Standardantwort zurück.

»Meine Daten sind geschützt«, sagt sie so ungerührt wie möglich. Genau wie das Wort »kinderlos« reicht das normalerweise, um weiteren Fragen zu entgehen. Diesmal nicht.

»Ach, wieso das denn?«

»Mein letzter Job bei Ärzte ohne Grenzen war ein bisschen heikel. Reisen in Kriegsgebiete, Einsätze für Menschen, die aus verschiedenen Gründen verfolgt werden.«

Das ist die zweite Verteidigungsmauer. Nur wenige trauen sich weiter.

Aber Doktor Andersson lässt nicht locker.

»Immer noch? Ich dachte, du würdest schon seit ein paar Jahren nicht mehr für sie arbeiten?«

»Seit einem Jahr«, korrigiert Thea.

»Und da brauchst du trotzdem noch geschützte Daten? Dann musst du richtig schlimme Dinge erlebt haben.«

»Mhm«, Thea schaut weg. Sie versucht, mit dem ganzen Körper klarzumachen, dass sie nicht mehr über die Sache reden will. Zum Glück versteht die Ärztin den Wink.

»Es ging jedenfalls darum, dass deine Personennummer nicht zu finden war und du dein polizeiliches Führungszeugnis selbst abgeben musst. Eigentlich darfst du den Dienst gar nicht antreten, bevor das nicht geklärt ist, es wäre also am besten, wenn du nächste Woche zur Behörde nach Lund fahren und die Sache erledigen könntest.«

»Kein Problem.«

Thea zwingt sich zu einem Lächeln, versucht, den Anschein zu erwecken, als wäre das die einfachste Sache der Welt, was außerdem stimmt. Doktor Thea Lind hat ein blütenweißes Führungszeugnis ohne den kleinsten Schandfleck.

Die Straße wird immer kurviger, und es gibt immer mehr Wasserpfützen, je tiefer sie in den Sumpfwald gelangen. Das GPS zeigt an, dass sie den Burggraben umrundet haben und nun dem Kanal Richtung Forsthaus folgen. Mehrmals fahren sie über Rohre, durch die das Sumpfwasser aus Gräben oder kleinen, träge dahinfließenden Bächen in den Kanal geleitet wird, der in einer Senke links von ihnen liegt.

Es ist schwer auszumachen, wie breit der Kanal ist. Die Böschung ist steil und die Senke voller Gestrüpp, Schilf und umgestürzten Bäumen, sodass die eigentliche Wasseroberfläche kaum zu sehen ist. Und noch weniger auf der anderen Seite Richtung Wald. Thea bezweifelt in jedem Fall stark, dass Davids geplantes Restaurantfloß hier durchkäme.

Fast ohne Vorwarnung öffnet sich der Wald plötzlich vor einem hübschen, schonischen Langhaus mit Spitzdach, Sprossenfenstern und rot angestrichenen Fensterläden. Ein kurzer Steg ragt in die grüne Pfütze, die das Ende des Kanals bildet, und hinter dem Haus, halb unter Bäumen versteckt, sieht man ein Stallgebäude und eine Scheune.

Neben dem Haus parkt ein kleiner Transporter. Ein rundlicher Mann in Schirmmütze und Overall steht auf einer Leiter und malt den Giebel des Stalls an. Genau über ihm, fast ganz oben am Dachfirst, hängt ein gewaltiges Hirschgeweih. In dem Moment bricht die Sonne durch das dünne Laubdach und veranstaltet ein eigenartiges Schattenspiel über dem Haus, sodass Thea für einen kurzen Augenblick glaubt, ein großes, Furcht einflößendes Waldwesen mit langen Beinen und einem Geweih auf dem Kopf zu sehen. Der Anblick wirkt so real, dass ihr Herz ein paarmal heftig schlägt. Aber dann dreht sich der Mann um, und der Zauber verfliegt.

»Hallo, J-O!«, ruft Sigbritt Andersson, als sie aus dem Wagen steigen.

Der Mann auf der Leiter antwortet nicht, hebt nur den Malerpinsel zum Gruß. Thea sieht kurz ein unrasiertes, fleischiges Gesicht.

»Jan-Olof Leander«, flüstert ihr die Kollegin zu. »Er ist hier draußen so was wie ein Mädchen für alles. Seine Mutter ist eine unserer wenigen festen Patienten. Sie ist ein bisschen …«

Bevor die Ärztin den Satz beenden kann, öffnet sich die Tür zum Wohnhaus, und Kerstin Miller kommt heraus. Sie ist ungefähr so groß wie Thea, etwas über einen Meter sechzig, ihr graues Haar ist zu einer Pagenfrisur geschnitten, ihre Nase ist rot, und sie trägt eine alte Strickjacke sowie ein nachlässig um den Hals geknotetes Tuch. Trotzdem gelingt es Kerstin Miller, irgendwie elegant auszusehen.

»Willkommen, Frau Lind, wie schön, dass wir uns endlich kennenlernen«, sagt sie. »Kommen Sie rein, der Tee ist fertig.«

»Danke!«

Thea macht ein paar Schritte auf das Haus zu und entdeckt dann, dass rechts neben der Tür etwas an der Wand hängt. Eine fünfzig Zentimeter große Figur, die aus zwei miteinander verflochtenen Zweigen gemacht ist und ihr bekannt vorkommt.

»Ist das ein Grüner Mann?«

Die Frage ist eigentlich an ihre Kollegin gerichtet, aber Kerstin Miller reagiert schneller.

»Ja. Sie kennen also diese Legende. Spannend, nicht? Da ich doch hier draußen im Wald ganz allein wohne, muss ich mich mit dem Grünen Mann gut stellen. Man kann nie vorsichtig genug sein«, lacht sie.

Kerstin Miller und Sigbritt Andersson gehen ins Haus, aber Thea bleibt noch einen Moment lang auf der Treppe stehen. Sie streckt die Hand aus und berührt vorsichtig die Figur. Sie ist größer, und die Zweige sind noch grün, aber es besteht kein Zweifel daran, dass sie genau gleich angefertigt ist wie die Figur, die sie in der Dose gefunden hat.

*Komm um Mitternacht zum Steinkreis. Frühlingsopfer.*

Sie zuckt zusammen. Ein Dorn, der sich unter den Blättern versteckt hat, hat sich so tief in ihren Zeigefinger gebohrt, dass er anfängt zu bluten. Schnell leckt sie die kleine Wunde ab und folgt den anderen ins Haus.

# 11

## *WALPURGISNACHT 1986*

*Vater ist lebensgefährlich, das wissen alle. Vor allem, wenn er getrunken hat. Ich sehe, wie er Eva-Britt und auch Lola schlägt. Und Leo. Armer Leo …*

*Einmal schlug Vater einen Pferdehändler nieder, der ihn betrügen wollte. Er prügelte auf ihn ein, bis der sich kaum noch bewegte. Eva-Britt gelang es, Vater so abzulenken, dass Leo und ich den grün und blau geschlagenen Kerl in sein Auto verfrachten konnten. Vater setzte ihm nach und warf einen Stein mitten durch die Heckscheibe.*

*Eines Tages wird Lasse jemanden töten, flüsterte Eva-Britt mir zu. Vielleicht hat sie recht.*

Arne folgte dem schlammigen kleinen Weg vom Wohnhaus zur Koppel hinunter. Er lenkte das Polizeifahrzeug so nah an den Zaun, wie er nur konnte.

Lasse stand mit einer langen Peitsche in der Hand mitten auf der Pferdekoppel, während Elita ungesattelt auf dem Pferderücken saß. Das Pferd hieß Bill, es war ein muskulöser Hengst, der irgendeinem Bonzen aus Kristianstad gehörte, das hatte Elita erzählt. Er war kohlrabenschwarz bis auf eine weiße Socke am Hinterlauf und fast fertig eingeritten.

Arne stellte seinen Fuß auf die unterste Latte und beugte sich lässig über den Zaun. Elita hatte die Augen ihrer Mutter geerbt, aber anstatt des zerbrechlichen Zuges, der bei Lola zu sehen war, hatte sie einen herausfordernden Blick. Es gab nicht einen Mann in der Kommune Tornaby, der nicht wusste, wer Elita Svart war, und nicht nach ihr gierte, und derjenige, der etwas anderes behauptete, war entweder schwul, Eunuch oder einfach ein verdammter Lügner.

Lasse ließ die Peitsche knallen. Elita trieb den Hengst an, bohrte ihm ihre Stiefelabsätze in die Seiten. Ihr langes, dunkles Haar flatterte hinter ihr im Wind, und unter dem engen Pullover wippten ihre Brüste.

»Gut, Elita! Und jetzt Galopp!«

Elita trieb den Hengst weiter an, die Hufe schlugen auf den Boden, vermischten sich mit Arnes Herzschlag. Bill schnaubte, Geifer tropfte aus seinem Maul.

Genau als sie an ihm vorbeiritt, drehte Elita den Kopf und zwinkerte Arne zu. Fast hätte er vergessen zu atmen.

Als sie fertig waren, schickte Lasse Elita mit Bill in den Stall. Dann ging er auf den Polizeiwagen zu.

»Ach nein, ist das nicht Polizeiwachtmeister Arne Berg? Schickes Auto. Deins?«

»Yes!« Arne wusste weder, warum er log, noch, warum er auf Englisch antwortete. Die Selbstsicherheit von vorhin war wie weggeblasen.

Früher hatte er Lasse Svart immer bewundert. Lasse machte genau das, was er wollte, ließ sich von niemandem einschüchtern. Außerdem sah er gut aus, so wie Frauen es mochten. Er hatte dunkle Haare, braune Augen und eine Narbe, die wie ein weißer Strich über seine Wange verlief.

»Du hast dir sogar einen Schnurrbart zugelegt«, fuhr Lasse fort. »Und eine Knarre. Genau wie Magnum. Es scheint gut zu laufen für meinen alten Helfershelfer.«

Arne nickte auf eine Art, die – so hoffte er – cool aussah.

Lasse holte eine Dose Snus hervor, steckte sich eine ordentliche Prise in den Mund und wischte sich die Hand an der Hose ab.

»Tatsächlich kommst du mir verdammt gelegen«, sagte er, während er die Prise unter der Oberlippe zurechtrückte. »Der Fahrer, den ich sonst habe, wurde diese Woche wegen Trunkenheit am Steuer eingebuchtet. Ich habe einen neuen, großen Schnapsbrenner und durstige Kunden bis hoch nach Nedanås. Niemand wird ein Polizeiauto verdächtigen. Du wirst natürlich gut bezahlt, viel besser als für deine früheren Fahrten für mich.«

Er klopfte Arne mit seiner Snus-Hand auf die Schulter. Arne musste sich zusammenreißen, um nicht zurückzuzucken. Lasses Hände waren groß und kräftig, gezeichnet von jahrelanger Arbeit mit Hammer und Zange.

»Ich habe ein paar Kanister, die heute noch nach Ljungslöv müssen. Ich wollte eigentlich selber fahren, aber ein Bauer aus Reftinge hat mich vorhin angerufen, ich soll einen neuen Brunnen bohren. Er hat doppelte Bezahlung angeboten.« Lasse beugte sich heran, senkte die Stimme und packte Arne an der Schulter, auf die er gerade geklopft hatte. »Die Walpurgisnacht ist eine gute Gelegenheit, um mit der Wünschelrute unterwegs zu sein. Heute Nacht ist viel in Bewegung, musst du wissen. Die Natur ist hungrig, und der Grüne Mann reitet durch die Wälder, also pass auf dich auf, kleiner Arne.«

Wie immer fiel es Arne schwer auszumachen, ob Lasse ihn zum Narren hielt. Dieser ganze Naturhokuspokus klang wie ein Scherz, als wollte Lasse ihm Angst machen, so wie er es selbst mit den Kindern drüber an der Festwiese getan hatte, aber zugleich wirkte Lasse todernst. Seine Hand lag immer noch auf Arnes Schulter, und er durchbohrte ihn mit seinem Blick.

Ein klagender Laut aus dem Sumpf ließ Arne zusammenfahren, wahrscheinlich ein Vogel. Was sollte es sonst gewesen sein? Er unterdrückte ein Schaudern.

»Wie auch immer. Die Kanister stehen da drin. Du kannst sie direkt mitnehmen.« Lasse ließ Arnes Schulter los und zeigte auf einen kleinen Schuppen, der halb im Dickicht hinter der Koppel versteckt lag.

Arne holte tief Luft, steckte die Daumen in den Gürtel und wippte auf den Fersen.

»So was mache ich nicht mehr, Lasse.«

Lasse Svart zuckte, runzelte die Stirn und musterte Arne von oben bis unten.

»Nicht? Dann bist du also anständig geworden?«

Arne verzog bedauernd das Gesicht. »Ich bin jetzt Polizist, ich muss darauf achten, was ich tue.«

»Du sagst es …«

Lasse starrte ihn weiter an. Sein Blick hatte etwas Hypnotisches an sich, Arne fühlte schon den letzten Rest Selbstsicherheit dahinschmelzen.

Er räusperte sich, versuchte, nicht wegzuschauen.

»Also, Lasse, ich kann das nicht …« Seine Stimme schwankte.

Verdammt noch mal! Arne räusperte sich wieder. Er war Arne Berg, Polizist Arne Berg.

»Es geht nicht«, sagte er mit etwas festerer Stimme, schob dabei die Hüften vor, bohrte die Daumen noch tiefer in den Gürtel.

»Natürlich, verstehe.« Lasse machte eine resignierte Handbewegung. »Du hast jetzt einen neuen Job, keine Zeit, alten Freunden zu helfen.«

Arne nickte erleichtert.

»Nicht einmal alten Freunden, die dir früher mal aus der Patsche geholfen haben.«

Die Erleichterung wich einem kalten Kloß in Arnes Magen.

»Alten Freunden, die dir sogar geholfen haben, diesen feinen Job mit Auto und Uniform zu bekommen«, fuhr Lasse fort. »Die der Polizei gegenüber bestätigt haben, dass Arne Berg damals nicht heimlich bei kleinen Mädchen ins Fenster gestarrt hat, weil er hier auf dem Hof geholfen hat, als der perverse kleine Spanner zwischen den Häusern in Tornaby herumgeschlichen ist. Es wäre doch traurig, wenn die Wahrheit jetzt ans Licht käme. Dafür bräuchte es ja nur einen Anruf beim Polizeichef in Ljungslöv. Heißt er nicht Lennartson? Ein guter Freund deines Schwagers, oder?«

Arne spürte, wie ihm die Luft ausging, wie der Kragen seines Uniformhemdes plötzlich lockerer saß und das Holster über seine Hüften rutschte.

»Jetzt machen wir es so«, sagte Lasse und packte ihn wieder an der Schulter, diesmal fester. »Du rollst mit diesem feinen Polizeiauto zum Schuppen, und dann nimmst du zwanzig Fünf-Liter-Kanister und packst sie in den Kofferraum. Sonst …« Lasse drückte mit seiner groben Arbeiterhand so fest zu, dass Arne vor Schmerz das Gesicht verzog. »Nimm einundzwanzig. Den letzten kannst du behalten, aus alter Freundschaft.«

# 12

»Du hättest Kerstin Miller gemocht, da bin ich mir sicher. Sie ist die Art Mensch, die eine besondere Ausstrahlung hat. Ein von Grund auf herzensguter Mensch.

Ich kann dich lachen und sagen hören, dass ich genug Elend erlebt haben müsste, um zu wissen, dass alle Menschen in der Lage sind, Schlechtes zu tun. Dass echte Güte nicht existiert. Ich will glauben, dass du dich irrst.«

Die Küche im Forsthaus ist warm und gemütlich. An den Wänden hängen Bündel getrockneter Kräuter, von einem Holzofen in der

Ecke knackt es leise, und davor auf dem Steinboden hat sich eine große, zottelige Katze ausgestreckt.

Kerstin Miller hat einen feinen Humor, der Thea sofort gefällt. Sie serviert Rhabarbertee und redet drauflos, als wären sie alte Bekannte.

»Ihr hättet wirklich nicht meinetwegen bis hierher rausfahren müssen. Es geht mir schon besser. Ich habe vor, in ein paar Tagen wieder in die Schule zu gehen, meine Vertretung ist ein bisschen gestresst.«

»Du musst auf jeden Fall den Rest der Woche zu Hause bleiben«, wendet Sigbritt Andersson ein.

»Ich habe nur ein bisschen Fieber, wenn ich ein paar Alvedon nehme, wird es schon gehen. Wir müssen vor den Sommerferien noch so viel machen. Die Kinder sollen nicht die Leidtragenden sein, nur weil ich erkältet bin.« Kerstin Miller wendet sich an Thea. »Erzählen Sie. Wie ist es als Neuzugezogene? Wie kommen Sie mit dem Dialekt hier zurecht? Sie können sich immer melden, wenn es etwas gibt, was Sie nicht verstehen. Wir Zugereiste müssen zusammenhalten.«

Kerstin Miller kommt irgendwo aus dem Norden und spricht eine charmante Mischung aus Reichsschwedisch und Schonisch.

»Ich habe schon ein paar Wörter gelernt«, sagt Thea.

»Sie werden sehen, in ein paar Monaten sprechen Sie fließend Schonisch.« Kerstin Millers Lächeln ist einladend. »Werden Sie bis zur Walpurgisnacht mit allem fertig?«

»Ja, ja. David ist sehr beschäftigt, aber es wird schon klappen. Es werden wohl ziemlich viele Leute zum Essen kommen.«

»Ja, Jeanette und Sebastian haben sich beide gemeldet und erzählt, dass sie kommen. Wie schön, dass sie und David nach all den Jahren etwas gemeinsam aufziehen. Als Kinder waren sie so eng befreundet. Und fleißig in der Schule. Ehrgeizig. Warten Sie, ich zeige Ihnen etwas.«

Kerstin Miller steht auf und geht in einen angrenzenden Raum. Thea hört, wie Schubladen herausgezogen werden.

»Hier haben wir sie in der ersten Klasse.«

Die Lehrerin legt ein Album auf den Tisch und blättert zu einer verblichenen Farbfotografie vor. *Tornaby-Schule 1981, 1. Klasse* steht in einer feinen, ordentlichen Handschrift daneben.

Es gibt nur fünfzehn Kinder in der einzigen ersten Klasse von Tornaby. Manche von ihnen schauen schüchtern zu Boden oder zur Seite, andere zeigen mehr Interesse am Fotografen und an der Kamera. Kerstin Miller steht ganz außen. Sie ist um die fünfundzwanzig, ihr Haar weizenblond und lang, das Gesicht jung und voller Energie.

»Da ist er.«

David steht in der hintersten Reihe, er ist ziemlich leicht zu erkennen und trägt einen Pullover, den wahrscheinlich seine Mutter Ingrid gestrickt hat.

»Und das ist Jeanette.«

Kerstin bewegt den Zeigefinger zu einem kleinen Mädchen mit asiatischem Aussehen in der vorderen Reihe. Das Mädchen trägt eine Latzhose, ein blaues Haarband und lächelt so breit in die Kamera, dass man ihre Lücke zwischen den etwas zu großen Vorderzähnen sieht.

Thea ist überrascht. Sie hat Nettan nie getroffen, und David hat ihr Aussehen nie erwähnt. Aber Thea hat sie sich immer blond und sommersprossig vorgestellt, als ob alle Kinder, die auf dem Land aufwuchsen, automatisch wie Michel aus Lönneberga aussehen müssten. Idiotisch natürlich.

»Jeanette war oft die Beste in der Klasse. Außer in Mathematik.« Kerstin schiebt den Finger zu einem dritten Kind, einem kurz geschorenen Jungen mit scheuem Blick und viel zu großer Brille. »Darin war Sebastian ganz klar die Nummer eins. Seine Eltern zogen aus Polen hierher, als er gerade geboren war. Ein wunderbarer Junge. Still, aber nett. Und wie gesagt: sehr begabt in Mathematik.«

»Und David?«

»David war auch gut, vor allem mündlich. Er wusste, wie man ein Publikum für sich einnimmt.«

Kerstin Miller blättert ein paar Seiten weiter. Ein Zeitungsartikel aus dem Helsingborg Dagblatt kommt zum Vorschein.

»Sehen Sie, hier.«

Wieder David, Nettan und Sebastian, aber diesmal ein paar Jahre älter. Nettans Vorderzähne wirken nicht mehr ganz so groß, Sebastians Brille auch nicht. David zeigt eine frühe Version seines charmanten Lächelns.

*Tornaby-Trio weiter im Schülerwettbewerb.*

Thea überfliegt den Text. David wird am häufigsten zitiert. Er erzählt, dass er Kampfpilot werden und Jetfighter fliegen will, wenn er groß ist. Nettan möchte Schauspielerin oder Geschäftsführerin werden, oder Musikerin, weil sie Klavier spielt.

Sebastian sagt bei dem Interview am wenigsten. Er will Ingenieur werden wie sein Vater oder vielleicht Schachspieler.

»Sie haben es bis ins Halbfinale geschafft und mit nur einem Punkt gegen das Team verloren, das später Sieger wurde.« Kerstins Stimme klingt stolz. »Ich weiß, dass man das als Lehrerin nicht sagen soll, alle Klassen und alle Schüler sind auf ihre Weise besonders. Aber die erste Klasse, die man hat, ist schon etwas Spezielles. Ich kenne immer noch die Namen von allen Kindern, und ihre Eltern haben mich sehr unterstützt. Ich kam quasi direkt von der Hochschule und hatte noch nie einen Fuß nach Schonen gesetzt. Doch die Dorfbewohner haben mich mit offenen Armen aufgenommen, und ich fühlte mich sofort willkommen.«

»Warum sind Sie ausgerechnet in Tornaby gelandet?«, fragt Thea.

»Oh, der übliche Grund, wenn jemand von einem Ende des Landes ans andere zieht. Die Liebe. Allerdings ist nie etwas daraus geworden. Stattdessen habe ich mich in die Gegend verliebt. Ich mietete das Forsthaus und schaffte mir ein Pferd an. Und dann saß ich fest.«

»Und du hast kein bisschen Angst im Dunkeln?«, flicht Sigbritt Andersson, die sich wohl ausgeschlossen gefühlt hat, in das Gespräch ein. »Ich selbst würde mich nicht trauen, allein hier draußen im Sumpf zu wohnen, ohne Nachbarn im Umkreis von mehreren Kilometern.«

Kerstin Miller schüttelt den Kopf. »Nach einem ganzen Tag in der Schule genieße ich die Ruhe und Abgeschiedenheit. Außerdem habe ich Pferde und Vanderbilt hier zur Gesellschaft.« Sie zeigt auf die langhaarige Katze, die vom Boden zum Küchensofa umgezogen ist. »Ich liebe meinen kleinen Hof und den Wald und möchte so lange hier wohnen, wie es meine Gesundheit und die Bokelund Stiftung erlauben.«

Sie hält inne und niest in ein Taschentuch, das sie aus ihrem Jackenärmel zaubert. Dann blättert sie mehrere Seiten im Album vor. Ein weiterer Zeitungsartikel, deutlich späteren Datums.

*Geliebte Lehrerin feiert fünfundzwanzigstes Jubiläum.*

»Das war 2006. Das Haus war voller Blumen. Jeanette kam mir zu Ehren extra aus der Schweiz. Sehen Sie mal hier!«

Ein großes Farbfoto von einer Anzahl lachender Menschen, die in zwei Reihen zusammenstehen. Über ihnen hängt eine Banderole.

*»Herzlichen Glückwünsch, Fräulein Kerstin. Wir lieben Sie!«*

Es dauert ein paar Sekunden, bis Thea erkennt, dass es dieselben Personen wie auf dem ersten Bild sind, die im selben Zimmer und an denselben Plätzen stehen wie fünfundzwanzig Jahre früher. Die glatten Kindergesichter sind Bärten und Doppelkinnen gewichen, die Kinderklamotten wurden gegen ordentliche Hemden, Jacketts und Kleider eingetauscht.

David ist inzwischen gut aussehend, die Zähne kreideweiß und der Blick selbstsicher. Nettan hat alles Provinzielle abgeschüttelt und trägt einen Hosenanzug. Die Frisur ist perfekt, die Schminke ebenfalls. Eine Geschäftsfrau durch und durch.

»Ist es nicht schön?« Kerstin Miller klingt noch ein bisschen stolzer. »Das haben sie für mich gemacht. Um mich zu überraschen.«

Die Neuausgabe von Sebastian trägt Kontaktlinsen und hat schon ziemlich spärliches Haar, obwohl er auf dem Foto kaum älter als dreißig ist.

»Sebastian hat in Lund promoviert und mit ein paar Freunden eine Firma aufgebaut. Mikroprozessoren, irgendwas sehr Technisches. Sie wurden von Sony aufgekauft, und Sebastian hat einen Haufen Geld verdient. Davon hat er für seine Eltern ein großes Haus in Polen gekauft, als sie in Rente gingen.«

»Ah, wie nett«, sagt Thea, der nichts Besseres einfällt.

Sie glaubt, eine andere Person auf dem Bild wiederzuerkennen. Ein quadratisch gebauter Mann mit fleischigem Gesicht. Er trägt einen Blazer mit zu langen Ärmeln und scheint sich sehr unwohl zu fühlen.

»Ist das nicht derjenige, der draußen auf der Leiter steht?« Sie deutet mit dem Kopf Richtung Stall.

»J-O? Ja, stimmt. Er war der Vierte in ihrer kleinen Bande. Ein Quartett könnte man sie wohl nennen.«

Der letzte Satz bleibt etwas unbeholfen in der Luft hängen. Und plötzlich muss Thea an die Kinder auf dem Polaroidbild denken. Vier Kinder im Frühling 1986.

»Darf ich mal?« Sie zeigt auf das Album.

»Natürlich.«

Thea blättert nach dem Wettbewerbs-Artikel weiter, bis sie findet, was sie sucht.

*Tornaby-Schule 1986, Klasse 6.*

Sie fährt mit dem Finger über die Gesichter, sucht nach David und seinen drei Freunden. Sigbritt Andersson räuspert sich laut und schaut mit übertriebener Geste auf ihre Armbanduhr.

»So, Thea, ich denke, es ist Zeit zu gehen«, kündigt sie an.

Thea ignoriert die Bemerkung. Stattdessen holt sie das Polaroid aus der Innentasche, streicht es glatt und legt es neben das Schuljahrbuch. Eines der maskierten Kinder trägt einen gestreiften Pullover, der stark an denjenigen erinnert, den Sebastian auf dem Klassenfoto trägt. Das kann kein Zufall sein.

»Woher hast du dieses Foto?«, fragt Sigbritt Andersson beinahe schroff. Sowohl sie als auch Kerstin Miller haben sich hinter Thea gestellt.

»Ich habe gestern im Wald eine Blechdose gefunden. Das Foto lag darin. Könnten das David und seine Freunde sein? Nettan, J-O und Sebastian?«

Sie schaut auf. Kerstin Miller und die Ärztin tauschen einen langen Blick, der die Frage beantwortet.

»Was ist das für eine Geschichte?«

»Hat David nichts erzählt?«, fragt Kerstin Miller leise.

»Wovon erzählt?«

Ein erneuter Blick, gefolgt von einer Geste der sonst so gesprächigen Ärztin, die man als Kopfschütteln deuten könnte.

Kerstin Miller holt tief Luft. »Von der armen Elita Svart. Dem Frühlingsopfer.«

# 13

## *WALPURGISNACHT 1986*

*Männer sind leicht zu manipulieren. Sie liegen zu Hause in ihren Betten und träumen von mir, malen sich aus, was sie mit mir machen wollen. Elita Svart ist ein Mädchen, das man fickt, keines, das man heiratet. Eine Zigeunerin, ein Habenichts, eine kleine Hure.*

*Also benehme ich mich so, wie alle es von mir erwarten. Ich reize und locke sie. Ich bin gut darin, hatte genug Zeit zu üben, aber insgeheim bin ich die Rolle leid.*

*Jetzt bleibt mir noch eine einzige Vorstellung. Dann, liebe Leser, ist alles vorbei.*

*Ihr habt doch nicht vergessen, dass ich sterben werde?*

»Verdammte Scheiße!« Arne fluchte laut, während er die weißen Plastikkanister mit dem selbst gebrannten Schnaps in den Kofferraum des Polizeiwagens hievte. Der Schuppen stand halb im Sumpf auf einigen Zementblöcken und war so mit Büschen und Brombeergestrüpp überwuchert, dass das niedrige Holzgebäude nur durch die lehmigen Reifenspuren verraten wurde, die in der Erde davor zu sehen waren.

Im Schuppen roch es feucht. Arnes Uniformjacke hatte schon Schweißringe unter den Achseln, seine Schuhe waren lehmverschmiert. Er hätte nicht hierherfahren sollen, hätte sich von diesem verdammten Sumpfland fernhalten müssen, fern von Svartgården. Stattdessen hatte es ihn zurückgezogen, zurück in den Dreck.

Er war siebzehn, als diese Sache passiert war, und ging aufs Gymnasium. Alles hatte im Schulbus von Ljungslöv nach Hause angefangen. Ida Axelsson, in die er während der gesamten Oberstufe heimlich verliebt gewesen war, saß ein paar Reihen vor ihm. Sie war schon immer hübsch gewesen, aber an diesem Abend schien sie zu strahlen. Alle Gleichaltrigen im Bus waren um sie herum, und als sie ausstiegen, hatte er noch ein bisschen mehr sehen, den Abschied quasi hinauszögern wollen. Also war er Ida mit Abstand gefolgt. Er hatte keine böse Absicht gehabt.

Ohne dass er richtig wusste, wie es dazu gekommen war, stand er dann plötzlich in der Dunkelheit unter ihrem Fenster. Wie lange, wusste er nicht mehr. Vielleicht fünf Minuten, vielleicht zehn. Er beobachtete Ida, wie sie sich durch das Zimmer bewegte, sang, alleine tanzte.

Ein paar kurze, wunderbare Momente lang schien es, als teilte er alles mit ihr, als befände er sich bei ihr im Warmen. Bis ihre Mutter nach Hause gekommen war und die Lichter ihres Autos ihn verraten hatten. Da war er schnell losgerannt, hatte sich auf sein Moped gesetzt und war so weit weggefahren, wie er konnte. Zu Svarts Hof. Lasse war einer der wenigen in der Gegend gewesen, die sich nicht über ihn lustig machten, nicht auf ihn herabsahen, ihn nicht Bergab-Arne nannten. Er hatte ihm sogar Arbeitsaufträge gegeben und das Gefühl, wichtig zu sein.

Lasse hatte ihm ein Alibi gegeben, als die Polizei anfing, Fragen zu stellen. Und da weder Ida noch ihre Mutter sich ganz sicher waren, dass es wirklich Bergab-Arne gewesen war, den sie im Garten gesehen hatten, geriet die Sache bald in Vergessenheit.

Naiv, wie er war, hatte er gehofft, dass alle Botengänge und Aufträge, die er für Lasse übernommen hatte, die Geschichte ausgeglichen hätten. Er hätte wissen müssen, dass man mit Lasse Svart niemals quitt war. Aber vielleicht würde sich jetzt alles von allein regeln? Er hatte Lasse nichts davon gesagt, was er in der Bank gehört hatte. Vielleicht würden der Graf und Erik Nyberg das Problem für ihn lösen, indem sie dafür sorgten, dass Lasse für immer verschwand.

»Hallo, Arne!«

Er zuckte zusammen. Elita stand genau hinter ihm. Sie trug einen kleinen Kasten an einem Gurt in der Hand.

»Schickes Auto!«

Er machte einen Schritt auf sie zu und rückte seine Krawatte zurecht.

»Du siehst gut aus in Uniform.«

»Danke!« Arne wusste nicht, wohin er schauen sollte. Sie stand so nah, dass er ihren Geruch riechen konnte. Schweiß, Pferd und noch etwas anderes, unglaublich Verlockendes. In gewisser Weise erinnerte Elita an Ida Axelsson, sie war eine dunkelhaarige, sehr viel hübschere Version von ihr. Er zupfte noch immer an seiner Krawatte herum, während ihr Bein seines leicht berührte. Arne schluckte.

»Tja.« Elita machte einen Schritt zurück und ließ den Kasten vor ihm baumeln. »Hier, danke fürs Ausleihen.«

Erst jetzt erkannte Arne, was es war: die Polaroidkamera, die er von Ingrid und Bertil zum Abitur bekommen hatte.

»Klar, kein Problem. Darf ich die Bilder sehen?«

»Vielleicht. Wenn du nett bist.« Elita zwinkerte ihm zu, so wie vorhin auf der Koppel.

Arne kaute auf seinem Schnurrbart herum. »Und der Kassettenrekorder?«

»Den brauche ich noch ein bisschen. Ist das okay?« Sie legte den Kopf schief.

»Kein Problem.«

Arne drehte sich um und schlug den Kofferraum des Wagens zu, um die Kanister nicht mehr sehen zu müssen.

»Fährst du in die Stadt?«, fragte Elita.

»Yes!« Seine Handflächen waren verschwitzt, er wischte sie an den Hosenbeinen ab.

»Kannst du mich am Schlosswald rauslassen?«

»Was willst du da?«

Sie zuckte mit den Achseln. »Für heute Abend was vorbereiten.«

»Heute Abend? Du wirst doch keine Dummheiten machen?« Arne fluchte innerlich. Warum klang er plötzlich so uralt?

»Das werden wir sehen«, lächelte sie. »Wir treffen uns am Steinkreis. Komm doch vorbei. Ich glaube, es wird dir gefallen.«

Ihre Stimme hatte einen einladenden Klang. Arne starrte auf ihre Lippen. Sie waren so perfekt, so weich, so …

»Wer weiß, vielleicht taucht sogar der Grüne Mann höchstpersönlich auf«, fügte sie hinzu.

Arne versuchte, etwas zu erwidern, aber sein Mund war ganz trocken. Das entfernte Geräusch eines Autos brachte Elita dazu, sich umzudrehen.

»Leo!«, rief sie und rannte davon.

Etwas an ihrer Stimme versetzte Arne einen Stich, als würde ihm ein rostiges Messer mitten ins Herz gerammt.

## 14

»Die Geschichte hinter dem Foto ist richtig scheußlich. Sie handelt von einem toten Mädchen und hat mich sehr berührt, aus einem Grund, den ich dir noch nicht erklären möchte. Es gibt so vieles, was du nicht über mich weißt, Margaux, so viel, was ich dir nicht erzählt habe, sowohl über diejenige, die ich einmal gewesen bin, als auch über jene, die ich zurückgelassen habe.«

Sie verabschieden sich von Kerstin Miller und fahren denselben Weg zurück, den sie gekommen sind. Doktor Andersson sitzt schweigend da, als wüsste sie ausnahmsweise nicht, was sie sagen sollte.

»Das Mädchen auf dem Foto heißt also Elita Svart«, sagt Thea. »Und sie wurde im Schlosswald umgebracht.«

Mehr als das hat Kerstin Miller nicht gesagt. Vielleicht findet sie, es wäre Davids Aufgabe, ihr den Rest zu erzählen, aber Thea kann nicht so lange warten.

Ihre Kollegin trommelt mit den Fingern auf das Steuer und scheint innerlich mit sich zu kämpfen.

»Das, was mit Elita passiert ist, war eine traurige Sache. Eine Familientragödie«, sagt sie schließlich. »Die Familie wohnte auf Svartgården, einem Hof im Sumpfgebiet. Früher einmal gab es eine Straße dorthin, aber jetzt nicht mehr.« Sie zeigt mit dem Daumen aus dem Seitenfenster. »Elitas Vater, Lasse Svart, war eigentlich Hufschmied, aber er machte nebenher eine Reihe anderer Geschäfte. Er hatte zum Beispiel eine Wünschelrute, kurierte diverse Krankheiten bei Tieren, ritt Pferde ein, aber er trieb auch einige zwielichtige Sachen, zumindest den Gerüchten nach. Lasse war mehrfach im Gefängnis gewesen. Viele hatten Angst vor ihm.«

Die Ärztin macht eine kurze Pause, während sie um ein riesiges Schlagloch manövriert.

»Lasse lebte mit zwei Frauen zusammen. Eva-Britt und Lola. Eva-Britt war in Lasses Alter. Sie kümmerte sich um seine Geschäfte, stellte Naturmedizin her und verkaufte sie. Ihr Sohn Leo wohnte auch auf dem Hof.«

Wieder ein Schlagloch, wieder eine Unterbrechung.

»Lola, Elitas Mutter, war etwas seltsam. Sie hielt sich fast immer nur auf dem Hof auf, schaute weg, wenn man ihr begegnete. Die ganze Familie war …« Die Ärztin zögert. »Tja, ich weiß nicht, welches das richtige Wort heutzutage dafür ist, aber früher nannte man solche Leute Zigeuner.«

Thea spürt ein Brennen auf der Haut, ihre Oberlippe zuckt.

»Aha«, hört sie sich selbst erstaunlich neutral sagen.

»Wie du auf diesem Polaroidfoto gesehen hast, war Elita ein sehr schönes Mädchen mit einer besonderen Ausstrahlung. Und sie wusste das einzusetzen.«

»Wie das?«, will Thea wissen, vor allem, um dieses eine Wort aus ihrem Kopf zu bekommen.

»Elita stand sehr gerne im Zentrum und konnte Jungs und Männer um den kleinen Finger wickeln. Nicht zuletzt ihren Stiefbruder. Leo tat alles, was sie wollte. Absolut alles.«

Die Frau holt tief Luft, will sich offenbar sammeln.

»In der Walpurgisnacht 86 inszenierte Elita ein kleines Schauspiel. Später kam heraus, dass sie die Fotos im Heimatmuseum gesehen hatte und das alte Frühlingsopferritual nachspielen wollte. Und dass sie vier jüngere Kinder dazu gebracht hatte, ihr zu helfen.«

»David, Nettan, Sebastian und J-O«, sagt Thea langsam.

»Ja«, seufzt die Ärztin. »Sie trafen sich am Steinkreis im Wald, zündeten ein Feuer an, und Elita und die Kinder tanzten, genau wie man es früher bei dem alten Ritual gemacht hatte. Dann tauchte ihr Stiefbruder auf einem Pferd auf.«

Sie macht eine Pause, scheint nach der richtigen Formulierung zu suchen.

»Leo erschlug Elita. Er legte sie mit über der Brust gekreuzten Händen auf den Opferstein. Die Zeitungen nannten sie Frühlingsopfer.«

Thea japst nach Luft.

»Und David und seine Freunde sahen, wie es passierte?«

»Mehr oder weniger. Eine schreckliche Geschichte. Sowohl für die Kinder als auch für ihre Familien. Sie mussten Polizeiverhöre und eine Gerichtsverhandlung über sich ergehen lassen. Hat David wirklich nie etwas davon erwähnt? Oder Ingrid zumindest?«

»Keinen Ton.«

Eine Weile bleibt es still, während Thea versucht, die Erzählung der Kollegin zu verdauen. Im Nachhinein betrachtet, ist es nicht verwunderlich, dass David beim Fernsehinterview so aus dem Konzept kam. Aber warum wollte er ihr nichts von dem Geschehnis erzählen?

»Warum hat der Stiefbruder das gemacht?«, fragt sie. »Was hatte er für ein Motiv?«

Sigbritt Andersson atmet wieder langsam ein.

»Elita hinterließ zu Hause auf dem Hof einen langen Brief. Da faselte sie etwas davon, dass sie nicht erwachsen werden wollte und lauter solchen Teenager-Blödsinn. Sie hatte alles geplant. Sie hatte vor zu sterben.«

»Und Leo war bereit mitzuspielen, seine Stiefschwester zu töten?«

Die Ärztin nickt. »Er hat alles gestanden und wurde wegen Mordes angeklagt. Aber er bekam mildernde Umstände, weil das Gericht der Ansicht war, dass Elita ihn manipuliert hatte. Wie gesagt, eine furchtbare Geschichte.«

Die Ärztin versucht deutlich, das Gespräch zu beenden. Aber Thea denkt nicht daran, das Thema fallen zu lassen.

»Warst du ihre Ärztin?«

»Nein. Ich arbeitete im Krankenhaus in Helsingborg, als das alles passierte, ich war also nicht involviert, außer dass wir in Tornaby wohnten und ich die Familie kannte.«

»Was wurde aus der Familie?«

»Sie sind alle schon lange weg.« Die Ärztin räuspert sich. »Also ... es ist so, Thea. Was Elita Svart zugestoßen ist, ist eine traurige Sache, die wir schon lange hinter uns gelassen haben. Tornaby ist viel mehr als ...« Sie sucht nach den richtigen Worten.

»Ein totes Zigeunermädchen«, sagt Thea, ohne nachzudenken. Das Wort lässt sie die Lippen zusammenkneifen. Es schmeckt nach Fliegenpilz, Bittermandel.

»Ja, oder nein, nicht so ...« Die Ärztin rutscht verlegen auf ihrem Sitz herum. »Was ich sagen will, ist, dass die Leute hier am liebsten nicht an diese alte Geschichte erinnert werden möchten. Sie wieder hervorzukramen, ist keine sehr gute Art, sich in die Dorfgemeinschaft zu integrieren, verstehst du?«

Thea nickt, aber durch ihren Kopf geistert dieses Wort, das sie seit ihrer Jugend nicht mehr gehört hat. Das Wort, das andere Leute ihr hinterherwarfen, so, wie es die Menschen in Tornaby sicher bei Elita machten.

In einem anderen Leben, in einer anderen Zeit.

*Zigeunerin, Zigeunerin, Zigeunerin ...*

# 15

## *WALPURGISNACHT 1986*

*Leo ist mein großer Bruder, wobei wir eigentlich nicht miteinander verwandt sind.*
*Es gibt ein altes Foto von uns, das auf Eva-Britts Nachttisch steht. Leo ist darauf zehn, ich sechs Jahre alt. Wir sitzen zusammen auf einer Bank. Er schaut auf etwas hinter der Kamera und sieht ernst aus. Ich schiele bewundernd zu ihm hoch, als ob er das Tollste wäre, was es gibt.*
*Jetzt ist er es, der mich mit fast dem gleichen Blick anschaut. Leo möchte, dass wir zusammen abhauen. Das hat er in seinen Briefen geschrieben. Leo würde alles für mich tun. Egal, worum ich ihn bitte.*

Leo hob seinen Kleidersack aus dem Kofferraum des Minibusses, warf sich die Tasche über die Schulter, rückte die moosgrüne Baskenmütze zurecht und streckte sich. Dann winkte er den anderen jungen Männern, als der Minibus davonfuhr.

Er hatte sich lange auf diesen Moment gefreut. Er hatte sich bis ins kleinste Detail ausgemalt, wie es sein würde, wie er in seiner Uniform auf dem Hof stünde, wie es riechen und sich anfühlen würde.

Die Hunde liefen ihm schwanzwedelnd um die Beine und bellten aufgeregt. Seine Mutter kam ihm über die kaputte Treppe vom Wohnhaus entgegen, hinter ihr tauchte mit vorsichtigeren Schritten Lola auf.

»Leo! Leo!«

Beim Klang dieser Stimme drehte er sich um. Elita kam auf dem Weg von der Koppel angerannt. Schlamm spritzte um ihre Reitstiefel auf, ihre Augen glitzerten. Leos Herz hämmerte gegen seine Brust. Alles war genau, wie er es sich vorgestellt hatte. Sogar die Sonne schaute zwischen den Wolken hervor.

Elita warf sich an seinen Hals, und er zog sie an sich. Ihre Haare rochen nach Pferd und diesem Kräutershampoo, das Eva-Britt und Lola selbst herstellten. Leo schloss die Augen und nahm sich vor, diesen Augenblick für immer im Gedächtnis zu behalten.

»Ich bin dran«, sagte Eva-Britt, und Elita ließ ihn los. »Lass dich anschauen! Du bist noch größer geworden. Das Essen da oben in Norrland muss gut sein.«

Leo nickte, konnte den Blick aber nicht von Elita abwenden.

»Und Orden hast du auch.« Seine Mutter berührte die Reihe kleiner, goldener Abzeichen, die an seiner Brust baumelten. »Aber deine Haare …«

Sie führte ihre Hand an seine Schläfen, als wollte sie ihm die grüne Baskenmütze abnehmen. Er drehte den Kopf weg und lachte.

»Alle haben so kurze Haare, Mama. Das ist am praktischsten. Wir machen fast jede Woche Feldübungen.«

»Ich finde, es sieht gut aus«, sagte Elita.

Ihre Worte ließen Leos Herz noch ein wenig heftiger schlagen. Er betrachtete ihre Reitkleidung.

»Hast du Bill geritten? Du hast geschrieben, dass er fast fertig eingeritten ist.«

Elita nickte. »Sie holen ihn nach dem Wochenende. Aber du hast noch Zeit, eine Proberunde zu drehen. Vater muss heute Abend weg.«

»Was bedeutet ND?« Lola deutete auf das Messingschildchen an seiner Baskenmütze. Ihr Blick war abwesend, und Leo vermutete, dass sie einen ihrer *anderen* Tage hatte, wie seine Mutter es ausdrückte. Tage, an denen sie sich teilweise woanders befand.

»Norrlands Dragoner«, sagte er stolz. »Man bekommt die Mützen, wenn man die Winterausbildung und die Jägerprüfung bestanden hat.«

Lola sah nicht so aus, als hätte sie ihn gehört. Sie starrte nur weiter auf seine Baskenmütze. Elita nahm Leo bei der Hand, flocht ihre Finger in seine. Ihre Haut war warm, sie verbrannte ihn fast.

»Komm, wir gehen rein. Eva-Britt und ich haben dir eine Torte gebacken.«

Sie gingen die Treppe hinauf, blieben an der Tür stehen. Lola stand immer noch unten und starrte zu Leo hinauf. Sie hob das Kinn, als hätte sie ein Geräusch vernommen, das niemand anderes hören konnte.

»Heute Nacht sind viele Dinge in Bewegung«, sagte sie laut. »Die Natur ist hungrig, der Grüne Mann reitet durch die Wälder, und das Alte muss dem Neuen weichen.«

»Was sagst du, Liebes?« Eva-Britt ging die Treppe wieder hinunter und nahm Lola vorsichtig am Arm. »Komm jetzt, wir gehen rein und feiern, dass Leo zu Hause ist.«

# 16

»Ich habe dir doch von Davids Papa erzählt, oder? Bertil ist dement, aber weder David noch Ingrid wollen es richtig wahrhaben. Sie klammern sich an Bertils klare Momente, schieben alles andere mal auf Müdigkeit, mal auf eine Erkältung oder die falschen Medikamente. Sie unterstützen sich gegenseitig beim Leugnen, während Bertil langsam in seinem eigenen Kopf verschwindet. Entschuldige, ich wollte dich nicht damit belasten. Manche Sachen sind einfach furchtbar traurig. Die Person zu verlieren, die man liebt, ist schlimm genug. Es langsam zu tun, bis alles, was übrig bleibt, eine leere Hülle ist, ist fast unerträglich.«

Sie essen bei Davids Eltern zu Hause zu Abend. Ihr Haus, das das Elternhaus von Ingrids Eltern ist, steht mitten in Tornaby und ist eines der allerältesten und größten im Dorf, mit großer Garage und Gästehaus in einer Ecke des pedantisch gepflegten Gartens.

Rechts von der Haustür hängt etwas, was Thea wiedererkennt. Die Figur eines Grünen Mannes, diesmal aus den hellgrünen Zweigen einer Traubenkirsche statt aus Brombeerreisig.

»Willkommen. Ich habe Bertil gerade erzählt, wie gut der Fernsehbeitrag gelaufen ist.« Ingrid umarmt sie ungewöhnlich herzlich. »Du hast die ganze Vorstellung gerettet«, flüstert sie Thea ins Ohr. »Aber sag nichts zu David.«

Nach dem Aperitif verschwinden David und seine Mutter in die Küche und lassen Thea allein mit Bertil in der Bibliothek. Eigentlich hat sie nichts dagegen. Obwohl sie sich erst einige wenige Male getroffen haben, mag sie ihn.

David ähnelt seinem Vater. Er hat das gleiche eckige Gesicht und die gleiche markante Nase. Sie tragen sogar in etwa den gleichen wohl gestutzten Bart, auch wenn Bertils weiß und etwas spärlicher ist.

Die Bibliothek ist ein großer Raum mit eingebauten Bücherregalen. Die eine Wand ist so mit gerahmten Fotografien, Urkunden, Wimpeln und anderen Ehrenbezeugungen bedeckt, dass man die Tapete kaum noch ausmachen kann.

Die meisten Fotografien zeigen Bertil gemeinsam mit Landräten, Politikern, Geschäftsleuten und Sportstars. Ihr Schwiegervater ist immer gut gekleidet, nur selten mal ohne Jackett oder Blazer. Tatsächlich hat Thea Bertil noch nie anders als in Hemd und Krawatte gesehen. Heute Abend bildet keine Ausnahme, auch wenn er den Blazer gegen eine Strickjacke eingetauscht hat.

Auf einem der Fotos ist David etwa zehn Jahre alt, und er und Ingrid stehen vor einem winterlichen Rathaus in Stockholm neben einem jungen Mann in Schirmmütze und altmodischer Uniform. Das muss Ingrids kleiner Bruder Arne sein, vielleicht bei seiner polizeilichen Vereidigung. Die Uniform und die Mütze sehen etwas zu groß aus, und der Schnurrbart auf seiner Oberlippe wirkt in seinem kindlichen Gesicht deplatziert.

*Weihnachten 1985* steht darunter. Nur vier Monate vor Elita Svarts Tod.

Sie wollte David auf dem Weg hierher eigentlich nach dem Frühlingsopfer fragen, aber er telefonierte ununterbrochen, sodass sie nicht die Gelegenheit dazu fand.

Sie schaut weiter die Wand entlang. Auf einem anderen Foto ist David knapp dreißig und steht in Kochuniform in der Tür seines ersten Restaurants, den Arm um seine Mutter gelegt. Er sieht glücklich aus. Ingrid auch. Sie schaut ihren Sohn mit einem Blick an, der vor Stolz überquillt.

Das beste Foto hängt jedoch genau in der Mitte. Es ist das Hochzeitsbild von Bertil und Ingrid. Sie sind darauf so jung, wahrscheinlich nicht viel älter als zwanzig. Ihre Gesichter sind glatt und ebenmäßig, aber es sind ihre Blicke, die Thea am besten gefallen. Sie schauen sich mit so viel Liebe an, dass sie auch nach fünfundvierzig Jahren noch aus dem Bild herausstrahlt.

Eine niedrige, beleuchtete Vitrine unterhalb der Fotografien vervollständigt die Sammlung an Erinnerungsstücken. Pokale, Teller, Vasen und Schüsseln, die meisten mit eingravierten Grüßen, einem Datum oder Angaben zum gewonnenen Preis.

»Hier, sieh mal, Thea.«

Bertil öffnet eine der Vitrinentüren und holt einen Zinnbecher heraus. Er ist nicht der größte der Sammlung, aber der wichtigste, das weiß Thea schon.

»Schwedische Bridgemeisterschaft 1980«, sagt er stolz. »Wir haben gewonnen!«

Thea nickt, tut so, als hätte er ihr den Becher nicht schon gezeigt, als sie das letzte Mal da war.

»Das ist toll, Bertil.«

Er lächelt glücklich. Für einen Moment sieht er viel jünger aus als die siebzig Jahre, die er nächstes Jahr wird. Sobald er den Becher wieder zurückgestellt hat, verschwindet der Ausdruck, und er wirkt verwirrt.

»Tja, wie läuft es mit …« Bertil macht eine Handbewegung, runzelt die Stirn.

»Dem Schloss«, ergänzt Thea. »Gut, glaube ich. David arbeitet sehr hart.«

Bertil nickt, sieht aber trotzdem irritiert aus, als hätte er nicht das Schloss gemeint. Der Blick wird wieder etwas klarer.

»Du musst mich entschuldigen. Ich habe ein neues Medikament

bekommen, das macht mich ein bisschen …« Er tippt sich an die Schläfe. »Sollen wir uns setzen?«

Er lässt sich in einem der Ledersessel nieder und bedeutet ihr, auf dem anderen Platz zu nehmen.

»Und die Arbeit?«, fragt er. »Wie geht es mit …«

»Ach, danke, ich habe heute angefangen. Als Bezirksärztin«, fügt sie hinzu. »Ich übernehme die Nachfolge von Sigbritt Andersson.«

Bertil nimmt einen Schluck von dem Grog, den Ingrid ihm vor einer Weile neben den Aschenbecher und seine Pfeife gestellt hat.

»Und gefällt es dir auf Schloss Bokelund?«

»Ja.«

»Hast du den Grafen kennengelernt? Rudolf?« Bertil schüttelt irritiert den Kopf. »Ach, ich meine seinen Sohn. Hubert.«

»Nein, wir haben uns bisher nur aus der Ferne gesehen.« Sie denkt an das Gesicht, das sie in der Gewitternacht am Fenster gesehen hat. Der traurige Mann im Westflügel.

Bertil nickt langsam. »Pass auf dich auf. Auf Bokelund ist schon viel Schlimmes passiert.«

»Was meinst du damit?«

Der Schwiegervater runzelt die Stirn. Plötzlich sieht er wieder abwesend aus, als wollte er eigentlich etwas anderes sagen.

»Wie …«, beginnt er nach einer Denkminute. »Wie geht es …?« Er macht die gleiche Handbewegung wie vorhin, scheint nach dem richtigen Wort zu suchen.

Thea sieht ein, dass das Gespräch zu Ende ist. Egal, wer Davids Vater einmal gewesen ist, welche Menschen er getroffen und was er geleistet hat, jetzt befindet er sich auf dem Weg ins große Vergessen. Der Gedanke macht sie traurig.

»Das Essen ist fertig!«, ruft Ingrid übertrieben fröhlich aus der Diele.

Der Klang ihrer Stimme lässt Bertil aufstrahlen.

»Na, dann. Dann setzen wir uns wohl zu Tisch, meine Liebe.«

Er steht aus seinem Sessel auf und hält Thea ritterlich den Arm hin.

Die Vorspeise vergeht mit Small Talk über das Schloss, das Testessen, das Wetter, den Fernsehbericht. Es sind vor allem Ingrid und David, die sprechen. Bertil sitzt still am Kopfende und konzentriert sich auf das Essen, und Thea selbst hat nicht so viel beizusteuern.

»Wie war eigentlich dein erster Arbeitstag, Thea?«, fragt Davids Mutter, als sie beim Hauptgang sind.

»Gut, danke. Sigbritt hat mir die Praxisräumlichkeiten gezeigt, und dann haben wir einen Hausbesuch bei Kerstin Miller im Forsthaus gemacht.«

»Wie geht es Kerstin? Sie ist doch wohl nicht krank?«, will David wissen.

»Nur eine kleine Grippe. Aber sie besteht darauf, schnell wieder zu ihrer Arbeit zurückzukehren.«

Thea glaubt zu sehen, dass Ingrid unruhig zu ihrem Mann schaut. Aber Bertil ist völlig mit seinem Essen beschäftigt und hört offenbar nicht, was gesagt wird.

»Ich habe eine alte Geschichte zu hören bekommen, als ich dort draußen war«, sagt Thea.

»Aha, was denn für eine Geschichte?«, fragt Ingrid.

Thea zögert einen Moment, doch ihr ist klar, dass sie schon zu viel gesagt hat, um nicht weiterzureden.

»Über Elita Svart.«

Bertils Gabel fällt mit einem Knall auf seinen Teller. Sein Gesicht ist auf einmal aschfahl.

»Das Frühlingsopfer«, sagt er mit unerwartet klarer Stimme. »Das arme Kind. Du darfst das nie jemandem erzählen. Nie, nie, nie …«

Dann verstummt er plötzlich und bricht in heftiges Weinen aus.

# 17

## *WALPURGISNACHT 1986*

*Hoof and horn, hoof and horn. All that dies shall be reborn.*
*Das ist ein Reim, den Eva-Britt mir beibrachte, als ich klein war.*
*Sie und Lola sagen ihn immer vor sich hin, wenn sie Kräuter mischen.*
*Was bedeutet das, fragte ich sie.*
*Dass der Tod die Voraussetzung für ein neues Leben ist, kleine Elita, antwortete Eva-Britt.*
*Viele Menschen fürchten sich vor dem Gedanken an den Tod. Davor, dass alles aufhört. Ich nicht. Nichts hört jemals auf. Jetzt sagen wir den Spruch zusammen auf:*
*Hoof and horn, hoof and horn. All that dies shall be reborn.*
*Das fühlt sich doch schon besser an, oder nicht?*

Per Nyberg und sein Vater hatten das Hirschkalb im Gehege beim Schlosswald gefunden. Die Aasvögel hatten sie dorthin geführt. Eine große Schar Krähen kreiste über dem Kadaver und war schon von der Straße aus zu sehen und zu hören gewesen.

Der Bauch des Jährlings war offen. Krähen und andere Aasfresser hatten schon ihr Werk verrichtet, aber das Loch an der Kehle war trotzdem noch deutlich zu sehen.

»Das wievielte ist das jetzt?«

Erik Nyberg nahm seine Kappe ab und wischte sich mit dem Jackenärmel über die Stirn. »Das dritte. Der Graf wird nicht begeistert sein.«

Er ging im Gras umher. Die Augen auf den Boden geheftet schien er nach einer Spur zu suchen.

»Glaubst du immer noch an einen Wolf oder Luchs?«, wunderte sich Per.

»Hast du eine bessere Erklärung?« Die Antwort kam schnell und ein bisschen zu schroff. Der Vater blieb stehen und ging dann im Gras in die Hocke.

»Was hast du gefunden?«

Erik antwortete nicht. Per ging zu seinem Vater und schaute ihm über die Schulter. U-förmige Abdrücke waren auf dem Boden zu sehen.

»Pferdehufe?«

Erik stand hastig auf, bürstete sich den Schmutz von den Knien.

»Die sind alt«, brummte er. »Die haben damit nichts zu tun.«

Er deutete mit dem Kopf auf den Hirschkadaver.

»Wir müssen das Gehege noch mal ablaufen. Irgendwo muss es ein Loch im Zaun geben, das wir übersehen haben. Aber zuerst haben wir etwas auf Svarts Hof zu erledigen.«

Bei der Erwähnung des Namens schlug Pers Herz schneller, und es kostete ihn Mühe, unbeteiligt auszusehen.

»Was denn?«, fragte er so neutral wie möglich.

»Wir müssen ihm die Pacht kündigen.«

»Oh, Mist. Warum das denn?«

»Weil der Graf das Grundstück ans Militär verkaufen will.«

»Was passiert dann mit Lasse und seiner Familie?«

Erik zuckte mit den Schultern. »Nicht unser Problem. Der Graf macht mit seinem Land, was er will. Jetzt fass mit an.«

Der Vater ergriff die Hinterbeine des Kadavers. Per durchsuchte die Jackentaschen nach seinen Handschuhen, nur um festzustellen, dass er sie im Auto vergessen hatte. Er fühlte den Blick seines Vaters auf sich, wie Erik auf seine glatten Hände starrte.

»Jetzt pack schon zu, Per. Sich die Hände ein bisschen schmutzig zu machen, gehört bei diesem Job mit dazu. Wird Zeit, dass du dich daran gewöhnst.«

Per griff widerwillig nach den Vorderläufen des Tieres. Das Fell fühlte sich rau und kalt an. Er unterdrückte seinen Ekel.

Sie trugen den toten Hirsch zum Wagen. Per versuchte, weder auf das Loch am Hals des Tieres und die dunkelroten, getrockneten Blutflecken am weißen Bauch zu starren noch in die großen, blanken Augen, in denen sich der Himmel spiegelte.

Das alles wirkte so hart, so brutal, so weit weg von dem, was er eigentlich machen wollte, von dem, der er eigentlich sein wollte.

Er dachte an Elita, an den Traum, den er hatte.

Pers Herz schlug noch heftiger, seine Wangen röteten sich, und er schaute unruhig zu seinem Vater, um zu sehen, ob der etwas bemerkte.

Aber der Vater schien völlig auf den toten Hirsch konzentriert zu sein. Seine Lippen bewegten sich schwach, murmelten ein paar Worte, die kaum zu hören waren.

»Die Natur ist hungrig, der Grüne Mann reitet durch die Wälder.«

# 18

Auf der Heimfahrt ist die Stimmung gedrückt.

»Entschuldige«, sagt Thea in dem Versuch, die Laune zu heben. »Ich wusste wirklich nicht …«

»Schon in Ordnung«, murmelt David. »Papa ist nicht er selbst. Mama hatte so auf das neue Medikament gehofft, aber es scheint nicht zu helfen. Jedenfalls noch nicht.«

»Was glaubst du, was er mit dem, was er da gesagt hat, meinte?«

»Bestimmt nichts. Papa bringt Sachen durcheinander. Namen, Menschen, Ereignisse. Da fließt vieles ineinander.«

»Aber er erinnert sich an Elita Svart? Sigbritt Andersson hat mir die ganze Geschichte erzählt. Ihr wart alle vier dabei. Du, Nettan, Sebastian und J-O. Ihr habt gesehen, wie Elitas Bruder …« Sie bricht ab. »Warum hast du mir nie etwas davon gesagt?«

David seufzt. »Das ist schon so lange her. Das ist nichts, womit ich mich noch beschäftigen möchte.«

»Aber es muss furchtbar gewesen sein. Zu sehen, wie die Freundin …«

»Elita Svart war nicht unsere Freundin.« Sein Ton klingt jetzt schroff.

»Nicht? Aber ich dachte …«

»Da hast du falsch gedacht.«

Eine Weile sitzt er schweigend da.

»Elita war sechzehn. Eine ziemlich frühreife Sechzehnjährige noch dazu. Wir waren erst zwölf. Nerdige Sechstklässler, die bei uns zu Hause im Gästehaus Brettspiele machten. Für uns war Elita unerreichbar. Als sie sich plötzlich für uns interessierte, war das für uns unglaublich. Wir fühlten uns auserwählt. Darin war sie gut, sie wusste genau, was sie zu tun hatte.«

Er fährt langsamer, biegt nach links ab, verlässt das Dorf und folgt der schmalen Straße Richtung Schloss. Die Straßenbeleuchtung endet, und Dunkelheit umfängt den Wagen.

»Was hatte Elita davon?«, wollte Thea wissen.

»Das weiß ich auch nicht genau. Vielleicht genoss sie einfach nur, im Mittelpunkt zu stehen. Jedenfalls fing sie an, uns kleine Aufträge zu erteilen. Süßigkeiten kaufen, Kleider oder Schulbücher holen, eine Nachricht überbringen, solche Sachen. Wir wurden ihre heimlichen kleinen Diener, aber das Verrückte war, dass wir das toll fanden. Wir waren völlig vernarrt in sie.«

Er schüttelt den Kopf, kann seine eigene Erzählung offenbar kaum glauben.

»Obwohl sie eine Zigeunerin war?«

Wieder dieses Wort. Bitter wie Galle.

»Das war etwas, was andere hinter ihrem Rücken sagten. Vor allem die Erwachsenen.«

»Deine Eltern?«

David verzieht bestätigend das Gesicht.

»Wir mussten Elita versprechen, niemandem zu sagen, was wir taten. Das war nicht schwierig. Keiner unserer Eltern hätte den Umgang mit ihr erlaubt, was das Ganze natürlich umso spannender machte.«

Schweigen.

»Und was ist in dieser Walpurgisnacht passiert?«, versucht sie.

Keine Antwort. David umklammert das Steuerrad, starrt auf die Straße. Er sieht aus, als würde er sich erst sammeln, um dann zu erzählen.

Aus dem Nichts heraus tauchen plötzlich Schatten auf, werden vom Scheinwerferlicht angestrahlt. Schwarze Wesen mit gebeugten Rücken, die über die Fahrbahn ziehen.

David tritt auf die Bremse und wirft das Lenkrad herum, die Reifen quietschen auf dem Asphalt, und Thea fasst nach dem Haltegriff an der Decke, bevor der Wagen ins Schlingern gerät, über den Fahrbahnrand hinausschießt und in den Acker zwischen die Rapspflanzen rutscht.

Die Vorderreifen versinken im weichen Boden, sodass der Wagen abrupt zum Stehen kommt und der Motor abstirbt. Einige Sekunden lang ist es ganz still, reglos sitzen sie beide da.

»Bist du okay?«, keucht David schließlich.

Thea nickt. Ihr Herz rast. Die Luft im Wagen fühlt sich stickig an, es riecht nach Benzin und Abgasen.

»W-was war das?«, stößt sie hervor.

»Wildschweine. Ein ganzes Rudel.«

David steigt aus und geht um den Wagen herum, um die Schäden zu inspizieren. Sie hört ihn fluchen, steigt aus und leistet ihm Gesellschaft. Die Luft ist so kalt, dass sie zittert. Trotz der Dunkelheit erkennt sie, dass die Vorderreifen tief in der Erde stecken. Außerdem funktioniert ein Scheinwerfer nicht mehr.

David steigt wieder ein, startet den Wagen und versucht, rückwärts zu fahren. Erde und Pflanzenteile fliegen um die Reifen herum auf, mit dem einzigen Ergebnis, dass das Auto noch tiefer versinkt.

»Verdammte Scheiße!« Er schlägt mit der Faust auf das Steuer. Dann steigt er wieder aus und verpasst einem der Räder einen Fußtritt.

»Sollen wir einen Abschleppdienst anrufen?«, fragt Thea.

»Das können wir verdammt noch mal nicht! Wir haben beide Wein zum Essen getrunken. Wenn der Abschleppdienst die Polizei ruft und ich wegen Trunkenheit am Steuer erwischt werde, geht alles zum Teufel.«

Er holt einige Male tief Luft und hebt dann entschuldigend die Hände.

»Was ich meine, ist, dass wir uns keine schlechten Schlagzeilen leisten können. Nicht jetzt, so kurz vor dem Testessen.«

Daran hättest du vielleicht denken sollen, bevor du dich ins Auto gesetzt hast, geht es Thea durch den Kopf, aber sie beschließt, diese Überlegung für sich zu behalten. Sie hätte ihn schließlich hindern und vorschlagen können, dass sie ein Taxi nach Hause nehmen.

»Was machen wir dann?«, will sie wissen.

David kaut an seinem Daumennagel.

»Ich rufe jemanden an, der uns helfen kann. Setz dich solange ins Auto, damit du nicht frierst.«

Sie tut, was er sagt. Bevor sie die Tür schließt, lüftet sie noch kurz, um den Abgasgeruch loszuwerden. Thea hört, wie David telefoniert, versteht aber nicht, mit wem.

Es fällt ihr schwer zu verstehen, warum David Elita Svart nie erwähnt hat. Andererseits gibt es vieles, was sie ihm nie gesagt hat. Dinge, die sie nicht einmal Margaux erzählt hat, wie etwa den Grund, warum Elita Svarts Geschichte ihr so nahegeht.

Sie lehnt den Kopf zurück und schließt die Augen. Davids Telefonat draußen wird zu einem schwachen Murmeln und durch Ronnys Stimme ersetzt.

*Jenny! Jeeenny!*

Sie schlägt die Augen auf, sieht Licht näher kommen. Ein Traktor mit doppelten Vorder- und Hinterreifen rollt problemlos von der Fahrbahn herunter und bleibt nur wenige Meter hinter ihrem Wagen stehen.

Der Fahrer klettert aus dem Führerhaus und gibt David die Hand. Thea steigt aus und geht zu ihnen. Sie schirmt die Augen gegen das Scheinwerferlicht ab und wartet, dass David sie vorstellt, aber der Traktorfahrer ist schneller. Er ist knapp über fünfzig, trägt eine Fleecejacke, Arbeiterhosen und Stiefel. Seine Haare und seine Bartstoppeln sind grau meliert, seine Augen so intensiv blau, dass man die Farbe trotz Dunkelheit erkennt. Er zieht sich einen Handschuh aus.

»Hallo, Per Nyberg heiße ich. Wir sind Nachbarn.«

Seine Hand ist überraschend zart.

»Thea Lind.«

»Ich wohne drüben auf dem Hof Ängsgården. Wir sind diejenigen, die den größten Teil der Ländereien vom Schloss gepachtet haben. Also, mein Vater Erik und ich.« Er lächelt breit. »Vater ist übrigens einer deiner Patienten. Ich glaube, ihr seid morgen bei ihm. Der Alte kann manchmal ein bisschen mürrisch sein, nur damit du vorgewarnt bist. Aber er meint es nicht böse.«

Er zwinkert ihr zu, fast als wolle er mit ihr flirten, und wendet sich dann an David.

»Wildschweine also, sagst du. Das wundert mich nicht. Die Population ist explosionsartig angestiegen in den letzten Jahren und richtet auf den Feldern verheerende Schäden an.« Er inspiziert den Wagen. »Du hast Glück, dass du noch ausweichen konntest. Mit einer Horde Wildschweine will man nicht zusammenstoßen. Das ist, als würde man gegen einen Betonpfeiler fahren.«

Per geht zum Traktor zurück. Dort löst er eine Kette, die an der Front um Gewichte gewickelt ist, und befestigt sie an ihrem Wagen.

»Setz dich ans Steuer, David, dann zieh ich dich raus. Und du, Thea, geh ein Stück zur Seite, damit du nicht zu nahe an der Kette stehst, falls sie abgehen sollte.«

Er klettert ins Fahrerhaus und legt den Rückwärtsgang ein. Dann fährt er vorsichtig zurück, sodass sich die Kette langsam spannt.

Nach nur wenigen Minuten stehen sie wieder auf der Straße. Der Wagen sieht mit nur einem funktionierenden Scheinwerfer und den lehmverschmierten Seiten ganz schön mitgenommen aus.

»Vielen Dank für deine Hilfe, Per«, sagt David. »Und du … Es wäre schön, wenn wir diesen kleinen Zwischenfall für uns behalten könnten.«

»Keine Ursache. Und mach dir keine Gedanken. Das ist nicht der erste Wagen, den ich aus dem Dreck ziehe. Hier draußen auf dem Land helfen wir uns gegenseitig. Und bewahren unsere kleinen Geheimnisse, stimmt's?«

Per dreht sich zu Thea und zwinkert ihr wieder auf diese seltsame Art zu.

»War nett, dich kennenzulernen, Thea. Hoffe, wir sehen uns bald wieder.«

# 19

## *WALPURGISNACHT 1986*

*Leo hat immer Angst vor Vater gehabt, hat sich mit gesenktem Blick an der Wand entlanggeschlichen. Jedes Mal, wenn Lasse die Stimme erhoben hat, ist er zusammengezuckt.*

*»Leo ist ein Kuckuckskind, Elita«, sagt Vater. »Ein unwillkommener kleiner Gast, der kurzgehalten werden muss, sonst übernimmt er noch das ganze Nest.«*

*Aber Leo ist nicht mehr klein. Weder äußerlich noch innerlich. Seit wir klein waren, ist etwas in ihm herangewachsen. Etwas Gefährliches, das jederzeit hervorbrechen kann. Das macht mir Angst und zieht mich gleichzeitig an. Ist das nicht seltsam?*

Arne wartete eine ganze Weile beim Auto darauf, dass Elita zurückkam. Als die Blase zu drücken begann, schlich er um den Schuppen herum, um in eines der Schlammlöcher zu pinkeln. Dann stand er zwischen den Farnblättern herum, während er daran dachte, wie Elita rittlings auf dem großen Hengst gesessen und dessen Bewegungen kontrolliert hatte. Sein Uniformhemd klebte am Rücken. Er lockerte die Krawatte und schaute bestimmt zum fünfzigsten Mal zum Wohnhaus hinauf.

Elita war davongerannt, sobald sie den Wagen kommen gehört hatte. Sie hatte Leos Namen auf eine Art gerufen, die Arne immer noch einen Stich versetzte.

*Verdammt aber auch!*

Er sprang in seinen Dienstwagen. Die Gummimatte war dreckig, und der Sumpfgeruch schien ins Wageninnere eingedrungen zu sein. Er startete den Motor und fuhr langsam zurück zum Wohnhaus.

Auf dem Hof war alles still und leer. Nicht einmal die Hunde waren zu sehen. Arne wartete noch ein paar Minuten, bevor er die Treppe hinaufstieg. Aus dem Haus hörte er erregte Stimmen. Eine davon war die von Lasse.

Er legte die Hand auf die Türklinke, zögerte. Er wusste nicht genau, warum. Er war Polizist, er konnte einfach hineingehen, das hatte er vorhin schließlich auch gemacht.

Die Stimmen im Haus wurden immer lauter. Eine Sekunde lang überlegte Arne, einfach zu gehen, aber er hatte Elita versprochen, sie mitzunehmen, und der Gedanke daran, sie neben sich im Polizeiauto zu haben, war zu verlockend. Er klopfte an die Tür, öffnete sie und trat ein.

Lasse Svart saß an der einen Längsseite des Küchentisches und war gerade beim Armdrücken mit einem kurz geschorenen, jungen Mann in Armeeuniform. Ein Stück daneben standen ein Branntweinkanister ohne Deckel, ein paar Kaffeetassen und eine halb gegessene Torte auf dem Tisch.

Eva-Britt, Lola und Elita waren so sehr auf den Wettstreit im Armdrücken konzentriert, dass sie Arne nicht kommen sahen.

»Auf, Leo!«, rief Elita.

Eva-Britts ängstlicher kleiner Sohn war ordentlich gewachsen, schien nun größer als Arne und deutlich breiter an den Schultern zu sein. Arne bemerkte die Abzeichen, die an der Uniformbrust baumelten, sowie die grüne Baskenmütze, die unter der einen Schulterklappe steckte. Aber was ihn am meisten störte, war, wie Elita Leo ansah. Als ob dieses kleine Armeejüngelchen das Tollste überhaupt wäre.

Der blöde Idiot hatte sich offenbar dazu überreden lassen, mit Lasse Armdrücken zu machen, und das konnte nur auf eine Art enden. Lasses Arme waren so dick wie ein Python, und soweit Arne wusste, hatte er noch nie einen Kampf verloren. Und jetzt war das Jüngelchen an der Reihe, erniedrigt zu werden. Der Wettkampf schien gerade angefangen zu haben, die Arme standen noch aufrecht, und die Adern an den Handrücken der Männer pulsierten vor Anstrengung.

Lasse benutzte seine gewöhnliche Taktik. Zuerst ermüdete er den Gegner, indem er die Hand einfach still hielt. Dann, wenn er fand, dass er genug Dramatik ins Spiel gebracht hatte, drückte er langsam die Hand des Gegners hinunter, Zentimeter für Zentimeter, wobei er manchmal sogar innehielt, nur um zu zeigen, wie überlegen er war.

Lasse grinste selbstsicher, aber Leo wirkte nicht beunruhigt. Er saß weit vorgebeugt am Tisch, hielt den Oberkörper sehr viel näher an der Faust als Lasse. Er sah auch nicht so erschöpft aus, wie er es zu diesem Zeitpunkt eigentlich sein müsste. Stattdessen neigte er langsam den Oberkörper ein, zwei Zentimeter zur Seite und führte die Hand mit.

Die Technik sah professionell aus, als wüsste Leo genau, was er tat, was Arne beunruhigte. Lasse machte der Bewegung zwar ein Ende, aber sein Grinsen war jetzt angespannt.

»Auf, Leo!« Elitas Stimme ließ Arne innerlich kalt werden.

Wieder verlagerte Leo den Körper um einen Zentimeter und zog die Hände mit. Lasse hört auf zu grinsen, sein Gesicht drückte nun Zweifel aus, als könne er nicht glauben, was gerade geschah. Leo neigte weiterhin seinen Oberkörper, und Lasse tat sein Äußerstes, um zu verhindern, dass ihre Hände der Bewegung folgten. Schweiß rann ihm von den Schläfen, und an seiner Stirn pochte eine große Ader. Leo neigte sich noch weiter zur Seite.

In Lasses Nasenflügel zuckte es, sein Handrücken begann zu beben, um sich dann langsam, ganz langsam der Tischkante zu nähern. Arne hielt die Luft an. In der kleinen Küche war es mucksmäuschenstill geworden, als würden alle das Unfassbare begreifen, das jeden Moment geschehen würde.

Lasses Gesichtsfarbe schlug in Weiß um, seine Augen verwandelten sich in zwei Kohlestücke. Seine Lippen waren so hochgezogen, dass die Zähne ganz entblößt waren, und die Ader an der Stirn schien kurz vor dem Explodieren zu sein. Aber sein Widerstand war vergebens. Leos Technik war überlegen, steuerte Lasse Zentimeter um Zentimeter auf die unvermeidbare Niederlage zu.

Lasse sprang auf. Er riss seine Hand zu sich und warf den Tisch um, sodass der Kanister umkippte und die Kaffeetassen mitsamt der Tortenplatte durch die Küche flogen. Die drei Frauen drückten sich erschrocken an die Küchenzeile. Auch Leo erhob sich nun, aber er sah überhaupt nicht ängstlich aus. Er war einen Kopf größer als Lasse und mindestens ebenso muskulös. Dennoch sah es so aus, als würde sich Lasse gleich auf den jungen Mann stürzen.

Arne war klar, dass er irgendetwas tun sollte, um die Situation zu entspannen. Immerhin war er Polizist. Aber dieses kleine aufgeblasene Jüngelchen verdiente eine Abreibung.

Lasse hob die Hand und machte einen Schritt nach vorn. Leo hatte immer noch nicht Verstand genug, Angst zu bekommen. Stattdessen ballte er die Hände zu Fäusten, senkte das Kinn und beugte die Knie auf eine Art und Weise, die zeigte, dass er genau wusste, was er tat.

Im letzten Moment schien auch Lasse das einzusehen. Er ließ seine Hand sinken, zauberte dann aber aus dem Nichts ein großes Taschenmesser hervor und klappte mit dem Daumen die Klinge auf.

Jemand keuchte auf, und aus den Augenwinkeln sah Arne, dass die Gesichter von Lola und Eva-Britt vor Schreck erstarrten. Elita hingegen ließ ihren Blick erregt zwischen Lasse und Leo hin und her wandern und schien sich überhaupt nicht bewusst zu sein, dass Arne im Raum war. Der Geruch nach verschüttetem Branntwein hing schwer in der Luft.

Lasse hob das Messer. »Du verdammter Bastard! Kommst hierher und glaubst, du seist wer. In mein Haus, auf meinen Hof!«

Arne spürte, dass er eingreifen musste.

»Also…«, versuchte er es, so autoritär er konnte, und machte einen Schritt nach vorn, wobei er sich zwischen die beiden Männer stellte. »Jetzt beruhigen wir uns mal …«

»Halt's Maul!«, zischte Lasse.

Arne zuckte zurück wie nach einer Ohrfeige. Aber er blieb stehen, wobei er mit einem Fuß in den Überresten der Torte stand. Außerdem stach ihm der Branntweingeruch in die Nase. Was zum Teufel sollte er jetzt machen? Sein Schlagstock lag im Auto, und die Pistole aus dem Holster zu ziehen, würde zu lange dauern.

Von draußen war plötzlich Hundegebell zu hören, gefolgt von Motorenlärm.

Das Geräusch schien Lasse zu beruhigen. In einer einzigen, raschen Bewegung klappte er die Klinge ein und steckte das Messer weg.

»Räumt das hier auf!«, fauchte er die Frauen an, aber niemand schien auf ihn zu hören.

Lasse warf Leo einen letzten dunklen Blick zu, ging um Arne herum, ohne ihn auch nur anzuschauen, trat hinaus und schlug die Haustür hinter sich zu.

## 20

»Du fragst dich bestimmt, was mich an dieser Geschichte so fasziniert, oder, Margaux? Warum mir etwas, das vor dreißig Jahren passiert ist, so wichtig ist.

Wegen David würde ich gerne antworten. Denn was auch immer passiert ist, offenbar quält es ihn heute noch. Ich möchte ihm auf die gleiche Art helfen, wie er mir geholfen hat.

Aber das ist nicht die ganze Wahrheit. Es gibt noch einen anderen Grund. Aber du musst dich noch ein bisschen gedulden, warten, bis ich genug Mut zusammengekratzt habe, um davon zu erzählen.«

Thea wacht wie immer früh auf. Es ist kurz vor vier, Emee schläft neben ihrem Bett auf dem Boden. Das Nachtlicht ist an, das Mondlicht scheint durch die Jalousie und zeichnet ein Streifenmuster an die Decke. Sie folgt ihm mit den Augen und bemerkt einen kleinen, gelben, feuchten Fleck an der Stelle, wo Decke und Wand aufeinandertreffen. Am besten erwähnt sie das David gegenüber nicht, zumindest nicht jetzt. Er hat genug, woran er denken muss. Ganz anderes, als sie sich hätte vorstellen können.

*Das arme Kind. Du darfst das nie jemandem erzählen. Nie, nie, nie …*

Was meinte Bertil damit? Was durfte nicht erzählt werden, und warum hatte er so heftig auf Elitas Namen reagiert?

Sie holt ihr Handy hervor, öffnet ein Suchfenster und gibt Tornaby 1986 Mord ein. Sie findet eingescannte, grobkörnige Artikel aus den Achtzigerjahren aus diversen schonischen Zeitungen, die ihr nicht viel mehr sagen, als sie bereits weiß.

Die Berichterstattung scheint nach den groß aufgemachten Artikeln in der ersten Woche schnell abgeflaut zu sein. Spektakuläre Worte wie Ritualmord, Opferritus und Mädchenmörder machen den deutlich weniger aufgeladenen Begriffen wie Familientragödie und Geschwisterdrama Platz. Die Größe der Schlagzeilen zeigt deutlich das nachlassende Interesse. Nur zwei Monate zuvor war der Mord an Olof Palme passiert und die mediale Aufmerksamkeit an den Ermittlungserfolgen noch immer sehr groß.

Eine Abendzeitung versuchte aber dennoch, das Letzte aus der Geschichte herauszuholen, und brachte eine zusammenfassende Reportage mit dem Titel:

Frühlingsopfer ließ sich vom eigenen Bruder töten!

Der Artikel ist mit Fotos von Elita und ihrem Stiefbruder illustriert. Leo trägt darauf eine Uniform, die Haare sind kurz geschoren und die Augen mit einem schwarzen Balken bedeckt, was zumindest in der Theorie seine Identität schützen sollte. Das Bild ist grobkörnig, aber man kann eine schmale Nase und ein eckiges Kinn erkennen.

Elita lächelt selbstsicher von einem Foto, das wahrscheinlich aus einem Schuljahrbuch stammt. Sie sieht ganz anders aus als auf dem Polaroidbild. Frecher, wütender, auf eine Art, die Thea sehr gut kennt.

Im Artikel wird Elita durchgehend als Frühlingsopfer bezeichnet, während Leo abwechselnd als Stiefbruder oder Elitesoldat tituliert wird. Der Verfasser ergötzt sich an den Details zu Elitas Tod und macht eine große Sache daraus, dass sie einen Abschiedsbrief hinterlassen hat, in dem sie erzählt, dass sie ihren eigenen Tod geplant hat.

Der letzte Artikel zu dem Fall, den Thea finden kann, stammt vom August desselben Jahres. Er berichtet kurz, dass das Gericht in Helsingborg Leo wegen Mordes zu sechs Jahren Haft verurteilte und dass die Strafe verkürzt wurde, da er erst zwanzig war und zum Zeitpunkt der Tat unter dem starken Einfluss seiner Stiefschwester stand. Danach wurde es still. Die Nachrichtenkarawane zog weiter, und niemand interessierte sich mehr für ein totes Zigeunermädchen.

Thea macht das Handy aus, legt sich ins Kissen zurück und schließt die Augen.

*Scheißzigeunerin …*

Sie ging in die sechste Klasse, als ihr zum ersten Mal jemand dieses Wort entgegenschleuderte. Ein Junge schrie es ihr auf dem Schulhof zu, nachdem sie ihm einen Korb gegeben hatte.

Natürlich hatte sie schon mitbekommen, dass die Leute über ihre Familie lästerten, aber aus irgendeinem Grund ließ gerade dieses Wort sie zusammenzucken. Es traf sie hart, obwohl sie kaum wusste, was damit gemeint war.

Ronny prügelte am nächsten Tag die Scheiße aus dem Jungen heraus. Ihr großer Bruder schlug alle zusammen, die dieses Wort in den Mund nahmen, aber natürlich half es nichts. Ronny verstand nie, dass es nur immer schlimmer wurde, je mehr er versuchte, sich davon zu befreien. Das Wort brannte sich in seine Haut ein, bis er es nicht mehr loswerden konnte. Wie eine unsichtbare Tätowierung, mit der er ein Leben lang gezeichnet war.

Auch wenn es noch viele Jahre dauern sollte, bis Thea etwas unternahm, begriff sie schon damals, worauf es ankam.

Um die Person zu werden, die man sein will, muss man zuerst diejenige loswerden, die man ist.

# 21

## *WALPURGISNACHT 1986*

*Eva-Britt macht sich auch Sorgen um Leo, das weiß ich. Sie hat ihr Bestes getan, um uns zusammenzuhalten, während sie zugleich Lasse und Leo auseinandergehalten hat. Aber das wird immer schwerer. Die Wände auf dem Hof fühlen sich enger an, die Decken niedriger. Wir sind auf dem Weg in eine Katastrophe, wenn niemand etwas unternimmt. Wenn sich niemand opfert. Die Walpurgisnacht rückt immer näher. Ihr habt doch wohl nicht vergessen, was passieren soll? Wie diese Geschichte für Elita Svart ausgeht?*

Alles war genau so abgelaufen, wie Leo es erhofft hatte. Der Kaffee mit Schuss brannte in seinem Magen, als er da in der Küche stand, und sein Kopf glühte vor Rausch und Stolz. Er hatte den Zauber gebrochen, allen gezeigt, dass Lasse Svart besiegt werden konnte.

Jetzt wollte er allein mit Elita sprechen, ihr von der Hütte erzählen, ihr den Schlüssel zeigen, ihr sagen, dass alles ernst gemeint war. Dass sie abhauen konnten, genau wie er es ihr versprochen hatte, bevor er eingerückt war.

Aber nachdem Lasse die Haustür hinter sich zugeschlagen hatte, war Lola nach oben gerannt, und Elita war ihr gefolgt. Nur er und seine Mutter waren in der Küche zurückgeblieben.

»Das hättest du nicht tun dürfen«, flüsterte Eva-Britt, während sie Leos obersten Hemdknopf zuknöpfte und seine Krawatte gerade rückte.

»Warum nicht?«, antwortete er. »Ich habe den ganzen Winter über trainiert. Ein Junge in meiner Einheit ist schwedischer Meister im Armdrücken.«

Eva-Britt schüttelte den Kopf. »Lasse ist gefährlich. Du musst aufpassen! Du hast das Messer selbst gesehen.«

Leo schnaubte. »Er wollte mir nur Angst machen. Hast du ihn jemals zustechen sehen?«

Eva-Britt antwortete nicht.

»Ich habe keine Angst vor Lasse«, sprach Leo weiter. »Jetzt nicht mehr.«

Er legte seiner Mutter die Hände auf die Schultern.

»Und ihr braucht auch keine Angst zu haben. Wir können das Auto nehmen und von hier wegfahren, jetzt sofort, alle vier. Einer meiner Freunde beim Bund hat eine Hütte bei Ystad, die wir benutzen dürfen. Elita und ich haben schon darüber gesprochen. Ich habe den Schlüssel in meiner Tasche. Alles ist bereit.«

Eva-Britt schob seine Hände weg, sah sich beunruhigt um.

»Sag das nicht. Lasse würde uns niemals gehen lassen. Dich und mich vielleicht, aber nicht Lola, und schon gar nicht Elita. Das würde er nie zulassen. Niemals, begreifst du! Er würde euch beide lieber umbringen.«

# 22

»Erinnerst du dich eigentlich an den Mann am Fenster, von dem ich dir erzählt habe? Hubert Gordon, der im Westflügel wohnt. Ein seltsamer Mann mit einer seltsamen Geschichte. Oder vielleicht eher traurig. Urteile selbst, Margaux. Es gibt hier viele Geschichten, wenn man nur ein bisschen an der Oberfläche kratzt.«

Sigbritt Andersson holt Thea kurz vor acht ab. Sie konnte nicht wieder einschlafen, Elita Svarts Geschichte lässt ihr keine Ruhe.

Brachte Elita ihren Stiefbruder dazu, sie zu töten? Hatte sie wirklich diese Macht über ihn? Und warum sollte ein hübsches sechzehnjähriges Mädchen, das das ganze Leben vor sich hatte, auf einem kalten Stein sterben wollen?

Das alles wirkt wie ein Puzzle. Sie hat schon ein Bild dessen, wie alles am Ende aussehen soll, die Herausforderung liegt darin, die Teile zusammenzufügen. Wobei diese Erzählung natürlich etwas ganz anderes ist als ein Fünftausend-Teile-Puzzle von Ravensburger.

»Ich dachte, wir sollten bei Erik Nyberg vorbeifahren«, sagt Andersson, als sie auf die Hauptstraße kommen. »Er hat Diabetes und sieht auf einem Auge schlecht. Allerdings weigert er sich, kürzerzutreten. Ich fahre immer mal wieder vorbei, kontrolliere seine Werte und schaue, dass er seine Medikamente ordentlich einnimmt. Erik ist der größte Bauer hier in der Gegend. Aber inzwischen ist es sein Sohn Per, der den Hof Ängsgården führt.«

Per Nyberg, der lächelnde Mann mit dem Traktor. Thea muss an den Zwischenfall vom Vorabend denken, eine Sache, von der sie der Ärztin auf keinen Fall erzählen will.

*Hier draußen auf dem Land helfen wir uns gegenseitig. Und bewahren unsere kleinen Geheimnisse.*

»Ach ja, David hat ihn mal erwähnt, glaube ich«, lügt sie. »Im Zusammenhang mit dem Schloss, kann das sein?«

Die Frage klingt unschuldig und so unspezifisch, dass sie auf fast alles abzielen kann. Sigbritt Andersson braucht keine zweite Aufforderung.

»Das stimmt. Nybergs kümmern sich um das Schloss. Sie mähen den Rasen, schneiden die Hecken, schippen Schnee, wenn nötig. Das machen sie schon, seit die Stiftung Bokelund übernommen hat. Per ist ein guter Junge. Na ja, was heißt Junge. Erik ist fünfundsiebzig, dann ist Per wahrscheinlich knapp über fünfzig. Er ist so etwas wie eine lokale Berühmtheit.«

»Ach?«

Der kleine Schubser ist eigentlich unnötig. Die Ärztin ist schon voll in Fahrt, und alles, was Thea zu tun hat, ist, still dazusitzen und zuzuhören.

»Aber ja. Per ist in seiner Freizeit Liedermacher. Er tritt hier in der Gegend immer wieder auf. Er ist ganz begabt, ein paar von seinen Liedern werden manchmal im Lokalradio gespielt. Per und der kleine Graf sind übrigens Jugendfreunde.«

Thea hat den Spitznamen schon einmal gehört, aber die Ärztin missdeutet ihr Schweigen.

»Der kleine Graf. Hubert Gordon. Ich dachte, ihr würdet euch kennen. Ihr seid doch Nachbarn auf Bokelund.«

»Ja, wir haben uns gesehen, aber nur aus der Ferne. Er wohnt im Westflügel.« Thea muss an die Gewitternacht denken.

»Ja, Hubert ist ein bisschen eigen. Ein Einzelgänger. Die meisten in der Gegend haben ein bisschen Mitleid mit ihm. Als Untermieter in seinem eigenen Schloss. Du kennst die Geschichte wahrscheinlich?«

Thea braucht noch nicht einmal zu antworten. Sigbritt Andersson biegt auf eine Schotterstraße zwischen den grünen Feldern ein. Am Waldrand sind ein paar große Gebäude zu sehen.

»Der alte Graf, Rudolf Gordon, heiratete spät und bekam Hubert, als er beinahe fünfzig war. Bedauerlicherweise zeigte sich, dass Hubert gar nicht nach seinem Vater kam, weder dem Aussehen nach noch dem Charakter. Rudolf schickte ihn auf eine feine Internatsschule in England und wollte natürlich, dass Hubert die Familientradition weiterführte. Aber der arme Hubert war ein Träumer und hatte außerdem genauso zarte Nerven wie seine Mutter. Er war kein Mensch, der dafür geschaffen war, ein großes Gut zu führen, mit allem, was das bedeutete. Das musste Rudolf mit der Zeit erkennen.«

Die Ärztin macht ein bedauerndes Gesicht.

»Anfang der Neunzigerjahre, als Rudolf langsam kränklich wurde, gründete er die Stiftung Bokelund und übertrug ihr das Schloss und die Ländereien«, fährt sie fort. »Außerdem verschenkte er einige Hektar an das Kloster Åkerlund. Rudolf war nämlich katholisch. Es gibt wohl auch eine kleine Kapelle im Schloss?«

Die Ärztin hebt die Augenbrauen, um zu unterstreichen, dass Letzteres als Frage gemeint ist.

»Vielleicht«, erwidert Thea. »In dem Fall muss sie im Westflügel sein. Da bin ich nie gewesen.«

Sie fahren auf den Hofplatz von Ängsgården, kommen an einigen gepflegten Stallgebäuden und Maschinenhallen vorbei.

»Wie auch immer«, sagt Sigbritt Andersson. »Als Rudolf vierundneunzig starb, bekam Hubbe nur eine kleine Apanage und außerdem lebenslanges Wohnrecht in einigen Räumen des Schlosses. So, da haben wir Erik.«

Sie deutet mit dem Kopf auf das Wohnhaus, ein großes schonisches Langhaus mit Ziegeldach. Ein alter Mann steht auf der Treppe, er trägt eine Kappe, eine große, dunkle Sonnenbrille sowie eine zerschlissene Moleskin-Jacke.

»Erik war lange Jahre der Verwalter des alten Grafen«, fügt Andersson hinzu. »Einer der wenigen Menschen, denen Rudolf vertraute. Seit die Stiftung gegründet wurde, ist er der Kassenwart.«

Der alte Mann auf der Treppe hebt die Hand zum Gruß, als sie die Autotüren öffnen.

»Willkommen.« Er klingt rau und kurz angebunden. »Ich bin Erik Nyberg.«

Die Brille verbirgt die Augen des alten Mannes fast komplett. Trotzdem hat Thea sofort das Gefühl, dass er sie sehr genau mustert.

Erik Nyberg ist klein und sehnig, und er strahlt eine natürliche Autorität aus. Außerdem ist er höflich, sagt aber nicht mehr als nötig.

Das Haus riecht nach Schmierseife, Gummistiefel und Holzschuhe stehen in einer schnurgeraden Linie vor der Küchentür. Erik Nyberg scheint ein Mann zu sein, der es gewohnt ist, Dinge zu erledigen, und zwar korrekt zu erledigen.

In der warmen Küche deckt er Kaffee und Zuckerkuchen auf, während Sigbritt Andersson mit ihm plaudert. Thea sieht sich um. An einer Wand hängt ein Wandteppich mit einem Bibelzitat, an den anderen kleine Ölgemälde, auf denen englische Fuchsjagdszenen mit Pferden und Hunden dargestellt sind.

Als sie sich an den Tisch setzen, taucht ein rotweißer Spaniel auf und untersucht sorgfältig die Schuhe und Hosenbeine von Thea und Sigbritt.

Der Hund ist gut erzogen, gehorcht auf den kleinsten Wink seines Herrchens. Thea sieht darin eine Möglichkeit, Erik ein bisschen aus der Reserve zu locken.

»Ich habe auch einen Hund, einen Straßenhund, den ich aus Syrien mitgebracht habe.«

»Ach?« Erik klingt interessiert.

»Sie heißt Emee«, fährt Thea fort. »Sie sieht ein bisschen wie eine Mischung aus einem Dingo und einem Windhund aus.« Die Beschreibung stammt von Margaux, sie ist vielleicht nicht sehr schmeichelhaft, aber passend. »Meine Kollegin und ich haben sie in einem Graben außerhalb von Idlib gefunden. Sie war vollkommen ausgemergelt, also haben wir sie zwischen unseren Arbeitsschichten abwechselnd mit Milchersatz gefüttert. Wir hatten eigentlich nicht geplant, sie zu behalten, aber sobald sie sich erholt hatte, folgte sie uns auf Schritt und Tritt.«

*Oder zumindest Margaux*, fügt sie im Stillen hinzu.

»Welche Farbe hat sie?«, will Erik wissen.

»Grau. Sowohl Fell als auch Augen. Wie ein Geist. Emee bedeutet Gespenst auf Yoruba, einer Sprache, die in Nigeria gesprochen wird.«

Sie hält inne, erwähnt nicht, dass Margaux und sie sich dort kennengelernt haben. Das ist jetzt sechzehn Jahre her. Sie schiebt die Erinnerung beiseite.

»Ein Straßenhund, sagen Sie? Der aussieht wie ein Geist?« Erik beugt sich neugierig vor. »Wie haben Sie ihn nach Schweden reingebracht?«

Sie beschreibt das Importprozedere, überspringt dabei allerdings, dass es David war, der hinunterflog und sich um das Praktische kümmerte, während sie selbst in einem Krankenhaus auf Zypern lag. Und dass sie sich an kaum etwas erinnert, was in der Zeit direkt nach dem Bombenanschlag passierte.

Die Geschichte scheint Erik jedenfalls zu interessieren. Die anfängliche Reserviertheit ist verschwunden, und sie reden miteinander, als würden sie sich schon lange kennen.

»Wie war es bei Ihnen letzte Nacht?«, fragt er. »Haben Sie das Gewitter gut überstanden?«

Thea berichtet vom Blitzeinschlag und dem Stromausfall.

»Wir haben früher mal darüber gesprochen, einen Blitzableiter und einen Notstromgenerator anzuschaffen«, nickt Erik. »Aber der Graf fand das zu teuer. Rudolf hielt sein Geld immer zusammen. Hier auf dem Hof haben wir beides. Alles andere wäre uns zu riskant. Das meiste ist heutzutage digitalisiert: Futter, Dünger, Maschinen. Man kann sich nie genug absichern.«

»Wollen wir mit der Untersuchung anfangen, oder was denkst du, Thea?« Sigbritt Andersson öffnet die Arzttasche und reicht Thea die Blutdruckmanschette.

Sie legt sie um Eriks Arm. Der alte Mann redet jetzt, ohne dass man ihn zu ermuntern braucht.

»Gefällt es Ihnen und David im Kutscherhaus?«

»Sehr.«

»Gut. Ich bin gespannt darauf, zu sehen, was David aus dem Schloss macht. Wie geht es eigentlich seinem Vater? Es ist schon eine Weile her, seit ich Bertil zuletzt getroffen habe.«

»Er hat gute und schlechte Tage«, antwortet Thea wahrheitsgemäß.

Sie muss an den Weinkrampf beim Abendessen denken und verspürt ein leicht schlechtes Gewissen, weil sie diesen durch die Erwähnung Elitas hervorgerufen hat.

»Alt werden ist schrecklich«, brummt Erik. »Alzheimer hat er, oder?«

Thea antwortet nicht. Rein formell betrachtet, ist Davids Vater zwar nicht ihr Patient, aber sie vermeidet es generell, über die Krankheiten anderer zu sprechen.

»Bertil und ich haben so unsere Auseinandersetzungen gehabt«, fährt Erik fort. »Gott weiß, dass wir uns nicht immer einig waren, aber ich habe ihn immer respektiert. Alle in der Gegend haben großen Respekt vor Bertil Nordin. Er saß im Vorstand der Zentrumspartei, war lange Jahre Vorsitzender im Sportklub und im Dorfverein, er wurde immer wiedergewählt. Die Leute hatten Vertrauen in ihn. Sie vertrauten darauf, dass er sein Wort hielt und immer das Beste für den Ort im Blick hatte. Und außerdem war er diskret, deshalb bat der Graf ihn um Hilfe, als er die Bokelund Stiftung gründete.«

Plötzlich verstummt Erik. Thea hat schon öfter erlebt, wie Patienten von ihrem eigenen unerwarteten Redeschwall überwältigt werden und dann abrupt aufhören zu sprechen. Sie lässt ihn eine Weile in Ruhe, während sie die Untersuchung beendet. Erik verzieht nicht eine Miene, als sie ihm in den Finger sticht, um einen Tropfen Blut zum Messen des Zuckerspiegels zu entnehmen.

»Redet er viel Unsinn?«, fragt er, sobald sie fertig ist.

Sein Blick ist hinter der dunklen Brille schwer zu deuten, aber Thea fühlt sich wieder genau beobachtet.

»Bertil«, fügt er hinzu, weil sie die Antwort hinauszögert. »Spricht er im Schlaf? Sagt er seltsame Sachen? Ich habe gehört, dass Menschen mit Alzheimer das manchmal machen.«

Bevor Thea dazu kommt, etwas zu erwidern, wird die Küchentür geöffnet, und Per kommt herein. Hinter ihm folgt ein etwas älterer Mann mit üppigem, rotem Bart und Kappe.

»Ich habe am Wagen gesehen, dass wir Besuch haben. Sie müssen die neue Ärztin sein.«

Per grinst breit und streckt ihr die Hand entgegen, als würden sie sich gerade zum ersten Mal treffen.

»Ich bin Per Nyberg, und dieser alte Fuchs ist mein Vater.« Er klopft Erik leicht auf die Schulter.

»Thea Lind.«

Ihr kommt die ganze Sache etwas albern vor, aber da Per damit angefangen hat, hat sie keine andere Wahl, als mitzuspielen.

»Die Frau von David Nordin«, fügt Erik hinzu.

»Ja, klar, das weiß ich. Ich habe auf Facebook über Sie gelesen.«

Per hält ihre Hand eine Sekunde zu lange und drückt leicht zu, bevor er sie loslässt. Wieder bemerkt Thea, wie zart seine Hände sind. Rasch schaut sie auf seine rechte Hand: kein Ehering, auch nicht die Spur von einem. Um sein Handgelenk trägt er mehrere geflochtene Lederbänder, die sie einen Moment lang an ihren Vater erinnern.

»Das ist Klein-Stefan.« Per macht eine Geste zu seinem Begleiter hin, der im Türrahmen stehen geblieben ist. »Er arbeitet für uns. Momentan schneidet er die Hecken oben am Schloss, sodass Sie ihm sicher wieder begegnen werden.«

Thea nickt dem Mann zu und erhält ein kleines Winken zur Antwort.

»Wie läuft es denn mit dem Restaurant?«, erkundigt sich Per. »Vater und ich freuen uns schon auf das Testessen.«

»Sie hatten einen Stromausfall«, wirft Erik ein. »Der Blitz hat heute Nacht dort eingeschlagen.«

»Oje. Wenn Sie mit irgendetwas Hilfe brauchen, melden Sie sich einfach. David hat meine Nummer.« Er zwinkert ihr verschwörerisch zu. »Außerdem weiß Vater alles, was man über das Schloss und seine Geheimnisse wissen kann, zum Beispiel, welche Leichen im Keller liegen.«

Er feuert ein Lächeln ab, das definitiv als Flirtversuch gedeutet werden muss.

»Danke, dann weiß ich Bescheid«, sagt Thea.

Trotz der dunklen Brille glaubt sie zu sehen, dass der alte Mann seinen Sohn böse anstarrt.

# 23

## *WALPURGISNACHT 1986*

*Die Libelle ist mein Lieblingsinsekt. Es schlüpft aus einem Ei. Dann lebt es wie eine Nymphe am Boden einer Schlammpfütze, tief im Sumpf. Die Nymphe fängt Kaulquappen, ernährt sich von ihnen, um größer und stärker zu werden. Wenn sie stark genug ist, krabbelt sie aus dem Dreck, um ihre endgültige Verwandlung einzuleiten, um etwas Besseres und Schöneres zu werden.*

*Sobald das Skelett sich verfestigt hat, breitet sie ihre dünnen Flü-*

*gel aus. Dann schwebt sie als neues, perfektes Wesen mit dem Wind, entfernt sich weit von der Feuchtigkeit und dem Schlamm, in denen sie geboren wurde. Weit weg von allem, was sie unten festgehalten hat.*

*Versteht ihr, worauf ich hinauswill? Oder interessiert ihr euch noch immer nur für meinen Tod?*

Arne trat durch die Haustür von Svarts Hof. Er war ein paar Minuten in der Diele geblieben, hatte den Schweiß von der Stirn gewischt, seine Uniform zurechtgerückt und sich bemüht, seine Würde wenigstens teilweise wiederzugewinnen.

Der Wagen, den er kommen gehört hatte, stand zwischen seinem eigenen und Lasses. Es war derselbe weiße Pick-up, den er vor der Bank gesehen hatte: Schlossverwalter Erik Nyberg, diesmal in Begleitung seines geschniegelten Sohnes.

Erik und Lasse schienen in eine hitzige Diskussion verwickelt zu sein, Erik hielt Lasse ein Stück Papier hin, aber dieser schlug ihm die Hand weg. Arne war klar, worum es ging, nämlich die Kündigung der Pacht.

»Fahr zum Teufel, Nyberg!«, brüllte Lasse. »Du und der Graf, ihr könnt mich beide mal am Arsch lecken, ist das klar!«

Lasse sprang in seinen eigenen Pick-up, startete den Motor und raste davon, dass der Kies aufspritzte.

Arne ging langsam auf Erik Nyberg zu. Im Vorbeigehen registrierte er, dass ein totes Hirschkalb auf der Ladefläche seines Wagens lag.

»Hallo«, grüßte er.

Erik sah ihn an und hob ein wenig die Augenbrauen, vermutlich wegen seiner schlammigen Schuhe und Hosen und dem verschmutzen Hemd.

»Bist du dienstlich hier, Arne?«

Arne zog es vor, nicht zu antworten. Er mochte weder Erik Nyberg noch dessen Sohn. Per war nur wenig jünger als er. Er sang, spielte Gitarre und hatte einen Ring im Ohr. Wahrscheinlich noch so eine Schwuchtel.

»Gut, dass du da bist«, sagte Erik Nyberg. Dann kannst du bezeugen, dass wir Lasse jetzt die Pacht gekündigt haben, auch wenn er sich weigert zu unterschreiben.«

Nyberg faltete das Papier zusammen, das er gerade Lasse auszuhändigen versucht hatte, und steckte es in die Innentasche seiner Jacke. Dann drehte er Arne den Rücken zu, wie um zu signalisieren, dass ihr Gespräch beendet war.

Arne schlenderte zu seinem Wagen. Er öffnete die Tür, setzte sich auf den Fahrersitz und nestelte am Funkgerät herum. Er tat so, als wäre er beschäftigt, bis er merkte, dass niemand ihm zusah. Er hatte gerade beschlossen wegzufahren, als sich die Haustür öffnete und Elita herauskam.

Arnes Herz begann heftig zu schlagen, vielleicht war dieser Tag doch noch zu retten. Aber Elita ignorierte ihn, ging einfach an seinem Wagen vorbei und lief weiter auf die Hausecke zu.

Auch Eva-Britt war herausgekommen, und Erik Nyberg ging direkt auf sie zu. Das Kündigungspapier tauchte wieder aus der Innentasche des Verwalters auf, und Eva-Britt nahm es widerwillig entgegen.

Arne sah zu Elita hinüber. Sie und Per Nyberg waren ein Stück beiseitegegangen und sprachen miteinander. Sie standen ein bisschen zu nah beieinander, wirkten ein bisschen zu privat. Elita streckte die Hand aus, berührte Pers Arm, und Arne sah, dass Elita ihm etwas in die Hand drückte, ein kleines, weißes Quadrat, das er so gut wiedererkannte.

Ein Polaroidfoto. Ein Foto von ihr, mit seiner Kamera aufgenommen. Ein privates Bild, das sie diesem verdammten Per Nyberg gab.

Noch jemand trat hinaus auf die Treppe. Leo in seiner Uniform. Er setzte sich seine Baskenmütze auf und zog sie in die Stirn. Dann bemerkte er Elita und Per. Sein selbstsicherer Blick von eben wich aus seinem Gesicht und machte etwas anderem Platz.

Arne wusste genau, was es war. Das Gleiche, das er auch fühlte. Enttäuschung. Eifersucht.

Wut.

# 24

»Du konntest nie richtig verstehen, warum ich so gerne Puzzle machte, Margaux. Die Befriedigung darüber, Ordnung zu schaffen. Das leise Klicken, wenn etwas an seinen Platz fällt und ein deutliches Muster bildet, wo vorher Chaos herrschte.

Ja, ich gebe zu. Ich bin vollauf mit dem Puzzle Elita Svart beschäftigt. Und ich werde nicht aufgeben, bis ich das ganze Bild zusammengesetzt habe.

Warum, fragst du dich wieder? Was reizt mich so sehr an dieser Geschichte?

Weil mich Elita Svart an jemanden erinnert, den ich kenne. Oder besser gesagt: kannte.«

Auf den Stühlen im Wartebereich vor dem Sprechzimmer sitzen schon eine Reihe von Leuten. Sigbritt Andersson und Thea arbeiten sie gemeinsam ab, und wieder ist Thea darüber überrascht, dass fast alle sie schon zu kennen scheinen. Sie fragen nach David und dem Schloss, und einige haben schon einen Tisch im Restaurant reserviert, obwohl es noch einen Monat bis zur offiziellen Einweihung dauert. Mehrere Patienten wissen auch bereits, dass sie und David im alten Kutscherhaus wohnen, wissen, wo sie früher angestellt war und sogar, wie ihr Hund heißt. Als Thea vorsichtig einen der redseligsten fragt, zeigt es sich, dass die Informationen von der Facebook-Gruppe kommen, die Per und Sigbritt erwähnt hatten.

Kurz vor zwölf bekommt Theas Kollegin einen Anruf.

»Ich muss kurz was erledigen gehen«, sagt sie. »Ich bin maximal eine Stunde weg. Ist es okay, wenn ich dich hier einen Moment allein lasse, dann können wir danach zusammen essen? Du kannst dich ja noch einmal in die Krankenakten einloggen und schauen, ob es noch etwas gibt, womit du dir unsicher bist.«

»Ja, natürlich.« Thea hat nichts dagegen, eine Weile mit ihren Gedanken allein zu sein.

»Super, dann bis nachher.«

Die raschen Schritte der Ärztin verschwinden im Flur, dann wird die Eingangstür zugeschlagen.

Thea bemerkt, dass sie noch die Zigarettenpackung in ihrer Jackentasche hat, und beschließt, hinauszugehen und heimlich zu rauchen.

Auf der Rückseite des Gebäudes liegt ein großer Garten. Zwei Fußballtore, eine alte Schaukel, ein Asphaltstreifen mit den Resten eines Hüpfspiels sowie ein Maschendrahtzaun etwas weiter weg erinnern daran, dass dieser Platz einmal als Schulhof genutzt wurde.

Hier müssen sich David und seine Freunde aufgehalten haben. Thea kneift die Augen zusammen, versucht, sich die Gesichter aus dem Schuljahrbuch vorzustellen. David, Nettan, Sebastian und J-O. Vier etwas spezielle Zwölfjährige, die plötzlich von jemandem wie Elita Svart beachtet wurden. Jemandem, der älter war, cooler und außerdem gut aussehend. Sie kann die Verlockung, die darin lag, absolut nachvollziehen.

Sie nimmt einen tiefen Zug, denkt an ihre eigene Schulzeit.

*Scheißzigeunerin!*

Sie schüttelt die Erinnerung ab, raucht die Zigarette so schnell sie kann auf.

Auf dem Weg zurück schaut sie in eines der Fenster, die nach hinten hinausgehen. Sie erkennt dahinter Vitrinen und Glaskästen. Die Wände sind voller Fotografien. Das muss das Heimatmuseum sein. Hat ihre Kollegin nicht etwas davon gesagt, dass Elita von den Fotos, die sie hier gesehen hatte, zu dem Frühlingsopferritual inspiriert wurde?

Thea geht um das Haus herum und folgt den Schildern im Gebäude, bis sie vor der richtigen Tür steht. Sie ist abgeschlossen. Thea probiert es mit dem Schlüssel für das Sprechzimmer. Offenbar ist er eine Art Hauptschlüssel, denn das Schloss gleitet auf.

Der Raum ist ungefähr doppelt so groß wie das Sprechzimmer. Es riecht nach Staub und altem Zeug. Die Vitrinen und Glaskästen, die sie durch das Fenster gesehen hat, enthalten alles von bestickten Decken und altem Werkzeug bis zu Äxten aus der Steinzeit und Fossilien. Verschiedene handbeschriftete Schilder nennen das jeweilige Thema: *Handarbeit*, *Ernte* oder *Tornaby durch die Geschichte*.

An einer der Wände findet sie, wonach sie gesucht hat: *Lokale Sitten und Gebräuche*. Etwa zehn alte Fotos, allesamt schwarz-weiß und etwa zu Beginn des zwanzigsten Jahrhunderts entstanden, in Dreiergruppen angeordnet. *Frühlingsopferzeremonien* steht über einer Gruppe.

Beim Anblick der Bilder schnappt Thea nach Luft. Die Ähnlichkeit zwischen ihnen und dem Polaroidfoto ist eindeutig. Die gleiche Aufstellung: eine junge Frau in der Mitte mit Hirschgeweihen in den Händen und langen Seidenbändern, die an den Handgelenken befestigt sind; neben ihr Kinder, die unheimliche Tiermasken tragen. Hase, Fuchs, Eule und Reh.

Die nächste Gruppe trägt den Titel *Verbrennung des Grünen Mannes* und zeigt das Walpurgisnachtfeuer. Auf den ersten Bildern muss das Feuer gerade erst angezündet worden sein, man sieht die Figur ganz oben auf dem Holzhaufen, sie ist an genauso einem T-förmigen Gestell festgezurrt, wie Thea es unten auf der Festwiese gesehen hat. Kopf und Arme zeichnen sich deutlich ab, der Rest des Körpers ist eine unförmige Masse aus Laub und Zweigen.

Auf dem letzten Bild haben die Flammen bereits begonnen, am Grünen Mann zu lecken, durch die Hitze ist das Laub geschrumpelt, und man kann fast durch ihn hindurchsehen. Vor dem brennenden Scheiterhaufen steht das Frühlingsopfer mit seinen kleinen maskierten Helfern.

Thea schüttelt sich. Genau wie das Polaroidfoto wirkt dieses Bild zutiefst verstörend. Unter dem Foto hängt ein Zettel mit ein paar maschinengeschriebenen Zeilen.

*In der Walpurgisnacht ist der Grat zwischen Leben und Tod am schmalsten. Alles ist in Bewegung, die Natur ist hungrig, und der Grüne Mann reitet durch die Wälder.*

Sie fotografiert die Bilder und den Zettel mit ihrem Mobiltelefon ab, bevor sie zum Sprechzimmer zurückgeht.

Wieder am Schreibtisch, googelt sie noch einmal die Schlagworte von heute früh. Sie weiß selbst nicht genau, warum und was sie zu finden hofft. Die Trefferliste mit den alten Zeitungsartikeln sieht genauso aus, aber diesmal scrollt sie noch weiter. Die Treffer sind, wie erwartet, immer weniger relevant, aber an einigen Stellen findet sie Hinweise auf ein Buch mit dem Titel *Falsche Geständnisse*.

Sie sucht bei einer Internetbuchhandlung danach. Das Buch stammt von einem Journalisten namens Kurt Bexell, wurde 2004 publiziert und behandelt, worauf der Titel bereits verweist, die Mechanismen, die dazu führen, warum manche Menschen ein Verbrechen gestehen, das sie nicht begangen haben. Dem Klappentext zufolge beinhaltet das Buch neben bekannten internationalen Fällen auch einige schwedische Beispiele, unter anderem den Mord an Elita Svart 1986.

Also zweifelte der Journalist an Leos Schuld? Aber warum? Und wer hat seiner Meinung nach dann Elita umgebracht? Mit jedem neuen Puzzleteil wächst Theas Faszination für diese Geschichte, und der Gedanke daran, dass es andere Theorien gibt als die offizielle Version, bildet keine Ausnahme.

Sie fragt sich noch immer, welche Rolle David in der Sache gespielt hat. Wurde er verhört? Was haben er und seine Freunde eigentlich gesehen?

*Du darfst das nie jemandem erzählen. Nie, nie, nie …*

Thea klickt den Link an und bestellt das Buch zu sich nach Hause.

Nachdem sie das gemacht hat, bleibt sie nachdenklich sitzen. Die Fakten, die es im Internet über den Mord an Elita Svart gibt, hat sie wohl inzwischen alle gefunden. Aber es gibt natürlich noch andere Möglichkeiten. Eine davon befindet sich direkt vor ihr auf dem Schreibtisch.

Sie öffnet ihr Dienstlaptop und loggt sich in die Patientenakten ein. Dann gibt sie Elitas Namen in das Suchfeld ein, zögert aber noch. Rein theoretisch ist es illegal, nach einer Person zu suchen, die nicht ihr Patient ist. Andererseits ist das Risiko, dafür belangt zu werden, verschwindend gering. Wer sollte schon ihre Suchanfragen kontrollieren?

Sie wägt noch ein paar Sekunden lang ab, bevor sie auf Enter drückt.

Alles, was kommt, ist ein kurzer Einzeiler mit Elitas Namen und Personennummer, gefolgt von dem Hinweis: *verstorben am 30.04.1986.*

Sie sucht nach einem Link, der sie weiterleiten könnte, aber alles, was erscheint, ist eine Infobox, die besagt, dass alle Krankenakten vor einem bestimmten Zeitpunkt nicht digitalisiert sind, diese aber nach wie vor in Papierform im Regionalarchiv in Lund zu finden sind. Thea notiert sich Elitas Personennummer auf einen Post-it-Zettel. Sie ist so konzentriert, dass sie die Schritte auf dem Gang nicht hört.

Jemand räuspert sich an der Tür, und sie schaut verwundert auf.

Ein Mann, um dessen Hand ein blutiges Tuch gewickelt ist, steht im Türrahmen.

»Entschuldigung«, sagt er auf Englisch. »Sind Sie zufällig Ärztin?«

Thea klappt das Laptop schnell zu und steht auf.

»Natürlich. Kommen Sie rein!«

Der Mann wirkt erleichtert. Er ist ein paar Jahre älter als sie, groß, muskulös, mit einem kantigen Gesicht und kurz geschnittenen Haaren, die sich an der Stirn lichten. Er trägt eine Armeejacke, Jeans und Arbeitsstiefel.

Sie hilft ihm, sich zu setzen, und beginnt, das Tuch abzuwickeln. Es blutet stark aus einer großen Wunde im unteren Teil der Handfläche.

»Ich habe mich geschnitten. Völlig idiotisch.« Er versucht zu lächeln.

»Legen Sie sich hin«, ordnet sie an und hebt seine Hand so hoch wie möglich, um den Blutfluss zu einzudämmen.

Zuerst reinigt Thea die Wunde. Sie ist tief, geht fast bis zum Knochen, aber zum Glück scheint keine Sehne verletzt zu sein. Das Blut fließt immer noch.

»Das ist schon vor einer Weile passiert«, sagt der Mann. »Ich wollte erst zur Notaufnahme nach Helsingborg fahren, aber dann ist mir eingefallen, dass es auch eine Praxis im Dorf gibt.« Sein Englisch ist gut, aber Thea glaubt dennoch, einen leichten Akzent herauszuhören.

Langsam wird er blass, seine Lippen sind schon ganz weiß. Sie muss die Blutung stoppen, während sie näht, findet aber nichts, womit sie das Handgelenk abbinden kann, also wendet sie einen alten Trick an.

»Halten Sie den Arm noch ein bisschen höher.«

Der Mann tut, was sie gesagt hat, und Thea legt die Blutdruckmanschette um sein Handgelenk und pumpt sie so hart auf, dass sich das Blut staut.

»Halten Sie still, dann gebe ich Ihnen eine lokale Betäubung, bevor ich nähe.«

Er nickt stumm und liegt gehorsam still, während sie mit gewohnten Bewegungen betäubt, seine Handfläche mit sechs raschen Stichen näht und anschließend einen Druckverband über die Wunde legt.

»So. Bleiben Sie noch einen Moment liegen und erholen Sie sich. Möchten Sie etwas trinken?«

»Ja, bitte.«

Thea gießt Wasser in einen Plastikbecher.

»Danke.« Der Mann schaut sie mit braunen, freundlichen Augen an. »Ich heiße übrigens Philippe Benoit.«

Er streckt seine gesunde Hand vor.

»Thea Lind«, erwidert sie. »Sie sind Franzose?«

»Fast«, lächelt er. »Québécois. Sprechen Sie Französisch?«

»Selbstverständlich.« Thea wechselt die Sprache und merkt, dass sie den Mund zu einem Lächeln verzieht. Es ist lange her, dass sie mit jemand anderem als Margaux Französisch gesprochen hat. »Was ist mit Ihrer Hand passiert?«

»Ach, eine idiotische Sache. Ich wollte ein Stück Seil abschneiden und bin mit dem Messer abgerutscht. Zu meiner Verteidigung muss ich sagen, dass ich gleichzeitig telefoniert habe. Wobei diese Information vielleicht nicht unbedingt zu meinem Vorteil gereicht.«

»Und was macht jemand aus Quebec in Schonen?«

»Ich suche nach Mineralien.«

»Gold?«

Er lacht. »Leider nichts ganz so Spannendes. Vanadium. Zumindest ist es das, was wir bei unseren Probebohrungen zu finden hoffen. Wenn ich mir bis dahin nicht aus Versehen die Pulsadern aufschneide.«

Vielleicht liegt es am Französischen, jedenfalls bewirkt irgendwas an der Situation, dass Thea gute Laune bekommt.

»Netter Trick mit dem da ...« Er zeigt auf die Blutdruckmanschette. »Ganz schön clever. Ich vermute, dass man das nicht im Medizinstudium lernt?«

»Nein. Ich habe für Ärzte ohne Grenzen gearbeitet. Afrika, Mittlerer Osten. Da lernt man zu improvisieren.«

»Aha, das erklärt, warum Sie so gut Französisch sprechen. Dann haben Sie schon deutlich schlimmere Sachen gesehen als eine kleine Schnittwunde.«

»Das habe ich«, gibt sie zu.

»Schön, in erfahrenen Händen zu sein, falls noch etwas passieren sollte.«

Er will gerade aufstehen, als Doktor Andersson hereinkommt. Sie bleibt stehen, schaut auf das blutige Tuch, dann auf Philippe Benoit, der noch immer halb auf der Pritsche liegt.

»Oh, was ist denn hier passiert?«

»Eine Schnittwunde an der Hand. Ich habe mit sechs Stichen genäht.«

Philippe hält die Hand hoch, um den Verband zu zeigen, was zeigt, dass er Schwedisch zumindest versteht.

»Aha, das klingt dramatisch. Hast du die Krankenakte schon angelegt?«

»Noch nicht. Ich bin gerade fertig geworden.«

»Kein Problem, dann mache ich das.«

Die Ärztin setzt sich an den Schreibtisch und klappt das Laptop auf. Thea glaubt zu erkennen, dass sie zusammenzuckt, aber es geht so schnell, dass sie nicht sicher ist, es richtig gesehen zu haben.

Im selben Moment fällt ihr ein, dass sie die unerlaubte Suche nach Elita Svarts Krankenakte womöglich nicht gelöscht hat. Sie studiert den Gesichtsausdruck von Sigbritt Andersson, aber was auch immer die Kollegin denkt, so verrät sie es nicht.

## 25

Am Ende des Arbeitstages setzt Sigbritt Andersson Thea beim Kutscherhaus ab. Vielleicht ist es nur Einbildung, aber Thea kommt es so vor, als wäre die Kollegin auf der Fahrt weniger mitteilsam als sonst gewesen. Jedenfalls wird sie das Gefühl nicht los, ertappt worden zu sein.

Vor dem Kutscherhaus steht ein Pick-up mit Anhänger. Ein Mann in Arbeitskleidung und Schutzbrille ist gerade dabei, mit einer Motorsäge die Hecke zu schneiden. Als sie sich der Haustür nähert, winkt er ihr zu, und sie erkennt ihn wieder. Es ist der Mann mit dem üppigen, roten Bart, den sie in Erik Nybergs Küche getroffen hat.

Emee freut sich, sie zu sehen, und sie will gerade die Leine holen, um eine Runde mit dem Hund zu gehen, als es an der Tür klopft.

Der Mann mit dem Bart steht draußen.

»Entschuldigung. Dürfte ich mal Ihr Klo benutzen?«

»Natürlich.« Sie lässt ihn herein. »Es ist links von der Diele.«

»Kein Problem, ich finde mich zurecht. Per und ich haben bei der Renovierung geholfen.«

Er verschwindet in der Toilette und kommt nach ein paar Minuten wieder heraus,

»Es ist etwas unordentlich hier, wir haben noch nicht geschafft, alles einzurichten«, sagt Thea und zeigt auf die Stapel mit Umzugskartons.

»Das ist noch gar nichts. Ich habe kurz vor Weihnachten meiner ältesten Tochter beim Umzug geholfen, und es stehen immer noch Kisten bei ihr rum.« Er zeigt ein breites, ansteckendes Lächeln. »Ich heiße Stefan Holmkvist. Aber alle sagen Klein-Stefan zu mir.«

»Warum das denn?«

Er lacht. »Sie sind seit Jahren die Erste, die das fragt. Als ich in die erste Klasse kam, waren wir zwei Stefans. Damals war ich klein und zart, deshalb …« Er breitet die Arme aus. »Ich habe den anderen Stefan schon in der Mittelstufe überholt, aber da hatte sich der Name schon durchgesetzt.«

Er lacht wieder. Klein-Stefan wirkt sympathisch, es ist leicht, ihn zu mögen. Außerdem hat er sowohl für das Schloss als auch für Ängsgården gearbeitet und weiß wahrscheinlich das meiste über die Gegend. Thea beschließt, ihren Spaziergang aufzuschieben.

»Möchten Sie Kaffee?«, fragt sie.

»Danke, gerne.«

Sie gehen in die Küche. Thea macht ihnen beiden mit Davids sündhaft teurer Espressomaschine einen Americano und findet sogar eine Packung Kekse.

»Wie viele Kinder haben Sie?«, fragt sie, um ihn ein wenig aufzulockern.

»Drei. Ich habe auch schon zwei Enkelkinder und werde im Sommer wieder Opa.«

Er zieht sein Handy hervor und zeigt Bilder seiner Enkel. Dabei erzählt er eine Anekdote aus dem Kindergarten. Thea lässt ihn eine Weile reden, bevor sie das Gespräch vorsichtig in die Richtung lenkt, die sie sich vorgestellt hat.

»Doktor Andersson und ich waren neulich draußen im Forsthaus.«

»Bei Kerstin? Alle meine Kinder waren bei ihr in der Klasse. Eine tolle Lehrerin.«

»Sie und Sigbritt haben mir von Elita Svart erzählt. Was für eine schreckliche Geschichte.«

Klein-Stefan nickt.

»Kannten Sie Elita?«

»Nee. Aber ich bin ihr ab und zu begegnet. Sie wohnte auf dem Hof Svartgården, ganz hinten im Sumpf. Ein furchtbarer Ort.«

»Ja? Wieso denn?« Thea versucht, nicht allzu interessiert zu klingen.

»Lasse Svart hat ihn völlig runtergewirtschaftet. Er wollte, dass das Schloss jede noch so kleine Reparatur übernimmt, dabei stand im Pachtvertrag, dass er sich um den Erhalt kümmern müsste. Außerdem bezahlte er die vereinbarte Pacht nicht. Wir waren ziemlich oft dort draußen …«

Er unterbricht sich, schnappt sich einen Keks und beißt ab.

»Wir?«, fragt Thea aufmunternd.

»Erik Nyberg und ich. Manchmal war Per auch dabei. Wenn man es mit Lasse Svart zu tun hatte, war man am besten zu zweit. Er war ein gefährlicher Typ.«

»Gefährlich?«

»Gewalttätig, zumindest hieß es das. Es wurde viel über ihn geredet, viele hatten Angst vor Lasse Svart. Er war furchtbar launisch, soweit ich weiß. Aber am schlimmsten war es wahrscheinlich für die, mit denen er zusammenlebte. Eva-Britt und Lola.«

»Und wie war es für Elitas Stiefbruder?«

»Leo? Tja …« Klein-Stefan verzieht das Gesicht. »Er hatte es da draußen auf dem Hof wohl auch nicht so leicht. Lasse behandelte ihn schlecht, er war generell böse. Aber Leo schien mir immer ein netter Junge zu sein. Niemand, der seine eigene Schwester töten könnte. Andererseits kann man nie genau wissen, was in den Köpfen der Leute vor sich geht. Und Svartgården war wie gesagt ein furchtbarer Ort.«

Er schüttelt leicht den Kopf, als wäre eine unschöne Erinnerung aufgetaucht.

»Was ist aus der Familie Svart geworden?«

Klein-Stefan holt tief Luft.

»Sie sind alle abgehauen, am Tag nach der Beerdigung. Sobald das Mädchen unter der Erde war, sind sie spurlos verschwunden.«

»Verschwunden?«

»Ja. Ich habe das damals entdeckt. Ich war draußen und sollte den Wasserzähler ablesen. Da entdeckte ich, dass das Haus leer stand und beide Autos weg waren. Das war ziemlich unheimlich.« Er zieht die Schultern hoch. »Wobei es im Nachhinein wahrscheinlich gar nicht so komisch war. Lasse hatte schließlich schon die Kündigung bekommen. Und dann starb Elita, von dem her …«

Er schielt auf seine Armbanduhr, richtet sich auf.

»Danke für den Kaffee, aber ich muss weitermachen. Per möchte, dass die Hecken heute fertig werden. Das Reisig soll ein paar Tage trocknen können, damit es beim Walpurgisfeuer besser brennt.«

Thea sieht ihm an, dass ihm gerade klar geworden ist, wie viel er geredet hat, und dass er es bereut, ungefähr wie Erik Nyberg neulich. Aber sie will ihn noch nicht richtig gehen lassen.

»Was passierte mit dem Hof, nachdem die Familie verschwunden war?«, fragt sie, als er aufsteht.

Klein-Stefan zögert, schielt wieder auf die Uhr. Dann blickt er über seine Schulter, als hätte er Angst, dass jemand heimlich lauscht. Schließlich beugt er sich vor und senkt die Stimme.

»Erik Nyberg bat mich noch am selben Tag, alles zuzunageln. Ich sollte alle Fenster und Türen mit Brettern und Schlössern versehen, der alte Gren und ich haben das damals innerhalb von einer paar Stunden erledigt. Wir haben gehämmert, als ob der Teufel hinter uns her wäre. Als ob es etwas in diesem Haus gäbe, das auf keinen Fall rausdurfte.«

Er schüttelt wieder den Kopf.

»Am Tag darauf wurde die Zufahrtsstraße gesperrt. Der Graf verkaufte das Ganze ans Militär, und es wurde ein Zaun um das Sperrgebiet gezogen.«

Er atmet durch die Nase aus, als hätte er etwas Schweres hinter sich gebracht. Dann nickt er ihr zu und wendet sich zur Tür.

»Also, danke noch mal. Wir sehen uns sicher mal wieder.«

»Steht er noch?«, fragt sie seinen Rücken.

»Wer?«

»Der Hof. Steht er noch im Sumpf?«

Er zuckt mit den Schultern oder versucht vielleicht auch, ein Schaudern zu unterdrücken.

»Keine Ahnung. Ich habe seit Frühling 1986 keinen Fuß mehr dorthin gesetzt. Aber fragen Sie Erik Nyberg. Er weiß es bestimmt.«

Als Klein-Stefan zu seinen Hecken zurückkehrt, nimmt Thea Emee an die Leine und geht zum Schloss hinüber, um David Hallo zu sagen. Aus der Ferne hört sie ihn mit einem Arbeiter streiten. Es geht natürlich um Geld und um den Zeitplan. Sie war in den letzten Wochen mehrfach Zeugin ähnlicher Telefongespräche, aber diesmal klingt es hitziger. Thea hört einen Schrei und Kies, der aufspritzt.

»Blöder Idiot!«

Thea kommt um die Ecke des Ostflügels. Der Arbeiter liegt auf dem Boden, David steht gebeugt über ihm, hält mit der einen Hand den Mann an der Jacke fest und hat die andere zur Faust geballt.

»David!«, brüllt Thea.

Er dreht sich um. Seine Augen sind schwarz, die Lippen angespannt.

Emee beginnt laut zu bellen, springt auf David zu, fletscht die Zähne und tritt in die Luft. Thea muss die Leine mit beiden Händen festhalten und die Hacken in den Boden stemmen, um dagegenzuhalten.

David zwinkert ein paarmal, dann kommt er wieder zu sich. Er lässt den Kragen des Arbeiters los und richtet sich langsam auf.

Emee hört auf zu bellen, sie knurrt aber noch, und ihre Haare sind gesträubt. Außerdem lässt sie David nicht aus den Augen.

»Sorry«, murmelt David verlegen, wobei unklar ist, zu wem.

Er macht auf dem Absatz kehrt, verschwindet Richtung Küche und schlägt die Tür hinter sich zu.

Der Arbeiter kommt auf die Füße.

»Ich bitte vielmals um Verzeihung«, sagt Thea. »Mein Mann ist völlig gestresst. Es ist viel, was …«

Der Mann nickt, klopft sich den Staub von der Jacke.

»Er hat verdammt Glück, dass er der Sohn von Bertil Nordin ist«, brummt er und trottet zu seinem Kastenwagen davon.

# 26

## *WALPURGISNACHT 1986*

*Liebe ist schwierig, Elita, sagte meine Großmutter immer. Das Schwierigste, was es im Leben gibt.*

*Ich habe sie nur ein paarmal getroffen. Lola fuhr nicht gerne hin. Oma war immer nett zu mir, aber ich begriff, dass sie es zu Lola nicht gewesen war. In Lolas Blick lag immer etwas Seltsames, die wenigen Male, die sie sich sahen. Als würde sie meine Großmutter zugleich vergöttern und verabscheuen.*

*Manchmal hat Lola den gleichen Blick, wenn Lasse in der Nähe ist. Aber nur, wenn er ihr den Rücken zuwendet. Neulich habe ich gesehen, wie er sich ein Messer eingesteckt hat.*

*Liebe und Hass liegen nah beieinander, sagte Oma.*

*Ich weiß genau, was sie damit meinte.*

Arne fuhr schnell durch den Wald, pflügte durch Wasser- und Schlammlöcher, scherte sich nicht um Gestrüpp und Zweige, die gegen die Seitenspiegel schlugen und den Lack zerkratzten.

Elita hatte ihn ausgenutzt, genau wie ihr Vater. Sie hatten ihn wie einen Lakaien behandelt, so getan, als wäre er ihr Freund, hatte mit seinen Gefühlen gespielt. Sie hatte sich seine Kamera ausgeliehen, nur um ein Foto für ihren Scheißfreund zu machen. Sie machte es noch nicht einmal heimlich, sondern hatte ihm das Foto mitten auf dem Hof gegeben, wo alle es sehen konnten. Elita und dieser verdammte Schwiegermuttertraum Per Nyberg. Allein bei dem Gedanken wurde ihm schlecht.

Arne bremste abrupt ab, sprang aus dem Wagen und riss die Tasche mit der Kamera an sich. Er wollte sie nicht mehr haben, wollte nicht daran erinnert werden, wofür sie benutzt worden war. Er schwang die Tasche am Riemen einige Male hin und her, um sie so weit wie möglich in den Sumpf werfen zu können, ein Schlammloch zu treffen, das tief genug war, dass sie nie mehr gefunden wurde. Stattdessen ging die Tasche auf, und die Kamera fiel zu Boden.

»Scheeeiße!« Er trat nach der Kamera, aber dann sah er, dass noch etwas herausgefallen war. Ein weiteres weißes Quadrat, ein Polaroidfoto, das unter der Kamera gelegen hatte.

Er hob es auf und bürstete den Schmutz ab.

Es war ein Foto von Elita in einem weißen Kleid und mit offenen Haaren. Sie stand mit geschlossenen Augen auf einem Stein, ihre Hände waren über der Brust gekreuzt, und sie hielt zwei Hirschgeweihe. Lange Seidenbänder waren um ihre Handgelenke befestigt, und vier kleine Figuren mit Tiermasken standen zu beiden Seiten des Steins und hielten die Enden fest. Er hatte irgendwo schon einmal ein ähnliches Bild gesehen, dessen war er sich sicher. Aber er wusste nicht mehr, wo.

Arne starrte das Foto an, hielt es sich so nah vors Gesicht, dass er jedes Detail erkennen konnte. Irgendetwas an dem Bild verursachte ein Unwohlsein bei ihm: Übelkeit, Schwindel, Fieber, alles auf einmal.

*Für Arne. Walpurgisnacht 1986. Komm um Mitternacht zum Steinkreis*, hatte Elita in das weiße Feld unter dem Bild geschrieben. Und dann noch ein Wort.

Sein Herzschlag breitete sich im ganzen Körper aus, erreichte den Rachen, die Schläfen, den Magen, den Schritt und wiederholte in seinem Rhythmus das Wort, das sie unter das Foto geschrieben hatte.

*Frühlingsopfer*
*Frühlingsopfer*
*Frühlingsopfer*

# 27

»Sie haben ihr Haus verrammelt, kannst du dir das vorstellen, Margaux? Sie haben alle Fenster und Türen verbarrikadiert und die Zufahrtsstraße entfernt. Warum tut man so etwas? Welche Geheimnisse versucht man darin einzusperren?«

Am Abend ist David wie immer. Er kocht, hat Kerzen angezündet, öffnet eine Flasche Rotwein. Den Streit mit dem Arbeiter erwähnt er nicht, und sie auch nicht. Heute Abend soll der Fernsehbeitrag gesendet werden, das macht Thea nervös, aber sie will es nicht zeigen.

»Wie war die Arbeit heute? Findest du dich langsam zurecht?«, fragt David.

»Ja, inzwischen kenne ich die Geschichte des Dorfes bis in die vorchristliche Zeit zurück. Heute kam Sigbritt mit der ganzen Geschichte über den alten Grafen und die Bokelund Stiftung an. Sie hat von dem armen Hubert drüben im Westflügel erzählt, der um sein Erbe gebracht wurde. Ich habe ihn neulich in der Gewitternacht übrigens gesehen, das habe ich vergessen, dir zu sagen.«

»Hubert?«

Sie nickt. »Er hat hinter einer Gardine vorgelugt, als ich draußen war und nach Emee gesucht habe. Ist es nicht ein bisschen komisch, dass er nicht vorbeikommt und Hallo sagt? Sollten wir nicht rübergehen und uns vorstellen?«

David verzieht das Gesicht.

»Hubbe ist ein Original. Ich habe ihn nur einmal getroffen, seit klar ist, dass wir das Schloss mieten. Er ist menschenscheu, und außerdem glaube ich, dass er ziemlich oft verreist ist.«

»Kann er sich das denn leisten? Sigbritt zufolge bekommt er laut Testament nur ein bisschen Taschengeld.«

»Da musst du meine Mutter fragen. Die Frau Vorsitzende kontrolliert jeden Pfennig, den die Stiftung einnimmt oder ausgibt.

Nichts entgeht ihren Argusaugen, das schwöre ich dir.« Er lächelt und schenkt sich Wein nach.

Thea lehnt sich auf dem Stuhl zurück. Sie hat diesen David vermisst. Er kann sehr attraktiv sein, vor allem, wenn er wie jetzt entspannt ist. Sie überlegt, wann sie das letzte Mal miteinander geschlafen haben, und findet, dass es viel zu lange her ist.

Draußen vor dem Fenster liegt der Burggraben dunkel da. Ein paar Lampen der Fußgängerbrücke funktionieren wieder, aber unmittelbar dahinter, auf der anderen Seite, breitet sich die Nacht aus. Thea möchte das Gespräch wieder mal auf Elita Svart lenken. Sie fragt sich, wie sie es anstellen soll, und entscheidet sich dafür, direkt zur Sache zu kommen.

»Ich habe neulich etwas im Wald gefunden.«

»Mhmm.«

»Ein Foto. Warte, ich zeige es dir.«

Sie holt das Polaroid aus ihrer Jackentasche und legt es vor David auf den Tisch.

»Das seid ihr doch, oder? Du, Nettan, Sebastian und J-O.«

David erstarrt.

»Wo hast du das gefunden?«

»In einer Dose in der Galgeneiche«, sagt sie eifrig. »Jemand muss sie in das Loch im Stamm gesteckt haben.«

David ist ganz blass geworden.

»Das sieht genauso aus wie auf den alten Fotos vom Frühlingsopfer im Heimatmuseum«, fährt sie fort. »War es Elitas Idee, euch so zu verkleiden? Woher hattet ihr die Masken?«

Sie schiebt das Foto zu seinem Teller. Erst als sie seinem Blick begegnet, begreift sie, dass sie zu forsch war.

»Nimm das weg«, zischt er. »Ich will nicht mehr über diese verdammte Elita Svart sprechen, hast du das immer noch nicht kapiert? Ich habe wirklich anderes im Kopf. Zum Beispiel, wie wir dieses Mammutprojekt stemmen sollen. Begreifst du, wie viel für mich auf dem Spiel steht? Wie viele Leute auf jede Bewegung achten, die ich mache?«

Er schiebt das Bild weg.

»Entschuldige, ich wollte nicht …«

»Du hast doch gesehen, was gestern passiert ist? Wie aufgebracht mein Vater war, als du mit Elita anfingst. Und meine Mutter auch, auch wenn sie es sich nicht anmerken ließ.«

»Tut mir leid. Du hast recht.«

Sie nimmt das Foto an sich und füllt ihre Weingläser, aber die gemütliche Stimmung ist verflogen, und obwohl sich beide bemühen, kommt sie nicht wieder auf.

Sie setzen sich auf das Sofa und schauen gemeinsam den Fernsehbeitrag an, von den Aufnahmen der Drohne bis zu ihrem gemeinsamen Interview. Eine Wohlfühlreportage, genau wie David gehofft hatte. Dennoch wirkt er unzufrieden. Thea selbst bemüht sich, die Unruhe darüber zu unterdrücken, im Fernsehen gewesen zu sein, auch wenn es nur ein paar Minuten waren. Immer wieder redet sie sich ein, dass dreißig Jahre vergangen sind und niemand sie wiedererkennen wird.

Später schlafen sie doch noch miteinander, aber das Gefühl vom frühen Abend ist weg, sodass der Sex eher aus einer Reihe pflichtschuldiger Bewegungen besteht.

David bleibt gerade einmal so lange in ihrem Bett, wie es die Höflichkeit gebietet, dann verschwindet er mit dem Hinweis auf ein frühes Treffen am nächsten Tag in sein eigenes Schlafzimmer.

Thea bleibt allein zurück und starrt an die Decke. Der feuchte Fleck dort oben scheint seit dem Vortag um ein, zwei Zentimeter gewachsen zu sein. Die Ränder sind unregelmäßiger, als würde der Fleck sich langsam ins Zimmer ausbreiten.

Ist das ein Zeichen? Egal, wie sehr man putzt und schrubbt, braucht es nur ein winziges Loch in der Fassade, damit die Feuchtigkeit eindringen und alles zerstören kann.

# 28

»Träume sind seltsam, oder? Sie transportieren uns in eine andere Zeit, öffnen Türen zu Dingen, von denen wir glaubten, wir hätten sie vergessen oder hinter uns gelassen.

Träumst du auch, Margaux? Ich möchte so gerne glauben, dass du es tust. Dass du glückliche Träume hast.«

Sie befindet sich in einem Wald. Nadelbäume, Ameisenhaufen, junge Birken. Ihr Haus liegt in einer Senke unterhalb der Böschung. Sie, ihr Bruder und seine Freunde spielen oben zwischen den Bäumen.

Fast in der Krone haben sie zwei Baumhäuser gebaut, eines für Ronny und eines für sie selbst. Ronny hat entschieden, wie alles auszusehen hat, er hat ihr geholfen, den Rahmen zu errichten und die Zweige zu befestigen. Im Baumhaus hat sie aus vier Ästen ein kleines Gehege gebaut und mit den Tieren aus Tannenzapfen gefüllt, die sie und Ronny gebastelt haben. Die Holzpuppe, die ihr Vater für sie geschnitzt hat, sitzt in der einen Ecke des Geheges. Es ist ein dicker Ast, in den er Augen, Nase und Mund geritzt hat. Vier abstehende Zweige bilden die Arme und Beine. Sie hat sie Stumpfi getauft. Zu Hause hat sie schönere Puppen, zwei Barbies, deren Kleider man wechseln kann. Trotzdem mag sie Stumpfi am liebsten. Sie sitzt gern mit ihm im Arm im Baumhaus und hört den älteren Jungen draußen zu. Hier fühlt sie sich sicher.

Dann ist es plötzlich Abend. Blaulicht blinkt unten bei ihrem Haus, sie hört das Schlagen von Türen und aufgeregte Stimmen.

Ronny und seine Freunde sind weg, aber jemand anderes kommt die Böschung zu ihr hinaufgerannt. Papa. Er ist weiß im Gesicht, hält etwas in der Hand, einen Gegenstand, der in eine Supermarkttüte gewickelt ist. Er nimmt ihr Stumpfi weg und drückt ihr den Gegenstand in den Arm.

»Hier, Jenny. Nimm das, lauf und versteck es. Schnell! Gutes Mädchen!«

Sie steht auf und läuft, so schnell sie kann. Hinter sich hört sie Rufe und Hundegebell.

Irgendwo im Wald fällt sie hin. Sie schlägt sich das Knie auf, es tut weh, aber sie weint nicht. Sie muss Papa helfen, muss ein gutes Mädchen sein.

Sie gräbt ein Loch im Boden und stopft die Plastiktüte hinein. Dann drückt sie ein Grasbüschel darauf und bedeckt alles mit ein paar trockenen Zweigen. Anschließend versteckt sie sich in ihrem Baumhaus.

Später, als Papa zurückkommt, lobt er sie, nennt sie sein tüchtiges, mutiges Mädchen und verspricht, ihr etwas Schönes zu kaufen. Aber als er sie auffordert, ihm zu zeigen, wo sie die Tüte vergaben hat, erinnert sie sich nicht mehr. Im Dunkeln sieht alles so anders aus, sie kann die richtige Stelle nicht finden.

Papa dreht vollkommen durch, er reißt die Baumhäuser ab, zertritt die Zapfentiere. Er beschimpft sie, ihre Mutter und Ronny, packt sie fest an den Armen, kommt mit seinem Gesicht ganz nah an ihres und zischt, dass die Tüte nicht ihm gehört, dass alles am Arsch ist. Dass er sie im Keller einsperren und den Schlüssel wegschmeißen wird, wenn die Tüte nicht wiederauftaucht.

Jetzt weint sie. Ronny auch.

Der Vater hört nicht zu. Er zwingt sie, den ganzen Tag im Wald zu suchen.

Am Nachmittag findet Ronny schließlich die Tüte, wodurch ihr Vater sich beruhigt. Diesmal entkommt sie dem Keller. Aber wochenlang beachtet ihr Vater sie kaum. Die Holzpuppe sieht sie nie wieder, vielleicht hat er sie im Ofen verbrannt, wie er gedroht hatte.

Ronny und seine Freunde bauen die Baumhäuser wieder auf, besser und schöner. Sie helfen ihr, neue Zapfentiere zu basteln, und schnitzen eine neue Holzpuppe. Aber es wird nie mehr wie vorher.

Thea wacht wieder im Morgengrauen auf. Das Nachtlicht leuchtet schwach, hält die Dunkelheit zurück, lässt ihren Puls langsamer werden.

Der Traum hallt innerlich noch nach. Wie viele Jahre ist es her, seit sie ihn zuletzt geträumt hat? Sie erinnert sich nicht.

Emee ist wach, schaut sie mit ihren hellen Augen an, als würde der Hund genau verstehen, welche Gedanken ihr durch den Kopf gehen. Thea steht auf und zieht sich an. Sie schaut nach, ob sie ihre Zigaretten und das Feuerzeug bei sich hat, dann geht sie in den Flur und holt die Leine.

Davids Schlafzimmertür ist zu. Ihr erster Impuls ist es, so leise wie möglich hinauszuschleichen, um ihn nicht zu wecken, aber dann ändert sie ihre Meinung, drückt die Türklinke hinunter und schaut durch den Türspalt.

Das Bett ist nicht gemacht, der Herrendiener, auf den David immer seine Kleider hängt, ist leer.

Thea schließt die Tür wieder, diesmal weniger behutsam. Bevor sie Jacke und Schuhe anzieht, trinkt sie noch eine Tasse Kaffee, steckt das Polaroidfoto in ihre Jackentasche und lässt dann Emee hinaus. Die Sonne geht gerade auf, sie braucht also keine Taschenlampe mitzunehmen.

Sie geht zum Fußpfad, der auf die Rückseite des Schlosses führt. Davids Wagen steht nicht an seinem Platz. Den frühen Termin, den David gestern erwähnte, hatte sie eigentlich für eine schlechte Ausrede gehalten, damit er nicht in ihrem Zimmer bleiben musste. Vielleicht hat sie sich geirrt. Aber wen trifft man so früh am Morgen?

Es ist kurz vor sechs. Der Morgennebel liegt wie eine Wolldecke über dem Burggraben. Sie geht über die Brücke, lässt Emee wie immer im Wald frei laufen. Dann zündet sie sich eine Zigarette an. Ihre letzte.

An der Weggabelung bleibt sie stehen. Der Pfeil zum Steinkreis weist geradeaus ins Dickicht. Am Boden sind die Umrisse eines fast zugewachsenen Pfades zu erahnen. Sie folgt ihm zwischen den Bäumen hindurch. Zuerst ist es einfach. Die Laubbäume sind hoch, der Boden nur von Buschwindröschen und Moos bedeckt. Aber je mehr sich das Terrain abwärts neigt, desto wilder wird der Wald. Das Moos wird feucht, die Buschwindröschen weichen Farngewächsen, und immer wieder ist sie gezwungen, große, undurchdringliche Brombeerbüsche zu umrunden.

Sie denkt daran, was Klein-Stefan erzählt hat, nämlich dass man Svartgården zugenagelt und die Zufahrtsstraße abgerissen hat. Dass man versucht hat, alle Erinnerungen an Elita Svart und ihre Familie auszuradieren, den dunklen Fleck, der den Ruf des Dorfes überschattet, reinzuwaschen.

Die Morgensonne steht tief und bricht sich nur an wenigen Stellen durch das Blätterdach. Der Pfad ist schon lange nicht mehr zu sehen, und Thea bekommt langsam Angst, dass sie im Dunkeln die Orientierung verloren hat, zu weit westlich gelandet ist und ihr Ziel verfehlt hat. Sie bleibt stehen, schaut auf die Uhr und versucht, die Himmelsrichtung auszumachen. Es sind zehn Minuten vergangen, seit sie die Abzweigung genommen hat.

Hinter ihr im Wald raschelt es. Dann sind laute Geräusche von knackenden Zweigen zu hören. Vermutlich Emee. Thea ruft, aber der Hund taucht nicht auf.

Jetzt wendet sich Thea mehr nach Osten und geht weiter, wobei sie einen schwachen Sumpfgeruch wahrnimmt, was bedeuten würde, dass sie auf dem richtigen Weg ist.

Sie umrundet noch ein riesiges Brombeergebüsch und tritt dann mitten auf eine große Lichtung hinaus. Sechs Steinblöcke, alle etwa einen Meter im Durchmesser, stehen in einem Ring zusammen um einen siebten, flacheren Stein, der sich genau in der Mitte befindet.

Die Lichtung ist von knotigen, alten Bäumen umgeben, die von einer ganz anderen Art sind als alle anderen Bäume im Schlosswald. Jeder Baum besteht aus mehreren kleinen Stämmen, die alle in verschiedene Richtungen leicht nach außen geneigt sind, bevor sie in eine Krone übergehen. In dem schwachen Morgenlicht sieht es fast so aus, als ob die Stämme große Menschen wären, deren Füße mit den Wurzeln des Baumes und deren Hände mit der Krone verwachsen sind. Nebelschwaden wirbeln sanft über das feuchte Gras und tragen zu dem Gefühl von Unwirklichkeit bei.

Neben Thea steht ein einsamer Pfosten, der an denjenigen bei der Galgeneiche erinnert. Das Hinweisschild liegt auf dem Boden und ist halb zugewachsen. Mit etwas Mühe gelingt es ihr, es freizubekommen. Der erste Teil des Textes ist kaum noch lesbar, aber es gelingt ihr zu entziffern, dass die seltsamen, menschenähnlichen Bäume um die Lichtung herum Weißdorne sind. Thea erinnert sich daran, was Sigbritt Andersson neulich erzählte, dass nämlich der Weißdorn dem Ort seinen Namen gegeben hat und früher als heiliger Baum galt.

Der Rest des Textes auf dem Schild lässt sich einigermaßen lesen.

*Der Steinkreis stammt sehr wahrscheinlich aus dem 6. Jahrhundert und stellt möglicherweise ein Grab oder eventuell eine Art von Versammlungsort dar. Der Schlosswald war zu dieser Zeit eine Insel, umgeben von weitläufigen Sumpfgebieten, weshalb er sich für religiöse Zeremonien eignete.*
*Der Mittelstein ist älteren Ursprungs als die übrigen Steine. Auf seiner Oberseite findet sich eine für die Bronzezeit typische schalenförmige Vertiefung, weshalb man diese Steine als Rillen- oder Schalensteine bezeichnet. Vermutlich wurden sie bei Fruchtbarkeitsriten verwendet, bei denen man Saatkorn oder kleine Figuren opferte, um eine gute Ernte zu erbitten. Dieser Brauch war in der Region bis Mitte des 19. Jahrhunderts lebendig. Im Volksmund wird der Stein noch heute Opferstein genannt.*

Thea geht zum Mittelstein. Die glatte Oberfläche ist wegen der Feuchtigkeit dunkel. Die Schale ist ungefähr zehn Zentimeter breit und etwa halb so tief. Tauwasser hat eine kleine Pfütze darin gebildet.

Sie holt das Polaroidbild hervor, geht ein paar Schritte zurück. Der Hintergrund auf dem Foto sieht ein bisschen anders aus. Die Bäume sind niedriger, weniger verwachsen. Der Opferstein ist hingegen gleich geblieben. Thea läuft herum, bis sie genau den Winkel findet, aus dem das Bild gemacht wurde. Sie schließt halb die Augen, stellt sich Elita auf dem Opferstein vor, David und seine drei Freunde zu je einer Seite. Das Frühlingsopfer und seine vier kleinen Diener. Fünf Personen insgesamt.

Aber es muss sich noch eine sechste Person vor Ort befunden haben. Der Fotograf. Natürlich nur, wenn die Kamera keinen Selbstauslöser hatte.

Sie schaut sich das Foto sorgfältig an, versucht, den Schatten der Person hinter der Kamera zu entdecken, aber das Foto ist zu alt, und die Farben sind zu verblichen.

Ein plötzlicher Laut unterbricht ihre Gedanken. Wieder knackt ein Zweig, aber diesmal erkennt sie, woher das Geräusch kommt. Es kommt aus dem Wald, gegenüber der Stelle, von woher sie selbst auf die Lichtung getreten ist. Sie will gerade nach Emee rufen, als sie weitere Geräusche hört. Zweige, die Kleider streifen, und ein schwaches metallisches Klicken.

Thea bemerkt eine Bewegung zwischen den Weißdornen und hält die Luft an. Eine dunkle Gestalt taucht im Nebel auf. Es ist ein Mann, der ein Fahrrad schiebt, er geht auf die Lichtung zu, scheint den Opferstein zu fixieren und sieht Thea nicht. Erst als er den Stein fast erreicht hat, zuckt er zusammen und verliert das Fahrrad. Alle Farbe verlässt sein Gesicht, seine Augenlider flattern, und für einen Moment glaubt Thea, dass er gleich in Ohnmacht fällt.

»Hallo, Bertil«, sagt sie. »Was tust du hier?«

# 29

## *WALPURGISNACHT 1986*

*Sicher habt ihr von den anderen Mädchen gehört, die im Schlosswald ums Leben kamen. Isabelle, die im Burggraben ertrank, und Eleonor, die von ihrem Pferd fiel und sich das Genick brach.*
*Bald ist Elita an der Reihe.*
*Liebliche Frauen, tot, die an meiner Seite einst lagen.*
*Ist das nicht schön?*
*Es hat etwas Verlockendes an sich, zu sterben, wenn man am schönsten ist, nicht wahr?*

Der junge Mann liebte das Reiten. Er liebte das Gefühl, etwas so Großes und Starkes und zugleich so Sensibles wie ein Pferd zu kontrollieren. Er selbst war klein gewachsen und mit einer Lippenspalte geboren, weshalb er immer noch ein bisschen seltsam sprach. Es machte ihm Mühe, manche Buchstaben zu meistern, genauso wie er sich anstrengen musste, sein unfreiwilliges Zucken zu beherrschen. Aber auf dem Pferderücken war davon nichts zu spüren. Hier flog er vorwärts. Geschmeidig, vollkommen.

Er liebte das Reiten. Und er liebte die Landschaft. Die Wiesen, die Weiden, die Wälder, den Sumpf. Alles gehörte ihm, so weit das Auge reichte. Oder würde zumindest einmal ihm gehören. Bald.

Sein Vater wurde langsam alt. Er war ein harter Mann, ein Mann, der nie von der Liebe zu seinem Land sprach, sondern von Saat, Ertrag und Pacht – praktischen Dingen, Dingen, die sich berechnen und messen ließen.

Sein Vater fürchtete niemanden außer Gott. Nur beim gemeinsamen Beten in der Kapelle wurden seine Gesichtszüge weicher. Dann beteten sie für die verstorbene Mutter des jungen Mannes, ihre unsterbliche Seele, und sie baten Gott darum, ihre Schwäche zu verzeihen.

Manchmal spürte der junge Mann, wie sein Vater ihn betrachtete. Er studierte ihn genau, als würde er in seinem Gesicht oder in seinen Bewegungen nach etwas suchen, nach irgendeinem bestimmten Ausdruck oder einer Geste. Aber jedes Mal schien der Vater enttäuscht zu werden.

Mit der Zeit verstand der junge Mann, warum. Es lag daran, dass er der Sohn seiner Mutter war, dass er anders war.

Elita wartete wie versprochen an der Galgeneiche. Er galoppierte auf sie zu und brachte mit präzise abgestimmten Zügel- und Schenkelbewegungen den muskulösen Hengst dazu, direkt vor ihren Füßen stehen zu bleiben. Elita verzog kaum eine Miene. Sie ritt ebenso gut wie er, vielleicht sogar noch besser, was einer der Gründe dafür war, warum er sie liebte.

Wie immer war er von ihrer Schönheit überwältigt, von ihrem rabenschwarzen Haar, den Augen und dem olivfarbenen Teint.

»Ich habe etwas für dich.«

Sie reichte ihm einen Umschlag. Er nahm ihn entgegen und spürte das quadratische, harte Papier darin.

»Bist du bereit für heute Abend?«

Er nickte. Nelson machte eine kleine Pirouette. Seine Hufe gruben Löcher in den weichen Boden. Nelson war ein Vollblut, sehr schwer zu reiten, aber zugleich das schönste, schnellste und stärkste Pferd.

»Was ist das?«

Der junge Mann zeigte mit der Gerte auf eine Farbdose, die neben der Eiche stand. Wie immer formulierte er nur kurze Sätze, damit man seinen Sprachfehler nicht so deutlich hörte.

»Eine kleine Opfergabe.«

Sie lächelte auf eine Art, die ihn irritierte. Er hatte sich ihr gegenüber entblößt, ihr seine persönlichsten Geheimnisse anvertraut, und trotzdem neckte sie ihn.

»Für wen?« Seine Stimme klang schroffer als beabsichtigt. Nelson schnaubte, drehte noch eine kleine Pirouette.

Elitas Lächeln wurde breiter. Sie zeigte den Eichenstamm hinauf zu den großen Beulen, die wie ein Gesicht aussahen.

»Für ihn. Den Grünen Mann.«

Sie legte den Kopf zurück und lachte. Ihre Zähne waren von einem perfekten Weiß. Wie das Perlenhalsband seiner Mutter.

Einen kurzen Augenblick lang wünschte sich der junge Mann, er könnte sie besitzen und in eine Schublade sperren, wie sein Vater es mit dem Halsband gemacht hatte. Dann könnte er die Erinnerung an sie genauso unzerstört und kreideweiß bewahren.

»Machst du dir Sorgen?«

Der junge Mann schüttelte den Kopf, aber wie immer sah sie mitten in ihn hinein. Sie griff nach dem Zügel, strich Nelson über die Stirn, wodurch sich der große Hengst beruhigte. Dann sah sie zu ihm auf, mit diesen Augen, die denen seiner Mutter so ähnelten.

»Mach dir keine Sorgen, Hubert«, sagte sie sanft. »Alles wird gut.«

## 30

Thea bringt Bertil dazu, sich auf einen der Richtsteine zu setzen. Das Gesicht ihres Schwiegervaters ist noch immer weiß, seine Lippen bewegen sich unaufhörlich und wiederholen in einem fort die gleichen Worte im leisen Flüsterton.

Thea muss sich vorbeugen, um zu verstehen, was er sagt.

»Armes Mädchen, armes Mädchen, armes Mädchen …«

»Welches Mädchen? Meinst du Elita Svart?«

Bei dem Namen verstummt er, senkt den Blick.

»Was machst du hier, Bertil?«

Keine Antwort.

»Weiß Ingrid, dass du alleine unterwegs bist?«

Schweigen.

Er ist leicht bekleidet, nur mit Hemd, Sakko und einer karierten Schlafanzughose. Außerdem trägt er Gummistiefel an den Füßen, aber keine Jacke, trotz der kühlen Morgenluft. Seine Beine zittern vor Kälte, die Lippen werden allmählich blau.

Thea zieht ihre Jacke aus und legt sie ihm um die Schultern. Dann holt sie das Handy heraus und ruft David an.

Sechsmal klingelt es, dann geht die Mailbox an. Sie versucht es noch einmal. Gleiches Ergebnis. Offenbar ist sein Telefon an, also hört er es entweder nicht, oder er ignoriert ihre Anrufe.

Sie sucht nach Ingrids Nummer. Ihre Schwiegermutter antwortet nach dem dritten Signal.

»Hallo, Thea hier. Bertil ist bei mir. Er scheint sich allein auf den Weg gemacht zu haben.«

Ingrid vergeudet keine Zeit mit unnötigen Reaktionen.

»Wo seid ihr?«

»Im Schlosswald, beim Steinkreis.«

Ingrid macht eine kurze Pause.

»Wo ist David?«

Die Frage überrascht Thea. Ingrid müsste sich doch wohl eher fragen, wie es Bertil geht.

»Er hat gesagt, er hätte ganz früh einen Termin. Er geht nicht an sein Handy.«

Wieder eine Pause.

»Wo kann ich euch treffen?«

Thea sieht sich auf der Lichtung um. Zu versuchen, mit Bertil den überwucherten Pfad zurückzugehen, den sie gekommen ist, ist sicherlich keine gute Idee. Ihr Schwiegervater muss einen anderen Weg hierher geradelt sein, aber sie kennt die Schleichwege zum Dorf nicht.

»Ich kann ihn zum Forsthaus bringen. Das kann nicht so weit weg sein. Ich müsste den Weg dorthin finden.«

Eine dritte Pause, ein bisschen länger diesmal.

»Mach das«, sagt Ingrid schließlich und beendet das Gespräch.

Die Sonne vertreibt Dunkelheit und Nebel, was Thea hilft, ziemlich schnell den schlammigen Kanal zu finden. Sie folgen ihm nach links. Bertil ist müde und mitgenommen und muss alle zwei Minuten anhalten, um Atem zu schöpfen. Während des Fußmarsches sagt er kaum etwas, bewegt nur stumm die Lippen, als wäre er vollauf mit einem Selbstgespräch beschäftigt. Aber er befolgt ihre Anweisungen und scheint sich einigermaßen im Klaren darüber zu sein, wo er sich befindet.

Schließlich taucht das Dach des Forsthauses auf. Aus dem Schornstein raucht es, was wohl bedeutet, dass Kerstin Miller wach ist.

Ein frisch gemähter Streifen Unkraut, der bestimmt das Werk von J-O ist, markiert die Grenze zwischen Wald und Garten. Sie kommen an einer Pferdekoppel vorbei und gelangen zum Haus mit seinen Nebengebäuden. Thea kann es sich nicht verkneifen, auf den Grünen Mann an der Hauswand zu schielen. Sie denkt an den Traum, den sie heute Nacht hatte, an Ronny und ihren Vater.

Bevor sie das Wohnhaus erreicht haben, geht die Küchentür auf, und Kerstin Miller tritt auf die Treppe.

»Was ist passiert?«

Ihre Stimme lässt Bertil aufschauen. Ein Lächeln breitet sich über seinem Gesicht aus.

»Kerstin«, murmelt er. »Liebe Kerstin. Ich hatte etwas zu erledigen. Etwas Wichtiges. Aber ich habe mich wohl ein bisschen verlaufen.«

Gemeinsam bringen Thea und Kerstin Miller Bertil in die Küche, wickeln ihn in eine Decke und setzen ihn auf das Küchensofa neben dem Holzofen. Die alte Lehrerin gießt ihnen Tee ein. Beim Trinken wird Thea bewusst, wie durchgefroren sie ohne Jacke inzwischen ist. Dann untersucht sie Bertil, so gut sie kann. Er hat seine normale Gesichtsfarbe wiedergewonnen, sein Puls geht gleichmäßig, und sie findet weder Kratzer noch Beulen.

»Liebe Kerstin, es tut mir furchtbar leid«, murmelt Bertil.

»Das macht doch nichts. Es war ein Glück, dass deine Schwiegertochter dich gefunden hat.«

»Ja, das war es. Sie hat mich da draußen im Wald gefunden. Am Steinkreis.« Sein Blick wird wieder nervös, er schüttelt den Kopf. »Armes Kind …«

»Trink ein bisschen Tee, dann fühlst du dich gleich besser«, sagt Kerstin und streicht ihm über den Rücken.

Er nickt und gehorcht. Der unruhige Gesichtsausdruck verschwindet.

Nach wenigen Schlucken werden Bertils Augenlider schwer. Thea hilft Kerstin, ein paar Kissen hinter Bertil zu stopfen, damit er schlafen kann.

»Der Arme. Er ist völlig erschöpft. Ich habe ein bisschen Kamille in seinen Tee gegeben, das wirkt in der Regel beruhigend.«

Sie bedeutet Thea, sich an den Tisch zu setzen. Die Küche riecht anders, würziger als beim letzten Mal. Wahrscheinlich kommt das von den Bündeln getrockneter Brennnesseln, die über dem Ofen hängen.

Kerstin Miller scheint ihrem Blick zu folgen.

»Brennnesseln sind gut für das Immunsystem. Jetzt im Frühjahr sind sie am nährstoffreichsten. Eine weitere meiner Teemischungen.« Eine Sorgenfalte taucht auf ihrer Stirn auf. »Es war wirklich Glück, dass Sie ihn gefunden haben. Das hätte richtig böse ausgehen können. Stellen Sie sich vor, er wäre in den Kanal gefallen.«

Sie macht eine Handbewegung Richtung Küchenfenster und dem grünen Wasser draußen. Thea nickt. Sie hatte schon den gleichen Gedanken.

»Warum, denken Sie, ist er ausgerechnet hier herausgefahren? Es sind doch fast fünf Kilometer vom Dorf hierher.«

Kerstin Miller scheint über die Frage nachzudenken, wird aber von Motorengeräusch unterbrochen.

»Das muss Ingrid sein«, sagt Thea und steht auf.

Aber der Wagen ist nicht der dunkelgraue Mercedes ihrer Schwiegermutter, sondern ein schwarzer, zweitüriger BMW. Die Fahrertür öffnet sich, und ein schnauzbärtiger Mann in Jeans und Lederjacke steigt aus. Er nimmt die Treppe in einem einzigen großen Satz und öffnet die Tür so schnell, dass die Katze, die auf dem Küchenboden geschlafen hat, erschrocken aufspringt.

Es ist Arne, Ingrids kleiner Bruder, Davids Onkel. Er nickt grüßend.

»Ingrid hat gesagt, dass ihr Hilfe braucht.«

Sie wecken Bertil und führen ihn zum Auto hinaus. Ihr Schwiegervater dankt Kerstin Miller mehrmals für die Hilfe, nennt sie dabei weiterhin liebe Kerstin.

Arne ist dagegen schweigsam. Er stützt seinen Schwager, hilft ihm vorsichtig, fast behutsam auf den Beifahrersitz.

»Danke für deine Hilfe, Kerstin«, murmelt Arne, als sie fertig sind.

»Keine Ursache. Ich hoffe, dass es Bertil bald besser geht.«

Arne klappt den Fahrersitz um, sodass Thea nach hinten klettern kann. Der Wagen riecht nach Wunderbaum, Kaffee und Leder.

Nach kurzer Fahrt ist Bertil eingeschlafen.

»Wo hast du ihn noch mal gefunden?«, fragt Arne.

»Am Steinkreis.«

»Mhm.« Arne begegnet ihrem Blick im Rückspiegel. »Und was hast du so frühmorgens mitten im Wald gemacht, wenn man fragen darf?«

»Ich bin früh aufgewacht und mit dem Hund rausgegangen.«

Die nächste Frage kennt sie schon eine Millisekunde, bevor Arne sie stellt.

»Und wo ist der Köter jetzt?«

*Emee. Verdammt!* Sie war so darauf konzentriert, Bertil zu helfen, dass sie Emee völlig vergessen hat.

»Wahrscheinlich ist sie nach Hause gelaufen. Ich war vollauf mit Bertil beschäftigt.«

»Aha.« Arne verstummt, sieht sie aber weiterhin über den Rückspiegel an. »Hat er gesagt, was er dort wollte? Hat er irgendwelches wirres Zeug geredet?«

Sie holt tief Luft, versucht, Zeit zu gewinnen, um nachzudenken.

»Er hat nur armes Mädchen gesagt.«

»Armes Mädchen? Das war alles?« Arne klingt, als würde er ihr nicht richtig glauben.

»Ja.« Sie macht eine Pause, überlegt, ob sie weiterreden soll. »Er meinte wohl Elita Svart. Das Frühlingsopfer.«

Keine Antwort, nur ein langer Blick. Die Abfahrt zum Schloss taucht auf, und sie verlieren den Augenkontakt.

Arne setzt sie vor dem Kutscherhaus ab. Davids Wagen ist immer noch nicht zu sehen.

Arne streckt die Hand aus.

»Vielen Dank, Thea.«

»Keine Ursache.«

Er hält ihre Hand fest, drückt ein weniger härter.

»Du, Thea …« Er beugt sich auf eine Art zu ihr vor, die ihr nicht besonders gefällt. »Wir können diesen kleinen Zwischenfall doch wohl für uns behalten. Innerhalb der Familie sozusagen. Im Dorf wird schon genug geredet.«

»Klar.«

»Gut.«

Arne drückt ihre Hand noch ein bisschen fester, hört aber auf, kurz bevor es wehtut. Dann lässt er sie los, springt in seinen Wagen und fährt davon. Thea erhascht einen letzten Blick auf Bertil, der noch friedlich auf dem Beifahrersitz schläft.

# 31

Sobald Arnes Wagen verschwunden ist, ruft Thea nach Emee. Sie dreht eine Runde durch den kleinen Garten um das Kutscherhaus, aber der Hund ist nicht zu sehen. Es ist fast acht, jeden Moment wird Doktor Andersson auftauchen, um sie abzuholen.

Was wenn Emee etwas passiert ist? Vielleicht ist sie aus dem Wald auf irgendeine Straße gelaufen und wurde überfahren. Bei dem Gedanken schnürt es Thea die Brust zu.

»Emee! Emee!« Sie bläst in die Hundepfeife, aber ohne Erfolg.

Ein Wagen nähert sich, sie hofft, dass es David ist und nicht die Ärztin. Aber es ist keiner von beiden. Ein grüner Land Rover älteren Modells fährt auf das Kutscherhaus zu. In der Frontscheibe reflektiert das Sonnenlicht, sodass sie den Fahrer erst sieht, als er aussteigt. Ein kleiner Mann um die fünfzig in einer zerschlissenen

Öljacke, Kappe und Lederhandschuhen. Sie erkennt ihn von der Gewitternacht wieder.

»Hubert Gordon«, sagt er, ohne die Hand auszustrecken. »Wir sind Nachbarn.«

Sie bemerkt, dass er einen leichten Sprachfehler hat und Augenkontakt offenbar vermeiden möchte.

»Hallo, ich heiße Thea Lind.«

Hubert hat ihr bereits den Rücken zugekehrt, er geht um das Auto herum und öffnet den Kofferraum. Emee springt aus dem Wagen, macht ein paar Freudensprünge erst um Huberts, dann um Theas Beine herum. Ihr Fell ist feucht, sie ist schmutzig und voller Lehm. Thea atmet auf.

»Ich bin drüben auf der Westwiese auf sie gestoßen.« Hubert zeigt schräg über den Burggraben hinweg. »Zwischen Wald und Hauptstraße, direkt neben dem Hirschgehege.«

»Ach, dann ist sie aber weit gelaufen. Ich habe sie an der Brücke freigelassen.«

»Vielleicht ist es besser, wenn Sie Ihren Hund in Zukunft an der Leine lassen.« Sein Ton ist schroff, fast unfreundlich. Er wendet sich ab, will in seinen Wagen steigen.

»Danke für Ihre Hilfe«, sagt Thea. »Ich weiß das wirklich zu schätzen. Emee ist eigentlich nicht mein Hund, sie gehört einer Freundin. Sie ist krank ...«

Die Worte bleiben ihr unerwartet im Hals stecken. Sie räuspert sich, aber zu ihrem Ärger klingt der Laut fast wie ein Schluchzen.

Hubert bleibt stehen, dreht sich zu ihr um. Sein Gesicht ist weicher geworden, seine braunen Augen blicken traurig. Für einen kurzen Moment empfindet Thea wieder dieses Gefühl der Zusammengehörigkeit, wie neulich nachts. Hubert scheint das Gleiche zu fühlen, denn obwohl keiner von beiden etwas sagt, ist die Stille zwischen ihnen nicht unangenehm.

Die Stimmung wird von Sigbritt Anderssons herannahendem Wagen unterbrochen.

»Ich hoffe, dass es Ihrer Freundin bald besser geht«, sagt Hubert und schenkt ihr ein Abschiedslächeln, das man fast als freundlich bezeichnen könnte.

Thea schließt Emee ein, füllt ihren Futter- und Wassernapf, tauscht ihre lehmigen Stiefel und Hosen gegen passendere Kleidung. Als sie ins Auto steigt, schaut ihre Kollegin auf die Uhr, sagt aber nichts zu der Verspätung.

»Du hattest also Gelegenheit, mit Hubert zu sprechen?«

»Ja. Mein Hund ist weggelaufen. Er hat ihn drüben am Wildgehege gefunden.«

»Ach, sieh an. Hubert ist wie gesagt ein wenig sonderbar. Er wirkt etwas mürrisch, nicht?«

Die Ärztin versucht, mehr Details über ihr Gespräch zu erfahren, aber Thea hat nicht mehr hinzuzufügen. Sie sinkt in den Sitz zurück und versucht sich zu sammeln. Was hat sie in den letzten Stunden eigentlich erlebt? Was machte Bertil ganz allein draußen im Wald? Und warum schickte Ingrid Arne, anstatt selbst ins Auto zu springen, um Bertil abzuholen?

Arne hat sie gefragt, ob Bertil irgendwelches wirres Zeug geredet hatte, und neulich wollte Erik Nyberg das Gleiche wissen. Wieso?

Es musste wohl mit Elita Svart zu tun haben. Aber inwiefern?

*Du darfst das nie jemandem erzählen. Nie, nie, nie …*

Was war es, das nicht erzählt werden durfte?

Nach dem Mittagessen haben sie eine Pause, die Thea nutzt, um im Supermarkt heimlich Zigaretten zu kaufen, was sie ihrer Kollegin natürlich nicht offenbart. Das sonnige Wetter von heute Morgen hat sich verzogen, inzwischen hat ein feiner Nieselregen eingesetzt.

Nach ihrem Einkauf bleibt Thea vor dem Laden stehen und schaut zur Kirche hinüber. Plötzlich erinnert sie sich an etwas, das Klein-Stefan gesagt hat. Dass die Familie Svart am Tag nach Elitas Beerdigung verschwunden ist. Liegt sie etwa hier begraben, direkt gegenüber von ihrem eigenen Arbeitsplatz? Thea überquert die Straße. Als sie das Friedhofstor öffnet, quietscht es leise. Es riecht nach Buchsbaum und feuchtem Kies. Sie kommt an mehreren großen Grabmälern aus dem späten neunzehnten Jahrhundert vorbei. Dunkles Metall, Ketten, Goldbuchstaben. In Kombination mit dem dunklen, großen Gebäude und den hohen Pappeln macht der Ort einen düsteren Eindruck.

Aus der Kirche tönt Orgelmusik, und Thea geht zur Tür. Sie ist nicht abgeschlossen. Nach kurzem Zögern geht Thea hinein. Der Kirchenraum mit seinen Bögen und hohen Mosaikfenstern ist überwältigend. Die Orgelmusik hallt zwischen den Pfeilern wider, überall sind Fresken und Statuen, Gesichter, Figuren, manche von ihnen biblischen Ursprungs, andere nicht. Die Decke ist so hoch, dass Thea den Kopf in den Nacken legen muss, um ganz hinaufzusehen.

Eine der Figuren ganz oben unter der Decke stellt ein Männergesicht mit offenem Mund dar, das mit Blättern bedeckt ist. Sie ist so in die Betrachtung versunken, dass sie gegen einen Tisch stößt und ein Stapel Gesangbücher geräuschvoll zu Boden fällt.

Daraufhin endet die Musik abrupt, Schritte sind auf der Treppe zur Empore zu hören.

»Entschuldigung, ich wusste nicht, dass jemand da ist.«

Die Stimme gehört einer Frau Ende zwanzig. Sie hat die hellen Haare zu einem Pferdeschwanz gebunden, trägt ein Nasenpiercing und eine runde Harry-Potter-Brille, außerdem Arbeitshosen sowie einen Fleecepullover mit dem Emblem der Schwedischen Kirche.

»Ich bin diejenige, die sich entschuldigen muss«, murmelt Thea, während sie die Bücher vom Boden aufhebt. »Arbeiten Sie hier?«

Die Frau nickt. »Eigentlich gehöre ich zur Friedhofsverwaltung. Mein Mann, Simon, ist Kantor, wir sind vor zwei Jahren hierhergezogen. Aber ich schleiche mich ab und zu in die Kirche, um Orgel zu spielen. Für eine Hobbymusikerin wie mich ist es schwer zu widerstehen. Ich heiße übrigens Tanja.«

»Thea Lind. Ich bin neu hier.«

Die Frau scheint nicht zu wissen, wer sie ist, was eine willkommene Abwechslung ist. Ihr Dialekt weist darauf hin, dass sie irgendwo aus Westschweden stammt.

Theas Blick wandert wieder zur Decke, zu dem Gesicht dort oben. Tanja folgt ihren Augen.

»Wie ich sehe, hast du unseren Grünen Mann entdeckt. Solche Kerle finden sich immer wieder in Kirchen. Sogar im Dom in Lund. Du kennst die lokale Walpurgisnachttradition sicher schon? Die Figuren aus Zweigen an den Haustüren und das Abbrennen der Puppe auf dem Scheiterhaufen?«

»Ja, ich habe davon gehört.«

»Warte nur, bis du es richtig zu sehen kriegst. Wo ich herkomme, macht man am Ende der Weihnachtszeit kleine Strohpuppen, die man sich vor die Tür stellt, aber das mit dem Grünen Mann ist spannender.« Sie bricht ab, als wäre es ihr unangenehm, dass sie so viel geredet hat. »Gibt es eigentlich etwas, womit ich dir helfen kann?«

»Ja, ich suche ein Grab.«

»Hast du auf der Internetseite nachgeschaut? Fast alle Gräber sind dort zu finden.«

Thea schüttelt den Kopf. Sie fühlt sich dumm, weil sie einfach so in die Kirche marschiert ist und geglaubt hat, dass jemand die Übersicht über die Hunderten von Gräbern hier draußen hätte.

»Ich habe ein ziemlich gutes Gedächtnis, also kann ich dir vielleicht trotzdem helfen. Suchst du nach einem neuen oder einem alten Grab?«

»So dazwischen. Von 1986.«

»Okay. Die meisten Gräber aus den Achtzigerjahren befinden sich auf der Ostseite. Um welchen Namen geht es?«

»Elita Svart.«

Die junge Frau lächelt ein wenig. »Aha, die 407. Das Mysteriengrab.«

»Wie bitte?«

»Simon und ich nennen es so. Aber vielleicht kannst du uns helfen, das Geheimnis zu lösen. Das Grab wird von der Friedhofsverwaltung gepflegt. Dieses Jahr hat man überlegt, es aufzugeben, weil es keine Angehörigen gibt. Aber dann tauchte ein Umschlag im Briefkasten auf, mit Bargeld und einem maschinengeschriebenen

Brief ohne Absender, in dem es hieß, das Geld sei für die Pflege von Grab 407 bestimmt.«

»Und was geschah dann?«

Tanja zuckt mit den Schultern. »Die Verwaltung war ein bisschen verwirrt. Aber man hat dann beschlossen, dem Briefschreiber den Gefallen zu tun, und das Grab durfte bleiben. Simon und mich hat das natürlich neugierig gemacht. Wir haben ein bisschen nachgeforscht und von der Geschichte von dem armen Mädchen erfahren, das von seinem Bruder ermordet wurde. Wir fanden, dass das mit dem heimlichen Wohltäter ziemlich spannend klang. Also haben wir beschlossen, das Grab im Auge zu behalten. Wir haben nie jemanden gesehen, aber ich habe ein paarmal ein Grablicht neben dem Stein gefunden, das heißt, dass ab und zu jemand das Grab besucht.«

Der Grabstein ist schlicht. Ein kleines, schwarzes Rechteck, das im Rasen eingelassen und mit zwei kurzen Zeilen versehen ist.

*Elita Svart 12.2.1970 – 30.4.1986*

*Geliebt. Vermisst.*

Vor dem Stein liegt eine weiße Rose.

Thea hebt die Blume vorsichtig auf und dreht sie herum, wie eine Detektivin, die Beweismaterial untersucht. Die Blüte ist fast frisch, die Blätter feucht vom Nieselregen.

Jemand muss erst vor Kurzem hier gewesen sein. Jemand, der sich noch an Elita Svart erinnert, obwohl anscheinend alle sie lieber vergessen möchten.

Aber wer?

# 32

Thea und Sigbritt Andersson gehen noch einmal zusammen einige Dinge am Computer durch, aber pünktlich zum Zwei-Uhr-Kaffee kürzt die Kollegin die Sache ab.

»Tja, das ist im Prinzip alles, was du wissen musst. Viel Glück jetzt, Thea. Das wird schon klappen«, sagt sie in einem Ton, der ein wenig traurig klingt.

»Und fühlst du dich jetzt reif für die Pensionierung?«, fragt Thea.

Die andere Frau seufzt. »Wenn ich ganz ehrlich bin, hätte ich schon gerne noch ein paar Jahre weitergemacht. Ich bin gesund, mag meine Arbeit, tue dem Dorf gerne etwas Gutes.« Sie richtet den Rücken auf. »Aber wie Ingrid sagte, ist es der Moment, den Staffelstab an jemand Jüngeren weiterzugeben. Höchste Zeit, dass neue, frische Kräfte übernehmen.«

Thea weiß nicht, was sie sagen soll. Seit von dem Umzug die Rede war, hatte sie sich so etwas schon gedacht. Sie fand immer, dass es schon ein sehr großer Zufall war, dass im Dorf ausgerechnet eine Stelle als Bezirksärztin frei war, und ahnte, dass ihre Schwiegermutter ihren Einfluss ausgenutzt hatte.

Sigbritt Andersson lächelt schief.

»Also, du hast die Schlüssel erhalten, das Telefon, den Computer. Nur eines noch. Wir müssen auf dem Heimweg am Ängsgården vorbeifahren. Erik Nyberg hat vorhin angerufen, sein Blutzuckermessgerät spinnt. Im schlimmsten Fall müssen wir es gegen unseres austauschen. Und vergiss nicht, dass du nach Lund musst. Das Führungszeugnis sollte diese Woche auf dem Amt abgegeben werden. Du kannst das ja morgen erledigen, wenn die Praxis sowieso geschlossen ist. Der Dienstwagen gehört ab jetzt dir.«

»Okay.« Thea freut sich darauf, allein verantwortlich zu sein. Und Sigbritt hat recht, es ist am besten, wenn sie das mit dem Führungszeugnis schnell hinter sich bringt.

Die Fahrt zum Hof Ängsgården dauert zehn Minuten. Die Kollegin zeigt noch mal überdeutlich den GPS-Knopf für die Dienstfahrten und füllt dann die Zeit mit einer langen Anekdote über eine geplante Ferienreise, aber Thea ist in Gedanken versunken und hört nur mit halbem Ohr zu.

Ihre Schwiegermutter hat offensichtlich bei dem meisten, was das Dorf betrifft, die Finger im Spiel. Die Renovierung des Schlosses, das Kutscherhaus oder das Fernsehinterview sind eine Sache, aber dass Ingrid so weit ging, die arme Sigbritt zu feuern, um Thea einen Job zu besorgen, gefällt ihr ganz und gar nicht. Sie denkt an das Telefongespräch heute Morgen. Ingrid klang nicht wirklich überrascht, sie fragte noch nicht einmal, wie es Bertil ging. Und warum fuhr sie nicht selbst zum Forsthaus hinaus und holte Bertil ab? Warum schickte sie Arne?

*Wir können diesen kleinen Zwischenfall doch wohl für uns behalten. Innerhalb der Familie sozusagen.*

Als sie auf den Hofplatz von Ängsgården fahren, stehen Erik, Per und Klein-Stefan vor einem offenen Schiebetor. Direkt dahinter hängt ein toter Hirsch an einem Schlachterhaken. Die Männer scheinen besorgt miteinander zu reden und schauen erst auf, als Sigbritt und Thea aus dem Auto steigen.

»Bisschen früh für die Hirschjagd«, kommentiert die Ärztin und deutet mit einem Nicken auf das tote Tier.

Keiner der Männer lacht über diesen Scherz.

»Raubtierangriff«, sagt Per. »Wir haben ihn heute Morgen mit durchgebissener Kehle in einem der Gehege gefunden.«

»Ach je!« Sigbritt Andersson schlägt schnell einen ernsten Ton an. »Welches Raubtier ist groß genug, um einen Damhirsch zu reißen?«

Per zuckt mit den Schultern. »Ein Wolf oder möglicherweise Luchs.«

»Wolf?«, hakt Thea nach. »So weit im Süden?«

»Ja, das kommt ab und zu vor, auch wenn es ungewöhnlich ist. Vor ein paar Jahren wurde ein einsamer Wolf in der Nähe von Malmö überfahren. Und ein Typ, mit dem ich zusammen jagen gehe und der bei Vedarp wohnt, hat erst letzten Winter Wolfsspuren gefunden.«

»Das hier ist kein Wolf«, brummt Erik. »Eher ein großer Hund.«

Thea erstarrt. Emee war den ganzen Morgen weg. Was sagte Hubert, wo er sie gefunden hat? *Auf der Westwiese, direkt neben dem Hirschgehege.*

»In welchem Gehege war es?«, fragt sie und fürchtet die Antwort schon.

Per zeigt Richtung Schloss.

»Da drüben, an der Westwiese. Wieso?«

»Nur so, aus Neugier.«

Ihr Blick wandert zu dem hängenden Kadaver, den Blutflecken auf dem Zementboden darunter, das klaffende Loch am Hals.

Sie lassen Per beim Hirsch und fahren hinter Eriks Wagen zum Wohnhaus hinauf.

»Wohnt Per auch hier auf dem Hof?«, fragt Thea, hauptsächlich um den Gedanken an den toten Hirsch loszuwerden.

»Ja, er und Erik teilen sich das Haus. Per hat mit verschiedenen Damen zusammengewohnt, aber meist hält es nicht sehr lange.«

Die Ärztin sieht aus, als hätte sie zu diesem Thema noch viel mehr zu sagen, aber da sind sie schon angekommen.

»Meine eine Hündin hat Welpen bekommen, wollen Sie sie sehen, Frau Lind?«, fragt Erik, während sich Sigbritt an den Küchentisch setzt und mit seinem Blutzuckermessgerät hantiert.

»Gerne.«

Erik öffnet eine Tür, und sie folgt ihm durch einen kurzen Flur nach hinten zur Waschküche. In einem Korb am Boden liegt eine Spaniel-Hündin, die einen Haufen Welpen säugt.

»Sie sind sechs Wochen alt«, sagt er. »Sie sind schon alle vergeben, bis auf einen.«

Er hebt eine Augenbraue über den Rand seiner dunklen Brille. Thea lacht.

»Nein, danke. Ich habe genug mit dem einen Hund zu tun.«

Der Anblick des toten Hirsches geht ihr wieder durch den Kopf, lässt ihr Lächeln erstarren.

»Tja, ich wollte bloß fragen …«, beginnt Erik. »Ich habe gehört, dass Bertil heute Morgen durch den Wald geirrt ist. Geht es ihm gut?«

»Es geht ihm den Umständen entsprechend gut«, erwidert sie.

»Schön zu hören. Was hat er da draußen gemacht?«

Thea überlegt kurz. Ihr erster Impuls ist, nicht auf seine Frage einzugehen. Aber das ist jetzt das zweite Mal, dass er nach Bertil fragt. Vielleicht ist das die Gelegenheit herauszufinden, was hinter seinem Interesse steckt.

»Ich weiß nicht. Er sagte irgendetwas über das Mädchen, das im Wald ums Leben gekommen ist. Elita Svart.«

Eriks Nasenflügel bebt leicht.

»Aha. Was hat er denn gesagt?«

Thea beschließt, mit einer Gegenfrage zu kontern.

»Sie haben sie sicher gekannt, oder?«

Erik schürzt die Lippen.

»Sie nicht. Aber ihr Vater pachtete damals den Hof vom Grafen, es lag also an mir, dafür zu sorgen, dass Lasse sich darum kümmerte und …« Erik unterbricht sich. »Was hat Bertil denn jetzt über Elita gesagt?«

Thea ignoriert die Frage.

»Was ist aus der Familie Svart geworden?«

Erik zuckt mit den Schultern.

»Keine Ahnung. KAm Tag nach der Beerdigung des Mädchens waren sie verschwunden. Niemand hat seitdem von ihnen gehört.«

Er stoppt wieder, hebt nun beide Augenbrauen.

»Aber was hat Bertil gesagt?«, wiederholt er.

Thea denkt nach. Vielleicht sollte sie Bertils Worte für sich behalten, andererseits musste sie ein bisschen guten Willen zeigen, wenn sie weitere Antworten bekommen wollte.

»Er sagte: armes Mädchen.«

»Armes Mädchen. Das war alles?«

»Mhm.«

Erik beobachtet sie einen Moment lang.

»Warum haben Sie Svartgården zugenagelt und den Weg entfernt?«, will sie wissen.

Er kratzt sich an der Nase, scheint die Antwort genau abzuwägen.

»Der Graf wollte, dass ich es mache.«

»Und Sie fanden das nicht komisch? Stellen Sie sich vor, wenn die Familie wiedergekommen wäre, wenn sie nur weg gewesen wäre, um etwas zu erledigen?«

Sie hat darüber nachgedacht, seit Klein-Stefan ihr davon erzählt hat.

Erik hebt resigniert die Arme.

»Ich habe über dreißig Jahre für Rudolf Gordon gearbeitet. Wir haben einander respektiert. Wir haben die Wichtigkeit von Diskretion respektiert. Es war der Hof des Grafen, sein Land, und was damit gemacht wurde, ging nur ihn etwas an. Außerdem war die Pacht bereits aufgesagt worden.« Erik macht einen halben Schritt auf sie zu. »Hat Bertil wirklich nicht mehr gesagt?«

Sie schüttelt den Kopf. »Er wiederholte nur immer wieder armes Mädchen, armes Mädchen. Das war alles.«

Erik öffnet den Mund, vielleicht will er noch eine Frage stellen, aber da ruft die Ärztin nach ihnen.

Sie gehen durch den Flur zurück zur Küche.

»Das Land wurde doch ans Militär verkauft?«, bemerkt Thea.

Erik nickt.

»Wurde Svartgården abgerissen?«

Er bleibt stehen, legt die Hand auf den Türknauf.

»Warum wollen Sie das wissen?«

»Warum wollen Sie wissen, was Bertil gesagt hat?«

Sie spürt seinen Blick hinter seiner dunklen Brille, bemüht sich, ihm standzuhalten.

»Wurde Svartgården abgerissen?«, wiederholt sie.

»Keine Ahnung.«

Er öffnet die Küchentür.

»So!«, lacht Sigbritt. »Ich haben dein Messgerät repariert. Es mussten nur die Batterien gewechselt werden. Hast du das nicht selber ausprobiert, Erik?«

Er macht eine entschuldigende Handbewegung.

»Doch, das habe ich. Ich muss aus Versehen alte Batterien aus der Schublade geholt haben. Es ist nicht leicht, alt und zerstreut zu werden.«

Thea betrachtet ihn genau. Mit zwei Sachen ist sie sich bei Erik Nyberg ganz sicher.

Erstens: Er ist alles andere als zerstreut.

Zweitens: Es gibt etwas, was er ihr über Svartgården nicht sagt.

Sie lässt Sigbritt Andersson an ihrem Haus aus den Siebzigerjahren raus. Die Kollegin wünscht ihr noch einmal alles Gute, zieht den Abschied so weit wie möglich in die Länge, aber schließlich kann Thea den Heimweg antreten. Der Dienstwagen ist jetzt ihrer, und sie genießt das Freiheitsgefühl, zu fahren, wohin sie will und wann sie will.

Davids Wagen steht wieder vor dem Ostflügel, als sie dort vorbeifährt, und zu Hause im Kutscherhaus freut sich Emee, sie zu sehen, und benimmt sich wie immer. Thea untersucht sorgfältig ihr graues Fell. Sie sucht um das Maul und den Hals herum nach Blutspuren, aber sie findet keine, wodurch sich ihre Sorge etwas legt. Dann nimmt sie den Hund an die Leine und geht zum Schloss.

David steht vor der Küchentür und telefoniert, hört aber auf, als er sie sieht.

»Hallo, Liebling, alles in Ordnung?« Er küsst sie auf die Wange. »Ich habe gerade mit meinem neuen Souschef gesprochen. Er fängt am Montag an. Und für die Willkommensparty für Nettan und Sebastian am Samstag ist alles klar.«

»Ah, gut.«

Er greift nach ihrer freien Hand, drückt sie.

»Danke, dass du Papa heute Morgen gerettet hast. Meine Mutter hat mich angerufen und erzählt, was passiert ist.«

»Ich habe versucht, dich anzurufen, aber du bist nicht drangegangen«, sagt Thea. »Wo warst du denn?«

»Kastrup. Die Verbindung in Dänemark war total schlecht. Ich hatte bestimmt zehn verpasste Anrufe, als ich zurückkam.«

»Kastrup?«

»Ich habe Nettan vom Flughafen abgeholt. Das habe ich dir doch gestern erzählt.«

Sie schüttelt den Kopf.

»Nein, hast du nicht. Du hast nur gesagt, dass du eine frühe Verabredung hättest.«

»… mit Nettan am Flughafen. Das habe ich gesagt.«

Sein Gesichtsausdruck ist völlig sorglos, wie immer, wenn er lügt.

# 33

## *WALPURGISNACHT 1986*

*Ich hasse Tornaby. Ich hasse die Menschen, die hier wohnen, die mich anstarren und mir schreckliche Sachen hinterherrufen und ihren Kindern sagen, dass sie sich von solchen wie Elita Svart fernhalten sollen.*

*Zigeuner, Pack, Gesindel.*

*Für sie bin ich nur eine Nymphe in einem Schlammloch. Ein lockender Appetithappen, der einen in den Dreck zieht. Sie haben nicht begriffen, wer ich sein kann, wenn die Flügel getrocknet sind und ich bereit bin emporzufliegen.*

Arne träumte davon, dass er durch den Wald rannte. Er war zwölf oder dreizehn, sieben oder acht und zugleich schon erwachsen, auf diese schwebende Art, die es nur in Träumen gibt.

Die Dunkelheit drang von allen Seiten auf ihn ein, Zweige und Äste ritzten ihm ins Gesicht, peitschten ihn mit einem pfeifenden Geräusch, das an eine Reitgerte erinnerte. Er wusste nicht, warum er rannte, zumindest am Anfang nicht. Er wusste nur, dass er Angst hatte.

Hinter sich konnte er das dumpfe Klopfen von Pferdehufen hören, die auf den weichen Boden trommelten. Die Luft war stickig und schwer zu atmen, sein Herz schlug ihm bis zum Halse.

Die Hufschläge kamen immer näher, das Pferd schnaubte heftig bei jedem Galoppsprung, als wollte es ihn unbedingt einholen.

Es wurde noch dunkler, er rannte blindlings. Dann stolperte er über einen Ast und fiel so langsam, dass er Zeit hatte, daran zu denken, wie weh der Sturz tun würde.

Er landete hart und zugleich weich. Die Erde gab unter ihm nach, überall um ihn herum wimmelte es von Lebewesen, die krochen und krabbelten, Tiere mit schleimigen Körpern und glänzenden Rücken, mit Schuppen und blauen, durchsichtigen Flügeln. Sie versuchten, in seinen Mund zu gelangen, seine Nase, seine Ohren.

Er wedelte wild mit den Armen, suchte nach einem Halt, um sich hinaufzuziehen. Aber seine Beine waren schwer und zogen den Körper mit sich hinunter, bis nur noch sein Kopf aus dem Schlamm hervorschaute.

Das Schlagen der Hufe kam immer näher, Ross und Reiter brachen durch das Dickicht hindurch, und das Pferd war Bill und zugleich etwas Anderes, Uraltes, das vielleicht gar kein Pferd war.

Und dann der Reiter. Sein Körper war mit Blättern bedeckt und mit Schlingpflanzen, die sich wie Schlangen um ihn herumwanden. Die Arme waren Äste, die Finger verflochtene Brombeerzweige, statt eines Gesichts sah man harte Kreise aus Rinde unter einer Krone aus Hirschgeweihen.

Arne schloss die Augen, spürte den Windzug, als der Grüne Mann und sein Pferd über ihn hinwegsprangen. Der Geruch nach Sumpfwasser, verrottetem Holz und totem Laub. Der Geruch nach etwas Krabbelndem und Kriechendem, das das, was eben noch lebendig war, in Erde und Staub verwandelte.

Arne schrie, aber aus seinem Mund drang kein Laut. Nur ein Strom weißer Maden, die das Fleisch von seinen Knochen fraßen, ihn aushöhlten und die Nacht in seinen Kopf ließen.

Er erwachte wie immer mitten in einem lautlosen Schrei. Ohne nachzudenken, kontrollierte er, ob er sich eingenässt hatte, was natürlich lächerlich war, da er ein erwachsener Mann war und kein furchtsamer Teenager.

Seine Kleider klebten am Fahrersitz, sein Mund war trocken wie Sandpapier. Der Vollmond hing hoch über den Baumwipfeln.

Arne rülpste laut und schüttelte den unangenehmen Traum von sich ab. Als kleiner Junge hatte er sich beim Pilzesammeln einmal verlaufen und war in ein Schlammloch getreten. Er war mit den Stiefeln stecken geblieben und kam nicht wieder frei. Nach einer Viertelstunde hatte ihn sein Vater gefunden. Lehmig, verängstigt und zerstochen, aber ansonsten unverletzt.

Sein Vater hatte ihn ausgeschimpft, zuerst dafür, dass er den Pfad verlassen hatte, dann, weil Arne nicht aufhören konnte zu weinen. Eigentlich eine unwichtige Geschichte, aber das Erlebnis hatte sich trotzdem in ihm festgesetzt, hatte sich mit Ingrids Gespenstergeschichten über den Grünen Mann vermischt und ihn mit Albträumen geplagt, die ihn bis ins Teeangeralter hinein gezwungen hatten, mit einem Gummilaken zu schlafen.

Es musste zehn Jahre her sein, dass er diesen blöden Traum das letzte Mal gehabt hatte. Natürlich war Lasse Svart daran schuld. Seine Augen, sein brennender Blick.

*Heute Nacht ist viel in Bewegung, musst du wissen. Die Natur ist hungrig, und der Grüne Mann reitet durch die Wälder – also pass auf dich auf, kleiner Arne.*

Arne fröstelte es. Er hatte das Polizeifahrzeug auf einem der kleinen Straßen im Sumpfgebiet abgestellt. Der Wagen roch jetzt nicht mehr ganz neu, sondern hatte einen Unterton von Schweiß, Feuchtigkeit und Grillwurst abbekommen. Er schielte auf die zusammengeknüllte Folie und die Limonadendose auf dem Boden der Beifahrerseite. Dann schaute er sich seine Krawatte an und entdeckte wie befürchtet einige Fettflecken vom Abendessen.

Er hätte in Ljungslöv bleiben können, nachdem er Lasses Schnapskanister abgeliefert hatte. Stattdessen war er nach Tornaby zurückgefahren. Jetzt saß er hier mitten im Nirgendwo und döste in Erwartung von … was eigentlich? Er wusste es nicht. Er wusste nur, dass er hier sein musste, dass sie ihn eingeladen hatte. Er zog wieder das Polaroidfoto hervor.

*Komm um Mitternacht zum Steinkreis.*

Verhext. So fühlte er sich. Vielleicht war er es auch?

Wegen Elita war er heute Nachmittag nach Svartgården gefahren, ihretwegen zog es ihn zurück in den Schmutz. Er war sich der Risiken bewusst gewesen, trotzdem hatte er sich nicht fernhalten können. Und jetzt saß er hier.

*Heute Nacht ist viel in Bewegung.*

Er zog den Branntweinkanister, der auf dem Beifahrersitz stand, zu sich heran, schraubte den Deckel ab und nahm einen großen Schluck. Der Schnaps brannte in seinem Hals, bot eine kurze Linderung.

Er blieb mit dem Kanister auf dem Schoß sitzen, während er wieder an seiner Krawatte nestelte. Dabei entdeckte er einen weiteren Fleck, diesmal auf dem Hemd. Dann noch mehrere auf der Hose. Er spuckte auf seinen Daumen und rieb ihn über den rauen Stoff, allerdings ohne Erfolg.

Plötzlich fühlte er sich schlecht. Alles war ins Rutschen geraten. Er war ins Rutschen geraten. Und das war ihre Schuld. Elita Svart. Er sollte von hier wegfahren. Jetzt sofort, bevor es zu spät war.

Er schaute auf die Uhr. Die selbstleuchtenden Zeiger seiner Armbanduhr standen auf halb zwölf. Höchste Zeit, sich zu entscheiden.

Er trank einen letzten, tiefen Schluck aus dem Kanister, stellte ihn zurück auf den Beifahrersitz und holte das Fernglas aus dem Handschuhfach. Dann öffnete er die Autotür und stieg in die Nacht hinaus.

# 34

»Ja, ich gebe es zu. Ich bin besessen von dem Elita-Svart-Puzzle. Ein totes Mädchen, dessen Geist über dem Dorf zu schweben scheint, obwohl man ihr Haus bereits am Tag nach ihrer Beerdigung verbarrikadiert hat. Ein totes Mädchen, über das niemand reden möchte, auf dessen Grab aber noch jemand Blumen legt.«

Die Autofahrt nach Lund dauert im morgendlichen Verkehr eine knappe Stunde und gibt Thea die Gelegenheit, über die Ereignisse des Vortags nachzudenken.

Warum sind Arne und Erik Nyberg beide so an Bertils wirrem Gerede interessiert? Das defekte Blutzuckermessgerät war offensichtlich nur ein Vorwand, um sie über ihren Schwiegervater auszufragen. Woher wusste Erik überhaupt, dass Bertil an dem Morgen im Wald gewesen war? Hatte Kerstin Miller es ihm erzählt, oder Arne? Oder jemand anderes?

Eines weiß sie jedenfalls sicher. Irgendetwas geht um sie herum vor, was alle zu verbergen versuchen. Etwas, das mit Elitas Tod zu tun hat. Aber noch kann sie kein Muster erkennen.

Ein freundlicher Beamter im Regionalamt nimmt ihren Auszug aus dem Strafregister entgegen. Glücklicherweise stellt er keine Fragen zu ihren geschützten Personendaten, sondern klappert nur auf seiner Tastatur herum.

»So, alles in Ordnung. Tut mir leid, dass Sie extra hierherfahren mussten. Aber jetzt sind unsere Daten auf dem neuesten Stand. Manchmal gibt es bei der Übertragung von Papier auf digitale Dokumente einfach ein paar Schwierigkeiten.«

»Kein Problem. Schön, dass das jetzt geklärt ist.«

Da hat Thea einen Einfall, sie bleibt in der Tür stehen.

»Übrigens. Ich habe neulich nach einer alten Patientenakte gesucht, aber sie war nicht digitalisiert. Wissen Sie, wo ich eine Kopie bekommen kann?«

»Klar. Alle Dokumente werden im Regionalarchiv aufbewahrt. Es ist nur zehn Minuten von hier entfernt. Ich kann Ihnen den Weg beschreiben, wenn Sie möchten.«

Das Regionalarchiv in Lund befindet sich in einem riesigen Gebäudekomplex, der sich Archivzentrum nennt und ein ganzes Quartier in einem Industriegebiet am Stadtrand ausmacht.

Thea hat auf dem Weg dorthin Zeit gehabt, über ihre Idee nachzudenken. Die Akte von jemandem zu verlangen, der nicht ihr eigener Patient ist, ist eigentlich nicht erlaubt, und die Gefahr ist groß, dass sie ein schlichtes Nein kassiert. Aber der Archivar am Empfang ist unerwartet hilfsbereit. Vielleicht liegt es daran, dass sie Ärztin und die Akte so alt ist. Jedenfalls hat er keine Einwände.

»Setzen Sie sich solange dort drüben auf das Sofa, es kann einen Moment dauern«, sagt der Mann, bevor er durch die Tür verschwindet.

Thea holt sich einen Automatenkaffee und setzt sich mit einer Zeitung hin. Nach einer Viertelstunde etwa ist der Archivar zurück.

»Sorry«, sagt er. »Ich finde die Akte, die sie brauchen, nicht.«

»Warum nicht?«

»Das weiß ich leider nicht. Wir haben im Prinzip sehr strenge Vorgaben, wie die Dinge hier zu archivieren sind. Natürlich passiert es mal, dass etwas am falschen Platz landet, aber ich vermute eher, dass die Gesundheitszentrale in Ljungslöv die Akte nie hergeschickt hat.«

»Ist das nicht Pflicht?«

»Doch, aber wir haben alljährlich mit Millionen von Dokumenten zu tun. Da merkt niemand, wenn eine Akte fehlt, jedenfalls nicht, solange niemand danach fragt.«

»So wie jetzt, meinen Sie?«

Er nickt. »Tut mir leid, dass ich Ihnen nicht helfen konnte. Kann ich noch etwas anderes für Sie tun?«

Sie will gerade Nein sagen, als sie eine Informationstafel an der Wand entdeckt, die alle Behörden auflistet, deren Dokumente das Archivzentrum aufbewahrt.

»Wie sieht es mit Prozessakten aus? Sind die auch hier?«

»Ja, alle Gerichtsurteile aus der Provinz Schonen vor 1990. Bei neueren Urteilen müssen Sie sich direkt an das betreffende Gericht wenden beziehungsweise an die Polizei.«

»Ich bin auf eine polizeiliche Ermittlung und ein Urteil von 1986 aus.«

»Dann dürfte es kein Problem sein.«

Es ist fast zwölf, als der Archivar mit einem dicken blauen Ordner unter dem Arm zurückkommt.

»So. Wir haben einen Lesesaal, falls Sie in Ruhe reinschauen möchten.«

Thea wirft einen Blick auf ihr Diensthandy und ihr privates Telefon. Keine Anrufe, weder von David noch von irgendwelchen Patienten. Und da die Praxis heute geschlossen ist, hat sie ausreichend Zeit.

»Gerne, danke.«

Er zeigt ihr den Weg zu mehreren gläsernen Leseboxen und wartet ein wenig zu lange davor, bis sie ihm fast überdeutlich für die Hilfe dankt.

»Keine Ursache. Sagen Sie einfach Bescheid, wenn Sie Kopien von etwas brauchen.«

Im Ordner finden sich an die hundert Dokumente. Das Gerichtsurteil ist ganz vorne, also beginnt sie damit.

In Amtssprache wird hier konstatiert, dass das Gericht Leo Rasmussen wegen Mordes an Elita Svart zu sechs Jahren Haftstrafe verurteilt und dass die Strafzeit wesentlich verkürzt wurde, da er zum Tatzeitpunkt erst zwanzig Jahre alt war und sich außerdem, wie es heißt, *unter einem gewissen mentalen Einfluss seiner Stiefschwester* befand.

Danach folgt eine Zusammenfassung der Urteilsbegründung, die hauptsächlich aus Leos Geständnis besteht, der Aussage von vier Zeugen und der Tatsache, dass es technische Beweise gibt, die ihn mit dem Tatort in Verbindung bringen. Die Zeugen waren, wie Thea es sich schon gedacht hat, David, Nettan, Sebastian und J-O.

Sie blättert weiter zur polizeilichen Ermittlung und findet eine Reihe maschinengeschriebener Dokumente. Verhöre, Protokolle und verschiedene Erinnerungsnotizen, für die sie mehrere Stunden brauchen würde, um sie durchzugehen.

Die Anzeige selbst wurde vom Polizisten verfasst, der als Erster vor Ort war. Er beschreibt ganz kurz, wie er am Morgen des ersten Mai Elitas Körper auf dem Mittelstein des Steinkreises liegend gefunden hat. Der Körper war leblos, das Gesicht mit einem weißen Taschentuch bedeckt. Es war sofort ersichtlich, dass sie getötet worden war, weswegen man die Umgebung absperrte, um eine Tatortuntersuchung durchzuführen. Vor Ort befanden sich außerdem Erik Nyberg und Bertil Nordin, die die Anzeige erstattet hatten.

Thea unterbricht ihre Lektüre kurz. Erik und ihr Schwiegervater waren also gemeinsam am Tatort, bevor die Polizei eintraf. Sie blättert neugierig weiter.

Wie sie gehofft hat, findet sich direkt nach der Anzeige ein kurzes Verhör mit den beiden Männern. Bertil erzählt, dass er in der Nacht von einem Walpurgisnachtfest im Bürgerheim gekommen sei und David und seine drei Freunde getroffen habe, die allesamt verängstigt und schockiert gewesen seien. Bertil zufolge berichteten sie, dass Elita beim Steinkreis etwas Furchtbares zugestoßen sei. Bertil dachte anfangs allerdings, es würde sich um einen Scherz handeln, aber schließlich überredete ihn seine Frau, der Sache auf den Grund zu gehen. Er rief Erik Nyberg an, da dieser für die Ländereien des Schlosses verantwortlich war und zuvor schon einige Probleme mit Jugendlichen und ihren spontanen Walpurgisnachtpartys gehabt hatte. Erik machte sich daraufhin auf den Weg, um die Sache zu untersuchen.

Erik Nyberg erzählt, er sei kurz nach sechs Uhr morgens zum Steinkreis gekommen, wo er auf dem Opferstein etwas entdeckte, was er zunächst für einen Haufen vergessener Kleider hielt. Erst als er näher herangegangen sei, habe er erkannt, dass es ein menschlicher Körper war. Daraufhin eilte er zum nächsten Telefon, das sich im Forsthaus befand.

Thea überlegt. Er musste Kerstin Miller von seinem erschreckenden Fund erzählt haben. Das erklärte, warum die Lehrerin so sehr Anteil an der Tragödie zu nehmen schien.

Nachdem er die Polizei verständigt hatte, rief Erik Nyberg auch Bertil Nordin an, der kurz vor der Polizei eintraf. Die beiden Männer behaupteten beide, niemanden sonst in der Nähe des Tatorts gesehen zu haben.

Thea blättert zur nächsten Seite und findet eine Notiz des diensthabenden Arztes, den die Polizei herbestellt hatte, um Elitas Tod festzustellen. Es handelt sich um ein paar nüchterne, fachsprachliche Zeilen, die große Schäden an os frontale, ossa nasalia, maxilla und os zygomaticum bescheinigen, was im Klartext hieß, dass jemand dem armen Mädchen mit beträchtlicher Gewalt ins Gesicht geschlagen hatte. Sie fragt sich, ob David und seine Freunde dabei waren, als es passierte, und sie die schreckliche Verletzung sahen.

Thea will gerade zum Verhör der Kinder weiterblättern, als sie von ihrem Handy unterbrochen wird. Es ist David.

»Wo bist du?«, fragt er, ohne sich Zeit für eine Begrüßung zu nehmen.

»Noch in Lund.«

»Immer noch? Mist.« Sie hört ihn seufzen. »Emee ist wieder abgehauen.«

»Abgehauen? Wie denn das?«

»Ich wollte eine Mittagsrunde mit ihr drehen. Aber sobald ich die Tür aufgemacht habe, ist sie an mir vorbeigestürmt und rausgerannt.«

»Wann war das?«

»Vor einer guten halben Stunde. Ich habe nach ihr gesucht und sie gerufen, aber sie ist nicht zu sehen. Ich habe zwei Termine heute Nachmittag, deshalb kann ich nicht weitersuchen.«

»Okay, ich komme.«

Sie schlägt den Ordner zu und nimmt ihn mit zum Archivar.
»Ich hätte gerne eine Kopie davon.«
»Kein Problem. Von welchem Dokument?«
»Von allen, bitte.«

Thea fährt so schnell zurück, wie es der Verkehr zulässt, und ist in weniger als fünfzig Minuten da. Davids Wagen steht vor dem Schloss, daneben stehen zwei weitere. Thea beschließt, sie nicht zu stören. Wenn Emee aufgetaucht wäre, hätte er sich gemeldet oder sie zumindest ins Haus gesperrt.

Das Kutscherhaus ist leer, keine Emee. Thea stopft den Ordner mit den Ermittlungsakten in ihren Schreibtisch, zieht sich Gummistiefel an und holt die Hundepfeife und die Leine, bevor sie wieder hinausgeht.

Sie passiert die Steinbrücke, ruft nach Emee und bläst in die Pfeife. Kein Hund. Vielleicht ist sie wieder Richtung Wildgehege gelaufen? An der Weggabelung biegt Thea nach links ab und folgt dem Pfad, der sie aus dem Wald führt.

Sie spürt Panik in sich aufsteigen, versucht, nicht an den Hirsch zu denken, den sie gestern mit aufgeschlitzter Kehle gesehen hat. Emee ist nicht gewalttätig, redet sie sich ein.

Wobei das nicht stimmt, ertönt Margaux' Stimme aus dem Nichts. Erinnerst du dich nicht, wie sie auf dem Hof vor dem Krankenhaus Ratten fing? Oder an das eine Mal, als ein toter Hahn auf der Treppe lag? Wir lachten darüber. Darüber, dass sie im Innersten ein Raubtier war.

Thea läuft schneller, bläst in die Pfeife, ruft, so laut sie kann.

»Emee! Emee!«

Von schräg gegenüber hört sie ein Knacken aus dem Wald. Thea nimmt eine Bewegung wahr, etwas Graues, Muskulöses kommt angestürmt. Vor Erleichterung fängt sie fast an zu weinen.

Emee springt um sie herum, und Thea geht in die Hocke, fängt die Hündin ein und streicht ihr über die Schnauze.

»Braves Mädchen. Wo bist du denn gewesen?«

Emee fällt es schwer stillzuhalten. Sie ist erregt, reißt sich los und springt wieder um Thea herum. Ihre Augen glänzen, die Ohren sind aufgestellt, die Zunge bewegt sich hin und her.

Thea spürt, dass die Hand, mit der sie den Hund gerade gestreichelt hat, feucht ist. Sie schaut hinunter. Ein roter, klebriger Streifen ist auf der Handfläche zu sehen.

# 35

## *WALPURGISNACHT 1986*

*Alle haben ihre Geheimnisse, sagt man sich. Tornaby ist voll davon. Ein Sumpf aus Unehrlichkeit und Lügen.*
*Bald werde ich alles hinter mir lassen, meine Flügel ausbreiten und von hier fortsegeln. Denn kein Geheimnis ist größer als meins.*

Arne hatte den Weg völlig falsch eingeschätzt, obwohl er eigentlich nur den Kanal überqueren musste, der den Schlosswald vom Sumpf trennte. Fünf Minuten durch den Wald, dann wäre er am Steinkreis.

Aber der Kanal erwies sich als viel breiter, als er gedacht hatte. Er ähnelte mehr einem stillstehenden Bach als dem Graben, den er sich vorgestellt hatte. Fast zehn Meter Lehm, Schlamm und schmutziges Sumpfwasser, das sowohl das Mondlicht als auch den Strahl seiner Taschenlampe aufsaugte. Er wusste, dass es irgendwo eine Furt gab, aber in der Dunkelheit war sie unmöglich zu erkennen.

Arne folgte dem Wasser ein Stück weit, trat mehrmals in kaum zu sehende Schlammpfützen und hätte fast einen Schuh verloren. Die frühlingshafte Wärme, die früher am Tag geherrscht hatte, war weg, die Temperatur war knapp unter zehn Grad gesunken. Die feuchte Luft und seine nassen Füße ließen es noch kälter erscheinen.

Arne sah auf die Uhr. Zwanzig vor zwölf. Wenn er keinen Weg fand, um über den Kanal zu gelangen, würde er alles verpassen.

Er hatte Glück. Ungefähr im gleichen Moment, als er das Licht des Forsthauses in der Ferne erahnte, entdeckte er einen großen Baum, der quer über das Wasser gefallen war und so einen Steg auf die andere Seite bildete.

Rasch kletterte er auf den Baumstamm, der durch Nässe und Algen rutschig war und wahrscheinlich schon seit Jahren hier lag. Dann rückte er das Fernglas um seinen Hals zurecht und balancierte vorsichtig über den Stamm. Erst nach ein paar Metern realisierte er, dass er nicht ganz nüchtern war.

Je weiter er kam, desto stärker wurde der Geruch: Sumpfwasser, verrottetes Holz, totes Laub. Genau wie in seinem Albtraum.

Das Wasser in der Mitte der Rinne war grünschwarz, Insekten tanzten auf der Oberfläche, und am Rande des Taschenlampenkegels gab etwas ein platschendes Geräusch von sich.

Arne erstarrte. Er spürte, wie es ihm kalt den Rücken hinunterlief. Wenn er nun abrutschte, das Gleichgewicht verlor?

Das Wasser sah tief aus, zwei, drei Meter, vielleicht mehr. Bestimmt war es voller Insektenlarven und Blutegel und sonstiger Wesen, deren Namen er nicht kannte. Tiere mit schleimigen Körpern, glänzenden Rücken, Schuppen und blauen durchscheinenden Flügeln, Tiere, die krochen und krabbelten und …

Arne kniff die Augen fest zusammen, schluckte ein paarmal. Er befand sich jetzt ungefähr in der Mitte des Baumstammes, fünf Meter Wasser lagen vor ihm, fünf hinter ihm. Umzukehren und zurückzugehen wäre gefährlicher, als weiterzumachen.

Er brauchte einfach nur einen Schritt vor den anderen zu setzen. Langsam und vorsichtig.

Er holte tief Luft. Machte einen kleinen Schritt. Dann noch einen.

Als er schließlich die andere Seite erreichte, war er so erleichtert, dass er sich hinter einen Baum stellen und seine Blase leeren musste.

Das Geräusch machte Arne zuerst Angst, auch wenn er es sich nicht eingestehen wollte. Ein dumpfes, rhythmisches Trommeln, das stärker wurde, je näher er dem Steinkreis kam. Weiter vorne zwischen den Bäumen entdeckte er einen flackernden Lichtschein und knipste schnell seine Taschenlampe aus. Dann ging er im Dunkeln weiter, kam aber sofort vom verschlungenen Pfad ab und landete mitten in einem Brombeergebüsch. Die groben Dornen stachen durch den Stoff seiner Hose und seines Hemds, es brannte, als sie ihm in die Haut ritzten. Das Gestrüpp zwang ihn, langsamer zu werden, bis es so dicht wurde, dass ein Vorwärtskommen unmöglich war.

Das Trommeln dröhnte noch immer, wurde jetzt aber von leiernden Stimmen begleitet. Die kleinen grünen Zeiger seiner Armbanduhr standen auf fünf vor zwölf.

Er musste verdammt noch mal sehen, was dort vorne vor sich ging, jetzt sofort, bevor es vorbei war. Er riss die Dornenzweige von seinen Armen und Beinen, tastete sich mit blutigen Fingern voran, bis er zu einem Baum kam, dessen Äste weit genug herunterhingen, dass er sich aus dem Gestrüpp herausziehen konnte. Dann kletterte er weiter hinauf, Ast für Ast, bis er endlich die Lichtung überblicken konnte.

Das sehen konnte, was sie ihm zeigen wollte.

Das Frühlingsopfer.

# 36

Als Thea zur Brücke zurückkommt, sieht sie, dass jemand dort steht, leicht über das Geländer gebeugt. Ein kleiner Mann in dunkler Kleidung, der eine Zigarette raucht.

Es ist Hubert Gordon. Er richtet sich auf und berührt den Schirm seiner Mütze zum Gruß.

»Guten Tag«, sagt er.

Emee, die normalerweise zurückhaltend ist, wedelt mit dem

Schwanz und streicht um seine Beine, fast wie eine Katze. Thea hat ihre Schnauze mit Laub abgerieben. Es war nicht viel Blut, aber doch so viel, dass Thea immer noch Unbehagen verspürt. Ist es Emee, die im Hirschgehege wildert?

Hubert wirft seine Zigarette in den Burggraben, geht in die Hocke und krault die Hündin hinter dem Ohr.

»Feines Mädchen«, murmelt er. »Feines Mädchen.«

Thea weiß nicht recht, was sie sagen soll. Sowohl Emees als auch Huberts Verhalten überraschen sie.

»Danke für Ihre Hilfe neulich«, bringt sie schließlich hervor.

Hubert nickt nur. Dann steht er auf, streicht Emee über den Kopf.

»Sie mag Sie«, kommentiert Thea unnötigerweise.

Die Feststellung ruft ein schiefes Lächeln hervor.

»Die meisten Tiere tun das«, sagt er.

»Haben Sie selbst auch einen Hund? Hier scheinen alle einen zu haben.«

Hubert schüttelt den Kopf.

»Als ich klein war, hatten wir Hunde. Jagdhunde, draußen im Zwinger bei den Ställen.« Er zeigt auf die Stallgebäude. »Mein Vater wollte das so haben. Es waren seine, nicht meine.«

Thea registriert, dass er in kurzen Sätzen spricht.

Hubert holt eine Zigarettenpackung hervor und hält sie ihr hin. Sie dankt, nimmt sich eine, wartet, während er erst ihr und dann sich selbst Feuer gibt. Eigentlich sollte sie nach Hause gehen, die Ermittlungsakten weiterlesen und herausfinden, was David und seine Freunde an jenem Abend gesehen haben. Aber der seltsame kleine Mann interessiert sie.

Die Zigaretten, die er raucht, sind schmal und filterlos, sie erinnern Thea an die von Margaux. Hubert Gordon dreht sich zum Wasser. Der Sumpfgeruch ist deutlich wahrnehmbar. Emee setzt sich zwischen sie, und eine Weile rauchen sie schweigend.

»Sollen wir uns nicht duzen? Wir sind schließlich Nachbarn.«

Huberts Angebot überrascht Thea, aber sie willigt gerne ein.

»Was hast du gemacht, bevor du hierherkamst?«, fragt er.

»Ich habe für Ärzte ohne Grenzen gearbeitet«, antwortet sie. »In einem Feldlazarett in Idlib, in Syrien. Wir wurden bombardiert …«

Sie nimmt einen tiefen Zug, inhaliert den Rauch. Fragt sich, warum sie das einem Menschen erzählt, den sie gar nicht kennt? Aber Thea weiß, warum. Weil sie schon ein paarmal das Gefühl hatte, dass sie und der unscheinbare Mann etwas gemeinsam haben. Den gleichen Schmerz. Den gleichen Kummer.

»Alles versank im Chaos«, fährt sie fort. »Ich habe Kollegen verloren, Freunde, lag mehrere Wochen im Krankenhaus. Ehrlich gesagt bin ich noch nicht ganz darüber hinweg.« Sie wird still. Ihre Augen brennen, vielleicht vom Rauch, vielleicht auch nicht.

»Deine kranke Freundin, war sie auch da?«, fragt Hubert, ohne sich zu ihr umzudrehen.

»Ja.«

Er stellt keine weiteren Fragen, worüber sie dankbar ist. Stattdessen raucht er seine Zigarette zu Ende und wirft den Stummel genau wie vorhin in den Burggraben.

»Darf ich dich auf eine Tasse Kaffee einladen?«, fragt er.

Die Haustür ist im Verhältnis zur Größe des Flügelgebäudes klein. Huberts alter Land Rover parkt davor.

Hinter der Tür befindet sich eine Steintreppe, sie steigen eine Etage nach oben und erreichen das Ende eines langen Gangs. Rechts gibt es zwei hohe Doppeltüren, die durch einen Stahlriegel verschlossen sind. An der einen Tür hängt ein Kreuz. Das muss die Schlosskapelle sein, von der Sigbritt Andersson gesprochen hat. Geradeaus gibt es eine weitere Tür, die ebenfalls verriegelt ist und zum restlichen Teil des Schlosses führt.

Hubert führt Thea nach links. Der Boden ist aus großen, glatten Steinblöcken gemacht, die Decke ist hoch, an den Wänden hängen düstere Gemälde von streng aussehenden Männern in Perücke und Uniform und der einen oder anderen weiß gepuderten Dame in glänzendem Kleid.

»Meine Vorfahren«, sagt Hubert und nimmt damit ihre Frage vorweg. »Acht Generationen Gordons in absteigender Linie.«

Sie kommen an weiteren verschlossenen Türen vorbei, bis sie zu einer kommen, die offen steht. Dahinter befindet sich eine erstaunlich moderne kleine Küche.

»Geh weiter in die Bibliothek«, sagt er und zeigt auf das Ende des Gangs. »Ich komme mit dem Kaffee. Du kannst den Hund freilassen, wenn du möchtest.«

Thea folgt seiner Aufforderung. Emee läuft vorweg, als würde sie den Weg schon kennen.

Der Raum ist groß, sicher über hundert Quadratmeter, und hat Fenster nach drei Seiten. Auf dem Boden liegen dicke, wertvolle Teppiche, die Wände sind mit dunklen Bücherregalen verkleidet, die so hoch sind, dass man eine Leiter braucht, um an die obersten Reihen zu gelangen. Der Geruch nach Zigarren und alten Büchern bringt Emee zunächst dazu, in der Luft zu schnuppern, bevor sie dazu übergeht, die Ecken zu untersuchen.

Thea geht zu einem der Fenster, die auf den Garten hinausgehen, schiebt ein wenig den schweren Samtvorhang beiseite und schaut hinaus. Hier muss Hubert Gordon gestanden haben, als sie ihn in der Gewitternacht sah.

Sie wandert zu einem anderen Fenster hinüber, wählt eines auf der Breitseite des Flügels mit Aussicht über den Burggraben, die Brücke und den Wald. Hoch oben am Himmel erstreckt sich eine Schar Gänse, rechts sieht sie das Dach des Kutscherhauses.

Emee hat inzwischen den Raum erkundet und ist bei einem Servierwagen stehen geblieben. Darüber an der Wand hängt ein etwas moderneres Porträt als diejenigen im Gang. Ein älterer Mann in Anzug mit Habichtnase und verkniffenem Gesicht steht neben einer schönen, bedeutend jüngeren Frau, die eine Haut wie Porzellan hat. Zwischen ihnen steht ein Junge im Matrosenkostüm. Er muss um die sieben oder acht Jahre alt sein, und der Künstler hat sein Bestes gegeben, um die Narbe über der Oberlippe zu kaschieren. Dennoch sieht man deutlich, dass der Junge Hubert Gordon ist, was heißt, dass die beiden Erwachsenen seine Eltern sein müssen.

»Meine Mutter und mein Vater«, bekräftigt Gordon, der mit einem Tablett ins Zimmer gekommen ist. »Der letzte Graf Gordon. Mit mir stirbt das Geschlecht aus.«

Er stellt das Tablett auf einen Tisch zwischen zwei Ohrensesseln. Dann bedeutet er Thea, Platz zu nehmen, und serviert den Kaffee.

»Keine Gordons mehr auf Bokelund«, fährt er fort. »Auch gut.«

»Warum?«

Er lehnt sich in seinem Sessel zurück.

»Weil die Gordons schreckliche Menschen sind.«

Thea hebt die Augenbrauen.

»Hast du von den spukenden Frauen gehört? Isabelle und Eleonor? Davon, wie sie gestorben sind?« Hubert klingt jetzt zwangloser, weniger angespannt.

»Die eine ist auf dem Weg zu einem Liebestreffen im Eis eingebrochen, und die andere ist anscheinend von ihrem Pferd gestürzt«, sagt sie und ruft sich in Erinnerung, was David beim Fernsehinterview gesagt hat.

Hubert Gordon schüttelt den Kopf.

»Isabelle ist Ende April 1753 ertrunken. Zumindest steht es so im Kirchenbuch. Nicht einmal in den strengsten Wintern war der Burggraben länger als bis März zugefroren.« Er nimmt einen Schluck Kaffee. »Und Eleonor war schwanger, als sie sich 1891 das Genick brach. Ein schwangeres Mädchen, das an der Hubertusjagd teilnimmt, das klingt seltsam. Den Gerüchten zufolge war ihr eigener Vater der Vater ihres Kindes.«

»Du meinst, dass …«

»Dass beide Mädchen in Wahrheit umgebracht wurden. Wahrscheinlich von ihren eigenen Vätern oder deren Handlangern. Eine ertränkt und eine erschlagen. Ich sagte doch, dass die Gordons schreckliche Menschen sind. Generationen von Inzucht und Heirat unter Cousins und Cousinen bringen manche unerwünschte Defekte mit sich, sowohl innerlich als auch äußerlich.«

Thea weiß nicht so recht, wie sie reagieren soll.

»Was für eine schöne Bibliothek«, sagt sie, als die Stille lange genug gedauert hat.

»Die ist vor allem das Verdienst meiner Mutter. Sie hat die

Sammlung angelegt, als ich klein war. Meine Mutter liebte Bücher.« Er schaut in seine Kaffeetasse hinunter.

»Hast du immer auf Bokelund gelebt?«, fragt sie.

»Meistens. Zwischendurch bin ich in England auf ein Internat gegangen. Eine Familientradition. Das Geschlecht der Gordons stammt ursprünglich aus Großbritannien.«

»Und die restliche Zeit über bist du hier in Tornaby zur Schule gegangen?«

Die Frage ist nicht ganz so unschuldig, wie Thea sie aussehen zu lassen versucht. Hubert ist nur ein paar Jahre älter als Elita Svart, seinem Vater gehörte der Hof, auf dem die Familie lebte, vielleicht kannte er sie sogar.

Zu Theas Enttäuschung schüttelt Hubert den Kopf.

»Ich bin hier auf dem Schloss zur Schule gegangen. Der Schulraum lag drüben im Ostflügel, die Gouvernante wohnte im Zimmer nebenan. Mein Vater wollte es so. Er wollte nicht, dass ich mit den Dorfbewohnern verkehre.«

Thea ist sich nicht sicher, ob der letzte Kommentar ein Scherz sein soll oder nicht.

»Du hast von deiner kranken Freundin erzählt …« Hubert zeigt auf Emee, die sich neben sie auf den Boden gelegt hat. »Die mit dem Hund. Wie heißt sie?«

»Margaux. Sie ist Französin.«

»Aus Paris?« Sein Gesicht leuchtet auf.

»Ja, tatsächlich. Warst du mal dort?«

»Einmal, als ich klein war. Meine Tante wohnte dort, und meine Mutter und ich haben sie besucht. In meiner Erinnerung ist es ein wunderbarer Ort. Ich habe immer davon geträumt, wieder hinzufahren, wenn ich älter bin. Aber mein Vater und meine Tante verabscheuten einander, und nachdem meine Mutter gestorben war, ließ mein Vater mich nicht gehen. Und seit ich erwachsen bin, ist auch nichts daraus geworden. Vielleicht habe ich Angst, dass die Stadt nicht meinen Erwartungen entspricht. Dass sie gar nicht so perfekt ist wie in meinen Träumen. Die meisten Dinge sind das schließlich nicht.«

Er nimmt wieder einen Schluck Kaffee und scheint wie so viele andere, mit denen sie spricht, verwundert über seine eigene plötzliche Redseligkeit.

»Habt ihr euch lange gekannt, du und deine Freundin?«, fragt er, wie um die Aufmerksamkeit wieder auf sie zu richten.

»Ja.« Die Gedanken, die sie normalerweise unterdrückt, drohen hervorzubrechen. Sie will ihm erzählen, dass Margaux ihre beste Freundin war. Ihre einzige Freundin. Dass sie ihr viel mehr als das bedeutet. Stattdessen versteckt sie sich feige hinter ihrer Kaffeetasse.

Hubert betrachtet sie mit einem weichen, traurigen Blick.

»Ich habe auch jemanden verloren, der mir nahestand«, sagt er. »Das ist jetzt lange her. Aber der Schmerz vergeht nie so ganz. Er hinterlässt eine Leere in dir.« Er schaut auf das Porträt.

Sie trinken ihren Kaffee, und für eine ganze Weile sagt keiner von ihnen mehr etwas, aber auch diesmal fühlt sich die Stille nicht unangenehm an.

»Und du und David? Wie lange seid ihr schon zusammen?«

»Mit Unterbrechungen seit fünf Jahren.«

»Mit Unterbrechungen?«

»Wir trafen uns immer, wenn ich von meinen Reisen nach Hause kam. Eigentlich war es nie etwas richtig Ernstes. Aber nach der Bombardierung war er für mich da. Er flog zum Krankenhaus nach Zypern, hat sich um alles gekümmert. Auch hier zu Hause. Ich hatte fast ein Jahr lang mit den Folgen zu kämpfen, aber David hat mich unterstützt, mir geholfen, wieder auf die Beine zu kommen.«

»Hast du ihn deshalb geheiratet?«

Die Frage überrascht sie. Und ihre Antwort auch.

»Ja.«

Sie hat diesen Gedanken bisher mit niemandem außer Margaux geteilt. Aber wenn man ein wenig hinter Huberts mürrische Fassade blickt, fällt es leicht, mit ihm zu reden. Als hätte er auf sie die gleiche Wirkung wie sie auf andere. Das Geständnis erleichtert sie seltsamerweise. Hubert sagt dazu nichts, nickt nur leicht.

Wieder sitzen sie eine Weile schweigend da. Das Gefühl der Zusammengehörigkeit zwischen ihnen ist noch stärker geworden.

Thea schaut auf die Uhr. David muss sich fragen, wo sie abgeblieben ist und ob sie Emee gefunden hat. Vielleicht macht er sich Sorgen? Sie steht auf, obwohl sie am liebsten sitzen geblieben wäre.

»Ich muss leider los. Danke für den Kaffee.«

Hubert begleitet sie in den Flur hinaus.

»Warte einen Moment«, bittet er sie, als sie gerade die Treppe zur Eingangstür hinuntergehen will.

Er verschwindet hinter einer der geschlossenen Türen, kommt aber nach einer halben Minute zurück. Sie erhascht einen kurzen Blick auf ein schmales Bett und einen Fernseher und vermutet, dass das sein Schlafzimmer ist.

»Hier. Das könnte dir gefallen, denke ich.«

Er reicht ihr ein dünnes Büchlein. *Selected poems* von Stanley Kunitz.

»Die haben mir manchmal geholfen, wenn sich alles schwer anfühlte. Vielleicht können sie dir auch helfen.«

»Danke«, sagt sie. Die Geste ist so freundlich, dass es ihr warm ums Herz wird.

»Keine Ursache. Ich hoffe, du kommst mal wieder vorbei.«

»Sehr gerne.«

Sie gehen hinunter, dann hört sie ihn hinter sich die Tür schließen. Er verriegelt sie zweifach.

# 37

## *WALPURGISNACHT 1986*

*Ich habe sie sorgsam ausgewählt, meine kleinen Helferlein. Habe Kinder gewählt, deren Eltern hinter meinem Rücken die Nase über mich rümpfen und das Gesicht verziehen, wenn sie über mich sprechen, als würde mein Name schlecht schmecken.*
*Diese Kinder sollen Zeugen sein beim Tod von Elita Svart.*

Arne drückte das Fernglas so fest an die Augen, dass das Blickfeld nebelig wurde. Ein großes Feuer leuchtete dort drüben auf der Lichtung und warf lange, flackernde Schatten auf die großen Steine. Elita und die Kinder standen mitten im Steinkreis, direkt neben dem flachen Mittelstein. Alles sah aus wie auf dem Polaroidfoto. Elitas weißes Kleid, die Hirschgeweihe, die Seidenbänder, die maskierten Kinder. Der Vollmond über ihnen verstärkte den unwirklichen Eindruck.

Auf einem der Steine stand sein Kassettenrekorder. Die aufgenommenen Trommeltöne hallten über die Lichtung, zusammen mit dem monotonen englischen Singsang, den Arne nicht richtig verstehen konnte.

Elita machte eine Geste in Richtung der Kinder, schien etwas zu sagen. Daraufhin bildeten sie einen Kreis um sie herum und strafften die Seidenbänder, die an ihren Handgelenken befestigt waren. Arne drehte am Schärferegler, sodass das Bild im Fernglas ein wenig klarer wurde.

Elita begann sich zu bewegen. Im Takt der Trommellaute machte sie langsame Schritte. Sie lief barfuß durch das nasse Gras, Arne glaubte, die Feuchtigkeit an ihren Schienbeinen glänzen zu sehen.

Das monotone Leiern ging weiter, und jetzt hatte er den Singsang oft genug gehört, um den Text heraushören zu können.

*Hoof and horn, hoof and horn. All that dies shall be reborn.*

*Corn and grain, corn and grain. All that falls shall rise again.*

Der Reim wiederholte sich immer und immer wieder, jedes Mal etwas schneller, während Elita dazu im Takt tanzte. Sie schwang die Arme, drehte sich auf der Stelle, was die Kinder mit den Masken zwang, ihr im Kreis zu folgen.

*Hoof and horn, hoof and horn. All that dies shall be reborn.*

Elitas Bewegungen wurden immer schneller. Sie legte den Kopf zurück, hob die Hirschgeweihe über ihr Haupt und zog die Kinder näher zu sich.

Wie ein Kreisel drehten sie sich schneller und schneller, enger und enger um sie herum. Arne schluckte, spürte, dass er hart wurde.

*Corn and grain, corn and grain. All that falls shall rise again.*

Die Kinder zogen an den Bändern, schlossen Elita mit ausgestreckten Armen in der Mitte des Kreises ein.

Der Takt der Trommeln erhöhte sich weiter, der Kreisel bewegte sich inzwischen so schnell, dass Arne die Kinder kaum noch unterscheiden konnte. Aber das war ihm egal. Er hatte nur Augen für sie. Elita selbst hatte die Augen geschlossen, der Ausschnitt über ihrem Kleid glänzte von Schweiß, sie wirkte wie in Trance.

Arnes Mund fühlte sich vollkommen ausgetrocknet an, sein Gesicht war heiß, die Hose spannte im Schritt. Mit seiner freien Hand fummelte er am Reißverschluss herum, aber irgendetwas brachte ihn dazu, in der Bewegung innezuhalten. Erst war es nur eine kaum merkliche Vibration in der Dunkelheit. Dann ein pulsierender Laut, der mit dem Rhythmus der Trommeln kollidierte.

Arne ließ das Fernglas sinken und drehte sich um. Durch die hastige Bewegung verlor er beinahe das Gleichgewicht.

Das Geräusch wurde lauter, wodurch sich seine Nackenhaare in kleine, spitze Eiskristalle verwandelten. Er hatte es schon einmal gehört, schon viele Male. Das Geräusch von Hufen, von brechenden Ästen und Zweigen. Das Geräusch aus seinen Albträumen, von einem Reiter, der näher kam.

Die Hufschläge nahmen an Lautstärke zu, dröhnten dumpf in Arnes Brust, seinem Kopf, seinem Schritt, ließen sein Geschlechtsteil zu einem kleinen Wurm schrumpfen.

Dann brachen Pferd und Reiter direkt unter ihm aus dem Gehölz, er sah einen großen, schwarzen Hengst, der zugleich ein ganz anderes Tier war, etwas Uraltes. Und dann der Reiter …

Arne schrie auf, aber genau wie im Albtraum war kein Laut zu hören.

Er schloss die Augen, hörte das Krachen im Gestrüpp, als der Grüne Mann und sein Reittier unter ihm hindurchpreschten.

Der Geruch des Sumpfwassers überwältigte ihn. Verrottetes Holz, totes Laub, der Geruch nach etwas, was kroch und krabbelte und das, was eben noch lebendig gewesen war, in Erde und Staub verwandelte und einen erwachsenen Mann in ein kleines Kind.

Arne verlor das Gleichgewicht und fiel rücklings vom Baum. Während er in der Luft hing, schoss ihm noch der Gedanke durch den Kopf, dass der Aufschlag wehtun würde.

Von der Lichtung waren panische Schreie zu hören, die dann vom Gebrüll eines Tieres übertönt wurden.

Als Arne auf dem Boden aufschlug, brach der Ton jäh ab, in seinem Kopf herrschte Nacht.

# 38

»Ich habe ein bisschen in Huberts Buch geblättert. Die Gedichte sind schön, auf eine Art wehmütig, die mir sehr gefällt. Sie sprechen von einer Sehnsucht, sowohl nach dem, was war, als auch nach dem, was nie sein wird.

Die stärkste Liebe ist die unerwiderte, hat Hubert innen auf den Schutzumschlag geschrieben. Ich habe im Buch nach diesem Zitat gesucht, es jedoch nicht gefunden. In jedem Fall weiß ich genau, was er meint.«

David bemüht sich, den guten Ehemann zu spielen, er kocht, fragt nach ihrer Arbeit. Trotzdem merkt Thea, dass seine Gedanken eigentlich woanders sind. Er ist angespannt, regt sich über Kleinigkeiten auf. Sie muss an seinen Ausbruch neulich denken, als er auf den Arbeiter losging, wofür er ihr noch immer eine Erklärung schuldig ist. Sein Handy klingelt bis spät in den Abend hinein, und er protestiert nicht, als sie behauptet, müde zu sein, um die Schlafzimmertür hinter sich schließen zu können und den Ordner mit den Ermittlungsakten hervorzuholen.

David, Nettan, Sebastian und J-O wurden auf der Polizeiwache in Ljungslöv befragt. Gemeinsam, wie sich herausstellt, was Thea etwas sonderbar findet. Andererseits hatten die Polizisten zuvor das Gleiche mit Bertil und Erik Nyberg gemacht, also war es vielleicht kein Verstoß gegen die Vorschriften.

Die Vernehmung scheint auf Band aufgenommen und später abgeschrieben worden zu sein. An einigen Stellen wurden bei der Transkription in Klammern kleine Anmerkungen eingefügt.

Zuerst wird aufgelistet, wer bei der Befragung anwesend war, was außer den Kindern noch ihre Väter waren. Alle Männer sind auf altmodische Weise mit Titel beziehungsweise Beruf erwähnt: *Bankdirektor Bertil Nordin, Rektor Staffan Hellman, Ingenieur Pawel Malinowski, Maschinist Eskil Leander.*

Es ist vor allem David, der die Fragen des Vernehmungsleiters beantwortet. Manchmal springt Nettan ihm bei, seltener Sebastian. J-O sagt dagegen nichts, wenn er nicht direkt gefragt wird, und auch dann reagiert er nur einsilbig.

**Vernehmungsleiter:** Was habt ihr beim Steinkreis gemacht?

**David Nordin:** Wir ... wir sollten so eine Art Zeremonie spielen.

**Jeanette Hellman:** Eine Zeremonie durchführen.

**Vernehmungsleiter:** Was für eine Zeremonie?

**David Nordin:** Ein Frühlingsopfer. Wie man es früher gemacht hat.

**Jeanette Hellman:** Man tut so, als würde man eine Jungfrau opfern, damit der Frühling kommt.

**Vernehmungsleiter:** Aha. Und wessen Idee war das?

**David Nordin:** Elitas. Sie hatte was darüber gelesen und alte Fotos gesehen und so. Sie hat uns die Tiermasken besorgt, damit es genauso aussieht.

**Vernehmungsleiter:** Und worauf lief eure Zeremonie hinaus?

**Jeanette Hellman:** Dass wir ihm Elita opfern. Also, so tun als ob.

**Vernehmungsleiter:** Wem opfern?

(Stille)

**Vernehmungsleiter:** Wem solltet ihr Elita opfern?

**Sebastian Malinowski (räuspert sich):** Dem Grünen Mann.

**Vernehmungsleiter:** Dem Grünen Mann? Die Puppe, die man beim Walpurgisfeuer verbrennt?

**David Nordin:** Jaa ...

**Vernehmungsleiter:** Aha, okay. Ihr wart also vor Ort, um zu spielen, dass ihr Elita dem Grünen Mann opfert.

**Jeanette Hellman:** Das war kein Spiel.

**Vernehmungsleiter:** Nicht? Was war es dann?

**David Nordin:** Also, na ja ... Es war wohl schon eine Art Spiel. Aber so hat es sich nicht angefühlt. Es hat sich angefühlt wie ...«

**Jeanette Hellman:** Wie in echt.

**David Nordin:** Ja. Echt.

**Vernehmungsleiter:** Was sagt ihr anderen dazu?

(Unhörbares Gemurmel)

**Vernehmungsleiter:** Kannst du das wiederholen, Leander?

**Jan-Olof Leander:** Total echt ...

# 39

## WALPURGISNACHT 1986

*Endlich ist Walpurgisnacht. Die Natur ist hungrig, und der Grüne Mann reitet durch die Wälder. Er kommt, um Elita Svart zu holen. Sein Frühlingsopfer. Und nichts wird jemals wieder so sein, wie es war.*

Der Junge hatte Angst. Die Augenlöcher der Maske waren klein, und es fiel ihm schwer, alles zu erkennen, was um ihn herum geschah.

Elita hatte gerade den Kassettenrekorder in Gang gesetzt. Die Trommeln dröhnten über die Lichtung, hallten zwischen den Steinen des Richtkreises wider. Die Atemluft, die in der Maske hängen blieb, roch süßlich und streng, und einen Moment lang glaubte der Junge brechen zu müssen.

Das Mädchen in der Eulenmaske drehte sich zu ihm um. Er sah nur ihre Augen, konnte aber trotzdem erkennen, dass sie genauso viel Angst hatte wie er. Das Gleiche galt für die anderen beiden Jungen, die ein Stück entfernt standen. Alles hatte so spannend geklungen, als Elita es ihnen beschrieben hatte. Der Vollmond, das Ritual, das Frühlingsopfer. Der Grüne Mann, der kommen würde, um sie zu holen. Wobei natürlich keiner von ihnen an Letzteres glaubte.

Neulich Abend hatten sie das Trommeln aufgenommen. Sie hatten alle vier zusammengesessen und auf Plastikeimer geschlagen, während Elita den Takt vorgegeben hatte. Immer wieder hatten sie den Reim aufgesagt, den sie ihnen beigebracht hatte und von dem sie behauptete, dass Druiden und Priester ihn bereits vor Tausenden von Jahren verwendet hatten.

*Hoof and horn, hoof and horn. All that dies shall be reborn.*

*Corn and grain, corn and grain. All that falls shall rise again.*

Sie hatten so lange weitergemacht, dass sie fast das Zeitgefühl verloren hatten. Und jetzt strömten die Worte aus dem Lautsprecher des Kassettenrekorders. Seltsamerweise klangen die Stimmen überhaupt nicht wie ihre eigenen, sondern viel dumpfer. Dunkler, unbehaglicher.

Der Junge schluckte. Seine Zunge klebte ihm am Gaumen, der Boden bebte leicht.

Er durfte sich nicht übergeben, nicht jetzt, nicht hier.

Elita hatte eine Flasche dabeigehabt. Sie hatte gesagt, dass ein magischer Zaubertrank nach einem uralten Rezept darin sei, was natürlich nur wieder eine ihrer Erfindungen war, genau wie der englische Vers. Trotzdem hatten sie alle davon getrunken, den süßlichen Inhalt hinuntergeschluckt, weil keiner von ihnen gewagt hatte, Nein zu sagen.

Er spürte die Blicke der anderen auf sich, wie sie da mit ihren scheußlichen Masken um Elita herumstanden. Elita selbst trug ein weißes Kleid. In den Händen hielt sie zwei Hirschgeweihe.

Sie schaute zu ihm hinüber, und wie immer hatte sie etwas an sich, das in ihm den Drang aufkommen ließ, alles zu machen, was sie verlangte. Sie bedeutete ihm mit einem Nicken, das Ende eines Seidenbandes aufzuheben, welches um ihr Handgelenk gebunden war. Die anderen machten es genauso.

»Was machen wir jetzt?«, fragte das Mädchen in der Eulenmaske. Ihre Stimme vermischte sich mit den Trommelschlägen und dem monotonen Singsang, aber ihr ängstlicher Tonfall war deutlich zu hören.

Elita schloss die Augen und kreuzte die Hirschgeweihe vor der Brust.

»Jetzt tanzen wir.«

Das Trommeln wurde lauter. Elita begann sich zu bewegen, zuerst langsam, dann immer schneller. Sie zog an den Seidenbändern und drehte sich um die eigene Achse, was alle vier zwang, ihr zu folgen.

»Singt!«, rief sie. »Singt, meine kleinen Tierchen!«

Der Singsang hallte durch den Wald und wurde nun von ihren zittrigen Stimmen begleitet.

»Lauter! Schneller!«, schrie Elita. »Strafft die Bänder!«

Sie gehorchten, entfernten sich weiter von Elita, sodass die Bänder ihre Arme auseinanderzogen. Elita drehte sich schneller, immer schneller, sie mussten rennen, um hinterherzukommen. Das Mondlicht verwandelte das Gras in Silber, die Schatten, die das Feuer warf, wanderten über die Weißdorne.

»Schneller«, schrie Elita. »Schneller, lauter. Der Grüne Mann reitet durch die Nacht. Bald ist er hier.«

Der Junge stolperte über einen Zweig und wäre beinahe zu Boden gestürzt. Sein Herz schlug wild, Schweiß lief ihm über den Rücken.

Das Trommeln und der Gesang gingen weiter, doch plötzlich registrierte der Junge ein anderes Geräusch, das immer lauter wurde, woraufhin sein Magen sich verkrampfte. Es war das Geräusch von Pferdehufen, die sich näherten.

Die anderen Kinder schienen es auch gehört zu haben, denn ihre Bewegungen ließen nach, während sie unruhig Richtung Waldrand blickten.

»Der Grüne Mann kommt!«, schrie Elita aufgeregt. »Der Grüne Mann kommt! Er kommt!«

Der Wald vor ihnen öffnete sich und ließ eine Gestalt hervortreten, die direkt aus ihren Albträumen entstiegen schien.

Ein gewaltiges schwarzes Pferd mit Schaum vor dem Maul tauchte vor ihnen auf. Auf seinem Rücken saß ein großer, gesichtsloser Reiter mit einem unförmigen Körper aus Blättern und Zweigen. Hoch oben auf dem Kopf trug er eine gewaltige Krone aus Hirschgeweih.

Der Junge stand wie versteinert da. All seine Muskeln waren angespannt, das Seidenband schnitt in seine Handflächen ein.

Das Pferd blieb nur wenige Meter entfernt abrupt stehen, bäumte sich gefährlich auf und gab einen Laut von sich, der wie ein Schrei klang. Oder schrie tatsächlich jemand? War es sogar sein eigener Schrei, den er hörte?

Elitas?

# 40

Thea liest das Verhör mit wachsender Spannung weiter. Es hat etwas Seltsames und zugleich zutiefst Faszinierendes an sich, die Worte des zwölfjährigen David zu hören, während die fünfundvierzigjährige Ausgabe von ihm jenseits der Wand im Bett liegt und schläft. Es ist, als würde sie ihm mit jedem Satz, den sie liest, deutlich näherkommen.

**Vernehmungsleiter:** Ihr habt also Musik von einem Kassettenrekorder abgespielt und getanzt. Dann kam plötzlich jemand angeritten. Was passierte dann im Steinkreis, nachdem der Mann auf dem Pferd auf die Lichtung galoppiert war?

**David Nordin:** Jemand hat geschrien. Da sind wir so schnell wir konnten weggerannt, haben unsere Masken in den Wald geworfen. Wir hatten Todesangst.

**Vernehmungsleiter:** Alle zusammen?

**Alle:** Ja.

**Vernehmungsleiter:** Habt ihr gesehen, wer auf dem Pferd saß?

**David Nordin:** Es war Leo. Elitas Stiefbruder.

**Vernehmungsleiter:** Leo Rasmussen?

**David Nordin:** Ja.

**Vernehmungsleiter:** Und da seid ihr euch sicher, obwohl der Reiter als Grüner Mann verkleidet war? Obwohl ihr Masken trugt und Elita euch vorher Alkohol zu trinken gegeben hatte?

**Jeanette Hellman:** Ja, wir sind uns sicher.

**Vernehmungsleiter:** Wie könnt ihr das sein? Ihr habt doch gesagt, dass er verkleidet war.

**Jeanette Hellman:** Wir haben das Pferd erkannt. Bill. Wir haben es bei Elita zu Hause ein paarmal gesehen.

**Vernehmungsleiter:** Habt ihr gesehen, was dann passiert ist? Was Leo mit Elita gemacht hat?

(Stille)

**Vernehmungsleiter:** Hat jemand von euch gesehen, was dann passiert ist?

(Stille)

**Vernehmungsleiter:** Nordin, hast du etwas gesehen?

**David Nordin:** Mhm.

**Vernehmungsleiter:** Was hast du gesehen?

**David Nordin:** Also, ich ... Ich bin im Wald stehen geblieben und zurückgegangen.

**Vernehmungsleiter:** Zurück zum Steinkreis?

**David Nordin:** Ja.

**Vernehmungsleiter:** Und was hast du da gesehen?

Thea merkt, dass sie den Atem anhält. Ihre Finger zittern, hektisch fummelt sie an den Seiten herum.

# 41

## *WALPURGISNACHT 1986*

Der Junge rannte. Er hatte die Maske von sich geworfen, sobald er die Lichtung hinter sich gelassen hatte. Spitze Zweige schlugen ihm ins Gesicht, Gestrüpp ritzte seine Beine auf, aber er spürte es kaum.

Der Schrei hallte durch seinen Kopf, hing noch an seinen Lippen, in seinem Hals. Um ihn herum rannten seine drei Freunde wie er durch den Wald. Erschrocken, panisch. Sie liefen weg vom Steinkreis, weg vom Grünen Mann und seinem geisterhaften Pferd.

Die Übelkeit, die er eine ganze Weile unterdrückt hatte, nahm plötzlich überhand und zwang ihn, stehen zu bleiben. Er beugte sich vor, setzte die Hände auf die Knie und erbrach sich in die Dunkelheit.

Weiter vorne im Wald konnte er die drei anderen hören, die in die Richtung liefen, wo sie ihre Fahrräder versteckt hatten. Er wäre ihnen gerne gefolgt, sein Körper weigerte sich jedoch zu gehorchen.

Er übergab sich immer wieder, bis sein Magen aufhörte zu krampfen. Die Angst ließ ein wenig nach, gerade so viel, um weniger panischen Gedanken Platz zu machen.

Was war gerade passiert? Was hatten sie eigentlich gesehen?

Der Junge richtete sich auf und holte ein paarmal tief Luft. Seine Freunde waren jetzt weg, saßen auf ihren Rädern auf dem Weg Richtung Sicherheit. Aber welche Sicherheit überhaupt? Wenn es wirklich Gespenster gab, konnten sie nie mehr sicher sein. Nirgendwo.

Er drehte sich um und begann, zum Steinkreis zurückzuschleichen. Er musste Bescheid wissen. Egal, wie groß seine Angst war, musste er herausfinden, ob es wirklich Gespenster gab.

Und was mit Elita passiert war.

# 42

Thea blättert um. Sie kann sich David da draußen in dem dunklen Wald vorstellen. Ein einsamer, ängstlicher kleiner Junge, der all seinen Mut zusammennimmt, gegen seine Angst ankämpft und zurückgeht, um zu sehen, was mit seiner Freundin geschehen ist.

**Vernehmungsleiter:** Was hast du gesehen, als du zum Steinkreis zurückkamst, David?
**David Nordin:** Sie ... Elita lag auf dem Opferstein. Leo stand über sie gebeugt. Ihr Gesicht war ganz blutig.
**Vernehmungsleiter:** Sprich weiter.

**David Nordin:** Dann hat er ihr Gesicht mit seinem Taschentuch bedeckt.

**Vernehmungsleiter:** Hast du sonst noch etwas gesehen?

**David Nordin:** Nein. Ich bin zu den anderen zurückgerannt. Zu den Fahrrädern. Dann sind wir zu mir nach Hause gefahren. Da haben wir sofort alles erzählt.

**Vernehmungsleiter:** Und du bist dir ganz sicher, dass es Leo Rasmussen war, den du gesehen hast?

**David Nordin:** Ja.

**Vernehmungsleiter:** Ihr habt gesagt, der Reiter sei als Grüner Mann verkleidet gewesen. Hatte Leo die Verkleidung noch an?

**David Nordin:** Äh, ja. Ich glaube. Aber ich habe sein Gesicht gesehen. Es war Leo.

**Vernehmungsleiter:** Und da bist du dir ganz sicher, dass du ihn, obwohl es dunkel war, aus der Ferne gesehen hast und er möglicherweise noch verkleidet war?

**Unbekannte Stimme:** David hat die Frage beantwortet. Er sagt doch, dass er sich sicher ist.

**Vernehmungsleiter:** Also: Diesen letzten Kommentar hat Davids Vater, Bankdirektor Bertil Nordin, abgegeben. Ich muss dich bitten, die Vernehmung nicht zu stören, Bertil. David, ich frage dich noch einmal. Bist du dir ganz sicher, dass es Leo Rasmussen war, den du über Elita gebeugt gesehen hast?

**David Nordin:** J-ja, das bin ich.

Die Vernehmung endet hier. Thea schlägt langsam den Ordner zu. Ihr Herz pocht schnell und heftig, und plötzlich wird sie von einem Gefühl der Zärtlichkeit für David überwältigt.

Er hat Elita also gesehen. Er hat ihr zerschlagenes Gesicht gesehen und den Mann, der sie ermordet hat. Außerdem wurde er gezwungen, dies bei der Polizei und später vor Gericht zu bezeugen. Bei dem Gedanken ist es nicht verwunderlich, dass er die Gegend verlassen hat, so schnell er konnte, dass er in Stockholm geblieben ist und nur nach Hause zu Besuch kam, wenn er unbedingt musste. Und jetzt ist er trotzdem hier, erzwungenermaßen, und wohnt nur ein, zwei Kilometer von seinem Kindheitstrauma entfernt. Teils seinetwegen, teils ihretwegen. Damit sie beide von vorne anfangen können, eine zweite Chance bekommen.

Sie steht vom Bett auf und geht in die Diele. Davids Schlafzimmertür ist nur angelehnt.

»Schläfst du?«, flüstert sie.

Er antwortet nicht, bewegt sich aber leicht im Bett. Sie hebt die Decke hoch und schlüpft vorsichtig neben ihn. Dann legt sie den Arm um ihn und drückt sich an seinen Rücken.

# 43

## *WALPURGISNACHT 1986*

*Jede Geschichte braucht einen Anfang, eine Mitte und ein Ende.*
*Und jetzt ist mein Ende nah.*
*Wer war es, fragt ihr euch wahrscheinlich? Wer hat Elita Svart getötet?*
*Warum sollte ich euch das sagen? Wenn ihr das hier lest, gibt es mich nicht mehr. Ich schwebe wie eine Libelle hoch über euren Köpfen.*
*Seht ihr mich, liebe Leser?*
*Ich sehe euch.*

Arne stolperte durch den Wald. Der Mond war hinter Wolken verschwunden, alles war pechschwarz. Der Kassettenrekorder, den er in der linken Hand trug, war schwer, und eine Ecke schlug gegen seine Kniekehle. Das Fernglas pendelte am Halsriemen hin und her, das Brombeergestrüpp riss Löcher in seine Kleider, seine Haut.

Er schaltete die Taschenlampe an, versuchte, den Lichtkegel

nach vorne zu richten, suchte nach einem Pfad, einer Öffnung im Dickicht, dem schnellsten Weg fort von hier. Weg von diesem verdammten Albtraum.

Der Puls pochte gegen die Schläfen, sein Rücken schmerzte, und die rechte Hand konnte kaum die Taschenlampe halten. Aber das Adrenalin würde ihn zumindest noch ein paar Minuten auf den Beinen halten.

Zwischen dem Gebüsch sah er Wasser aufblitzen und blieb stehen. Mit der Taschenlampe leuchtete er den Kanal in beide Richtungen ab, um den Baumstamm zu finden, den er als Brücke benutzt hatte. Als er die Scheinwerfer eines Autos auf der anderen Seite des Wassers bemerkte, zuckte er zusammen.

Schnell schaltete er die Taschenlampe aus. Obwohl die Straße sicher zwanzig Meter von dem Platz entfernt lag, an dem er sich befand, und das Auto nicht in seine Richtung strahlte, warf er sich auf den Boden.

Durch die Bewegung spielte sich in seinem Kopf der Sturz vom Baum noch einmal ab. Wie lange hatte er bewusstlos dagelegen? Er versuchte, auf die Uhr zu schauen. Es war Viertel vor eins, also mindestens eine halbe Stunde, vielleicht länger.

Er zog den Kassettenrekorder zu sich her, strich mit den Fingern über die grob in das Plastik geritzten Worte auf der Rückseite.

*Arne Berg, Tornaby.*

Der Wagen auf der anderen Seite fuhr langsam vorbei. Die Frontseite war voller Extrascheinwerfer, und das Fahrzeug glitt über die Straße, als würde der Fahrer etwas suchen.

Ein Stück weiter wurde das Licht von einem parkenden Wagen zurückgespiegelt, das musste sein eigenes Dienstfahrzeug sein. Vom anderen Wagen leuchteten die Bremslichter auf. Jetzt erkannte Arne ihn, es war Lasse Svarts alter, roter Pick-up.

Wenn Lasse nun stehen blieb, aus reiner Neugier aus dem Wagen stieg und anfing, im Gelände herumzuschnüffeln? Was würde er dann verdammt noch mal tun? Er war nass, fror wie ein Schwein und würde es nicht aushalten, noch lange hier im Matsch zu liegen.

Einen Moment lang war Arne kurz davor, in Tränen auszubrechen. Das war alles Elitas Schuld. Sie hatte ihn hierhergelockt. Sie hatte mit seinen Gefühlen gespielt und ihn wie einen liebeskranken Trottel herumspringen lassen. Aber jetzt hatte sie bekommen, was sie verdiente. Seine Tränen vermischten sich mit Wut, er rieb sich mit der unverletzten Hand über die Augen.

Die Bremslichter dort drüben erloschen. Lasse fuhr langsam am Polizeiwagen vorbei und weiter Richtung Hauptstraße.

Arne nutzte seine Wut, um aufzustehen. Er dachte nicht daran, sich in den Sumpf ziehen zu lassen. Die Familie Svart würde nicht sein Leben zerstören.

Der Stamm lag zwischen ihm und seinem Wagen. Es war noch schwieriger hinaufzukommen als beim ersten Mal. Seine Beine zitterten, und wegen des Kassettenrekorders verlor er beinahe das Gleichgewicht.

Er hatte in etwa die Mitte erreicht, als er ausrutschte, vornüberfiel, sich das Gesicht aufschlug und sowohl die Taschenlampe als auch den Kassettenrekorder verlor. Er hörte das Platschen, als das schwarze Sumpfwasser die Gegenstände verschluckte, und er klammerte sich panisch an dem glatten Stamm fest, um ihnen nicht Gesellschaft zu leisten. Wenn er ins Wasser fiel, würde er tief in den stinkenden Schlamm sinken, genau wie in seinem Albtraum. Bei dem Gedanken begann sein Körper unkontrolliert zu zittern, und sein Mund füllte sich mit Eisengeschmack.

Er musste sich verdammt noch mal zusammenreißen.

Hinter sich im Wald hörte er das kurze Knacken eines Astes. War da jemand? Jemand, der ihn gesehen hatte, gesehen hatte, was er getan hatte? Jemand, der ihn verfolgte …

Arne kämpfte sich auf alle viere, kroch mit wackeligen Armen und Beinen über den Stamm, bis er auf die andere Seite gelangte. Dort stolperte er den Hang hinauf zum Einsatzfahrzeug und suchte nach seinem Schlüssel. Seine Hände zitterten so sehr, dass er Mühe hatte, den Schlüssel ins Schloss zu stecken.

Dann sank er auf den Fahrersitz, verriegelte von innen die Tür und legte das schwere Fernglas weg, dessen Riemen sich in seinen

Hals schnitt. Die Erleichterung darüber, in Sicherheit zu sein, war so groß, dass wieder kurz davor war zu weinen.

Nach einer Weile sah er auf und begegnete seinem eigenen Blick im Rückspiegel. Er sah furchtbar aus. Sein Gesicht war schmutzig, die Lippen geschwollen, und eine große Schürfwunde bedeckte die eine Wange. Als er die linke Hand hob, um den schlimmsten Dreck wegzuwischen, entdeckte er mehrere rostrote Flecken an seinem Hemdsärmel.

Blut.

Elita Svarts Blut.

Die Übelkeit überkam ihn ganz plötzlich. Er schlug die Hand vor den Mund und schaffte es gerade noch, die Autotür zu öffnen, bevor sein Mageninhalt zwischen seinen Fingern hervorquoll und seinen Mund mit dem Geschmack von Scham füllte.

Eigentlich sollte er den Polizeifunk einschalten, die Zentrale anrufen, die Kollegen herbestellen und ihnen berichten, was geschehen war. Aber wenn er das tun würde, würde sein Leben auseinanderbrechen. Alle, die ihn immer geärgert und ihn Bergab-Arne genannt hatten, würden recht bekommen. Bertil und Ingrid müssten sich für den Rest ihres Lebens schämen.

Er musste weg von hier, jetzt sofort. Er musste so weit wie möglich weg von diesem verdammten Ort und alle Spuren verwischen.

Der Kassettenrekorder mit seinem Namen darauf war ein dummer Patzer, aber er bezweifelte, dass das Gerät jemals wiederauftauchen würde. Der Kanal war mehrere Meter tief, und zum jetzigen Zeitpunkt lagen sicher sowohl der Rekorder als auch die Polizeitaschenlampe tief im Schlamm vergraben.

Der Wagen sprang sofort an. Seine rechte Hand hatte sich in einen geschwollenen Ball verwandelt, aber es gelang ihm, mit dem Knöchel zu schalten. Kräftig trat er auf das Gaspedal.

Aber wohin zum Teufel sollte er fahren? In sechs Stunden musste der Wagen in der Garage der Polizeistation in Ljungslöv stehen, und zwar sauber. Er selbst musste für die Besprechung um acht Uhr Kaffee gekocht haben und in ordentlicher Kleidung in der hintersten Reihe sitzen sowie eine einigermaßen sinnvolle Erklärung für seine Verletzungen parat haben.

Man würde Elitas Leiche finden, es würde eine Mordermittlung geben, ein Haufen Kollegen aus Helsingborg würden auftauchen. Er brauchte Zeit zum Überlegen, musste sich ausdenken, was verdammt noch mal …

Das Tier erschien direkt vor dem Auto im Lichtkegel des Scheinwerfers, und Arne blieb fast das Herz stehen. Einen Augenblick lang schien die Zeit das Gleiche zu tun. Er konnte das Tier in der Luft hängen sehen: schmale Beine, ein kräftiger, dunkler Körper, der aus seinem Albtraum entsprungen sein könnte.

Irgendwie schaffte er es, den Wagen zur Seite zu lenken. Das rechte Reifenpaar geriet ein gutes Stück über die Fahrbahnmarkierung hinaus, bevor er den Saab zurück auf die Straße bekam. Er starrte in den Rückspiegel, aber das Tier war in den Wald verschwunden.

Es dauerte sicher zehn Sekunden, bis Arne begriff, was er da beinahe überfahren hätte. Keine Gestalt aus einem Albtraum, sondern ein schwarzes Pferd ohne Sattel und mit hängendem Zügel. Ein schwarzes Pferd mit einer weißen Socke am Hinterlauf. Dasselbe Pferd, das er erst vor wenigen Stunden auf der Koppel von Svartgården gesehen hatte.

Plötzlich begann sich ein Gedanke in seinem Kopf zu formen, der größer und klarer wurde, je mehr er sich vom Sumpf entfernte. Die Dinge, die er an diesem Tag gehört und gesehen hatte, verbanden sich miteinander, und es trat ein glasklares Bild von dem auf, was er da eigentlich am Steinkreis gesehen hatte.

Und da wusste er, was getan werden musste, was er tun musste.

# 44

Thea findet das Telefon zuerst nicht, sie tastet eine Weile auf dem Nachttisch herum, bevor sie das Wecksignal zum Schweigen bringt. Sie hat etwas geträumt, woran sie sich nur teilweise erinnert. Irgendetwas mit einem Reiter in einem dunklen Wald und einem schlammigen, stillstehenden Gewässer. Nicht besonders überraschend. Aber sie hat auch von ihrem Vater geträumt, wovon sie wie immer schlechte Laune bekommt.

Plötzlich stellt sie fest, dass sie in Davids Bett liegt und nicht in ihrem eigenen. Er muss ihr das Handy hingelegt haben, bevor er ging. Bei diesem Gedanken erstarrt sie, springt aus dem Bett und läuft schnell in ihr eigenes Schlafzimmer. Der Ordner mit der Vorermittlung liegt unter ihrem Bett. Hat sie ihn gestern Abend dort hingelegt, bevor sie zu David gegangen ist? Sie ist sich nicht ganz sicher, aber nach einer Weile gelingt es ihr, sich selbst zumindest halbwegs davon zu überzeugen.

Sie stopft den Ordner in ihre Arbeitstasche, um sicherzugehen, dass David ihn nicht findet. Nachdem sie die Vernehmung gelesen hat, versteht sie zwar, warum er nicht über Elita Svart sprechen möchte, aber zugleich will sie mehr wissen, der Sache weiter auf den Grund gehen.

Heute nimmt sie Emee mit zur Arbeit, sie traut sich nicht, sie zu Hause zu lassen, aus Angst, sie könnte wieder weglaufen. Es regnet und windet aus mehreren Richtungen gleichzeitig, und es peitscht gegen die Seitenfenster des Wagens, als sie auf dem schmalen Weg zwischen den Feldern hindurchfährt.

Als sie da sind, tapst Emee unglücklich im Behandlungszimmer herum, aber nach einer Weile legt sie sich mit einem schweren Seufzer auf die Decke neben der Heizung.

Im Gang sind keine Patienten zu sehen, was bedeutet, dass Thea die Ermittlungsakten weiter durchlesen kann. Nach dem Verhör der vier Kinder folgt eines mit Elitas Mutter Lola. Sie spricht zusammenhangslos, steht vermutlich unter Schock. Wie die vorherigen Vernehmungen wurde auch diese aufgenommen und später transkribiert.

**Vernehmungsleiter:** Was machte Elita mitten in der Nacht am Steinkreis?

**Lola Svart:** Sie war das Frühlingsopfer.

**Vernehmungsleiter:** Was bedeutet das?

**Lola Svart:** Dass etwas Altes sterben muss, damit etwas Neues entstehen kann.

**Vernehmungsleiter:** Ich verstehe nicht richtig.

**Lola Svart:** (unverständliches Murmeln)

**Vernehmungsleiter:** Wer, glauben Sie, hat sie getötet?

**Lola Svart:** Er.

**Vernehmungsleiter:** Wer er?

**Lola Svart:** Der Grüne Mann. Er hat sie sich geholt.

**Vernehmungsleiter:** Wer ist der Grüne Mann?

**Lola Svart:** (weint)

**Vernehmungsleiter:** Wer ist der Grüne Mann, Lola?

**Lola Svart:** (weint)

**Vernehmungsleiter:** Die Vernehmung wird um 14:08 Uhr unterbrochen.

Der Grüne Mann hat sie geholt. Was meinte Lola damit? Es könnte natürlich eine Methode sein, um mit dem Unfassbaren umzugehen. Vielleicht bringt sie es nicht über sich, Leos Namen zu sagen. Oder Lola hat einfach den Bezug zur Wirklichkeit verloren.

Nach Lola verhört man Eva-Britt Rasmussen, Leos Mutter.

Eva-Britt ist sachlicher, sagt aber auch nicht viel mehr.

Sie und Lola gingen beide gegen elf Uhr ins Bett. Lasse war unterwegs und arbeitete, und Eva-Britt ging davon aus, dass Elita in ihrem Zimmer war. Leo hatte sie nicht gesehen, weil er in einer kleinen Hütte hinter dem Hof wohnte.

Lasse Svart ist bei seiner Vernehmung noch schweigsamer, sofern das überhaupt möglich ist. Trotzdem glaubt Thea zwischen den kurzen Zeilen Trauer und Wut herauszulesen. Lasse ist der Polizei gegenüber beinahe feindlich eingestellt, aber als man ihn drängt, bekräftigt er, dass er in der Gegend von Reftinge mit der Wünschelrute unterwegs war und nach Wasseradern suchte. Widerwillig nennt er den Namen des Bauern, der ihn angeheuert hat, und fügt hinzu, dass er gegen zwölf nach Hause kam, direkt ins Bett ging und weder Elita noch Leo gesehen hat. Das ist alles, was er zu sagen hat.

Thea kommt seine schroffe Art bekannt vor, dieses Misstrauen der Polizei und den Behörden gegenüber, überhaupt gegen alle, die nicht zur Familie gehören. Ihr Vater war genauso.

Nach Lasse gibt es ein kurzes Verhör mit Kerstin Miller. Sie gibt an, dass sie am Walpurgisabend wie immer bereits kurz nach zehn schlafen gegangen ist. Gegen halb sieben am nächsten Morgen tauchte dann Erik Nyberg auf, hatte furchtbare Neuigkeiten und wollte ihr Telefon benutzen. Dann kommt die erste Vernehmung von Leo. Sie findet in der Polizeiwache statt, am Abend des ersten Mai. Leos Geschichte besagt in Kürze, dass er am dreißigsten April abends allein in seiner Hütte gesessen und Alkohol getrunken hat. Er behauptet, im Rausch eingeschlafen zu sein und keine Erinnerungen mehr an die Nacht zu haben. Als der Vernehmungsleiter ihn nach den Kratzern und blauen Flecken fragt, die er an Gesicht und Händen hat, antwortet er, dass er sich nicht erinnern kann, wie er sie sich zugezogen hat. Er gibt an, Elita zuletzt kurz vor zweiundzwanzig Uhr gesehen zu haben. Der Vernehmungsleiter teilt ihm schließlich mit, dass er des Mordes an Elita verdächtigt wird, was Leo bestreitet. Danach wird das Verhör abgebrochen.

Insgesamt findet Thea neun Vernehmungen von Leo, aber sie beschließt, mit den restlichen zu warten, bis sie mehr Details über den Mord gelesen hat. Sie blättert im Ordner weiter, findet ein Protokoll der technischen Untersuchung des Tatorts sowie mehrere Fotos. Es sind Kopien von Kopien, aber die Bildqualität ist dennoch überraschend gut.

Elita liegt auf dem Opferstein auf dem Rücken. Die Hände sind über der Brust gekreuzt. Auf dem ersten Bild ist das Gesicht von einem weißen Taschentuch bedeckt, das mit dunklem Blut getränkt ist. Auf den folgenden Bildern hat man das Taschentuch entfernt, und so wie es der Arzt auf dem Totenschein festgehalten hat, ist der obere Teil von Elitas Gesicht eine einzige blutige Masse.

Thea holt das Polaroidfoto hervor und legt es neben sich auf den Tisch.

Elita hat auf beiden Fotos die gleiche Aufmachung. Das Kleid, die Bänder an den Handgelenken, die Hirschgeweihe, alles ist identisch, was logischerweise bedeutet, dass das Polaroidbild im Zusammenhang mit der Walpurgisnacht entstanden sein muss.

Sie blättert in den verbleibenden Verhören. Es erscheinen nur dieselben Personen wieder: Lasse, Eva-Britt, Elitas Mutter und Leo. Niemand sonst. Keine Außenstehenden.

*Eine Familientragödie.*

Thea kehrt zur Untersuchung des Tatorts zurück, findet eine Seite mit der Rubrik »Spuren« und überfliegt die Zusammenfassung.

Der Boden innerhalb des Steinkreises und um den Opferstein bestand größtenteils aus niedergetretenem Gras, wo Spuren von Pferdehufen zu erkennen waren. Eine Untersuchung des Geländes in Kombination mit einer Hundesuche zeigte, dass es einen deutlichen Pfad mit kürzlich abgeknickten Zweigen und zertretenem Unterholz gab, der direkt in östliche Richtung zu einer Furt führte, wo der Kanal seichter war als an anderen Stellen und wo man auch weitere Hufabdrucke fand. Die Spur führte auf der anderen Seite des Kanals weiter, verlor sich aber, als man die Straße erreichte. Der Techniker, der die Spuren untersuchte, konstatierte – so weit das möglich war –, dass diese zeitlich mit der Tat übereinstimmten, dass sie von einem großen Pferd stammten und dass das Tier nass und schlammig gewesen sein musste, nachdem es über den Kanal gekommen war. Wie um seine Schlussfolgerung zu bekräftigen, schloss der Techniker den Bericht mit Nahaufnahmen, auf denen die Hufspuren deutlich im Lehm zu sehen waren.

Thea blättert noch ein paar Seiten weiter und stößt auf Bilder von Svartgården, einer Ansammlung düsterer, niedriger Häuser, umgeben von dichtem Grün. Dahinter sind Bilder von Leos kleiner

Hütte, dem Stall und sogar von Bill in seiner Box. Thea blättert weiter.

Elitas Zimmer kommt ihr in vielerlei Hinsicht bekannt vor. Dachschräge, ein Einzelbett, ein IKEA-Schreibtisch, ein Sessel, eine Lampe. Wenn man den Holzboden gegen einen Teppich austauschen würde und das Duran-Duran-Poster gegen Wham, hätte es ihr eigenes Jugendzimmer sein können.

Der Brief, den Elita hinterließ, lag auf ihrem Schreibtisch. Er ist aus mehreren Winkeln abfotografiert. Auf der nächsten Seite findet Thea eine Kopie davon. Ihr Herz beginnt etwas schneller zu klopfen.

Liebe Leser!
Jede Geschichte braucht einen Anfang, eine Mitte und ein Ende. Das ist mein Anfang.
Ich heiße Elita Svart. Ich bin sechzehn Jahre alt. Ich wohne auf einem Hof mitten im Wald, in der Nähe von Tornaby.
Wenn ihr das hier lest, bin ich schon tot.

Thea liest weiter. Elitas Handschrift ist rund und noch ein wenig kindlich. Zwischendurch verwendet sie Wörter und Ausdrücke, die für ein sechzehnjähriges Mädchen zu reif sind, und es wirkt alles ein bisschen melodramatisch, nicht zuletzt dadurch, dass sie von sich selbst in dritter Person schreibt.

Der Ton ändert sich ab und zu: In manchen Teilen klingt sie ironisch und manipulativ, in anderen verletzlicher, was darauf hindeutet, dass sie den Brief nicht an einem Stück geschrieben hat, sondern nach und nach.

In manchen Sätzen ist sie vorlaut und selbstsicher, in anderen so kryptisch, dass man nichts versteht, und manchmal scheint sie einfach nur Angst zu haben, vor allem, wenn sie über ihre Familie schreibt, von dem Verhältnis zwischen ihrem Vater und Leo.

Leo, der bereit wäre, alles für sie zu tun.

Je weiter Thea liest, desto mehr hat sie den Eindruck, Elitas Stimme hören zu können. Die Stimme eines sechzehnjährigen Mädchens, das mitten im Sumpf lebt, eingesperrt in ein Pulverfass, in der Nähe eines Dorfes, in dem die Bewohner sie zugleich anziehend finden und verachten.

Oder hört Thea im Grunde genommen nur ihre eigene Stimme? Ihr eigenes sechzehnjähriges Ich, das sich wünscht, dass alle einfach verschwinden und sie in Ruhe lassen?

Thea liest weiter, verschlingt die Sätze immer schneller. Elitas Text wird dunkler, die Stimme immer deutlicher.

*Bald werde ich alles hinter mir lassen, meine Flügel ausbreiten und von hier fortsegeln. Denn kein Geheimnis ist größer als meins.*

Thea unterbricht die Lektüre. Welches Geheimnis meint Elita? Denkt sie an den Todespakt zwischen ihr und Leo? Das könnte sein.

Noch ein anderer Abschnitt weckt ihr Interesse.

*Ich habe sie sorgsam ausgewählt, meine kleinen Helferlein. Habe Kinder gewählt, deren Eltern hinter meinem Rücken über mich lachen und das Gesicht verziehen, wenn sie über mich sprechen, als würde mein Name schlecht schmecken.*

Sie lehnt sich im Stuhl zurück, wiederholt die Worte laut für sich.

»Kinder, deren Eltern hinter meinem Rücken die Nase über mich rümpfen.«

Sie kann sich vorstellen, wie Ingrid wegen Elita Svart das Gesicht verzieht. Ein Zigeunerkind, das nicht fein genug ist, um mit ihrem kleinen David und seinen Freunden zu verkehren.

Das erklärt, warum Elita sich entschieden hat, sich mit vier Zwölfjährigen zu umgeben. Es waren nicht irgendwelche Kinder. Davids Vater war Bankdirektor, Nettans Schulrektor, Sebastians Ingenieur. Die Kinder, vielleicht mit Ausnahme von J-O, repräsentierten genau die Gesellschaft, welche Elita ausschloss.

Thea liest den Brief bis zu seinem spannenden Ende weiter.

*Wer war es, fragt ihr euch wahrscheinlich? Wer hat Elita Svart getötet? Warum sollte ich euch das sagen?*

Ein leises Klopfen lässt sie aufschauen. Sie klappt den Ordner zu und legt ihn schnell in eine der Schreibtischschubladen.

»Herein!«

Die Tür geht auf. Es ist Hubert Gordon. Wie immer trägt er eine Öljacke, und bevor er hereinkommt, schüttelt er den Regen von seiner Schirmmütze.

»Entschuldige, wenn ich störe.«

»Du störst überhaupt nicht. Komm rein.« Sie bedeutet ihm, sich zu setzen.

Emee springt auf, dreht eine Runde um Hubert, bevor sie den Kopf auf seinen Schoß legt.

»Danke für den Kaffee übrigens«, sagt Thea.

»Ich habe zu danken. Tut mir leid, dass ich sonst nichts anzubieten hatte. Ich bekomme selten Besuch.« Er lächelt sanft.

»Kann ich dir behilflich sein?«, fragt sie.

»Ja. Mein Rezept geht langsam aus. Vielleicht könntest du es erneuern?«

»Natürlich.«

Sie schlägt das Laptop auf und bittet ihn um seine Personennummer, woraufhin seine Medikamentenliste erscheint.

»Stesolid, richtig?«

»Ja, das ist richtig.« Er räuspert sich. »Ich habe Probleme mit Muskelspasmen, schon seit ich klein war. Mein Vater hatte das auch, vermutlich ist es erblich.«

»Aha«, sagt sie, weil ihr nichts Besseres einfällt. Stesolid ist eigentlich nur Valium in einer neueren, moderneren Verpackung. Nicht nur gut gegen Spasmen, sondern auch gegen Angstzustände, Panikattacken, Schlaflosigkeit und so weiter.

»Das Erbgut der Gordons ist ziemlich defekt.«

Er lächelt wieder auf eine Art, die sie sofort dazu bringt, zurückzulächeln. Hubert hat einen schwarzen, subtilen Humor, der ihr zusagt.

»Ich habe das Buch gelesen, das du mir gegeben hast«, sagt sie, während sie auf der Tastatur tippt.

»Das freut mich. Hat Stanley Kunitz deine Anerkennung gefunden?«

»Absolut. Mir hat das über den Sommer gefallen.«

»End of summer? Gute Wahl. Aber ich habe einen anderen Favoriten.«

»Welchen denn?«

»Das musst du erraten.«

»Aber ich habe noch nicht alle Gedichte gelesen.«

»Tu das, dann können wir vielleicht bald wieder Kaffee trinken.«

»Ist das eine Herausforderung?«

»Ja, vielleicht.« Ein drittes Lächeln.

Sie klappt das Laptop zu. »Dein Rezept ist fertig. Du kannst dein Medikament in der Apotheke abholen.«

»Vielen Dank, Thea. Dann auf Wiedersehen. Ich hoffe, wir sehen uns bald wieder.«

Er steht auf, klopft Emee ein letztes Mal und tippt sich zum Abschied an die Altenherrenmütze, bevor er geht.

Thea schließt hinter ihm die Tür und holt den Ordner wieder hervor. Sie beschließt, zu Leos Vernehmung zurückzugehen. Die Kinder behaupten also, ihn gesehen zu haben, aber in den ersten zwei Verhören streitet er alles ab und gibt an, dass er den Hof nie verlassen hat. Die Wendung kommt erst bei der dritten Vernehmung.

**Vernehmungsleiter:** Hast du seit der letzten Befragung etwas hinzuzufügen?

**Leo Rasmussen:** Nein.

**Vernehmungsleiter:** Du hältst also daran fest, dass du in deiner Hütte eingeschlafen bist und die ganze Nacht über dort warst?

**Leo Rasmussen:** Ja.

**Vernehmungsleiter:** An dieser Stelle muss ich dich darüber informieren, dass dein Vater seine Aussage geändert hat.

**Leo Rasmussen:** Lasse ist nicht mein Vater.
**Vernehmungsleiter:** Dann eben dein Stiefvater. Er sagt, dass er gegen zwölf Uhr nach Hause kam und feststellte, dass die Stalltür offen und Bill weg war. Bill ist ein Pferd, das auf dem Hof untergebracht war, weil Lasse es einreiten sollte.

Thea vermutet, dass der letzte Satz an Leos Verteidiger gerichtet war. Sie liest weiter.

**Vernehmungsleiter:** Lasse dachte, dass sich Bill irgendwie aus der Box befreit hat und aus dem Stall gelaufen ist. Er wollte dich wecken, damit du ihm bei der Suche hilfst. Aber du warst nicht in deiner Hütte.
**Leo Rasmussen:** Lasse redet nur Scheiße.
**Vernehmungsleiter:** Lasse sagt, dass ihm das komisch vorkam. Deshalb ging er in den Stall zurück und sah, dass Bills Zaumzeug nicht am Haken hing. Also fuhr er mit dem Wagen los, um das Pferd zu suchen. Ungefähr um eins fand er Bill auf einem der Schotterwege im Sumpf, knapp zwei Kilometer vom Steinkreis entfernt. Das Pferd war verschwitzt, nass und ziemlich schmutzig. Erregt war ein anderes Wort, das Lasse benutzte. Außerdem trug das Pferd Zaumzeug, und ein Zügel war gerissen. Lasse führte Bill zurück in den Stall und wusch ihn ab. Als er fertig war, war es kurz nach zwei. Er schaute noch einmal in deine Hütte, aber du warst immer noch verschwunden. Dann ging Lasse ins Bett. Er gibt an, dass er dich dann von seinem Schlafzimmerfenster aus auf den Hof stolpern sah.
**Leo Rasmussen:** Blödsinn.
**Vernehmungsleiter:** Wie bitte?
**Leo Rasmussen:** Er lügt. Lasse kann mich von seinem Schlafzimmerfenster nicht gesehen haben, es geht überhaupt nicht auf den Hof raus.

**Vernehmungsleiter:** Aber du kamst auf den Hof?
(Stille)
**Vernehmungsleiter:** Willst du deine Aussage ändern, Leo?
**Leo Rasmussen:** Äh ... K-können wir eine Pause machen? Geht das?
**Vernehmungsleiter:** Ja, das geht. Die Vernehmung wird um 14:16 Uhr unterbrochen.

Thea blättert eifrig zur nächsten Seite weiter. Die Vernehmung von Leo wird nach knapp zwanzig Minuten wieder aufgenommen.

**Vernehmungsleiter:** Also, Leo. Du hattest Zeit, dich mit deinem Anwalt zu besprechen. Willst du deine Aussage ändern?
**Leo Rasmussen:** Mhm ... Ich war in der Walpurgisnacht eine Weile draußen. Elita und ich hatten gestritten. Ich musste mit ihr reden.
**Vernehmungsleiter:** Weshalb hattet ihr gestritten?
**Leo Rasmussen:** Äh ... Ich wollte, dass ... dass sie mit mir abhaut. Weg vom Hof und von Lasse. Ich hatte eine Hütte bei Ystad organisiert, die wir leihen konnten. Alles war bereit. Aber Elita wollte nicht mitkommen.
**Vernehmungsleiter:** Warum nicht?
**Leo Rasmussen:** Sie hat gesagt, dass sie andere Pläne hätte.
**Vernehmungsleiter:** Was für Pläne?
**Leo Rasmussen:** Das hat sie nicht gesagt. Elita konnte manchmal sehr geheimnisvoll tun.
**Vernehmungsleiter:** Hat dich das gestört? Dass sie Geheimnisse vor dir hatte?
**Leo Rasmussen:** Ein bisschen vielleicht.
**Vernehmungsleiter:** Warst du in sie verliebt?
**Leo Rasmussen:** (unhörbar)
**Vernehmungsleiter:** Kannst du das noch mal wiederholen, Leo? Warst du in sie verliebt?

**Leo Rasmussen:** Ja, das war ich.

**Vernehmungsleiter:** Also wurdest du wütend, als sie nicht mit dir weglaufen wollte?

**Leo Rasmussen:** Mhm. Ich habe ihr viele Dinge an den Kopf geworfen. Blöde Sachen. Dann habe ich mich in meiner Hütte eingeschlossen und Schnaps getrunken. Ich fühlte mich verletzt. Dann habe ich es bereut. Ich wollte noch mal mit ihr sprechen, mich vielleicht entschuldigen. Ich weiß nicht mehr genau, was ich dachte.

**Vernehmungsleiter:** Was hast du dann gemacht?

**Leo Rasmussen:** Ich wusste, dass Elita zum Steinkreis wollte, dass sie ein Frühlingsopferritual geplant hatte. Aber zu Fuß war es zu weit. Also habe ich Bill aus dem Stall geholt.

**Vernehmungsleiter:** Wie spät war es da?

**Leo Rasmussen:** Weiß ich nicht mehr. Vielleicht halb zwölf. Ich hatte ziemlich viel getrunken.

**Vernehmungsleiter:** Und was passierte dann?

**Leo Rasmussen:** Ich bin Richtung Schlosswald geritten. Es war Vollmond, deshalb habe ich ziemlich gut gesehen. Aber Bill war ganz kirre.

**Vernehmungsleiter:** Kirre?

**Leo Rasmussen:** Ja. Kirre. Unruhig. Er ist beim kleinsten Laut zusammengezuckt. Irgendwas im Wald hat ihm Angst gemacht, vielleicht ein Tier, er ist mitten durch das Dickicht gerannt, und ich habe einen Ast an den Kopf bekommen. Ich bin ziemlich übel gestürzt.

**Vernehmungsleiter:** Erzähl weiter.

**Leo Rasmussen:** Ich glaube, ich bin eine ganze Weile liegen geblieben. Ich weiß nicht, ob ich bewusstlos wurde oder nur vom Alkohol eingenickt bin. Als ich wieder aufgewacht bin, war Bill weg. Mir war klar, dass Lasse wahnsinnig wütend werden würde, deshalb habe ich lange nach ihm gesucht, bevor ich zum Hof zurück bin. Da stand Bill wieder im Stall, also bin ich in meine Hütte gegangen und habe mich ins Bett gelegt. Ich war total fertig und besoffen und bin sofort eingeschlafen.

**Vernehmungsleiter:** Warum hast du das nicht von Anfang an erzählt?

**Leo Rasmussen:** Weil Lasse mich hasst. Weil ich mir schon dachte, dass er versuchen würde, alles auf mich zu schieben. Ich dachte, je weniger ich sage, desto besser.

**Vernehmungsleiter:** Wenn ich dich richtig verstanden habe, bist du also nie bis zum Steinkreis gekommen?

**Leo Rasmussen:** Nein, bin ich nicht. Ich habe es nicht mal bis zur Furt durch den Kanal geschafft.

**Vernehmungsleiter:** Dann hast du Elita nicht getroffen?

**Leo Rasmussen:** Nein.

**Vernehmungsleiter:** Und deine Verletzungen? Die Kratzer im Gesicht und an den Händen, wie erklärst du die?

**Leo Rasmussen:** Die habe ich abbekommen, als Bill mit mir durch Gestrüpp gerannt ist. Es war total dunkel, ich konnte nicht ausweichen.

**Vernehmungsleiter:** Du bestreitest also immer noch, Elita ermordet zu haben?

**Leo Rasmussen:** (unverständliches Murmeln)

**Vernehmungsleiter:** Kannst du die Antwort bitte wiederholen? Hast du Elita Svart ermordet?

**Leo Rasmussen:** (räuspert sich) Nein, das habe ich nicht.

Thea macht eine Pause, streckt sich und versucht zu verdauen, was sie gerade gelesen hat. Zuerst hatte Leo darüber, wo er sich während der Walpurgisnacht befunden hatte, nicht die Wahrheit gesagt. Dann, als Lasse plötzlich und unerwartet gegen ihn aussagte, änderte er seine Geschichte, sodass sie sowohl Lasses Aussage erklärte als auch seine eigenen Verletzungen. Allem Anschein nach eine nachträgliche Konstruktion. Kein Wort über irgendeinen Todespakt, jedenfalls bis jetzt nicht.

Emee hat angefangen, im Raum herumzuschleichen. Thea zieht sich ihre Jacke an und nimmt sie an die Leine. Der Flur draußen ist immer noch leer. Vielleicht ist es das Wetter, das die Leute zu Hause hält? Aber zumindest hat es beinahe aufgehört zu regnen.

Sie hängt das Komme-gleich-wieder-Schild auf und geht mit Emee eine Runde auf den alten Schulhof. Dann überquert sie die Straße und betritt den Friedhof durch das gusseiserne Tor.

Das große Kirchengebäude ist dunkel, und der Wind pfeift durch die hohen Pappeln. Die Rose liegt noch auf Elitas Grab, aber ein paar Blütenblätter sind abgefallen.

Irgendetwas an dem, was sie gerade gelesen hat, stört sie. Möglicherweise hängt es damit zusammen, dass sie heute Nacht von ihrem Vater geträumt hat.

Lasse Svart ist der Polizei gegenüber zuerst deutlich feindselig eingestellt. Im Prinzip sagt er nichts, was ganz zu seiner Persönlichkeit passt. Männer wie Lasse Svart oder ihr eigener Vater sprechen nie mit der Polizei, das haben sie im Blut. Trotzdem ändert Lasse plötzlich seine Einstellung und wird deutlich gesprächiger. Und nicht genug damit, er schwärzt auch noch ein Familienmitglied an. Etwas, das eigentlich undenkbar ist.

Warum tut er das? Warum bricht er plötzlich mit allen ungeschriebenen Gesetzen?

Thea zündet sich eine Zigarette an und bleibt rauchend neben Elitas Grab stehen.

*Elita Svart 12.2.1970 – 30.4.1986*

*Geliebt. Vermisst.*

Von wem eigentlich?

Emee wird unruhig und knurrt leise. Vielleicht ist es die Reaktion der Hündin, die etwas bei ihr in Gang setzt, denn plötzlich fühlt Thea sich nicht allein. Als würde jemand hinter ihrem Rücken stehen, verborgen zwischen den dunklen Pappeln und der Mauer, und sie beobachten.

Unauffällig neigt sie den Kopf, glaubt, eine leichte Bewegung aus den Augenwinkeln wahrzunehmen. Aber als sie sich umdreht, ist da niemand. Alles, was sich bewegt, ist das kleine Friedhofstor, das langsam zuschlägt.

# 45

Der Flur ist immer noch leer, als Thea von ihrem Spaziergang zurückkommt. Sie schließt auf und packt das Komme-gleich-Schild weg.

Emee drängt sich an ihr vorbei, bleibt mitten im Raum stehen, legt die Ohren an und schnuppert in der Luft.

Auch Thea bleibt stehen. Die Hündin hat recht: Irgendetwas ist anders im Sprechzimmer. Sie nimmt einen schwachen Geruch nach feuchter Kleidung wahr, der nicht von ihr selbst stammt.

Ihr Herz beginnt heftig zu schlagen. Sie kontrolliert den Medizinschrank, aber er ist abgesperrt, und weder der Schrank noch die Tür weisen irgendwelche Einbruchsspuren auf. Außerdem liegt ihr Laptop noch auf dem Schreibtisch. Es war also kein Einbrecher.

Neben dem Laptop steht der Blumenstrauß mit der Willkommenskarte von Montag. Der Strauß erwartete sie im Zimmer, als Sigbritt Andersson die Praxis aufschloss, was bedeutet, dass es noch andere Menschen gibt, die einen Schlüssel haben. Vielleicht fungieren sogar alle Schlüssel als Zentralschlüssel, so wie ihr eigener?

Sie schnuppert noch einmal, aber der Geruch des Eindringlings ist verflogen. Stattdessen riecht es jetzt nach nassem Hund.

Es kann natürlich Sigbritt gewesen sein, die etwas vergessen hat, oder eine der Damen vom Café hat vorbeigeschaut und sie gesucht. Aber das beklemmende Gefühl vom Friedhof will sie nicht verlassen. Das Gefühl, beobachtet zu werden.

Sie setzt sich an den Schreibtisch. Der Ordner mit der Ermittlung liegt zugeklappt vor ihr. Hat sie ihn wirklich so zurückgelassen?

*Reiß dich zusammen, Thea!*

Sie öffnet den Ordner, sucht nach dem zweiten Verhör mit Elitas Vater. Zu ihrer Enttäuschung ist es keine transkribierte Aufnahme, sondern eine Zusammenfassung, die der Vernehmungsleiter vorgelesen und Lasse Svart dann bestätigt hat.

Lasse macht die gleichen Angaben wie diejenigen, die sie schon im Verhör mit Leo gelesen hat. Er kam kurz nach zwölf nach Hause, stellte fest, dass Bill und Leo weg waren, fand das Pferd verdreckt und aufgeregt im Wald, putzte es und ging ins Haus. Von seinem Schlafzimmerfenster aus sah er Leo dann gegen zwei Uhr humpelnd aus dem Wald kommen.

Lasses unerwartete Redseligkeit überrascht den Vernehmungsleiter offensichtlich genauso wie Thea.

*Auf die Frage, warum er sich entschieden hat, seine frühere Aussage zu revidieren, gibt Lasse Svart an, er wolle nicht, dass ein Mörder davonkomme, und dass derjenige, der seine Tochter getötet habe, seine Strafe bekommen solle.*

Die Antwort klingt vollkommen logisch, aber trotzdem fällt es Thea schwer, daran zu glauben. Sie versucht, sich ihren Vater in derselben Situation vorzustellen. Was hätte er gemacht, wenn sie ermordet worden wäre? So etwas jedenfalls nicht, dessen ist sie sich vollkommen sicher. Wahrscheinlicher wäre, dass er die Sache selbst in die Hand genommen hätte.

Die Vernehmung ist auf den fünften Mai datiert. Es hat also fünf Tage gedauert, bis Lasse sich entschieden hat, mit der Polizei zusammenzuarbeiten. Fünf Tage, hat das irgendetwas zu bedeuten?

Thea blättert zu den Vernehmungen von Leo zurück. Das Verhör, das sie vor dem Hundespaziergang gelesen hat, fand einen Tag nachdem Lasse seine Aussage geändert hatte, statt. Danach folgten noch fünf weitere Befragungen, während derer Leo fest bei der nachträglichen Version blieb, laut der er von Bill gefallen und nie beim Steinkreis gewesen war.

Die nächste Wendung kommt im neunten und letzten Verhör, datiert auf den siebenundzwanzigsten Mai. Leo saß zu diesem Zeitpunkt seit fast vier Wochen in Haft. Vier Wochen im Gefängnis. Was macht das mit einem Zwanzigjährigen?

# 46

## *27. MAI 1986*

Leo wachte von Geschrei aus der benachbarten Zelle auf. Lautes Gebrüll, gefolgt von rhythmischem Klopfen, das sich durch Metall und Beton fortpflanzte und zu einem schwachen Beben unter seiner Pritsche wurde.

Verschlafen schüttelte er den Kopf. Hatte er geschlafen, und wenn ja, wie lange? War es Tag oder Nacht? Wahrscheinlich Tag, weil sein Zellennachbar normalerweise kurz vor dem Mittagessen am lautesten wütete.

Er hatte das Gefängnispersonal mehrfach darum gebeten, die Zelle wechseln zu dürfen, aber zur Antwort bekommen, dass das Gefängnis voll sei. Eine Lüge, genauso wie die wahrscheinlich unwahre Behauptung, dass die Deckenlampe mit der flimmernden Neonröhre sich nicht ausschalten ließ.

Leo rollte sich auf die Seite, bedeckte die Augen mit den Unterarmen.

Die Gummimatratze unter ihm war durchgelegen, roch nach Schweiß und Angst, und es war quasi unmöglich, eine bequeme Schlafposition zu finden. Wobei schlafen der falsche Ausdruck war. Er hatte seit Wochen nicht mehr richtig geschlafen. Was dem am nächsten kam, war ein grauer Nebel, in dem sich die Gedanken in Bilder, Gesichter und Stimmen verwandelten.

*Hast du sie getötet, Leo? Hast du Elita getötet?*

»Nein«, murmelte er in die Zelle und zuckte bei dem kratzigen Geräusch seiner Stimme zusammen.

Elita war tot. Das kam ihm immer noch so unwirklich vor. Wie ein schlechter Scherz, ein absurder Albtraum, aus dem er jeden Moment erwachen würde.

Er konnte ihr Gesicht vor sich sehen. Wie sie ausgesehen hatte, unmittelbar nachdem er Lasse im Armdrücken besiegt hatte. Das

Lächeln, die Augen, mit denen sie ihn anfunkelte. Das Versprechen, das er in ihrem Blick zu sehen glaubte. Aber er hatte sich geirrt.

*Du wolltest mit ihr weglaufen. Aber sie hat dich abgewiesen.*

*Elita spielte mit deinen Gefühlen. Du warst wütend auf sie, oder, Leo?*

»Nein«, murmelte er wieder.

Er versuchte, seine Gedanken zu sammeln, die einstudierte Geschichte, die er sich eingebläut hatte, zu wiederholen, aber es wurde immer schwieriger. Die Worte stolperten in seinen Gedanken umher, glitten in den Nebel, der seinen Kopf füllte.

Ja, er war enttäuscht gewesen.

Ja, um sich zu trösten, hatte er mehr getrunken, als ihm guttat. Ja, er hatte einen blöden Entschluss gefasst.

*Du hast dich als Grüner Mann verkleidet, dich auf Bill gesetzt und bist zum Steinkreis geritten. Das wissen wir. Wir haben die Hufspuren verglichen. Du hast die Kinder, die dort waren, fast zu Tode erschreckt.*

*Und dann, als sie weggelaufen waren, warst du mit Elita allein.*

Er schüttelte den Kopf, versuchte, die Stimme zu verdrängen.

Bill hatte ihn im Wald abgeworfen. Er erinnerte sich deutlich daran, auf dem Rücken gelegen und die Baumkronen gesehen zu haben. Außerdem ein Stück Himmel, den Mond und die Sterne. Er konnte sie vor sich sehen, genauso, wie er die flackernde Deckenlampe sah.

Bill hatte ihn abgeworfen.

*Aber vielleicht war das auf dem Rückweg passiert?*

*Vielleicht standest du so unter Schock, warst so entsetzt von dem, was du getan hattest, dass du aus diesem Grund die Kontrolle über das Pferd verloren hast?*

*Vielleicht war der Aufprall so heftig, dass du dich nicht mehr richtig daran erinnerst, was passiert ist?*

*Vielleicht …*

»Nein!« Er schüttelte den Kopf, versuchte, die Tränen wegzublinzeln, die in seinen Augenwinkeln brannten.

Er hatte es nicht getan. Er hatte es nicht getan, hatte nicht …

*… Elita getötet. Bist du dir da wirklich ganz sicher, Leo? Bist du sicher, dass du es nicht warst?*

Die Bilder quälten ihn, sie störten seinen Schlaf noch mehr als der verrückte Zellennachbar und das flackernde Licht.

Elita rücklings auf dem Opferstein. Die über der Brust gekreuzten Hirschgeweihe, das Gesicht, das mit einem Taschentuch bedeckt war.

*Der Täter hat das Gesicht seines Opfers bedeckt, weil er sich schämte, Leo. Weil er den Blick des Opfers nicht ertrug.*

Das nächste Bild ist noch schlimmer.

Elitas Gesicht …

*Zertrümmert. Ein einziger, kräftiger Schlag mit einem Stein, laut Rechtsmedizin. Es braucht eine ordentliche Kraft, um so eine Verletzung zuzufügen. Du bist doch stark, Leo, oder?*

Er drehte sich wieder um, drückte die Hände auf die Augen und versuchte, dem blendenden Licht zu entgehen. Er musste mit jemandem reden. Er musste mit seiner Mutter reden. Wann hatte er zuletzt von ihr gehört? Das musste mindestens eine Woche her sein.

Keine Besuche, keine Anrufe, keine Briefe. Schon seit Elitas Beerdigung nicht mehr.

Warum nicht?

*Weil sie angefangen hat zu zweifeln, Leo. Genau wie du. Nicht einmal deine Mutter glaubt noch, dass du unschuldig bist. Wir haben einen Zeugen, der dich am Opferstein über Elita gebeugt gesehen hat.*

»Nein!«

Er bohrte seinen Kopf in den papiernen Kissenbezug.

Die Stimme wurde sanfter, zog sich immer weiter in seinen Kopf zurück.

*Du hast sie geliebt, oder, Leo? Du hättest alles für sie getan. Sie sagt das selbst in ihrem Brief.*

*Hat es sich so zugetragen? Du hast es nicht aus Wut getan, sondern aus …*

Liebe.

*Liebst du mich, Leo?*

Er setzte sich abrupt auf der Pritsche auf, rieb sich die Augen mit den Fingerknöcheln. Der Zellennachbar war jetzt still. Seit wann? Er wusste es nicht, er hatte vollkommen das Zeitgefühl verloren.

*Leo würde alles für mich tun. Egal, worum ich ihn bitte. Das schreibt sie in ihrem Brief, und auch, dass sie sterben wird. Dass sie jemanden ausgewählt hat, der ihr helfen soll. Ist es so abgelaufen, Leo?*

»Nein …«

Er schlang die Hände um die Knie, schüttelte den Kopf.

Das Bild tauchte wieder auf. Dasselbe Bild, das immer öfter durch diesen grauen Nebel in seinem Kopf brach. Es konnte ein Traum sein, zumindest versuchte er, sich das einzureden. Zugleich fühlte es sich so wirklich an.

Elita lag auf dem Opferstein auf dem Rücken. Ihre Augen waren geöffnet, sie sahen direkt durch ihn hindurch.

*Liebst du mich, Leo?*

»Ja«, schniefte er. »Ich liebe dich.« Er verbarg das Gesicht zwischen den Händen.

*Ich bin das Frühlingsopfer*, flüsterte Elita. *Alles, was stirbt, wird wiedergeboren.*

Sie keuchte auf. Ihre Augen weiteten sich, er konnte sein eigenes Spiegelbild darin sehen. Seine eine Hand war über den Kopf erhoben, sie fühlte sich schwer an, wie ein Stein.

*Liebst du mich?*

Hast du sie getötet, Leo?

*Liebst du mich?*

Hast du sie getötet …

Ein Knall ließ ihn zusammenfahren. Einer der Gefängniswärter hämmerte gegen seine Zellentür.

»Auf, Rasmussen. Die Polizei ist da und will dich noch mal vernehmen.«

# 47

**Vernehmungsleiter:** Du hast gesagt, dass du nie bis zum Steinkreis gekommen bist.

**Leo Rasmussen:** Das stimmt.

**Vernehmungsleiter:** Und da bist du dir ganz sicher?

**Leo Rasmussen:** Ja.

**Vernehmungsleiter:** Genauso sicher wie, dass du Elita nicht getroffen hast?

**Leo Rasmussen:** Ja. Darf ich etwas fragen?

**Vernehmungsleiter:** Was denn?

**Leo Rasmussen:** Meine Mutter war schon über eine Woche nicht mehr hier. Nicht seit Elitas ... (unhörbar)

**Vernehmungsleiter:** Seit Elitas Beerdigung?

**Leo Rasmussen:** Ja. Sonst kam sie jeden Tag.

**Vernehmungsleiter:** Ja, ich weiß.

**Leo Rasmussen:** Ich mache mir Sorgen, dass ihr etwas passiert sein könnte.

**Vernehmungsleiter:** Sie hat dir also nichts gesagt?

**Leo Rasmussen:** Was soll sie mir gesagt haben?

**Vernehmungsleiter:** Deine Familie ist verschwunden, Leo. Sie hat dich im Stich gelassen.

**Leo Rasmussen:** Wann?

**Vernehmungsleiter:** Am Tag nach der Beerdigung. Ein Typ vom Schloss war beim Hof, und da war keiner mehr da und die Autos weg. Seitdem wurden deine Mutter, Lasse und Lola nicht mehr gesehen.

**Leo Rasmussen:** Das kann nicht sein. Suchen Sie nach ihnen?

**Vernehmungsleiter:** Warum sollten wir? Keiner von ihnen wird eines Verbrechens beschuldigt. Und du bist schließlich erwachsen. Zwanzig Jahre alt, volljährig. Mit eigenem Anwalt und allem. Du brauchst doch wohl nicht die Hilfe deiner Mama?

**Leo Rasmussen:** (unhörbar)

**Vernehmungsleiter:** Kommen wir zur Walpurgisnacht zurück. Du bist dir also vollkommen sicher, dass du nicht am Steinkreis warst oder Elita getroffen hast?

**Leo Rasmussen:** Ja.

**Vernehmungsleiter:** Es ist nämlich so, dass man ganz nah bei dem Ort, wo die Leiche gefunden wurde, einen weiteren Fund gemacht hat. Kannst du erklären, was das hier ist?

**Leo Rasmussen:** Das ... das ist mein Abzeichen. Von meiner Uniformmütze.

**Vernehmungsleiter:** ND. Norrlands Dragoner. Ein Jägerverband, nicht wahr? Ich war selbst Küstenjäger. Ich weiß, wie sehr man kämpfen muss, um seine Baskenmütze und sein Abzeichen zu bekommen. Das ist etwas, worauf man aufpasst, oder nicht?

**Leo Rasmussen:** Ja ...

**Vernehmungsleiter:** Wie erklärst du dann, dass deine Marke im Wald gelandet ist, nur fünfundzwanzig Meter von Elitas Leiche entfernt?

**Leo Rasmussen:** Ich ... (unhörbar)

**Vernehmungsleiter:** Kannst du das wiederholen?

**Leo Rasmussen:** Ich kann es nicht erklären ...

**Vernehmungsleiter: Leo würde alles für mich tun. Egal, worum ich ihn bitte.** So hat sie es in ihrem Brief geschrieben. War es so, Leo? Wollte Elita, dass du sie tötest? Hat sie deshalb im Wald auf dich gewartet? War in Wirklichkeit alles ihre Idee?

**Leo Rasmussen:** Nein, nein, nein!

**Vernehmungsleiter:** Elita war manipulativ, das sagen viele. Sie war vom Tod fasziniert und wollte zu einem Frühlingsopfer gemacht werden. Hast du dich bereit erklärt, ihr zu helfen, Leo? Hast du einen Stein genommen, ihn über deinen Kopf gehoben, während sie dort in ihrem weißen Kleid auf dem Rücken lag? Vielleicht wolltest du eigentlich an diesem Punkt aufhören.

**Leo Rasmussen:** Nein, nein ...

**Vernehmungsleiter:** Du warst wütend auf sie. Vielleicht hat das die Sache erleichtert. Sie hatte dich abgewiesen. Wenn du sie nicht haben durftest, sollte kein anderer sie bekommen. Vielleicht war das Ganze nur ein Spiel? Elita mochte doch solche Spiele: sich zu verkleiden, kleine Geschichten zu erfinden. Sie stand gerne im Zentrum. Elita wollte dich nicht, sie wollte nicht mit dir fliehen. Außerdem war sie noch so dreist, dich für ihre kleine Maskerade um Hilfe zu bitten. Du warst wütend, verletzt und betrunken. Und dann lag sie da vor dir, als Frühlingsopfer zurechtgemacht, und bat dich, sie zu töten. Die Frau, die dich gerade noch abgewiesen hatte, die über deinen Schmerz gelacht hatte. Alles, was du zu tun hattest, war, den Stein mitten in ihr Gesicht zu schlagen, dann würde das Lachen aufhören. Vielleicht hast du ihn nicht einmal absichtlich fallen lassen. Vielleicht hast du den Stein aus der Hand verloren. Vielleicht war das Ganze nur ein tragischer Unfall?

**Leo Rasmussen:** (schluchzt)

**Vernehmungsleiter:** Vielleicht ist es so, Leo, dass deine Mutter deine Lügen nicht mehr erträgt. Dass sie begriffen hat, was wirklich passiert ist, und dass sie erst wiederkommt, wenn du die Wahrheit erzählst.

**Leo Rasmussen:** (weint)

**Vernehmungsleiter:** Ich sehe dir an, dass du leidest. Es wird dir besser gehen, sobald du dein Gewissen erleichtert hast. War es ein Unfall, Leo?

**Leo Rasmussen:** Ich ... ich erinnere mich nicht mehr. Ich bin vom Pferd gefallen. (Weint) Meine Mutter ...

**Vernehmungsleiter:** Aber du erinnerst dich daran, dass du dort warst? Am Steinkreis?

**Leo Rasmussen:** V-vielleicht.

**Vernehmungsleiter:** Und dass du wütend auf Elita warst?

**Leo Rasmussen:** Ja. (Weint) Aber ich habe sie geliebt.

**Vernehmungsleiter:** Vielleicht hast du es aus Liebe getan? Kann es so gewesen sein, eine Liebestat? Weil sie dich darum gebeten hat, es zu tun?

**Leo Rasmussen:** Vielleicht. (Weint)

**Vernehmungsleiter:** Gut so, Leo, du machst das gut.

**Leo Rasmussen:** (Weint heftiger)

**Vernehmungsleiter:** Sollen wir es dann so festhalten? Dass du es aus Liebe getan hast?

**Vernehmungsleiter:** Du nickst, Leo, aber du musst es auch laut sagen. Hast du Elita aus Liebe getötet?

**Leo Rasmussen:** Mhm ...

Thea atmet langsam aus. Trotz der trockenen Schreibmaschinenabschrift kann sie die geladene Stimmung im Raum spüren. Der Vernehmungsleiter ist manipulativ, er nutzt geschickt Leos Gefühl der Einsamkeit aus, seine Liebe zu Elita, die Verlassenheit, die er verspüren muss, nachdem seine Mutter abgehauen ist.

Sie weiß nicht, ob man so etwas machen darf. Das Einzige, was sie über polizeiliche Befragungen weiß, hat sie aus Fernsehkrimis, und das ähnelt überhaupt nicht dem, was sie gerade gelesen hat.

Sie reibt sich die Stirn, fühlt sich von alldem überwältigt. Erschöpft. Aber es gibt ein Dokument, das sie noch nicht gelesen hat, das sie aber interessiert. Etwas, wovon sie auf jeden Fall mehr versteht als von Vernehmungen und Tatortprotokollen.

Das Formular im Ordner ist veraltet und auf Schreibmaschine geschrieben, aber das meiste vom Obduktionsbericht erkennt sie dennoch aus der Zeit wieder, in der sie als Rechtsmedizinerin gearbeitet hat.

Die Zusammenfassung auf der ersten Seite ist an Nicht-Mediziner gerichtet, also Polizei, Staatsanwalt, Verteidiger und Richter. Hier wird nüchtern festgestellt, dass Elita Svart an den Folgen einer kräftigen Gewalteinwirkung am Kopf verstorben ist. Die Form der Verletzungen weist darauf hin, dass sie einen oder möglicherweise zwei kräftige Schläge in die obere Gesichtshälfte bekommen hat, was unmittelbar zu ihrem Tode führte. Die Tatwaffe wird als größerer, stumpfer Gegenstand beschrieben, vermutlich ein Stein.

Es fanden sich am Körper keine Spuren, die auf einen eventuellen Täter hinweisen, liest Thea weiter. Keine Hautreste unter den Nägeln, die auf eine Schlägerei hindeuten könnten, dafür aber Erde. Allerdings wurden einige Haare an ihren Kleidern gefunden, es gibt einen Verweis auf einen anderen technischen Bericht. Aber als Thea zu ihm weiterblättert, zeigt sich, dass die Haare zu einem Pferd oder Hund gehörten, also Tieren, die es auf Svartgården gab.

Nach der Zusammenfassung folgt eine detailreichere Beschreibung der gesamten Obduktion und der verschiedenen Organe, die untersucht wurden.

Ziemlich schnell entdeckt Thea, dass etwas nicht stimmt. Der Anfang des Obduktionsberichts ist da, der Schluss auch, aber in der Mitte scheint ein Teil der Darstellung zu fehlen. Sie vermutet, dass die Originaldokumente zusammenklebten und der Archivar sie deshalb versehentlich nicht kopiert hat. Aber als sie die Seitenzahlen des Berichts kontrolliert, stellt sie fest, dass die Seiten vollständig sind. Dennoch fehlt ein Teil des Rapports.

Daraufhin schaut sie sich die Zahlen ab der Mitte bis zum Ende genauer an. Die Schriftart der Seitennummerierung sieht ein wenig anders aus und sitzt einen Zentimeter weiter rechts als beim restlichen Obduktionsbericht.

Sie fotografiert ein paar Zahlen mit dem Handy ab, vergrößert die Bilder so gut es geht auf dem Bildschirm und spielt dann ein bisschen mit der Helligkeitsregulierung. An einigen Stelle glaubt sie, einen leichten, unregelmäßigen Schatten direkt neben der Zahl zu sehen. Es sieht aus, als hätte jemand die Nummerierung des Originals mit Tipp-ex übertüncht und dann eine neue Zahl daneben geschrieben.

Vielleicht hat das keine Bedeutung. Ein möglicher Fund wäre ohnehin in der Zusammenfassung auf der ersten Seite erwähnt worden. Sie fotografiert auch diese Seite mit dem Handy ab, hantiert mit Licht und Schatten. Hier sind keine Tipp-Ex-Flecken zu sehen, aber dafür etwas anderes, ganz unten. Ein hauchdünner

Strich quer über der Seite, der andeuten könnte, dass jemand ein weißes Blatt über das Original gelegt hat, sodass die letzten Zeilen der Zusammenfassung nicht mitkopiert wurden. Eine Art Achtzigerjahre-Version von Photoshop.

Sie blättert zurück, geht noch einmal den Obduktionsbericht durch, um sich ganz sicher zu sein, und kommt zum gleichen Ergebnis.

Eine Seite fehlt, diejenige, die Elitas Bauchregion beschreibt.

Wahrscheinlich hat jemand die Seite aus dem Bericht entfernt und außerdem versucht, die Schlussfolgerung dessen zu verbergen, was man dort gefunden hat.

Was kann man in ihrem Bauch gefunden haben, das so heikel war, dass jemand sich die Mühe gemacht hat, es geheim zu halten?

Ein Satz aus Elitas Brief taucht in Theas Kopf auf.

*Denn kein Geheimnis ist größer als meins …*

Thea reibt sich ein paarmal über die Stirn, versucht sich einzureden, dass sie sich irrt, dass es eine ganz natürliche Erklärung für die fehlenden Seiten gibt. Aber der Verdacht hat sich schon in ihrem Kopf eingenistet und wächst so lange, bis er sich in eine Überzeugung verwandelt.

Elita Svart muss schwanger gewesen sein, als sie ermordet wurde.

## 48

Thea nutzt die Autofahrt nach Hause, um ihre Gedanken zu ordnen.

Elitas Schwangerschaft wird in keinem der Verhöre erwähnt, was aller Wahrscheinlichkeit nach bedeutet, dass der Vernehmungsleiter nichts davon wusste. Also muss die Person, die die Seite aus dem Obduktionsbericht entfernt hat, frühzeitig an die Information gekommen sein und sie gelöscht haben, bevor es jemand bemerken konnte.

Der Obduktionsbericht war in Elita Svarts Fall im Prinzip reine

Formsache. Man hatte ihren Tod bereits festgestellt, und es gab keinerlei Hinweise im Bericht, die auf Leo deuteten. Deshalb lasen wahrscheinlich wenige der ermittelnden Polizisten mehr als die Zusammenfassung, und kein Gerichtsmediziner wurde gebeten, bei der Verhandlung selbst als Zeuge aufzutreten.

Aber wenn Thea bei alledem recht hatte und Elita wirklich schwanger war, wer hatte dann diese Information vertuscht – und warum? Dieser Befund hätte dem Ermittlungsleiter geschickt werden müssen.

An einer Kreuzung bremst Thea ab und ist so in Gedanken versunken, dass sie kaum den Wagen auf der anderen Fahrbahn bemerkt, der zum Stehen gekommen ist und ihr mit der Lichthupe ein Signal gibt. Der Fahrer winkt durch das geöffnete Seitenfenster, als wolle er ihr etwas sagen.

Thea bleibt stehen, während er ihr entgegenfährt und langsam neben ihrem Seitenfenster zum Stehen kommt. Es ist Per Nyberg.

»Hallo, Frau Doktor«, sagt er mit seinem üblichen Lächeln. »Alles in Ordnung?«

»Ja, danke. Ich versuche, noch ein bisschen Routine zu gewinnen.«

»Bestens. Es wird toll, Bokelund bald renoviert und hergerichtet zu sehen. Ich war seit Jahren nicht mehr im Schloss. Nicht, seit der alte Graf nicht mehr da ist.«

Wieder ein Lächeln, gerade auf der Grenze zwischen charmant und Flirtversuch.

»Wie war er?« Thea muss an das Gemälde in Huberts Bibliothek denken.

»Rudolf? Ein harter Kerl. Ich glaube nicht, dass ich ihn jemals lächeln gesehen habe. Aber er und mein Vater kamen gut miteinander klar. Tatsächlich war Rudolf Gordon mein Patenonkel.«

»Aha. Dann kennst du auch Hubert?«

Per nickt. »Als wir klein waren, haben wir oft miteinander gespielt. Hast du ihn inzwischen mal getroffen?«

»Ja, schon ein paarmal.«

»Gut. Hubert muss mal rauskommen und Leute treffen.« Er

beugt sich ein Stück aus dem Fenster. »Du hast vielleicht gehört, dass er nicht mit uns anderen im Dorf zur Schule ging. Er hatte einen Privatlehrer auf Bokelund. Leider hat ihn das ein bisschen scheu gemacht, ein bisschen eigen. Aber er ist es wert, dass man ihn kennenlernt.«

Das Mitgefühl in Pers Stimme überrascht sie ein wenig.

»Also, ich muss weiter, sonst komme ich zu spät zur Probe.«

»Probe?«

»Ich spiele in einer Band, wir üben mehrmals pro Woche. Hauptsächlich zum Spaß, aber manchmal treten wir auch auf. Bei Hochzeiten, fünfzigsten Geburtstagen und so. Außerdem mache ich ab und zu Liederabende im Gästehaus in Ljungslöv. Du solltest mal vorbeikommen.«

Erst jetzt bemerkt Thea den Gitarrenkoffer auf dem Beifahrersitz.

»Ah, okay, das mache ich«, erwidert sie.

»Ich freu mich darauf. Also, schönen Abend!«

Er will gerade sein Seitenfenster schließen, als sie ihn zurückhält. Die Frage brennt in ihr, seit sie das Blut an Emees Fell bemerkt hat.

»Was war eigentlich mit den Hirschen? War es ein Wolf?«

Sein Lächeln verschwindet. »Wir wissen es immer noch nicht. Auf jeden Fall hat es gestern eine trächtige Hirschkuh erwischt.«

»Wo?« Sie wünscht sich, sie hätte nicht danach gefragt, und hält den Atem an.

»An der gleichen Stelle wie beim letzten Mal. Bei der Westwiese.«

»Wie furchtbar.« Sie schielt im Rückspiegel nach Emee, deren Kopf hinter der Rückbank zu sehen ist.

»Ja, wir müssen bald eine neue Strategie finden, denn so kann es nicht weitergehen. Aber mach dir keine Sorgen, es ist nicht das erste Mal, dass wir im Gehege Probleme mit Raubtieren haben. Jagd hat mit Geduld zu tun. Und ein bisschen mit List. Ungefähr wie in der Liebe.« Er zwinkert ihr zu, lässt das Seitenfenster hinaufgleiten und fährt davon.

Davids Wagen steht wie erwartet vor dem Schloss. Genau wie am Vorabend verspürt Thea plötzlich den Wunsch, in seiner Nähe zu sein. Als würde jedes Puzzlestück in der Frühlingsopfer-Geschichte dazu beitragen, ein bisschen besser zu verstehen, wer der echte David war.

Sie parkt den Wagen, geht ins Schloss und ruft nach ihm. Vom Obergeschoss glaubt sie Geräusche zu hören, muss aber eine Weile suchen, bis sie die Treppe und die geöffnete Dachbodenluke in der Hochzeitssuite entdeckt. Vom Dachboden sind Stimmen zu hören.

»Hallo?«, sagt Thea laut genug, damit man es oben hören kann.

Davids Gesicht erscheint in der Öffnung.

»Hallo, Thea!« Er scheint sich zu freuen, sie zu sehen.

»Was treibt ihr da?«, fragt sie.

»Wir bereiten alles für einen Blitzableiter vor. Wir können uns keinen Stromausfall mitten in der Hauptsaison leisten. Komm hoch, dann kannst du schauen!«

Thea klettert die steile Leiter hinauf. Sie begrüßt den Handwerker, mit dem David gesprochen hat, einen Mann in Arbeitshosen und mit einer kleinen, runden Brille, der das Dach im Schein einer Baulampe inspiziert. Der Dachboden ist riesig und mit dicken Holzplanken belegt. Hier und da stehen Umzugskartons und alte Möbel. Jenseits des Lichtstrahls herrscht kompakte Dunkelheit.

»Ziemlich cool, oder? Wir könnten hier oben Gespensterführungen machen und vielleicht ein paar Sommerferienjobber dazu bringen, sich als diese toten Mädchen zu verkleiden.«

Thea zuckt zusammen, begreift aber schnell, dass er nicht an Elita Svart denkt, sondern an die Mädchen, von denen Hubert erzählt hat.

»Der Dachboden zieht sich über das gesamte Schloss, wir könnten also über der alten Kapelle enden«, fährt David fort und zeigt in die Dunkelheit. »Da drüben stehen ein paar Kreuze und eine ganz schön unheimliche Heiligenfigur, die uns fast zu Tode erschreckt hätte. Sieh selbst nach.«

»Nein, danke!«, erwidert sie. Das Dach ist zwar recht hoch hier, aber der Geruch und die Dunkelheit erinnern sie trotzdem an einen Keller.

»Das hier dauert noch ungefähr eine Stunde«, sagt David. »Meine Eltern laden uns zum Abendessen ein. Nettan kommt auch, sodass ihr euch endlich kennenlernt. Wir sehen uns nachher zu Hause.«

Sie zögert einen Moment. Eigentlich hat sie keine Lust, schon wieder bei Davids Eltern zu essen, noch dazu mit Nettan als Überraschungsgast. Aber David hat so gute Laune, vermutlich hat er heute Morgen also nicht den Ordner mit den Ermittlungsakten gesehen, was eine Erleichterung ist. Deshalb beschließt Thea, nichts zu sagen.

Draußen vor dem Kutscherhaus parkt ein Wagen. Es ist der Mercedes ihrer Schwiegermutter. In der Küche hat Ingrid Kaffee gekocht, frische Brötchen aufgeschnitten und einen Teller mit Aufschnitt hergerichtet.

»Hallo, Thea, komm rein. Ich dachte, dass du nach der Arbeit bestimmt Hunger hast. Ich habe auch etwas für den Hund. Hier, sieh mal, Süße.«

Ingrid hält Emee einen großen Knochen hin, den sie sich sofort schnappt und damit unter dem Küchentisch verschwindet.

»Kaffee?«

»Gern.«

Thea zieht sich Schuhe und Jacke aus und setzt sich. Das Kutscherhaus sieht anders aus als heute Morgen. Die Umzugskartons, die an den Wänden standen, sind ausgepackt und weggeräumt, die Möbel stehen an ihrem Platz, die Bücher in alphabetischer Ordnung, sogar Theas Puzzleschachteln haben einen Platz im Regal bekommen. Das ganze Haus riecht nach Putzmittel.

Ingrid schenkt ihr Kaffee ein, und Thea versucht, nicht zu zeigen, wie sehr es sie stört, dass die Schwiegermutter in ihren Sachen gekramt hat.

»Wie läuft es bei der Arbeit? Hat Doktor Andersson das Ruder übergeben?«

»Ja.«

»Wie schön.« Ingrid macht eine Pause, gerade lang genug, um das Thema wechseln zu können. »Also, da ist etwas, worüber ich mit dir sprechen möchte. Weißt du, man redet inzwischen ziemlich viel über dich.«

Ihre Schwiegermutter unterbricht sich, um einen Schluck Kaffee zu trinken.

»Man redet über mich?«

»Im Dorf. Auf Facebook. Es heißt, dass unsere neue, lang erwartete Ärztin ein etwas ungesundes Interesse an einem alten Todesfall zeigt.«

»So ist das nicht.«

»Nicht? Das behaupten die Leute jedenfalls. Verstehst du …« Ingrid beugt sich über den Tisch. »Wenn ihr, du und David, euch hier in Tornaby etwas aufbauen wollt, ist es wichtig, dass du in die Gemeinschaft hineinfindest und dass du die ungeschriebenen Gesetze kennst. Eines davon ist, nicht diese alte Geschichte von Elita Svart und ihrem Bruder aufzuwärmen.«

Thea nickt, hauptsächlich, weil sie keine andere Wahl hat.

»Die polizeiliche Ermittlung und das Gerichtsverfahren waren für David und seine Freunde ein schlimmes Trauma.«

»Und für Elitas Familie«, stößt Thea hervor.

Ingrid verstummt, wirft ihr einen strengen Blick zu.

»Elitas Familie ist verschwunden, kaum dass das Mädchen unter der Erde war«, sagt sie trocken. »Sie haben den Hof Hals über Kopf verlassen und nicht einmal die Pacht bezahlt. Aber das war wahrscheinlich die klügste Entscheidung, die Lasse Svart jemals getroffen hat.«

»Wieso das?«

Ingrid verzieht den Mund.

»Davor lebte er immer ein bisschen zurückgezogen, er war da draußen im Sumpf meistens allein mit seinen Frauen und seinen zwielichtigen Geschäften. Aber nach dem, was mit Elita passiert war, änderte sich alles. Lasse stand plötzlich im Rampenlicht. Alle sahen zu ihm hin. Lasse war nicht so dumm, dass ihm das nicht klar war.«

Sie legt den Kopf ein wenig schief.

»Ich verstehe, dass die ganze Geschichte für einen Außenstehenden interessant klingt. Ein Ritualmord und ein Todespakt, wie die Zeitungen damals schrieben. Aber Elita Svarts Tod war nichts anderes als eine …«

»Familientragödie«, beendet Thea den Satz.

»Genau.« Ihre Schwiegermutter bemerkt den ironischen Unterton nicht, oder wahrscheinlich tut sie nur so als ob. »Eine schreckliche Geschichte, an die niemand in der Gegend erinnert werden möchte. Schon gar nicht David.«

»Oder Bertil«, schiebt Thea ein.

Ingrids Gesicht erstarrt.

»Bertil ist nicht mehr der, der er einmal war, ich dachte, das wüsstest du.« Sie lächelt angestrengt. »Aber es gibt wenige Menschen, die für Tornaby so wichtig waren wie er. Er hat vielen Familien bei ihren Problemen geholfen. Das Dorf und seine Bewohner haben ihm viel zu verdanken, weißt du. Ohne Bertil …«

Ingrid kneift wieder den Mund zusammen, diesmal, wie um sich selbst am Weiterreden zu hindern.

Dann steht sie auf, bürstet sich ein paar eingebildete Krümel vom Kleid.

»Tja, ich muss jetzt gehen. Ich muss vor dem Abendessen noch einkaufen. Falls du noch mehr Fragen zu Elita Svart haben solltest, kannst du dich an Arne wenden. Er war an den Ermittlungen beteiligt und kennt alle Details. Außerdem rennt er nicht herum und tratscht. In Ordnung?«

Ingrid wartet nicht auf eine Antwort, sondern greift nach ihrer Handtasche und geht zur Tür. Dann bleibt sie stehen.

»Ich bin froh, dass wir die Sache geklärt haben, Thea. Wir sehen uns heute Abend. Ach, übrigens: Ich habe die Post reingeholt.« Sie zeigt auf die Kommode im Flur. »Da ist ein Brief für dich.«

Die Haustür schlägt hinter Ingrid zu, während Thea noch am Küchentisch sitzt. Hat ihre Schwiegermutter sie gerade davor gewarnt, weiter in der Elita-Svart-Geschichte zu bohren? Zwar nicht direkt, aber dieser unerwartete Besuch muss doch als eine Art Warnschuss gezählt werden. Was hatte es bloß mit diesem Frühlingsopfer auf sich, dass es die Leute immer noch so beunruhigte?

Sie setzt sich auf das Sofa und geht die Post durch. Ganz oben liegt ein Paket für sie. Das muss das Buch sein, das sie bestellt hat. Danach kommen vor allem Rechnungen, aber ganz unten in dem Stapel findet sie einen Umschlag mit ihrem Namen und ihrer Adresse, handgeschrieben. Sie öffnet ihn langsam und hat schon böse Vorahnungen, bevor sie den Brief herausholt. Als sie ihn in der Hand hält, fühlt sie sich, als würde alle Luft aus ihr entweichen.

*Hallo, Jenny!*
*Ganz schön lange her. Es scheint dir ja gut zu gehen.*
*Papa hat dich im Fernsehen gesehen. Er würde gerne mit dir sprechen. Du brauchst dir keine Sorgen zu machen, er ist dir nicht böse, aber er will, dass du nach Hause kommst. Jetzt sofort.*

*Gruß,*
*Ronny*

## 49

Den restlichen Nachmittag über bewegt sie sich wie durch einen Nebel. David kommt nach Hause, sie ziehen sich um, setzen sich ins Auto und fahren zu Davids Eltern. Aber es kommt ihr vor, als würde sie alles von außen betrachten.

Alle Verteidigungsmauern, die sie um sich herum hochgezogen hat, liegen brach, nur wegen einer blöden Fernsehreportage. Es war die letzte mehrerer riesiger Fehlentscheidungen, die sie im letzten Jahr getroffen hat.

Sie hätte David nicht heiraten sollen, hätte nicht hierherziehen dürfen, hätte nicht auf der Schlosstreppe stehen und sich überreden lassen dürfen, sich vor die Kamera zu stellen.

»Geht es dir gut?«, fragt David in dem Moment, als sie sein Elternhaus erreichen. »Du bist so still.«

»Nur müde«, murmelt sie.

»Wir brauchen nicht reinzugehen, wenn du nicht willst. Soll ich dich wieder nach Hause fahren?«

Er klingt so, als würde er es ernst meinen, und Thea unterdrückt den Impuls, Ja zu sagen.

»Nein, nein, komm, wir gehen rein. Ich werde bestimmt wieder munterer, wenn ich etwas zu essen bekomme.«

Sie begrüßen Davids Eltern. Thea muss sich zusammenreißen, um ihre Schwiegermutter zu umarmen. Das Ganze hier ist Ingrids Schuld: der Umzug, das Restaurant, die Fernsehreportage. Alles war ihre Idee.

*Aber du hast eingewilligt. David zuliebe …*

Sie will, dass Margaux die Klappe hält. Eigentlich will sie, dass alle einfach nur die Klappe halten, damit sie das Durcheinander in ihrem Kopf ordnen kann.

Wie David angekündigt hat, ist Nettan da. Sie ist eine scharfsinnige Frau, hat überall auf der Welt gearbeitet und ist freundlich und höflich. Thea tut ihr Bestes, um ebenfalls interessiert und freundlich zu wirken. Aber irgendetwas läuft zwischen ihnen vom ersten Moment an nicht rund. Vielleicht, weil Nettan Davids Eltern Tante Ingrid und Onkel Bertil nennt. Oder weil sie ab und zu auf besondere Art Davids Arm berührt.

David spürt die Anspannung und scharwenzelt um sie herum, was Thea nicht gefällt.

»Tut mir leid, wenn ich dir David neulich weggenommen habe«, sagt Nettan. »Ich hätte ein Taxi nehmen können, aber er bestand darauf, mich vom Flughafen abzuholen.«

»Kein Problem«, murmelt Thea.

Sie versucht, gute Miene zu bewahren, aber es fällt ihr schwer. In ihrem Kopf kreisen die Gedanken. Nicht nur wegen des Briefes, sondern auch wegen all der Dinge, die sie in den letzten Tagen gelesen hat. Jedes Mal, wenn sie Nettan anschaut, hört sie das zwölfjährige Mädchen im Verhör sprechen.

»Kommst du oft nach Tornaby«, fragt sie.

Nettan schüttelt den Kopf.

»Nein, mein Vater ist vor ein paar Jahren gestorben, und zu dem Zeitpunkt waren meine Eltern auch schon nach Malmö gezogen. Es ist das erste Mal seit vielen Jahren, dass ich hierherkomme. Aus verschiedenen Gründen hatte ich es eilig, von hier fortzugehen.« Sie zieht eine schwer zu deutende Grimasse. »Meine Mutter wohnt jetzt bei mir in der Schweiz. Sie kümmert sich um die Kinder, wenn ich verreist bin.«

Nettan nimmt einen Schluck von ihrem Drink.

»Und du? Wie gefällt es dir hier draußen?«

»Gut«, antwortet Thea.

Nettan beugt sich ein wenig näher zu ihr hin.

»Du brauchst nicht höflich zu sein. David hat mir von deinen Reisen erzählt. Du bist rastlos, genau wie ich. Es fällt dir schwer, lange an einem Ort zu bleiben. Warum solltest du dich also hier niederlassen wollen, mitten in der Pampa.«

Der Kommentar überrascht Thea. Er scheint nicht böse gemeint zu sein, eher ehrlich.

»Ich …« Sie zögert mit der Antwort. »Ich habe genug davon, herumzufahren.«

»Genug?« Nettan hebt die Augenbrauen. »Kann man davon genug bekommen?« Sie beugt sich noch ein wenig vor, senkt die Stimme.

»Also, versteh mich nicht falsch. David ist ein feiner Kerl, aber keiner von euch beiden sollte hier sein. Hier brodelt noch ganz schön viel alter Scheiß unter der Oberfläche, mehr, als du ahnst. Du musst vorsichtig sein.«

»Vorsichtig womit?« David ist plötzlich aufgetaucht.

»Ach, nichts. Thea und ich haben ein bisschen geplaudert«, entgegnet Nettan. »Wenn ihr mich entschuldigt, ich mache mir noch einen Drink.«

Davids Onkel Arne ist auch eingeladen, wahrscheinlich damit sie Paare bilden können. Er hat sich schick gemacht, der Schnurrbart ist frisch gestutzt, er trägt ein Tuch zu Hemd und Jackett und riecht nach Rasierwasser. Er kommt auf eine Art auf sie und David zu, die wohl selbstsicher wirken soll.

»Na, bist du schon gut eingearbeitet, Frau Doktor? Hast einen Überblick darüber, wer in der Gegend Hämorrhoiden und Erektionsprobleme hat?«

»Absolut. Ich werde all deine Geheimnisse wahren.«

Sie weiß nicht, warum sie so reagiert. Vielleicht, weil der Teil ihres Gehirns, der sich normalerweise um ihre Manieren kümmert, anderweitig beschäftigt ist.

Arne erstarrt, bricht dann aber in Gelächter aus.

»Deine Frau ist sehr witzig, mein kleiner David«, sagt er und klopft David auf den Rücken. »Pass gut auf sie auf.«

David macht gute Miene zum bösen Spiel, aber Thea merkt, dass der Kommentar ihn ärgert. Er mag es nicht, wenn man ihn klein nennt. Er möchte genauso wenig daran erinnert werden, wer er mal war, wie sie.

Sie muss immer an den Brief denken.

Ihr Vater hat sie gefunden. Er will, dass sie nach Hause kommt. Was passiert, wenn sie es nicht macht? Traut sie sich überhaupt, so weit zu denken?

Bertil scheint einen ganz guten Tag zu haben, was vielleicht an dem neuen Medikament liegt.

Beim Aperitif beteiligt sich ihr Schwiegervater am Gespräch, und größtenteils gelingt es ihm, Namen und Zeiten im Kopf auseinanderzuhalten. Thea hat ihn seit dem Zwischenfall im Wald nicht mehr gesehen, aber weder Bertil noch jemand anderes erwähnen die Sache. Bei einer Gelegenheit klopft er ihr nur sachte auf den Rücken und lächelt sie an, was wahrscheinlich ein stilles Dankeschön sein soll.

Nach den Drinks setzen sie sich zu Tisch. Das Essen ist wie immer gut, und David hat aus dem Schloss ein paar Flaschen Wein mitgebracht. Ingrid wirft Arne jedes Mal einen warnenden Blick zu, wenn er sein Glas füllt, und Thea beobachtet ihn heimlich. Er sieht aus, als versuche er, mit Nettan zu flirten. Er erzählt Polizeianekdoten, die immer detailreicher werden, je mehr Wein er intus hat, und ignoriert alle bösen Blicke seiner großen Schwester. Das kleine Geschwisterdrama ist eigentlich ganz unterhaltsam, sodass Thea wenigstens für kurze Zeit den Brief vergisst.

»Jetzt erzähl mal. Wann steigt die große Party?«, fragt Arne, nachdem er eine allzu ausführliche Geschichte beendet hat, in der ein Jäger, ein magenkranker Hund und ein fahrlässiger Schuss durch eine Windschutzscheibe vorkamen.

»Du meinst die Eröffnung?«, fragt David zurück. »Die ist Ende Mai. Aber wir haben ein Probeessen am dreißigsten. Der erste Test, wenn man so will.«

»Wann kommt Sebastian?«, will Nettan wissen.

»Er hatte ein Treffen in London, aber er landet morgen früh. Zum Mittagessen wird er da sein.«

»Es lief recht erfolgreich für Sebastian«, erklärt Ingrid, halb an Bertil gewandt. »Nach der Uni hat er ein Technikunternehmen gegründet, erinnerst du dich? Er hat über tausend Angestellte auf der ganzen Welt.«

»Natürlich erinnere ich mich.« Bertil klingt fast ein wenig beleidigt. »Wie geht es seinen Eltern?«

»Sie sind nach Helsingborg gezogen und dann zurück nach Polen, als Pawel in Rente ging«, antwortet Ingrid. »Sebastian hat ihnen ein großes Haus am Meer gekauft. Ich bin auf Facebook mit ihnen befreundet. Theresa hofft immer noch auf Enkelkinder, aber Sebastian will sich nicht festlegen.«

»Bin ich eingeladen?« Arne füllt sein Weinglas ein wenig zu schwungvoll, sodass er einen Rotweinfleck auf das Tischtuch macht. »Zum Walpurgisnachtessen?«

David ist die Frage unangenehm, er tauscht einen Blick mit seiner Mutter.

»David dachte, dass das Essen eher nichts für dich wäre, Arne«, sagt Ingrid.

»Nichts für mich? Eine Veranstaltung mit gutem Essen und teuren Weinen?« Er zeigt wackelig auf David. »Sprich es ruhig aus. Du hast Angst, dass ich dich vor all deinen feinen Freunden blamiere.«

David windet sich, Ingrid öffnet den Mund, um etwas zu sagen, aber Arne winkt ab. Seine Augenlider sind schwer, das Gesicht gerötet.

»Nein, nein, lass den Jungen selbst reden. Warum bin ich nicht eingeladen? Nach allem, was ich für dich getan habe? Ihr beide und dieser kleine, protzige Pole habt es schließlich mir zu verdanken, dass ihr so ein schönes, glückliches Leben führt.«

Er zeigt wieder mit dem Finger auf David, dann auf Nettan.

»Wenn Onkel Arne damals nicht eingesprungen wäre und in der Nacht alles geregelt hätte …«

»Halt's Maul, Arne!«

»Was?« Arne zuckt zusammen, als hätte ihm jemand eine Ohrfeige gegeben.

»Halt's Maul, du Idiot!« Bertils Stimme ist hart, sein Blick eiskalt.

Arne zwinkert ein paarmal, sieht empört zu Bertil und dann zu seiner Schwester.

»Ich habe mit dem Jungen doch nur einen Spaß gemacht, Bertil. Du weißt, dass ich nie …«

Er räuspert sich, schaut weg. Bertil starrt ihn weiter mit dunklen Augen an, bis Ingrid eine Hand auf den Arm ihres Mannes legt.

»Natürlich bist du bei dem Essen willkommen, Arne«, sagt Ingrid. »Unsere Familie hält doch zusammen, oder nicht?«

Sie lächelt Bertil an, drückt seinen Arm. Einen Moment später entspannen sich seine Gesichtszüge.

»Natürlich, natürlich«, brummt er.

Sie trinken Kaffee und Cognac in der Bibliothek. Bertil zeigt Nettan seinen Bridgepokal, die ähnlich wie Thea so tut, als würde sie ihn bewundern. Thea versucht, die andere Frau nicht zu genau zu studieren, aber Nettan hat bei ihr einen wunden Punkt getroffen.

Denkt sie wirklich daran, bis in alle Ewigkeit mit David hierzubleiben und nie mehr zu reisen?

Und was meinte Nettan damit, dass sie vorsichtig sein solle?

Arne sieht immer noch ein wenig verunsichert aus, immer wieder wirft er Bertil verschämte Blicke zu. Sie will gerade zu ihm gehen und mit ihm sprechen, als David den Arm um ihre Taille legt.

»Geht es dir besser?«

»Ja«, erwidert sie.

»Gut …« David klingt nicht so, als würde er ihr glauben. »Sorry für die Sache mit Arne. Du darfst nicht alles, was er sagt, für bare Münze nehmen. Er schaut gerne mal ein bisschen zu tief ins Glas …«

»Dein Vater hat ihn jedenfalls ziemlich zurechtgewiesen«, bemerkt Thea.

David lacht. »Ja, Vater hat immer nach Arne geschaut. Er war es, der Arne damals zur Polizei gebracht hat. Keine Ahnung, was sonst aus ihm geworden wäre.«

»Was meinst du damit?«

David zuckt mit den Schultern.

»Als Teenager hat er eine schwierige Zeit durchgemacht, aber Vater hat ihn auf den rechten Weg gebracht. Er war immer so etwas wie eine Vaterfigur für Arne.«

Thea schielt zu Arne hinüber. Neulich tauchte er überraschend am Forsthaus auf, wo er Bertil mit einer respektvollen Ehrfurcht behandelte, die auch jetzt in seinen ängstlichen Blicken zu erahnen ist. Vermutlich würde er fast alles für Bertil tun, ungefähr so wie Ronny für ihren Vater.

*Papa will, dass du nach Hause kommst. Jetzt sofort.*

# 50

»Du hast recht, Margaux. Es ist Zeit, dass ich von meinen eigenen Gespenstern spreche, von denen, die ich hinter mir gelassen habe, und von derjenigen, die ich einmal gewesen bin.

Jenny Boman. So hieß ich.

In einer anderen Zeit, in einem anderen Leben.«

Mama ist so dünn, wie sie da im Bett liegt, ihre Haut so durchsichtig, und die Wagenknochen sehen aus, als könnten sie die Haut durchbohren. Das noch verbliebene Haar verschwindet fast im Kissen.

Sie sitzen seit einer halben Stunde bei ihr, vielleicht länger, und Papa fängt an, auf seinem Stuhl herumzurutschen. Obwohl er sich im innersten Bereich des Krebses befindet, braucht er dringend eine Zigarette. Seine Ferse wippt auf und ab, die Finger trommeln auf den Oberschenkel. Mama schläft. Ihre Augenlider flattern wie zwei hautfarbene Schmetterlinge. Sie atmet schwach.

Papa schaut sicher zum dritten Mal auf die Uhr. Dann steht er auf.

»Wir müssen gehen. Ich muss auf dem Heimweg noch was erledigen ...«

Papa hat immer etwas zu erledigen, aber man darf nie nachfragen. Er wirft Ronny den Autoschlüssel zu.

»Hol den Wagen, dann sehen wir uns am Eingang. Ich muss nur kurz eine rauchen.«

Ronny nickt und küsst Mama vorsichtig auf die Wange, bevor er losgeht.

Papas Hand ruht auf ihrer Schulter. »Das wird schon wieder, Jenny, wirst sehen. Ihr könnt es ja noch mal versuchen.«

Sie weiß, dass er sie trösten will, aber sie kann nicht aufnehmen, was er sagt. Ihr Kopf ist ganz leer, der Bauch schmerzt.

Fehlgeburt. Ein blutiger kleiner Rest in der Unterhose vor ein paar Tagen. Ein Kind, von dem sie nicht einmal gewusst hat.

»Das nächste Mal klappt es sicher besser«, flüstert Papa, sein Atem riecht nach Zigaretten. »Jocke und du habt noch das ganze Leben vor euch. Er ist ein guter Junge. Zuverlässig.«

Sie weiß, was ihr Vater damit meint, was Jocke getan haben muss, um diese Bezeichnung zu verdienen. Papa wendet sich zur Tür.

»Kommst du, Jenny?«

»Gleich.«

Er nickt, verschwindet durch die Tür.

Sie steht auf, geht zu ihrer Mutter, beugt sich vor und küsst sie auf die Wange. Sie ist dem Weinen nahe. Am liebsten würde sie die

Schläuche entfernen und in dieses Bett kriechen. Sie wäre so gerne wieder sechs oder sieben Jahre alt und ließe sich trösten. Für einen kurzen Moment verwandelt sie sich beinahe wieder in ein Kind, und ihre Mutter ist nicht mehr sterbend, sondern jünger und gesünder.

Aber dann öffnet ihre Mutter die Augen, und die Verwandlung endet abrupt. Der Blick der Mutter ist klar, traurig.

Sie nimmt ihre Hände, drückt sie, zieht Jenny zu sich. Ihre Finger sind kalt und warm zugleich.

»Die Lebensversicherung«, flüstert Mama. »Nimm das Geld, Jenny. Geh weg von hier. Vergiss uns!«

Es ist immer noch dunkel im Schlafzimmer, als Thea die Augen aufschlägt. Der einzige Lichtpunkt kommt von dem kleinen Nachtlicht an der Tür. Es ist kurz nach fünf, und wie immer ist sie völlig wach.

Sie schaltet die Nachttischlampe an. Der feuchte Fleck an der Decke ist noch größer geworden, erinnert an einen Handabdruck, dessen lange, gelbe Finger sich immer weiter in den Raum hineinstrecken.

Die Worte ihrer Mutter gehen ihr durch den Kopf.

*Vergiss uns!*

Thea hat es versucht, ihr Äußerstes gegeben, aber offenbar hat ihre Familie sie nicht vergessen. Was soll sie also machen? So tun, als wäre nichts?

Was würde passieren, wenn Ronny den nächsten Brief an David schickt? Was, wenn David erfährt, dass sie bezüglich ihrer Vergangenheit gelogen hat? Dass sie überhaupt nicht elternlos ist, sondern nur eine verdammte … *Zigeunerin*, genau wie Elita Svart.

Der Gedanke daran, dass die Welt ihres Vaters irgendwie mit David, dem Schloss oder Tornaby in Verbindung gebracht werden könnte, ist so unangenehm, dass sie davon Bauchschmerzen bekommt. Ein Teil ihres Hirns, der ängstliche Teil, will am liebsten ihre Sachen packen. Noch einmal alles hinter sich lassen. Aber der andere Teil hält dagegen, zumindest noch eine Weile.

Sie nimmt ihr Handy vom Nachttisch und öffnet die Suchmaschine. Wie üblich findet sie keine Spur ihres Vaters. Leif hält sich vom Internet fern, es gibt nicht einmal eine Adresse, unter der er gemeldet ist. Ronny hat noch dieselbe Adresse wie sonst, was nicht unbedingt heißt, dass er auch wirklich dort wohnt. Allerdings ist sie sich ziemlich sicher, dass es so ist. *Papa will, dass du nach Hause kommst.*

Sie steigt aus dem Bett und geht ans Fenster. Emee schaut auf, beobachtet sie mit ihrem grauen, gespenstischen Blick. Hinter dem Burggraben liegt der Wald dunkel da.

Thea wurde mit neunzehn schwanger. Elita Svart war erst sechzehn. Elita muss Angst gehabt haben. Aber hätte sie wirklich ihren Tod geplant, wenn sie schwanger gewesen wäre?

Und eine nicht weniger interessante Frage: Wer war der Vater? Kann es Leo gewesen sein? Aus verschiedenen Gründen bezweifelt Thea das.

*Denn kein Geheimnis ist größer als meins …*

Was wusste Leo eigentlich? Vielleicht kann das Buch, das sie bestellt hat, Licht in die Sache bringen. Oder ihr zumindest helfen, sich zu zerstreuen und den Teil ihres Gehirns unter Kontrolle zu bringen, der sie drängt, ihre Sachen zu packen und abzuhauen.

Sie holt das Päckchen hervor.

*Falsche Geständnisse* ist ein dünnes und recht gestelztes Buch. Der Verfasser, Kurt Bexell, listet verschiedene psychische Mechanismen auf, die falsche Geständnisse hervorrufen können, und bringt viele Statistiken. Das Phänomen der falschen Geständnisse, so stellt er fest, tritt bei jüngeren Verdächtigen häufiger auf, vor allem wenn die Tat mutmaßlich unter Drogeneinfluss geschehen ist und der Verdächtige beim Verhör unter Druck gesetzt und isoliert wird.

Einige Kapitel behandeln dann Fälle, die die These des Verfassers stärken, allesamt aus dem Ausland. Über einen der Fälle, bei dem die Polizei fünf junge Männer in New York dazu brachte, eine Vergewaltigung zu gestehen, die sie nicht begangen hatten, hat Thea kürzlich eine Dokumentation gesehen.

Sie blättert weiter zu Kapitel zwölf.

Leo Rasmussen gestand 1986 den brutalen Mord an seiner vier Jahre jüngeren Stiefschwester Elita. Er war zum Zeitpunkt der Tat erst zwanzig Jahre alt. Rasmussen gab an, zum Tatzeitpunkt betrunken gewesen zu sein und sich nicht an Details seiner Handlungen erinnern zu können. Allerdings stritt er die Tat während der ersten Vernehmungen vehement ab und gestand den Mord erst beim neunten Verhör. Da saß er bereits seit vier Wochen in Isolationshaft.

Leo Rasmussen gab zu, seine Stiefschwester getötet zu haben, und erklärte, nur nach dem Willen der Schwester gehandelt zu haben. Er wurde wegen Totschlags verurteilt und aufgrund seines jungen Alters und den Umständen der Tat zu sechs Jahren Haft verurteilt. Auf Anraten seines Anwalts sah er davon ab, in Berufung zu gehen, da das Risiko groß war, dass er dann zu einer bedeutend längeren Haft verurteilt würde.

Leo Rasmussen saß seine Strafe ab, äußerte später aber Zweifel an seiner Schuld. Rasmussen gab an, während der Untersuchungshaft psychisch stark unter Druck gesetzt worden zu sein, dass er unter Schlafentzug gelitten habe und von seiner Familie isoliert worden sei.

Die Zeugen, die behaupteten, Rasmussen am Tatort gesehen zu haben, waren alle Kinder und wurden anfangs gemeinsam vernommen. Diese Art von Verhör widerspricht den polizeilichen Vorschriften und kann dazu geführt haben, dass die Kinder sich bei ihren Zeugenaussagen gegenseitig beeinflussten.

Die technischen Beweise in diesem Fall basierten hauptsächlich auf Indizien und waren in keiner Weise entscheidend. Weder Blutspuren noch Fingerabdrücke, die Rasmussen mit dem Tatort in Verbindung bringen konnten, wurden gefunden, genauso wenig wie eine Mordwaffe.

Ein alternativer Täter für den Mord an Elita Svart wurde nie ermittelt, da sich alle Anstrengungen bei der polizeilichen Untersuchung sofort auf Leo Rasmussen konzentrierten.

Thea legt das Buch weg. Langsam geht die Sonne auf. Leise, um David nicht zu wecken, zieht sie sich an. Emee folgt ihr nach draußen, lässt sich vor der Haustür etwas widerwillig an die Leine nehmen, während die Vögel im Schlosswald allmählich erwachen.

Emee zieht an der Leine, dreht sich um und schaut verärgert, um zu zeigen, dass sie frei laufen will. Aber nach den Zwischenfällen mit den Hirschen wagt Thea es nicht, sie loszulassen.

Ihre Gedanken springen zwischen dem, was sie gerade gelesen hat, und Ronnys Brief hin und her.

Wurde Leo Opfer eines Justizirrtums? Ist der manipulierte Obduktionsbericht dann ein Puzzlestück von etwas viel Größerem?

Ihr Vater und ihr großer Bruder wollen, dass sie nach Hause kommt. Das muss mit Geld zu tun haben. Dem Geld, das sie genommen hat, dem Geld, das sie nicht zurückzahlen kann. Was soll sie tun?

Irgendwo schräg hinter ihr im Wald knackt ein Zweig. Der scharfe Laut lässt sie innehalten. Emee spitzt die Ohren und knurrt leise.

Das Gefühl vom Friedhof ist auf einmal wieder da. Das Gefühl, beobachtet zu werden. Überwacht.

»Hallo!«, ruft sie. »Ist da jemand?«

Die einzige Antwort, die sie bekommt, stammt vom Wind, der durch die Bäume pfeift.

# 51

»Es fühlt sich so an, als wäre alles kurz davor einzustürzen. Feuchtigkeit hat meine Wände eingerissen, sickert langsam in das hinein, was von meiner Welt übrig ist. Vielleicht wäre es am besten zu fliehen, wegzuschweben wie eine Libelle. Immerhin habe ich das schon einmal gemacht.

Würde mich hier überhaupt jemand vermissen? Würdest du mich vermissen, Margaux?«

Sebastian Malinowski taucht kurz nach zehn auf. Er fährt einen teuren Sportwagen und ist in Gesellschaft einer jungen Frau, die kaum älter als fünfundzwanzig sein kann und viel zu hübsch für ihn ist.

Er sieht seinem Foto im Schuljahrbuch sehr ähnlich, ist ungefähr so groß wie David und hat auch blondes Haar, aber Sebastian ist deutlich schmaler, und er hat eine kahle Stelle auf dem Kopf, die sich von der Stirn bis zum Hinterkopf zieht. Er sieht aus wie eine Mischung aus Professor und dynamischem Unternehmer. Aber früher einmal war er einfach nur ein zu Tode erschrockener Zwölfjähriger, denkt Thea.

Nettan kommt ein paar Minuten später in einem dunklen Mietwagen und hinter ihr Davids Eltern in ihrem Mercedes. Wie immer ist es Ingrid, die fährt.

»Hier entlang, meine Herrschaften.« David führt sie alle die Schlosstreppe hinauf. Er ist guter Dinge.

Im Foyer erwarten sie zwei Kellnerinnen, die ihnen Champagner servieren. Dann leitet David die Gruppe durch die große Eingangshalle und beginnt, die Geschichte des Schlosses zu erzählen. Thea, die die Geschichte schon kennt, hört nur mit halbem Ohr zu und studiert stattdessen heimlich Sebastian und Nettan. Sie versuchen zwar, sich wie alte Freunde zu gebärden, aber beide wirken ein bisschen verkrampft.

Vor einem Porträt bleibt David stehen.

»Das ist Isabelle Gordon, die in jenem tragischen Winter 1753 auf dem Weg zu einem heimlichen Rendezvous im Burggraben ertrank. Das erste von unseren zwei hübschen Gespenstern.«

Thea fällt plötzlich ein Satz aus Elitas Brief ein.

*Liebliche Frauen, tot, die an meiner Seite einst lagen.*

Eine seltsame Formulierung, noch dazu für eine Sechzehnjährige. Vielleicht hatte Elita sie irgendwo aufgeschnappt?

Sie erinnert sich daran, was Hubert über die beiden Todesfälle erzählt hat, und fragt sich, was David sagen würde, wenn er die Wahrheit erführe. Sie vermutet, dass das für ihn keine Rolle spielen würde. David hat eine Geschichte gewählt, die ihm passt, da hat die Wahrheit keine große Bedeutung. Ungefähr so wie bei ihr, als sie sich in Thea Lind verwandelte.

David führt sie weiter durch das Schloss, zunächst durch den Gesellschaftsraum, dann in die frisch renovierte Küche, wo er fast eine Viertelstunde damit zubringt, die topmoderne Küchenausstattung zu erklären. Anschließend geht es weiter in den großen Speisesaal.

Die Vorhänge sind aufgezogen, sodass das Frühlingslicht durch die hohen Fenster fällt, Stühle und Tische stehen an ihrem Platz. Weiße Tischdecken und Servietten schmücken die Tische, die Goldpaneele an den Wänden glänzen mit den Kristallleuchtern um die Wette, und hoch über ihnen ist die schöne Deckenbemalung zu sehen.

»Platz für neunzig sitzende Gäste«, sagt David stolz. »Wir haben schon bis in den Herbst hinein Reservierungen.«

Die Türen zur Terrasse öffnen sich, die Kellnerinnen kommen wieder und schenken Champagner nach. David unterbricht seine Führung kurz, um mit jemandem vom Personal zu sprechen, woraufhin es zu einem spontanen Small Talk unter den Gästen kommt. Sebastian und seine junge Freundin, deren Namen Thea nicht verstanden hat, beginnen ein Gespräch mit Davids Eltern. Sie selbst hingegen verschwindet auf die Terrasse. Der schwache Wind von heute Morgen ist abgeflaut, und es ist warm genug, um ein paar Minuten ohne Jacke draußen zu stehen. Sie schaut zu Huberts Fenster hinüber und hofft, ihn da oben zu sehen. Aber alles ist still. Sie denkt an das Buch mit den schönen, melancholischen Gedichten, an den Satz, den er auf die erste Seite geschrieben hat.

*Die stärkste Liebe ist die unerwiderte.*

Aus irgendeinem Grund heben die Worte ihre Stimmung ein wenig. Sie öffnen eine Tür in ihrem Kopf, wohin ihr Vater keinen Zutritt hat. Wohin niemand Zutritt hat.

Sie nimmt eine Bewegung hinter sich wahr. Nettan ist herausgekommen und will sich gerade eine E-Zigarette aus der Handtasche holen, als sie Thea entdeckt.

»Ich versuche, mit dem Rauchen aufzuhören«, sagt sie entschuldigend. »Klappt nicht so richtig gut, wenn ich ehrlich bin. Ist einfach nicht dasselbe mit diesen hier.«

Thea zieht eine Grimasse, von der sie hofft, dass sie verständnisvoll aussieht.

Nettan macht die Zigarette an, nimmt einen Zug und bläst eine Wasserdampfwolke aus.

»Was hältst du von dem ganzen Zirkus hier? Erträgst du das?«

»Klar. Es ist das, was David schon lange machen wollte.«

Nettan schüttelt langsam den Kopf.

»David hatte keine andere Wahl. Das wissen wir beide. Das Ganze hier ist das Werk von Tante Ingrid. Sie hat alles organisiert. Das Schloss, David, mich und Sebastian. Sie hat uns drei nach fast dreißig Jahren dazu überredet, zusammenzukommen.«

Etwas an Nettans Ton ärgert Thea und bringt sie dazu, ein bisschen Frust abzulassen.

»Warum hast du dann eingewilligt? Wenn du gar keine Lust dazu hast, meine ich.«

Nettan macht einen tiefen Zug. Während sie den Rauch ausbläst, betrachtet sie Thea mit einem schiefen Lächeln.

»Weil niemand Nein zu Tante Ingrid sagt. Ich dachte, das hättest du schon begriffen.«

Sie beenden den Rundgang im oberen Stockwerk, wo David die sanierten Zimmer zeigt.

»Das hier war einmal das alte Schulzimmer«, sagt er, als er die Hochzeitssuite vorführt.

Der Raum riecht nach Farbe und neuen Möbeln. Die Luke zum Dachboden ist geschlossen, man sieht sie an der frisch gestrichenen Decke kaum. Thea versucht, sich Hubert Gordon hier vorzustellen, allein mit seiner Gouvernante.

Ein einsamer kleiner Junge ohne Freunde.

Der Gedanke macht sie traurig.

Sie essen ein leichtes Mittagessen im Frühstücksraum im Ostflügel. Die Gläser werden immer wieder gefüllt, zuerst mit Weiß-, dann mit Rotwein. Sebastian spricht mit Davids Eltern, aber Nettan ist hauptsächlich mit ihrem Handy beschäftigt und wirkt gelangweilt. David scheint es zu merken.

»Wir trinken den Kaffee woanders«, sagt er. »Ich habe eine kleine Überraschung vorbereitet.«

Er zeigt nach draußen auf den Hof, wo der Minibus des lokalen Taxiunternehmens gerade vorfährt. Alle stehen auf, mit Ausnahme von Ingrid und Bertil.

»Kommt ihr nicht mit?«, fragt Thea.

»Nein, Bertil ist ein bisschen müde«, antwortet ihre Schwiegermutter. »Ihr Jungen könnt euch jetzt ein bisschen ohne uns amüsieren.«

Thea steigt als Letzte in den Minibus. Die Stimmung ist jetzt besser. Sebastian und David erzählen Sebastians Freundin, die, wie Thea jetzt erfährt, Bianca heißt, gemeinsam eine Geschichte. Nettan ist weiter mit ihrem Smartphone beschäftigt.

Sobald sie von der Hauptstraße in den Wald abbiegen, wird Thea klar, wohin sie fahren. Zum Forsthaus und zu Kerstin Miller.

Vielleicht ist es nur Einbildung, aber sie hat den Eindruck, als würde sich die Stimmung auf dem Weg durch den Sumpf noch einmal verändern. Einerseits wird sie noch ausgelassener, andererseits aber auch angespannter. Sie folgen der kurvigen Straße, wo das üppige Grün in nur wenigen Tagen dichter geworden ist, sodass der Kanal unterhalb der Böschung kaum mehr zu sehen ist.

Keiner von den anderen im Wagen scheint sich für die Umgebung zu interessieren. David und Sebastian sprechen immer lauter und haben auf einmal Nettan ins Anekdotenerzählen mit hineingezogen. Sie reden alle gleichzeitig, und es wird dabei so laut im Auto, dass Bianca Thea schließlich fragende Blicke zuwirft.

Kerstin Miller erwartet sie vor dem Forsthaus. Neben ihr steht J-O. Er hat sich extra schick gemacht und ein Hemd und ein Jackett mit zu langen Ärmeln angezogen.

David, Sebastian und Nettan springen aus dem Wagen. Herzlich begrüßen sie Kerstin Miller, ein bisschen weniger herzlich J-O. Thea sieht, dass David diskret den Kopf schüttelt, um Nettan und Sebastian zu signalisieren, dass er nichts von J-Os Anwesenheit wusste. Auch wenn keiner versucht, sich etwas anmerken zu lassen, stimmt zwischen ihnen und J-O etwas nicht. Kann es mit Elita Svart zu tun haben? Thea möchte es gern glauben, aber es gibt vielleicht auch andere Erklärungen.

Kerstin Miller serviert ihnen frisch gebackene Zimtschnecken, Kaffee und ihren hausgemachten Tee. Dann holt sie das Fotoalbum und schwelgt in alten Erinnerungen, genau wie bei Theas letztem Besuch.

David hat Dessertwein und Cognac mitgebracht. Sobald die Gläser leer sind, füllt er nach, er ist so damit beschäftigt, den guten Gastgeber zu spielen, dass er nicht mehr als ein paar Worte mit Thea wechselt. Sie selbst beobachtet alles mit einem gewissen Abstand. Weder David noch einer der anderen hat ihr einen Hinweis gegeben, was sie an J-O nicht mögen. Im Gegenteil, sie sind fast übertrieben freundlich zu ihm.

Thea verschwindet auf die Toilette. Der Badezimmerschrank steht leicht offen, sie sieht eine Pillendose darin. Als sie die Tür ein wenig mehr öffnet, stellt sie fest, dass es starke Schlaftabletten sind, verschrieben von Sigbritt Andersson. Sie fühlt sich ein bisschen schuldig, weil sie so in Kerstin Millers Privatleben herumschnüffelt. Trotzdem fragt sie sich, was der Lehrerin wohl solche Schlafprobleme verschafft. Sie schließt den Schrank, setzt sich auf die Toilette und stützt das Kinn in die Hände.

Es ist zweifellos seltsam, wie David und seine Freunde sich benehmen. Als wäre alles ein Schauspiel, in dem die Beteiligten so tun, als würden sie sich freuen, sich zu sehen, obwohl es eigentlich nicht stimmt. Sie muss wieder an das Polaroidfoto denken. David, Nettan, Sebastian und J-O um Elita Svart herum. Diese vier waren die Letzten, die Elita am Leben sahen, abgesehen von ihrem Mörder.

Was macht das mit einem Zwölfjährigen? Wie beeinflusst ein solches Ereignis den Rest eines Lebens?

David, Nettan und Sebastian hatten es alle eilig, von hier fortzukommen. Erst als sie aufgefordert wurden, kamen sie zurück. J-O ist dageblieben. Aber jetzt sind sie alle zusammen wieder hier. Zurückbeordert.

Es fällt ihr nicht schwer, sich in dieses Gefühl hineinzuversetzen, sie hat den Gedanken noch nicht fallen gelassen, ihre Sachen zu packen und wegzugehen.

Als Thea in die Küche zurückkommt, sind die anderen ins Wohnzimmer hinübergewechselt, aber die Jahrbücher liegen noch auf dem Küchentisch. Sie sucht das Schuljahr 85/86 heraus und blättert zur neunten Klasse vor. Sie findet Elita Svart in der 9b. Elita sitzt in der Mitte des Bildes, sie schaut selbstsicher in die Kamera, als wüsste sie bereits, dass sie der selbstverständliche Mittelpunkt des Fotos sein würde. Das Foto muss irgendwann im Herbst 85 entstanden sein, ein gutes halbes Jahr vor der Walpurgisnacht.

»Hallo, Thea. Ich darf Sie doch so nennen, oder? Wir hatten bisher gar keine Zeit, miteinander zu sprechen.«

Kerstin Miller ist in die Küche gekommen. Als sie einen Blick auf das aufgeschlagene Klassenfoto wirft, verblasst ihr Lächeln ein wenig. Thea fühlt sich ertappt, beschließt aber, trotzdem die Frage zu stellen, über die sie nachgedacht hat.

»Kannten Sie die Familie Svart? Sie waren ja so etwas wie Nachbarn.«

»Ich kannte Eva-Britt und Lola. Gute Menschen, aber etwas speziell. Sie kamen ab und zu hierher. Ich habe Lola einen Sommer lang Englisch beigebracht, und Eva-Britt fuhr sie immer her. Sie sagte, sie wolle reisen und die Welt sehen, aber das war wohl eher ein Wunschtraum.«

»Und Lasse Svart?«

Kerstin Millers Oberlippe kräuselt sich unfreiwillig zu einer Grimasse.

»Lasse und ich hatten keinen direkten Kontakt.«

Thea schaut wieder auf das Foto.

»Hatte Elita einen Freund?«

Kerstin Miller sieht überrascht aus.

»Wie kommen Sie darauf?«

»Sie ist schön. Sie hat eine besondere Anziehungskraft. Die Jungs müssen verrückt nach ihr gewesen sein.«

Kerstin Miller sieht Thea einen Moment lang forschend an.

»Ja, im Prinzip waren alle Jungen auf der Schule hinter ihr her, aber ich glaube nicht, dass die sie interessierten. So ist es ja meistens.«

»Wie meinen Sie das?«

»Dass sich Mädchen in dem Alter im Allgemeinen eher für ältere Jungs interessieren. Oder sogar Männer.« Kerstin Miller schlägt das Jahrbuch mit einem Knall zu und legt es ganz unten in den Stapel. »War das bei Ihnen nicht auch so, Thea?«

»David ist drei Jahre jünger als ich …«, sagt sie.

»Ja, das weiß ich. Aber wie war es mit Ihrer allerersten Liebe? Er war bestimmt älter.«

Thea antwortet nicht. Jockes Gesicht flimmert vorbei. Dann ihr eigenes. Sie ist neunzehn und steht auf einer Zugtoilette. In der Hand hält sie eine zerschlissene Reisetasche, in der Hosentasche hat sie ein Bankbuch, das noch neu riecht.

Sie muss sich entscheiden, und zwar bald.

# 52

Nach dem Kaffee bei Kerstin Miller kehren David, Nettan und Sebastian zum Schloss zurück. Thea selbst geht schnell nach Hause ins Kutscherhaus. Sie holt die Reisetasche aus der Garderobe und legt sie auf das Bett. Dann setzt sie sich hin und starrt sie an.

Sie hat sich selbst geschworen, David zu unterstützen, ihm genauso zu helfen, wie er ihr geholfen hat. Aber vielleicht hilft es ihm mehr, wenn sie geht, bevor etwas aufgedeckt wird, was das gesamte Schlossprojekt gefährden könnte. Oder versucht sie nur zu rechtfertigen, dass sie ihn im Stich lässt? Dass sie der Konfrontation mit ihrem Vater entgehen will?

Ihre Überlegungen werden von einem Klopfen an der Tür unterbrochen.

Es ist Hubert Gordon. Der kleine Mann trägt einen Tweedanzug unter der Regenjacke, die übliche Kappe und Gummistiefel.

»Ich wollte dich fragen, ob du und Emee Lust auf einen Spaziergang hättet?«

Sie will eigentlich Nein sagen, aber Emee hat sich schon an ihr vorbeigedrängt. Die Hündin streift um Huberts Beine herum und scheint überhaupt keine Lust zu haben, wieder ins Haus zu gehen.

Thea zieht sich widerwillig ihre Jacke an und folgt Hubert. Eine Weile gehen sie schweigend nebeneinanderher.

»Hattest du Zeit, weiter im Gedichtband zu lesen?«, fragt Hubert.

»Ein bisschen. Aber zurzeit ist viel los.«

»Hast du schon eine Vermutung, welches mein Lieblingsgedicht ist?«

»Nein!«

Sie hört selbst, wie schroff sie klingt, und Hubert hört es auch.

»Ist alles in Ordnung, Thea?«

»Hast du …« Sie unterbricht sich. »Hast du jemals das Gefühl gehabt, jeden Moment enttarnt zu werden? Dass die Menschen um dich herum herausfinden könnten, dass du in Wirklichkeit nur bluffst? Dass du jemand ganz anderes bist als derjenige, für den du dich ausgibst?«

Überraschenderweise lacht er auf.

»Selbstverständlich. Ich glaube, das ist einer meiner gängigsten Albträume. Dieser und derjenige, bei dem ich nackt auf einem Platz mitten in der Stadt stehe.«

Trotz der schwierigen Situation kann sich Thea ein Lächeln nicht verkneifen.

Hubert Gordons Ton wird ernster. »Wir haben alle unsere Geheimnisse, Dinge, von denen wir auf keinen Fall wollen, dass sie ans Licht kommen. Wobei man sich manchmal fragen muss …«

Er stockt.

»Was fragen?«

»Ob es wirklich so schlimm wäre, wenn die Geheimnisse herauskämen. Dann müssten wir sie jedenfalls nicht allein mit uns herumschleppen. Einsamkeit ist eigentlich das Schlimmste von allem.«

Er wird still, und sie gehen weiter durch den Wald.

Der Ausbruch verwundert Thea. Er sieht Hubert gar nicht ähnlich. Wobei er nicht ganz unrecht hat. Seit fast drei Jahrzehnten hält sie ihre Familie jetzt schon geheim. Oder besser gesagt: hält sie sich selbst geheim. Sie hatte immer Angst, dass sie sie finden, sie entlarven würden, sie wieder zu der machen würden, die sie einmal war.

Aber sie ist keine verschreckte Neunzehnjährige mehr, nicht mehr Papas kleines Mädchen, das plötzlich begreift, dass die Welt, in die er sie hineingezogen hat, nur Mist enthält. Die mitten in der Nacht mit einer zerschlissenen Reisetasche, einem Bankbuch und einem Zugticket abhaut.

Jetzt ist sie eine erwachsene Frau, die sich in Kriegsgebieten aufgehalten hat, die beschossen, bombardiert wurde und alles verloren hat, was ihr wichtig war.

Hubert hat recht. Wovor hat sie eigentlich solche Angst?

»Danke, Hubert«, sagt sie.

»Wofür?« Er zeigt dieses schiefe Lächeln, das ihr an ihm gefällt.

»Dafür, dass du zuhörst.«

# 53

»Ich habe mich entschieden, Margaux. Ich bin es leid zu fliehen, leid, mich zu verstecken. Es ist höchste Zeit, das zu tun, was du getan hättest. Höchste Zeit, den Stier bei den Hörnern zu packen.

Ich würde lügen, wenn ich sagte, dass der Gedanke mir keine Angst macht. Denk an mich, versprich mir das!«

Es ist erst kurz nach fünf am nächsten Morgen, als sie Emee in ihren Wagen hievt. Sie hat David einen Zettel hinterlassen mit der Ausrede, dass sie einen alten Freund von Ärzte ohne Grenzen trifft, der überraschend aufgetaucht ist. Wahrscheinlich interessiert es ihn ohnehin nicht besonders, dass sie wegfährt. Das Restaurant, Sebastian, Nettan und die Planung des Testessens nehmen ihn komplett in Anspruch.

Es ist noch dunkel, und sie fährt behutsam. Ein paarmal reflektieren sich ihre Autoscheinwerfer in einem Augenpaar zwischen den Bäumen. Hirsche vermutlich, oder Wildschweine. Sie kurvt über die kleinen Straßen, bis sie zur Reichsstraße gelangt und Richtung Norden fahren kann.

Kurz nach acht hält sie an, lässt Emee aus dem Wagen und frühstückt in einem Straßenlokal. Dann raucht sie eine Zigarette und schreibt eine SMS an David, um sicherzugehen, dass alles in Ordnung ist. Seiner Antwort nach hat er ihre Lüge nicht durchschaut.

Auf der restlichen Fahrt versucht sie, an nichts zu denken, aber es ist unmöglich. Alles verwebt sich zu einer einzigen Geschichte, die sich immer wieder vor ihrem inneren Auge abspielt, während die Straßenschilder an ihrer Autoscheibe vorbeihuschen.

Papa und Ronny, Elita, Lasse und Leo.

David, Nettan, Sebastian und J-O.

Lola Svart und Leos Mutter, Eva-Britt.

Ihre eigene Mutter. Jocke.

Das Kind, das sie verloren hat.

Das Kind, mit dem Elita schwanger war.

Und zum Schluss diejenige, die ihre Gedanken nie richtig verlässt.

Margaux. Immer Margaux.

Die Autofahrt dauert insgesamt etwas über fünf Stunden, genau wie das Navigationsgerät vorausgesagt hat, und es ist ziemlich genau halb elf, als sie sich ihrem Heimatort nähert.

Der Unterschied zu Tornabys wohlgeordneter, landwirtschaftlicher Umgebung ist deutlich. Hier stehen die Häuser mehr oder weniger durcheinander. Manche sind so nah am Straßenrand, dass die Außenspiegel des Wagens sie fast streifen, andere verstecken sich weiter draußen auf dem Feld. Überall finden sich Zu-verkaufen-Schilder, wobei manche von ihnen schon alt aussehen. Auf allen Seiten drängt sich Nadelwald heran, schluckt das Licht und taucht alles in den Schatten.

Thea fährt an ihrer alten Schule vorbei. Sie ist geschlossen und beherbergt jetzt einen Secondhandladen, der samstags und sonntags geöffnet ist. Das Bushaltestellenhäuschen gegenüber ist kaputtgetreten.

Der Supermarkt, in dem Ronny früher Bier mitgehen ließ, ist auch weg. Alles, was an Geschäften im Dorf übrig geblieben ist, ist eine Tankstelle mit integriertem Laden. Sie beschließt, dort anzuhalten und zu tanken.

*Erst bezahlen, dann tanken* steht auf einem Pappschild über der Benzinpumpe.

Sie geht in den Laden. Hinter der Theke steht eine Frau um die zwanzig mit mehrfarbigen, langen Fingernägeln und telefoniert.

»Sag ihm, er soll sich verpissen!«, hört Thea sie sagen. »Er kann seine scheiß Playstation nehmen und wieder zu seiner Mama ziehen, wenn es ihm nicht passt. Warum sollst du die Rechnungen bezahlen, und er hockt rauchend zu Hause auf dem Sofa und holt sich einen runter?«

Thea wendet sich ab, dreht eine Runde durch den Laden, bis das

Gespräch beendet ist, und nimmt sich eine Dose Energydrink und eine Packung Zigaretten.

»Sorry«, murmelt die junge Frau, während sie abkassiert. »Meine Schwester. Ihr Typ ist ein verdammter Loser. Wollen Sie auch tanken?«

Thea nickt, spürt, dass die junge Frau sie anschaut.

»Sie sind nicht von hier, oder?«

»Nein.«

»Good for you.«

»Was meinen Sie damit?«

»Ach, also …« Die Frage scheint die junge Frau verlegen zu machen. »Das ist ein verdammtes Loch hier. Man will einfach nur weg.«

»Verstehe …« Thea nimmt ihre Waren. »Kennen Sie zufällig Ronny Boman?«

Die Frau rümpft die Nase. »Wer tut das nicht?«

»Wohnt er noch an der alten Grube?«

Sie hofft, dass die Antwort Nein lautet. Die Frau schaut sie jetzt anders an, als würde sie sich fragen, warum jemand wie Thea Ronny Boman kennt.

»Ja, tut er.«

»Okay, danke.«

Sie geht hinaus und tankt den Wagen voll. Dann geht sie wieder hinein und holt ihre EC-Karte. Die junge Frau telefoniert und schaut kaum auf, als sie Thea die Karte reicht, sie reagiert auch nicht auf ihren Abschiedsgruß.

Kurz bevor sie den Schotterweg erreicht, beginnt es zu regnen. Sie kennt sich nicht mehr so richtig aus, was vielleicht nicht so überraschend ist. Es ist viele Jahre her, dass sie zum letzten Mal hier war, auf dem Weg zur Bushaltestelle. Auf dem Weg fort von zu Hause.

Der Tannenwald ist dichter geworden und dunkler, als sie ihn in Erinnerung hat. Der Nieselregen verstärkt den Eindruck von Schmutz.

Der Weg führt leicht bergab und endet nach ungefähr einem Kilometer an einem großen Kiesplatz. Links, umgeben von einem rostigen Drahtzaun, stehen ein paar verlassene Industriegebäude, die zur alten Grube gehörten. Rechter Hand befinden sich einige Backsteinhäuser, die einmal Arbeiterunterkünfte und Büros waren. Das alles gehört ihrem Vater, vor vielen Jahren übernahm er es aus der Konkursmasse. Wahrscheinlich bezahlte er alles bar.

Der Kiesplatz und die Gebäude liegen in einem Kessel, umgeben von Wald. Das Wasser bahnt sich einen Weg den Abhang hinunter, sammelt sich unten und bildet enorme, braune Pfützen. Manchmal, wenn es viel regnet, ist es fast, wie an einem See zu wohnen. Oder einem Sumpf.

Ronny wohnt im ersten Haus. Zwei Schrottautos stehen in der Auffahrt, ein Stück weiter auf einer wild bewachsenen Rasenfläche steht ein zusammenklappbarer Pool, dahinter ein kaputtes Trampolin.

Thea parkt hinter den beiden anderen Autos, wischt sich die Hände an ihrer Jeans ab, um den Schweiß abzutrocknen. Als sie auf die Haustür zugeht, hört sie dahinter Hundegebell.

Die Klingel funktioniert nicht, also klopft sie stattdessen an. Ihr Herz schlägt so wild, dass sie das Gefühl hat, es würde gegen ihre Bluse hämmern.

Die Tür wird von einer molligen Frau in ihrem Alter geöffnet, die nur ein Unterhemd und eine Jogginghose trägt. Ihre Arme und Schultern sind mit Tätowierungen übersät, und sie kommt Thea vage bekannt vor.

»Hallo, ist Ronny da?«

Die Frau mustert sie von oben bis unten.

»Und wer bist du?«

Thea holt tief Luft.

»Seine Schwester.«

Die Frau schaut überrascht.

»Jenny?«

Thea nickt widerwillig.

»Verdammt. Erinnerst du dich nicht an mich? Sofie Nilsson. Wir sind immer zusammen in die Stadt gefahren und haben Schminke geklaut.«

Thea presst ein Lächeln hervor. »Natürlich.«

»Ich habe dich gar nicht wiedererkannt, Jenny. Mann, bist du hübsch! Aber steh hier doch nicht rum, komm rein. Ronny!« Das Letzte ruft Sofie über ihre Schulter.

Das Haus riecht nach Essen und Zigarettenrauch. Neben der Tür steht eine Reihe von Kinderschuhen überraschend ordentlich nebeneinander.

»Ronny!«, ruft Sofie noch einmal.

»Was ist denn?«

Ronny trägt ein Holzfällerhemd und zerschlissene Jeans. Er sieht ungefähr so aus, wie Thea ihn in Erinnerung hat, nur dünner und grauer. Die muskulösen Arme, die scharf geschnittene Nase und die dunklen Augen erinnern an ihren Vater. Die Narbe über dem einen Wangenknochen sieht alt aus, aber für Thea ist sie neu.

»Hallo!«, sagt sie und wundert sich, dass man ihr ihr Herzklopfen nicht anmerkt.

Ihr großer Bruder starrt sie ein paar Sekunden lang an, dann verzieht sich sein Gesicht zu einem breiten Grinsen.

»Ach nein. Ist das nicht meine verschwundene kleine Schwester? Wie schön, dass du noch lebst.«

Sie setzen sich in die verglaste Veranda. Sofie stellt ihnen eine Plastikflasche Cola und zwei Plastikbecher hin, bevor sie sich taktvoll ins Haus zurückzieht.

»Ihr habt Kinder«, stellt Thea fest.

»Zwei gemeinsame«, nickt er. »Und dann habe ich noch eins mit Lollo. Du erinnerst dich doch an sie, oder? Jockes Schwester?«

Thea nickt. »Ich habe gelesen, dass er gestorben ist.«

Noch während sie es sagt, wird ihr klar, dass sie sich damit verrät und Ronny sofort klar werden muss, dass sie ihn ab und zu gegoogelt hat. Aber er kommentiert es nicht, sondern nickt nur schwer.

Dann holt er Tabak und Papier hervor und rollt sich eine Zigarette.

»Thea Lind. Wie bist du auf den Namen gekommen?«

Am liebsten würde sie schnell zur Sache kommen und wissen, was sie tun muss, damit die Tür zu diesem Teil ihres Lebens geschlossen bleibt, aber sie beschließt, ein paar Minuten mitzuspielen.

»Thea war ein Mädchen, das mir geholfen hat, mich auf die Hochschulprüfung vorzubereiten. Dank ihr konnte ich Medizin studieren.«

»Und Lind?« Ronny leckt am Zigarettenpapier und klebt die Rolle zu.

»Ein anderes Mädchen, das auf meinem Flur im Wohnheim gewohnt hat. Veronica. Sie kam auch aus irgendeinem kleinen Kaff und hielt sich von dort fern, genau wie ich.«

»Hatte sie ihrer Familie auch Geld geklaut?« Ronny zündet die Zigarette an.

Thea holt tief Luft. Es ist genau, wie sie vermutet hat.

»Mama hat mir das Geld gegeben. Es war ihre Lebensversicherung.«

»Mhm …« Er bläst eine Rauchsäule aus. »Dreihunderttausend. Wofür hast du es benutzt?«

»Für meine Ausbildung. Ich habe ein kleines Studentenzimmer in Umeå gemietet, bin ein Jahr lang auf die Abendschule gegangen und habe wie wild gebüffelt, um die Aufnahmeprüfung für die Hochschule zu schaffen. Ich habe gerade noch die Mindestpunktzahl für das Medizinstudium erreicht.«

Er sagt nichts, raucht nur gemächlich, während er sie genau anschaut.

»Und jetzt bist du Schlossherrin und mit einem Gastwirt verheiratet.«

»Ich arbeite in Teilzeit als Bezirksärztin. Das Schloss ist Davids Projekt. Wir wohnen in einem kleinen Haus dahinter.«

Ronny nimmt einen neuen Zug.

»Wir haben kein Geld«, fährt sie fort. »David ist im Grunde vollkommen pleite. Er hat ein paar schlechte Geschäfte getätigt und musste alles verkaufen.«

»Aber er hat ein ganzes Schloss?«

»Er pachtet es von der Stiftung, und zwei seiner alten Schulfreunde finanzieren es.«

»Soso …« Ronny drückt die Zigarette aus, beginnt aber sofort, eine neue zu rollen. Dabei schweigt er und lässt sie zappeln.

Blöderweise funktioniert es auch.

»War Papa sehr wütend, als ich weg bin?« Eigentlich will sie die Frage gar nicht stellen, aber möchte dennoch die Antwort hören.

»Was glaubst du? Du warst doch der Liebling vom Alten. Er dachte, dass du und Jocke heiraten und ihm Enkel schenken würdet. Stattdessen bist du mit seinem Geld abgehauen.«

»Es war auch dein und mein Geld …«

Ronny tut so, als würde er sie nicht hören.

»Er hat ziemlich lange nach dir gesucht. Ganz schön schlau, dir eine geschützte Identität zu besorgen. Er hat alle seine Kontakte gebeten, nach dir Ausschau zu halten, und sogar einen Polizisten dazu gebracht, im Personenregister nach dir zu suchen. Aber du warst wie vom Erdboden verschluckt. Jedenfalls bis du im Fernsehen aufgetaucht bist.«

Er grinst, zündet sich die neue Zigarette an.

»Was wollt ihr von mir, Ronny?«

Er schüttelt den Kopf.

»Nicht ich. Der Alte. Er will dich sehen.«

»Jetzt?« Sie schaut aus dem Fenster. Das Haus, in dem sie und Ronny aufgewachsen sind, ist weiter hinten am Waldrand zu sehen.

»So bald wie möglich.« Er folgt ihrem Blick. »Er ist nicht zu Hause.«

»Wo ist er dann?«

»Wo wohl?« Er bläst Rauch aus. »Im Knast. Acht Jahre für ein schweres Drogendelikt. Vier Jahre hat er noch, darum geht es.«

»Worum?«

»Das muss er dir selbst sagen.«

Ronny schaut auf sein Handy. »Man fährt eine gute Stunde dorthin. Du schaffst es genau zur Besuchszeit.«

Thea will protestieren, behaupten, dass sie nach Hause muss und überhaupt keine Lust hat, zu einem Gefängnis zu fahren. Und noch weniger, ihren Vater zu treffen. Aber sie hat kaum eine Wahl, und in gewisser Weise ist sie auch überrascht. Warum ist Ronny nicht wütender auf sie? Er war sonst immer furchtbar launisch, fast so wie ihr Vater. Ist er mit dem Alter milder geworden, oder gibt es etwas, was sie übersieht?

Es nieselt immer noch. Sie lässt Emee aus dem Wagen, geht ein Stück mit ihr über den Schotterweg und weicht dabei den großen Pfützen aus.

Ihr Elternhaus besteht aus grauem Ziegel und steht mit der Rückseite zum Wald und zum Abhang hin. Die Jalousien sind heruntergelassen, einige von ihnen hängen schief, Spanplatten bedecken die Kellerfenster, und ein alter Kastenwagen ohne Räder steht aufgebockt in der Einfahrt. Aus dem kniehohen Gras schauen ein paar Plastikmöbel hervor, am verrotteten Zaun fehlen Bretter.

Am Briefkasten bleibt Thea stehen. Sie hat keine Lust, näher heranzugehen, das Haus gibt ihr ein ungutes Gefühl, vor allem die zugenagelten Kellerfenster. Wie oft hat ihr Vater sie dort unten im Dunkeln eingesperrt? Öfter, als sie nachrechnen kann. Der Geruch sitzt noch immer in ihrem Kopf fest: Feuchtigkeit, Erde, Angst. Manchmal Urin. Wenn man aufhörte zu weinen und ganz still dasaß, konnte man die leisen Geräusche der Insekten hören, die über den Steinboden krabbelten. Insekten mit hartem Panzer und bebenden Flügeln.

Sie hat sich geschworen, nie wieder zurückzukommen, und trotzdem steht sie jetzt hier. Hat es nur damit zu tun, dass sie Angst vor der Enttarnung hat, Angst davor, dass die Lügen über ihre Vergangenheit auffliegen könnten? Oder gibt es einen anderen Grund? Will ein kleiner Teil von ihr immer noch die Anerkennung des Vaters, oder sogar seine Vergebung?

Ronny wartet in einer schmutzigen Reflektorjacke neben ihrem Wagen. Zwei frei laufende Hunde schnüffeln um ihn herum. Sie haben borstige, muskulöse Körper, kantige Kiefer und kurze Schnauzen. Sobald sie Emee erblicken, kommen sie bellend auf Thea zugerannt.

»Die Jungs wollen nur Guten Tag sagen«, bemerkt Ronny.

Emee legt sich auf den Boden, und Ronnys Hunde stellen sich breitbeinig über sie. Sie knurren und fletschen die Zähne, während Emee sich mit gesenktem Kopf klein macht.

Es tut Thea leid, sie so klein und gebeugt zu sehen, daher versucht sie, die beiden Rüden wegzuschieben, aber der hellere der beiden macht einen Ausfallschritt und schnappt in die Luft, wobei er die Kiefer mit einem warnenden Knall zusammenschlägt. Thea weicht aus und verliert dabei die Leine.

Da fährt Emee vom Boden auf, bellt laut und rempelt den helleren Hund beiseite. Der Stoß ist so kräftig, dass das Tier einmal über den Kies rollt.

Der dunklere Hund springt auf und schnappt nach Emee, aber sie kontert den Angriff, sodass die beiden Hunde in der Luft zusammenprallen, aber Emee ist größer und schwerer, und durch den Aufprall rollt nun auch der zweite Hund über den Boden. Schnell ist er wieder auf den Beinen, aber beide Rüden bleiben jetzt mit gesträubtem Fell und aufrechtem Schwanz ein paar Meter entfernt stehen und trauen sich nicht mehr näher heran.

Emee hat sich auf einen Schlag von einer untergebenen Hündin in ein zähnefletschendes Raubtier verwandelt, wobei sie einen Ausdruck in den Augen hat, den Thea noch nie an ihr gesehen hat. Emee krümmt sich zusammen, bereit für einen Angriff, aber im letzten Moment greift Thea nach ihrer Leine.

»Ganz ruhig, Mädchen«, sagt sie und versucht, den Hund mit sich fortzuziehen.

Emee bewegt sich keinen Millimeter. Alle Muskeln in ihrem kräftigen Körper sind gespannt, aus ihrer Brust ertönt ein tiefer, gurgelnder Laut.

»Beruhige dich«, versucht Thea es noch einmal. Emee hört auf zu knurren, starrt die beiden anderen Hunde aber weiter drohend an.

Ronny steht nur da und schaut zu. Er scheint fast ein wenig amüsiert.

»Toughes Mädchen«, sagt er.

»Sie mag es nicht, wenn man auf ihr herumtrampelt«, erwidert Thea.

Ronny brüllt seinen Hunden etwas zu, und nach kurzem Zögern trollen sie sich zum Haus und legen sich auf die Außentreppe, von wo aus sie Thea und Emee aus gehörigem Abstand weiterhin beobachten.

»Du, ich wollte dich noch etwas fragen«, sagt Thea.

»Aha.«

»Hast du jemals einen Typen namens Leo Rasmussen getroffen? Aus Schonen, drei Jahre älter als du. Er wurde 1986 wegen Mordes an seiner Schwester verurteilt, bekam sechs Jahre.«

Die Sache ist ein bisschen weit hergeholt, das ist ihr klar, aber Emees Reaktion hat ihr seltsamerweise einen Schuss Selbstvertrauen verpasst.

Ronny schüttelt den Kopf.

»Nicht, soweit ich mich erinnern kann.«

»Und du kennst auch niemanden, der etwas über ihn wissen könnte?«

Er zieht einen Mundwinkel nach oben.

»In den letzten Jahren hab ich versucht, mich auf der richtigen Seite des Gesetzes zu bewegen und nicht wieder in den ganzen Mist reingezogen zu werden. Aber du kannst ja mal den Alten fragen. Er hat überallhin Kontakte.«

Thea lässt Emee ins Auto und macht sich bereit zu fahren. Sie und Ronny stehen einander gegenüber. Der harte Ausdruck in seinem Gesicht ist jetzt ein bisschen weicher geworden.

»Papa ist krank, Jenny. Er ist nicht mehr wie früher.«

»Nicht?«

Ronny zuckt mit den Schultern.

»Nicht ganz jedenfalls. Ich rufe im Gefängnis an, dann weiß er, dass du kommst.«

Thea überlegt, ob sie ihm danken soll, lässt es aber dann bleiben. Sie ist hier, weil er sie gedrängt hat, weil sie gezwungen war zu kommen, nicht, weil sie es wollte.

»Ach, noch etwas«, sagt er, als sie gerade die Wagentür öffnet.

Er reibt sich über den Bart, sieht unentschlossen aus.

»Wenn er …« Ronny verzieht das Gesicht. »Wenn er zu hart mit dir umgeht, dann frag ihn, wie Jocke gestorben ist.«

»Jocke?«

Er nickt. Ein paar Sekunden lang kann sie den Ronny sehen, der einmal Hütten und Tiere für sie baute. Dann ist der Moment vorüber.

»Fahr vorsichtig, Schwester«, sagt er. »War schön, dich zu sehen.«

## 54

Die Haftanstalt sieht überhaupt nicht so aus, wie Thea sie sich vorgestellt hat. Keine hohen Mauern, Wachtürme oder Stahltore. Nur ein einfacher Zaun um ein paar rote zweistöckige Gebäude.

Der Besuchsraum duftet nach Kaffee und Zimtschnecken. Die gewebte Tapete an den Wänden ist in einem typischen Krankenhausorange.

Alles, was Ronny ihr bei ihrem Besuch erzählt hat, erklärt sich, als ihr Vater in den Raum kommt. Er ist mager, bewegt sich mit langsamen, schleppenden Schritten, seine Kleider hängen lose an seinem Körper, die Augen sind eingesunken und die Haut so dünn, dass Thea fast die Blutgefäße dahinter erkennen kann.

Bevor sie das Gebäude betrat, drückte sie sich bestimmt zehn Minuten auf dem Parkplatz herum. Sie rauchte vier Zigaretten und versuchte, sich Mut zu machen. Nicht, dass es ihr gelungen wäre: Sie spürt kalten Schweiß auf der Haut, ihr Mund ist trocken, und sie muss auf ihren Händen sitzen, damit sie nicht zittern.

Er bleibt neben dem Tisch stehen. Sie ist unsicher, ob sie aufstehen soll oder nicht, bleibt dann aber sitzen.

»So, da bist du also. Die Ausreißerin, das verlorene Kind.« Die Stimme ist kratziger, als sie sie in Erinnerung hat.«

»Hallo, Leif.« Ihr fällt keine bessere Begrüßung ein, und sie ist überrascht, dass die Worte ihr nicht im Hals stecken bleiben.

Er zieht einen Stuhl hervor und setzt sich umständlich. Die Abmagerung, die Haut, die sich am Schädel spannt, die wenigen Haare, die noch auf seinem Kopf wachsen, sprechen eine eindeutige Sprache. Zellgift, Krebs. Schlechte Prognose.

Als er lächelt, sieht er aus wie ein Totenkopf.

»Ich habe nach dir gesucht, kleine Jenny. Hab mich gefragt, wohin du mit meinem Geld verschwunden bist, und hab jeden Stein von Ystad bis Haparanda umgedreht.«

Thea schweigt, versucht, ihre Hände davon abzuhalten zu zittern.

»Stell dir meine Verwunderung vor, als mich ein alter Freund anruft, der glaubt, dich im Fernsehen gesehen zu haben. Der sagt, dass du Ärztin geworden bist und mit einem Schlossherrn verheiratet.«

»David hat kein Geld«, sagt Thea so bestimmt wie möglich. »Das Schloss gehört ihm nicht.«

»Ach, du willst also gleich zur Sache kommen. Gut, dann machen wir das.«

Er beugt sich vor und fixiert sie. Thea schluckt.

»Ich hab dir vertraut, hab dich meine Geschäfte führen lassen. Und was war der Dank? Du hast mich bestohlen.«

»Es war unser Geld. Mama …«

»Deine Mutter war eine Idiotin«, zischt er. »Eine naive Frau. Du dagegen … du warst clever. Du wusstest genau, wie du die Leute dahin brachtest, wo du sie haben wolltest. Ronny, Jocke und sogar mich.« Er schüttelt den Kopf. »Ich hatte so große Hoffnung in dich gesetzt, Jenny. Aber du hast mich getäuscht, hast deine Familie im Stich gelassen.«

Er hustet ein paarmal.

»Aber die Vergangenheit holt einen irgendwann ein, nicht wahr?«

Sie antwortet nicht. Aus irgendeinem Grund ist ihr Blick an seinen Händen hängen geblieben. Früher waren sie grob und hart, jetzt sehen sie eher wie dünne Vogelklauen aus. Die Handrücken sind mit Altersflecken bedeckt, die Fingernägel sauber.

Sie und Ronny hatten solche Angst vor diesen Händen.

»Und jetzt wohnst du in einem Schloss«, fährt er fort. »In einem feinen, kleinen Dorf, mit einem feinen, kleinen Mann. Aber ohne Kinder? Warum?«

Sie zuckt mit den Schultern. »Weil ich keine haben wollte.«

»Aha. Du bist nicht gern gebunden, magst die Verantwortung nicht, die man als Eltern hat. Die Enttäuschung, die man riskiert, dass das Kind einen im Stich lassen könnte.«

Sie weiß, dass er sie provozieren will, trotzdem tappt sie in die Falle.

»Vielleicht wollte ich nur nicht riskieren, dass die Kinder deine Gene erben.«

Es zuckt um seinen Mund, bevor er wieder sein Totenschädelgrinsen aufsetzt.

»Manchmal überlege ich, wie es gewesen wäre, wenn du damals nicht Jockes Kind verloren hättest. Wie anders die Dinge dann gelaufen wären.«

Sie schweigt. Dieses Thema möchte sie auf keinen Fall vertiefen.

»Jocke, der arme Kerl, war komplett durch den Wind, als du abgehauen bist. Er dachte, ihr würdet heiraten, und ich hatte mir überlegt, euch das grüne Haus neben Ronnys zu geben, dann wäre die ganze Großfamilie beisammen gewesen. Du, ich, Jocke, Ronny und alle Enkelkinder.«

»Was willst du von mir, Leif?« Sie ist selbst überrascht, wie ruhig sie klingt.

Seine Miene wird höhnisch.

»Thea Lind. Ein feiner Name, viel feiner als Jenny Boman. Ein passender Name für eine Schlossherrin.«

Er hustet wieder, diesmal heftiger, dann holt er ein Taschentuch heraus und wischt sich den Mund ab. Ein bisschen gelber Schleim bleibt in den Mundwinkeln hängen.

»Wusstest du, dass ich auf einem Schloss gearbeitet habe, als ich klein war? Jaja, mit zwölf Jahren schon. Im Stall. Ich musste Hufe auskratzen, striegeln, ausmisten. Alles, was feine Leute nicht selber machen wollen. Ich hab Pferde gemocht, und manchmal hat der Schlossherr mir Reitstunden gegeben oder mir ein paar Extramünzen zugesteckt. An Weihnachten sind er und seine Frau dann mal zu uns nach Hause gekommen und haben mir und meinen Geschwistern abgelegte Kleider mitgebracht. Sie wollten offenbar die Wohltäter spielen.«

Er räuspert sich, spuckt ins Taschentuch, und etwas Dunkles ist auf dem hellen Tuch zu sehen.

»Weißt du, was mein Vater da getan hat?«

Sie schüttelt den Kopf.

»Er hat alles draußen im Garten verbrannt, dann hat er mich windelweich geprügelt und mir verboten, jemals wieder einen Fuß in diesen Stall zu setzen. Feine Leute sehen auf solche wie uns herab, sagte er. Wir sind für sie wie Hundescheiße an der Schuhsohle.«

Er zeigt mit seinem abgemagerten Zeigefinger auf Thea.

»Das Gleiche wird dir passieren, Jenny. Du kannst noch so sehr versuchen, uns abzukratzen: den Namen ändern, einen anderen Dialekt sprechen, so tun, als seist du jemand anderes, als du bist. Aber früher oder später werden die Leute merken, wer du bist, und deine Lügen aufdecken.«

Er richtet sich auf und grinst breit.

»Natürlich nur, wenn niemand anderes es ihnen vorher steckt.«

»Wie du zum Beispiel«, sagt sie.

Er zuckt mit den Schultern.

»Das hier ist eine offene Anstalt. Ich kann mich frei bewegen, anrufen, wen ich will, das Internet nutzen. Ein einziger, gut platzierter Facebook-Eintrag ist alles, was es braucht, damit dein Mann ganz unerwünschte Werbung für sein Restaurantprojekt bekommt. Mit der Tochter eines Verbrechers verheiratet, ja, den Rest kannst du dir ja vorstellen.«

Thea füllt ihre Lungen mit Luft, hält ein paar Sekunden den Atem an, bis der Puls gegen ihre Schläfen pocht.

»Was willst du haben, um es nicht zu tun? Ich habe schon gesagt, dass wir kein Geld besitzen.«

Er lehnt sich auf seinem Stuhl zurück, betrachtet sie eine Weile.

»Wie du dir sicher denken kannst, bin ich krank. Lungenkrebs.« Er spielt mit dem Taschentuch herum. »Die Ärzte geben mir noch vier Monate, maximal ein halbes Jahr. Ich will zu Hause sterben, in meinem Bett, und nicht auf dem billigen, verdammten Laken einer Haftanstalt.«

Er stopft sich das Taschentuch in die Tasche.

»Ich möchte, dass jemand ein Gnadengesuch für mich schreibt. Kein mieser Winkeladvokat, sondern jemand, der mich kennt, der erklären kann, warum ich in Freiheit sterben soll. Ein vertrauenerweckender Staatsbürger mit schneeweißem Strafregister.«

Thea legt ihre Hände auf den Tisch. Sie zittern jetzt nicht mehr. Endlich weiß sie, was er will.

»Und du meinst, dass ich mich darum kümmern sollte?«

Er streckt sich vor, legt eine Hand auf ihre. Seine langen Finger sind eiskalt.

»Du bist trotz allem noch mein kleines Mädchen, Jenny. Egal, ob du es willst oder nicht.«

Langsam zieht sie die Hände zurück.

»Und wenn ich das mache, dann lässt du David und mich in Ruhe?«

Er zwinkert ihr zu.

»Vielleicht. Du musst mir einfach vertrauen, Jenny. Dir bleibt keine andere Wahl.«

Schweigend sitzt sie da und geht das Szenario in Gedanken durch. Ein Gnadengesuch ist vermutlich ein offizieller Akt, was bedeutet, dass es ein Dokument geben wird, welches beweist, dass sie seine Tochter ist, selbst wenn der Alte den Mund hält. Sie muss Zeit gewinnen. Zeit, um darüber nachzudenken und sich irgendeinen Plan zurechtzulegen.

Ihr Vater hat sich wieder zurückgelehnt, scheint sie zu mustern.

»Wenn …« Sie räuspert sich. »Wenn ich in Erwägung ziehen

soll, das zu tun, verlange ich eine Gegenleistung. Einen Beweis dafür, dass ich dir wirklich vertrauen kann.«

Er hebt die Augenbrauen.

»Wieso denkst du, dass du so etwas verlangen kannst?«

»Weil ich deine einzige Chance bin. Wer sollte sonst einen Bittbrief für dich schreiben? Ronny?«

Er erstarrt, seine Augen werden schmal.

»Versuchst du, mich zu erpressen, kleine Jenny?«

»Nein, ich möchte nur, dass du mir bei einer Sache hilfst.« Sie beugt sich über den Tisch. »Im Wald neben dem Schloss, in dem wir wohnen, wurde 1986 ein Mädchen erschlagen. Ihr Stiefbruder gestand die Tat und wurde wegen Mordes verurteilt. Er hieß Leo Rasmussen.«

»Und warum interessiert dich das?«

»Weil ich glaube, dass damals nicht die ganze Wahrheit ans Licht kam.«

»Worauf begründest du deinen Verdacht?«

»Das Mädchen war schwanger, aber jemand hat dafür gesorgt, dass diese Information aus den Untersuchungsunterlagen verschwunden ist.«

»Aha, ein schwangeres kleines Mädchen, dem übel mitgespielt wurde. Ich kapiere, warum dich das reizt, aber sprich ruhig weiter.«

Thea schluckt den Ärger hinunter.

»Außerdem scheint der Stiefbruder sein Geständnis zurückgenommen zu haben. Er behauptete später, die Polizei habe ihn dazu gedrängt, ihn psychisch unter Druck gesetzt.«

Ihr Vater betrachtet sie mit einem leicht spöttischen Grinsen, aus dem hervorgeht, dass er sich über sie lustig macht.

»Also, wobei soll ich dir helfen?«

»Ich will wissen, ob von deinen vielen Freunden einer jemanden kennt, der mit Leo gesessen hat. Ob er über den Mord gesprochen hat, als er im Gefängnis war. Wohin er verschwand, nachdem er entlassen worden war.«

Ihr Vater kaut auf seiner Unterlippe herum, als wolle er sie auf die Folter spannen.

»Warum sollte ich darauf meine Zeit verschwenden, kleine Jenny?«, fragt er. »Ich bin derjenige, der den Trumpf in der Hand hält. Ich kann dich wie eine Fliege zerquetschen, wenn du nicht genau das tust, was ich dir sage.«

Er klopft mit dem Zeigefinger auf die Tischplatte, so wie früher, wenn er ihr Angst machen wollte.

»Jetzt sei ein braves Mädchen und tu, was Papa dir sagt, dann überlege ich mir vielleicht sogar, dir deinen Verrat zu vergeben, dir zu vergeben, dass du deine eigene Familie im Stich gelassen hast.«

Sie schaut auf den Tisch hinunter, während die Wut hinter ihren Augen flimmert. Sie muss sich erniedrigen. Sie muss ihn auf sich herumtrampeln lassen, wenn sie die kleinste Chance will, diese Sache aufzuklären. Denn niemand spielt mit Leif Boman.

Thea holt tief Luft, wobei ihr plötzlich einfällt, was Ronny zu ihr gesagt hat, bevor sie losfuhr. Einen Versuch ist es wert.

»Was ist eigentlich aus Jocke geworden?«, fragt sie.

Ihr Vater erstarrt, zum ersten Mal flackert sein Blick.

»Jocke ist tot«, murmelt er. »Er starb sechsundneunzig.«

»Wie?«

Leif windet sich.

»Wie ist Jocke gestorben?«, wiederholt sie die Frage.

»Autounfall«, brummt er. »Er wollte in einem gestohlenen Auto vor der Polizei fliehen, voll wie eine Haubitze. Sie stießen mit einem Lastwagen zusammen.«

Es dauert einen Moment, bis die Sätze zu ihr durchdringen. Bis sie versteht, warum Ronny sie mit dieser kleinen explosiven Information versehen hat.

»Wer saß mit Jocke im Wagen?«

Ihr Vater presst die Lippen zu einem weißen Strich zusammen.

»Seine Freundin Jossan. Sie war schwanger. Niemand überlebte.«

Den Rest kann sie in seinen Augen ablesen, die logische Schlussfolgerung der Geschichte.

*Ich hätte mit Jocke in diesem Auto sitzen können. Wahrscheinlich wäre ich es gewesen, wenn ich nicht abgehauen wäre. Ich und unser Kind. Leifs Enkel.*

Sie sitzen einen Moment schweigend da.

»Okay«, sagt er schließlich. »Ich werde mich umhören, was diesen Leo angeht. Hast du eine Personennummer oder irgendwas anderes, was ich verwenden kann?«

»Ich habe die ganze Voruntersuchung im Auto, falls du sie lesen möchtest.«

Eigentlich hat sie das nur so dahingesagt, sie hat nicht erwartet, dass er anbeißen würde, aber das tut er.

»Gut. Bitte Sigurdsson im Wacht-Raum, eine Kopie zu machen. Sag ihm einen Gruß von mir, falls er meckert. Und hinterlasse eine Telefonnummer, unter der ich dich erreichen kann.«

Etwas mühsam steht er auf, dann bleibt er neben ihr stehen, genau wie vorhin, als er kam.

»Du versuchst doch nicht, mich noch mal auszutricksen, kleine Jenny?«

»Vielleicht. Vielleicht nicht. Du musst mir einfach vertrauen, Leif. Du hast keine andere Wahl.«

Es zuckt in seinem Mundwinkel. Vielleicht ein Muskelzucken oder das Andeuten eines Lächelns.

»Du bist immer noch dieselbe, Jenny«, murmelt er und schlurft durch die Tür hinaus.

# 55

»Was soll ich jetzt machen, Margaux? Ich wünschte, du wärst hier, damit du mir helfen und mir einen Rat geben könntest.«

Es ist schon nach zehn Uhr abends, als Thea vor dem Schloss vorfährt. Zwei Autos stehen dort neben der großen Freitreppe. Es sind Nettans und Sebastians. Theas Kopf ist leer, sie fühlt sich vollkommen ausgelaugt und will mit niemandem sprechen.

Emee ist nach der Fahrt unruhig, also macht Thea mit ihr einen

Spaziergang. Wie gewöhnlich folgt sie dem Weg zum Schlossgarten. Im Speisesaal brennt Licht, eine der Terrassentüren steht ein wenig offen, aufgeregte Stimmen dringen nach außen, und Thea geht neugierig näher. Sie schleicht die Treppe zur Terrasse hinauf, wobei sie versucht, sich selbst und Emee im Schatten zu halten.

Dort drin, mitten im Speisesaal, sitzen alle drei an einem Tisch, auf dem Weinflaschen, Teller und Gläser stehen, aber die Stimmung scheint keineswegs festlich. David ist rot im Gesicht und gestikuliert wild. Sebastian sitzt vornübergebeugt, die Ellbogen auf die Knie gestützt, und hat die Hände vor sich gefaltet. Nettan sieht entschlossen aus.

Thea geht noch etwas näher an die geöffnete Tür heran.

»So geht das nicht weiter«, hört sie Nettan sagen. »Sebastian und ich sind keine Gelddruckmaschinen. Wir haben ein Budget und erwarten, dass du dich daran hältst.«

»Scheiß Budget! Wenn wir ein Restaurant in der absoluten Spitzenklasse haben wollen, muss man sich das auch was kosten lassen. Wir arbeiten darauf hin, in drei Jahren einen Michelinstern zu bekommen.«

»*Du* willst diesen Stern, David. Sebastian und ich waren mit dem ursprünglichen Plan zufrieden. Der hatte eine realistische Chance, etwas abzuwerfen. Das hier …« Sie zeigt mit dem Finger auf etwas, das auf dem Tisch liegt und wahrscheinlich ein Dokument oder irgendeine Zeichnung ist. »Das hier ist ein Wunschtraum. Eine blöde Utopie, bei der wir nicht mitmachen und für die wir nicht bezahlen wollen.«

»Reg dich nicht auf, Nettan …«, sagt Sebastian.

»Ich versuche, dem Ort hier etwas Gutes zu tun, etwas zurückzugeben.« David wedelt mit den Armen, wie er es immer macht, wenn er in Bedrängnis gerät.

»Bullshit! Du denkst doch nur an dich.« Nettans Stimme klingt undeutlich.

»Und das kommt ausgerechnet von dir? Du bist damals von einem Tag auf den anderen in die Schweiz abgehauen. Wir konnten uns kaum voneinander verabschieden.«

»Wir waren siebzehn. Wir waren nicht mal mehr zusammen.«

»Jetzt hört auf, ihr beiden!« Sebastian steht auf. »Können wir vielleicht beim Thema bleiben? Wir machen uns Sorgen um das Budget, David. Die Kosten schießen in die Höhe, und du machst immer weiter und planst Änderungen, ohne mit uns darüber zu sprechen. Du scheinst davon auszugehen, dass wir einfach bezahlen, ohne zu murren.«

»Willst du sagen, dass ihr es euch nicht leisten könnt?« David lacht auf. »Wie viele Millionen ist dein Unternehmen wert? Hundert?«

»Das gehört nicht hierher«, erwidert Sebastian. »Wir haben uns aus alter Freundschaft bereit erklärt, deinen Plan zu finanzieren. Aber wir können nicht einfach immer weiter Geld in eine Sache stecken, die nichts abwirft. Das hier ist verdammt noch mal kein Wohltätigkeitsprojekt.«

»Wohltätigkeit!«, faucht David. »Der dreißigste April neunzehnhundertsechsundachtzig, erinnerst du dich an dieses Datum? Was wir in dieser verdammten Nacht zusammen erlebt haben? «

»Halt den Mund!« Nettan fährt vom Stuhl auf. »Du hast versprochen, nie wieder damit anzufangen. Nie wieder!« Ihre Stimme bricht.

»Entschuldige, ich wollte nicht …« David steht jetzt auch auf. Plötzlich sieht er reumütig aus. Die drei Freunde stehen stumm da und sehen sich an.

»Ich hätte mich nie darauf einlassen sollen«, sagt Nettan leise. »Vielleicht habe ich mir eingebildet, dass das Schloss und das Restaurant die Dinge irgendwie geraderücken würden, uns helfen könnten.« Sie wirft die Arme hoch. »Aber der Zug ist wohl abgefahren, oder? Elitas Geist wird uns immer verfolgen.«

Sie dreht sich abrupt um und wankt zur Tür.

»Nettan, warte!« David geht hinter ihr her.

Währenddessen bleibt Sebastian am Tisch stehen. Er hebt sein Weinglas und dreht sich unerwartet zum Fenster um.

Thea macht ein paar Schritte zurück, aber zu spät, Sebastian hat sie bereits entdeckt. Er erstarrt und sieht sie einen Moment lang an.

Dann hebt er sein Glas, als wolle er ihr zuprosten, leert es und verlässt den Speisesaal auf dem gleichen Weg wie die anderen.

Thea geht die Treppe von der Terrasse hinunter. Der Neumond hängt über dem Wald, spiegelt sich leicht im Burggraben. Bei Hubert brennt kein Licht, aber sie bemerkt eine Bewegung hinter den Gardinen eines Bibliotheksfensters.

Sie bleibt stehen. Das Fenster steht einen Spalt offen, es bietet eine gute Sicht über die Terrasse und den Speisesaal. Hat Hubert gesehen, dass sie heimlich gelauscht hat? Vermutlich. Aber aus irgendeinem Grund glaubt Thea, dass Hubert Gordon aus einem anderen Grund dort oben gestanden hat. Dass er vielleicht sogar genauso an dem Gespräch im Speisesaal interessiert war wie sie.

# 56

»So ein Mist, Margaux. Wie bin ich nur in dieses Schlamassel geraten. Gute Frage, oder? Wenn sie dir gefällt, habe ich noch viel mehr davon.«

Wieder wacht Thea kurz vor Sonnenaufgang auf. Emee liegt schnarchend auf dem Boden neben dem Bett.

Sie hat etwas geträumt, kann sich aber nicht mehr genau daran erinnern. Irgendetwas mit ihrem Vater und kleinen hässlichen Grünen Männern.

Sie macht kein Licht, sondern bleibt stattdessen im Dunkeln liegen und versucht, ihre Gedanken zusammenzufassen. Zieht sie es überhaupt in Erwägung, ihrem Vater mit einem Gnadengesuch zu helfen? Hat sie eine Wahl? Und glaubt sie im Ernst, dass er ihr helfen wird, der Wahrheit um Elita Svarts Tod näher zu kommen?

Alles fing damit an, dass sie herausfinden wollte, was David erlebt hatte, um ihm vielleicht helfen zu können. Denn ganz offensichtlich plagt das Ereignis ihn und seine Freunde noch heute.

Aber diese Erklärung taugt nicht mehr. Thea ist von dem Frühlingsopfer besessen, davon, was in jener Walpurgisnacht 1986 geschah.

Bills Hufabdruck platziert Leo in den Steinkreis, genauso wie die Anstecknadel seiner Uniformmütze und die Aussagen der Kinder, vor allem Davids. Leo gesteht, dass er Elita getötet hat, dass sie von ihm verlangt hat, es zu tun. Warum ist Thea dann trotzdem nicht restlos von seiner Schuld überzeugt?

Dafür gibt es im Prinzip zwei Gründe, abgesehen von dem, was in *Falsche Geständnisse* gesagt wird.

Der erste ist die fehlende Seite im Obduktionsbericht. Jemand hat alles dafür getan, um Elitas Schwangerschaft zu vertuschen. Aber wer und warum? Wer war der Vater von Elitas Kind, und wie hängt ihre Schwangerschaft mit ihrem Tod zusammen?

Der zweite Grund, warum Thea an der ganzen Geschichte zweifelt, ist Lasse Svart. Warum sollte er, nach einem Leben am Rande der Gesellschaft, der Polizei plötzlich helfen, Gerechtigkeit zu üben? Diese Frage brennt ihr nach der gestrigen Reise und dem Wiedersehen mit ihrem Vater noch mehr unter den Nägeln. Leif hätte niemals mit der Polizei gesprochen, davon ist sie überzeugt. Genauso wenig, wie sie denkt, dass Lasse es anfangs wollte. Was brachte ihn dazu, seine Meinung zu ändern?

Der Fund von Leos Abzeichen ist auch etwas seltsam. Warum wurde es nicht schon bei der ersten Untersuchung des Tatorts entdeckt? Der Vernehmungsleiter erwähnte, dass ein Zeuge es gefunden hatte.

Thea schaltet das Licht an, sucht nach dem Ordner und blättert bis zu der Registerkarte, auf der *Beweise* steht. Es dauert ein paar Minuten, bis sie das richtige Formular findet.

Der Zeuge, der das Abzeichen fand, war Erik Nyberg. Er gab an, dass er am Steinkreis war, um hinter der Polizei aufzuräumen, und dass einer seiner Hunde die Marke entdeckte.

Sie vergleicht das Datum. Das Abzeichen wurde einen Tag bevor Lasse Svart die Polizeistation in Ljungslöv betrat und seine Aussage änderte, gefunden. An ein und demselben Tag erfährt Leos Verteidigung also zwei ordentliche Rückschläge. Rückschläge, die möglicherweise in Kombination mit Eva-Britts Verschwinden letztendlich dazu führen, dass ihr Verdächtigter gesteht.

Thea stellt fest, dass sie bisher noch nicht besonders darüber nachgedacht hat, was aus der Familie Svart geworden ist. Sie nimmt ihr Handy und googelt nacheinander Lasse, Lola und Eva-Britt, allerdings ohne einen einzigen Treffer, nicht einmal im Telefonbuch oder auf Facebook. Haben sie das Land verlassen? Den Namen geändert? Leben sie in irgendeiner Weise unter dem Radar der Behörden?

Erik Nyberg hat erzählt, dass er vom Grafen die Anweisungen bekommen hatte, den Hof dichtzumachen und die Zufahrt zu sperren, sobald klar war, dass Lasse und seine Frauen weg waren. Aber warum? Warum war solch eine Eile geboten?

Es gibt einfach zu viele Fragen. Alles steht auf wackeligen Füßen, nicht einmal der polizeilichen Ermittlung ist zu trauen. Das Einzige, was Thea sicher glaubt, ist, dass die Wahrheit nie ans Licht gekommen ist. Einer oder mehrere haben versucht, die Geschichte so weit wie möglich zu vereinfachen.

Ein manipulatives und extrovertiertes Mädchen, das von seinem Stiefbruder ermordet wurde. Damit war der Fall abgeschlossen.

Das Einfachste wäre natürlich, das Ganze fallen zu lassen. Sie hat zweifellos anderes, Wichtigeres zu tun, als sich um ein Mädchen zu kümmern, das schon lange tot ist. Trotzdem lässt Elita Svart ihr keine Ruhe. Das Gefühl, dass ihre beiden Geschichten miteinander verwoben sind, ist nach ihrer erzwungenen Heimfahrt eher noch stärker geworden.

Sie steht auf, öffnet das Fenster einen Spalt und zündet sich eine Zigarette an. Die Luft ist schwül, führt einen deutlichen Sumpfgeruch mit sich, den man fast auf der Zunge schmecken kann.

Langsam geht die Sonne auf. Im Nordosten liegt das Sumpfgebiet noch im Schatten. Thea fragt sich, ob Svarts Hof noch dort steht. Hinter dem Zaun zum Truppenübungsgebiet, in unwegsamem Terrain, im Prinzip unberührt, seit die verbliebenen Mitglieder der Familie Svart die Tür hinter sich zugeschlagen haben.

Sie holt das Laptop, setzt sich wieder ins Bett, öffnet Google

Maps und gibt Schloss Bokelund ein. Das Satellitenbild ist klar, zeigt das H-förmige Hauptgebäude des Schlosses, das Kutscherhaus, die alten Stallungen. Die grüne Wasseroberfläche verschmilzt beinahe mit dem anschließenden Wald.

Sie verkleinert den Ausschnitt ein wenig, folgt dem Kanal durch die Senke zum Forsthaus. Der Wald ist so dicht, dass man kaum das Wasser oder die Straße sieht.

Sie wechselt zur Hybridansicht, damit die Straßen besser zu sehen sind, und wandert über das Bild hin und her, während sie nach Gebäuden sucht, ohne welche zu finden. Das Sumpfgebiet ist zu groß und zu dicht bewachsen.

Also probiert sie eine andere Taktik. Sie folgt dem, was von der Straße zum Forsthaus zu erkennen ist, und versucht, die Stelle zu finden, von der Sigbritt Andersson behauptet hat, dort habe sich die Abzweigung nach Svartgården befunden. Nachdem sie eine Weile herumgezoomt hat, glaubt sie einen Strich zu erkennen, bei dem das Grün ein wenig heller ist. Sie folgt dem Strich nach Osten, versucht, ausfindig zu machen, wo er den Zaun zum Truppenübungsgebiet quert, aber der Zaun ist nicht zu erkennen. Der Strich ist auch immer schlechter zu sehen, je weiter man in den Sumpf kommt, er wechselt die Richtung, wird von Wasserläufen und dichteren Waldpartien unterbrochen, bevor er komplett aufhört.

Sie zoomt so nah wie möglich heran. Es ist schwer zu erkennen, aber an einer Stelle meint sie, unter den Bäumen einen rechten Winkel zu erahnen.

*Die Natur verabscheut rechte Winkel*, sagte Margaux immer. *Alles, was gleichförmig und konstruiert wirkt. Rechte Winkel haben Menschen erfunden, um das Wilde und Unberechenbare zu kontrollieren.*

Thea steigt aus dem Bett.

»Komm, Emee, hast du Lust auf ein Abenteuer?«

Thea fährt durch das Sumpfgebiet Richtung Forsthaus. Sie hat drei Stunden Zeit, bis ihre Sprechstunde beginnt. Das müsste reichen, um das zu tun, was sie im Sinn hat.

Doch was hat sie eigentlich vor? Was hofft sie, auf Svartgården zu finden? Sie weiß es selbst nicht genau. Vielleicht sucht sie einfach nur nach einem festen Punkt in der Geschichte, nach etwas Konkretem, etwas Greifbarem. Oder aber sie muss nur irgendetwas tun, egal was, um ihre Frustration zu dämpfen.

Sie sucht die Stelle, an der der alte Weg vermutlich verlief, und entdeckt einen Platz, wo der Boden fest genug ist, um den Wagen abzustellen. Zuerst zieht sie Gummistiefel an und lässt Emee aus dem Auto springen, dann setzt sie sich den kleinen Rucksack mit Taschenlampe, Wasserflasche und einem kleinen Brecheisen auf, das sie im Werkzeugschuppen hinter dem Kutscherhaus gefunden hat.

Wieder öffnet sie Google Maps und schaut nach der richtigen Richtung, bevor sie sich auf den Weg in den Sumpf macht. Die Sicht beträgt wegen des dichten Gestrüpps und Farns nur zehn, fünfzehn Meter, die Luft ist feuchtkalt und riecht nach verrottetem Holz und stillstehendem Gewässer.

Anfangs führt sie Emee an der Leine, aber nachdem sie einige Minuten gegangen ist, erweist sich das als unpraktisch, weshalb sie die Hündin frei laufen lässt. Zum Glück bleibt Emee in der Nähe und macht keine Anstalten abzuhauen, sondern begnügt sich damit, die neue Umgebung zu erkunden.

Theas vorherige Schätzung, wie der alte Weg verlaufen muss, erweist sich als richtig. Auf einem circa fünf Meter breiten Streifen sind die Bäume jünger und dadurch nicht ganz so hoch wie im restlichen Wald. Sie sind auch nicht mit Efeu oder anderen Kletterpflanzen bewachsen, was die unterschiedliche Färbung auf dem Satellitenbild erklärt.

Thea sucht nach einem Pfad oder Weg, findet aber keinen und muss stattdessen querfeldein gehen. Der Boden ist mit Moos, Laub und Totholz bedeckt. Hier und da liegen große, entwurzelte Bäume, und mehr als einmal muss Thea fauligen Ästen oder kleinen Wasseransammlungen ausweichen. Ein paarmal tritt sie in eine Schlammpfütze, und bei einer Gelegenheit verliert sie fast ihren Stiefel.

Emee bleibt in der Nähe, und nach einem zehnminütigen Fußmarsch erreichen sie den Zaun, der nicht besonders abschreckend wirkt. Ganz oben hängt der Stacheldraht herunter, und der Maschendraht ist rostig. Ein gelbes Schild informiert darüber, dass dies ein militärisches Übungsgebiet ist und unbefugtes Betreten lebensgefährlich sein kann. Thea geht ein Stück den Zaun entlang und findet schnell eine Stelle, wo ein Tier einen Durchgang gegraben hat, an dem sie und Emee hindurchschlüpfen können.

Der Untergrund führt hier leicht bergab, und die Wasseransammlungen häufen sich. Immer wieder bilden sich kleine Seen zwischen den Bäumen, wodurch Thea gezwungen ist, Umwege zu gehen. Verrottete Zweige, teilweise von Moos verdeckt, machen den Boden glitschig. Auf einem Ast rutscht sie aus, wobei sie mit dem Knie im sumpfigen Boden landet. Die Kälte überrascht sie, und sie sagt sich, dass sie auf keinen Fall in den Sumpf stürzen darf.

Emee fängt an, ihren Radius zu vergrößern. Manchmal verschwindet sie für ein, zwei Minuten, bevor sie wiederauftaucht. Währenddessen verdichtet sich die Vegetation, zwischen den hohen Bäumen gibt es jetzt auch niedrigere Büsche, die die Sicht weiter einschränken und es für das Handy immer schwerer machen, die Position zu orten. Thea macht immer wieder Pause, um die Richtung zu justieren, denn der Positionsanzeiger auf dem Bildschirm springt ständig hin und her, und langsam fürchtet Thea, die Orientierung verloren zu haben. Jedes Mal, wenn sie die Karte aktualisiert, bewegt sich die Pinn-Nadel und befindet sich mal ziemlich nahe an der Stelle, zu der sie möchte, und im nächsten Moment ein ganzes Stück weit weg. Thea sucht eine Öffnung zwischen den Bäumen, aber das Blätterdach ist dicht und verbirgt den Himmel. Nur schwach sickert Licht hindurch, alles liegt in einem unheimlichen Halbdunkel.

Thea beschließt, noch fünf Minuten weiterzugehen und dann aufzugeben. Da entdeckt sie einen Wildwechsel, der in die richtige Richtung zu führen scheint, und folgt ihm, bis eine große, übel riechende Schlammpfütze mit einem Durchmesser von mehreren

Metern sie erneut zwingt, stehen zu bleiben. Insekten tanzen über die Wasseroberfläche, wodurch Thea daran erinnert wird, was Elita in ihrem Brief geschrieben hat. Dass sie sich als Larve sah, die darauf wartete, in eine Libelle verwandelt zu werden, um von diesem modrigen, feuchten Ort fortschweben zu können. Ungefähr so, wie sie selbst ihr Elternhaus verlassen hatte.

Plötzlich kommt ihr ein Gedanke. War es in Wirklichkeit eine solche Verwandlung, die Elita im Sinn gehabt hatte? Wollte sie Elita Svart sterben lassen, genau wie Thea es mit Jenny Boman getan hatte? Wollte sie sich eine neue Identität verschaffen und von den Menschen weggehen, die sich bereits ihr Urteil über sie gebildet hatten? Das würde jedenfalls erklären, warum sie manchmal über sich selbst in der dritten Person schrieb, vor allem gegen Ende.

*Wer tötete Elita Svart?* Nicht: *Wer tötete mich?*

Thea wird ganz aufgeregt bei dem Gedanken. Sie muss den Brief noch einmal lesen, um zu sehen, ob diese Theorie standhält. Aber wenn ja, was würde das in dem Fall bedeuten? Dass es keinen Todespakt gab, dass Elita Leo nie darum gebeten hatte, sie zu töten, und infolgedessen, dass Leo wirklich unschuldig war?

Sie sammelt sich wieder, folgt dem Wildwechsel um das Schlammloch herum, steigt durch ein Haselnussgestrüpp und entdeckt ein paar knorrige alte Bäume, die aussehen, als würden sie sich unter dem dichten Blattwerk darüber ducken. Die Bäume sehen nicht so aus, als gehörten sie in diesen Wald, was bedeuten könnte, dass sie sich auf einer alten Obstplantage oder etwas Ähnlichem befindet. Ihr Verdacht wird von einigen viereckigen Steinblöcken und einem Haufen verrotteter, halb zugewachsener Bretter bestätigt. Sie sehen aus wie die Reste eines Schuppens. Thea sucht mit dem Fuß ein bisschen zwischen den Brettern herum. Darunter liegen vom Alter ergraute Plastikkanister, zusammen mit einem rostfreien Rohr, an dem ein Messgerät und ein Plastikschlauch befestigt sind.

Thea hat so etwas schon mal gesehen, zu Hause in der Garage ihres Vaters, weshalb sie sich ziemlich sicher ist, dass dies Teile eines Apparats sind, mit dem man Schnaps brennen kann.

Sie lässt den Schutthaufen hinter sich und folgt dem kaum noch sichtbaren Pfad durch die Büsche.

Ein Laut lässt sie zusammenzucken, es ist ein scharfer Knall, vermutlich von einem Zweig, der irgendwo im Wald knackt. Sie dreht sich um und versucht, die Geräuschquelle ausfindig zu machen, aber das Dickicht hat sich hinter ihr wieder geschlossen. Wahrscheinlich war es Emee. Sie ist jetzt schon eine ganze Weile weg.

Thea ruft die Hündin und bläst in die Hundepfeife, aber Emee lässt sich nicht blicken. Was kann es dann gewesen sein?

Ein Hirsch? Ein Wildschwein?

Sie hat irgendwo gelesen, dass Wildschweine für Menschen gefährlich sein können. Zugleich wird ihr etwas anderes bewusst: das Vogelgezwitscher ist plötzlich verstummt. Alles, was man hört, ist ein Rabe, der irgendwo in der Ferne krächzt, gefolgt von einem leisen Rascheln im Gestrüpp.

Thea läuft es kalt den Rücken hinunter. Sie hebt das Brecheisen, aber es ist nur etwa einen halben Meter lang, als Verteidigung gegen ein angreifendes Wildschwein fühlt es sich lächerlich unzureichend an. Sie steht still da, starrt in die Richtung, aus der sie glaubt, den Laut gehört zu haben.

Nichts passiert.

Es sind keine weiteren Geräusche zu hören, stattdessen nehmen die Vögel ihren Frühlingsgesang wieder auf.

Thea atmet aus. Sie fühlt sich dumm, weil sie solche Angst bekommen hat, und kämpft sich weiter durch das Dickicht. Der Boden auf der anderen Seite ist weniger sumpfig, und an manchen Stellen sieht sie hart getretenen Kies und Schotter: die Überreste eines Wegs. Sie folgt ihnen und entdeckt eine schiefe Reihe verrotteter Zaunpfähle. Am Ende der Reihe erahnt sie einen großen, dunklen Umriss. Ihr Herz schlägt schneller.

Sie ist am richtigen Ort. Sie hat Svartgården gefunden.

# 57

Genau wie auf den Fotos des Untersuchungsberichts besteht der Hof Svartgården aus drei düsteren Gebäuden, die der Wald fast vollkommen verschluckt hat. Er hat sich über den Vorplatz ausgebreitet, die Dächer von Stall und Scheune zerstört und nur die Giebel stehen lassen.

Das Wohnhaus scheint mehr oder weniger intakt zu sein, aber an den Wänden wachsen die Pflanzen so hoch, dass es aussieht, als wäre das Haus dabei, im Boden zu versinken. Flechten haben die Hauswände verfärbt, und eine dicke Schicht Gras und Moos auf dem Dach trägt zu dem verfallenen Eindruck bei. Auch aus den Ritzen der betonierten Stufen ragen Gräser und Pflanzen, und das Treppengeländer ist vom Rost zerfressen.

Große Spanplatten vor den Fenstern und Türen lassen das Haus wie ein Gesicht ohne Augen und Mund aussehen. Die Platten werden von großen Holzriegeln verstärkt, als hätte man sichergehen wollen, dass das Haus blind und stumm blieb.

Thea ruft und pfeift nach Emee, aber die Hündin ist immer noch nicht zu sehen, was sie ein wenig beunruhigt. Sie versucht, sich mit dem Gedanken zu trösten, dass das Wildgehege weit weg ist, der Hund also nicht bis dorthin gelaufen sein kann.

Thea inspiziert den Riegel an der Haustür. Fast fünfunddreißig Jahre Feuchtigkeit haben ihre Spuren hinterlassen, das Holz ist verfault, die Nagelköpfe verrostet. Sie drückt das Brecheisen in den Spalt zwischen Riegel und Spanplatte. Das Holz knirscht leise.

Unruhig schaut sie über die Schulter. Natürlich ist hier niemand, aber sie ist trotzdem angespannt. Sie ist dabei, etwas Verbotenes zu tun, steht buchstäblich kurz davor, eine Tür zu öffnen, die sie nicht aufmachen sollte.

Irgendwo im Wald schnattert ein Fasan, was ihr Herz noch schneller schlagen lässt. Soll sie das hier wirklich machen?

Was hofft sie eigentlich zu finden?

Aber sie ist nicht hierhergekommen, um noch mehr Fragen zu stellen, sondern um Antworten zu finden. Deshalb drückt sie gegen den Schaft des Brecheisens. Der Riegel leistet nur wenige Sekunden lang Widerstand und gibt dann mit einem leisen Knall auf, als die Nägel sich aus dem feuchten Holz lösen.

Thea wiederholt die Prozedur zweimal, um die übrigen Riegel loszumachen. Die Spanplatte darunter ist so verfault, dass Thea sie stückweise abbrechen muss, um die Tür freizulegen. Sie ist darauf vorbereitet, auch die Haustür aufzubrechen, stellt aber fest, dass sie nicht verschlossen ist. Allerdings ist das Holz so aufgequollen, dass Thea heftig ziehen muss, bis sie sich öffnen lässt.

Aus dem alten Haus schlägt ihr ein abgestandener Geruch entgegen, und es ist pechschwarz im Inneren. Das Einzige, was sie im Flur erkennen kann, sind ein Haufen Schuhe und einige Kleidungsstücke, die an den Haken unter der Hutablage hängen.

Sie stellt das Brecheisen weg, schaltet die Taschenlampe an und betritt vorsichtig das Haus. Der muffige Geruch wird stärker, brennt in der Nase und erinnert Thea an den Geruch im Keller ihres Elternhauses. Feuchtigkeit, Erde, altes Holz und noch etwas anderes, was sich nicht richtig beschreiben lässt. Sie schaudert.

Das Haus ist nicht besonders groß. Rechts befindet sich eine geschlossene Tür, geradeaus ein Badezimmer und daneben eine Treppe in den oberen Stock. Links sieht sie eine Küche.

Sie öffnet zuerst die Tür rechts, wo ein noch immer ordentlich gemachtes Doppelbett steht. Daneben gibt es einen Nachttisch, eine Kommode und einen Spiegel sowie zwei Kleiderschränke an der einen Wand.

Auf dem Nachttisch liegt ein Buch mit einem welligen Einband neben einer verblichenen Fotografie, die in einem Metallrahmen steckt. Thea hebt das Foto hoch, auf dem ein Mädchen und ein Junge auf einer Bank sitzen. Der Junge schaut in die Ferne, während das Mädchen bewundernd zu ihm hochschielt. *Leo zehn Jahre, Elita sechs Jahre* steht auf dem weißen Streifen darunter. Thea spürt, dass ihre Aufregung steigt. Das ist das Foto, das Elita in ihrem Brief erwähnt hat, das Zimmer muss also Eva-Britts sein.

Es ist ein sonderbares Gefühl, das Foto in echt in der Hand zu halten. Als wären die Jahre ausradiert, und als würde Thea direkt in Elitas Welt eindringen.

Sie lässt die Taschenlampe über die Wände wandern. Die Tapeten sind vergilbt und fleckig, an mehreren Stellen haben sie sich gelöst und liegen in großen Fetzen neben der Fußbodenleiste. Über dem Bett hängt ein naives Aquarellbild, das verschiedene Waldwesen zeigt, die in einem Wäldchen umhertanzen, und Thea muss an das Deckengemälde im großen Speisesaal auf Schloss Bokelund denken.

Sie schaut in den linken Kleiderschrank, der voller Kleider ist, genau wie der rechte und die Kommode.

Warum verlässt man Haus und Hof, ohne auch nur ein paar Kleider einzupacken?

Sie geht in den Flur zurück und öffnet die Badezimmertür. Waschbecken, Toilette, eine Badewanne mit einem schimmeligen Duschvorhang. Das Badezimmerschränkchen steht einen Spalt offen, und der Inhalt liegt im Waschbecken verstreut.

Verschiedene Cremes, Zahnbürsten, ein paar Pflaster und Medikamentenpackungen.

Thea liest die Aufschriften. Die erste Packung beinhaltet Beruhigungstabletten für Lola Svart, die nur zwei Tage nach Elitas Tod verschrieben wurden. Flunitrazepam. Starkes Zeug. Andererseits auch nichts Besonderes für jemanden, der ohnehin schon labil war und außerdem seine Tochter verloren hatte.

Die andere Packung wurde Eva-Britt Rasmussen im Februar 1986 verschrieben und beinhaltet Levaxin, ein Hormonpräparat, das man Patienten mit Schilddrüsenproblemen gibt. Die Packung ist noch mehr als halb voll. Dass Lola ihre Beruhigungstabletten zurückließ, könnte man vielleicht noch erklären, aber Medikamente gegen Schilddrüsenprobleme muss man in der Regel ein Leben lang einnehmen. Dennoch ging Eva-Britt weg, ohne sie mitzunehmen.

Der Eindruck eines überstürzten Aufbruchs wird noch verstärkt, als Thea in die Küche kommt. Der Geruch hier ist noch stärker als im übrigen Haus. Auf dem Tisch stehen noch Teller und Gläser, den Schimmelflecken nach zu urteilen, offenbar benutzt. Ein Stuhl ist umgefallen und liegt mit der Rückenlehne auf dem Boden.

Auf dem Herd stehen eine fettige Pfanne und ein Topf mit leicht eingebrannten schwarzen Resten darin. Thea öffnet einen Schrank. Er ist voll leerer Verpackungen, Mäusekot, toter Käfer und diverser anderer Insekten, die sich an den Lebensmitteln zu Tode gefressen haben.

Im nächsten Schrank befinden sich Flaschen und Gläser, manche mit festem, andere mit flüssigem Inhalt. Thea liest die Etiketten: Castoreum, Fingerhut, Baldrian. Das muss die Naturheilmittel-Apotheke von Lola und Eva-Britt sein.

Auf dem Kühlschrank steht ein weißer Plastikkanister. Er sieht aus wie diejenigen, die sie vorhin unter dem eingestürzten Schuppen im Wald gesehen hat. Der Kanister ist halb mit einer durchsichtigen Flüssigkeit gefüllt.

Sie leuchtet mit der Taschenlampe über den Esstisch. Drei Personen haben hier gesessen und gegessen. Zwei von ihnen hatten ein Kind verloren, das der dritten Person war wegen Mordes angeklagt. Wie geht man mit einer solchen Situation um? Worüber spricht man beim Essen?

Thea lässt den Lichtstrahl zum Stuhl wandern, der auf dem Boden liegt. Eine der drei Personen scheint abrupt aufgestanden zu sein. Thea glaubt, dass es Lasse war, vielleicht, weil es der Stuhl am Kopfende ist.

Thea schüttelt sich, diesmal nicht nur wegen des Gestanks, sondern weil der ganze Hof ein zutiefst unangenehmer Ort ist. Trotzdem will sie ihn nicht verlassen, noch nicht.

Die Treppe in den oberen Stock ist steil und knarrt leise unter ihren Füßen, die Stufen sind mit einer dicken Staubschicht bedeckt. Oben scheint es zwei Zimmer zu geben, eines auf jeder Seite des Giebels. Dazwischen liegen ein Flur und eine kleine Toilette. Thea beginnt mit dem linken Schlafzimmer.

Im Zimmer befinden sich ein Doppelbett, zwei Kleiderschränke und eine Kommode. Durch die Möbel und das schräge Dach wirkt der Raum beengt. Das muss Lolas und Lasses Schlafzimmer gewesen sein. Das Bett ist nicht gemacht, und eine Bewegung unter dem Laken lässt Thea so sehr zusammenzucken, dass sie beinahe die Taschenlampe verliert.

*Verdammt!*

Eine Maus, die wahrscheinlich genauso einen Schreck bekommen hat wie sie selbst.

Thea wartet, bis sich ihr Puls beruhigt hat, bevor sie in den ersten Schrank hineinschaut. Ein paar Herrenhemden mit Schimmelflecken hängen darin, und Thea muss sie einfach anfassen. Seit über dreißig Jahren hängen Lasse Svarts Hemden jetzt schon hier. Trotzdem scheinen sie noch einen kleinen Teil von ihm in sich zu tragen, wodurch seine Person für Thea noch deutlicher hervortritt und ihrem Vater noch mehr ähnelt, obwohl sie im Grunde genommen keine Ahnung hat, wie Lasse Svart aussah.

Der andere Schrank enthält Frauenkleider. Eine blaue Seidenbluse zieht ihren Blick an. Lolas übrige Kleider sind billig und alltäglich, aber diese Bluse ist anders. Thea nimmt sie heraus, schüttelt den Staub ab und hängt den Bügel über die Schranktür. Die Bluse ist gut gealtert, der Stoff hat seinen Glanz behalten. Das muss Lolas Schmuckstück gewesen sein, etwas, was sie nur zu besonderen Anlässen trug und worin sie sich besonders schön fühlte. Und dennoch hängt die Bluse hier. Genau wie die Medikamente wurde sie nicht mitgenommen.

Thea leuchtet unter das Bett. Dort liegen zwei Reisetaschen.

Sie richtet sich auf. Irgendetwas hat Lasse und die beiden Frauen dazu gebracht, mitten während des Abendessens vom Tisch aufzuspringen, ins Auto zu steigen und in die Nacht hinauszufahren, und zwar ohne Gepäck, ohne ihre Medikamente oder ihre Kleider mitzunehmen.

Aber was?

Sie geht durch den Flur zum Zimmer auf der anderen Seite. Erst beim Näherkommen sieht sie, dass an der Tür schöne, handgemalte Blätter zu sehen sind.

*Elitas Zimmer* kann sie durch die Staubschicht lesen. Und darunter in kleineren Buchstaben, die fast mit den gemalten Blättern verschmelzen:

*Die Natur ist hungrig, der Grüne Mann reitet durch die Wälder.*

Sie hat diesen Ausdruck schon gehört, ihn auch in Elitas Brief gelesen. Aber diesmal wirken die Worte unheimlicher.

Thea legt die Hand auf die Klinke, zögert aber einen Moment. Das Gefühl von vorhin ist wieder da. Das Gefühl, dass sie dabei ist, eine Grenze zu überschreiten. Etwas Verbotenes zu tun.

Dann drückt sie die Klinke hinunter und öffnet langsam die Tür.

# 58

Thea bleibt auf der Schwelle stehen, während sie in den Raum hineinleuchtet. Das Zimmer sieht genauso aus wie auf den Fotos im Untersuchungsbericht. Ein Bett, ein IKEA-Schreibtisch, ein Sessel, eine Lampe.

Sie geht zum Schreibtisch, leuchtet auf den Platz, an dem der Brief lag.

*Ich heiße Elita Svart. Ich bin sechzehn Jahre alt. Ich wohne auf einem Hof mitten im Wald, in der Nähe von Tornaby.*

*Wenn ihr das hier lest, bin ich schon tot.*

Thea zieht die Schreibtischschubladen heraus. Stifte, ein Schulbuch für Biologie, ein paar Kassetten. *Tracks toplist* steht auf einer davon, aber in einer Schrift, die nicht wie Elitas aussieht. *Bryan Adams* auf einer anderen. Sie schaut sich nach einem Kassettenrekorder um, findet aber keinen.

In einer der Schubladen entdeckt sie ein Polaroidbild unter einigen stockfleckigen Papieren. Dem schrägen Winkel nach zu urteilen, hat Elita die Kamera auf den Schreibtisch gestellt und den Selbstauslöser benutzt. Das Foto ist wegen der Feuchtigkeit ganz wellig, und die Farben sind verblasst, genau wie auf dem anderen Foto, was dem Bild etwas Unheimliches verleiht, obwohl Elita darauf lächelt.

Thea steckt das Foto ein, geht dann zum Kleiderschrank und öffnet ihn. Elita Svart hat diese Sachen getragen. Thea kann sich genau vorstellen, wie das Mädchen hier stand und vor dem Spiegel, der an der Innenseite des Schrankes hängt, Kleider anprobierte und dabei Musik hörte. Wie sie zu Duran Duran mitsang, zu Wham oder Madonna, und davon träumte, von hier wegzukommen.

Die meisten Bügel sind leer. Thea muss an Lolas Schrank denken, wo immer noch ihre schönsten Sachen hängen. In Elitas Schrank ist es genau andersrum. Die Sachen, die noch da sind, sind alt und verwaschen oder zu kindlich für eine junge Frau.

Thea beugt sich hinunter und schaut unter das Bett. Ein Paar abgetragener Schuhe, ein Stoß Bücher, sonst nichts.

Sie holt noch einmal Elitas Selbstporträt hervor. Elita sitzt auf dem Bett, darunter sieht man den oberen Teil des Bücherstapels und an der Stelle, die jetzt leer ist, etwas Blaues, Eckiges. Eine Reisetasche.

Eine blaue Reisetasche, in die Elita ihre schönsten Kleider packte, nicht weil sie vorhatte zu sterben, sondern weil sie vorhatte, von hier abzuhauen. Über alle Köpfe davonzuschweben.

*Seht ihr mich, liebe Leser?*

*Ich sehe euch.*

Thea ist sich ihrer Sache jetzt gewiss. Elita hatte geplant wegzugehen, und zwar in der Nacht, in der sie starb. Sie hatte eine Reisetasche gepackt und einen Brief hinterlassen, der im kryptischen Stil erklärte, warum. Aber was war in dem Fall aus der Tasche geworden? Sie wird im Polizeibericht nicht erwähnt, dessen ist sich Thea sicher.

Sie holt ihr Handy heraus und macht ein paar Fotos von Elitas Zimmer, vom Schrank und der Leere unter dem Bett. Durch den Blitz flimmert es ein wenig vor ihren Augen.

Da kommt ihr ein anderer Gedanke. Hatte Elita wirklich vorgehabt, alleine wegzugehen? Nur sie und das Kind, das sie erwartete? Oder war der Vater in irgendeiner Weise involviert? Wartete er irgendwo mit der Tasche, wartete er auf ein Mädchen, das nie kam?

Ein Laut lässt sie zusammenzucken. Es klang wie das Knarren einer Holzdiele.

Thea dreht sich um, und ihr Puls setzt einen Schlag aus. Sie lauscht in den Flur hinaus. Alles still. Alte, feuchte Häuser bewegen sich bestimmt dauernd, machen irgendwelche Geräusche.

Leise geht sie in den Flur zurück und leuchtet die Treppe hinunter. Nichts zu sehen oder zu hören. Thea steigt die Treppe hinab ins Erdgeschoss. Es ist kurz nach acht. Sie muss jetzt langsam zurückgehen, wenn sie mit der Sprechstunde pünktlich anfangen möchte.

Vielleicht sollte sie die Medikamente mitnehmen oder zumindest ein Foto von ihnen machen?

Sie öffnet noch einmal die Badezimmertür, leuchtet gerade Richtung Waschbecken, als sie sieht, dass etwas auf dem Boden in der Ecke liegt, etwas, was sie wiedererkennt. Es ist eine leere, grüne Plastikverpackung. Sie hebt sie auf und dreht sie um.

Notverband.

Sie hat eine Menge solcher Verbände benutzt, als sie im Kriegsgebiet gearbeitet hat. Sie hatte immer mindestens einen, meist zwei davon in ihrer Hosentasche.

Thea leuchtet das Waschbecken und den Boden noch einmal genauer ab. Trotz des Staubs glaubt sie, ein paar dunkle, eingetrocknete Flecken zu erkennen.

Es könnte alles sein. Aber es könnte auch Blut sein.

Jemand hat hier drinnen gestanden und eine Verletzung verarztet, jemand hat versucht, eine Blutung zu stoppen, die zu groß für ein Pflaster war.

Sie schaut sich nach Handtüchern um, aber die Haken neben dem Waschbecken sind leer. Obwohl es sie Überwindung kostet, zieht Thea den ekligen Duschvorhang zur Seite. Was sie sieht, lässt sie vor Schreck aufkeuchen.

Zwei Handtücher liegen zusammengeknüllt in der Badewanne, und mitten an der Wand, eingetrocknet auf den Kacheln, befindet sich ein großer, rostfarbener Handabdruck.

# 59

Thea fotografiert den Handabdruck, die Handtücher und die leeren Verbandverpackungen. Dann vergleicht sie den Abdruck mit ihrer eigenen Hand. Er ist viel größer und breiter, ist also von einem Mann, wahrscheinlich Lasse, falls es sich nicht um eine vierte Person handelt.

Sie geht in die Küche zurück und beleuchtet den Tisch dort.

Lasse Svart steht ruckartig auf und wirft dabei den Stuhl um. Aber was passiert dann? Thea leuchtet mit der Taschenlampe umher, sucht nach weiteren Blutflecken, aber der Holzboden ist viel zu abgewetzt und schmutzig, um so etwas zu erkennen. Stattdessen geht sie in die Hocke und leuchtet unter den Tisch. Neben einem der Tischbeine liegt ein dunkles Stoffstück, aber es dauert ein paar Sekunden, bis Thea klar wird, was genau da liegt. Es ist eine grüne Baskenmütze. *223 Rasmussen* hat jemand mit schwarzer Tusche hineingeschrieben. Das muss Leos Uniformmütze sein, auf der sich die Anstecknadel befand, die Leo definitiv mit dem Tatort in Verbindung setzte. Warum liegt sie hier?

Thea steckt die Mütze in ihre Jackentasche und leuchtet noch einmal den Boden ab. Als sie über die Flickenteppiche leuchtet, macht sie noch eine Entdeckung. Unter einem davon schaut der Ring einer Bodenluke hervor.

Thea schaut auf die Uhr. Sie sollte dringend gehen. Bis zum Auto braucht sie eine halbe Stunde zu Fuß und dann noch eine Viertelstunde mit dem Auto bis zur Praxis. Außerdem muss sie Emee finden.

Aber sie kann es einfach nicht bleiben lassen. Sie muss zumindest die Luke öffnen und hineinsehen.

Die Falltür hat einen eingebauten Riegel, der auch als Handgriff dient. Sie greift danach, aber die Tür sitzt fest und lässt sich nicht bewegen, obwohl sie mit ganzer Kraft daran zieht. Also geht sie zurück in den Flur und holt das Brecheisen, wobei sie auf der Treppe draußen kurz frische Luft schnappt und nach Emee Ausschau hält.

Der Hofplatz liegt still da. Vielleicht sogar zu still. Das Vogelgezwitscher ist wieder verstummt, genau wie vorhin schon. Plötzlich ist Thea unwohl zumute, sie hält die Brechstange fest umklammert und versucht, in das Halbdunkel der Bäume zu spähen.

»Emee«, ruft sie. »Emee!«

Kein Hund zu sehen. Sie hat keine Zeit, länger zu warten. Entweder muss sie jetzt von hier loslaufen oder ins Haus zurückgehen und die Bodenluke aufbrechen.

Sie wählt Letzteres, und die Falltür gibt rasch nach. Wohlbekannter Kellergeruch schlägt ihr entgegen, als sie das Brecheisen beiseitelegt und fröstelnd in das Loch hineinleuchtet.

Eine schmale Holztreppe führt in einen ziemlich großen Kellerraum direkt unter der Küche, aber die Sicht wird von einem Regal versperrt. Die einzige Möglichkeit, zu sehen, was sich dahinter verbirgt, ist, die Treppe hinunterzusteigen. Thea zögert. Es ist schon viel zu spät, und will sie wirklich freiwillig in einen stockdunklen Keller klettern? Andererseits entgeht ihr sonst vielleicht etwas Wichtiges. Sie ist schließlich nicht hierhergekommen, um wieder zu gehen, bevor sie alle Anhaltspunkte untersucht hat.

Langsam steigt sie die kleine Treppe hinunter. Der Kellergeruch ist widerlich, sie bekommt kaum noch Luft.

Als sie das Ende der Treppe erreicht, bleibt Thea stehen und leuchtet den Raum mit der Taschenlampe ab. Auf dem Regal stehen altmodische Glaskonserven mit trübem Inhalt. Äpfel, Birnen, Pflaumen und sogar Eier, außerdem Flaschen mit Holunderblütensirup.

Langsam geht sie um das Regal herum. Dahinter geht der Keller noch ein Stück weiter. Thea sieht ein paar Rohre, einen rostigen Heizkessel und einen großen Stapel Holz. Gerade will sie zur Treppe zurückkehren, als sie ein Geräusch hört.

Ein schwaches Scharren, gefolgt vom Knarren einer Holzdiele. Beim Aufschauen entdeckt sie einen Lichtschein zwischen den Dielenbrettern. Da oben ist jemand.

Jetzt sind schnelle Schritte zu hören, dann ein leises Quietschen, und Thea ist sofort klar, was gerade passiert. Sie stürzt zur Treppe, stolpert aber in der Dunkelheit und fällt der Länge nach hin. Die Taschenlampe schlittert über den Boden, geht aus, und Thea kann gerade noch nach oben schauen und einen Blick auf ein Paar klobiger Gummistiefel erhaschen, bevor jemand die Falltür zuwirft und es pechschwarz um sie herum wird.

## 60

Der Knall der sich schließenden Luke hallt durch den Keller. Thea hört das Quietschen des Riegels, anschließend schnelle Schritte, die sich über ihr in der Küche entfernen, dann das Schlagen der Haustür.

Jetzt ist sie allein. Eingesperrt in der Dunkelheit des Kellers.

Ihr Herz schlägt wild. Plötzlich ist sie wieder fünf Jahre alt oder vielleicht acht oder zehn. Der Keller ist ein anderer, aber der Geruch ist derselbe. Feuchtigkeit, Erde, Angst.

Schon kann sie die leisen Geräusche der Insekten hören, die über den Steinboden krabbeln. Insekten mit harter Schale und bebenden Flügeln.

Der Schreck lähmt sie beinahe, aber sie zwingt sich auf alle viere. In der Dunkelheit tastet sie nach der Taschenlampe, ohne sie zu finden. Stattdessen berührt ihre Hand etwas Lebendiges, schnell zieht sie sie zurück. Dann lehnt sie sich mit dem Rücken gegen die Treppe und schlingt die Arme um ihre Knie.

Sie ist allein hier draußen im Wald. Niemand weiß, dass sie hier ist, niemand außer der Person, die sie eingesperrt und in der Dunkelheit zurückgelassen hat. Sie kann hier sterben, ohne dass jemand es bemerkt. Früher oder später wird das alte Haus genauso einstürzen wie die Scheune oder der Stall und sie unter einem Haufen Schutt, Steinen und Staub begraben, so wie in ihren Albträumen.

Ihre Brust zieht sich zusammen, ihr Atem geht schnell, vor ihren Augen beginnt es zu flimmern.

Sie muss sich beruhigen und aufhören zu hyperventilieren, bevor sie ohnmächtig wird. Sie ist kein ängstliches kleines Mädchen mehr, sondern eine erwachsene Frau, die in Kriegsgebieten gearbeitet hat, die Menschen sterben sah. Die nicht aufhörte zu operieren, obwohl Bomben auf das Gebäude fielen.

Thea kramt in ihrer Tasche, findet eine von Emees Hundekotbeuteln. Sie benutzt die Tüte, um einzuatmen, und der Trick funktioniert. Das Flimmern vor den Augen lässt nach, und ihr Puls beruhigt sich ein wenig.

Sie muss versuchen nachzudenken. Aber zuerst muss sie die Taschenlampe finden. Sie stopft die Tüte in die Tasche zurück, dabei stößt ihre Hand auf etwas Hartes.

Ihr Telefon! Natürlich! Wie dumm von ihr.

Sie wischt über den Bildschirm und aktiviert die Taschenlampenfunktion. Das Licht strahlt ungerichtet überallhin, aber es reicht völlig aus, um ihre richtige Taschenlampe zu finden und, was mindestens genauso wichtig ist, die größte Angst zu verdrängen.

Sie prüft das Handy, bevor sie es wieder ausschaltet, aber wie vermutet, hat sie hier unten keinen Empfang.

Als Erstes steigt sie die Treppe hinauf und rüttelt an der Luke. Die sitzt felsenfest. Daraufhin schaut sie sich im Keller um, findet aber kein Werkzeug, das ihr helfen könnte, die Falltür zu öffnen. Das Brecheisen liegt wahrscheinlich direkt über ihr auf dem Küchenboden. Warum hat sie es nur nicht mit in den Keller hinuntergenommen? So ein Mist!

Sie setzt sich auf die unterste Stufe und versucht sich zu sammeln. Wie lange wird es dauern, bis jemand sie vermisst? Bevor David ernsthaft nach ihr sucht? Nicht vor heute Abend oder sogar heute Nacht. Reichen die Batterien so lange?

Ein plötzlicher Laut lässt sie zusammenzucken.

Hundegebell. Emee muss direkt vor dem Keller stehen. Thea bewegt sich in Richtung des Gebells und versucht, die Wand hinter dem Holzstapel abzuleuchten. Sie hört, dass Emee an etwas scharrt.

Da ist eine Holzluke, die auf die Vorderseite des Hauses führen muss.

Sie reißt so viele Holzscheite herunter, dass sie auf den Stapel klettern kann und an die Luke gelangt. Aber auch die sitzt fest. Wahrscheinlich ist sie von außen verriegelt, genau wie die Fenster und Türen. Aber im Gegensatz zur Bodenluke in der Küche müsste diese, genau wie der Riegel draußen, Wind und Wetter ausgesetzt gewesen sein, und tatsächlich fühlt sich das Holz porös und verfault an.

Thea verlagert die Holzscheite auf dem Stapel, bis sie eine Plattform geschaffen hat. Dann legt sie sich auf den Rücken, zieht die Beine an und tritt mit den Füßen gegen die Luke. Nach vier Tritten spürt sie, dass das Holz langsam nachgibt. Nach sechs sieht sie Licht zwischen den Brettern hindurchfallen. Sie hört, wie Emee auf der anderen Seite scharrt und kläfft.

»Zur Seite, Mädchen!«

Thea tritt immer fester und schneller. Nach fünf weiteren Tritten löst sich der Riegel, und die Luke fliegt auf. Sie richtet sich auf und kriecht hinaus auf den Hof, wo Emee sich auf sie stürzt und ihr Gesicht ableckt.

Thea kommt auf die Füße und klopft sich Schmutz und Späne ab, bevor sie tief Luft holt. Vor Erleichterung und Freude über Emees Empfang muss sie fast weinen, aber sie reißt sich zusammen. Sie muss einen klaren Kopf bewahren.

Irgendjemand hat sie hier eingesperrt, jemand, der ihr wahrscheinlich nach Svartgården gefolgt ist. Aber wer, und warum?

Sie schaut auf die Uhr und weiß, dass sie keine Zeit hat, der Sache jetzt nachzugehen. Außerdem geht sie davon aus, die Antwort ohnehin nicht hier zu finden. Die Person, die sie eingesperrt hat, hat einen viel zu großen Vorsprung. Sie muss zurück ins Dorf.

So schnell sie kann, läuft sie durch den Sumpf und findet zum Weg zurück, fast ohne ihr Handy zurate ziehen zu müssen. Während sie geht, hält sie vergebens nach Spuren der Person Ausschau, die ihr gefolgt ist. Zugleich versucht sie, sich in Erinnerung zu rufen, was sie von der Treppe aus gesehen hat. Sie war so vom Licht der fremden Taschenlampe geblendet, dass sie keine Gesichtszüge erkennen konnte, sie kann nicht einmal sagen, ob es ein Mann oder eine Frau war. Die klobigen Gummistiefel, die sie gesehen hat, sind nicht besonders aussagekräftig.

Sobald sie ihren Wagen erreicht hat, beginnt es zu regnen. Ein kalter Frühlingsregen, der auf das Dach klatscht. Schnell steigt sie ins Auto und startet den Motor. Gerade will sie die Scheibenwischer anschalten, da sieht sie, dass etwas an der Windschutzscheibe klemmt.

Eine kleine Figur. Der Grüne Mann.

# 61

Der Schock holt sie ein, als sie den Sumpf verlassen hat. Sie schwitzt, fühlt sich unglaublich erschöpft. Sie ist schon spät dran, überlegt aber, die Arbeit einfach sein zu lassen, sich krankzumelden, zum Kutscherhaus zurückzufahren, lange zu duschen und noch einmal durchzugehen, was sie vor Kurzem gesehen und erlebt hat.

Aber bevor sie die Abzweigung zum Schloss erreicht hat, klingelt ihr Handy. Es ist Sigbritt Andersson.

»Wo bist du?«, fragt sie ohne irgendeine Begrüßungsfloskel.

»Äh, im Auto.« Blöde Antwort, sie hätte sich krank stellen sollen, aber das Motorengeräusch hätte sie vermutlich verraten.

»Warum bist du nicht in der Sprechstunde? Du hättest vor einer halben Stunde anfangen sollen. Ich habe zu Hause schon zwei Anrufe von unzufriedenen Patienten bekommen.«

»Ich habe verschlafen, sorry.«

»Verschlafen?«

Die Ärztin scheint ihr die Ausrede nicht abzunehmen. Einen kurzen Augenblick lang denkt Thea sogar, sie könne ahnen, wo sie den Morgen zugebracht hat.

»Ja, es tut mir wirklich sehr leid«, sagt sie. »Es wird nicht wieder vorkommen.«

»Na gut.« Sigbritt klingt noch immer nicht überzeugt. »Wann wirst du da sein?«

Thea fährt an der Schlossabfahrt vorbei.

»In zehn Minuten.«

»Gut. Es ist wichtig, dass die Praxis gemäß den Öffnungszeiten besetzt ist, Thea. Sonst beginnen die Leute zu reden. Gerüchte verbreiten sich im Dorf sehr schnell.«

»Ich verstehe. Wie gesagt, es wird nicht wieder vorkommen.«

»Das klingt gut.« Die Stimme wird ein bisschen sanfter. »Wir behalten diesen kleinen Zwischenfall für uns, Thea. Diesmal. Fahr vorsichtig!«

Auf den Stühlen im Gang sitzen vier Patienten. Thea entschuldigt sich, bittet um zwei Minuten, damit sie sich zurechtmachen kann. Die Blicke der Wartenden deuten darauf hin, dass sie es nötig hat.

Im Sprechzimmer inspiziert sie sich im Spiegel über dem Waschbecken. Ihr Gesicht hat Schmutzränder, die Haare sind voller Staub, und ihre Beine fühlen sich noch immer zittrig an.

Sie säubert sich, so gut es geht, und empfängt dann die Patienten. Noch einmal entschuldigt sie sich, erhält beschwichtigende Antworten, wird aber das Gefühl nicht los, sich lächerlich gemacht zu haben.

Gegen zwölf Uhr entsteht eine Pause, also nimmt sie Emee mit, um etwas zum Mittagessen zu kaufen. Ihr Kopf ist voll mit den Eindrücken vom Morgen: Svarts düsteres Wohnhaus, das da mitten im Sumpfgebiet steht, zugenagelt und versiegelt, voll stiller Geheimnisse. In ihr herrscht noch der Schreck darüber, im Keller eingesperrt worden zu sein.

Jemand muss ihr gefolgt sein. Jemand muss sie aus der Ferne beobachtet haben, verborgen zwischen den Schatten. Der Gedanke ist scheußlich und wird noch unbehaglicher, als sie die Details durchgeht. Sobald es hell wurde, fuhr sie direkt vom Schloss in den Sumpf. Auf der Hauptstraße begegnete sie niemandem, und wenn ihr ein Wagen auf dem schmalen Waldweg gefolgt wäre, hätte sie ihn sehen müssen.

Wie hatte ihr gestiefelter Verfolger sie also gefunden? Woher wusste der Mensch, dass sie auf dem Weg zu Svarts Hof war, und warum schloss er oder sie Thea ein? Die letzte Frage lässt sich zumindest beantworten. Aus dem gleichen Grund, warum die Person einen hässlichen kleinen Grünen Mann an ihrer Windschutzscheibe zurückließ. Nämlich um ihr Angst zu machen und um sie davon abzuhalten, in Elita Svarts Tod herumzustochern.

Kaum ist Thea draußen auf der Treppe, fährt ein großer Sportwagen auf den Parkplatz. Es ist Sebastian. Er bringt den Wagen vor ihr zum Stehen und steigt aus.

»Hallo, Thea. Ich war gerade auf dem Weg zu dir.«

»Ach. Ich wollte gerade raus …«

»Es dauert nur ein paar Minuten.« Er sieht sich um, als wolle er sich vergewissern, dass niemand zuhört. »Es geht um das Gespräch im Speisesaal gestern Abend.«

»Ich habe nicht gelauscht.«

Die Lüge kommt ihr über die Lippen, bevor sie darüber nachdenken kann. Selbstverständlich hat sie gelauscht, Sebastian weiß das. Trotzdem spielt er mit.

»Natürlich nicht. Aber wie du sicher gehört hast, hatten wir eine kleine Meinungsverschiedenheit. Tatsächlich wollte ich dich um einen Gefallen bitten.«

»Ja?«

»Als Nettan und ich wegen des Schlossprojektes gefragt wurden, wollten wir gerne helfen, sowohl dem Dorf als auch David, nicht zuletzt als uns klar wurde, dass ihr finanziell ein paar Schwierigkeiten hattet.«

Die umständliche Formulierung ärgert Thea, aber sie sagt lieber nichts.

»Wie du vielleicht gehört hast, laufen die Dinge jetzt ein bisschen aus dem Ruder. David hat das Budget deutlich überzogen und versucht, uns ein Ultimatum zu stellen. Entweder müssen wir mehr Geld reinstecken oder wir verlieren das Kapital, das wir schon investiert haben. Nettan und ich haben gehofft, dass du David zur Besinnung bringen könntest, damit er sich an die Vereinbarungen hält.«

Thea zuckt mit den Schultern. »David macht, was er will. Er mag es nicht, wenn jemand versucht, über ihn zu bestimmen.«

»Ich weiß. So war er immer, schon als wir zur Schule gingen.« Sebastian schüttelt belustigt den Kopf. »Er, Nettan und ich haben in der Fünften bei diesem Klassen-Turnier mitgemacht, wusstest du das? Wir kamen bis ins Halbfinale, es stand völlig unentschieden. Die letzte Frage war ausschlaggebend. Nettan und ich waren uns mit der Antwort einig, David hielt dagegen. Aber wir waren zwei gegen einen, unsere Antwort galt. David war allerdings derjenige, der ins Mikrofon sprach, und als wir an der Reihe waren, überging er einfach, was wir gesagt hatten, und gab dem Juror seine eigene Antwort.«

»Und ihr habt verloren.«

»Ja, mit einem einzigen Punkt. Die Mannschaft, die uns schlug, gewann den ganzen Wettkampf. Hätte sich David an den Plan gehalten, dann …« Er macht eine resignierte Handbewegung. »Wir haben die Sorge, dass er dabei ist, denselben Fehler noch einmal zu machen. Dass er auf eigene Faust eine falsche Entscheidung treffen wird, und dann müssen Nettan und ich die Konsequenzen tragen.«

Thea nickt. Sie hat ihre Frage lange zurückgehalten, aber jetzt muss sie raus.

»Ihr habt gestern über Elita Svart gesprochen, oder?«

Sebastian erstarrt.

»Aha, das hast du also gehört, obwohl du nicht gelauscht hast. Wie viel weißt du?«

»Dass ihr alle vier da wart, als sie starb. Du, David, Nettan und J-O.«

»Stimmt.«

»Ihr habt der Polizei erzählt, dass Leo sie getötet hat.«

»Na ja, wir haben gesagt, dass er auf dem Pferd saß«, korrigiert er sie. »Leo hat selbst gestanden, sie getötet zu haben.«

»Es gibt Hinweise darauf, dass sein Geständnis erzwungen wurde.«

Sebastian schüttelt wütend den Kopf.

»Das ist Unsinn. Wir haben Leo gesehen. Elita hatte mit ihm ausgemacht, dass Leo angeritten kommen sollte, dass er uns erschrecken sollte. Und das hat er. Wir sind um unser Leben gerannt.«

»Außer David. Er ging zurück. Er sah, dass Leo über Elita gebeugt dastand.«

»Na ja, ja. Aber darüber musst du mit ihm sprechen, nicht mit mir.«

Sebastian scheint sich wieder zu fassen. Er schaut demonstrativ auf seine schwere Armbanduhr.

»Eine letzte Frage«, sagt Thea. »Ein paar Tage vor der Walpurgisnacht wurde ein Polaroidfoto von euch am Opferstein gemacht. Elita ist darauf als Frühlingsopfer verkleidet, und ihr tragt Tiermasken. Wer war der Fotograf?«

Forschend schaut er sie eine Weile an.

»Keine Ahnung. Ich glaube, Elita machte das Foto mit dem Selbstauslöser. Aber das ist alles so lange her. Ich kann mich kaum noch an irgendwelche Details erinnern, und ehrlich gesagt will auch keiner von uns, dass in der Sache weiter herumgewühlt wird.«

Er sieht wieder auf seine Uhr, offenbar ist er ihre Fragerei leid.

»Also, ich muss jetzt weiter. Aber wie gesagt, Nettan und ich wüssten es wirklich zu schätzen, wenn du uns mit David helfen könntest. Damit er keinen Fehler macht, der uns alle teuer zu stehen kommen kann, wenn du verstehst, was ich meine?«

Er schaut sie vielsagend an, bevor er in seinen Wagen steigt. In dem Moment, als er an ihr vorbeifährt, erhascht sie einen kurzen Blick auf den kleinen, engen Rücksitz des Wagens. Im Fußraum steht ein Paar klobiger Gummistiefel.

# 62

Sie geht eine Runde mit Emee und kauft sich in der lokalen Pizzeria etwas zum Mittagessen, das sie am Schreibtisch zu sich nimmt.

Dabei denkt sie an die Gummistiefel in Sebastians Wagen und versucht, sich zu erinnern, ob sie wohl dieselben auf Svarts Hof gesehen hat. Aber ein Paar Gummistiefel macht Sebastian noch nicht zum Verdächtigen. Was sollte er auch schon zu verbergen haben? Er war zwölf Jahre alt, als das alles passierte.

Thea holt den Fund von Svartgården hervor: das wellige Polaroidfoto, das Elita von sich selbst auf dem Bett gemacht hat, sowie die Baskenmütze ohne Abzeichen, die auf dem Küchenboden lag.

Sie schaut sich erst das Foto an. Die blaue Reisetasche, die unter dem Bett hervorlugt. Elita hatte ihre schönsten Anziehsachen hineingepackt, sie hatte vor abzuhauen, nicht zu sterben. Aber die Tasche war verschwunden.

Dann befühlt Thea die Baskenmütze. Der Stoff riecht stark nach Feuchtigkeit, Leos Handschrift auf der Innenseite ist überraschend gerade und ordentlich. *223 Rasmussen.*

An der Uniformmütze stört sie Verschiedenes. David und die anderen behaupteten, dass Leo als Grüner Mann verkleidet war, als er auf die Lichtung geritten kam, dass er ein großes Hirschgeweih auf dem Kopf trug, keine Baskenmütze. Natürlich kann er sie in der Tasche gehabt haben, aber wie hätte er dann die Anstecknadel verloren? Und was machte die Mütze auf dem Küchenboden?

Aber das ist bei Weitem nicht das größte Rätsel von Svartgården. Die drei verbliebenen Bewohner des Hauses waren offenbar in aller Eile aufgebrochen. Dem Handabdruck nach zu urteilen, war zudem einer von ihnen verletzt gewesen. Vielleicht Lasse.

Was also war geschehen? Warum waren sie Hals über Kopf geflohen, ohne ein paar Kleider mitzunehmen oder auch nur die eigenen Medikamente? Und wohin waren sie gegangen?

Thea fügt die Fragen der Liste hinzu, die sie im Kopf bereits hat.

Was soll sie als Nächstes tun? Sie googelt das Buch über die falschen Geständnisse.

Der Autor hat eine Webseite, auf der sowohl seine E-Mail-Adresse als auch seine Handynummer stehen. Schon nach dem zweiten Klingeln hebt er ab. Kurt Bexell hat eine weiche, melodische Stimme und scheint sich darüber zu freuen, dass sich jemand für sein Buch interessiert. Thea behauptet, sie sei auch Autorin und habe vor, eine True-Crime-Story über den Fall zu schreiben.

»Das Frühlingsopfer? Ja, natürlich erinnere ich mich an die Geschichte. Eine alte Bekannte vom offenen Strafvollzug gab mir damals den Tipp. Sie besorgte mir den Kontakt zu Leo Rasmussen. Das Ganze klang anfangs recht vielversprechend.«

»Haben Sie sich getroffen?«

»Nein, wir telefonierten nur ein paarmal. Er wohnte im Ausland. Ich erklärte ihm die Ausgestaltung des Buches und erzählte ihm von einigen ähnlichen Fällen. Ich sagte ihm, dass ich seine Vernehmungen gelesen hatte und glaubte, dass er an etwas litt, das sich memory distrust syndrome nennt. Wissen Sie, was das bedeutet? Ich beschreibe es recht ausführlich in meinem Buch.«

Er wartet ihre Antwort nicht ab, scheint viel zu aufgedreht zu sein, weil er über sein Spezialgebiet sprechen darf.

»Es bedeutet, dass der Verdächtige so unter Druck steht, dass er seinen eigenen Erinnerungsbildern nicht mehr traut, dass Wirklichkeit, Fantasie und die Behauptungen der Polizei miteinander verschmelzen. Am Ende glaubt man an seine eigene Schuld oder zweifelt zumindest an seiner Unschuld. Stress, Schlafmangel und Isolation in Kombination mit langen, anstrengenden und manipulativen Befragungen haben daran einen großen Anteil, und Leo war alldem ausgesetzt. Außerdem war er nach dem gewaltsamen Tod der Stiefschwester psychisch aus dem Gleichgewicht, und auch, weil seine Familie ihn im Stich gelassen hatte.«

»Was sagte er zu Ihrer Theorie?«

»Nicht viel. Er blieb ziemlich vage, sagte, dass er sich an das Ganze nicht mehr richtig erinnern könne und er seine Strafe abgesessen habe. Ich versuchte, ihn dazu zu bringen, sich zu öffnen, aber seine Antworten wurden immer kürzer. Schließlich beendete er das Gespräch. Aber ich hatte dennoch den Eindruck, dass er anfing, über die Sache nachzudenken. Ich schrieb ein kurzes Kapitel darüber und arbeitete dann an einer anderen Sache weiter, falls er sich noch einmal melden sollte.«

»Tat er das?«

»Ja, allerdings nicht ganz so, wie ich es erhofft hatte.« In der Leitung wird es kurz still. »Rasmussen rief mich ein, zwei Monate nach unserem ersten Gespräch an. Er weinte und war offensichtlich betrunken. Er behauptete, seine Stiefschwester geliebt zu haben und ihr nie hätte Schaden zufügen können.«

Thea kann fast ihren eigenen Herzschlag hören.

»Ich versuchte, ihn dazu zu bringen, noch einmal anzurufen, wenn er nüchtern wäre«, fährt Bexell fort. »Aber das tat er leider nie. Stattdessen funktionierte seine Telefonnummer nicht mehr. Ich schrieb das Buch fertig und nahm nach einigem Zögern den Fall trotzdem hinzu. Es gab nicht so viele schwedische Beispiele, aus denen man hätte wählen können.«

»Haben Sie eine Adresse von ihm?«

»Nein, tut mir leid. Die hatte ich nie. Er wohnte in den USA oder so etwas. Ich meine, es war eine amerikanische Nummer. Das ist alles, was ich darüber sagen kann.«

Thea überlegt.

»Stießen Sie auf irgendeinen Hinweis, dass Elita Svart schwanger war, als sie starb?«

»Nein.« Bexells Antwort kommt zögerlich. »War sie das? Das ist jedenfalls nichts, woran ich mich erinnern kann.«

»Ich glaube. Aber diese Information scheint aus dem Obduktionsbericht gelöscht worden zu sein.«

»Seltsam. Aber ich hatte irgendwie immer das vage Gefühl, dass bei diesem Fall nicht alles ans Tageslicht gekommen war. Ich fuhr sogar nach Ljungslöv, um den Vernehmungsleiter zu interviewen, musste aber dem Polizeichef dort unten ganz schön auf die Nerven gehen, um eine Kopie des Ermittlungsberichts zu bekommen. Am Ende wurde es recht unschön. Einer seiner Untergebenen drohte mir mit Prügeln, wenn ich nicht aufhörte, in dem Fall nachzuforschen.«

Thea drückt sich den Hörer fester ans Ohr.

»Wie sah er aus? Erinnern Sie sich noch?«

»Ja, natürlich. Man wird nicht so oft von einem Polizisten in Uniform bedroht. Er trug einen Schnurrbart. Ein richtig unangenehmer Typ.«

»Arne Berg?« Sie hört selbst, wie aufgeregt sie klingt.

»Er hat sich mir nie vorgestellt. Sagte mir nur, dass es für mich das Beste wäre, wenn ich mich ins Auto setzen und abhauen würde, wenn ich nicht einen Tritt in die Eier haben wollte. Ich befolgte seinen Rat«, endet Bexell trocken.

Thea versucht, ihre Gedanken zu sammeln. Sie hat noch eine Frage.

»Glauben Sie …« Sie unterbricht sich, beschließt dann aber weiterzusprechen.

»Glauben Sie, dass Leo die Wahrheit sagte? Dass er wirklich unschuldig war? Es gab schließlich Zeugen und technische Beweise.«

Am anderen Ende bleibt es einen Moment still.

»Es stimmt, dass es einiges gab, was auf ihn verwies. Wurde nicht auch ein Stück seiner Uniform am Tatort gefunden?«

»Ja, richtig, ein Abzeichen. Und dann noch der Hufabdruck eines Pferdes, das auf Svartgården im Stall stand. Die Zeugen sagten aus, ihn auf dem Pferd gesehen zu haben.«

»Ja, aber die Zeugen waren Kinder, und sie waren ziemlich schnell weggelaufen. Abgesehen von dem Jungen, der zurückging, können sie eigentlich nicht viel gesehen haben.«

»David Nordin.«

»So hieß er wohl, ja. David war eigentlich der Einzige, der behauptete, Leo ohne Verkleidung gesehen zu haben. Er kann seine Freunde sehr wohl beeinflusst haben. Sie wurden gemeinsam verhört, was gegen die gängige Praxis verstößt. Kinder haben die Gabe, ihre Geschichten gegenseitig zu verstärken. Wenn eines von ihnen behauptete, Leo gesehen zu haben, und dieses Kind innerhalb der Gruppe auch noch eine starke Position innehatte, ist es nicht unmöglich, dass die anderen sich der Meinung einfach anschlossen.«

»Also glauben Sie, dass Leo unschuldig war?«, fasst Thea zusammen.

Bexell wird wieder still.

»Lassen Sie es mich so sagen«, erwidert er dann, »ich glaube auf jeden Fall, dass es in Bezug auf Leos Geständnis, aber auch was die Zeugenaussagen und die Ermittlung insgesamt angeht, gewisse Umstände gibt, die darauf hindeuten, dass er es gewesen sein *kann.*«

# 63

»Erinnerst du dich daran, wie wir mitten im Busch eine Reifenpanne hatten und plötzlich der große Elefantenbulle auftauchte? Er stand da, starrte uns an, vielleicht fünfzehn Meter entfernt, und dabei schnaubte er und scharrte mit dem Fuß. Weißt du noch, wie faszinierend, wie gefährlich sich das anfühlte? Dann verstehst du, was ich jetzt empfinde.«

In ihrem Traum ist sie wieder im Keller. Zuerst ist es der Keller ihrer Kindheit, vielleicht ist sie selbst auch noch klein, klein und erschrocken. Dicht an der Wand kauernd, hört sie ihren Vater jenseits der Kellertür toben. Dann ändert sich alles ein bisschen. Der Keller wird älter und feuchter, die Decke ist nicht mehr aus Beton, sondern besteht aus Dielenbrettern, durch die ein wenig Licht fällt.

Sie hört Stimmen im Zimmer über sich, einen Mann und zwei Frauen. Sie geht im Keller hin und her, um zwischen den Ritzen hindurchspähen zu können. Aber alles, was sie sieht, sind Beine. Ein Paar robuster Stiefel, zwei Paar Holzschuhe.

Die Stimmen werden lauter, wütender. Ein lauter Knall, als ein

Stuhl genau über ihrem Kopf umfällt. Instinktiv schließt sie die Augen, hebt die Arme über den Kopf.

Schritte über den Boden, erregte Stimmen. Dann ein Schmerzensschrei.

Plötzlich ist sie woanders. Sie befindet sich am Steinkreis, Nebelschwaden hängen zwischen den alten Weißdornbäumen. Sie trägt ein weißes Kleid, in den Händen hält sie zwei Hirschgeweihe, und ihre Füße fühlen sich auf dem weißen Stein eiskalt an.

Ihr gegenüber steht Elita Svart. Sie sieht aus wie auf dem Schulfoto, trägt eine Polaroidkamera an einem Riemen um den Hals und eine blaue Reisetasche in der Hand.

»Wer hat dich getötet?«, fragt Thea.

Das Mädchen antwortet ihr nicht, sondern lächelt nur traurig.

»Wer hat Elita Svart getötet?«

Plötzlich hört man das Geräusch sich nähernder Hufe. Das Mädchen schaut sich erschrocken um.

»Er kommt«, flüstert sie. »Pass auf dich auf!«

Die Hufschläge kommen immer näher, werden zu einem Donnern, verwandeln sich in das Geräusch eines Bombers, das ein Gebäude und die Menschen darin zerstört.

Thea will schreien, aber ihr Mund ist voller Staub. Dann umschließt sie Dunkelheit, führt sie zurück in den Keller ihrer Kindheit.

Da ist jemand, ganz in ihrer Nähe.

*Du versuchst doch nicht, mich wieder übers Ohr zu hauen, Jenny?* Hört sie ihren Vater in dem Augenblick flüstern, in dem sie aufwacht.

Sie schaut auf die Uhr. Halb fünf, die Wahrscheinlichkeit, wieder einzuschlafen, geht gegen null. Das Nachtlicht verbreitet ein schwaches Licht im Zimmer, und der feuchte Fleck an der Decke ist noch größer geworden, als würde der Gips, oder aus welchem Material auch immer ihre Zimmerdecke bestand, langsam gefüttert.

Thea bleibt im Bett liegen und starrt eine Weile auf den Fleck. Dabei denkt sie an ihren Vater, an den Brief, den sie noch nicht geschrieben hat. Wie lange wird er warten? Was passiert, wenn er es leid wird?

Sie verscheucht den Gedanken und richtet ihre Aufmerksamkeit stattdessen auf das gestrige Gespräch mit Kurt Bexell über Leos Geständnis. Das geht erstaunlich leicht.

Bexell erzählte, dass er mit dem Polizeichef in Ljungslöv Streit gehabt hatte. Dass der Mann Arne losgeschickt hatte, um ihm zu drohen.

Warum war der Polizeichef so ungeschickt? Wer war er?

Sie nimmt sich Google zu Hilfe, sucht nach *Polizeichef Ljungslöv* und landet sofort einen Treffer bei der Lokalzeitung.

*Viele nehmen Abschied vom geschätzten Polizeichef.*

Der Artikel von 2010 berichtet über die Beerdigung von Stig Lennartson, zwischen 1981 und 2006 Polizeichef in Ljungslöv, und enthält auch zwei Fotos. Eines ist von Lennartson selbst, einem glatzköpfigen Mann mit schweren Augenringen. Das andere Bild ist vor der Kirche aufgenommen, aus der gerade eine Gruppe schwarz gekleideter Menschen kommt. Thea erkennt darauf sofort ihre Schwiegereltern und dahinter Arne, Sigbritt Andersson, Vater und Sohn Nyberg und noch ein paar Personen, die sie glaubt, im Dorf gesehen zu haben.

Lennartson ist also tot. Hat er versucht, Elitas Schwangerschaft im Obduktionsbericht zu verheimlichen? Bexells Erzählung nach zu urteilen, ist das nicht unwahrscheinlich. Aber warum sollte er das getan haben? Lennartson scheint nicht persönlich in den Fall involviert gewesen zu sein. Laut Artikel wohnte er nicht einmal in Tornaby, sondern irgendwo auf dem Land bei Ljungslöv.

Wenn Lennartson den Obduktionsbericht nicht auf eigene Initiative hin manipuliert hatte, blieb die Frage: Wer hatte genug Macht und Einfluss, einen Polizeichef dazu zu bringen, Informationen in einem Ermittlungsbericht zu ändern?

Thea schaut sich das Beerdigungsfoto noch einmal an. Ihre Schwiegereltern stehen auf dem Bild fast ganz vorne. Ingrid sieht ungefähr so aus wie jetzt, dieselbe entschlossene Miene, das Kinn ein bisschen zu hoch. Bertil dagegen sieht anders aus. Der sanfte

Ausdruck in seinem Gesicht, den sie gewohnt ist, ist hier nicht zu sehen. Stattdessen ist sein Blick fest, und er macht ein strenges Gesicht.

2010 hatten David und sie sich noch nicht kennengelernt, und Bertil bekam seine Demenz-Diagnose erst gut zwei Jahre später. Zieht er auf dem Foto nur unglücklicherweise eine Grimasse, oder stellt das Bild vielmehr den wahren Bertil dar? Denjenigen, der er war, bevor er ins Vergessen hinabglitt?

Thea googelt ihn und findet ein paar Fotos, die etwa aus derselben Zeit stammen. Veranstaltungen im Sportverein, irgendein Jubiläum. Davids Vater sieht auf diesen Bildern fröhlicher aus als auf dem Beerdigungsfoto, dennoch wird deutlich, dass die Sanftheit, die sie an ihm mag, erst in den letzten Jahren entstanden ist.

Ingrid ist auch auf den Fotos zu sehen. Sie geht an Bertils Arm, steht meist leicht hinter ihm, als würde sie sich bewusst in seinem Schatten halten.

Thea muss an den seltsamen Besuch ihrer Schwiegermutter neulich denken. Ingrid, die sich so bemüht hat, ihr und David zu helfen, hier anzukommen. Die sich Sorgen darum macht, was die Leute darüber denken, dass Thea herumgeht und Fragen nach Elita Svart stellt. Oder beunruhigt Ingrid eigentlich etwas anderes? Vielleicht, dass Thea etwas finden könnte? Einen Sprung in der perfekten Fassade, der dafür sorgen könnte, dass sich die Fäulnis ausbreitet und Geheimnisse heraussickern.

David und sie frühstücken gemeinsam. Er ist gestern wieder spät nach Hause gekommen, lange nachdem sie selbst zu Bett gegangen war. Er sieht erschöpft aus, arbeitet ununterbrochen daran, alles für das große Essen vorzubereiten.

Es fällt Thea schwer zu vergessen, was Bexell gesagt hat. Dass David die anderen Kinder darin beeinflusst haben könnte, Leo anzuschwärzen. Am liebsten würde sie ihn danach fragen, aber er hat schon klargemacht, dass er nicht über das Frühlingsopfer sprechen will, und die Sache jetzt anzusprechen, würde mit Sicherheit zum Streit führen.

Aber noch ein anderer Gedanke hat sich festgesetzt. Wenn Bexell recht hat, wenn Leos Geständnis falsch ist und er damit unschuldig, dann würde das bedeuten, dass der Mörder immer noch frei herumliefe. Ein Mörder, der dreißig Jahre lang ungeschoren davongekommen ist.

Geht es bei den Warnungen etwa genau darum? Der Keller, der Grüne Mann an ihrem Wagen. Befindet sie sich in Gefahr?

»Ich muss los.« David zieht sich die Jacke an, während er den letzten Rest seines Brotes isst. »Ich habe viel zu tun. Wir sehen uns heute Abend.«

Sie nickt, bemüht sich um ein Lächeln.

Am Vormittag stehen drei Hausbesuche auf Theas Plan. Die beiden ersten sind in Tornaby selbst, an Adressen, die das Navigationsgerät problemlos findet. Der dritte Patient wohnt ein ganzes Stück außerhalb des Ortes.

Während der Autofahrt ertappt sie sich mehrfach dabei, in den Rückspiegel zu schauen und nach Wagen Ausschau zu halten, die sie verfolgen könnten. Aber alles scheint ruhig, zumindest auf den ersten Blick. Trotzdem wird sie das Gefühl nicht los, überwacht zu werden. Emee knurrt nervös, als würde die Hündin ihre Stimmung teilen.

Als sie an der Allmende vorbeifährt, sieht sie, dass die Figur des Grünen Mannes inzwischen ihren Platz ganz oben auf dem Scheiterhaufen eingenommen hat. Sie sieht fast exakt so aus wie auf den alten Fotos im Bürgerhaus. Eine unförmige Masse aus Laub und Zweigen, wo Kopf und Arme die einzigen Teile sind, die sie zumindest ein wenig menschenähnlich machen.

Das GPS leitet sie zu vier gleich aussehenden Häusern, die nebeneinander an der Straße stehen. Sie drängen sich so dicht aneinander, dass es aussieht, als wollten sie sich gegenseitig vor dem Wind schützen. Die Fassaden sind schlammig braun, die Ziegeldächer vermoost. Auf dem einen steht eine schiefe Fernsehantenne. Thea findet keine Hausnummern und weiß daher nicht, zu welchem sie gehen soll, deshalb klopft sie beim ersten an. Ein rostiger kleiner Lastwagen steht davor, aber sie kommt nicht darauf, wem er gehört, bevor sich die Haustür öffnet.

»Was willst du?«, brummt J-O, ohne ihren Gruß zu erwidern.

»Ich suche den Böketoftavägen 23.«

»Das ist bei meiner Mutter.« Er zeigt auf das benachbarte Haus. »Am besten gehe ich mit und mache auf. Sie hört die Klingel nicht immer.«

Er geht hinüber und schließt auf.

»Mutter!«, ruft er ins Haus. »Die Frau Doktor ist da.«

Dann geht er hinein und winkt Thea, ihm zu folgen. Die Luft im Haus ist stickig, in der Küche stehen Medikamentendosen und leere Schnapsflaschen.

»Mutter!«, ruft er wieder.

Aus dem oberen Stock ertönt eine Antwort, J-O bleibt an der Treppe stehen.

»Meine Mutter mag keine Ärzte«, sagt er und klingt fast ein bisschen verlegen. »Manchmal ist sie ein bisschen …« Er zögert, sucht nach dem richtigen Wort.

»Ruppig, wenn du verstehst, was ich meine?«

Thea nickt. Sie hat vor dem Besuch die Krankenakte durchgelesen, aber ihr war nicht klar, dass es sich um J-Os Mutter handelt.

Sie gehen die schmale Treppe hinauf, J-O klopft an die Schlafzimmertür und tritt ein.

»Jetzt ist die Frau Doktor da.«

»Ich will keinen verdammten Doktor sehen, habe ich gesagt. Ist es wieder diese fette Tratschtante, Sigbritt Andersson?«

»Nein, wir haben jetzt eine neue Ärztin. Das habe ich dir doch erzählt.«

Thea tritt ins Zimmer. Der Raum ist klein und die Wände so schräg, dass sie den Impuls unterdrücken muss, sich zu bücken. J-Os Mutter liegt im Bett. Sie ist kräftig, hat strähniges, graues Haar, und über Wangen und Nase verlaufen deutlich sichtbare rote Äderchen. Im Zimmer hängt ein süßlicher, beißender Geruch nach Alkohol und Urin.

»So, Sie sind also die Neue«, sagt die Frau im Bett.

»Ja. Ich heiße Thea Lind.« Sie streckt die Hand aus. »Und Sie sind Gertrud Leander.«

J-Os Mutter mustert sie von oben bis unten.

»Sie sind ja ’ne ziemliche Porzellanpuppe. Sind Sie sicher, dass Sie Ärztin sind?«

»Das werden Sie sehen.« Thea öffnet ihre Arzttasche.

Gertrud glotzt weiter.

»Ich mag keine Ärzte. Alles Klugscheißer.«

»Das stimmt. Man muss ein Klugscheißer sein, sonst bekommt man keinen Medizinstudienplatz.«

Gertrud zuckt zusammen. »Versucht sie, lustig zu sein, Jan?«

J-O murmelt irgendetwas aus seiner Ecke. Er wirkt bemüht, weder mit seiner Mutter noch mit Thea Blickkontakt zu haben.

Thea zieht sich Plastikhandschuhe an.

»Sollen wir einen Blick auf Ihre Liegewunde werfen?«

Die Frau starrt sie ein paar Sekunden an, schlägt dann aber die Bettdecke auf und lässt sich von ihr untersuchen.

»Sie sind wohl die Schwiegertochter von Ingrid Nordin?«

»Das ist richtig.«

»Ingrid ist eine scheißvornehme Tussi, die …«

»Mutter!«, unterbricht J-O sie.

»Was denn, es stimmt doch. Ingrid denkt, dass sie was Besseres ist als alle anderen. Dass sie das Recht hat, sich in alles einzumischen, nur weil ihre Familie seit sieben Generationen in Tornaby lebt oder wer weiß, wie lange. Sie schleppt den armen Bertil mit sich herum wie einen Lumpen. Früher mal hatten die Leute Angst vor ihm, können Sie sich das vorstellen?«

Sie stößt Thea mit dem Ellbogen an.

»Ja, das habe ich schon gehört.«

Thea versucht, so zu tun, als ob sie das Gesprächsthema nicht interessieren würde.

»Und wissen Sie, warum? Ja, weil Bertil Bankdirektor war. Er wusste Bescheid, wer knapp bei Kasse war, wer kurz vor der Scheidung stand oder wer Geld vorm Fiskus versteckte. Bertil kannte alle Geheimnisse. Sogar der Graf schleimte sich bei ihm und Ingrid ein. Aus lauter Angst kriechen die Leute ihnen immer noch in den Arsch. Vor allem Ingrid, weil sie die Vorsitzende der Bokelund Stiftung ist. Ihre Schwiegermutter ist rücksichtslos. Die vergisst eine Kränkung nie.«

»Mutter!« J-O hebt wieder die Stimme.

»Schon gut.« Gertrud Leander winkt ab. »Frau Doktor weiß bestimmt, was ich meine.«

Thea richtet sich auf, zieht die Handschuhe aus.

»So, jetzt ist die Wunde versorgt. Ich komme nächste Woche wieder und schaue sie mir an.«

Gertrud sieht enttäuscht aus, als hätte sie erwartet, dass Thea schockiert sein würde von dem, was sie sagt. Sie brummt irgendeine Erwiderung, zieht dann die Decke hoch und dreht sich weg.

J-O folgt Thea die Treppe hinunter.

»Entschuldige«, sagt er, als sie in die Diele kommen. »Meine Mutter meint es nicht so. Mein Vater ist einundneunzig gestorben, und Bertil hat ihr geholfen, das Haus zu behalten und einen Job zu finden. Wenn Bertil und Ingrid nicht gewesen wären …« Er macht eine besorgte Geste Richtung Obergeschoss. »Du erzählst ihnen doch nicht, was Mutter gesagt hat? Und David auch nicht?«

Thea schüttelt den Kopf. »Ich spreche nie mit Außenstehenden über meine Patienten. Damit würde ich gegen das Arztgeheimnis verstoßen.«

J-O lächelt verlegen und zugleich erleichtert.

»Du musst David ziemlich gut gekannt haben, oder?«, fragt Thea. »Ich vermute mal, dass er früher ganz schön vorlaut war?«

J-O wirkt immer noch verlegen, verzieht dann aber den Mund zu einem Grinsen.

»Ja, das war er allerdings. David war immer der Vorlauteste von uns.«

»Und Nettan die Schöne?«

Er nickt, das Gesprächsthema scheint ihm zu gefallen.

»Und wer war Sebastian?«

»Sebastian war vorsichtiger. Er wollte immer alles genau durchdenken.«

»Aha, er war also der Planer. Und wer warst du?«

J-O scheint zu überlegen.

»Ich war wohl einfach der, der mit dabei war. Ich machte das, was andere mir sagten. Deshalb bin ich wahrscheinlich nie von hier weggekommen. Und dann war da ja meine Mutter.«

Thea nutzt die Gelegenheit.

»Elita Svart«, sagt sie und sieht sofort, dass sich J-Os Miene verfinstert. »Du warst an dem Abend auch dabei.«

Sie holt das Polaroidfoto aus der Jackentasche.

»Das seid ihr, oder? David, Nettan, Sebastian und du. Zusammen mit Elita.«

J-O dreht sich weg, sieht sich das Foto dann aber doch an.

»Welches Tier warst du?« Sie hält ihm das Foto ein bisschen näher hin.

»Fuchs«, murmelt er. »Ich war der Fuchs. Ich habe Füchse immer gemocht.«

»Und was hast du an dem Abend gesehen?«

J-O zuckt mit den Schultern.

»Ich habe ein Pferd und einen verkleideten Reiter gesehen. Wir dachten, es wäre der Grüne Mann, deshalb sind wir wie die Irren weggelaufen. Warum fragst du das?«

»Bist du dir ganz sicher, dass es Leo war, den du gesehen hast?«

Er schüttelt den Kopf. »Das ist so lange her, ich weiß es nicht mehr.«

Das ist ganz sicher eine Lüge. Etwas an dem abweisenden Mann sagt ihr, dass er sich an jeden einzelnen Moment erinnert. Aber wie kann sie ihn nur dazu bringen, davon zu erzählen?

»Warum willst du das wissen?«, fragt er noch einmal.

»Ich …« Sie überlegt. »Ich habe vor ungefähr einem Jahr in Syrien etwas erlebt. Das Krankenhaus, in dem ich gearbeitet habe, wurde bombardiert.«

J-O scheint aufmerksam zuzuhören.

»Um mich herum wurden Menschen verletzt, starben.«

Sie zögert. Wenn sie darüber redet, fühlt sie sich immer unwohl, aber sie muss weitersprechen.

»Manchmal habe ich deswegen Albträume. Bis ins kleinste Detail. Bilder, Geräusche, Gerüche, sogar der Geschmack meiner eigenen Angst. Außerdem habe ich ein schlechtes Gewissen, weil ich überlebt habe und andere nicht.«

J-O nickt kurz, als würde er genau verstehen, was sie meint.

»Bevor wir hierherzogen, hatte ich nie vom Frühlingsopfer gehört. David hat nie etwas erzählt, und er weigert sich auch, über die Sache zu reden. Er sagt, dass er alles hinter sich gelassen hat. Kann man …« Sie schluckt, versucht es noch einmal. »Kann man so etwas wirklich vergessen?«

J-O schaut sie an. Es ist ein langer, kummervoller Blick, der die Frage schon beantwortet, bevor er den Mund öffnet.

»Nein«, sagt er sanft. »Man vergisst nie. Selbst wenn man sein Leben lang versucht, es zu tun.«

»Also hast du nicht vergessen, dass du Leo gesehen hast?«

J-O mustert sie einen Moment lang.

»Leo hat vor der Polizei gestanden«, sagt er leise.

»Das hat er. Aber inzwischen hat er es sich anders überlegt.«

Sie weiß nicht genau, warum sie es gerade so ausdrückt, vielleicht, weil sie daran denkt, was Leo am Telefon zu Bexell gesagt hat. In jedem Fall bleiben die Worte nicht ohne Wirkung auf J-O.

Er zuckt zusammen, wird weiß im Gesicht, seine Unterlippe bebt leicht. Thea hält die Luft an, wartet darauf, dass er etwas sagt.

Ein Ruf aus dem oberen Stock unterbricht sie.

»Jan! Jaaan!«

J-O presst die Lippen aufeinander. Dann nickt er Thea zu, dreht sich langsam um und geht zurück die Treppe hinauf, mit hängenden Schultern und kraftlosen Armen.

*Wir haben alle unsere Gespenster*, flüstert Margaux ihr ins Ohr. *Wie sehen wohl seine aus?*

# 64

Sie isst zu Mittag und kommt zehn vor eins wieder in die Praxis, um sicher pünktlich öffnen zu können. Da sitzt bereits ein Patient und wartet: Philippe Benoit, der Kanadier mit der verletzten Hand.

»Bonjour, docteur Lind! Sie sagten, ich solle noch einmal kommen und die Wunde neu verbinden lassen. Heute bin ich zufällig am Dorf vorbeigefahren, wenn ich also nicht ungelegen komme …« Er hält seine bandagierte Hand hoch.

»Nein, natürlich nicht. Kommen Sie rein.« Sie schließt auf, lässt Emee in die Praxis und winkt Philippe, ihr zu folgen und sich auf die Liege zu setzen.

»Schöner Hund«, sagt er und streckt die Hand nach Emee aus. Aber die Hündin hält Abstand, zwinkert und knurrt leise.

Als Thea ihr den Befehl gibt, sich hinzulegen, gehorcht sie widerwillig. Sie geht zwar auf ihre Decke, lässt den Mann auf der Pritsche aber nicht aus den Augen.

»Also, dann schauen wir mal.« Thea zieht sich Handschuhe an und öffnet den Verband. Dabei bemerkt sie, dass Philippe sie beobachtet und ihr Gesicht studiert.

»Nach welchem Metall suchen Sie noch mal?«

»Vanadin.«

»Wofür wird es verwendet?«

»Vor allem für Handyakkus.«

»Und Sie glauben, dass es das hier gibt? In Tornaby?«

Er nickt.

»Die Frage ist nur, ob es genug gibt, damit sich ein Abbau lohnt. Deshalb machen wir Probebohrungen.«

Vorsichtig säubert sie die Wunde, die schön verheilt ist. Die Ränder sind rosa, und die Naht hat gehalten.

»Und wie gewinnt man Vanadin?«

»Im Tagebau.«

»Was sagen die Grundbesitzer dazu? Wollen sie wirklich Riesenlöcher in ihren Ländereien haben?«

Er zuckt mit den Schultern.

»Per Gesetz gehört den Großgrundbesitzern nur die obere Schicht. Der Untergrund gehört dem Staat. Wenn also der Staat befindet, dass so eine Grube eine gute Sache ist, haben die Grundbesitzer nicht viel zu sagen.«

»Aber warum gerade hier?« Sie hat Tagebauanlagen in Afrika gesehen. Große, klaffende Wunden in der Landschaft, Maschinen, die stinkende Abgase ausstoßen.

Erneutes Achselzucken.

»Weil es hier die Ressourcen gibt.«

Die Antwort ärgert sie. Oder vielleicht ist es auch seine überhebliche Art. Sie legt einen neuen Verband um die Wunde.

»Ich vermute mal, dass die Dorfbewohner Ihre Pläne nicht besonders gern sehen«, wendet sie ein.

Philippe Benoit öffnet und schließt die Hand ein paarmal, wie um die Beweglichkeit zu testen.

»Die Leute wollen jedes Jahr ein neues Handy, bessere und leichtere Akkus für jedes Modell. Aber niemand will die Gruben in seiner Nachbarschaft haben. Solange der Abbau von Mineralien in Afrika oder sonst irgendwo weit weg stattfindet, interessiert sich niemand dafür, wie es zugeht. Obwohl die meisten Gruben für die Umwelt eine einzige Katastrophe sind.«

Thea findet, dass er ziemlich arrogant klingt, und ist sein Mansplaining leid.

»Wir dagegen«, fährt er fort, »können natürliche Rohstoffe mit minimalem Einfluss auf die Umwelt gewinnen, die Natur hinterher wiederherstellen …«

»Aha?«, unterbricht sie ihn. »Behaupten das nicht alle Unternehmen? BP, Shell und all die anderen Umweltfreunde. Maximaler Gewinn, minimaler Umweltschaden. Aber das Ergebnis sieht wohl selten so aus.«

Er steht von der Liege auf. Einen Moment lang starrt er sie an, als wolle er herausfinden, ob sie sich über ihn lustig macht.

»Sind wir fertig, Frau Doktor?«, brummt er.

»Ja, das macht zweihundert Kronen. Sie können per Swish bezahlen.« Sie zeigt auf das Poster mit dem QR-Code. »Natürlich nur, wenn Ihr Handyakku geladen ist.«

Verärgert fummelt er kurz an seinem Handy herum. Auf der Türschwelle stehend klopft er auf eine kleine Plakette, die an der Tür hängt.

»Bezahlt die Bokelund Stiftung für diese Praxis?«

»Ja, warum?«

»Nur so, aus reiner Neugier. Die Stiftung scheint hier fast überall die Finger drin zu haben. Im Großen wie im Kleinen. Die Vorsitzende ist Ihre Schwiegermutter, richtig?«

Eine Feststellung, die als Frage daherkommt. Thea beantwortet sie nicht.

Der Kanadier zieht sich seine Jacke an.

»Wir haben morgen Abend hier im Versammlungsraum eine Informationsveranstaltung. Kommen Sie doch vorbei und hören Sie zu. Wer weiß, vielleicht können wir Ihre Meinung noch ändern.«

Er lächelt entschuldigend, als würde er sein Benehmen bereuen, und will gerade gehen, als er noch einmal stehen bleibt.

»Ach, übrigens.« Er steckt seine Hand in eine der großen Jackentaschen und zieht einen Gegenstand heraus, den er auf den Schreibtisch legt. »Das hier steckte an der Windschutzscheibe Ihres Wagens, draußen auf dem Parkplatz. Ich habe es gesehen, als ich vorbeiging, und wurde neugierig. Was ist das?«

Thea erstarrt.

Es ist ein Grüner Mann, im Prinzip identisch mit dem, der an ihrem Wagen klemmte, als sie von Svartgården zurückkam.

»Geht es Ihnen gut?«, fragt Philippe. »Sie sind ganz blass.«

»Alles gut«, murmelt sie, ohne den Blick von der kleinen Figur abwenden zu können.

# 65

Kurz nach vier macht sich Thea auf den Weg nach Hause. Bevor sie sich in den Wagen setzt, geht sie einmal darum herum und sieht sich auf dem Parkplatz genau um. Auf der Heimfahrt nimmt sie alle Autos in Augenschein, die ihr begegnen.

Sie hat schon wieder eine Warnung bekommen. Jemand weiß, dass sie sie bisher nicht beachtet hat, dass sie immer noch in der Sache mit dem Frühlingsopfer gräbt.

An einer Ecke stehen ein paar Leute und unterhalten sich, aber als Thea vorbeifährt, scheinen sie ihr Gespräch zu unterbrechen und ihr nachzuschauen. Das Navigationsgerät blinkt und erinnert sie daran, was die Kollegin erzählt hat, dass nämlich der digitale Fahrtenschreiber irgendwie mit der Stiftung gekoppelt ist. Kann man sie darüber verfolgen? Hat jemand auf diese Weise gesehen, dass sie den Wagen in der Nähe der alten Zufahrt zu Svarts Hof geparkt hatte? Und dass sie kürzlich bei J-O war? Hat man sogar ihre Reise nach Hause zu Ronny und dann ins Gefängnis bemerkt?

Der Gedanke schnürt ihr den Magen zu.

Wer könnte Zugang zum GPS-Login haben? Sigbritt Andersson? Erik Nyberg, der wohl der Kassenwart der Stiftung ist? Ihre eigene Schwiegermutter?

Als sie zum Schloss hinauffährt, sieht sie Per Nybergs Pick-up vor dem Haupteingang neben dem Wagen ihrer Schwiegereltern stehen. Per und Erik stehen davor und unterhalten sich mit Nettan, David und seinen Eltern.

Thea parkt den Wagen und geht zu ihnen. Ingrid hält Bertil, der heute munter aussieht und offenbar einen guten Tag hat, am Arm.

»Hallo, Thea, wir haben gerade von dir gesprochen«, sagt Per.

»Aha …«

»David und Ingrid haben erzählt, dass du in Syrien ein paar schlimme Sachen erlebt und sogar eine Freundin verloren hast.«

Sie versucht, David nicht böse anzustarren. Er hat kein Recht, das zu erzählen, vor allem nicht vor einer ganzen Gruppe von Leuten. Als wäre ihr Trauma irgendeine Art von Unterhaltung. Sie ist überhaupt nicht in der Stimmung für so ein Gespräch und mag das Gefühl nicht, dass über sie geredet wurde.

»Es muss schön sein, an einen so ruhigen Ort wie Tornaby zu kommen. Hier passiert nie etwas«, fügt Nettan hinzu und widerspricht damit komplett dem, was sie neulich bei Davids Eltern zu Hause gesagt hat.

Thea spürt, wie ihr Ärger hervorbricht.

»Nicht?« Sie hebt die Augenbrauen. »Wie sieht es mit einem Ritualmord, einem gespenstischen Reiter und einer verschwundenen Familie aus?«

Per windet sich verlegen, Nettan macht ein schwer zu deutendes Gesicht, und sowohl David als auch seine Mutter werfen Thea eisige Blicke zu. Nur Erik Nyberg und Bertil sehen unberührt aus.

Im selben Moment sind Schritte im Kies zu hören, Hubert kommt um die Ecke. Er sieht überrascht aus und scheint zu überlegen, ob er umdrehen und zurückgehen soll.

»Hubert!«, ruft Bertil etwas zu laut. »Lange nicht gesehen. Wie geht es deinem Vater?«

Hubert geht zu ihnen und nickt zur Begrüßung.

»Rudolf ist schon lange tot. Das weißt du doch«, sagt Ingrid und zieht ihren Mann am Arm.

»Ja, natürlich weiß ich das«, sagt Bertil fast verärgert. »Ich habe ihm doch geholfen …« Er verstummt.

»Die Stiftung zu errichten«, ergänzt Ingrid. »Du hast Rudolf geholfen, die Bokelund Stiftung ins Leben zu rufen, und dafür sind wir alle dankbar, nicht wahr?«

Die anderen murmeln zustimmend.

»Alle außer Hubert«, bemerkt Thea.

Das Gemurmel verstummt abrupt. Niemand sagt etwas, aber sie sieht, dass Huberts Mundwinkel sich zu einem kleinen schiefen Lächeln verzieht, das wohl ihr gilt.

»Was zum Teufel war das denn?«, will David wissen, sobald sie allein sind. »Ritualmord, die Stiftung, Hubert. Warum sagst du bloß so was?«

»Warum läufst du rum und erzählst den Leuten von Syrien? Und Margaux?«

»Ich … ich will nur, dass die Leute wissen, was du durchgemacht hast.«

»Warum?«

»Ich weiß nicht. Um dir zu helfen.«

»Indem du irgendwelchen Leuten erzählst, was ich erlebt habe?«

»So habe ich das nicht gemeint.«

»Du hast mir genug geholfen, David. Es geht mir jetzt gut, verstehst du?«

»Das stimmt doch nicht. Es ist erst knapp ein Jahr her. Der Psychologe hat gesagt …«

»Scheiß auf den Psychologen. Ich brauche keine Hilfe. Jedenfalls nicht so.«

Sie ist wütend, rasend, ohne richtig zu wissen, warum, während David vor allem niedergeschlagen wirkt.

Sie holt tief Luft und bemüht sich, ihrer Stimme einen sanften Klang zu geben.

»Ich werde ewig dafür dankbar sein, was du für mich getan hast. Aber ich kann nicht mein Leben lang Opfer bleiben. Ich muss versuchen weiterzumachen. Außerdem hast du jetzt andere Sorgen.«

Er nickt, lächelt leicht.

*Er mag dich lieber, wenn du so bist*, flüstert Margaux aus dem Nichts. *Angeschlagen, kaputt …*

Thea presst die Kiefer zusammen, um sie zum Schweigen zu bringen.

# 66

»Dieses Puzzle lässt mir keine Ruhe, Margaux. Ich muss Antworten auf meine Fragen finden. Um meinetwillen. Wer hat Elita Svart getötet? Was ist mit ihrer Familie passiert? Und wer überwacht mich?«

Die Stimmung am Frühstückstisch ist immer noch etwas angespannt, aber auf jeden Fall besser als gestern.

David bemüht sich, nicht alle dreißig Sekunden auf sein Handy zu schauen, und sie tut ihr Bestes, um Interesse am Testessen zu zeigen.

»Noch zwei Tage bis zur Walpurgisnacht«, sagt sie. »Wie viele werden wir sein?«

»Rund fünfzig.«

»So viele?«

»Ja, es kommen einige Leute aus der Restaurantbranche, ein paar Journalisten und dann noch ein paar andere Leute, die nützlich sein könnten. Hochzeitsplaner, Influencer, Eventmanager und so weiter. Es ist wichtig, dass wir einen guten Start haben.«

Er versucht, entspannt zu klingen, aber er kann sie nicht täuschen.

»Fantastisch«, quetscht sie hervor und versucht, die Stimme ihres Vaters zu ignorieren.

*Ein einziger, gut platzierter Facebook-Eintrag ist alles, was es braucht.*

Sie denkt an das Gespräch mit Sebastian und überlegt, ob sie darüber schweigen soll oder ob sie es genauso gut hinter sich bringen kann.

»Sebastian ist gestern bei mir aufgetaucht. Er und Nettan machen sich Sorgen wegen der Kosten.«

David erstarrt.

»Er hat mit dir darüber gesprochen?«

»Ja. Aber in aller Freundschaft«, fügt sie unnötigerweise hinzu.

David schüttelt den Kopf, und Thea bereut es schon, das Thema aufgebracht zu haben.

»Die beiden haben von nichts eine Ahnung«, schnaubt er. »Das hatten sie noch nie und werden es auch nie haben.«

Er stürzt den letzten Rest Kaffee hinunter und steht auf.

»Mach dir keine Sorgen, Thea. Ich habe alles unter Kontrolle. Es wird ein fantastischer Abend werden, und danach wird niemand mehr wegen des Geldes herummeckern.«

Er zwingt sich zu einem steifen Lächeln, küsst sie und verschwindet dann zur Tür hinaus.

Thea nimmt Emee mit zu einem Spaziergang. Sie hält nach Hubert Ausschau, aber sein Wagen steht nicht an seinem üblichen Platz, deshalb geht sie davon aus, dass er nicht zu Hause ist.

Sie geht über die Brücke zum Wald. Heute Nacht hat es wieder geregnet, alles ist feucht und nass, die Vögel sind mitten in ihrem morgendlichen Gesang, und hin und wieder schaut die Sonne zwischen den Wolken hervor. Thea sollte das eigentlich mit Frühlingsgefühlen erfüllen, aber sie hat so viel anderes im Kopf. Sie muss versuchen, die Gedanken an Elita Svart und ihren geheimnisvollen Verfolger eine Weile ruhen zu lassen, und sich auf ein dringlicheres Problem konzentrieren, nämlich eines, das nicht nur sie selbst, sondern auch David und ihre gemeinsame Zukunft betrifft.

Es ist nur eine Frage der Zeit, bis ihr Vater mit neuen Drohungen von sich hören lassen wird. Sie hat ihm ja sogar ihre Telefonnummer gegeben.

Nach all den Jahren ist sie auf dem Weg, wieder in sein Universum gesaugt zu werden. Denkt sie wirklich daran, ein Gnadengesuch zu schreiben? Es gibt schließlich einen Grund, warum er im Gefängnis sitzt. Menschen haben unter seinen Taten gelitten, nicht zuletzt Ronny und sie selbst. Was wäre passiert, wenn sie nicht das Geld ihrer Mutter genommen hätte und abgehauen wäre? Wahrscheinlich wäre sie dann jetzt tot, hätte mit Jocke in diesem Auto gesessen, als er versuchte, vor der Polizei zu fliehen. Oder sie wäre ins Gefängnis gekommen, weil sie schon damals in die Geschäfte ihres Vaters verwickelt gewesen war.

Ihr Vater muss wahnsinnige Angst bekommen haben, als sie verschwand. Er hat sicher mehr als einmal darüber nachgedacht, ob sie zur Polizei gegangen war. Ob sie ihn verpfiffen hatte, wie Lasse es mit Leo getan hatte.

Inzwischen hat sie die Galgeneiche erreicht. Der Blitzeinschlag scheint sie nicht umgebracht zu haben, ihr Laub ist frisch ausgetrieben, aber mit der Narbe, die über den Stamm läuft, sieht das Gesicht noch hässlicher aus. Es starrt sie beinahe anklagend an, als wäre der Blitzeinschlag irgendwie ihre Schuld.

Thea geht weiter und folgt dem Pfad bis vor zur Spitze, wo der Kanal den Wald vom Sumpf trennt. Zwischendurch bleibt sie immer wieder stehen, um sich zu vergewissern, dass sie wirklich allein im Wald ist.

Trotz ihrer Vorsätze drängen sich ihr die Gedanken wieder auf. Immer noch ist alles ein einziges Chaos, aber sie kann Elitas Schicksal nicht einfach vergessen, dafür ist sie schon viel zu weit gekommen.

Plötzlich geht ihr auf, dass sie einen Anfängerfehler begangen hat. Sie hatte es zu eilig und hat sich von der Menge an Puzzleteilen ablenken lassen, anstatt an einer Ecke anzufangen und sich methodisch vorzuarbeiten.

Was aber ist ihre Ecke? Was weiß sie sicher? Irgendwie ahnt sie, dass es mit dem Kind zu tun hat, das Elita erwartete. Also sollte sie da anfangen. Sie sollte versuchen herauszufinden, wer den Obduktionsbericht geändert hat und warum es so wichtig war, Elitas Schwangerschaft zu verheimlichen.

Polizeichef Lennartson ist ein wichtiger Kandidat, denn er leitete die Ermittlung, musste also genug Gelegenheit gehabt haben, den Obduktionsbericht zu beschlagnahmen und dafür zu sorgen, dass es zwischen dem Gerichtsmediziner und den übrigen beteiligten Polizisten keinen Kontakt mehr gab.

Aber warum hätte Lennartson so etwas gemacht? In wessen Auftrag?

Lennartson ist tot, ihn selbst kann sie also nicht mehr danach fragen, also gibt es eigentlich nur eine Person, die ihr mit dieser Spur weiterhelfen kann.

Derselbe Mann, der dem Verfasser Bexell mit Schlägen drohte, wenn er nicht aufhörte, unangenehme Fragen zu stellen.

Onkel Arne.

Thea steckt den Ordner mit den Ermittlungen in ihre Tasche, hebt Emee in den Wagen und steuert den Toyota dann erst nach Tornaby und anschließend weiter Richtung Ljungslöv. Wieder kommt sie dabei an dem Scheiterhaufen mit dem Grünen Mann vorbei.

Die Hinweise auf den Grünen Mann ziehen sich durch die gesamten Ermittlungen. Der Grüne Mann hat sie geholt, sagte Lola im Verhör. Die Kinder sahen ihn heranreiten.

Elita hatte ihren Koffer gepackt, die Zeit für ihre Verwandlung war gekommen. Der Grüne Mann sollte sie holen und dabei die Kinder erschrecken. So weit scheinen die Geschichten zusammenzuhängen. Aber was lief schief?

Wenn Leo nicht der Grüne Mann war, wer war es dann?

Thea schaltet das Autoradio an und findet einen Sender, der alte Songs aus den Achtzigern spielt. »A view to a kill« von Duran Duran. Ihr fallen die Poster in Elitas Zimmer ein, stellt sich vor, dass Elita vielleicht zu genau diesem Lied vor dem Spiegel tanzte, und kommt darauf, dass noch etwas nicht stimmt. Etwas, das mit der Musik zu tun hat, mit Svarts Hof und der Zeugenaussage der Kinder.

Thea bleibt an einer Bushaltestelle stehen und holt ihr Handy hervor. Dann geht sie die Fotos durch, die sie auf dem Hof gemacht hat. Elitas Zimmer, ihre Kleider, der Inhalt ihres Schreibtisches, das Biologiebuch, die Kassette mit einer fremden Handschrift darauf. Eine Kassette, aber kein Kassettenrekorder. Sie holt den Ermittlungsordner aus ihrer Handtasche und blättert zuerst zum Verhör mit den Kindern und danach zur Registerkarte mit den Beschlagnahmungen.

Die Kinder erzählten, dass sie Getrommel und ein Lied mit Elitas Kassettenrekorder aufgenommen hatten und dass sie denselben Rekorder beim Steinkreis dabeihatten.

Aber am Tatort wurde nie ein Kassettenrekorder gefunden. Das Gleiche galt für die Tiermasken von der Polaroidfotografie. Die Kinder berichteten, sie hätten sie weggeworfen, als sie durch den Wald rannten, aber unter den beschlagnahmten Gegenständen vom Tatort befanden sie sich auch nicht.

Warum nicht? Vielleicht kann Arne ihr helfen, diese Fragen zu beantworten.

Die Polizeistation in Ljungslöv befindet sich in einem roten Backsteingebäude gegenüber von Bushaltestelle und Bahnhof. Die Rezeption hat nur einmal in der Woche geöffnet, und die Tür ist geschlossen, sodass Thea klingeln muss.

»Ja, bitte?«, hört sie eine weibliche Stimme durch die Sprechanlage.

»Hallo, mein Name ist Thea Lind. Ich suche Arne Berg.«

Kurze Stille, dann ein Surren, als die Tür sich öffnet.

Thea zögert einen Moment. Ist das wirklich eine gute Idee? Aber ihre Schwiegermutter sagte, sie solle sich an Arne wenden, wenn sie noch Fragen hätte, und die hat sie. Und in der Polizeiwache sollte sie doch wohl sicher sein?

Am Empfang erwartet sie eine Polizistin. Sie kann kaum älter als fünfundzwanzig sein, hat aber schon den leicht müden Blick von Menschen, die zu viel von den schlechten Seiten der Menschheit gesehen haben.

»Arne hat heute frei«, sagt sie etwas schroff.

»Ach, wie schade.« Thea sieht ein, dass sie zuerst hätte anrufen sollen.

Sie bleiben ein paar Sekunden voreinander stehen.

»Ist das Ihr Wagen?« Die Frau deutet auf das leicht zu erkennende Auto des Bezirksarztes.

»Ja.«

»Aha, dann sind Sie diejenige, die jetzt auf Schloss Bokelund wohnt. Sie sind mit Arnes Neffen verheiratet, und Sie eröffnen bald ein Restaurant. Arne spricht die ganze Zeit davon.«

»Tatsächlich?« Die letzte Information überrascht Thea ein wenig.

»Er wohnt hier ganz in der Nähe, falls Sie etwas Dringendes zu besprechen haben.«

»Ach, wirklich?«

Die Frau nickt. »Algatan 14. Es dauert mit dem Auto maximal fünf Minuten. Ich kann Ihnen den Weg erklären.«

# 67

Arnes Haus ist ein großer, weißer Bungalow mit Doppelgarage. Auf dem Rasen dreht ein Mähroboter seine Kreise, und in der Einfahrt steht der dunkle BMW, mit dem er sie und Bertil abgeholt hat, neben einem zweiten fast identischen.

Thea weiß immer noch nicht, ob das hier eine so gute Idee ist. Arne auf der Wache zu treffen ist das eine, aber ihn zu Hause aufzusuchen etwas ganz anderes. Sehr viel riskanter. Andererseits ist es zweifelhaft, ob sie ohne seine Hilfe noch viel weiterkommt. Immerhin gehören sie zur selben Familie, und jetzt ist sie schon hierhergefahren.

Sie steigt aus dem Wagen, geht zur Haustür und klingelt. Aus dem Nichts taucht eine grau gesprenkelte Katze auf, streicht um ihre Beine und schlüpft ins Haus, als Arne die Tür öffnet.

Er trägt einen Morgenmantel und einen Pyjama, und auf seiner Nasenspitze balanciert eine viereckige Lesebrille.

»Thea, du hier? Wie nett«, sagt er und klingt so, als würde er es auch so meinen. »Komm rein. Möchtest du Kaffee?«

Er macht einen Schritt zur Seite und lässt sie ins Haus treten.

Sie hängt ihre Jacke auf und muss daran denken, dass sie über Arne eigentlich sehr wenig weiß, außer dass er Polizist ist, mehr oder weniger von Ingrid und Bertil großgezogen wurde und mal mit einer Thailänderin verheiratet gewesen ist. Offenbar ist er auch ein Katzenmensch, was sie ein bisschen überrascht.

Sein Haus ist ordentlich und sauber. An den Wänden hängen Ölgemälde, die so aussehen, als seien sie auf Urlaubsreisen gekauft worden. Reisfelder, Sonnenuntergänge, Bambuswäldchen. Eine asiatische Version der schwedischen Heimatmalerei.

»Schöne Bilder«, sagt sie, als er sie in die Küche führt.

»Von meiner Frau«, sagt er. »Ex-Frau, meine ich.«

Er deutet mit einem Kopfnicken auf eine Fotografie, auf der er ungefähr zehn Jahre jünger ist. Neben ihm steht eine kleine, weiß gekleidete Frau, die ein bisschen zu stark geschminkt ist. Die Frau hält einen Brautstrauß in der Hand und lächelt etwas steif in die Kamera, während Arne deutlich glücklicher aussieht.

»Sie fand, dass es in Schweden zu kalt ist«, sagt er. »Komm rein, setz dich.«

Er deutet auf einen Küchenstuhl, geht zur Arbeitsplatte und stellt Kaffeetassen darauf. Dabei ertappt Thea ihn, wie er schnell eine Schnapsflasche wegstellt.

Die Küche duftet nach Kaffee und Toast, an den Wänden hängen weitere Fotos, die vermutlich in Thailand aufgenommen wurden. Wieder Arne und die Frau, aber auf mehreren sind sie zusammen mit einem Kind zu sehen, einem Jungen von etwa zehn Jahren.

»Sammy«, sagt Arne, als er ihre Blicke bemerkt. »Mein Stiefsohn. Wir haben noch Kontakt. In ein paar Wochen besuche ich die beiden. Das mache ich mindestens einmal im Jahr.«

»Ah, wie schön.«

»Milch und Zucker?«

»Ja, bitte.«

Er stellt ihr eine Tasse hin, zusammen mit einem halben Rührkuchen, den er vermutlich selbst gebacken hat.

»Eine Kollegin von dir hat mir deine Adresse gegeben.«

»Welche? Auf der Station arbeiten mehrere.«

»Eine junge Frau.«

»Jönsson. Stimmt, heute ist ja Mittwoch.« Er schüttelt unzufrieden

den Kopf. »Früher einmal hatte Ljungslöv eine richtige Polizeistation mit kompletter Besatzung. Einen Streifenwagen, der den ganzen Tag unterwegs war, dreihundertfünfundsechzig Tage im Jahr.«

Er trinkt einen Schluck Kaffee, als wolle er die Bitterkeit in der Stimme hinunterspülen.

»Was verschafft mir die Ehre, Thea?«

»Ich habe ein paar Fragen zu Elita Svart. Ich weiß, dass die ganze Geschichte ein wenig heikel ist, aber Ingrid meinte, du könntest mir helfen.«

Arne hebt die Augenbrauen.

»Klar, kein Problem. Was willst du wissen?«

»Warst du an den Ermittlungen beteiligt?«

Er lehnt sich im Stuhl zurück, scheint sich zu sammeln.

»Ja und nein. Ich war damals noch ziemlich neu und unerfahren, hatte nur ein paar Monate vorher meinen Abschluss gemacht. Die Bezirkspolizei kümmerte sich damals um den Fall. Aber da ich aus Tornaby war, durfte ich mithelfen, sie herumfahren, ihnen sagen, wer wer war im Dorf, mich um Absperrungen kümmern und so was.«

»Warst du bei den Vernehmungen dabei?«

»Nein, das durfte man als Jungspund nicht. Aber ich hörte natürlich im Nachhinein, was dabei herausgekommen war. Lennartson, der damalige Polizeichef, hielt tägliche Treffen ab, bei denen alle darüber informiert wurden, was vor sich ging. Das war damals eine große Sache, ein Mord hier in der Gegend. Der erste und letzte, seit ich hier arbeite.«

Arne ist viel hilfsbereiter als erwartet, nicht so vorsichtig und zurückhaltend wie alle anderen, mit denen sie gesprochen hat. Sie bereut es, sich nicht schon früher an ihn gewandt zu haben, aber versucht, ihren Eifer zu bändigen.

»Wer verhörte Leo damals?«

»Zwei Kollegen von der Bezirkspolizei. Der eine hieß Bure, das weiß ich noch. Den anderen Namen habe ich vergessen, aber sie waren gut.« Arne sieht amüsiert aus, als versuche er, sich auszurechnen, worauf sie hinauswill.

»Und es gab keinen Zweifel in Bezug auf Leos Schuld? Dass das Geständnis irgendwie erzwungen gewesen sein könnte?«

Arne lehnt sich zurück, sodass der Küchenstuhl unter seinem Gewicht ächzt. Über den Rand seiner Kaffeetasse mustert er sie einen Moment, bevor sein Gesicht ein breites Lächeln zeigt.

»Du musst dieses Buch gelesen haben. *Falsche Geständnisse.*«

»Stimmt. Du kennst es?«

»Natürlich. Der Verfasser war ja sogar hier unten und hat uns einen Besuch abgestattet. Er wollte die Vorermittlungsakten und bekam sie auch. Aber als er die Polizisten interviewen wollte, die Leo verhört hatten, setzten wir der Sache einen Riegel vor. Lennartson bat mich, dem kleinen Schnüffler so deutlich wie möglich klarzumachen, dass er sich am besten schnell wieder vom Acker machte.«

Arne lacht, als würde ihn die Erinnerung belustigen.

»Lennartson war ein harter Hund. Aber Fakt ist, dass Bexell unnötigen Wind machte. Wie gesagt, es waren sehr routinierte Polizisten, die die Vernehmung leiteten. Vielleicht von der alten Schule, aber im Großen und Ganzen hielten sie sich an die Vorschriften. Der kleine Leo gestand alles. Er erzählte genau, was er mit seiner Stiefschwester gemacht hatte, und weinte Krokodilstränen darüber. Außerdem gab es ausreichend technische Beweise, ich kann dir also garantieren, dass Leo nicht unschuldig verurteilt wurde, wenn es das ist, was dich umtreibt.«

»Meinst du die Anstecknadel und die Hufabdrücke?«

»Genau.« Arne nickt, runzelt aber dann die Stirn.

»Die Kinder, David und die anderen, wurden gemeinsam verhört. War das gängige Praxis?«

»Du, das weiß ich nicht mehr. Ich glaube, dass Lennartson dieses Verhör leitete.«

Er stellt seine Kaffeetasse ab, holt eine Snus-Dose hervor und schiebt sich eine Portion unter die Oberlippe, die er dann mit der Zungenspitze zurechtrückt. Die Falten auf seiner Stirn sind tiefer geworden.

»Lasse Svart änderte seine Zeugenaussage einen Tag, nachdem

Erik Nyberg den Anstecker gefunden hatte«, sagt Thea. »Warum, denkst du, hat er das gemacht? So jemand wie Lasse sprach doch wohl selten mit der Polizei?«

Arne zuckt mit den Schultern.

»Keine Ahnung. Wahrscheinlich bekam er ein schlechtes Gewissen und dachte, dass er nicht den Mörder seiner Tochter schützen wollte. Das mit der Gaunerehre wird meiner Erfahrung nach meistens überschätzt.«

»Und dann verschwand er, verließ den Hof Hals über Kopf und nahm Lola und Eva-Britt mit sich.«

»Genau.«

»Hat man denn nicht nach ihm gesucht?«

»Doch. Lasse Svart wurde vor Gericht in den Zeugenstand gerufen, tauchte aber nicht auf. Deshalb wurde eine Zeit lang nach ihm gefahndet. Aber dann entschied der Richter, dass seine Aussage nicht so wesentlich war, Leo hatte schließlich schon zugegeben, dass Lasses Angaben richtig waren. Also gab man die Suche nach einer Weile auf. Ich glaube, sie sind nach Finnland abgehauen. Sowohl Lasse als auch Eva-Britt hatten dort Verwandte, sie waren sogar selbst entfernt miteinander verwandt. Typisch Zigeuner.«

Das Wort bewirkt, dass Arne einen Großteil der Sympathie einbüßt, die Thea gerade noch für ihn empfunden hat.

»Du scheinst sehr gut Bescheid zu wissen«, fährt Arne fort. »Du weißt Dinge, die nicht im Buch gestanden haben können.«

Sie überlegt, ob sie ihn anlügen soll, lässt es dann aber bleiben.

»Ich habe die Ermittlungsakte gelesen.«

»Aha.« Arnes Augen werden schmal. »Und warum, wenn ich fragen darf? Warum interessierst du dich für einen dreißig Jahre alten Mordfall?«

»Weil es dabei um David geht. Weil ich glaube, dass er das, was passiert ist und was er gesehen hat, nie richtig verarbeitet hat.«

Sie hat auf die Frage gewartet und hatte Zeit, sich eine Antwort zurechtzulegen. Außerdem ist es wahr, oder zumindest war es das anfangs.

»Wusstest du, dass Elita schwanger war?«, fragt sie, um wieder die Initiative im Gespräch zu ergreifen.

Arne schweigt einen Augenblick zu lange.

»Woher hast du das?«

»Ich glaube, dass sich diese Information im Untersuchungsbericht fand, aber dass jemand sie entfernt hat. Es fehlt eine Seite im Obduktionsbericht. Jemand hat sie herausgenommen und die Seitenzahlen geändert.«

Zunächst sitzt er regungslos da, dann lacht er auf. Die Reaktion überrascht Thea.

»Du meinst also, nur weil eine Seite im Protokoll fehlt, kannst du mit Sicherheit sagen, dass Elita schwanger war und außerdem jemand versucht hat, es zu verheimlichen? Ziehst du da nicht einige allzu große Rückschlüsse aus einem fehlenden Blatt Papier, Sherlock?«

»Ihre Krankenakte fehlt auch. Sie ist nicht im Archivzentrum.«

»Aha, entschuldige. Also zwei fehlenden Blättern.«

Arne hat nicht ganz unrecht, das muss sie zugeben. Am liebsten würde sie den Bericht hervorholen und ihm die Tipp-Ex-Schatten und den dünnen Rand bei der entfernten Zeile zeigen. Aber sie bezweifelt, dass ihn das überzeugen würde. Stattdessen geht sie einen Schritt weiter.

»Ich habe auch noch an eine andere Sache gedacht. David und die anderen berichteten, dass sie zu einer aufgenommenen Musik getanzt haben. Und Elita hatte eine Kassette in ihrer Schreibtischschublade. Aber es gab keine Angaben dazu, dass man am Steinkreis einen Kassettenrekorder gefunden hat.«

Arne sieht unbeeindruckt aus, aber ein kleines Zucken an der Oberlippe verrät ihn. Schnell streicht er sich mit den Fingern über den Schnurrbart, wie um es zu verbergen.

»Daran kann ich mich nicht erinnern. Es ist immerhin schon ziemlich lange her.«

Thea hält das für eine glatte Lüge. Arne räuspert sich, beugt sich über den Küchentisch und schlägt einen onkelhaften Ton an.

»Es lief folgendermaßen ab, Thea. Elita nahm die Kinder mit

zum Steinkreis. Sie brachte sie dazu, zu singen und zu tanzen. Dann tauchte Leo auf seinem Pferd auf und jagte den Kindern eine Heidenangst ein. Anschließend zertrümmerte er Elitas Schädel mit einem großen Stein und ließ den Körper auf dem Opferfelsen zurück. Aller Wahrscheinlichkeit nach, weil sie ihn darum gebeten hatte. Du hast sicher ihren Brief gelesen.«

Sie nickt und will gerade sagen, dass man den Brief unterschiedlich auslegen kann, aber Arne ist schneller.

»Und was die Beweise angeht«, spricht er weiter. »Neben der Tatsache, dass David und seine Freunde Leo einhellig gesehen haben wollen, wissen wir auch, dass er mit einem Pferd von Svartgården dorthin geritten ist. Lasse fand es verdreckt im Wald, und die Techniker glichen seine Hufabdrücke mit denen am Tatort ab. Leo hat Elita getötet, da bin ich mir hundertprozentig sicher.«

»Und du findest nicht, dass an der Geschichte irgendetwas komisch ist? Sachen, die fehlen, zum Beispiel. Der Kassettenrekorder, die Masken.«

»Die Masken?«

»Ja, die Kinder sagten, sie hätten Tiermasken beim Tanzen getragen. Aber die finden sich auch nicht auf der Liste der beschlagnahmten Gegenstände.«

»Tja.« Arne zuckt mit den Schultern. »Vielleicht dachte man, dass es sich nicht lohnt, sie zu beschlagnahmen. Vielleicht haben die Kinder sie mit nach Hause genommen, was weiß ich, verdammt. Was ich dagegen weiß, ist, dass man seltsame Muster bilden kann, wenn man Einzelheiten aus einem größeren Zusammenhang reißt und sie wieder zusammensetzt. So ist es mit allen Verschwörungstheorien.«

»Und du findest es nicht seltsam, dass die Familie nach der Beerdigung spurlos verschwand?« Thea nimmt wieder Fahrt auf.

Arne seufzt schwer.

»Hör zu. Lasse Svart war ein unangenehmer Kerl, der sein halbes Leben im Gefängnis verbracht hat. Wir waren dabei, seine ganzen krummen Geschäfte aufzudecken, und er stand kurz davor, von seinem Hof geworfen zu werden, schon bevor Leo Elita tötete. Nicht verwunderlich, dass er abhaute, sobald sie unter der Erde war.«

»Ohne irgendetwas mitzunehmen? Kleidung, Medikamente …«

Arne lehnt sich ein wenig zurück. Der Stuhl knarrt wieder unter seinem schweren Körper.

»Du bist verdammt belesen.« Eine Weile sitzt er schweigend da, während er sie eingehend mustert. »Bist du da draußen gewesen? Auf Svartgården?«

Sie erwägt, es abzustreiten, sieht aber ein, dass sie sich wahrscheinlich ohnehin schon verraten hat. Also kann sie auch die Katze aus dem Sack lassen.

»Ja. Ich war neulich dort.«

Er scheint nicht einmal verwundert, streicht sich nur langsam über den Schnurrbart.

»Lass dir von Onkel Arne einen gut gemeinten Rat geben. Hör auf damit, herumzulaufen und die Leute nach dieser Geschichte zu fragen. David ist so etwas wie ein kleiner Bruder für mich. Ich mache mir Sorgen um ihn, um euch beide. Wenn man anfängt zu bohren, weiß man nie, welcher Dreck hochkommt, wenn du verstehst, worauf ich hinauswill. Warte kurz.«

Er verlässt das Zimmer, und Thea hört ihn in einer Schublade wühlen, bevor er mit einer dünnen, schwarzen Mappe zurückkommt, die er vor ihr auf den Tisch legt.

»Deine persönlichen Daten sind geschützt.«

Das ist eine Feststellung, keine Frage, weshalb er Thea kurz an seine große Schwester erinnert.

»Ja, wieso?« Nun ist sie an der Reihe, die Unbeteiligte zu spielen.

»Genau das habe ich mich auch gefragt.«

Er setzt sich wieder, aber diesmal näher zu ihr, so nah, dass sie den Snus- und Branntweingeruch seines Atems riechen kann.

»Die meisten, die geschützte Personalien haben, sind entweder Polizisten, misshandelte Frauen oder Kriminelle. Zu welcher Kategorie gehörst du?«

»Keiner davon.«

»Nicht?« Er beugt sich noch etwas weiter vor, wodurch der Schnapsgeruch stärker wird.

Offenbar hat Arne im Polizeiregister nach ihr gesucht, aber ihre geschützte Identität hat ihn gestoppt und effektiv alle Spuren blockiert, die zu Jenny Boman führen.

Thea antwortet das Gleiche wie neulich, als Sigbritt Andersson sie nach ihrer Personennummer fragte. Die Arbeit für Ärzte ohne Grenzen, Reisen zu gefährlichen Orten, die Gefahr persönlicher Repressalien.

»Ich dachte, du hättest damit aufgehört?«, sagt er. »Nach dieser Sache in Syrien, den Bomben auf ein Krankenhaus.«

»Das ist richtig.« Sie flucht innerlich, das ganze Dorf scheint zu wissen, was sie erlebt hat.

»Aber du hast trotzdem deine geschützte Identität behalten?«

»Ja, bis auf Weiteres. Nur zur Sicherheit.«

Er nickt, scheint die Erklärung zu akzeptieren, woraufhin sie sich ein bisschen entspannt.

»Wann hast du bei Ärzte ohne Grenzen angefangen?«

»2005.«

»Aha.« Er schlägt die Mappe auf, holt ein Papier heraus und schiebt sich die Lesebrille von der Stirn herunter.

Plötzlich wird ihr klar, worauf er hinauswill, und ihr wird innerlich ganz kalt.

»Aber du hast schon neunzehnhundertneunzig geschützte Personendaten beantragt. Also fünfzehn Jahre früher. Wie alt warst du da? Neunzehn?«

Sie nickt langsam, versucht, ein Pokerface zu wahren.

Arne klopft leicht auf das Papier.

»Warum braucht eine Neunzehnjährige geschützte Personendaten, fragt sich da ein alter, erfahrener Bulle. Was kann ihr zugestoßen sein, dass sie unsichtbar werden möchte? Dass sie in keinem Register mehr zu finden ist?«

Die Gedanken rasen durch ihren Kopf, sie sucht nach einer Antwort, einer Erklärung, die der Wahrheit nicht zu nahe kommt, aber ohne Erfolg.

Arne lächelt.

»Weißt du was, Thea. Das geht mich vielleicht nichts an. Man muss vorsichtig sein, wenn man in der Vergangenheit gräbt, oder was meinst du?«

Das Telefon klingelt, bevor sie antworten kann. Es spielt eine schrille Version von »Für Elise«, was eine Fortführung des Gesprächs unmöglich macht.

»Entschuldige!« Arne steht auf, nimmt das schnurlose Telefon aus der Ladestation und geht damit hinaus in die Diele. »Hello, Sammy«, hört sie ihn sagen. »Good to hear you! No, no, you not disturbing.«

Sie hört ihn durch das Haus gehen, während er etwas zu laut in gebrochenem Englisch spricht.

Soll sie die Gelegenheit nutzen, um sich hinauszuschleichen? Ihr Gespräch ist offenbar beendet. Arne hat sie deutlich davor gewarnt, weitere Fragen nach Elita Svart zu stellen, und angedeutet, dass er sonst auch gerne weiter in ihrer Vergangenheit bohrt.

Sie steht auf und geht in die Diele. Arne scheint sich im hinteren Teil des Hauses zu befinden, sie kann ihn herzlich lachen hören.

Da überkommt sie die Neugier, und sie öffnet eine Tür auf der linken Seite einen Spaltbreit. Dahinter befindet sich ein großes Esszimmer mit Möbeln in dunklem Holz. Hier drinnen ist es kühl und die Luft staubig. Wahrscheinlich ist es kein Zimmer, in dem sich Arne für gewöhnlich aufhält.

Thea schließt die Tür. Die nächste Tür gehört zu einem Badezimmer, aber daneben gibt es einen kleinen Gang und eine Stufe, die in ein Wohnzimmer führen. Ein riesiger Flachbildschirm hängt an der einen Wand, umgeben von einem fast ebenso großen Heimkinosystem, vor dem vier große Ledersessel stehen. Drei davon wirken unberührt, aber im vierten liegt ein Handtuch, vielleicht um das Leder vor Abnutzung zu schützen.

Die Wände und Regale sind voll technischer Geräte. Es gibt eine HiFi-Anlage einer teuren Marke, die David sich immer gewünscht hat, außerdem ältere Dinge wie ein Tonbandgerät und einen Filmprojektor. Der ganze Raum ermöglicht eine Technik-Zeitreise von den späten Siebzigerjahren bis heute.

Eine zerkratzte, kleine Kiste weckt Theas Aufmerksamkeit. *Polaroid*, steht auf der einen Seite. Sie öffnet sie und findet wie erwartet eine Polaroidkamera. Keine von den neueren Modellen, die vor ein paar Jahren im Trend waren, sondern eine alte.

In Elitas Zimmer gab es keine Polaroidkamera, und im Polizeibericht wurde auch keine erwähnt. Sie hebt die Kamera hoch und dreht sie um. *Arne Berg, Tornaby* steht auf der Rückseite eingeritzt.

Wie lange hatte er sie wohl schon?

In der Kiste liegt auch eine Gebrauchsanweisung, die Thea herausklaubt. Sie wurde 1984 gedruckt.

Außerdem liegt noch etwas anderes in der Kiste, nämlich ein paar kleine papierne Rechtecke, die ihr Herz schneller schlagen lassen. Drei Polaroidfotos.

Die ersten beiden zeigen einen jungen Arne in Polizeiuniform. Groß und schlaksig, mit flaumigem Schnurrbart. Auf dem ersten Bild schließt er die Augen, auf dem zweiten lächelt er breit auf eine fast schon unangenehme Art.

Das dritte Bild kennt sie, inzwischen hat sie es schon oft gesehen. Vier Kinder mit Tiermasken um eine Elita Svart mit verbundenen Händen.

*Für Arne* steht da in Elitas runder Handschrift. *Walpurgisnacht 1986. Komm um Mitternacht zum Steinkreis. Frühlingsopfer.*

»Was zum Teufel machst du hier?«

Arne steht mit dem Telefon in der Hand in der Tür. Thea war so mit der Kamera beschäftigt, dass sie ihn nicht kommen gehört hat.

»Von wem hast du das bekommen?«, fragt sie und hält das Bild hoch.

Er antwortet nicht, starrt sie nur mit dunklen Augen an. Seine Lippe zittert leicht, aber diesmal schert er sich nicht darum.

Er steht mitten in der Tür, die in die Diele und weiter zur Haustür führt. Thea sieht sich nach einem anderen Ausweg um, findet aber keinen. Stattdessen hält sie die Luft an, spürt, wie sich jeder ihrer Muskeln anspannt.

Arne macht mit geballten Fäusten einen Schritt auf sie zu, doch dann öffnet er die Hände wieder und geht ein Stück zur Seite.

»Ich will, dass du jetzt gehst, Thea«, sagt er mit zusammengebissenen Zähnen. »Leg die Sachen weg und verschwinde aus meinem Haus.«

# 68

»Ich komme der Wahrheit um Elita immer näher, Margaux. Aber zugleich werde ich das Gefühl nicht los, dass sich eine Katastrophe zusammenbraut.«

Thea hält auf dem Parkplatz des Wirtshauses an und öffnet die Autotür, um ein wenig Luft zu schnappen. Das Adrenalin baut sich langsam ab, und sie fühlt sich unwohl.

Offenbar kannte Arne Elita so gut, dass er ihr eine teure Kamera lieh und eine Einladung zur Frühlingsopferzeremonie bekam.

Thea versucht, das Gespräch mit Arne zurückzuspulen, noch einmal alles durchzugehen, was er ihr vorhin erzählt hat. *Ich kann dir garantieren, dass Leo nicht unschuldig verurteilt wurde.*

So drückte er sich aus, oder? Garantieren, nicht versprechen.

War Arne damals etwa auch beim Steinkreis? Sah er Leo selbst heranreiten? Ist er sich deshalb so sicher, dass Leo der Grüne Mann war? In jedem Fall war es seltsam und unvorsichtig von ihm, dieses Foto zu behalten.

Thea steigt aus dem Wagen und streckt sich. Sie holt ein paarmal tief Luft, um das Unwohlsein zu verscheuchen.

Da hört sie Schritte hinter sich und dreht sich hastig um.

»Oh, Verzeihung. Ich wollte dich nicht erschrecken.« Es ist die junge Frau, die sie in der Kirche kennengelernt hat.

»Hallo, erinnerst du dich an mich? Tanja, von der Friedhofsverwaltung. Ich war die, die auf der Orgel herumgeklimpert hat.«

»Ja, natürlich.«

»Ich habe gerade deinen Wagen entdeckt, als wir parkten. Simon und ich essen meistens einmal pro Woche hier im Wirtshaus. Tornaby hat schließlich nicht so viel Auswahl. Na ja, wie auch immer …« Sie beugt sich etwas näher zu Thea. »Ich wollte dir was erzählen. Simon war gestern sehr früh in der Kirche. Er hatte einige Noten vergessen, die er brauchte, deswegen war er schon vor halb sieben dort. Da sah er von hinten jemanden drüben am mysteriösen Grab stehen.«

»War es ein Mann oder eine Frau?«

»Das konnte er nicht erkennen. Ihm war zunächst nicht klar, um welches Grab es sich handelte, deshalb dachte er nicht weiter darüber nach. Erst als er wieder aus der Kirche kam, wurde es ihm bewusst, und da war die Person schon weg. Aber es lag eine frische Rose neben dem Stein. Simon glaubt, dass es damit zu tun hat, dass bald Walpurgisnacht ist, also der Jahrestag ihres Todes. Wir halten weiterhin Ausschau. Früher oder später sollten wir herausfinden können, wer es ist. Möchtest du uns übrigens beim Essen Gesellschaft leisten?«

Thea schüttelt den Kopf. »Danke, aber ich habe keinen Hunger.«

Tanja sieht ein bisschen enttäuscht aus.

»Okay, ich lasse von mir hören, wenn wir noch etwas beobachten. Sehen wir uns denn heute Nachmittag?«

Die junge Frau bemerkt Theas Zögern.

»Im Bürgerhaus, bei der Info-Veranstaltung der Grubengesellschaft. Das ganze Dorf kommt, es wird bestimmt hoch hergehen.«

»Ja, natürlich komme ich.«

»Gut. Dann sehen wir uns ja vielleicht später.«

Tanja geht auf einige parkende Fahrzeuge zu. Ein blonder junger Mann mit Pferdeschwanz kommt ihr entgegen. Er schaut zu Thea herüber und nickt freundlich.

Thea führt Emee kurz auf die Wiese vor dem Wirtshaus, bevor sie nach Tornaby zurückfährt und die Praxis öffnet. Es ist ruhig, nur wenige Patienten kommen. Sie ist wegen des Besuchs bei Arne immer noch aufgewühlt und muss sich zwingen, einige administrative Aufgaben zu erledigen.

Sobald sie damit fertig ist, holt sie die Polizeiakte hervor. Sie liest noch einmal die Vernehmung der Kinder durch, aber keines von ihnen erwähnt Arne. Soweit sie sehen kann, wird er auch an keiner anderen Stelle in den Ermittlungen genannt.

Dennoch ist sie überzeugt davon, dass Arne in jener Nacht dort war. Warum sollte er sonst so sehr von Leos Schuld überzeugt sein?

Oder kann Arne etwas mit Elitas Tod zu tun gehabt haben? Arne war knapp über zwanzig, als Elita starb, ein älterer Junge mit Job und Auto, und damit ein Kandidat für die Vaterschaft des Kindes, das Elita erwartete. Allerdings fällt es Thea schwer, sich vorzustellen, dass der linkische junge Mann, den sie auf den Fotos gesehen hat, mit Elita Svart zusammen gewesen sein könnte. Das, was sie von Sigbritt Andersson und David über Arne gehört hat, deutet eher darauf hin, dass er etwas seltsam war. Sollte sich Elita wirklich in ihn verliebt haben?

Thea blättert zu Elitas Brief und versucht, ihn aus einer neuen Sichtweise heraus zu lesen.

*Ich heiße Elita Svart. Ich bin sechzehn Jahre alt. Ich wohne auf einem Hof mitten im Wald, in der Nähe von Tornaby.*

*Wenn ihr das hier lest, bin ich schon tot.*

Trotz des letzten Satzes ist Thea überzeugt davon, dass es in dem Brief überhaupt nicht um den Tod geht, sondern um Veränderung. Elita wollte weggehen. Sie war kurz davor, mit ihrem ungeborenen Kind abzuhauen. Aber irgendjemand hat sie aufgehalten. War es Arne?

Vom Flur draußen sind Stimmen zu hören, das Geräusch der sich öffnenden und schließenden Haustür. Wahrscheinlich sind es Leute, die zu der Informationsveranstaltung gehen. Thea will gerade aufstehen, um hinauszuschauen, als ihr Handy klingelt. Eine unbekannte Nummer, aber sie nimmt den Anruf an.

»Hallo, Jenny, hier ist dein Vater.«

Beim Klang der Stimme holt sie ungewollt tief Luft. Dann schließt sie die Tür ab und geht zum Schreibtisch zurück.

»Hallo.«

»Wie geht es dir?«

Sie weiß nicht, was sie antworten soll. Dass ihr Vater sie aus dem Gefängnis anruft, um sie zu fragen, wie es ihr geht, ist so absurd, dass sie es kaum fassen kann. Sie hat sich so lange von ihm ferngehalten, und jetzt tauschen sie plötzlich Höflichkeitsfloskeln am Telefon aus.

»Gut, danke.«

»Willst du nicht fragen, wie es mir geht? Ist Höflichkeit nicht trotz allem der Kitt, der die Gesellschaft zusammenhält? Die zeigt, dass wir Menschen sind und …«

»Wie geht es dir, Leif?« Sie kneift die Augen zu und greift sich an die Nasenwurzel.

»Ich sterbe gerade an Lungenkrebs, wie zum Teufel soll es mir schon gehen?« Sein Lachen wird von einem Hustenanfall unterbrochen. »Wie steht es mit dem Gnadengesuch? Hast du nachgeschaut, wie man es macht?«

»Noch nicht«, antwortet Thea.

»Noch nicht. Worauf wartest du, verdammt? Hoffst du, dass ich sterbe, damit sich das Problem von selbst erledigt? In dem Fall kann ich dir sagen, dass ich nach dem Wochenende ein Interview mit einer Zeitung führe. Das wird eine richtig rührende Reportage über einen alten Verbrecher, der auf dem Totenbett seine Sünden bereut. Vielleicht wird es auch ein paar Zeilen über dich geben: meine wütende kleine Tochter, die sich weigert, mir ein Gnadengesuch zu schreiben, wo doch alles, was ich möchte, ist, dass sie mir verzeiht …«

»Willst du das?«, unterbricht sie ihn.

»Was denn?«

»Dass ich dir verzeihe? Ist dir das wichtig?«

»Sei nicht albern.«

»Die Antwort ist also Nein?«

Am anderen Ende ist es einen Moment lang still, Thea kann ihren Vater durch die Leitung fast denken hören.

»Mach einfach das, worum ich dich bitte, Jenny.«

Das Gespräch wird abrupt unterbrochen, während Thea noch mit dem Telefon in der Hand dasitzt. Wut pocht hinter ihrer Stirn. Sie massiert sich die Schläfen in dem Versuch, den Druck zu erleichtern. Dann öffnet sie den Medizinschrank und sucht nach Kopfschmerztabletten, die sie am Waschbecken hinunterschluckt. Es gibt noch andere Tabletten im Schrank, stärkere, effektivere. Einen Augenblick lang überlegt sie, ein paar davon zu nehmen, damit die Gedanken endlich aufhören zu kreisen, und sei es nur für ein paar Stunden.

Schließlich macht sie den Schrank zu, bevor sie dem Impuls nicht mehr widerstehen kann.

Das Stimmengewirr auf dem Flur ist lauter geworden.

»Bleib hier, Süße«, sagt Thea zu Emee und hängt das Bin-gleich-zurück-Schild an die Tür.

Der Gemeindesaal ist so voll, dass nicht alle Zuhörer Platz finden. Die Leute stehen auch an der Wand entlang, und die Flügeltüren zum Gang sind geöffnet, genauso wie einige Fenster. Thea bleibt im Hintergrund und begnügt sich damit, denjenigen, die in der Tür stehen, über die Schultern zu schauen.

Vorne auf dem Podium des überfüllten Raums sitzen drei Männer, einer von ihnen ist Philippe Benoit. Hinter ihnen wird eine Powerpoint-Präsentation mit dem Titel *Nordic Vanadium. Ein Bergbauunternehmen für die 2020er-Jahre* auf eine weiße Leinwand projiziert.

Die Präsentation ist nur eine längere Version dessen, was Philippe Thea schon erzählt hat. Man unternimmt Probebohrungen, um zu sehen, ob die Vorkommen lohnenswert genug für einen groß angelegten Abbau sind.

Genau wie Thea vermutet hat, sind die Zuhörer sehr negativ eingestellt, und je länger die Präsentation dauert, desto öfter wird sie von wütenden Zwischenrufen unterbrochen.

Philippe Benoits beide schwedische Kollegen versuchen immer wieder darauf zu verweisen, dass der Tagebau Arbeitsplätze schaffen und Steuern einbringen wird, und wiederholen dabei das gleiche Argument wie der Kanadier: Man wird so umweltschonend wie möglich abbauen und hinterher alles wiederherstellen. Aber die Dorfbewohner lassen sich nicht überzeugen.

»Sie kommen nur hierher, um zu plündern und alles zu verwüsten«, hört Thea eine wohlbekannte Stimme aus einer der vorderen Reihen. »Sie nehmen sich, was Sie wollen, verschmutzen den Boden und die Gewässer, und dann verschwinden Sie wieder. Das kennt man doch.«

Ein langer Applaus folgt.

Die Männer, die vorne sitzen, versuchen, Ingrid zu antworten, werden aber mit Buhrufen und bösen Kommentaren überschüttet. Sie unternehmen noch ein paar tapfere Versuche, aber nach einer Weile bedanken sie sich und brechen die Veranstaltung ab.

Sobald sie vom Podium gestiegen sind, werden Philippe und die beiden anderen Männer von einer Gruppe verärgerter Leute umringt. Sie bleiben stehen, antworten geduldig auf Fragen, aber nach ein paar Minuten gehen sie auf den Ausgang zu.

Da entdeckt Philippe Thea, und sein ernstes Gesicht erhellt sich.

»Docteur Lind, wie schön, dass Sie auch vorbeigekommen sind. Haben wir es geschafft, Sie von unserem Vorhaben zu überzeugen?«

Thea schüttelt den Kopf, lächelt aber. Dicht an Philippes Rücken drücken sich die Leute vorbei und werfen ihnen finstere Blicke zu.

»Wie geht es Ihrer Hand?«

»Besser, danke. Wann sollen die Fäden gezogen werden?«

»Kommen Sie Anfang nächster Woche vorbei. Es eilt nicht.«

»Gut, abgemacht. Au revoir, docteur!«

Er hebt winkend seine bandagierte Hand und verschwindet mit seinen Kollegen zur Tür hinaus.

Jemand fasst Thea am Arm. Es ist ihre Schwiegermutter.

»Kennst du ihn?«

»Er ist einer meiner Patienten«, erwidert Thea.

»Er ist ein Verbrecher. Die ganze Firma besteht aus einem Haufen Schurken.« Ingrid ist ganz weiß im Gesicht, Thea hat sie noch nie so erregt gesehen. »Sie wollen die ganze Region zerstören, einen großen, staubigen Tagebau daraus machen, mit Lastwagen und Grubenmaschinen herumfahren, Tag und Nacht. Er hat hier nichts zu suchen.«

»Ja, ich habe verstanden, was sie vorhaben. Aber ich kann niemandem die ärztliche Versorgung verweigern.«

Ihre Schwiegermutter sieht nicht so aus, als wäre sie mit der Antwort zufrieden.

Ein paar Leute rufen nach Ingrid, woraufhin sie Thea loslässt und davonstolziert, ohne sich zu verabschieden.

Auf dem Weg zurück zur Praxis bleibt Thea stehen und schaut aus einem Fenster zur Vorderseite des Gebäudes hinaus. Vor dem Bürgerhaus sind viele Menschen, der Parkplatz ist voller Autos, und überall stehen Leute in Kleingruppen zusammen und reden. Einige Gesichter sind ihr bekannt. Per Nyberg und sein Vater, Sigbritt Andersson, Klein-Stefan, Tanja und ihr Mann.

Als Thea sich umdreht, stößt sie fast mit J-O zusammen. Er nickt ihr nur kurz zu, bevor er an ihr vorbei Richtung Tür verschwindet.

Sie geht weiter zum Sprechzimmer, und als sie die Tür öffnet, springt Emee an ihr hoch. Die Hündin freut sich, sie zu sehen, wirkt aber auch unruhig, als würde sie nicht gutheißen, allein gelassen worden zu sein.

Thea nimmt Emee an die Leine, sammelt ihre Sachen ein und macht sich zum Parkplatz auf, der allmählich leerer wird. Sie lässt Emee zunächst in den Kofferraum steigen, setzt sich dann selbst auf den Fahrersitz und entdeckt erst da, dass etwas unter dem einen Scheibenwischer klemmt.

Ein drittes Exemplar des Grünen Mannes, etwa zwanzig Zentimeter groß. Anders als bei den anderen beiden hat jemand an diesem alle Blätter abgerissen, wodurch die Dornen deutlich sichtbar sind.

# 69

Thea fährt so schnell zurück, wie sie es wagt, wobei sie die ganze Zeit in den Rückspiegel schaut. Es muss Arne gewesen sein, der den Grünen Mann an ihre Windschutzscheibe gesteckt hat. Der Grund dafür ist glasklar. Sie ist seinem Geheimnis auf die Schliche gekommen. Wenn sie vorher auch nur den geringsten Zweifel hatte, so ist sie sich jetzt ganz sicher: Arne war am Steinkreis, als Elita getötet wurde. Vielleicht hat er sie sogar ermordet. Wie weit würde er in dem Fall gehen, um die Sache geheim zu halten?

Sie muss mit David sprechen, sie muss irgendetwas tun. Aber Davids Wagen ist nicht zu sehen, weder vor dem Schloss noch vor dem Kutscherhaus.

Sie lässt Emee herausspringen und zieht sie hinter sich her zur Tür. Der Hund sträubt sich, stemmt alle vier Pfoten in den Kies. Offenbar hat sie genug davon, angeleint und eingesperrt zu sein.

»Komm jetzt!«, faucht Thea und bemerkt zu spät, dass Emee sich aus ihrem Halsband gewunden hat.

Die Hündin dreht sich blitzschnell um und verschwindet Richtung Brücke.

»Verdammter Mist!« Thea holt die Hundepfeife hervor und bläst hinein, aber ohne Erfolg.

Daraufhin läuft sie schnell ins Kutscherhaus. Ihre Reisetasche steht neben der Garderobe, und für einen kurzen Moment spielt sie wieder mit dem Gedanken abzuhauen. Weit weg zu gehen und Tornaby, das Frühlingsopfer und ihren Vater hinter sich zu lassen.

Aber Margaux würde ihr nie verzeihen, wenn Emee etwas passierte.

Thea zieht ihre Schuhe aus und schlüpft in die Gummistiefel. Dann geht sie mit raschen Schritten zur Brücke.

Sobald sie den Wald erreicht hat, biegt sie nach links Richtung

Wildgehege ab, ruft und pfeift nach der Hündin. Dabei versucht sie, nicht an die toten Hirsche zu denken und daran, dass Emee ein Raubtier ist.

Nach ungefähr fünf Minuten hört sie ein Knacken zwischen den Bäumen und sieht zu ihrer Erleichterung Emee auf sich zulaufen. Die Hündin wirkt müde, sie lässt den Kopf hängen und sich bereitwillig an die Leine nehmen. Thea schimpft nicht mit ihr, sie hat es nur eilig, zurück zum Haus zu kommen. Sie hat es viel zu lange vermieden, aber jetzt muss sie mit David sprechen und ihm erzählen, was sie bei seinem Onkel entdeckt hat und welchen Verdacht sie hegt.

David kommt erst nach acht nach Hause, und Thea spürt seinen Ärger, kaum dass er den Flur betritt. Sie hat Essen zubereitet, jedem ein Glas Wein eingeschenkt, aber an seiner Miene erkennt sie, dass ihr Plan nicht funktionieren wird.

»Meine Mutter hat angerufen«, sagt er, ohne seine Jacke auszuziehen oder sich zu setzen. »Anscheinend warst du bei Arne und hast ihn nach Elita Svart ausgefragt. Thea, was soll das, verdammt noch mal?«

»Sie hat mir gesagt, ich solle zu Arne gehen, wenn ich Fragen hätte.«

»Hat sie dir auch gesagt, dass du in seinem Haus herumschnüffeln sollst? Seine Sachen durchwühlen?«

»Es war Arnes Polaroidkamera, mit der ihr am Steinkreis fotografiert wurdet. Er kannte Elita und war in der Nacht auch da. Vielleicht hat er sie sogar umgebracht.«

David starrt sie an. Sie hatte nicht vor, mit allem so herauszuplatzen, vor allem nicht mit ihrem Verdacht, und sie sieht Davids Blick an, dass sie einen Fehler gemacht hat.

»Arne war dort«, versucht sie es noch einmal. »Und er hat mich bedroht. Er hat kleine Grüne Männer an meinen Wagen gesteckt.«

David schüttelt ungläubig den Kopf.

»*Ich* war dort, Thea. Hast du das vergessen? Und ich habe Arne nicht gesehen. Oder glaubst du, dass ich lüge?«

»Nein …« Sie zögert mit der Antwort, versucht Zeit zu gewinnen. »Aber vielleicht hat er sich versteckt und kam erst heraus, als ihr weg wart.«

David schüttelt immer noch den Kopf.

»Ich bin zurückgelaufen. Ich habe Leo am Opferstein gesehen. Leo Svart, der später gestand, Elita getötet zu haben.«

Thea weiß nicht, was sie sagen soll.

»Ich bin gerade mit dem wichtigsten Einsatz unseres Lebens beschäftigt«, fährt David fort. »Ich arbeite rund um die Uhr, um alles zu organisieren, um alle zufriedenzustellen. Und das Beste, worauf du kommst, um mir zu helfen, ist, diesen alten Scheiß aufzuwärmen. Ist dir nicht klar, dass du jeden damit nur verärgerst und alle Leute misstrauisch machst?«

Die Wut ist ihm deutlich anzuhören.

»Außerdem verkehrst du mit diesen Bergbau-Typen, die die ganze Gegend zerstören wollen. Wirklich eine tolle Methode, in die Dorfgemeinschaft hineinzukommen!«

»Ich verkehre mit niemandem. Er ist mein Patient …«

»Nach allem, was ich für dich getan habe«, unterbricht David sie. »Allem, was ich deinetwegen geopfert habe.«

Bei dieser Bemerkung kocht etwas in ihr hoch, was schon lange dort geschlummert hat.

»Was hast du denn geopfert, David? Deine Restaurants, deine Karriere? Willst du das wirklich auf mich schieben?«

Sie steht auf und stellt sich vor ihn hin.

»Du warst ein mieser Chef, David. Deine Mitarbeiter hatten Angst vor dir. Du hast mit mehreren deiner weiblichen Angestellten geschlafen, und komm jetzt ja nicht auf die Idee, das abzustreiten. Der Einzige, der deine Karriere versaut hat, warst du selbst, und je schneller du das einsiehst, desto besser.«

Sie ist zu weit gegangen, das ist ihr schon klar, bevor sie den Satz beendet hat. David hat fast den gleichen Gesichtsausdruck wie neulich, als er sich mit dem Bauarbeiter geprügelt hat. Er macht einen Schritt vor und ballt die Hände zu Fäusten, woraufhin Emee aufsteht und laut zu knurren beginnt.

Das bringt David zum Innehalten. Der Hund und er starren sich ein paar Sekunden lang an.

»Platz, Scheißköter!«, faucht David.

Emee gehorcht ihm nicht, macht stattdessen einen Schritt auf ihn zu und fletscht die Zähne. Ihr Knurren wird lauter.

David weicht zurück, dann dreht er sich um, verschwindet zur Tür hinaus und schlägt sie hinter sich zu.

# 70

Thea wartet eine Stunde, bis David sich beruhigt hat, bevor sie versucht, ihn anzurufen, aber er geht nicht ans Telefon.

Schließlich legt sie sich ins Bett und bemüht sich, alle Gedanken an Elita Svart, David und Arne beiseitezuschieben, aber es ist unmöglich. Alles wirbelt in ihrem Kopf durcheinander und verfolgt sie im Schlaf.

Sie träumt von dem Polaroidbild, von Elita und den Kindern am Opferstein. Hinter ihnen wiegen sich die gespenstischen Weißdorne im Wind.

*Komm um Mitternacht zum Steinkreis. Frühlingsopfer.*

»Warte kurz!«, ruft Elita.

Thea realisiert, dass das Mädchen sie meint. Sie selbst hält den Fotoapparat in der Hand und blickt durch die Linse. Die Kinder mit den Masken sind unruhig, wirken verlegen. Hase, Fuchs, Eule und ein Reh.

»Zieht fester«, sagt Elita zu ihnen und zerrt an den Seidenbändern. Die Kinder gehorchen.

»Jetzt!«, ruft Elita ihr zu. »Mach jetzt das Foto!«

Im nächsten Moment sieht alles anders aus. Es ist Nacht. Im Steinkreis brennt ein Feuer. Trommeln und monotoner Singsang dröhnen aus einem Kassettenrekorder.

Elita liegt auf dem Opferstein und schaut zu ihr hoch.

»Er ist unterwegs«, flüstert sie. »Alles ist in Bewegung, und der Grüne Mann reitet durch die Wälder. Hörst du ihn?«

In der Dunkelheit nähern sich Hufschläge.

»Sag allen die Wahrheit«, flüstert Elita. »Sag, wer es war. Wer mich getötet hat. Die stärkste Liebe ist die unerwiderte!«

Thea wacht von einem Geräusch auf und glaubt erst, dass es David ist, der endlich nach Hause kommt. Aber es ist Emee, die hustet.

Sie schaltet das Licht an. Die Hündin steht an der Tür, ihr Husten ist in Würgen übergegangen, und bevor Thea aus dem Bett ist, erbricht sich Emee auf den Boden.

»Was ist los, Süße?«, fragt Thea.

Die Hündin versucht, ein paar Schritte auf sie zuzugehen, wankt aber und fällt hin. Thea stürzt auf sie zu. Emee ist aufgestanden, wirkt allerdings verwirrt. Sie knurrt laut und erbricht sich wieder.

Ein süßlicher chemischer Geruch breitet sich im Zimmer aus, und Thea erkennt ihn sofort wieder, sie hat ihn schon oft gerochen. Sie packt Emees Schnauze, drückt die Kiefer auseinander und schnuppert.

Glykol, kein Zweifel. Emee hat eine Glykolvergiftung, was bedeutet, dass die Zeit drängt.

Thea zieht sich rasch an und ruft nach David.

Keine Antwort.

Seine Schlafzimmertür steht offen, das Zimmer ist leer, das Bett unberührt. Sie versucht es auf seinem Handy, landet aber direkt auf der Mailbox. Emee übergibt sich noch einmal, sie kann sich kaum auf den Beinen halten.

Thea führt den Hund zum Auto hinaus, wo es ihr gelingt, Emee auf die Rückbank zu hieven. Dann googelt sie nach dem nächstgelegenen Tiernotdienst. Er befindet sich in Helsingborg, knapp vierzig Minuten Autofahrt entfernt.

Emee braucht Hilfe, jetzt sofort.

Thea springt in den Wagen und drückt das Gaspedal durch. Das Schloss ist dunkel, Davids Auto steht vor dem Ostflügel. Die Küchentür ist abgeschlossen, aber Thea klopft so fest sie kann dagegen und ruft nach David. Doch wahrscheinlich schläft er in einem der oberen Räume und kann sie nicht hören.

Sie steigt wieder in den Wagen, fährt zur Vorderseite des Schlosses. Dort beginnt sie zu hupen und mit den Scheinwerfern das Eingangstor anzustrahlen. Keine Reaktion, das Schloss bleibt dunkel. Sie gibt nicht auf, hupt immer wieder, während sie vergebens nach David ruft.

Auf dem Rücksitz knurrt Emee leise. Thea kann nicht länger warten, sie müssen fahren.

Plötzlich taucht eine dunkle Gestalt an der Ecke des Westflügels auf. Es ist Hubert. Er trägt Morgenmantel und Pantoffeln, die Haare stehen ihm vom Kopf ab.

»Was ist los?«

Thea öffnet die Autotür. »Emee wurde mit Glykol vergiftet.«

Hubert schaut erschrocken.

»Wie das?«

»Ich weiß es nicht. Sie muss etwas gefressen haben.«

»Kann ich etwas tun?«

»Hast du Wodka im Haus?«

»Wodka?« Er sieht sie überrascht an.

»Alkohol, so rein wie möglich.«

»Ich habe eine Flasche Absolut im Barschrank.«

»Hol sie und zieh dich an. Du musst uns zur Tierklinik fahren.«

Hubert nickt und läuft in die Richtung zurück, aus der er gekommen ist.

Thea holt die Ledertasche aus dem Kofferraum und setzt sich auf die Rückbank. Emee hebt den Kopf. Sie hat wieder erbrochen, der süßliche Glykolgeruch erfüllt das Coupé.

Thea sucht eine Spritze heraus und montiert eine Kanüle darauf.

Hubert ist zurück. Er hat sich Hose, Regenjacke und Gummistiefel angezogen, aber noch das Pyjamaoberteil an.

»Hier!« Er reicht ihr eine ungeöffnete Flasche Absolut Wodka.

»Fahr zur Tierklinik in Helsingborg«, sagt sie. »Sie befindet sich im Bergaväg.«

Hubert gibt auf der Einfahrt so heftig Gas, dass der Kies wegfliegt.

Währenddessen öffnet Thea die Flasche, zieht ein paar Milliliter mit der Spritze auf. Emee wiegt rund fünfunddreißig Kilo, und Thea versucht, eine geeignete Dosis auszurechnen.

»Was machst du?«, fragt Hubert, als sie die Hauptstraße erreichen.

»Gykol ist erst giftig, wenn es dem Körper gelingt, es abzubauen. Ethanol verhindert die Zersetzung.«

Sie entscheidet sich für eine Dosierung, fährt mit dem Daumen über Emees Vorderbein und sucht nach einer geeigneten Vene.

»Kannst du ganz kurz anhalten und das Licht im Auto anmachen, damit ich die Injektion setzen kann?«

Während er ihrer Aufforderung nachkommt, findet Thea eine Vene und spritzt die Menge Wodka hinein, von der sie hofft, dass sie ausreichend ist. Emees Augenlider werden schwer.

»Jetzt kannst du wieder losfahren, aber wir müssen das Ganze in ungefähr zehn Minuten wiederholen.«

Hubert gibt Gas, der Wagen rast durch die Nacht.

»Hast du so etwas schon mal erlebt?«, fragt er sie über die Schulter.

»In Nigeria hatten wir ein paar Fälle von Glykolvergiftung. Ein paar Männer, die gepanschtes, selbst gebranntes Zeug gekauft haben, und ein kleiner Junge, der eine Flasche Kühlflüssigkeit in der Garage gefunden hat. Glykol riecht und schmeckt süß, deshalb mögen Kinder und Tiere es.«

»Und wie ist es ihnen ergangen?«

»Die Männer haben es überlebt. Wir konnten sie rechtzeitig versorgen, und erwachsene Männer halten mehr aus.«

»Und das Kind?«

Darauf antwortet Thea nicht, aber Hubert versteht trotzdem und tritt noch etwas fester aufs Gaspedal.

# 71

Die Autofahrt dauert nur etwas über eine halbe Stunde, dann bremst Hubert den Wagen vor der Notaufnahme ab und hilft Thea, Emee hineinzutragen.

Die Hündin ist kaum bei Bewusstsein. Man sieht das Weiße ihrer Augen, und ihre Atmung geht schwer. Thea hat zwischendurch angerufen und die Situation sowie ihre eigenen Maßnahmen erklärt. Zwei Pflegerinnen und ein Tierarzt stehen an der Tür bereit und übernehmen sofort.

»Sie ist in guten Händen«, versichert ihr eine der Pflegerinnen. »Setzen Sie sich ins Wartezimmer, ich komme zu Ihnen, sobald es etwas Neues gibt.«

Hubert holt Kaffee für sie an einem Automaten, während sich Thea auf einen der Plastikstühle sinken lässt.

Wo kann Emee Glykol abbekommen haben? Sie geht den gestrigen Tag durch, versucht, sich an irgendeine Gelegenheit zu erinnern, wo Emee etwas gefressen haben könnte, was sie nicht sollte.

Emee war eigentlich nur dreimal unbeaufsichtigt. Am wahrscheinlichsten ist, dass es passiert ist, als die Hündin in den Wald gerannt ist. Aber wo sollte Emee mitten im Wald Glykol gefunden haben, mehrere Kilometer von der nächsten großen Straße und noch weiter von der nächsten Werkstatt oder Tankstelle entfernt? Die anderen beiden Gelegenheiten waren, als sie sie in der Praxis gelassen hat und als sie zu Hause im Kutscherhaus eingeschlafen ist. Auch an diesen beiden Orten gab es kein Glykol.

Kann jemand Emee absichtlich vergiftet haben? Der Gedanke lässt sich nicht ganz abschütteln.

Sie versucht noch einmal, David anzurufen, und da er nicht antwortet, hinterlässt sie eine Nachricht auf seiner Mailbox.

Hubert reicht ihr eine Tasse Kaffee und setzt sich auf den Stuhl neben ihr.

»Ich hatte auch mal ein Tier, das ich sehr geliebt habe«, sagt er, nachdem sie eine Weile geschwiegen haben. »Nelson. Ein Vollblut. Er war wild und schwer zu bändigen, aber ich liebte es, auf ihm zu reiten. Mit ihm fühlte ich mich stark, unüberwindbar.«

Er macht eine Pause, scheint in Erinnerungen zu schwelgen. Dann richtet er sich auf.

»Möchtest du noch mehr Kaffee? Oder etwas zu essen? Ich kann nach einem Kiosk suchen, der noch geöffnet hat.«

Thea schüttelt den Kopf.

»Was wurde aus Nelson?«

»Lassen wir das. Das ist nicht gerade die passende Geschichte im Moment.«

Sie legt die Hand auf seinen Arm.

»Was wurde aus ihm?«

Hubert seufzt, gibt dann aber nach.

»Mein Vater schickte mich zu Verwandten nach England. Kurz danach verletzte sich Nelson am Bein. Mein Vater …« Hubert holt tief Luft, seine Augen glänzen. »Er hat ihn erschossen. Per Nyberg war dabei. Er erzählte mir, dass mein Vater es selbst getan hat. Er führte Nelson hinter den Stall und schoss ihm in die Stirn. Dann sorgte er dafür, dass der Körper noch am selben Tag abgeholt und verarbeitet wurde.«

Hubert schüttelt langsam den Kopf.

»Mein Vater war ein harter Mann. Er duldete keine Schwäche.« Er lächelt schief. »Ich habe dich gewarnt, diese Geschichte war eine schlechte Wahl.«

»Du hast sie gewählt.«

Sie sitzen eine Weile stumm da. Thea fühlt sich erschöpft, sie schließt die Augen und versucht, nicht an ihren Hund zu denken, der etwas weiter den Gang hinunter um sein Leben kämpft. Und nicht an Margaux.

*Was hältst du davon, sie Emee zu nennen? Sie kann unser persönlicher kleiner Geist sein. Deiner und meiner, ma chère.*

»Wie war dein Vater?«, hört sie Hubert fragen.

»Er war auch ein richtiger Scheißkerl«, murmelt sie.

»Was hat er getan?«
Sie schlägt die Augen auf und realisiert, was sie gesagt hat.
»Nichts. Vergiss es.«
Da taucht die Pflegerin auf dem Flur auf. Sie sieht ernst aus, und in Theas Innerem tut sich ein Abgrund auf. Sie steht auf und hält die Luft an.
»Sie hatten recht, es war eine Glykolvergiftung«, sagt die Pflegerin. »Wir haben ihr den Magen ausgepumpt und ihr Fomepizol verabreicht. Im Moment sieht es so aus, als würde es gut ausgehen. Ihr Trick mit dem Wodka hat ihr vermutlich das Leben gerettet, aber ich würde niemandem empfehlen, das nachzuahmen.«
Die Erleichterung, die Thea verspürt, ist so groß, dass sie fast in Tränen ausbricht. Stattdessen reißt sie sich zusammen.
»Wann können wir sie mit nach Hause nehmen?«
»Das kann ich Ihnen im Moment noch nicht sagen. Fahren Sie nach Hause, schlafen Sie und rufen Sie in ein paar Stunden an, dann können wir Ihnen Genaueres sagen.«

Auf dem Weg nach Hause ruft David an. Es ist kurz nach fünf. Hubert fährt, weil sich Thea immer noch zittrig fühlt.
»Ich habe deine Nachricht gehört, wie geht es dir?«
»Okay, sie wird es schaffen.«
»Was war los mit ihr?«
»Glykolvergiftung.«
»Was? Wo hat sie denn Glykol gefunden?«
»Ich weiß nicht. Haben wir irgendwas im Haus oder auf dem Schloss?«
»Nein, nicht dass ich wüsste.«
Sie beenden das Gespräch übertrieben freundlich, als wollten beide so tun, als hätte es den gestrigen Streit nicht gegeben.
»Ich habe eine Frage«, sagt sie anschließend zu Hubert. »Du brauchst aber nicht darauf zu antworten, wenn du nicht willst.«
»Was denn?«
»Kanntest du Elita Svart?«
Er ist eine Sekunde zu lange still.

»Ja«, antwortet er dann leise.

»Woher?«

»Wir trafen uns manchmal zufällig im Schlosswald. Ihr Vater war einer unserer Pächter.«

»Wie war sie?«

Erneutes Schweigen.

»Elita war anders«, erwidert er schließlich.

»Inwiefern?«

Hubert zuckt mit den Schultern. »Schwer zu erklären. Sie hatte eine ganz eigene Sicht auf das Leben, wenn man das so sagen kann.«

»Glaubst du, dass Leo sie getötet hat?«

»Hm, darüber weiß ich nichts. Ich war in England, als Elita …« Er bricht ab, als würden ihm die Worte im Hals stecken bleiben.

»Ich war draußen auf Svartgården«, sagt Thea.

»Warum?«

»Weil ich neugierig war, ehrlich gesagt. Ich versuche zu verstehen, was passiert ist.«

»Ist das nicht klar?«

»Doch, aber es gibt einige Ungereimtheiten.«

»Was denn zum Beispiel?«

Einen Augenblick lang überlegt sie, ob sie ihm von ihrer Entdeckung und ihrem Verdacht Arne gegenüber erzählen soll. Aber dann entscheidet sie sich dagegen. Es gibt einen anderen Aspekt bei diesem Rätsel, bei dem er ihr vielleicht helfen kann. Drei Puzzlestücke, die sie noch nicht richtig platzieren kann.

»Elitas Familie«, fährt sie fort. »Sie ist spurlos verschwunden. Und dein Vater hat schon einen Tag später den Hof zunageln und die Zufahrtsstraße abreißen lassen.«

Hubert nickt langsam.

»Mein Vater und Lasse Svart lagen sich jahrelang in der Wolle. Die Pacht war bereits gekündigt, bevor Elita starb. Mein Vater wollte nur sichergehen, dass sie nicht zurückkommen konnten.«

»Ein harter Umgang mit einer trauernden Familie«, bemerkt Thea.

Hubert zuckt mit den Schultern.

»Wie gesagt, mein Vater war ein harter Mann.«

Sein Tonfall deutet an, dass er das Thema gerne fallen lassen würde. Sie wartet einen Moment, in der Hoffnung, dass er doch weiterredet, aber die Gelegenheit scheint vorüber.

Thea schweigt und schaut auf die Straße.

»Bist du zum Testessen eingeladen?«, fragt sie dann.

»Mhm.«

»Hast du vor zu kommen?«

Er schüttelt den Kopf.

»Ich bin nicht sehr gesellig. Ich bleibe meist für mich allein.«

Die Antwort enttäuscht sie ein wenig. Das Testessen ist Davids Projekt, und es wäre schön gewesen, jemanden dabeizuhaben, der zumindest ein wenig an einen eigenen Freund erinnert.

Am Schloss angekommen, steigt er aus dem Wagen, und Thea setzt sich auf den Fahrersitz.

»Tausend Dank, Hubert«, sagt sie. »Wenn du mir nicht geholfen hättest, hätte Emee nicht …«

Er macht eine abwehrende Handbewegung.

»Wir Stanley-Kunitz-Fans müssen doch zusammenhalten.«

Er bleibt an der Ecke zum Schlossflügel stehen und hebt zum Abschied winkend die Hand, bevor er durch die Tür verschwindet.

Plötzlich macht es in ihrem Kopf klick. Es ist das Geräusch eines Puzzleteils, das an seinen Platz fällt.

# 72

Thea läuft schnell zum Kutscherhaus, kickt die Schuhe von den Füßen und wirft ihre Jacke auf das Sofa. Der Gedichtband liegt auf dem Nachttisch.

Sie holt ihn, setzt sich an den Schreibtisch und sucht im Ermittlungsordner nach Elitas Brief. Sie lässt den Finger über die Zeilen wandern, bis sie die richtige Passage findet.

*Sicher habt ihr von den anderen Mädchen gehört, die im Schlosswald ums Leben kamen. Isabelle, die im Burggraben ertrank, und Eleonor, die von ihrem Pferd fiel und sich das Genick brach.*

*Bald ist Elita an der Reihe.*

*Liebliche Frauen, tot, die an meiner Seite einst lagen.*

*Ist das nicht schön?*

*Es hat etwas Verlockendes an sich, zu sterben, wenn man am schönsten ist, nicht wahr?*

Thea liest den sperrigen Satz noch einmal.

*Liebliche Frauen, tot, die an meiner Seite einst lagen.*

Thea blättert im Gedichtband und findet eine Seite mit einer umgeknickten Ecke. Das Gedicht heißt: I dreamed that I was old. Sie hat es schon einige Male gelesen, es ist traurig und handelt von einem Mann, der an sein Alter denkt, an alles, was er verloren hat.

Fast am Ende des Gedichts entdeckt sie die Zeile, die sie gesucht hat.

*And cozy women dead that by my side / once lay.*

Der Wortlaut ist fast identisch. Thea holt ihr Handy und sucht nach den Fotos, die sie auf Svartgården gemacht hat. Sie scrollt rückwärts vom blutigen Handabdruck und den leeren Erste-Hilfe-Verpackungen, bis sie zu dem Foto kommt, das sie von Elitas Bett gemacht hat beziehungsweise von der Stelle unter dem Bett, an der sich einmal Elitas Koffer befand.

Daneben liegt ein Stapel Bücher. Sie vergrößert das Bild, wobei ihre Finger vor Aufregung zittern.

Das Buch ist das dritte von unten. Es trägt den gleichen Titel wie dasjenige, das vor ihr auf dem Schreibtisch liegt: *Selected poems* von Stanley Kunitz.

Elita hat das Buch also auch gelesen und sogar versucht, eines der Gedichte ins Schwedische zu übersetzen. Woher hat ein sechzehnjähriges Mädchen ein Buch mit englischen Gedichten, geschrieben von einem amerikanischen Dichter?

*Wir trafen uns manchmal zufällig im Schlosswald.*

*Elita war anders …*

Thea lehnt sich zurück und presst ihre Fingerkuppen an die Augen.

Elita muss das Buch von Hubert bekommen haben, sie erwähnt im selben Abschnitt sogar Huberts Vorfahren. Isabelle und Eleonor, die toten Mädchen.

Sie schlägt das Buch noch einmal auf, liest die Zeile, die Hubert innen auf den Buchdeckel geschrieben hat.

*Die stärkste Liebe ist die unerwiderte.*

Meint er damit etwa Elita? War Hubert in Elita Svart verliebt gewesen? Der Gedanke macht sie schwindelig und rückt alles in ein völlig anderes Licht.

In dem Moment klingelt ihr Handy. Eine unbekannte Nummer. Thea drückt den Anruf weg, aber der Anrufer gibt nicht auf, sodass sie schließlich doch ans Telefon geht.

»Hallo, Jenny, hier spricht dein Vater.«

»Ich kann gerade nicht sprechen. Du rufst etwas unpassend an.«

Ihre Gedanken strömen in alle Richtungen, sie erträgt seine psychologischen Spielchen jetzt nicht.

»Wie schade. Ich rufe eigentlich an, um mich zu entschuldigen.«

Die Stimme klingt gedämpft und ist frei von dem üblichen Sarkasmus.

»Aha?« Thea weiß nicht so recht, was sie davon halten soll.

»Unser letztes Gespräch hat ein bisschen unglücklich geendet, deshalb wollte ich dir einen Ölzweig überreichen. Eine Art Friedensgabe, falls du Interesse hast.«

»Ich höre.«

»Tja, ich habe mich nach diesem Leo Rasmussen umgehört. Ein alter Kollege von mir hat einen Neffen, Dejan, der wohl Ende der Achtziger mit Leo im Knast saß. Dejan ist ein schlaues Kerlchen, hat ein ziemlich gutes Gedächtnis. Es war seine erste richtige Bruchlandung, vielleicht erinnert er sich deshalb so genau.«

Thea kramt einen Stift hervor.

»Dejan zufolge blieb Leo meist für sich«, fährt ihr Vater fort. »Er benahm sich vorbildlich, war den Wachen gegenüber höflich, trainierte jeden Tag. Dejan behauptet, er sei nicht gerade der Typ Mörder gewesen, was immer das heißen mag. Meiner Meinung nach kann jeder zum Mörder werden, wenn die Umstände entsprechend sind.« Ein Husten unterbricht ihn.

»Sprach er über sein Verbrechen?«, will Thea wissen.

»Nein, offenbar wich er dem Thema lieber aus. Er prahlte weder damit, noch beteuerte er seine Unschuld.«

Ein erneuter Hustenanfall, der diesmal röchelnder klingt.

»Wie auch immer, Dejan behauptet jedenfalls, dass Leo ins Ausland abhauen wollte, sobald er entlassen würde. Er erzählte irgendwas davon, dass er ziemlich viel Geld kriegen würde. Genug, um neu anzufangen.«

»Woher sollte er das Geld bekommen?«

»Das habe ich Dejan auch gefragt, aber er wusste es nicht. Leo hat sich irgendwann verplappert, aber danach war er verschlossen wie eine Muschel, deshalb ging Dejan davon aus, dass an der Sache was faul war.«

»Wusste er, wohin Leo gehen wollte?«

»Dejan und er angelten beide gern, und sie sprachen öfter darüber, eine Angeltour nach Alaska zu machen. Typische Knastpläne, würde ich sagen. Ein Traum, an dem man sich festhalten kann.« Er räuspert sich. »Aber beiden war klar, dass die Amis sie mit ihrem Strafregister niemals ins Land lassen würden. Leo dachte, dass sie es vielleicht schaffen würden, nach Kanada zu kommen.«

»Kanada?«

»Das hat Dejan zumindest gesagt. Genau genommen hat er sich so ausgedrückt: Wenn der Typ immer noch lebt und nicht in Schweden wohnt, dann würde ich in Kanada nach ihm suchen.«

Thea überlegt. Kurt Bexell dachte doch, dass Leo ihn von einer amerikanischen Nummer aus angerufen hatte, aber sie glaubt zu wissen, dass Kanada und die USA dieselbe Ländervorwahl haben, schon möglich also, dass er sich geirrt hat.

»Hatte Dejan noch mehr über Leo zu sagen?«

»Nein, das war's. Ehrlich gesagt war das mehr, als ich erhofft hatte. Aber ich habe dafür gesorgt, dass ein Kontakt, den ich bei der Polizei habe, auch ein paar Recherchen anstellt. Seit Leo entlassen wurde, hat er seinen Fuß nicht mehr nach Schweden gesetzt, jedenfalls nicht unter seinem Namen. Dem Finanzamt zufolge gilt er als ausgewandert, ohne bekannten Wohnort.«

»Okay.«

»Okay. Ist das alles?«

Sie holt tief Luft.

»Danke, Leif.«

»Keine Ursache.«

Die Verbindung wird abgebrochen, aber Thea bleibt mit dem Handy in der Hand sitzen, während ihr seine Worte durch den Kopf gehen.

Leo erwartete Geld. Eine ausreichend große Summe, um das Land verlassen und irgendwo neu anfangen zu können.

Geld von wem? Und wofür?

# 73

»Ich versinke immer tiefer in dieser Erzählung, Margaux. Es zieht mich in den Schlamm hinein, dahin zurück, wo ich einmal herkam.

Die Frage ist, ob ich jemals wieder herauskomme?«

Kurz nach neun ruft sie die Tierklinik an. Emees Zustand ist stabil, aber der Tierarzt will sie zur Sicherheit noch ein paar Tage dabehalten. Er fragt Thea, ob sie irgendeine Ahnung hat, wie Emee an das Glykol gekommen sein könnte, aber sie hat keine gute Antwort darauf. Sie hat selbst mehrfach darüber nachgedacht, jedoch ohne auf eine Erklärung zu kommen. Der Wald scheint noch immer der wahrscheinlichste Ort, aber sie erinnert sich auch daran, dass Emee unruhig war, als sie nach der Informationsveranstaltung zurück in die Praxis kam. Die Tür war zwar verschlossen, aber wie sie bereits festgestellt hat, ist sie nicht die Einzige, die einen Schlüssel besitzt.

War wirklich jemand so grausam, ihren Hund zu vergiften? Sie versucht, die Frage erst einmal fallen zu lassen, und kehrt stattdessen zu dem zurück, worüber sie nachgegrübelt hatte, bevor ihr Vater sie anrief.

Hubert Gordon war in Elita Svart verliebt. Er kaufte ihr seine Lieblingsgedichte. Und das, obwohl Elita vier Jahre jünger war als er und aus einer Familie kam, die Huberts Vater wohl kaum akzeptiert hätte. Konnte Hubert sogar der Vater ihres ungeborenen Kindes gewesen sein? Thea kann sich das nur schwer vorstellen. Es schien eher um etwas anderes zu gehen. Unglückliche Liebe, Abweisung, Eifersucht?

Sie muss mehr darüber herausfinden.

Thea nimmt den Gedichtband mit und geht hinüber zum Schloss, wo ziemlich viel los ist. Sicher zehn verschiedene Fahrzeuge stehen dort, während etwa doppelt so viele Personen damit beschäftigt sind, den Ostflügel mit Sachen zu beliefern.

David steht mitten in der Küche, fuchtelt mit den Händen und ruft Anweisungen in alle Richtungen. Als er Thea sieht, hört er kurz damit auf.

»Da bist du ja.«

Er geht auf sie zu.

»Wie geht es Emee?«

»Besser, aber sie muss noch in der Klinik bleiben.«

»Was für ein Glück!« Er wirft übertrieben die Arme hoch. »Tut mir leid, dass ich heute Nacht nicht geantwortet habe. Ich habe das Telefon nicht gehört.«

Eine Lüge. David schläft im Grunde mit dem Telefon unter dem Kopfkissen.

»Ich stand draußen vor dem Schloss und habe gehupt und die Scheinwerfer aufleuchten lassen.«

»Wirklich? Ich muss ganz schön fest geschlafen haben.«

Noch eine Lüge. In Davids Fall sind die Lügen ziemlich leicht zu erkennen, weil er besser lügt als die Wahrheit spricht.

»Du warst gar nicht hier, oder? Du hast irgendwo anders geschlafen.«

Er kommt einen Schritt näher und legt die Hand auf ihre Schulter. Dann schaut er sich beunruhigt um, ob jemand von seinen Mitarbeitern sie gehört hat.

»Sobald das Essen vorbei ist, klären wir alles«, flüstert er. »Keine Geheimnisse. Du kannst mich alles fragen, was du willst. Aber hilf mir zuerst, die Sache über die Bühne zu bringen.«

Er lächelt und versucht, ihr auch ein Lächeln zu entlocken.

»Okay«, murmelt sie.

Draußen vor dem Fenster, praktisch gegenüber der großen Freitreppe, sieht sie ein paar Leute, die einen Scheiterhaufen aufzustapeln scheinen. Einer von ihnen ist Klein-Stefan. Er ist gerade dabei, ein gewisses T-förmiges Gestell auf dem Holzhaufen aufzurichten.

»Was ist das denn?«

»Es ist Walpurgisnacht«, sagt David. »Da brauchen wir natürlich ein Feuer.«

»Wollt ihr auch einen Grünen Mann abbrennen?«

»Das war die Idee meiner Mutter. Sie hat ein paar Handwerker gebeten, eine Puppe für uns zu bauen. Sie wird in ein paar Stunden gebracht. Das wird der Knaller.«

David versucht, unbekümmert zu wirken, was ihm fast gelingt, aber eben nur fast.

Elitas Worte tauchen in Theas Kopf auf.

*Endlich ist Walpurgisnacht. Die Natur ist hungrig, und der Grüne Mann reitet durch die Wälder.*

*Und nichts wird jemals wieder so sein, wie es war.*

Thea geht weiter zum Westflügel, wo sie den schweren Türklopfer benutzt, um bei Hubert anzuklopfen.

Er öffnet nicht, aber sein Wagen steht da, daher weiß sie, dass er zu Hause ist. Sie versucht es noch einmal, hämmert kräftiger. Plötzlich ist sie nervös. Erst vor ein paar Stunden saßen sie zusammen im selben Auto, und trotzdem scheint sich ihr Blick auf ihn mit einem Mal verändert zu haben.

Sie klopft noch einmal. Nach dem vierten Versuch öffnet er. Eine verärgerte Falte ist zwischen seinen Augenbrauen zu sehen. Vielleicht hatte er sich hingelegt, um sich nach dem nächtlichen Abenteuer auszuruhen.

»Hallo, tut mir leid, wenn ich störe. Hast du geschlafen?« Sie bemüht sich, wie immer zu klingen.

Hubert schüttelt den Kopf.

»Ich wollte dir nur das hier zurückgeben.« Sie hält ihm den Gedichtband hin. »Ich glaube, ich weiß, welches dein Lieblingsgedicht ist.«

»Aha?«

»I dreamed that I was old.«

»Gut geraten.«

Sie will nach Elita fragen. Danach, ob es bei der unerwiderten Liebe, über die er geschrieben hat, um sie geht. Sie steht auch kurz davor, es zu tun, als sie realisiert, dass Hubert sie immer noch nicht hineingebeten hat. Außerdem wirkt er unruhig, fast als hätte sie ihn bei irgendetwas Verbotenem ertappt.

Sie schaut über seine Schulter die Treppe hoch. Die Tür zur Kapelle steht offen. Er scheint ihren Blick zu bemerken.

»Wenn es sonst nichts gibt, ich bin ein bisschen müde …« Er beginnt, die Haustür zuzumachen, was ihre Neugier nur noch verstärkt.

»Doch, ich wollte noch fragen …«

Er wartet.

»Kannst du nicht doch zum Essen kommen? Und mir eine Chance geben, dir für die Hilfe mit Emee zu danken?«

Die Sorgenfalte verschwindet. »Hast du schon was von der Tierklinik gehört?«

»Ich darf sie in ein paar Tagen abholen.«

»Wie schön.« Seine Erleichterung wirkt aufrichtig.

»Also, was sagst du? Kommst du? Bitte sag Ja.«

Sie entlockt ihm ein Lächeln.

»In Ordnung. Ich komme.«

»Gut, dann sehen wir uns dort.«

Dann schlägt die Tür mit einem schweren, metallischen Knall zu, der durch das Gebäude hallt.

# 74

»Das klingt vielleicht albern, Margaux, aber ich werde das Gefühl nicht los, dass sich eine Katastrophe anbahnt. Alles ist in Bewegung. Es ist, als würden wir auf etwas warten. Auf den Funken, der das Feuer entfacht.«

Thea schminkt sich vor dem Badezimmerspiegel, sie hat ein Kleid ausgewählt, das David gefällt.

Trotzdem denkt sie nicht an ihn. Viele Gedanken schießen ihr durch den Kopf, die Fragen sind eher mehr geworden als weniger. Das Puzzle wird immer größer.

Woher kam das Geld, das Leo möglicherweise für seine Auswanderung verwendete? War es ein Schweigegeld oder irgendeine Art von Entschädigung? Was war mit seiner restlichen Familie geschehen? Und wo kam Hubert Gordon ins Bild?

Sie hat keine Antworten. Noch nicht. Was sie zur nächsten Frage führt: Wer hat so große Angst davor, dass sie in dem Fall nachforscht, dass er oder sie sie auf Svartgården eingesperrt, scheußliche Grüne Männer an ihr Auto gesteckt und vielleicht sogar versucht hat, ihren Hund zu töten?

Arne ist ihr Hauptverdächtiger, nicht zuletzt nach dem Fund, den sie bei ihm zu Hause gemacht hat. Für Mord gibt es keine Verjährung, was heißt, dass Arne oder jemand anderes, der Elita getötet hat, immer noch eine lebenslange Haftstrafe riskiert. Ein guter Grund, um alles zu geben, damit die Sache nicht ans Licht kommt.

Das Problem ist, dass die Schlussfolgerung aus der Voruntersuchung zu halten scheint, trotz aller Fragezeichen. Selbst wenn man Leos Geständnis nicht anerkennt, bleiben eine Reihe schwerwiegender Fakten:

Die Kinder behaupten alle, dass Leo der als Grüner Mann verkleidete Reiter war, und David sagt, dass er deutlich Leo gesehen hat, wie er über Elita gebeugt am Opferstein stand. Die Anstecknadel und die Hufabdrücke von Bill verbinden Leo ebenfalls mit dem Tatort.

Allerdings fehlen auch einige Sachen von diesem Abend: der Kassettenrekorder, die Masken, Elitas Reisetasche. Was war aus diesen Dingen geworden?

Thea schaut sich ein letztes Mal im Spiegel an. Irgendwo fehlt ein wichtiges Puzzleteil, dessen ist sie sich sicher. Irgendein entscheidendes Stück, das das Bild klarer werden lässt.

Vielleicht findet sich heute Abend eine Möglichkeit, dieses Stück zu finden.

Das Schloss sieht fantastisch aus. An der Vorderseite brennen große Feuerkörbe, auf der Treppe ist ein roter Teppich ausgebreitet, und über die Fassade leuchten bewegliche Scheinwerfer. Der Scheiterhaufen ist vorbereitet, der Grüne Mann oben an sein Gestell gebunden.

Draußen vor dem Tor steht David und empfängt die Gäste. Er sieht gut aus in seinem Smoking und wirkt weniger angespannt, erinnert Thea eher an den David, in den sie sich einmal verliebt hat.

»Wow«, sagt sie und stellt sich neben ihn. »Ihr habt euch wirklich selbst übertroffen.«

»Danke!« Sein Lächeln ist herzlich und aufrichtig.

Davids Eltern kommen zehn Minuten zu früh. Bertil ist in seinem Smoking auch sehr elegant, während Ingrid ein etwas zu farbenfrohes Kleid trägt. Die Schwiegermutter begrüßt sie ein wenig unterkühlt. Wahrscheinlich hängt das mit ihrer Unterhaltung nach der Informationsveranstaltung im Bürgerhaus zusammen. Bertil wirkt dagegen gut gelaunt.

»Liebe Thea, was für ein fantastischer Abend. Wie schön das heute wird.«

Nach Davids Eltern kommt Nettan, dicht gefolgt von Sebastian. Sie bleiben für ein leise geflüstertes Gespräch mit David stehen, während Thea Sebastians Freundin Bianca unterhalten muss, die, wie sich herausstellt, in den USA gelebt und fast die ganze Welt bereist hat.

»Tornaby ist viel netter, als Sebastian es beschrieben hat.«

»Dann bist du also zum ersten Mal hier?«

»Ja. Komisch, oder? Wir sind fast drei Jahre zusammen, waren an vielen Orten auf der ganzen Welt, Singapur, Los Angeles, Moskau, aber wir haben nie seinen Heimatort besucht. Bis jetzt.«

»Wie habt ihr euch kennengelernt ?«

»Bei einer langweiligen Technikmesse. Nicht besonders romantisch. Und du und David?«

»Eine Wohlfahrtsveranstaltung für Ärzte ohne Grenzen. David war für das Essen zuständig. Dann haben wir uns immer mal wieder getroffen, wenn ich nicht unterwegs war.«

Sie unterbricht sich. Sie möchte nicht über Idlib und Margaux sprechen und auch nicht näher über ihre Beziehung zu David reden, deshalb schwenkt sie zu einem neutraleren Gesprächsthema über und stellt Fragen zu Biancas und Sebastians Reisen.

Da sieht sie Arne kommen und bemüht sich, ihn nicht anzustarren. Er klopft David auf den Rücken, aber geht an Thea vorbei, ohne sie zu grüßen.

Nach ihm kommen Per Nyberg und sein Vater.

»Sieht schön aus, David«, sagt Erik. »Es erinnert mich daran, wie es zur Zeit des Grafen aussah.«

Thea hat seit der kleinen Szene neulich auf dem Schlossvorplatz mit keinem von ihnen geredet, aber Per und sein Vater scheinen die Sache vergessen zu haben. Sie grüßen freundlich, und Per küsst sie auf die Wange.

Immer mehr Leute kommen. David stellt sie Thea vor: Eventplaner, Geschäftspartner, einige Restaurantkritiker, ein paar Influencer.

Kerstin Miller kommt in Begleitung von J-O.

»Thea, wie schön, Sie zu sehen. Was für ein schönes Kleid.«

J-O trägt einen schlecht sitzenden, blauen Leihsmoking. Er grüßt, ohne ihr in die Augen zu sehen, und nimmt sich schnell ein Glas Champagner. Er sieht verlegen aus, und den geröteten Augen nach hat er bereits vorgetankt.

Sigbritt Andersson taucht mit einem trockenen, kleinen Herrn auf, den sie als ihren Mann vorstellt. Thea plaudert ein paar Minuten mit ihnen, während sie nach Hubert Ausschau hält. Leider ist er nicht zu sehen, aber sie hofft, dass er sich nur ein bisschen verspätet und nicht vorhat, der Festlichkeit in seinem ehemaligen Elternhaus aus der Ferne beizuwohnen.

Sie nehmen den Aperitif draußen auf der Freitreppe ein. Das Wetter ist recht mild, und die Feuerkörbe sorgen dafür, dass niemand friert.

David hält eine kurze, gut einstudierte Rede, dankt der Bokelund Stiftung und den Bewohnern von Tornaby für ihre Hilfe und hebt die Unterstützung von Nettan und Sebastian hervor.

»Ohne euch wäre dieses Projekt nie verwirklicht worden. Ein großer Dank auch an meine Frau Thea, die es mit mir ausgehalten hat, vor allem in den letzten Wochen.«

Alle Blicke richten sich auf Thea, die ihr Glas hebt und ein wenig angestrengt lächelt.

David beendet seine Rede damit, dass er alle in die Eingangshalle bittet. Die Türen zum Speisesaal öffnen sich, und eine Band beginnt zu spielen. Überall stehen brennende Kerzen, die Kristallleuchter funkeln mit den goldenen Wandpaneelen um die Wette, und hoch oben an der Decke treiben die Waldwesen ihr Spiel.

Thea schaut zum Westflügel hinauf, aber die Fenster sind dunkel, und Hubert ist nicht zu sehen. Offenbar will er sein Versprechen nicht halten.

Sie setzen sich, und Thea bekommt Per Nyberg als Tischherrn.

»Sag nichts«, flüstert er. »Aber ich habe die Tischkärtchen vertauscht, um neben dir zu sitzen.«

Er zwinkert ihr zu, aber sie ist sich nicht sicher, ob das ein Witz sein soll.

»Wie läuft es mit dem Leben als Musiker?«, fragt sie ihn.

Er lächelt, zuckt mit den Schultern.

»Tja, ist nicht gerade die Rockstarkarriere, von der ich geträumt habe. Aber es muss reichen.«

J-O ist auch an ihrem Tisch, wo er weiterhin alles in sich hineinschüttet, was in seinem Glas landet.

»Das gibt es ja nicht«, ruft Per plötzlich aus.

Hubert Gordon steht in der Tür. Er sieht ein wenig verloren aus, aber Ingrid ist blitzschnell bei ihm und heißt ihn willkommen.

Per entfährt ein leiser Pfiff. »Der Eremit verlässt seine Höhle. Ich frage mich, wer es geschafft hat, ihn hierherzulocken.«

»Das war wohl ich«, erwidert Thea.

»Gut gemacht, ich bin beeindruckt.«

Per hebt sein Glas, und sie prosten sich zu. Als sie ihr Glas wieder sinken lässt, bemerkt sie, dass Hubert sie beobachtet. Er nickt ihr zu und wird am Tisch von David und seinen Eltern platziert. David hat Nettan als Tischdame, stellt Thea fest.

»Wie ist es, frisch verheiratet zu sein?«

»Gut«, antwortet sie. »Warst du auch mal verheiratet?«

Per lacht. »Nein, ich habe wohl nie die Richtige getroffen. Tragisch, oder? Ein erwachsener Mann, der immer noch bei seinem Vater wohnt.« Sein Ton ist scherzhaft, aber Thea glaubt, noch etwas anderes herauszuhören. Einen Zug von Traurigkeit, der sie ein bisschen überrascht.

Die Stimmung im Saal steigt, je öfter die Gläser gefüllt werden. Mitten im Hauptgang klopft jemand an sein Glas. Es ist Bertil. Er steht auf und faltet einen Zettel mit einer vorbereiteten Rede auf.

»Lieber David«, beginnt er. »Es ist so schön zu sehen, was du und deine Freunde aus Bokelund gemacht haben. Wenn ich dich, Jeanette und Sebastian wieder zusammen sehe, wird mir warm ums Herz. Es kommt mir vor, als sei es gestern gewesen, wie ihr so in unserem Gästehaus zusammensaßt. Was genau ihr dort gemacht habt, weiß ich zwar nicht, aber ich will es auch gar nicht wissen.«

Er macht eine Pause, bis die erwarteten Lacher verklungen sind.

»Eine andere Person, der wir zu Dank verpflichtet sind, ist Rudolf Gordon. Wenn der alte Graf nicht die Bokelund Stiftung gegründet hätte, wäre Tornaby jetzt nicht das, was es ist. Wir haben es

Rudolfs Großzügigkeit und Weitblick zu verdanken, dass wir heute hier sitzen.«

Er unterbricht für einen kurzen Applaus, während Thea zu Hubert hinüberschaut. Sein Gesicht ist vollkommen neutral, er zeigt keinerlei Gefühle im Hinblick auf die Großzügigkeit, die ihn sein Erbe gekostet hat.

Bertil geht dazu über, über Davids Leben zu sprechen. Er beginnt damit, dass David schon als Kind Interesse am Kochen gezeigt hat, und macht dann eine chronologische Zusammenfassung seiner Karriere, freilich ohne den unglücklichen Abgang aus Stockholm zu erwähnen.

Bertil hat einen seiner klarsten Tage seit Langem, er ist offensichtlich ein geübter Redner, hält Blickkontakt zum Publikum und wartet genau an den richtigen Stellen auf Gelächter oder Applaus. Ingrid sieht zufrieden aus. Nach fast jedem Satz nickt sie zustimmend, vor allem, wenn es um David geht. Die Blicke, mit denen sie Bertil anschaut, strahlen eine Wärme aus, die Thea noch nie bei ihrer Schwiegermutter gesehen hat.

Bertil beantwortet ihre Blicke, und für einen kurzen Moment findet man fast die beiden jungen, verliebten Menschen vom Hochzeitsfoto wieder. Thea muss zugeben, dass sie tatsächlich ein bisschen gerührt ist, und stellt fest, dass sie damit nicht allein ist.

Nachdem Bertil einige Minuten lang gesprochen hat, wobei die Dauer der Rede perfekt war, greift er nach seinem Glas und will gerade das Ganze mit einem Toast beenden, der bestimmt einen gehörigen Applaus auslösen wird.

Da erhebt sich J-O: »Du hast etwas vergessen, Bertil«, ruft er dazwischen.

Er ist offensichtlich betrunken, und seine Tischdame packt ihn am Ärmel, aber er schüttelt ihre Hand mit einer verärgerten Bewegung ab.

»Du hast vergessen zu erzählen, was passiert ist. Mit Elita und Leo.«

Mehrere Hände strecken sich vor, um J-O zurückzuhalten, aber er schlägt sie beiseite.

»Erzähl, was passiert ist, Bertil. Jetzt erzähl schon, verdammt!«

Plötzlich ist Arne bei J-O. Er packt ihn mit einer Bewegung am Arm, die wie ein Polizeigriff aussieht, und führt ihn unsanft aus dem Speisesaal hinaus.

Bertil steht immer noch mit dem Glas in der Hand da. »Ja«, sagt er. »Es … gibt wohl nicht viel hinzuzufügen.«

Er schaut sich unter den Gästen um, als würde er nach jemandem suchen. Ingrid nimmt ihn an der Hand, aber er schaut sie nicht mehr an.

»Zum Wohl!«, ruft jemand, um ihm zu helfen.

»Zum Wohl«, stimmen alle ein.

Bertil hebt dankbar sein Glas, leert es und setzt sich dann.

Die Wärme in seinem Blick ist erloschen.

## 75

David schickt das Servicepersonal los, um die Weingläser nachzufüllen, wodurch sich die Stimmung schnell erholt.

Nach einer Weile kommt Arne ohne J-O zurück. Thea beobachtet, wie er bei seiner Schwester stehen bleibt und die beiden leise miteinander sprechen, bevor er sich wieder an seinen Platz setzt.

»Was ist wohl mit J-O passiert?«, fragt Thea ihren Tischnachbarn.

Per zuckt mit den Schultern.

»Wahrscheinlich hat Arne ihn rausgebracht und dann in ein Taxi gesetzt. Man hätte ihn nicht einladen dürfen. Alle wissen, dass J-O Alkoholprobleme hat.«

»Was denkst du, warum er dann eingeladen wurde?«

»Bestimmt hat Kerstin Miller David darum gebeten. Kerstin hat sich immer ein bisschen um J-O gekümmert. Seine Mutter ist nicht ganz richtig im Kopf …« Per klopft sich an die Schläfe. »Und David sagt nicht Nein, wenn Fräulein Kerstin ihn um einen Gefallen bittet.«

Thea erinnert sich an das Kaffeetrinken bei Kerstin Miller zu Hause. Daran, dass David, Nettan und Sebastian sich in J-Os Gesellschaft offenbar etwas unwohl fühlten. Als hätten sie nicht gewusst, dass er auch kommen würde.

Thea nutzt die Pause vor dem Nachtisch, um auf die Toilette zu gehen. In der Eingangshalle trifft sie auf Arne, der stehen bleibt und das Gesicht verzieht, aber es ist zu spät, so zu tun, als hätten sie sich nicht gesehen.

Sie bleiben ein paar Sekunden voreinander stehen, und Theas Mund fühlt sich plötzlich sehr trocken an, während sie ihn mustert. Ist er derjenige, der sie bedroht und auf Svartgården eingesperrt hat? Ihren Hund vergiftet hat? Ist er sogar der Mörder von Elita?

»Was hast du mit J-O gemacht?«, fragt sie, um ihre Gedanken nicht zu verraten.

»Er ist oben in der Hochzeitssuite eingepennt. Der Idiot war schon besoffen, als er kam, was nicht das erste Mal ist.«

Arne holt ein Zigarettenetui aus der Innentasche.

»Ich wollte heimlich eine rauchen«, sagt er. »Kommst du mit raus?«

Der Vorschlag kommt so überraschend, dass Thea nicht schnell genug Nein sagen kann.

Sie stellen sich in eine Ecke unterhalb der Treppe. Thea muss ein paarmal zum Grünen Mann auf dem Scheiterhaufen hinüberstarren: dieses leere Gesicht und die abstehenden Arme.

Arne bietet ihr ein Zigarillo an. Sie nimmt eines und wartet, bis er ihnen beiden Feuer gegeben hat.

Er nimmt einen tiefen Zug, lehnt sich an die Steinbalustrade und bläst den Rauch in den Abendhimmel.

»Nach deinem Besuch habe ich einen alten Kollegen angerufen, der jetzt beim Nachrichtendienst arbeitet«, sagt er. »Ich habe ihn dazu gebracht, ein paar Recherchen zu dir anzustellen, um herauszufinden, wer du warst, bevor du dir eine neue Identität zugelegt hast.«

Thea wird innerlich eiskalt. »Aha«, sagt sie zögerlich.

»Jenny Boman«, fährt Arne fort. »Tochter von Leif Boman. Zu seinen besten Zeiten so was wie der Drogenbaron von Mittelschweden.«

Er klingt nicht besonders aufgebracht.

»Wem hast du das erzählt?«, entfährt es Thea.

»Niemandem, jedenfalls noch nicht.« Er dreht sich zu ihr. »Ich dachte, wenn du schlau genug warst, von dort zu verschwinden, dir die Umstände gemacht hast, den Namen zu ändern und dir eine neue Identität zu besorgen, dann willst du wahrscheinlich nichts mit deinem Vater zu tun haben. Und dann brauche ich mir deinetwegen auch keine Sorgen zu machen.«

Er nimmt einen weiteren tiefen Zug von seinem Zigarillo.

»Deswegen habe ich meiner Schwester nichts gesagt. Ingrid ist nicht ganz so verständnisvoll wie ich. Der Apfel fällt nicht weit vom Stamm und dieses ganze Gerede …« Er zeichnet mit seinem Zigarillo einen kleinen Kreis in die Luft. »So, jetzt kenne ich dein Geheimnis, und du ahnst sicher meins.«

Thea versucht zu verstehen, was Arne da eigentlich sagt.

»Elita Svart?«, sagt sie. Sie lässt den Namen wie eine Frage in der Luft hängen.

»Ja, ich kannte Elita. Ich war sogar ein bisschen verliebt in sie. Oder …« Er runzelt die Stirn. »Nicht verliebt, eher …«

»Verhext«, ergänzt Thea.

Arne nickt langsam.

»Ich kannte ihren Vater. Ich erledigte kleinere Aufträge für ihn, bevor Bertil mich bei der Polizei unterbrachte. Das war ein großes Glück. Wenn man einmal in Lasses schmutzige Geschäfte hineingezogen wurde, war es schwer, da wieder rauszukommen. Du weißt wahrscheinlich, was ich meine?«

Jetzt ist Thea an der Reihe zu nicken.

»Walpurgisnacht 1986«, sagt sie. »Du bekamst ein Foto mit einer Einladung. Warst du dort?«

Arne pickt sich einen Tabakkrümel von der Zunge, während er überlegt, ob er antworten soll.

»Eine idiotische Geschichte. Ich bin mit dem Polizeiwagen und in Uniform hingefahren, obwohl ich nicht im Dienst war. Ich wollte ihr imponieren.« Er schnaubt. »Ich war einfach jung und dumm.«

Thea muss sich zurückhalten, um ihn nicht mit Fragen zu überschütten. Seine Aufrichtigkeit überrascht sie ehrlich gesagt.

»Was passierte dann?«, hakt sie vorsichtig nach.

»Genau das, was aus der Untersuchung hervorging. Leo kam als Grüner Mann verkleidet angeritten, die Kinder rannten um ihr Leben. Dann …«

Er unterbricht sich, schweigt einen Moment.

»Dann tötete Leo sie«, sagt Arne schließlich.

»Hast du das gesehen?«

»Nein. Ich war auf einen Baum geklettert, um besser sehen zu können. Aber als Leo vorbeiritt, fiel ich runter und wurde bewusstlos. Als ich wieder zu mir kam, lag sie schon tot auf dem Opferstein.« Er schüttelt den Kopf. »Ich fasse es nicht, dass ich dir das erzähle, nachdem ich dreißig Jahre lang den Mund gehalten habe.«

Er kaut auf seiner Unterlippe, als wolle er verhindern, dass noch mehr Worte aus seinem Mund kommen. Er hat einen gequälten Gesichtsausdruck, und auf einmal versteht Thea, warum.

»Du glaubst, du hättest sie retten können?«, fragt sie leise. »Wenn du nicht bewusstlos geworden wärst. Denkst du das?«

Er schaut weg. Sie lässt ihn einen Moment in Ruhe.

»Bist du zu ihr hingegangen?«

Er nickt langsam. »Elita hatte sich meinen Kassettenrekorder ausgeliehen. Er war mit meinem Namen versehen. Ich musste ihn wiederholen. Ich hatte wahnsinnige Angst, da hineingezogen zu werden.«

Thea hört, wie ein Puzzleteil seinen Platz findet.

»Das Gesicht war mit einem Taschentuch bedeckt«, sagt er mit dumpfer Stimme. »Ich habe immer bereut, dass ich so dumm war, es anzuheben.«

Sein Gesicht sieht noch gequälter aus.

»Was Leo mit ihr getan hat … Er hat einfach ihr schönes Gesicht zerschlagen. Sechs Jahre waren viel zu wenig für dieses Schwein.«

Er verstummt und wendet sich wieder ab.

»Und was geschah danach?«, will sie wissen.

Arne schaut sie an und holt dann tief Luft.

# 76

## *WALPURGISNACHT 1986*

Arne versuchte, so ruhig zu fahren, wie er nur konnte. Als wäre es die natürlichste Sache der Welt, mitten in der Nacht mit einem verdreckten Polizeiwagen auf Bertils und Ingrids Garageneinfahrt zu fahren.

Er wusste, wo der Ersatzschlüssel für die Doppelgarage lag. Bevor er hineinfuhr, schaltete er die Scheinwerfer aus. Ihr Wagen stand schon da, der Motor klickte noch leise, was hieß, dass sie erst vor Kurzem nach Hause gekommen waren.

Er verschloss das Tor von innen und nahm den Hinterausgang in den Garten. Genau wie er vermutet hatte, waren die Kinder im Gästehaus. Die Lampen dort brannten, und er konnte mehrere Personen sehen, die sich darin bewegten. Außerdem hörte er aufgeregte Stimmen. In dem Moment, als er den Rasen betrat, vernahm er ein Geräusch. Er drehte sich um, entdeckte eine dunkle Gestalt und zuckte zusammen. Aber es war nur Leanders verschreckter Bub, der angeschlichen kam, offenbar genau wie er selbst auf dem Weg zum Gästehaus.

Als der Junge ihn sah, blieb er abrupt stehen. Arne war klar, warum. Er musste schrecklich aussehen in der verschmutzten, schlammigen Uniform.

»Ganz ruhig, Leander. Ich bin's, Arne Berg. Wir haben denselben Weg. Aber warum bist du noch nicht bei den anderen?«

Der Junge, dessen Namen Arne sich nie merken konnte, sah verwirrt aus, was Arne nicht überraschte. Er war nicht gerade das schlauste Kind im Dorf.

»Warum kommst du so spät? Die anderen sind doch schon da.«

»I-ich habe mich verlaufen«, stammelte der Junge. »Die anderen waren vor mir.«

Jan-Olof, so hieß er. Genannt J-O.

»Rein mit dir.« Arne machte eine Handbewegung Richtung Gästehaus. »Höchste Zeit, dass wir Ordnung in die Sache bringen.«

Er folgte J-O ins Gästehaus. Die Entschlossenheit, die ihn ergriffen hatte, nachdem er diesen verdammten Gaul gesehen hatte, erfüllte ihn immer noch und wurde sogar verstärkt, als er die bleichen Gesichter der anderen drei Kinder dort drinnen sah. Bertil und Ingrid standen ihnen gegenüber, sie trugen noch ihre schöne Festkleidung, waren aber sichtlich besorgt und erregt.

»Was ist denn mir dir passiert?«, fragte Bertil.

Arne machte eine abwehrende Handbewegung.

»Das können wir später besprechen«, sagte er so beherrscht er konnte. »Elita Svart ist tot.«

Die drei Gesichter, vier mit dem Buben von Leander, wurden noch weißer. Die Kinder sahen aus wie kleine Gespenster.

»Tot?«, wiederholte Ingrid in ungläubigem Ton.

»Sie liegt mitten im Steinkreis, mit zertrümmertem Schädel«, erklärte er. »Die Kinder waren dort. Sie haben irgendein Spiel gespielt, eine Art Frühlingsopferritual. Dann kam jemand auf einem Pferd, der als Grüner Mann verkleidet war. Die Kinder sind weggerannt, und der Reiter hat Elita erschlagen.«

Ingrids Gesicht wurde jetzt auch blass, sie griff nach Bertils Arm. Sogar Bertil, der sonst immer so gefasst war, wirkte schockiert.

Arne räusperte sich, schob die Daumen in den Gürtel und wippte auf den Fersen vor und zurück.

»Aber ich weiß, wer es war«, sagte er so ruhig er konnte. »Ich weiß, wer den Kindern Angst gemacht und Elita getötet hat. Und ich weiß, wie wir ihn schnappen können. Wir müssen nur zusammenhalten.«

# 77

Arne lässt die Zigarettenkippe auf den Boden fallen und zertritt sie mit dem Absatz. Dann macht er eine resignierte Bewegung.

»Jetzt kennst du mein ganzes Geheimnis, Thea. Ich war da, ich habe gesehen, was passiert ist. So im Nachhinein betrachtet, hätte ich natürlich sofort mit den Kollegen sprechen sollen. Aber ich hatte eine Heidenangst davor, meinen Job zu verlieren. Außerdem gab es bereits vier Zeugen, die Leo auf dem Pferd gesehen hatten. Ein fünfter spielte keine wesentliche Rolle.«

»Und du bist dir sicher, dass es Leo war?«, fragt sie, um ein wenig Zeit zu gewinnen.

Lügt Arne? Thea sieht keine Anzeichen dafür. Er wirkt eher erleichtert, so als hätte die Geschichte ihm viel zu lange zu schaffen gemacht.

»Ganz sicher. Außerdem habe ich das Pferd wiedererkannt. Ich hatte es am selben Tag noch auf der Koppel von Svartgården gesehen. Bill war am rechten Hinterlauf weiß. Er war leicht zu erkennen.«

»Und Elitas Schwangerschaft? Der Obduktionsbericht, den jemand manipuliert hat?«

Er schüttelt den Kopf.

»Davon weiß ich nichts. Ich hatte keine genauen Einblicke in die Ermittlungen. Lennartson behandelte mich meist wie einen Laufburschen. Es hat Jahre gedauert, bis er mir überhaupt in die Augen schaute.«

Die Antwort wirkt aufrichtig, genau wie der Rest der Erzählung.

Über ihnen öffnen sich die Türen, und einige Gäste kommen heraus.

»Es ist vielleicht Zeit, dass wir wieder reingehen?«, schlägt Arne vor.

Sie nickt.

»Danke, dass du es mir erzählt hast.«

»Danke, dass du zugehört hast. Es war eigentlich ganz gut, das mal loszuwerden. Aber dir ist sicher klar, dass unsere beiden Geheimnisse unter uns bleiben müssen.«

»Selbstverständlich.«

Sie folgt ihm die Treppe hinauf. Oben steht Hubert, er scheint auf sie zu warten.

»Hallo«, sagt sie. »Wie schön, dass du da bist.«

Sie bemüht sich, wie immer zu klingen, aber es fällt ihr schwer. Hubert sieht ernst aus, fast verärgert.

»Amüsierst du dich mit Per?«, fragt er, als Arne durch das Schlosstor verschwunden ist.

»Ja, klar.«

Hubert schaut sie an.

»Sei vorsichtig mit ihm«, sagt er leise.

Sie fragt sich, was er damit meint, aber es kommen weitere Gäste nach draußen, und es gibt eine andere Frage, die sie stellen muss.

»Du hast Elita gekannt«, sagt sie. »Du hast ihr das gleiche Gedichtbuch gegeben, das du mir ausgeliehen hast.«

Hubert verzieht keine Miene. Jetzt werden sie von anderen Gästen umringt. Es sind Nettan, Sebastian und Bianca, zusammen mit einigen Leuten, die Thea nicht kennt. Plötzlich haben sie sie in ein lautes Gespräch über das Schloss und David verwickelt, aus dem sie nicht so schnell herauskommt. Hubert steht noch da und beobachtet sie eine Weile, dann dreht er sich um und verschwindet langsam durch das Schlossportal.

Es dauert lange, bis sie an ihren Platz neben Per Nyberg zurückkehren kann.

»Ah, wie schön, dass du wieder da bist. Ich dachte schon, du hättest einen anderen gefunden«, sagt er lachend.

»Was habe ich verpasst?«

»Kuchen, Kaffee und Cognac. Wobei ich dafür gesorgt habe, dass du noch etwas bekommst.« Er deutet auf die Tasse und das Cognacglas vor ihr.

»Danke, das ist nett.«

Auch Hubert ist wieder an seinem Platz. Thea registriert, dass er sie beide wieder beobachtet, auch wenn er versucht, es diskret zu tun. Sie muss wieder an sein Gedichtbuch denken, die Worte über die Liebe, die er hineingeschrieben hat.

Sie senkt die Stimme und beugte sich näher zu Per.

»Kanntest du eigentlich Elita Svart?«

»Ein bisschen«, sagt er und runzelt leicht die Stirn. »Ihr Bruder ging in meine Klasse.«

»Wie war er?«

»Leo? Ziemlich zurückhaltend. In der Mittelstufe wurde er eine Zeit lang gemobbt, aber nachdem er größer geworden war, traute sich niemand mehr, sich mit ihm anzulegen.«

»Und der Rest der Familie?«

Per zuckt mit den Schultern.

»Warum willst du das wissen?«

»Elita und Hubert haben sich bestimmt auch gekannt, oder?«

Per schaut zu Hubert hinüber.

»Vielleicht kannten sie sich. Ich weiß es nicht mehr genau.«

Auf einmal klingt er sehr vage, und Thea ist sich sicher, dass er lügt, dass er versucht, seinen Jugendfreund zu schützen. Aber warum?

Per ist sichtlich verlegen, als wäre ihm das Thema unangenehm, sodass Thea beschließt, es einen Moment ruhen zu lassen. Zur Ablenkung prostet sie ihm zu.

»Was ist eigentlich mit den Hirschen? Gab es weitere Angriffe?«

Per verzieht das Gesicht. »Leider hatten wir heute Nacht wieder einen. Das ist jetzt schon der dritte.«

Thea ist plötzlich unglaublich erleichtert. Letzte Nacht kämpfte Emee in der Tierklinik um ihr Leben. Ihre Hündin ist also unschuldig.

»Ich denke immer noch, dass es ein Luchs ist, aber mein Vater will mir nicht glauben. Er behauptet, Luchse würden nicht so große Tiere angreifen, aber wir werden wohl irgendwann sehen, wer recht behält.«

Er deutet mit der Hand auf seinen Vater, der in ein Gespräch mit Ingrid und Bertil versunken ist.

»Dein Vater und Lasse Svart kamen nicht besonders gut miteinander aus«, versucht Thea es noch einmal.

Zur Antwort erhält sie ein kurzes Lachen.

»Nein, das kannst du wohl laut sagen.«

Per holt tief Luft, als wäre er nicht besonders erfreut darüber, wieder über die Familie Svart sprechen zu müssen.

»Lasse Svart war ein schrecklicher Kerl. Er schlug sowohl Leo als auch seine Frauen, verprügelte sie manchmal so heftig, dass sie mehr als einmal in ihr Auto sprangen und um ihr Leben fuhren.«

»Wohin denn? Zur Polizei?«

»Nein, nein, das hätten sie nie gewagt.«

»Wo fuhren sie dann hin?«

Per senkt die Stimme und beugt sich vor.

»Zu Kerstin Miller. Lola lernte Englisch bei ihr.«

Thea nickt, sie erinnert sich daran, dass die Lehrerin von ein paar Stunden Sprachunterricht gesprochen hat.

»Lasse hatte vor nichts und niemandem Angst, aber vor Kerstin hatte er wohl ein bisschen Respekt.«

»Und dein Vater, hatte der Angst vor Lasse?«

Erneutes Lachen.

»Ich weiß noch, wie der Graf uns losschickte, um Lasse die Kündigung zu überreichen. Mein Vater war normalerweise nicht ängstlich, aber er hatte einen altmodischen Totschläger zu Hause, den er in die Jackentasche steckte, als er dachte, ich würde es nicht sehen.«

»Und wie lief es ab?«

Per zuckt mit den Schultern.

»Es kam im Prinzip zu einer Art Antiklimax. Lasse schimpfte und schrie eine Weile herum, bevor er mit dem Wagen wegfuhr, deshalb musste Eva-Britt das Schreiben entgegennehmen. Dann tat es dem Grafen leid, dass Elita tot war, und er ließ sie auf dem Hof wohnen. Er wollte wohl nicht herzlos erscheinen.«

Thea ist verwundert. Dass der Graf seine Meinung geändert haben soll, hat sie noch nie gehört.

»Aber dann sind sie plötzlich verschwunden«, sagt sie. »Und da war der Graf ganz schnell damit, den Hof zu vernageln und die Zufahrt abzureißen.«

»Genau. Du scheinst ja das meiste schon zu wissen. Du brauchst mich gar nicht.« Er lacht wieder, vielleicht ein bisschen übertrieben.

»Aber warum verschwand die Familie, wenn der Graf die Kündigung zurückgenommen hatte? Wenn sie weiter auf dem Hof wohnen durfte?«

Per zieht wieder die Schultern hoch. »Keine Ahnung. Lasse Svart war wie gesagt ein nerviger Typ. Niemand in der Gegend hat es bedauert, als er verschwand, und es fragte auch niemand nach dem Grund. So, jetzt wird getanzt!«

Die Band beginnt zu spielen, und Per fordert sie rasch zum Tanzen auf. Er tanzt gut, sehr gut sogar. Manchmal drückt er sie ein bisschen zu fest an sich, und Thea spürt wieder Huberts Blick. Warum beobachtet er sie so? Und was meinte er mit dem Kommentar zu Per? *Sei vorsichtig mit ihm*. War Hubert eifersüchtig, oder ging es um etwas anderes?

Sie sieht David mit Nettan tanzen und Sebastian mit Bianca. Sigbritt tanzt mit Bertil und Ingrid mit Erik Nyberg.

Thea tanzt eigentlich nicht gern, sie kommt einem fremden Körper nicht gern so nahe. Nach den zwei Tänzen, die die Höflichkeit verlangt, findet sie eine Ausrede und lässt Per stehen. Er ist sichtbar enttäuscht, und sie muss ihm versprechen, bald wiederzukommen.

Thea geht ins Treppenhaus, steigt über das Seil mit dem Schild »Nur für Personal« und schleicht in den oberen Stock, um in Ruhe nachdenken zu können.

Arnes überraschendes Bekenntnis erklärt auf jeden Fall einige Lücken in der Geschichte. Aber es fehlen immer noch viele Puzzleteile. Warum verschwand Familie Svart? Was wurde aus den Tiermasken, die die Kinder trugen? Und aus der blauen Reisetasche, in die Elita sehr wahrscheinlich ihre schönsten Sachen gepackt hatte?

Sie bleibt vor der Hochzeitssuite im Ostflügel stehen, in der sich einmal Huberts Schulzimmer befand. Der kleine, einsame Junge im Schloss. Sie muss daran denken, dass er, als sie zusammen in seiner Bibliothek saßen und Kaffee tranken, erzählte, dass er jemanden verloren hatte, der ihm nahestand. Damals ging sie davon aus, dass er seine Mutter meinte, aber wenn es nun in Wirklichkeit um Elita gegangen war?

*Die stärkste Liebe ist die unerwiderte.*

Ein Geräusch aus dem Zimmer unterbricht ihre Gedanken. Es klingt, als wäre etwas umgefallen.

Thea klopft an die Tür. »Hallo?«

Keine Antwort. Sie drückt die Türklinke hinunter. Die Tür ist nicht verschlossen, Thea steckt den Kopf ins Zimmer.

J-O liegt bäuchlings auf dem Bett und atmet schwer. Das Geräusch kam wahrscheinlich daher, dass er seine Schuhe abgestrampelt hat.

*Erzähl, was passiert ist, Bertil. Jetzt erzähl schon, verdammt!*

Thea muss an die Worte denken, die J-O während Bertils Rede hervorstieß, bevor es Arne gelang, ihn aus dem Saal zu führen.

J-O ist nach dreißig Jahren immer noch von Elitas Tod mitgenommen. Und er ist nicht allein damit. David und seine anderen Freunde, die Elitas Geist auch nicht loswerden können, Arne, der ein Polaroidfoto von ihr aufbewahrt hat, Bertil, der im Wald um den Steinkreis herumirrt, Erik Nyberg, der sich Sorgen darum macht, was Bertil aus Versehen gesagt haben könnte. Ganz zu schweigen von der Person, die heimlich das Grab bezahlt und immer noch Blumen darauf legt. Und dann Hubert und sein Gedichtband.

*Erzähl, was passiert ist, Bertil.*

Was soll er erzählen? Was ist nicht ans Licht gekommen? Welches Geheimnis hütet Bertil, und vor allem wessen?

Thea erinnert sich an Huberts seltsames Verhalten heute Nachmittag, als sie ihm das Gedichtbuch zurückgab. Die geöffnete Tür der alten Schlosskapelle. Hubert verlässt seinen Trakt selten. Aber ausgerechnet heute verlässt der Eremit seine Höhle. Damit sind die Höhle und ihr potenzielles Geheimnis unbewacht.

Sie schielt hinauf zur Dachluke. Die Leiter, die der Handwerker neulich benutzt hat, steht noch in der Zimmerecke. Thea legt ihre

Handtasche auf einen Tisch und holt ihr Handy hervor. Dann klappt sie die Leiter auf, stellt sie unter die Dachbodenluke und kickt ihre Schuhe weg.

# 78

»Alle scheinen etwas zu verbergen, Margaux. Diese ganze Geschichte ist ein einziger Sumpf aus Lügen und Halbwahrheiten, in den alle versunken sind. Und hoch über ihnen schwebt Elita Svart.«

Kaum ist Thea auf dem Dachboden, bereut sie ihre Aktion schon. Die Dunkelheit, der Geruch und der Gedanke an Fledermäuse flößen ihr Unbehagen ein. Außerdem ist die Musik aus dem Speisesaal bis hier oben zu hören, sie vermischt sich mit J-Os leisem Schnarchen, wodurch Thea ihr spontaner Einfall noch absonderlicher vorkommt.

Die kleine Taschenlampe ihres Handys leuchtet nur ein paar Meter weit, deshalb muss sie sich behutsam vorwärtsbewegen. Unter ihren Füßen knarren die Dielenbretter, und mehrmals muss sie sich wegen der dicken Holzbalken bücken, die sicher mehrere Hundert Jahre auf dem Buckel haben.

In der Dunkelheit nimmt sie eine Gestalt wahr. Thea hebt ihr Handy ein wenig und leuchtet damit in ein kreideweißes, verzerrtes Frauengesicht.

Sie keucht auf, bevor sie erkennt, dass es die Heiligenfigur ist, von der David gesprochen hat. Eine Frau mit gefalteten Händen und zwei gähnenden Löchern an der Stelle, wo ihre Augen sitzen sollten. Die Figur sieht einige Hundert Jahre alt aus, das Holz ist gesprungen, und die Farben sind verblichen. Sie ist ungefähr anderthalb Meter hoch und steht auf einem eckigen Sockel. *Sankta Lucia* steht darauf. Nicht gerade die übliche weiß gekleidete Figur mit den Kerzen auf dem Kopf.

Um die Heiligenfigur herum stehen mehrere Gegenstände, die vermutlich aus der Kapelle stammen. Einige Kreuze, ein paar große Kerzenständer und eine große Holztruhe. Dahinter findet sie das, was sie sucht, nämlich eine ähnliche Luke wie jene, durch die sie eben hinaufgekommen ist. Die Lage der Hochzeitssuite im Ostflügel entspricht derjenigen der Kapelle im Westteil, was heißen muss, dass diese Luke dorthin führt.

Thea hat recht. Die Fenster sind verdeckt, und die Taschenlampe des Handys beleuchtet nicht viel mehr als den Steinfußboden direkt unter der Luke, aber das, was sie da unten sieht, ist eindeutig die Schlosskapelle. Bis zum Boden sind es ungefähr drei Meter, und wenn sie sich an den Armen durch die Öffnung hinunterhängen lässt, kann sie springen. Sie ist nicht sehr schwer und hat starke Arme, außerdem ist sie gelenkig. Wieder hinaufzukommen wird allerdings deutlich schwieriger werden.

Sie bewegt das Handy hin und her und versucht, da unten etwas zu finden, worauf sie stehen könnte, aber das Licht wird von der Dunkelheit verschluckt, und alles, was sie erkennen kann, sind ein paar Umrisse, die Thea für ähnliche Heiligenfiguren hält wie die, die auf dem Dachboden steht. Sie muss entweder das Risiko eingehen, in der Kapelle eingeschlossen zu sein, oder unverrichteter Dinge zum Fest zurückkehren.

Keine der beiden Alternativen ist verlockend, aber sie bekommt vielleicht keine andere Chance als diese hier. Sie ist sich sicher, dass Hubert etwas versteckt. Etwas, was sich vielleicht da unten in der Dunkelheit befindet, nur wenige Meter unter ihr.

Sie steckt sich das Handy in den BH. Dann dreht sie sich um, schwingt die Beine durch die Luke und lässt sich langsam hinunter, bis sie mit ausgestreckten Armen hängt. Ronny wäre stolz, wenn er sie jetzt sehen würde.

Sie holt tief Luft und lässt los.

Sie fällt tiefer als erwartet, ihre bloßen Füße treffen so hart auf den Boden, dass sie hinfällt. Um wieder zu Atem zu kommen, bleibt sie ein paar Sekunden lang auf dem kalten Boden liegen. Dann steht sie langsam auf.

Die Dachluke über ihr bildet ein dunkles Rechteck, und plötzlich bereut sie alles. Wie soll sie nur wieder dort hinaufkommen?

Sie greift nach ihrem Handy, das den Fall gut überstanden hat. Allerdings ist die Verbindung schlecht, es gibt nur einen kleinen Balken. Thea schaltet wieder die Taschenlampenfunktion ein.

Die Kapelle sieht überhaupt nicht wie eine Kapelle aus. Es gibt keine Sitzbänke und auch keinen Altar. Außer einem schwachen Schein, der unter der Tür hindurchkommt, fällt im Prinzip kein Licht in den Raum.

Die Umrisse, die sie gesehen hat, sind tatsächlich Heiligenfiguren wie die auf dem Dachboden. Sie stehen mitten im Raum, in einer Art Formation. Thea geht zur Tür, die aber wie vermutet abgeschlossen und von außen verriegelt ist. Was immer sich auch hier befinden mag, ist also etwas, was Hubert nicht zeigen will.

Sie findet mehrere Lichtschalter und drückt auf den obersten.

Scheinwerfer gehen an und beleuchten die Mitte des Raumes, wo die Heiligenfiguren stehen. Thea hält die Luft an.

Fünf Stück, fast in einer Reihe.

Die mittlere Figur steht auf einem Podest, sodass sie höher ist als die anderen. Seidenbänder führen von der Mittelfigur zu den vier anderen, deren Gesichter mit Tiermasken bedeckt sind.

Hase, Fuchs, Eule und ein Reh.

# 79

Thea kann kaum atmen. Sie glaubt das Echo ihres Herzschlags zwischen den Steinwänden zu hören. Hubert hat das gesamte Kircheninventar weggeräumt und seine eigene Version des Frühlingsopfers inszeniert.

Sie geht näher an die Figuren heran. Auf einem Tisch neben ihnen steht ein Reisegrammofon mit einer schwarzen LP auf dem

Plattenteller. Am Lautsprecher lehnt ein weißes Viereck, das sie sofort wiedererkennt.

Ein Polaroidfoto, praktisch das gleiche wie diejenigen, die sie in der Galgeneiche und bei Arne zu Hause gefunden hat.

*Walpurgisnacht 1986. Für Hubert. Komm um Mitternacht zum Steinkreis. Frühlingsopfer.*

Hubert hat auch eine Einladung zum Steinkreis bekommen.

Thea greift nach dem Foto, vergleicht die Tiermasken mit denen, die die Heiligenfiguren tragen. Sie sind identisch. Aber wie sind sie ausgerechnet hier gelandet, in der privaten Kapelle der Familie Gordon?

Sie geht um die Figuren herum und entdeckt, dass hinter der mittleren Figur, die Elita darstellen soll, etwas auf dem Boden steht.

Eine blaue Reisetasche.

Ihr Herz schlägt wieder schneller. Thea setzt sich auf den Boden und öffnet die Tasche. Darin finden sich zwei Paar Schuhe sowie einige säuberlich zusammengelegte Anziehsachen. Zwei Kleider, zwei Paar Jeans, eine Bluse, ein paar Pullover und ein Pass. Ganz unten liegt noch ein kleines Kuscheltier. Ein Kaninchen aus Frotteestoff.

Das Ganze hat etwas Anrührendes an sich. Das waren Elita Svarts schönste Sachen, genau die, welche sie mitnehmen wollte, als sie hoch über Tornaby hinwegschweben wollte, um nicht mehr wiederzukommen.

*Seht ihr mich, liebe Leser?*

*Ich sehe euch.*

Thea blättert im Pass. Er wurde im März 1986 ausgestellt, nur einen Monat, bevor Elita ermordet wurde. Auf dem Foto sieht sie fröhlich aus, erwartungsvoll. Als würde sie sich darauf freuen, abzuheben. Stattdessen wurde sie erschlagen und auf einem kalten Steinblock zurückgelassen. Mit einem Kind im Bauch, von dem niemand wissen sollte.

*Denn kein Geheimnis ist größer als meins …*

Thea steht auf und macht ein paar Fotos mit der Handykamera, sowohl von den Heiligenfiguren und den Tiermasken als auch von Elitas Reisetasche.

Die Masken und die Reisetasche bringen noch ein paar Puzzleteile an ihren Platz. Aber das Bild ist immer noch nicht vollständig.

Hubert muss an jenem Abend dort gewesen sein, das ist der logischste Schlusssatz, obwohl er selbst behauptet hat, in England gewesen zu sein, und weder die Kinder noch Arne ihn erwähnt haben. Vielleicht versteckte er sich, beobachtete alles aus der Ferne, genau wie Arne. Wartete ab, was geschehen würde.

Warum hatte Hubert die Masken und die Tasche mitgenommen? Warum hatte er klare Beweise dafür beseitigt, dass Elita überhaupt nicht vorgehabt hatte zu sterben, wie aus den polizeilichen Ermittlungen hervorging, sondern weglaufen wollte? Von hier fliehen, vielleicht zusammen mit demjenigen, den sie liebte.

*Die stärkste Liebe ist die unerwiderte.*

*Ich sagte doch, dass die Gordons schreckliche Menschen sind.*

Konnte ein gebrochenes Herz für Hubert Grund genug sein, einen Mord zu begehen?

Ein leises Geräusch unterbricht ihre Überlegungen. Irgendwo wird eine Tür geöffnet und wieder zugeschlagen. Danach sind ferne Schritte zu hören.

Thea schleicht zur Tür und legt ein Ohr daran. Die Schritte kommen näher. Jemand ist auf dem Weg die Treppe herauf.

Das muss Hubert sein. Was passiert, wenn er hier hereinkommt? Wenn er sie hier findet, mitten in einem Geheimnis, das er dreißig Jahre lang gehütet hat.

Sie hat nicht vor zu bleiben, um die Antwort zu erfahren. Schnell räumt sie das Grammofon vom Tisch, wobei die Plattenhülle, die dahinter lehnte, auf den Boden fällt. Sie liest den Namen Strawinsky.

Der Tisch ist schwer, er schabt über den Boden und gibt ein lautes Knarren von sich, das bestimmt bis auf den Flur zu hören ist. Sie schiebt ihn zur Dachluke, steigt hinauf und streckt die Arme aus, aber es fehlt fast ein halber Meter. Sie muss springen.

Wieder ist ein Geräusch zu hören, Schlüssel, die sich in einem Schloss drehen, dann ein Klacken, als die Stahlklinke hinuntergedrückt wird.

Thea holt tief Luft, beugt die Knie und stößt sich mit ganzer Kraft nach oben ab. Dabei schafft sie es knapp, mit den Fingern um die Kante der Dachluke zu greifen, dann hält sie sich, so fest sie kann. Kurz glaubt sie abzurutschen. Aber dann gelingt es ihr, den Oberkörper hinaufzuziehen und sich mit einem Fuß an der Decke abstützen, sodass sie sich auf den Dachboden schieben kann.

Im selben Moment, in dem sie die Beine hinaufzieht, hört sie, wie sich die Kapellentür öffnet.

# 80

Thea rennt über den Dachboden, die Lampe des Handys vor sich gerichtet. Sobald Hubert entdeckt, dass das Licht in der Kapelle brennt und der Tisch unter der Dachluke steht, wird ihm klar sein, dass jemand da gewesen ist. Aber er weiß nicht, wer. Jedenfalls noch nicht.

Sie klettert die Leiter zur Hochzeitssuite hinunter, wo J-O immer noch schnarchend auf dem Bett liegt. Schnell zieht sie sich die Schuhe an, stopft das Handy in die Handtasche und eilt ins Bad. Ihre Haare sind durcheinander, sie hat Schmutzränder im Gesicht und an den Händen, und ihr Kleid ist an der Brust staubig, weil sie sich auf den Dachboden hinaufgezogen hat.

Thea befeuchtet ein Handtuch und wäscht sich das Schlimmste ab. Dann bessert sie ihr Make-up auf und kämmt sich die Haare. Sie ist auf dem Weg zur Tür, als jemand sie an der Schulter packt.

Einen Augenblick lang ist sie davon überzeugt, dass es Hubert ist, der ihr über den Dachboden gefolgt ist, aber es ist J-O. Er starrt sie an. Seine Augen sind rot, das Gesicht geschwollen.

»Ich weiß, was du treibst«, brummt er.

Der Alkoholgeruch ist so stark, dass Thea fast blinzeln muss.

»Du arbeitest für ihn, oder? Für Leo? Du hast dich neulich verplappert. Gib zu, dass du ihn kennst!« Er beugt sich näher, sein Blick wirkt bedrohlich.

»Ich …«

Thea sucht nach einer guten Antwort. J-O scheint die Realität nicht mehr im Griff zu haben. Er setzt ihr einen Finger auf die Brust und schiebt sie zurück, bis sie an die Wand stößt.

So langsam bekommt sie Angst. Unten spielt die Musik immer noch in voller Lautstärke, und Thea bezweifelt, dass jemand sie schreien hören würde.

»Grüß Leo …«, zischt J-O. »Sag ihm …«

Sein Blick flackert, seine Augen sind leer, er lässt die Arme sinken.

»Sag ihm, dass es mir leidtut. Kannst du das machen? Sag ihm, dass es J-O leidtut. Dass ich die Wahrheit hätte sagen sollen. Kannst du das machen?«

Der bittende Tonfall überrascht Thea. Plötzlich klingt J-O ganz klein.

»Natürlich.« Thea bewegt sich seitwärts Richtung Tür, erwartet, dass seine Laune jeden Moment wieder umschlägt.

J-O steht mit hängenden Armen da und sieht aus wie ein großes, verlassenes Kind.

Thea drückt die Klinke hinunter und schlüpft auf den Flur.

Als sie ins Erdgeschoss kommt, ist die Musik verstummt, die Gäste sind auf dem Weg nach draußen. Sie entdeckt Per und geht zu ihm.

»Ach, da bist du ja. Wo warst du denn?«

Er streckt die Hand aus, streicht an ihrem Kinn vorbei und fasst ihr ins Haar. Im nächsten Moment hält er einen Staubflusen zwischen Daumen und Zeigefinger.

Thea reagiert schnell.

»Ich habe David geholfen, noch mehr Wein aus dem Keller zu holen.«

Er nickt, scheint die Erklärung zu akzeptieren.

Die Leute um sie herum ziehen ihre Jacken an und gehen auf den großen Treppenabsatz hinaus. Per hält ihr ihren Mantel hin. Sie fragt lieber nicht, was vor sich geht, sondern tut so, als wüsste sie Bescheid, als sie den anderen Gästen nach draußen folgen. Als sie David mit Klein-Stefan und dem anderen Mann reden sieht, der den Scheiterhaufen aufgebaut hat, wird ihr ohnehin alles klar. Klein-Stefan reicht David eine Fackel.

Jenseits des Vorplatzes hat sich auf der Wiese eine kleine Menschentraube gebildet. Etwa zwanzig Personen, die wahrscheinlich aus dem Dorf gekommen sind, um das Walpurgisfeuer zu sehen.

Währenddessen geht das Servicepersonal mit Champagner auf Silbertabletts herum. Thea nimmt sich ein Glas, prostet Per zu und bemerkt zugleich, dass Hubert ein Stück näher zur Treppe steht und sie beobachtet. Als ihre Blicke sich begegnen, hebt sie ihr Glas und zeigt ein Lächeln, das möglichst unschuldig aussehen soll. Hubert verzieht keine Miene.

David geht zum Holzhaufen und steckt die Fackel hinein. Das Holz fängt so schnell Feuer, dass das Reisig mit Schnellanzünder getränkt sein muss. Der Grüne Mann steht unbeweglich da, während die Flammen unter ihm immer größer werden.

»Ein faszinierendes Ritual, nicht wahr?«, sagt Per. »Unter der zivilisierten Fassade sind die Tornabyer immer noch Heiden.«

»Hm«, gibt Thea zur Antwort. Sie sieht David zu Nettan gehen, die seinen Arm umfasst, ihn festhält und mit dem Daumen über seinen Ellbogen streicht.

Die Flammen wachsen weiter, lecken schon an den Beinen des Grünen Mannes, während sie immer mehr Reisig verschlingen.

Thea blickt verstohlen zu Hubert, stellt fest, dass er sie immer noch anstarrt.

»Die Natur ist hungrig, und der Grüne Mann reitet durch die Wälder.«

»Was hast du gesagt?«

Per grinst schief.

»Das hat mein Vater immer gesagt, als ich noch klein war. Unter seiner harten Schale ist der Alte ziemlich abergläubisch. Wir haben am Wohnhaus und am Stall Grüne Männer hängen. Er bastelt sie jedes Jahr selbst.«

»Aha.«

Thea versucht, Pers Vater zwischen den Leuten auszumachen, entdeckt Ingrid und Sigbritt Andersson, aber keinen Erik Nyberg. Vielleicht sind er und Bertil im Schloss geblieben, um sich nicht der abendlichen Kälte auszusetzen.

Das Feuer hat begonnen, den Grünen Mann zu verzehren. Die frischen Blätter schrumpeln zusammen, wodurch die Zweige darunter sichtbar werden. Schwarze Stecken, die durch die Flammen hindurch zu sehen sind wie ein Skelett: Arme, Beine und die große Schlaufe, die das leere Gesicht bildet. Das Prasseln geht in einen dumpfen, unruhigen Basston über. Die Menschen auf der Treppe sprechen immer lauter, bis es fast in den Ohren schmerzt, aber das Feuer übertönt sie, sodass die Gespräche nach und nach verstummen.

Jetzt steht der Grüne Mann komplett in Flammen, das Feuer reckt sich in den Himmel und spiegelt sich in den Augen der Zuschauer wider, die auf der anderen Seite des Hofes stehen. Mit einem lauten Knall sprüht das Feuer einen Funkenregen in die Nacht.

Plötzlich ist ein Schrei zu hören. Thea wendet sich zum Ostflügel um, wo im obersten Stock ein Fenster offen steht, acht oder vielleicht sogar zehn Meter über dem Boden. J-O steht im Fensterrahmen, hält sich mit einer Hand fest, während er sich vorbeugt. Einer der Fassadenscheinwerfer erleuchtet ihn.

»Verdammte Lügner!«, brüllt er. »Ihr seid alle verdammte Lügner!«

Ein entsetztes Gemurmel breitet sich in der Menge aus.

»Komm da runter, J-O!«, schreit eine Stimme, gefolgt von weiteren Aufforderungen, und dann sieht Thea, wie Per und einige andere ins Schloss rennen.

J-O scheint nicht zuzuhören. Sein Gesicht ist blass, die Haare stehen in alle Richtungen, und sein Körper zuckt beunruhigend.

Dann fällt sein Blick auf Thea. Er streckt den Arm aus und zeigt geradewegs auf sie. Die Bewegung lässt sie auf dem Treppenabsatz erstarren.

»Thea!«, ruft er. »Sag Leo, dass es mir leidtut. Versprich mir das!«

Sie öffnet den Mund, um zu antworten, etwas zu sagen, egal was, um ihn dazu zu bringen, vom Fensterbrett zu steigen. Aber bevor sie dazu kommt, zuckt J-O zusammen. Er schaut in das dunkle Zimmer hinter sich, als hätte er ein Geräusch gehört. Dabei dreht er den Körper und scheint schon wieder auf dem Weg hinein zu sein, aber dann gerät er ins Wanken. Rückwärts stürzt er aus dem Fenster und landet mit einem dumpfen, schrecklichen Schlag auf dem Steinpflaster.

# 81

Thea rennt auf die Absturzstelle zu, aber die Treppe ist voller Menschen, und sie muss einige beiseitestoßen, um durchzugelangen.

J-O liegt auf dem Rücken. Das eine Bein steht in einem unnatürlichen Winkel ab, und unter seinem Kopf wächst eine Blutlache. Er ist halb bei Bewusstsein, seine Augenlider flattern, ein Arm zuckt, und sein Atmen kommt kurz und stoßweise.

»Ich brauche etwas, womit ich die Blutung stoppen kann«, ruft sie. »Und ruft den Krankenwagen!«

Jemand gibt ihr ein Taschentuch. Es ist viel zu klein, aber besser als nichts. Sie tastet an J-Os Hinterkopf, um die Wunde zu finden, und presst das Taschentuch dagegen.

J-Os Atmung geht immer flacher, rasselnder, er öffnet und schließt die Augen. Von allen Seiten drängen sich Leute, Thea hat kaum Platz, sich zu bewegen.

»Macht Platz!«, ruft ein Mann auf Englisch.

Er taucht von der Seite auf, schiebt die Leute weg, die am nächsten stehen, und kniet sich neben Thea. Es ist Philippe Benoit. Woher kommt der denn jetzt, und was tut er hier?

Der Kanadier reicht ihr ein Halstuch.

»Was kann ich machen?«

Thea hebt vorsichtig J-Os Kopf und drückt das Halstuch, so fest sie es wagt, gegen die Blutung.

»Halten Sie hier«, weist sie Philippe an. »Versuchen Sie, gleichmäßigen Druck auszuüben, dann kann ich untersuchen, ob er weitere Verletzungen hat.«

Vorsichtig streicht sie über J-Os Brustkorb und Bauch.

»Ich habe den Notarzt am Telefon«, sagt jemand neben ihr.

Thea schaut auf. Es ist Sebastians Freundin Bianca.

»Was soll ich sagen?«

»Sag, dass wir eine Sturzverletzung mit schwerem Schädeltrauma und mehreren Frakturen haben, eventuell auch inneren Blutungen.«

J-O röchelt wieder, sein Atem wird immer schwächer.

»Der Krankenwagen ist unterwegs«, sagt Bianca. »Sie haben einen, der nicht weit weg ist.«

J-Os Gesicht wird langsam grau. Thea fühlt nach seinem Puls, der schwach und unregelmäßig ist.

Sie hebt J-Os Kinn an, beugt seinen Kopf zurück und öffnet seinen Mund. Behutsam fasst sie an seine Nase und bläst zwei langsame Atemzüge in seine Lungen.

Sein Brustkorb hebt und senkt sich, danach keine Reaktion. Der Puls wird schwächer.

»Was sollen wir machen?«, fragt Philippe.

Im selben Moment weicht die Menschenmenge zurück, um Sigbritt Andersson durchzulassen.

»Schädelverletzung, Beinbruch. Schwacher Puls, aber keine Atmung«, informiert Thea sie.

Die Ärztin geht mühsam neben ihr auf die Knie, hilft ihr, vorsichtig J-Os Kopf zu halten, während Thea noch einmal in seinen Mund bläst, diesmal etwas stärker.

Wieder hebt und senkt sich J-Os Brustkorb, und plötzlich hustet er, holt kurz und abgehackt Luft. Dann noch einmal. Seine Augenlider flattern, öffnen sich.

Er starrt zuerst Thea an, dann Doktor Andersson.

»Hörst du mich«, versucht Thea, erhält aber keine Antwort. »Hörst du mich, J-O?«

Seine Augen sind weit aufgerissen, er starrt sie an. Wieder atmet er kurz und ruckartig. Seine Lippen bewegen sich, als wollte er etwas sagen.

»Sag Leo …«

Sie beugt sich vor, sieht, wie Sigbritt Andersson das Gleiche macht.

»Nicht er«, flüstert J-O.

»Nicht wer?«, fragt Thea.

J-Os Augenlider flattern wieder. Es sieht aus, als würde er kämpfen, um bei Bewusstsein zu bleiben. Er hebt die Hand und zeigt über ihre Schulter. Aus der Ferne hört man Sirenen. Sie kommen schnell näher.

»Nicht er«, zischt J-O. »Ich war es.«

Thea folgt seinem Zeigefinger mit den Augen. Er deutet geradewegs auf David.

## 82

Während der Fahrt setzt J-Os Atmung noch einmal aus, aber mit vereinten Kräften gelingt es Thea und dem Sanitäter, sie wieder in Gang zu setzen.

Im Krankenhaus von Helsingborg übernimmt das Team der Notaufnahme, Thea verfolgt ihre Arbeit am Rande, bis sich die Lage stabilisiert hat. Dann geht sie auf die Toilette und spritzt sich kaltes Wasser ins Gesicht. Ihr Kleid ist mit J-Os Blut befleckt. Draußen im Flur findet sie einen leeren, dunklen kleinen Warteraum, wo sie sich hinsetzt und David anruft, der aber nicht ans Telefon geht.

Erst jetzt hat sie Zeit, darüber nachzudenken, was passiert ist. War J-Os Sturz ein Unfall? Das lässt sich unmöglich bestimmen. J-O war stark angetrunken, natürlich kann er das Gleichgewicht verloren haben. Aber einen Moment lang sah es tatsächlich so aus, als ob er im Zimmer hinter sich etwas oder jemanden gehört hätte.

Sie versucht, sich daran zu erinnern, was er oben in der Hochzeitssuite gefaselt hat. Dass sie in irgendeiner Weise mit Leo unter einer Decke stecken würde, für ihn arbeitete. Wie kam er bloß darauf? Nachdem sie eine Weile überlegt hat, wird ihr klar, dass J-O sie neulich bei seiner Mutter missverstanden haben muss.

Klar ist jedenfalls, dass der Gedanke an Leo ihn quälte, ja ihm sogar Angst machte. Was meinte J-O mit diesen letzten Worten, die er über die Lippen brachte?

*Nicht er. Ich war es.*

Er zeigte auf David.

*Nicht er. Ich war es.*

Der was gemacht hat?

Sie versucht noch einmal, David anzurufen. Immer noch keine Antwort. Stattdessen sucht sie nach Kerstin Millers Telefonnummer. Die Lehrerin reagiert beim ersten Signal.

»Vielen Dank, dass Sie anrufen. Wie geht es Jan-Olof?«

»Er liegt auf der Intensivstation. Eine Lunge ist punktiert, aber die Schädelverletzung sah zum Glück schlimmer aus, als sie ist. Er hat sich ein Bein gebrochen und hat vermutlich auch noch ein paar andere Frakturen, aber wenn nichts Unvorhergesehenes eintritt, wird er es schaffen.«

»Gott sei Dank, dass Sie da waren, Thea.« Kerstin klingt zugleich traurig und freundlich.

»Ja, noch etwas. Ich wollte fragen, ob Sie vielleicht J-Os Mutter sagen können, was passiert ist. Vielleicht gibt es jemanden, der morgen früh bei ihr vorbeifahren kann. Ich glaube, dass sie ziemlich abhängig von ihm ist.«

»Ich kümmere mich darum. Und melden Sie sich, wenn ich sonst noch etwas tun kann.«

»Das verspreche ich.«

Sie beenden das Gespräch. Thea lehnt den Kopf an die Wand und schließt die Augen.

Sie ist zurück am Steinkreis. Hubert hält die Polaroidkamera. Sie selbst steht neben ihm. Sie sieht zu, während sich Elita und die Kinder positionieren und Hubert ein Foto nach dem anderen knipst. Er schüttelt sie, damit die Farben und Motive langsam hervortreten. Elita läuft zu ihm und schaut ihm über die Schulter. Sie lacht und zeigt auf die Bilder.

Dann ändert sich alles.

Es ist Abend. Hubert und die Kinder sind weg. Elita steht allein am Opferstein, die Seidenbänder hängen von ihren Armen herab. Sie wartet auf jemanden. Auf die Person, die sie von hier wegbringen soll.

Dann löst sich der Traum langsam auf, erst verblassen die Farben, dann allmählich auch alle Konturen, wie auf einem Polaroidfoto, auf dem die Details des Motivs nach und nach verschwinden, anstatt hervorzutreten, bis alles, was bleibt, ein kleiner Junge ist, der sich am Waldrand versteckt.

*Nicht er. Ich war es.*

Und plötzlich begreift Thea, was J-O meinte. Was David und die anderen verbergen.

»Entschuldigung!«

Thea schlägt die Augen auf. Wie lange hat sie geschlafen? Vielleicht eine halbe Stunde.

Vor ihr steht eine Krankenschwester.

»Jan-Olof Leander ist jetzt bei Bewusstsein. Wenn Sie wollen, können Sie zu ihm hineingehen.«

J-O liegt in einem Bett, über das sich Schläuche und Kabel winden. Sein Kopf ist bandagiert, die Augen sind geschlossen. Er ist an ein Beatmungsgerät angeschlossen.

»Er hat vorhin meine Hand gedrückt«, erklärt die Krankenschwester, »er hört also, was Sie sagen.«

Thea geht zum Bett vor.

»Hallo, J-O, hier ist Thea«, sagt sie leise und nimmt seine Hand.

Sie zögert ein paar Sekunden. Wahrscheinlich wäre es besser zu warten, aber wenn sie recht hat, hat das Geheimnis J-O dreißig Jahre lang gequält. Es hat ihn langsam von innen zerfressen und wird es weiter tun, bis die Wahrheit ans Licht kommt.

»Da gibt es etwas, was ich dich fragen will«, sagt sie. »Über die Nacht, in der Elita starb.«

Sie beugt sich vor und flüstert die Frage in sein Ohr. Zur Antwort erhält sie einen schwachen, aber deutlichen Händedruck.

# 83

Das Taxi setzt Thea vor dem Schloss ab. Der Vorplatz ist beinahe leer, das Holz in den Feuerkörben abgebrannt, und vom Walpurgisfeuer ist nur noch ein Gluthaufen übrig. Auf der Treppe liegen Glasscherben.

Sie findet David im großen Speisesaal, wo er mit seinen Eltern und Arne vornübergebeugt und mit leerem Blick an einem der Tische sitzt. Gläser und Kaffeetassen stehen noch herum. Thea bleibt einen Moment in der Tür stehen und geht dann langsam auf ihn zu.

»Ich habe versucht, dich anzurufen. J-O wird durchkommen.« Sie stellt sich hinter David, legt die Hand auf seine Schulter.

Er antwortet nicht, sondern starrt weiter vor sich hin.

»Was hat J-O mit dem gemeint, was er dir zugerufen hat?«, fragt Ingrid. »Dass du Leo sagen sollst, es tue ihm leid.«

Thea zuckt mit den Schultern.

»Ich weiß es nicht. Irgendwie denkt er, ich würde Leo kennen. Was ich nicht tue«, fügt sie schnell hinzu.

»Und wie kommt er darauf?«

»Keine Ahnung.«

»Wann hast du mit J-O gesprochen? Arne sagt, er hätte ein paarmal in der Hochzeitssuite nach ihm geschaut, er hätte geschlafen wie ein Stein.« Ingrid deutet mit einem Nicken auf ihren Bruder.

»Ich …« Thea sucht nach einer logischen Erklärung. »Ich war auch oben, um nach ihm zu sehen. Ich wollte nur sichergehen, dass er nicht erstickt, so betrunken, wie er war. Da wurde er wach und faselte etwas von Leo. Ich bin mir nicht einmal sicher, ob er mich erkannt hat.«

Ingrid sieht nicht so aus, als würde sie ihr glauben.

»Und dieser Tagebau-Kerl, wie passt er ins Bild?«

»Philippe Benoit? Keine Ahnung. Der ist plötzlich aufgetaucht. Wir kennen uns kaum.«

Ingrid und Arne tauschen einen langen Blick aus.

»Dir ist doch wohl klar, dass das alles deine Schuld ist?«, bemerkt ihre Schwiegermutter.

»Meine?« Thea macht instinktiv einen Schritt zurück.

»Du hast alles kaputt gemacht«, sagt Ingrid. »Das Schloss, das Restaurant, Davids Ruf. Alles ist zerstört.«

Thea schüttelt langsam den Kopf. Sie weiß nicht, was sie sagen soll.

»Wir haben versucht, dich zu warnen«, fährt ihre Schwiegermutter fort. »Wir haben versucht zu verhindern, dass du in der Vergangenheit herumwühlst. Dieses kleine Zigeunermädchen …«

»Sie hieß Elita«, sagt Thea, ohne nachzudenken. »Elita Svart.«

Ingrid hebt die Augenbrauen.

»Ein kleines Zigeunermädchen, das seit Jahrzehnten tot ist. Und ihretwegen wirfst du alles weg, wofür wir gearbeitet haben. Reißt alte Wunden auf. Bringst den armen Jan-Olof dazu, sich das Leben nehmen zu wollen.«

»So war es nicht. J-O ist nicht gesprungen. Er ist gefallen, oder …«

Sie unterbricht sich.

»Wir waren alle da. Versuch nicht, die Schuld von dir zu weisen«, faucht Ingrid.

»Das tue ich nicht. J-O hat das Gleichgewicht verloren, oder jemand hat ihn geschubst.«

Ingrid hält die Hand hoch.

»Wir wollen keine weiteren deiner Lügen hören. Es hat sich jetzt ausgelogen, Thea. Oder soll ich dich lieber Jenny nennen? Jenny Boman?«

Theas Knie zittern, aber mithilfe der Stuhllehne gelingt es ihr, sich auf den Beinen zu halten. Arne weicht ihrem Blick aus. Ihr Pakt ist offensichtlich gebrochen.

»Du hast uns angelogen, Thea«, schiebt Ingrid hinterher. »Du hast mir und Bertil ins Gesicht gelogen. Und außerdem hast du David belogen.« Ingrid macht eine Handbewegung in Richtung ihres Sohnes, der immer noch in die Luft starrt. »Du hast ihm verheimlicht, wer du wirklich bist. Wo er hineingeheiratet hat.«

»Er hat nirgendwo hineingeheiratet«, antwortet Thea, so gefasst sie kann. »Ich habe keinen Kontakt mehr zu meiner Familie, seit ich neunzehn bin. Der Grund, warum ich den Namen gewechselt und mir geschützte Personendaten besorgt habe, war, um von ihr wegzukommen.«

Ingrid schnaubt.

»Als würde das etwas nützen. Du bist die Tochter deines Vaters, egal ob du den Namen gewechselt hast oder nicht. Wenn wir von Anfang an gewusst hätten, wer du bist, hätten wir dich nie in die Familie aufgenommen. Sieh nur, was du angerichtet hast.« Sie hebt erbost die Arme, deutet auf den unaufgeräumten Saal. »Deine Lügen haben alles kaputt gemacht.«

Thea kann sich nicht länger zurückhalten.

»Meine Lügen? Und wie steht es mit euren? Arne war am Steinkreis, als Elita starb. Oder die noch größere Lüge, die David der Polizei serviert hat: Dass er derjenige gewesen sei, der zum Steinkreis zurückging und Leo über Elita gebeugt stehen sah.«

David zuckt zusammen, als hätte ihn jemand geschlagen.

»J-O war es, der zurückging, nicht du, David. Stimmt's?«

»Also …« David windet sich, sein Blick flackert zwischen Thea und Ingrid hin und her.

»Du brauchst nichts zu sagen.« Ingrid reckt sich vor und tätschelt ihm den Arm.

»Deine Mutter hat recht«, sagt Thea. »Du brauchst nichts zu sagen. J-O hat schon erzählt, wie es gewesen ist. Er war es, der jemanden über Elita gebeugt dastehen sah. Aber er war sich überhaupt nicht sicher, ob es Leo war, den er gesehen hatte, deshalb wollte er im Polizeiverhör nichts sagen. Er wollte die Version nicht unterstützen, auf die ihr euch zu Hause im Gästehaus geeinigt hattet.«

Sie macht eine Pause, holt tief Luft.

»Aber da du es gewohnt warst, das Wort zu führen, hast du die Sache übernommen. Du wusstest, dass du recht hattest. Arne hatte dir schließlich erzählt, dass Leo auf dem Pferd gesessen hatte. Alle waren sich einig, dass er es gewesen war, also hast du bloß geholfen. Aber was, wenn ihr euch geirrt habt? Was, wenn es nicht Leo war?«

Arne schüttelt den Kopf.

»Er war es. Ich habe es mit eigenen Augen gesehen. Ich hätte Bill fast überfahren, als ich weg bin. Außerdem hat Leo gestanden.«

»Er war zwanzig Jahre alt. Er wurde zigmal verhört, durfte nicht schlafen, seine Familie nicht treffen. Er wurde im Prinzip gehirngewaschen.«

Arne schüttelt heftiger den Kopf.

»Leos Anwalt war bei jedem Verhör dabei. Es gab keinerlei Unregelmäßigkeiten. Und seine Familie ist abgehauen, sie hat ihn verlassen, weil sie wusste, dass er schuldig war. Damit er sie nicht mit hineinzog.«

»Warum bist du nur so besessen von dieser Geschichte, Thea?«, will Ingrid wissen. »Erklär mir das. Denn der einzige Grund, der mir einfällt, ist, dass du mit Leo unter einer Decke steckst. Dass er sich irgendwie rächen will.«

»Wofür denn rächen?«, kontert Thea. »Dafür, dass ihr ihn für ein Verbrechen ins Gefängnis gebracht habt, das er nicht begangen hat?«

»Hört auf! Hört alle auf!«

David ist aufgestanden. Sein Gesicht ist kreidebleich, die Augen sind schwarz.

»Ich will nichts mehr von Elita Svart hören. Nie mehr. Und du«, er zeigt auf Thea, »scher dich zum Teufel. Nimm deine scheiß Theorien und deinen Krempel und verschwinde von hier.«

Seine Stimme bricht, er dreht sich um und rennt in die Küche.

»David!«, ruft seine Mutter ihm nach. »David!«

Im Saal wird es einen Moment lang totenstill.

»Armer Junge«, sagt Bertil dann. »Armes, armes Kind.«

# 84

»Ist es jetzt vorbei, fragst du dich? Endet diese Geschichte so? Werden wir nie erfahren, was mit Elita Svart passiert ist?

Vielleicht nicht. Vielleicht ist das eine Geschichte ohne glückliches Ende, ungefähr so wie die von dir und mir, Margaux.«

Das Zimmer im Gasthaus von Ljungslöv hat schwere Vorhänge und einen dicken Teppichboden. Thea hat nicht vor, lange zu bleiben, aber einen Wagen zu besorgen und den Rest ihrer Sachen aus dem Kutscherhaus zu holen, wird ein paar Tage dauern. Dass David sich weigert, ans Telefon zu gehen, macht die Sache nicht gerade einfacher.

Sie versteht, warum er wütend ist und dass es leichter für ihn ist, seine Wut gegen sie zu richten, als sich selbst einzugestehen, dass er dazu beigetragen hat, einen Unschuldigen ins Gefängnis zu bringen. Denn Thea ist jetzt überzeugt davon, dass Leo unschuldig ist und jemand anderes hinter Elitas Tod steckt. Das Problem ist nur, dass sie es nicht beweisen kann.

Leo steht in Verbindung mit dem Tatort, alles andere ist reine Spekulation. Das Foto, die Reisetasche und die Masken in der Schlosskapelle deuten darauf hin, dass Hubert auch am Steinkreis war. Der Gedichtband zeigt, dass Elita und er sich kannten. Aber das sind keine Beweise. Die Wahrheit ist, dass sie immer noch nicht weiß, was in jener Walpurgisnacht passierte oder was Elitas Familie Anlass gab, von heute auf morgen zu verschwinden. Oder wer Leo Geld gab, nachdem er entlassen worden war, und warum.

Fragen, auf die es vielleicht nie eine Antwort geben wird.

Sigbritt Andersson kommt vorbei und holt die Schlüssel zum Dienstwagen und zur Praxis. Dabei wechselt sie nur wenige Worte mit Thea und schaut ihr erst beim Abschied in die Augen.

»Du hast J-O das Leben gerettet, Thea. Dafür danke ich dir.«

Thea ahnt, dass dies die letzten freundlichen Worte sind, die sie in Tornaby zu hören bekommen wird. Die Facebook-Gruppe ist bestimmt schon voller Gerüchte und allem möglichen Tratsch.

Ihr Geheimnis ist gelüftet, die Vergangenheit hat sie schließlich eingeholt, genau wie ihr Vater gesagt hatte.

Das Handy klingelt. Es ist jemand von der Autovermietung. Er erwartet sie an der Rezeption. Sie geht hin, unterschreibt den Vertrag und nimmt den Schlüssel entgegen. An der Bar trifft sie auf ein bekanntes Gesicht.

Philippe Benoit.

Sie geht zu ihm hinüber.

»Docteur Lind«, nickt er. »Schön, Sie unter weniger dramatischen Umständen zu treffen. Wie geht es dem armen Mann?«

»Ich habe kürzlich mit dem Krankenhaus gesprochen. Er wird durchkommen, aber es war knapp. Danke für Ihre Hilfe.«

Den letzten Satz sagt sie auf Schwedisch, als kleiner Test. Etwas, was Ingrid gesagt hat, spukt ihr noch im Kopf herum. Eine Andeutung, dass Philippe irgendwie in die ganze Geschichte involviert sein könnte. Er ist immerhin aus Kanada und ungefähr so alt, wie Leo sein müsste.

»Keine Ursache«, erwidert er in gebrochenem Schwedisch, bevor er wieder ins Französische wechselt. »Tut mir leid, mein Schwedisch ist nicht gut. Darf ich Sie zu einem Getränk einladen?«

Er bestellt Wein für sie und Bier für sich.

»Was haben Sie eigentlich dort gemacht? Beim Schloss?«, fragt Thea, nachdem sie sich zugeprostet und den ersten Schluck getrunken haben.

Philippe zuckt mit den Schultern. »Ich habe das Walpurgisfeuer im Dorf verpasst, kam erst hin, als alles vorbei war. Ich wollte eigentlich ein paar Fotos machen und sie meinem Vater schicken, er ist Geschichtsprofessor. Er liebt es, über die Heiden im hohen Norden zu sprechen.«

Er lächelt schief. »Jedenfalls sagte mir einer der Dorfbewohner, dass es am Schloss auch ein Feuer geben sollte, also bin ich hingefahren. Dann verlief alles etwas dramatischer, als ich es mir vorgestellt hatte.«

Sie nickt.

»Und haben Sie ein paar Bilder machen können?«

»Ja, genug, um meinen Vater glücklich zu machen. Wir sprechen nicht so oft miteinander. Ich bin eine ziemliche Enttäuschung für ihn, kann man sagen, weil ich mich dazu entschieden habe, mit den Händen zu arbeiten statt mit dem Kopf, wie er so schön sagt. Vor allem nach ein paar Gläsern Whisky.« Er zuckt mit den Schultern. »Egal wie alt man wird, bleibt man in den Augen seiner Eltern immer ein Kind.«

Thea nickt, denkt an ihren eigenen Vater.

»Ich muss Sie etwas fragen.«

»Klar, was denn?«

»Kennen Sie einen Leo Rasmussen? Ein Schwede, ungefähr in Ihrem Alter, er lebt in Kanada.«

»Nein«, antwortet er. »Die einzigen Schweden, die ich kenne, sind die, die ich hier durch die Arbeit kennengelernt habe.«

Sie mustert genau sein Gesicht, aber wenn er lügt, macht er es in jedem Fall sehr gut.

Sie plaudern noch eine Viertelstunde, bevor Thea sich entschuldigt und in ihr Zimmer zurückkehrt. Es ist ihr gelungen, den Namen seines Vaters aus ihm herauszuholen, und sobald sie die Tür hinter sich geschlossen hat, googelt sie ihn. Bruno Benoit ist tatsächlich Geschichtsprofessor und wohnt in Quebec. Den Angaben zufolge hat er zwei Kinder, einen Sohn und eine Tochter, was Philippes Informationen bestätigt.

Sie greift nach ihrer Tasche, in der der Ermittlungsordner liegt, holt ihn heraus und stopft ihn in den Mülleimer. Dabei empfindet sie eine seltsame Erleichterung, aber auch Enttäuschung. Sie muss aufgeben und einsehen, dass manche Puzzleteile doch nicht zusammenpassen.

Das Handy klingelt, eine unterdrückte Nummer.

»Hallo!«

»Hier ist dein Vater.«

Thea seufzt, ist kurz davor zu fragen, was er will, aber hat keine Lust, sich wieder über den Sinn von Höflichkeitsfloskeln zu streiten.

»Hallo, Leif, wie geht es dir?«

»Ganz gut, danke der Nachfrage.«

Er klingt diesmal ruhiger, weniger wütend.

»Ich habe noch keinen Brief geschrieben«, sagt sie. »Hier sind ziemlich viele Dinge passiert. Tatsache ist …« Plötzlich wird ihr etwas klar. »Tatsache ist, dass Davids Familie inzwischen weiß, wer ich bin. Sie haben mich rausgeschmissen.«

Am anderen Ende wird es still.

»Das tut mir leid zu hören, Jenny. Du sollst wissen, dass ich damit nichts zu tun habe.«

Wahrscheinlich hat die Niedergeschlagenheit in seiner Stimme vor allem mit ihm selbst zu tun. Sie ist ihm gerade vom Haken gesprungen.

»Was wirst du jetzt machen?«, will er wissen.

»Du meinst, ob ich immer noch vorhabe, dir ein Gnadengesuch zu schreiben?«

»Nein, das meinte ich nicht. Ich frage mich einfach, was du jetzt mit deinem Leben machen wirst.«

Die Reaktion überrascht Thea.

»Ich weiß es nicht. David spricht nicht mit mir, was vermutlich bedeutet, dass wir uns scheiden lassen werden. Vielleicht gut so.«

»Warum? Liebst du ihn nicht?«

Diese Frage überrascht sie noch mehr.

»Nein«, erwidert sie kurz. »Nein, das tue ich nicht. Jedenfalls nicht auf diese Art.«

»Warum hast du ihn dann geheiratet?«

»Weil ich es ihm schuldig war. Er hat mir geholfen, nachdem ich jemanden verloren hatte, den ich sehr mochte.«

»Verstehe. Aber man kann eine Beziehung nicht auf Schuldgefühlen aufbauen.«

»Nein.« Mehr bekommt sie nicht über die Lippen. Es fühlt sich seltsam an, eheliche Ratschläge von ihrem Vater zu bekommen.

Dem Menschen, der ihr mehr Angst gemacht hat als jeder andere. Den sie dreißig Jahre lang gemieden hat.

»Ich hoffe, alles wird sich für dich klären, Jenny. Da war noch was anderes, worüber ich mit dir sprechen wollte, aber das können wir ein andermal bereden.«

Sie schüttelt den Kopf, obwohl er es nicht sehen kann.

»Nein, nein, wir können das jetzt besprechen. Worum geht es denn?«

»Bist du sicher?«

»Absolut.« Sie weiß nicht genau, wie sie sich dieser fast freundlichen Version ihres Vaters gegenüber verhalten soll. Aber es fasziniert sie.

»Tja, ich habe diese Vorermittlungen durchgeblättert. Schreckliche Geschichte. Ein sechzehnjähriges Mädchen, das das ganze Leben vor sich hat, sollte nicht so sterben müssen. Ich verstehe, warum dich das Ganze interessiert. Die Gemeinsamkeiten zwischen dir und ihr, mir und ihrem Vater …«

Er verstummt kurz, Thea hört das Geräusch eines Feuerzeugs, dann das Knistern von Papier und Tabak.

»Der Vater, Lasse Svart, hat seinen eigenen Stiefsohn verpfiffen. Ist dir das aufgefallen?«

»Ja, das kam mir komisch vor«, antwortet sie.

»Nach meiner Erfahrung gibt es nur zwei Gründe, warum man seine Familie verpfeift. Keiner davon ist akzeptabel, aber na ja.« Er zieht an seiner Zigarette. »Entweder weil man selbst Gefahr läuft, eingebuchtet zu werden. Oder weil man im Gegenteil von der Sache profitiert. In beiden Fällen geht es um etwas Großes. Ein großes Risiko oder ein großer Gewinn.«

»Und was glaubst du, worum es in Lasse Svarts Fall ging?«

»Tja, da bin ich mir nicht sicher, aber das wenige, was ich beim Lesen über Lasse erfahren habe, deutet eher auf das Zweite hin. Also Geld. Oder etwas anderes, was ihm viel wert war.«

Thea denkt nach. »Lasse stand kurz davor, seinen Hof zu verlieren, seine Schmiede und sein Einkommen.«

Sie hört Leif Rauch ausblasen.

»Da hast du ein gutes Motiv, würde ich sagen.«

Er hustet, ein abgehacktes, unschönes Husten, sodass sie den Hörer vom Ohr nehmen muss.

»Noch eine Sache«, sagt er dann. »Hast du die Voruntersuchung in der Nähe?«

»Klar.«

Sie geht zum Mülleimer und holt den Ordner heraus. Es geht leichter als gedacht.

»Schau dir die Bilder auf Seite sechsundfünfzig und siebenundfünfzig an. Die Hufabdrücke.«

Sie blättert zu den richtigen Seiten. Die Fotos stellen Abgüsse der Hufabdrücke im Schlamm beim Steinkreis dar sowie einen Abdruck von Bills Hufen. Die Abdrücke stimmen zu fünfundneunzig Prozent überein, wie der Techniker darunter angemerkt hat.

»Ja?«

»Jetzt blättere zu Seite sechsundzwanzig.«

Sie gehorcht. Die Seiten davor und danach zeigen Bilder von Svarts Hof. Elitas Zimmer, Leos kleine Hütte, Bill in seiner Box.

»Schau dir das Pferd an«, sagt ihr Vater. »Schau dir Bill an. Siehst du?«

Sie betrachtet das Foto. Bill scheint zu dösen, der eine Hinterhuf ist leicht angehoben, wie es manche Pferde beim Schlafen machen. Das Bein ist unten weiß, genau wie Arne es beschrieben hat.

»Siehst du?«, fragt ihr Vater noch einmal.

»Was denn?«

»Der Huf. Er ist unbeschlagen.«

»Jaa?« Sie versteht immer noch nicht, was er meint.

»Das Foto wurde einen Tag nach dem Mord aufgenommen«, sagt Leif. »Da ist Bill also unbeschlagen, was für ein Jungtier während des Zureitens völlig normal ist. Aber der Abdruck im Lehm stammt von einem Pferd mit Hufeisen.«

Thea zuckt zusammen.

»Drei Tage später, als der Techniker auf Svartgården auftaucht, um einen Abdruck von Bills Hufen zu machen, ist er plötzlich beschlagen, und die Abdrücke sind identisch. Und im gleichen Zug …«

»Ändert Lasse seine Zeugenaussage und sorgt dafür, dass Leo verhaftet wird«, ergänzt Thea. »Und am Tag davor wurde Leos Abzeichen beim Steinkreis gefunden.«

»Genau. Verstehst du, worauf ich hinauswill?«

Thea nickt, fügt die Puzzleteile zusammen. Die Uniformmütze auf dem Küchenboden, der umgefallene Stuhl, der Verband, der Handabdruck.

»Lasse wurde dafür bezahlt, Leo anzuschwärzen.«

»Das ist auch meine Vermutung. Wenn du herausfindest, von wem, dann bist du dem Mörder wahrscheinlich auf den Fersen. Aber sei vorsichtig, Jenny. Sei verdammt vorsichtig.«

# 85

»Ich glaube, du weißt jetzt, wie alles zusammenhängt, Margaux. Worum es bei dem Frühlingsopfer eigentlich ging. Aber um ganz sicher zu sein, muss ich noch einmal dorthin fahren, an den Ort, an dem alles passierte. Und ich muss mit der Person sprechen, die all die Jahre über alle Geheimnisse gewahrt hat.«

Bertil öffnet die Tür nach dem zweiten Klingeln. Der Wagen ist nicht da, wahrscheinlich ist Ingrid im Schloss und hilft David, zu retten, was nach dem katastrophalen Ende des Dinners zu retten ist.

»Thea«, sagt er. »Komm rein.« Er sieht munter aus, was das Ganze leichter macht.

»Danke, aber ich hatte gehofft, dass du mit mir eine kleine Spaziertour machen würdest. Es gibt da einige Sachen, die ich dich gern fragen möchte. Über Elita Svart.«

Bertil nickt langsam.

»Das dachte ich mir schon.«

Einen Augenblick lang bleibt er im Flur stehen.

»Warte«, sagt er dann. »Ich muss nur ein paar Sachen holen.«

Am Steinkreis ist es ganz still. Kein Wind weht an diesem Maiabend, nur das Zwitschern einiger Vögel ist aus den hohen Bäumen zu hören.

Es ist fast neun Uhr, und es beginnt zu dämmern. Bertil und Thea stehen schweigend nebeneinander. Er hat Taschenlampen und einen Wanderstock aus der Garage geholt und ihr gezeigt, wie sie fahren muss, um so nahe wie möglich heranzukommen. Er ist heute so anders, als Thea ihn kennt, hat eine aufrechtere Haltung und wirkt präsenter. Zugleich sind seine Gesichtszüge angespannt, als würde ihm das, was er gerade tut, große Anstrengung abverlangen.

Thea schaltet die Taschenlampe an, die sie von Bertil bekommen hat, und lenkt den Lichtstrahl auf eine Stelle vor dem Opferstein.

»Elita und die Kinder standen ungefähr da«, sagt sie. »Sie hatten am Boden Feuer gemacht. David und seine Freunde kamen wahrscheinlich über denselben Pfad wie wir gerade. Arnes Kassettenrekorder stand auf einem der Steine und spielte Trommelmusik.«

Bertil sagt nichts, er beugt sich nur schwer auf seinen Wanderstab, während er ihrer Geschichte lauscht.

Thea tut ihr Bestes, um die Bilder aus der Dunkelheit zum Leben zu erwecken.

»Die Kinder tragen ihre Tiermasken, Elita ist als Frühlingsopfer verkleidet. An ihren Handgelenken sind Seidenbänder befestigt, jedes Kind hält ein Ende fest. Sie sind betrunken, durch die Stimmung und ihre Musik erregt. Elita beginnt zu tanzen, die Kinder tun es ihr nach.«

Thea schließt die Augen, meint fast, die Trommeln hören zu können. Dann dreht sie sich Richtung Kanal und leuchtet zwischen die Bäume.

»Dort drüben sitzt irgendwo Arne. Er ist eine Weile im Dunkeln herumgeirrt und hat die Orientierung verloren. Er hat ein Fernglas bei sich und folgt Elitas Bewegungen.«

Bertil nickt, sagt aber noch immer nichts dazu.

Thea geht jetzt selbst im Steinkreis herum, stellt sich vor, sie hätte ein langes Band in der Hand, murmelt vor sich hin und hat den Eindruck, Elitas Bewegungen durch den Stoff zu spüren.

»Der Tanz wird immer wilder, die Trommeln erhöhen den Takt. Dann sind plötzlich Hufschläge zu hören, die näher kommen.«

Theas Herz pocht schneller, sie versucht, sich das Geräusch der Hufe vorzustellen, die Angst der Kinder. Zu diesem Zeitpunkt befinden sie sich fast schon in einer Art Trance. Sie sind müde, ängstlich, angetrunken. Masken bedecken ihre Gesichter.

Sie merkt, dass sie ihre Fäuste um das eingebildete Seidenband geballt hat. Die Hufschläge kommen näher, und irgendwo fällt Arne von seinem Baum und verliert das Bewusstsein.

Das Gebüsch wird beiseitegebogen, und der Grüne Mann kommt in den Steinkreis geritten. Das Pferd schnaubt und stellt sich auf die Hinterbeine.

Thea zieht die Hände zu sich, wie um sich zu schützen, kann sich vorstellen, dass die Kinder es genauso machten und Elita zwischen ihnen eingesperrt war.

Dann Schreie, viele. David und seine Freunde lassen die Bänder los und stürzen panisch auf den Pfad zu, zu ihren Fahrrädern, in Deckung.

Übrig bleiben nur Elita und der Grüne Mann.

»Du hast dir sicher ausgerechnet, wie alles zusammenhängt«, sagt Bertil.

»Fast«, erwidert Thea. »Ich glaube nicht, dass es Bill war, den die Kinder gesehen haben. Ich glaube, es war Nelson.«

Bertil verzieht das Gesicht, dann nickt er langsam.

»Das würde bedeuten, dass Hubert der Grüne Mann war.«

Erneutes Nicken.

»Der Graf tat sein Bestes, aber der Junge war immer etwas seltsam gewesen.«

Thea schüttelt langsam den Kopf.

»Leo fiel also auf der anderen Seite des Kanals von Bill, genau wie er es in den ersten Vernehmungen gesagt hatte. Bill lief weg und runter auf die Straße, wo Arne ihn fast überfahren hätte.«

»Ja, wahrscheinlich lief es so ab.«

»Arne schlussfolgerte, dass es Bill und damit Leo gewesen sein musste, den er am Steinkreis gesehen hatte. Er fuhr zu euch nach Hause, erzählte alles und brachte die Kinder dazu, das Gleiche zu glauben.«

Bertil seufzt.

»Arne wusste es nicht besser. Wir waren alle schockiert. Niemand wusste, was eigentlich passiert war. Er sagte das, was er für die Wahrheit hielt.«

»Aber J-O war sich nicht ganz so sicher«, fährt Thea fort. »Er hatte jemanden gesehen, der sich über Elita beugte. Aber diese Person war nicht so groß wie Leo und hatte auch nicht dieselbe Statur. Deshalb zögerte er, als die Polizeibefragung bevorstand. Stattdessen übernahm David und ergänzte seine Erzählung um die nötigen Informationen. Er konnte es nicht lassen, die Hauptrolle zu spielen.«

Bertil nickt wehmütig.

»Aber Lasse Svart wusste, dass Bill nicht verdreckt nach Hause gekommen war, dass er also nicht durch den Kanal gelaufen sein konnte. Jemand muss ihm die Bilder mit den Hufabdrücken gezeigt haben, oder aber er war selbst vor Ort, während die polizeilichen Untersuchungen andauerten. Sobald er die Abdrücke gesehen hatte, war ihm klar, dass sie nicht von Bill stammten und es eigentlich nur ein anderes Pferd in der Gegend gab, welches sie hinterlassen haben konnte. Nämlich ein Pferd, das er selbst beschlagen hatte. Nelson.«

Sie macht eine Pause, rechnet damit, dass Bertil protestieren und ihr sagen wird, dass sie sich irrt, dass sie alles missverstanden hat. Aber Bertil steht nur schweigend da, sieht aus, als müsse er sich anstrengen, um klar zu bleiben.

»Also ging Lasse zum Grafen und wollte für sein Schweigen bezahlt werden. Er wollte den Hof behalten. Darum nahm der Graf seine Kündigung zurück, nicht aus Mitleid, sondern weil er gezwungen war.«

»Lasse begnügte sich nicht damit«, gibt Bertil zu. »Dieser Mistkerl wollte auch noch Geld. Fünfzigtausend.«

Thea kann ihr Erstaunen kaum verbergen.

»Und da kommst du ins Bild?«, konstatiert sie.

»Ja, richtig.« Bertil verzieht das Gesicht. »Der Graf brauchte Hilfe, um das Geld bei der Bank flüssigzumachen. Außerdem hatte Lasse in der Walpurgisnacht Arnes Dienstfahrzeug im Wald gesehen. Er drohte, es der Polizei zu erzählen, wenn wir nicht bezahlten.«

»War es Teil der Vereinbarung, dass Lasse Leo anschwärzte?«

Bertil schüttelt den Kopf.

»Das hat Lasse aus Eigennutz gemacht. Er hasste seinen Stiefsohn, sah ihn nicht als richtiges Familienmitglied an. Arne zufolge hatten sie an jenem Nachmittag miteinander gestritten, Lasse hatte sogar ein Messer gezückt. Lasse Svart war ein schrecklicher Mensch, aber …«

Bertil bricht ab, sein Blick trübt sich einen Moment, bevor er wieder klarer wird. Thea begreift, dass ihr nicht viel Zeit bleibt.

»Leo war schon der Hauptverdächtige«, ergänzt sie. »Die Kinder hatten gegen ihn ausgesagt, und Elitas Brief ließ vermuten, dass er involviert sein könnte. Alles, was Lasse tun musste, war, seine Aussage ein wenig zu verändern, er brauchte nur zu behaupten, Bill sei verdreckt nach Hause gekommen, und ihm Hufeisen zu verpassen, damit die Abdrücke in etwa denen von Nelson entsprachen.«

»Ungefähr so, ja. Aber das war wie gesagt nichts, was wir vereinbart hatten.«

»Was war mit dem Militärabzeichen, das Erik Nyberg angeblich fand?«

Bertil schließt die Augen, als hätte er dieses Detail vergessen.

»Eine unglückliche Entscheidung. Nichts, womit ich zu tun hatte.«

»Erik wusste also, wo er suchen musste? Dass Lasse Beweise gegen Leo platziert hatte? Und er und der Graf hatten nichts dagegen, Leo die Schuld anzuhängen?«

»Der Graf und Erik taten das, was sie für das Beste hielten, um Hubert zu schützen.« Bertil macht ein gequältes Gesicht, wirkt auf einmal sehr blass. »Ich muss mich kurz hinsetzen.«

Thea hilft ihm zum Opferstein hinüber.

»An wie viel erinnerst du dich eigentlich, Bertil?«

»Es kommt in Wellen. Ich ...« Er bricht ab, scheint nachzudenken.

»Ist es das erste Mal, dass du das einem Außenstehenden erzählst?«, fragt sie.

Die Schärfe in seinem Blick kommt ein wenig zurück.

»Ja, es ist höchste Zeit. Bald erinnere ich mich nicht mehr, und ich will die Lügen nicht mit ins Grab nehmen. Sie haben zu viel Leid verursacht. Armer Jan-Olof, er musste das so lange mit sich herumtragen. Und David und die anderen auch.«

»Glaubst du, dass sie Zweifel hatten?«

»Da bin ich mir ganz sicher. David auf jeden Fall. Warum, glaubst du, hat er sich jahrelang ferngehalten? Er wusste, dass er gelogen hatte, sowohl vor der Polizei als auch vor Gericht.«

»Habt ihr ihm erzählt, wie es war? Dass ihr einen Unschuldigen ins Gefängnis gebracht habt?«

Bertil schüttelt den Kopf.

»Nein, weder ihm noch Arne. Aber ich glaube, dass sie es irgendwie geahnt haben. Nicht zuletzt ...« Er macht eine irritierte Handbewegung, als hätte er den Faden verloren.

»Als der Graf mit deiner Hilfe die Bokelund Stiftung ins Leben rief und Hubert enterbte«, hilft Thea weiter. »Er schenkte im Prinzip sein ganzes Vermögen der Kommune, als eine Art Wiedergutmachung für das, was Hubert getan hatte.«

»Ja.« Bertil seufzt. Auf einmal scheint alle Luft aus ihm zu entweichen.

»Elita war schwanger. Wer hat diese Information aus den Ermittlungsakten gestrichen?«

»Lennartson, der Polizeichef. Wir spielten Bridge zusammen. Wir waren uns einig, dass das ein unnötiges Detail war, das nur einen Haufen Spekulationen auslösen und den Schaden vergrößern würde.«

»Ich nehme an, dass Lennartson sein ganzes Geld bei der Sparkasse von Tornaby hatte?«

Erneutes Seufzen. »Stimmt.«

»Wer war der Vater des Kindes?«

»Keine Ahnung.« Bertil zuckt mit den Schultern, wobei er aussieht, als würde er die Wahrheit sagen.

»Und Hubert? Was geschah mit ihm?«

»Der Graf schickte ihn zu Verwandten nach England, gleich am nächsten Tag. Er hat ihn jahrelang ferngehalten.«

»Und dann ließ der Graf so schnell wie möglich Nelson erschießen und seinen Körper verbrennen, um alle Beweise beiseitezuräumen. Vielleicht mithilfe von Erik Nyberg?«

»Ja.« Bertil beugt sich über seinen Stock.

»Was passierte dann mit der Familie Svart?«

Keine Antwort. Sie wiederholt die Frage, aber Bertil schaut nicht auf. Er sitzt nur schwer über seinen Stock gebeugt da.

»Bertil?« Thea berührt seinen Arm.

Ihr Schwiegervater zuckt zusammen und sieht dann zu ihr auf. Der verwirrte Ausdruck in seinem Gesicht ist wieder da.

»Kerstin?«, fragt er.

»Nein, ich bin's. Thea. Deine Schwiegertochter.«

Bertil runzelt die Stirn.

»Schwiegertochter? Das kann nicht sein. David ist doch erst …«

Er verliert den Faden, steht abrupt auf und sieht sich um.

»Hier ist es passiert«, murmelt er. »Armes Mädchen.«

Er macht ein paar Schritte, stolpert und fällt der Länge nach hin. Thea springt zu ihm und hilft ihm auf. Er hat sich die Stirn aufgeschlagen, es fängt bereits an zu bluten. Sie sucht zuerst in ihren Taschen nach etwas, womit sie die Blutung stoppen kann, dann in seinen. Schließlich findet sie ein weißes Stofftaschentuch, das sie mit seiner Hilfe an seine Stirn drückt.

»Wir gehen zum Auto zurück, Bertil. Das muss wahrscheinlich genäht werden.«

»Nein, nein, wir gehen zu Kerstin …«

Er zeigt Richtung Forsthaus, macht ein paar wackelige Schritte und wäre fast noch mal gestürzt. Thea rettet ihn im letzten Moment.

»Sollen wir nicht doch lieber zum Auto gehen …?«

»Nein!«, ruft er. »Wir gehen zu Kerstin. Liebe, liebe Kerstin. Sie wird uns helfen.«

Er geht wieder los, das Tuch an die Stirn gedrückt, und Thea sieht ein, dass sie ihn nicht zwingen kann, eine andere Richtung einzuschlagen.

Also fasst sie ihn am Arm und richtet die Taschenlampe in die Dunkelheit.

# 86

Diesmal geht es schneller, zum Forsthaus zu kommen. Bertil läuft stur geradeaus, sagt während der gesamten Wanderung praktisch nichts, sondern hält nur das Taschentuch gegen seine Stirn gedrückt.

Thea denkt darüber nach, was er ihr gerade erzählt hat. Oder eher bekräftigt.

Hubert tötete Elita, und Leo wurde geopfert, um ihn zu retten. Um den Ruf der Familie Gordon zu retten, die Kinder zu retten, die der Polizei gegenüber gelogen hatten, Arnes Karriere zu retten und im Anschluss die gesamte Gemeinde, da das Geld der Stiftung das Dorf am Leben hielt. Alle Puzzleteile sind an ihrem Platz, oder zumindest fast alle.

Die Antwort auf die Frage nach der Familie Svart fehlt noch.

Sie erinnert sich an die Uniformmütze, die sie in der Küche von Svarts Hof gefunden hat.

Hatten Eva-Britt und Lola irgendwie erfahren, was Lasse getan hatte? Hatten sie begriffen, dass er das Abzeichen platziert hatte, vielleicht sogar das Geld gefunden oder gesehen, wie Lasse Bill beschlug?

Sie erreichen das Forsthaus, bevor Thea den Gedanken zu Ende denken konnte. Die grau getigerte Katze sitzt auf der Treppe und starrt sie an. Thea klopft an die Tür, und Kerstin öffnet fast sofort.

»Oh, oh, Bertil, hast du dich schon wieder verlaufen?«

Bertil richtet sich ein wenig auf. »Nein, heute Abend nicht. Ich habe mit Thea gesprochen, ihr vom Frühlingsopfer erzählt …«

Er schüttelt frustriert den Kopf, vielleicht bemüht er sich, klare Gedanken zu fassen.

»Er hat sich die Stirn aufgeschlagen«, sagt Thea. »Haben Sie vielleicht Verbandszeug da?«

»Natürlich. Kommt rein und setzt euch in die Küche, dann kümmern wir uns um ihn.«

Sie setzen Bertil gemeinsam auf die Küchenbank, genau wie beim letzten Mal. Die Blutung hat ein wenig nachgelassen.

Kerstin Miller holt einen überraschend gut sortierten Erste-Hilfe-Koffer. Dann kocht sie ihnen Tee, während Thea Bertils Wunde mit Tape-Pflastern versorgt.

»So, ich glaube, das wird erst einmal halten. Aber es wäre besser, die Wunde zu nähen.« Sie wendet sich an Kerstin. »Können Sie Ingrid anrufen? Wir sind gerade nicht so gut aufeinander zu sprechen, nach dem, was mit J-O passiert ist.«

Kerstin schüttelt den Kopf.

»Armer Jan-Olof. Er hat es jahrelang schwer gehabt, sowohl mit der Gesundheit seiner Mutter als auch seiner eigenen. Es war wohl kaum Ihre Schuld, was da passiert ist, Thea, Sie haben ihm doch eher das Leben gerettet.«

Thea spürt, wie sich eine Wärme in ihrer Brust ausbreitet, die nicht nur vom Tee herrührt. Kerstin schaut zu Bertil hinüber, der eingeschlafen zu sein scheint.

»Ingrid ist eine sehr bestimmte Frau. Feinfühligkeit ist nicht gerade ihre Stärke. Wenn Sie mich fragen, war es ein übereilter Entschluss, Sie rauszuwerfen, nur weil Sie verheimlicht haben, wer Ihr Vater ist. Wer hätte das in Ihrer Situation nicht getan?«

Thea seufzt.

»Ich nehme an, dass das alles auf der Facebook-Seite von Tornaby steht? Das gesamte Dorf kennt jetzt meine Familiengeschichte?«

»Ja, leider.«

Thea trinkt einen großen Schluck Tee. Es ist eine von Kerstins eigenen Mischungen und schmeckt ein wenig bitter, aber sie bringt es nicht übers Herz, das zu sagen.

»Darf ich kurz Ihre Toilette benutzen?«, fragt sie.

»Ja, natürlich. Dann rufe ich solange Ingrid an.«

Thea sinkt auf den Toilettensitz. Ihr Körper fühlt sich schwer an.

Sie versucht noch einmal, ihre Gedanken zu sortieren. Eva-Britt und Lola konfrontieren Lasse. Sie werfen die Baskenmütze vor ihn auf den Esstisch. Und was passiert dann? Wahrscheinlich gibt es Streit. Lasse Svart ist nicht der Typ, von dem man einfach so eine Antwort einfordert. Jemand wird verletzt, blutet so stark, dass er oder sie sich im Badezimmer verarzten muss. Der Handabdruck stammt von einem Mann mit großen Händen. Ist es Lasse, der blutet?

Theas Kopf fühlt sich immer schwerer an. Sie steht auf und spritzt sich Wasser ins Gesicht. Dann sinkt sie wieder auf die Toilette.

In einem Korb zu ihren Füßen liegen ein paar Zeitschriften. Die oberste ist eine Bridge-Zeitschrift. Also noch jemand, der Bridge spielt, neben Bertil und dem Polizeichef.

Plötzlich fällt ein weiteres Puzzleteil in ihrem Kopf an seinen Platz.

Was sagte Kerstin Miller, als Thea sie fragte, wie sie in Tornaby gelandet sei?

*Der übliche Grund, wenn jemand von einem Ende des Landes ans andere zieht. Die Liebe. Allerdings ist nie etwas daraus geworden.*

Liebe, liebe Kerstin nannte Bertil sie. Und Ingrid schien alles zu tun, um sich vom Forsthaus fernzuhalten.

Thea geht in die Küche zurück, wo Bertil tief schläft. Kerstin sitzt neben ihm auf der Bank und hält seine Hand. Es könnte aus reinem Mitgefühl geschehen, aber Thea versteht jetzt, dass es viel mehr ist als das.

»Sie lieben ihn«, sagt sie. »Seinetwegen sind Sie hierhergezogen. Obwohl er verheiratet war.«

Kerstin schaut auf, nickt.

»Wir haben uns bei der Bridgemeisterschaft in Stockholm getroffen. Ich habe erlebt, wie er den Titel gewonnen hat, und ging im Anschluss direkt zu ihm und stellte mich vor. Ich sagte ihm, wie sehr ich sein Spiel bewunderte. Sobald ich in seine Augen sah, wusste ich es. Es spielte keine Rolle, dass er zehn Jahre älter und verheiratet war. Ich wollte mit ihm zusammen sein. Als es die freie Stelle an der Schule in Tornaby gab, bewarb ich mich sofort, obwohl ich wusste, dass Bertil Ingrid niemals verlassen würde. Liebe ist nichts, was man kontrollieren kann.«

»Sie wissen über alles Bescheid, was passierte? Das Frühlingsopfer, Elita, Hubert und Leo.«

Kerstin nickt.

»Bertil versuchte, das Richtige zu tun. Aber er befand sich in einer unmöglichen Lage. Jemand war gezwungen, etwas zu tun, einen Entschluss zu fassen.«

»Und das tat er.« Thea setzt sich auf den Stuhl den beiden anderen gegenüber. »Er ließ Leo ins Gefängnis gehen. Er opferte ihn, um das Dorf zu retten.«

Kerstin nickt wieder.

»Wie konnte er damit leben? Dass ein unschuldiger junger Mann im Gefängnis landete? Und dass ein Mörder frei herumlief?«

»Das konnte er eigentlich nicht. Bertil ist ein Mann von großer Integrität. Das alles hat ihn sehr gequält, deshalb versuchte er mit dem Grafen, dafür zu sorgen, dass im Nachhinein so viel wie möglich gerettet wurde.«

»Leo bekam Geld, als er aus dem Gefängnis entlassen wurde«, sagt Thea. »Hubert wurde nach England geschickt, das Schloss der Stiftung geschenkt, und das Kloster erhielt Grundstücke zur Wiedergutmachung der Sünden.«

»Das ist richtig.«

»Und die Svarts? Eva-Britt, Lola, Lasse? Was wurde aus ihnen?«

Kerstin Miller antwortet nicht.

»Sie hatten Streit«, sagt Thea etwas zu laut, ohne zu wissen, warum. »Lasse war verletzt. Eva-Britt und Lola rannten zu ihrem Auto, fuhren weg und …«

Theas Kopf fühlt sich benebelt an, aber plötzlich fällt ihr etwas ein, was Per erzählt hat. Darüber, wohin Lola und Eva-Britt flohen, wenn sie von Lasse misshandelt wurden. Sie gingen nicht zur Polizei, sondern zu jemandem, dem sie vertrauten.

»Sie fuhren hierher«, sagt sie. »Lola und Eva-Britt fuhren hierher, um in der Nacht Hilfe zu holen. Und Lasse folgte ihnen.«

Kerstin Miller sieht Thea traurig an.

»Das war die schlimmste Nacht meines Lebens.«

# 87

## *18. MAI 1986*

Kerstin und Bertil waren gerade mit dem Abendessen fertig. Sie saßen vor dem Fernseher auf dem Sofa, ihr Kopf lehnte an seiner Schulter, sein Arm war um sie gelegt.

Mittwoch- und sonntagabends gab Bertil vor, bei einem Logentreffen in Lund zu sein, und seine Frau stellte keine Fragen. Aber in den letzten Monaten hatte Kerstin begonnen, kleine Anzeichen dafür zu sehen, dass Ingrid Bescheid wusste. Dass sie ihr Verhältnis tolerierte, auch wenn sie es nicht akzeptierte. Ingrid war eine starke Frau. Sie liebte Bertil genauso, wie Kerstin es tat, und war wohl einfach bereit, ein wenig von ihrem Stolz zu opfern, um ihn behalten zu können.

Aber das spielte keine Rolle. Mittwochs und sonntags gehörte er nur ihr. Hier draußen im Forsthaus, wo niemand sie sah, konnten sie glücklich sein. Er stellte seinen Wagen auf einem der Forstwege ab und begab sich dann zu Fuß oder mit dem Fahrrad durch den Wald. Sie gab sich damit zufrieden. Ein halbes Leben war immerhin besser als gar keins, denn sie wusste, dass sie nie jemanden so lieben würde wie Bertil. Sie war bereit, fast alles für ihn zu tun.

Ein Geräusch ließ sie beide auf dem Sofa zusammenzucken. Ein lautes, metallisches Krachen. Kerstin stand auf und sah aus dem Küchenfenster. Regen peitschte gegen die Scheibe, aber sie glaubte, Autoscheinwerfer zwischen den Bäumen zu sehen.

»Da kommt jemand«, sagte sie, was Bertil dazu veranlasste, auch aufzustehen. Aber die Scheinwerfer zeigten in die falsche Richtung, nicht die Straße entlang, sondern andersherum, die Böschung hinunter Richtung Kanal. Ein Unfall. Jemand war von der Straße abgekommen.

»Ich muss nachsehen, was passiert ist.«

Bertil nickte nur. Er wusste, dass er sich hier draußen nicht zeigen durfte.

Kerstin zog sich Regenjacke und Stiefel an, setzte sich in ihren Wagen und rollte langsam die Straße vor. Der Regen zwang sie, die Scheibenwischer auf höchster Stufe einzuschalten.

Es war, wie sie vermutet hatte. Ein Auto war die Böschung hinabgerutscht. Es hatte tiefe Spuren in den weichen Boden gepflügt, bis es wenige Meter vor dem träge dahinfließenden Kanal zum Stehen gekommen war. Die Reifen steckten tief im Schlamm fest.

Der Motor des Fahrzeugs lief noch, aber der Fahrer schien keinen Versuch zu unternehmen loszukommen. Sie kannte den Wagen, und wie immer, wenn sie ihn sah, wurde ihr unwohl zumute. Es war Lasse Svarts roter Pick-up.

Einen Moment lang zog Kerstin in Erwägung, den Rückwärtsgang einzulegen und nach Hause zurückzufahren. Sich in Bertils Arme zu schmiegen und Lasse irgendwie alleine klarkommen zu lassen. Aber hier draußen half man seinen Nachbarn, auch wenn man sie nicht mochte. Außerdem konnten Lola oder Eva-Britt im Auto sitzen, und Kerstin mochte beide Frauen. Sie waren gute Bekannte, und ein paarmal hatte Kerstin sie bei sich übernachten lassen, wenn Lasse allzu unangenehm wurde.

Sie verachtete Lasse Svart, wie sie alle Männer verachtete, die glaubten, das Recht zu haben, ihre Frauen zu schlagen. Ihr Vater war einer von ihnen gewesen. Er hatte ihre Mutter arbeiten gehen und sich dumme Ausreden für ihre blauen Flecken ausdenken lassen, obwohl alle im Dorf wussten, woher sie stammten. Er hatte ihren Stolz gebrochen, ihre Würde, bis sie kaum noch existiert und sich nur wie ein leiser Schatten zu Hause bewegt hatte.

Kerstin ließ den Wagen im Leerlauf und ging mit einer Taschenlampe in der Hand die Böschung hinab. Sie achtete darauf, wohin sie ihre Füße setzte, um nicht im Schlamm auszurutschen.

Sie leuchtete durch die Rückscheibe des Pick-ups, sah aber weder Umrisse des Fahrers noch eines Beifahrers. Als sie zur Fahrertür kam, verstand sie, warum. Lasse Svart saß zusammengesunken über dem Lenkrad. Neben ihm auf dem Beifahrersitz lag eine blaue Nylontasche mit dem weiß aufgedruckten Schriftzug Tornaby Sparkasse.

Kerstin klopfte an die Scheibe und sah, wie er sich ein wenig bewegte. Sie klopfte noch einmal, leuchtete mit der Taschenlampe durch das Fenster und öffnete dann die Tür.

Lasse sah sie an. Sein Gesicht war kreideweiß, sein Hemd aufgeknöpft. Darunter bemerkte sie einen Verband, der dunkelrot und blutgetränkt war. Seine Hosenbeine und Stiefel waren voller Schlamm und Sumpfwasser.

Instinktiv ging sie einen Schritt zurück.

»Nicht bewegen, Lasse. Ich fahre nach Hause und rufe den Krankenwagen.«

Sie erkannte, dass es eilte. Sie musste Bertil dazu bringen, anzurufen, und dann selbst mit einem Verbandskasten zurückkommen, um nach Möglichkeit die Blutung zu stoppen.

Lasse grinste sie an.

»Sie haben bekommen, was sie verdient haben«, sagte er mit belegter Stimme, als hätte er auch den Mund voller Blut.

»Wer?«

»Die alten Weiber. Die Weiber, die versucht haben, mich zu erstechen und mein Geld zu klauen.«

Er zeigte mit einem blutigen Finger auf die Windschutzscheibe.

Kerstin leuchtete mit der Taschenlampe in dieselbe Richtung. Aus dem träge fließenden Wasser schaute etwas hervor.

Sie erstarrte. Das Licht der Taschenlampe spiegelte sich in einer Stoßstange und einem Nummernschild, und sie konnte einen halb geöffneten Kofferraum sehen. Es war der hintere Teil eines alten blauen Fords. Eva-Britts Wagen steckte mit der Schnauze voraus tief im schlammigen Wasser.

»Wo sind sie?«, keuchte Kerstin. »Wo sind Lola und Eva-Britt?«

Lasse deutete wieder auf das gesunkene Auto.

»Da, tief unten beim Grünen Mann«, fauchte er. »Wo niemand sie vermissen wird.«

»Was hast du getan, Lasse?«

Kerstin stolperte rückwärts den Abhang hinauf. Sie rutschte mehrmals aus und setzte sich im Schlamm auf den Hintern, aber behielt die Taschenlampe auf den Ford gerichtet.

Sie unterdrückte ihre Tränen, bis sie sich in ihren Wagen gesetzt hatte und rückwärts gefahren war. Die gleichen Tränen wie als Kind. Tränen der Wut und Ohnmacht.

Als es noch hundert Meter bis zum Forsthaus waren, blieb sie stehen. Sie zog die Handbremse an, schaltete den Motor aus und saß still da, während der Regen auf das Dach trommelte. Sie überlegte, wie lange es für jemanden in Lasses Größe dauerte zu verbluten. Zehn Minuten vielleicht?

Sie schaute auf die Uhr, schloss die Augen und dachte an ihre Mutter. Daran, dass sie sich selbst geschworen hatte, nie wie sie zu werden und nie zuzulassen, dass jemand so auf ihr herumtrampelte. Nach zwölf Minuten startete sie den Wagen und fuhr langsam zum Forsthaus zurück. Zu Bertil und in Sicherheit.

# 88

»Lasse war tot, als Bertil und ich zurückkamen.« Kerstin Millers Stimme ist leise, aber ihre Wut ist trotzdem deutlich zu hören. »Lasse hat Lola und Eva-Britt getötet. Er drängte ihren Wagen von der Straße in den Kanal. In dem schlammigen Wasser hatten sie keine Chance, herauszukommen. Und als wäre das nicht genug, ging Bertil davon aus, dass Lasse aus seinem Wagen gestiegen war, den Kofferraum des Fords geöffnet und sich die Tasche mit dem Geld zurückgeholt hatte, ohne den geringsten Versuch zu unternehmen, die Frauen zu retten. Lasse hat bekommen, was er verdiente …«

Sie wird still. Thea möchte etwas fragen, aber ihre Gedanken schweifen ab. Sie trinkt einen Schluck Tee.

»Was passierte danach?«, schafft sie es endlich hervorzubringen.

»Wir trauten uns nicht, die Polizei zu rufen. Bertil hatte Angst, dass sie herausfinden würde, wie das alles zusammenhing. Dass der Graf, Erik und er selbst in die Geschichte hineingezogen würden und alles herauskäme. Also rief er Erik an, und gemeinsam versenkten sie Lasses Wagen neben dem von Eva-Britt. Sie sorgten dafür, dass beide Autos tief im Schlamm verschwanden, wo niemand sie finden würde.«

Thea glaubt, die Antwort zu kennen, aber sie fragt trotzdem nach.

»Und das Geld?«

»Wir waren uns einig, dass Leo es bekommen sollte, wenn er aus dem Gefängnis käme. Natürlich anonym.«

Thea schließt die Augen. Ihr Kopf ist voll mit zäh fließenden Gedanken.

»Was …?«, fängt sie an, kommt aber nicht weiter. Der Mund gehorcht ihr nicht, das Kinn fällt dauernd herunter. »Was hast du …?«

»Schlaftabletten«, antwortet Kerstin Miller. »Ich habe sie in den Tee getan. Es tut mir wirklich leid, aber wir brauchen ein bisschen

Zeit zum Nachdenken. Wir müssen überlegen, was jetzt zu tun ist. Schlafen Sie jetzt eine Weile, dann wird alles gut. Das verspreche ich Ihnen.«

Langsam umschließt Thea die Dunkelheit, sie nähert sich von allen Seiten und verengt ihr Blickfeld, bevor sie sich ganz in ihrem Kopf ausbreitet.

# 89

Sie träumt wieder. Es ist ein scheußlicher Traum, von toten Frauen am Grund eines Sumpfes. Sie sind im Schlamm gefangen und kommen nicht frei. Elita, Lola, Eva-Britt und die beiden toten Gordon-Mädchen.

*Liebliche Frauen, tot, die an meiner Seite einst lagen.*

Wird sie bald neben ihnen liegen?

Thea erwacht von lauten Stimmen, aber befindet sich noch eine Weile im Grenzland zwischen Schlaf und Wachheit, während ihr Kopf langsam klarer wird. Sie sitzt auf einem Küchenstuhl in einem Raum, der Kerstin Miller wahrscheinlich als Vorratskammer dient. Ihre Arme und Beine sind mit Kabelbinder an den Stuhl gefesselt.

Die Stimmen kommen aus der Küche, es sind drei, die sie alle erkennt.

»Wir haben keine Wahl, Kerstin«, hört sie Ingrid sagen. »Wenn sie anfängt zu reden, wird es dir und Bertil übel ergehen. Vielleicht landet ihr sogar im Gefängnis. Willst du das?«

»Natürlich nicht. Aber ist es nicht höchste Zeit, dass die Wahrheit ans Licht kommt? Bertil scheint das auch gewollt zu haben.«

»Bertil ist nicht mehr derselbe. Wenn jemand das wissen sollte, dann doch wohl du.«

»Nicht so laut, stellt euch vor, sie wacht auf und hört uns!« Die dritte Stimme gehört Arne.

Jemand schaltet das Radio ein. Musik erfüllt den Raum und

übertönt fast alles, was gesagt wird. Thea versucht, sich vom Stuhl zu befreien, aber der Kabelbinder sitzt fest.

Das Gespräch scheint immer erhitzter geführt zu werden, sodass sie trotz Musik Bruchstücke versteht.

»Wir haben keine Wahl«, wiederholt Ingrid.

»… vollkommen undenkbar«, sagt Kerstin. »Bertil hätte nicht gewollt …«

»Was weißt du schon davon, was Bertil gewollt hätte. Du warst nur sein Zeitvertreib!«

»… beruhige dich ein bisschen, Ingrid … es gibt andere Lösungen.«

»Es gibt nur eine Möglichkeit …«

Dann ist ein Knall zu hören, als ein Möbelstück umfällt, und kurz danach ein dumpfer Schlag. Thea hört Gemurmel. Nach einigen Minuten verstummt die Musik, und die Tür zur Kammer öffnet sich.

Arne steht in der Türöffnung, ein Messer in der Hand.

»Zeit für einen kleinen Spaziergang«, sagt er.

Er schneidet den Kabelbinder durch und führt sie in die Küche. Dort ist Ingrid gerade dabei, einen Küchenstuhl aufzuheben.

»Wo sind Kerstin und Bertil?«, will Thea wissen.

»Sie ruhen sich ein bisschen aus«, antwortet Ingrid etwas zu schnell. Dann fordert sie Arne mit einer Handbewegung auf, zur Tür zu gehen.

»Bist du dir wirklich sicher?«, fragt er sie.

Ingrid nickt.

»Du weißt, wie solche wie sie sind. Hinterhältig und unzuverlässig.«

»Was wollt ihr mit mir machen?« Thea versucht, ihre Angst zu verbergen, aber es geht nicht.

Keine Antwort. Arne packt sie fest am Oberarm und schiebt sie durch die Haustür. Draußen hat es angefangen zu regnen.

»Geh zur Brücke«, kommandiert er.

Sie gehorcht, zumindest ein paar Meter. Dann bleibt sie stehen.

»Weiter!«

Sie rührt sich nicht. Dann dreht sie sich zu ihm um.

»Nein. Wenn du mich tot sehen willst, musst du es selbst machen. Ich denke nicht daran, dir zu helfen.«

Arne zieht eine Grimasse, steckt die Hand in die Tasche und holt eine Pistole hervor. Theas Knie zittern, sie spannt die Schenkel fest an, damit sie aufhören, und überlegt, was Margaux getan hätte.

»Geh weiter«, kommandiert Arne wieder.

Thea schüttelt den Kopf.

Arne hebt die Pistole. Sie holt tief Luft.

»Wusstest du, dass du den Falschen angeschwärzt hast?«, fragt sie ihn. »Dass Leo unschuldig war?«

»Was?«

»Es waren nicht Leo und Bill, die du gesehen hast. Jedenfalls nicht im Steinkreis. Es war Hubert auf Nelson.«

»Was redest du da für einen Blödsinn?« Der Pistolenarm wackelt.

»Sie haben dich all die Jahre über angelogen. Bertil und deine Schwester. Sie haben dich gedeckt, weil du die Kinder dazu gebracht hast, falsch auszusagen.«

»Halt den Mund!« Seine Stimme bricht.

»Ich glaube, irgendwie hast du es geahnt. Du hast geahnt, dass an den Ermittlungen etwas nicht stimmte. Warum sollte Lennartson dich sonst gebeten haben, diesem Journalisten zu drohen? Und warum sollte der Graf, der so stolz auf das Geschlecht der Gordons war, seinen Sohn enterben? Du hast geahnt, dass ein Mörder frei herumlief, während ein Unschuldiger im Gefängnis landete. Dass Bertil, den du so bewundertest, der Kopf hinter der ganzen Sache war. Aber weder du noch David oder sonst jemand wollte die ganze Wahrheit wissen. Ihr wart zufrieden, solange Bertil das Geheimnis für euch wahrte. Das gab euch die Möglichkeit, wenigstens so zu tun, als hättet ihr das Richtige getan.«

»Hör auf!« Arnes Stimme klingt aufgebracht, aber sie sieht ihm an, dass die Worte ihn getroffen haben.

»Leg die Pistole weg, Arne!«

Die Aufforderung kommt vom Waldrand, wo jemand in der

Dunkelheit steht. Es ist eine ziemlich kleine Person in einem gelben Regenmantel und mit einer Schrotflinte in den Händen.

»Hubert?«, stößt Arne hervor.

»Leg die Pistole weg, sage ich!« Die Gestalt hebt das Gewehr und macht ein paar Schritte vor, wodurch sie in den Schein der Außenlampe gerät.

Regen rinnt Thea über das Gesicht, sie muss ihn sich aus den Augen wischen, um besser sehen zu können. Es ist tatsächlich Hubert.

»Was zum Teufel machst du hier?«, brüllt Arne.

»Kerstin hat mich angerufen und mir erzählt, was passiert ist. Jetzt sei so gut und leg die Pistole weg.«

»Ich wollte sie nur erschrecken, das ist dir doch wohl klar. Sie soll aufhören herumzuschnüffeln und endlich von hier verschwinden.«

Arne lässt den Arm sinken, behält die Waffe aber in der Hand.

»Hat Thea recht?«, fragt er. »Warst du das auf dem Pferd?«

»Leg die Pistole weg, Arne.«

»Antworte mir!« Er hebt die Waffe wieder, richtet sie jetzt aber auf Hubert. Der kleine Mann rührt sich nicht, sondern zielt einfach weiter auf Arne.

»Jetzt lass das, Hubert. Bertil hat dein Geheimnis die ganzen Jahre über gehütet. Ich würde nie etwas verraten, was ihm schaden könnte.«

»Und welches Geheimnis soll das sein?«

Arne wischt sich mit der freien Hand den Regen aus dem Gesicht. Offenbar versucht er, das, was er gerade erfahren hat, zusammenzusetzen.

»Dass du es warst, der Elita ermordet hat, nicht Leo.«

Ein paar Sekunden lang ist es still. Hubert verzieht keine Miene. Und plötzlich wird Thea klar, warum. Sie flucht innerlich, dass sie es nicht schon längst begriffen hat, schon bei der Lektüre des Obduktionsberichts hätte sie es wissen können.

Elita war durch einen kräftigen Schlag gegen den Kopf gestorben. Der Boden um sie herum war voller Hufabdrücke, die Kleider voller Pferdehaare.

Ihre festgebundenen Hände. Nelson, der Hubert zufolge schwer zu führen gewesen war.

»Er war es nicht«, sagt sie laut.

»Was?« Arne zuckt zusammen.

»Hubert hat Elita Svart nicht getötet. Niemand hat das getan.«

»Was redest du da?« Arnes Stimme steigt in die Höhe.

»Elita wurde von Nelson zu Tode getreten. War es nicht so, Hubert?«

Sie wendet sich an ihn.

»Es war nicht Nelsons Schuld«, murmelt Hubert. »Die Kinder fingen an zu schreien, dann die Trommeln, das Feuer und das Ganze. Nelson bekam Angst und stieg. Elita stand viel zu nah vor ihm …«

»Verdammte Scheiße!« Arne fasst sich mit der Hand an die Stirn. »Du willst also sagen, dass das Ganze ein Unfall war? Warum zum Teufel hast du nichts gesagt?«

»Ich …« Hubert bricht ab. »Ich wagte es nicht.«

Thea kann sehen, wie Hubert in sich zusammensinkt. Der Regen prasselt auf seinen Mantel, läuft in kleinen, traurigen Rinnsalen an ihm herunter.

»Verdammt«, keucht Arne. »Was machen wir denn jetzt?«

Die Frage scheint fast an Thea gerichtet zu sein, aber Ingrid ist diejenige, die sie beantwortet. Fast lautlos ist sie hinter Arne geglitten.

»Wir schützen das Dorf«, sagt sie. »Das haben Bertil und der Graf damals gemacht, und wir müssen jetzt das Gleiche tun. Ihretwegen.«

Sie geht zu Arne und legt ihm die Hand auf die Schulter.

»Warum habt ihr mir nicht gesagt, wie es wirklich war?«, fragt er. »Habt ihr mir nicht vertraut?«

»Bertil hat dir mehr vertraut als jedem anderen«, erwidert Ingrid. »Du bist wie ein Sohn für ihn, er war so stolz auf dich, als du die Polizeiprüfung geschafft hattest. Er wollte nicht, dass du Probleme bekommst.«

Sie klopft Arne auf die Schulter.

»Du hast getan, was du für richtig hieltest. Das taten wir alle. Vor allem Bertil. Ihm war klar, dass die Wahrheit uns teuer zu stehen kommen würde und dass jemand zum Wohle aller geopfert werden musste. Genau wie jetzt.«

»Aber wir können doch wohl niemanden töten?«

»Wir haben keine Wahl. Wenn sie redet, bricht alles zusammen. Bertil kann ins Gefängnis kommen, und du verlierst deinen Job. Und denk an David, das Schloss: Alles, was wir aufgebaut haben, kann uns genommen werden. Das darf einfach nicht geschehen.«

Arne scheint zu zögern, aber er hat immer noch die Pistole in der Hand.

»Du musst jetzt stark sein, Arne«, fährt Ingrid fort. »Das tun, was Bertil getan hätte.«

»Jetzt reicht es.« Hubert hebt die Schrotflinte wieder. »Ich kann nicht länger lügen.«

Ingrid legt den Kopf schief.

»Was, glaubst du, hätte dein Vater zu all dem gesagt, Hubert? Hätte er dir nicht geraten, die Ehre der Familie Gordon zu bewahren, genau wie er selbst es tat, und das Beste für das Dorf zu tun?«

Sie geht ein paar Schritte auf Hubert zu. Der kleine Mann scheint noch ein bisschen mehr in sich zusammenzusinken.

Ingrid geht weiter, streckt die Hand aus.

»Ingrid«, zischt Arne warnend und hebt die Pistole.

Thea hält die Luft an.

»Gib mir jetzt die Flinte«, sagt Ingrid.

Hubert senkt den Kopf.

»Gut, Hubert. Dein Vater wäre stolz auf dich. Ein echter Gordon.«

Bei den Worten zuckt Hubert zusammen. Ohne Vorwarnung bewegt er den Gewehrlauf und drückt ab.

Der Schuss fällt so plötzlich und ist so ohrenbetäubend, dass Thea die Augen schließt und die Arme über dem Kopf zusammenschlägt. Als sie wieder aufschaut, liegt Ingrid auf dem Boden, und einen Augenblick lang glaubt sie, Hubert hätte sie erschossen. Aber Ingrid rappelt sich wieder auf. Sie ist weiß im Gesicht, scheint aber unverletzt zu sein. Hubert dagegen schaut verwundert auf seinen Bauch, wo sich im Regenmantel ein kleines, schwarzes Loch gebildet hat. Dunkelrotes Blut sickert daraus hervor. Thea dreht sich um. Arne steht mit der Pistole in der Hand da, den Blick immer noch auf Hubert geheftet. Dann scheint er wieder zu sich zu kommen und zu realisieren, was er getan hat.

»Nein!«, keucht er und lässt die Waffe sinken.

Hubert lässt sein Gewehr fallen, die Knie geben unter ihm nach, und er bricht zusammen. Thea stürzt auf ihn zu, er ist noch bei Bewusstsein und bringt ein angestrengtes Lächeln zustande.

»Tut mir leid, dass ich dir gegenüber nicht ganz ehrlich war, Thea.«

»Schh, sag jetzt nichts mehr.«

Sie knöpft seinen Regenmantel auf. Das Einschussloch sitzt ungefähr zehn Zentimeter schräg oberhalb des Bauchnabels, auf der richtigen Seite, um die Leber zu verschonen, allerdings ändern Kugeln im Körper manchmal noch die Richtung. Thea rollt Hubert auf die Seite und findet das Austrittsloch. Hier blutet es auch, aber nicht so stark, was ein gutes Zeichen ist.

»Nein, nein, nein!«

Arne beginnt, auf dem Platz hin und her zu gehen, während Ingrid immer noch schockiert aussieht.

Thea findet in Huberts Jackentasche ein Stofftuch, das sie auf das Eintrittsloch am Bauch drückt.

Ingrid stolpert auf Arne zu.

»Wir müssen die Sache jetzt abschließen«, hört Thea sie sagen.

Arne sieht aus, als würde er gleich die Fassung verlieren, aber er hat immer noch die Pistole in der Hand.

»Kannst du aufstehen?«, fragt Thea Hubert.

»Ich glaube schon.«

Sie hilft ihm auf, legt seinen Arm um ihre Schultern und bewegt sich so schnell sie kann mit ihm Richtung Waldrand davon.

Ingrid und Arne scheinen in einen heftigen Meinungsaustausch vertieft zu sein, aber Thea hat nicht vor, so lange zu bleiben, bis sie weiß, wer von ihnen gewinnt.

# 90

Thea möchte am liebsten durch den Wald rennen, aber es ist unmöglich, denn Hubert ist zu schwer, und sobald sie zwischen den Bäumen sind, verliert sie den kleinen Pfad aus den Augen.

Sie wird nie zu dem Forstweg zurückfinden, an dem sie ihren Wagen abgestellt hat. Sie müssen versuchen, dem Kanal Richtung Burggraben zu folgen, und dann über die Steinbrücke zum Schloss gehen. Dann können sie sich im Westflügel einsperren und die Polizei rufen.

Sie ist sich absolut nicht sicher, ob Hubert es so weit schaffen kann, aber sie haben keine andere Wahl. Hubert scheint das auch zu wissen, er bringt seine ganze Kraft auf und beklagt sich nicht, obwohl er starke Schmerzen haben muss.

»Verzeih«, murmelt er. »Für alles, was ich getan habe.«

Sie antwortet nicht, sie hat genug damit zu tun, sich durch den Wald und den Regen zu kämpfen. Als sie sich umdreht, sieht sie, dass in der Finsternis hinter ihnen zwei Taschenlampenstrahlen aufgetaucht sind.

»Wir müssen weiter«, flüstert sie und zieht Hubert ein bisschen mehr nach links, um näher an den Kanal zu gelangen.

Sie riecht das Wasser, bevor sie es sieht. Es ist unmöglich, nicht daran zu denken, was da unten im Schlamm begraben liegt, nämlich zwei alte Autos mit den Überresten von Lasse, Eva-Britt und Lola.

Hubert hustet, ringt nach Luft.

»Es tut mir furchtbar leid«, murmelt er.

Die Taschenlampen kommen näher.

»Wir müssen weiter.«

Sie schleppt ihn mit sich, aber Huberts Beine tragen ihn kaum noch. Er wird immer schwerer, und schließlich muss sie ihn auf einer kleinen Lichtung direkt am Ufer auf den Boden legen.

»Lass mich hier liegen«, flüstert er. »Lauf du los, ich halte sie auf.«

Thea macht ein paar Schritte, betrachtet das Blut auf dem Regenmantel. Das Tuch in seiner ausgestreckten Hand ist jetzt mehr rot als weiß. Sie geht zu ihm und hockt sich neben ihn, hilft ihm, das Tuch wieder gegen die Wunde zu drücken.

»Lauf«, röchelt er.

Sie schüttelt den Kopf.

»Du bist mein Patient. Ich kann dich nicht zurücklassen.«

Die Taschenlampen sind fast bei ihnen. Thea überlegt, ob sie sich zusammenkauern soll, sieht aber schnell ein, dass das nichts bringen würde. Huberts gelber Regenmantel hat Reflektoren, die aufleuchten, wenn Licht auf sie fällt.

»Hier!«, hört sie Ingrid rufen. »Sie sind hier!«

Ingrid und Arne treten auf die Lichtung. Arne hält immer noch die Pistole in der Hand, er presst die Kiefer aufeinander, und sein Gesicht nimmt einen entschlossenen Ausdruck an.

Thea hält die Luft an. Plötzlich taucht Margaux' Gesicht in ihrem Kopf auf, ihr Lächeln, ihre Stimme.

*Hab keine Angst, ma chère.*

Im selben Moment hört sie ein leises Geräusch aus der Dunkelheit. Thea glaubt zunächst, sich verhört zu haben, aber dann sieht sie, wie Arne den Kopf hebt.

Das Geräusch kommt näher, es ist ein rhythmisches Stampfen, Hufe, die auf den weichen Boden schlagen. Dann ist ein stark blendendes Licht zwischen den Bäumen zu sehen.

Arne senkt die Waffe, schattet seine Augen mit der Hand ab und stolpert ein paar Schritte rückwärts.

Die Hufschläge und das Licht kommen immer näher, und plötzlich leuchtet Arnes Gesicht auf. Alle Farbe scheint daraus entwichen, stattdessen sieht es auf einmal aschfahl aus. Arne macht große Augen und reißt den Mund auf.

»Arne!«, schreit Ingrid, aber er scheint sie nicht zu hören.

Er steht wie versteinert da, als wäre sein schlimmster Albtraum plötzlich Wirklichkeit geworden.

Die Hufschläge und das Licht erreichen sie jetzt. Ein großes, dunkles Pferd steht vor ihnen, mit einem Reiter, von dessen Kopf ein blendender Lichtstrahl ausgeht.

»NEIIN!«, schreit Arne.

Er lässt die Pistole fallen und dreht sich um, aber das Pferd stößt gegen ihn, wodurch er geradewegs in das dicke, schlammige Wasser stürzt.

Ross und Reiter steuern weiter auf Ingrid zu, die versucht wegzurennen. Allerdings kommt sie nur ein paar Meter weit, bevor das Pferd sie wie eine Pappfigur umwirft.

Der Reiter zügelt das Pferd und umkreist Ingrid, wie um zu sehen, ob sie wieder aufstehen kann, aber sie bleibt unbeweglich liegen. Dann bleibt das Pferd stehen, und der Reiter schaltet die kräftige Stirnlampe aus.

»Dachtest du, ich würde nicht aus meinem eigenen Keller freikommen?«, fragt Kerstin Miller, ohne Ingrid aus den Augen zu lassen.

Dann wendet sie sich an Thea.

»Es tut mir wirklich furchtbar leid.« Sie steigt vom Pferd, wickelt die Zügel um einen Ast. »Ich habe den Krankenwagen und die Polizei gerufen. Sie müssten in ein paar Minuten hier sein. Jetzt müssen wir Hubert gemeinsam zum Haus bringen.«

# 91

Der Himmel ist voller Blaulicht. Hubert liegt auf einer Krankentrage, während Thea und die Sanitäter gemeinsam versuchen, seine Blutung zu stoppen.

Arne war fast komplett mit Schlamm bedeckt, als die Polizisten ihn in Handschellen abführten, und er weinte wie ein Kind, als sie ihn in ein Polizeifahrzeug setzten. Ingrid war dagegen schweigsamer.

Kerstin ist diejenige, die mit der Polizei spricht, ihr erklärt, wie alles zusammenhängt. Thea selbst nahm sich nur Zeit für eine kurze Zusammenfassung, was sie darauf schob, dass sie sich um ihren

Patienten kümmern müsse. Jetzt steht sie neben Huberts Pritsche und hält seine Hand.

»Ihr müsst jetzt fahren«, sagt sie. »Du musst schnellstens ins Krankenhaus.«

»Noch nicht.« Er zeigt dieses Lächeln, das sie an ihm mag. »Ich hätte schon längst davon erzählen sollen, die Verantwortung übernehmen müssen.«

Sie drückt seine Hand.

»Denk jetzt nicht daran. Was geschehen ist, ist geschehen.«

»Ich wollte wirklich gestehen. Aber ich konnte nicht. Wir waren jung. Wir trauten uns nicht.« Er gibt ihr den Händedruck zurück.

Ein weiteres Auto gesellt sich zu den Fahrzeugen mit Blaulicht. Per Nyberg steigt daraus aus. Er sieht besorgt aus, spricht mit einem der Polizisten, der zu Thea und Hubert hinüberzeigt.

Per läuft auf sie zu.

»Wie geht es ihm?«, fragt er Thea.

»Er wird es überleben. Hubert hat mir mein Leben gerettet«, fügt sie hinzu und sieht, wie das Gesicht des Mannes auf der Trage aufleuchtet.

»Das überrascht mich nicht«, erwidert Per. »Hubert ist einer der selbstlosesten Menschen, die ich kenne.«

Er streckt sich vor und ergreift Huberts andere Hand, umfasst sie erstaunlich zärtlich.

Einer der Sanitäter fasst Thea am Arm.

»Wir müssen ihn jetzt in den Wagen hieven.«

Die Männer heben die Pritsche an. Per hält Huberts Hand noch eine Sekunde, dann lässt er sie los.

Thea bleibt neben ihm stehen. Sie ist vollkommen erschöpft, sowohl körperlich als auch geistig.

Sie sieht Hubert nach, bemerkt, wie er Per mit dem Blick folgt und die Hand zu einem Winken hebt.

*Die stärkste Liebe ist die unerwiderte.*

Und dann, zu guter Letzt, versteht sie endlich, wie alles zusammenhängt. Welches Muster das Puzzle bildet.

*Sei vorsichtig mit ihm*, hatte Hubert auf der Schlosstreppe gesagt.

Sie hatte es als eine Art Warnung gedeutet, aber in Wirklichkeit war es eine Ermahnung gewesen.

Sie stehen stumm nebeneinander, während der Krankenwagen wegfährt.

»Er liebt dich, ist es nicht so? Die stärkste Liebe ist die unerwiderte, hat er in sein Lieblingsbuch geschrieben. Er hat dich gemeint.«

Per antwortet nicht.

»Du bist an jenem Abend auf Nelson geritten«, fährt sie fort. »Du hast den Grünen Mann gespielt. Und du warst der Vater von Elitas Kind.«

Per schweigt noch eine Weile.

»Ich habe sie geliebt«, murmelt er dann. »Mehr, als ich jemals einen anderen Menschen geliebt habe. Aber wir waren alle drei so jung.«

Er schüttelt langsam den Kopf.

»Hubert half mir, mich zu verkleiden. Dann lag er im Wald und schaute zu. Wir wollten die Kinder erschrecken, ihnen den Scheiß heimzahlen, den Elita all die Jahre zu hören bekommen hatte. Hubert und ich fanden die Idee nicht wahnsinnig toll, aber Elita beharrte darauf. Sie wollte ihr altes Ich töten, und dann wollten wir zusammen von hier fliehen. Etwas Besseres werden.«

»Nach Paris, zu Huberts Tante. Deshalb hatte Elita einen Pass in der Tasche. Ihr solltet bei ihr wohnen, alle drei, bis Elita ihr Kind zur Welt gebracht hatte. Vielleicht sogar noch länger.«

Per nickt.

»Wir waren alle Träumer. Wir träumten von einem anderen Leben, von etwas Größerem. Und ein paar kurze Wochen lang fühlte es sich echt an. Als könnten wir das tatsächlich durchziehen. Natürlich war es ein idiotischer Traum, dazu verurteilt zu zerplatzen.«

»Was also passierte in der Walpurgisnacht?«

»Nelson war nervös. Das alles machte ihm Angst. Er stieg auf die Hinterbeine und ging durch. Er rannte den ganzen Weg nach Hause, während ich mich an seinen Rücken klammerte. Ich begriff nicht, was passiert war, bis Hubert im Stall auftauchte. Er erzählte mir, Nelson hätte Elita getreten und dass sie tot sei. Dass er sie auf den Opferstein gelegt hatte. Und dass alles aus war. Ich war im Schockzustand, brachte kein Wort heraus. Hubert kümmerte sich um das Pferd und fuhr mich nach Hause. Er sagte mir, ich solle niemandem erzählen, was passiert sei, dass alles ein Unfall wäre und ich keine Schuld hätte.«

Er schüttelt wieder den Kopf.

»Ich hätte sofort alles sagen müssen. Aber ich hatte solche Angst vor meinem Vater und dem Grafen. Ich traute mich nicht, ihnen in die Augen zu sehen und dafür einzustehen, was ich getan hatte. Also schwieg ich. Und plötzlich saß Leo bei der Polizei, Hubert wurde nach England geschickt, und ich war mit unserem Geheimnis allein. Die Kinder lenkten den Verdacht auf Leo, und ich wollte wohl auch glauben, dass er es tatsächlich gewesen war. Dass nicht ich für ihren Tod verantwortlich war. Ich war erleichtert, als er gestand. Jedenfalls am Anfang.«

Er füllt seine Lungen mit Luft.

»Tief im Inneren kannte ich die Wahrheit natürlich, aber feige, wie ich war, habe ich lieber die Klappe gehalten.«

»Und Hubert hat auch nie etwas gesagt«, stellt Thea fest. »Denn er wollte nicht, dass dir etwas passiert. Er hat seinem Vater nie erzählt, dass er kein Mörder war, nicht einmal, als der Graf ihm das Schloss und das Erbe nahm.«

Per nickt ein letztes Mal.

»Hubert ist, wie gesagt, der selbstloseste Mensch, den ich kenne. Es wird Zeit, dass ich versuche, ein bisschen mehr wie er zu werden, oder was meinst du?«

Er tätschelt ihr den Arm, dreht sich um und geht zu einem der Polizisten.

»Es gibt da etwas, was ich erzählen muss«, hört sie ihn sagen. »Etwas, was ich viel zu lange für mich behalten habe.«

# 92

»Die Geschichte ist jetzt fast zu Ende, Margaux. Es fehlen nur noch ein einziges Kapitel und ein Geständnis. Mein eigenes.«

Schwester Aubert sitzt im Personalzimmer, als sie aufgeregte Stimmen im Flur hört.

Sie arbeitet seit vier Jahren in der Klinik und mag ihren Job. Sie versteht sich gut mit den anderen Krankenschwestern und den Ärzten. Besonders mit Doktor Roland, der leider zu schüchtern ist, um sie auszuführen. Sie hat vor, noch zwei Wochen zu warten, bevor sie selbst die Initiative ergreift.

Die Stimmen auf dem Flur kommen näher, die Tür geht auf. Es sind Schwester Papin und Schwester Ribot, ihre direkten Kolleginnen.

»Es ist eine neue Nachricht gekommen«, sagt Schwester Ribot. »Von der Schwedin.«

Schwester Aubert steht auf, verzichtet auf ihren Kaffee und folgt den Kolleginnen in Zimmer vierzehn.

Die Patientin, die dort liegt, ist Ärztin, soviel weiß sie. Die Frau erlitt bei einem Bombenangriff in Syrien vor über einem Jahr ein schweres Schädeltrauma und ist seitdem bewusstlos. Wahrscheinlich wird sie nie wieder aufwachen, aber ihr Körper hat noch nicht aufgegeben. Er kämpft weiterhin, und solange er das macht, kann man nur warten und beten.

Die Patientin bekommt viel Besuch. Ihre Familie und Freunde sind oft hier, sitzen an ihrem Bett und sprechen mit ihr, genau wie die Ärzte es empfohlen haben. Die Familie hat sogar einen Anrufbeantworter installiert, auf dem die Freunde der Patientin ihr kurze Grüße und Nachrichten hinterlassen können.

Jeden Nachmittag um vier drückt Schwester Aubert oder eine ihrer Kolleginnen auf den Knopf und spielt die Nachrichten ab, die neu gekommen sind. Meistens gehen die Schwestern dann raus, aber nicht, wenn sie angerufen hat. Die Schwedin. So nennen sie sie, obwohl sie wissen, dass sie Thea heißt.

Das Ganze ist Schwester Papins Schuld. Sie fing an, der Geschichte der Schwedin heimlich zuzuhören und den anderen dann davon zu erzählen.

Es ist die Geschichte von einem Schloss und einem toten Mädchen.

Allmählich suchten alle nach einem Vorwand, um vier Uhr in Zimmer vierzehn zu sein und die Fortsetzung zu hören. Dann saßen sie still da, während die Schwedin erzählte, wie sie nach und nach einem alten Geheimnis auf die Spur kam.

Niemand von ihnen weiß, ob die Geschichte wahr ist. Vielleicht denkt die Schwedin sie sich einfach aus, vielleicht ist es etwas, was sie in einem Buch gelesen hat. Aber das ist inzwischen allen egal. Sie sitzen einfach still zusammen, und obwohl sie weiß, dass es nicht sein kann, hat Schwester Aubert manchmal den Eindruck, dass die Patientin genauso gespannt zuhört wie sie selbst alle.

Sie dachten, die Geschichte sei zu Ende, als der Krankenwagen mit dem armen Hubert davonfuhr und Per schließlich gestand, was in dieser Walpurgisnacht vor langer Zeit geschehen war. Aber jetzt ist eine neue Nachricht gekommen.

Sie eilen ins Zimmer und schließen hinter sich die Tür. Dann setzen sie sich wie immer um das Bett herum, bevor Schwester Ribot den Abspielknopf drückt.

»Hallo, Margaux, ich bin's«, sagt die Schwedin. Sie klingt nicht ganz so traurig wie sonst. »Tut mir leid, dass ich mich so lange nicht gemeldet habe. Alles war sehr chaotisch. Ingrid und Arne sitzen in Untersuchungshaft und warten auf ihren Prozess. Die Polizei hat den Kanal ausgepumpt und die Autos herausgezogen. Genau wie Kerstin gesagt hatte, fanden sich die Überreste von Lasse, Eva-Britt und Lola darin. Wahrscheinlich werden die Frauen neben Elita beigesetzt, was sich irgendwie tröstlich anfühlt. So muss sie nicht mehr allein dort liegen.

David hat beschlossen, das Restaurant zu verkaufen. Er hat vor, eine Zeit lang nicht zu arbeiten, sondern sich um seinen Vater zu kümmern. Nettan und Sebastian sind wieder nach Hause gefahren. Ich glaube, dass sie genau wie David im Grunde genommen erleichtert waren, dass die Wahrheit endlich ans Licht kam. J-O ist es auf jeden Fall. Sein Sturz war ein reiner Unfall, und er wird bald wieder ganz hergestellt sein.

Hubert hat mir versprochen, eine Weile auf Emee aufzupassen. Die beiden Rekonvaleszenten werden sich gemeinsam erholen, wie er es ausgedrückt hat. Weder er noch Per riskieren eine Strafe. Elitas Tod war schließlich auch ein Unfall.

Es war ein Luchs, der die Hirsche gerissen hat. Das Gift, das Emee geschluckt hat, kam von einem Köder, den Pers Vater ausgelegt hatte, was Per zufolge eine idiotische Idee war. Hubert hat Erik dazu gebracht, als Entschuldigung die Tierarztrechnung zu bezahlen.

Im Übrigen haben Hubert und Per gemeinsam Elitas Grab bezahlt, und sie sind es auch, die ab und zu Blumen darauf legen, aber das hast du dir sicher schon gedacht. So wie du dir auch denken kannst, dass Arne mich auf Svartgården im Keller eingeschlossen und dass er mir die Grünen Männer an die Windschutzscheibe gesteckt hat. Wie er beim Forsthaus gesagt hat, wollte er mir Angst machen, damit ich aufhörte, der Sache nachzugehen.

Im Prinzip glaube ich, dass Arne kein schlechter Mensch ist. Keiner von ihnen ist böse, nicht einmal Ingrid. Sie liebt ihren Bertil, ihre Familie und ihr Heimatdorf. Sie würde alles tun, um sie zu schützen. In dieser Hinsicht hat sie gewisse Ähnlichkeiten mit meinem Vater. Falls es dich interessiert: Ich habe dieses Gnadengesuch geschrieben. Auch wenn ich wütend auf ihn bin, auch wenn ich ihm vielleicht nie verzeihen kann, kann ich ihm das geben.

Gnade.

Ich hoffe, dass die anderen sie auch bekommen. Vor allem David. Er und ich sprechen wieder miteinander, freundschaftlich, fast liebevoll. Aber wir sind uns einig darin, dass wir uns scheiden lassen und unsere gemeinsame Reise vorbei ist. Genau wie deine und meine.

Die Geschichte ist jetzt fast zu Ende, Margaux. Es fehlen noch ein letztes Kapitel und ein Geständnis. Mein eigenes.

Wir fangen mit dem Kapitel an. Ich habe einen Privatdetektiv gebeten, in Kanada nach Leo zu suchen. Er verdient die Wahrheit. Schließlich ist er das eigentliche Frühlingsopfer. Ich habe vor, allein dorthin zu fliegen. Meine erste Reise ohne dich. Das wird sich seltsam anfühlen. Aber gleichzeitig bist du immer bei mir, in meinen Gedanken und in meinem Herzen.

Und jetzt das Geständnis. Ich habe es für den Schluss aufbewahrt, weil es das Schwierigste ist. Vielleicht hat Hubert mir die Kraft gegeben, mir selbst einzugestehen, wer ich eigentlich bin. Oder vielleicht war es auch Elita.

Thea Lind war eine Verkleidung, hinter der ich mich versteckt habe, bis ich dich traf. Ich wünschte mir so, ich hätte dir davon erzählt, als noch Zeit dazu war. Ich stand mehrmals kurz davor, es zu tun, musst du wissen. Aber jetzt mache ich es. Jetzt gestehe ich dir, wer ich eigentlich bin.

Man ist derjenige, der man sein will. Und für dich will ich nur deine Geliebte sein.

Ich liebe dich, Margaux, und werde es immer tun. Du bist die Liebe meines Lebens.

Ich vermisse dich so sehr.«

Ende der Nachricht. Im Zimmer ist es ganz still. Und wahrscheinlich ist es pure Einbildung, im Nachhinein ist sich Schwester Aubert jedenfalls ziemlich sicher, dass es das war, aber genau in diesem Augenblick könnte sie schwören, dass die Patientin im Bett neben ihr lächelt.

# EPILOG

Das Blockhaus liegt draußen mitten im Wald. Der Privatdetektiv lässt sie direkt an der Einfahrt aussteigen.

»Ich warte hier«, sagt er. »Viel Glück.«

Thea nimmt ihre Tasche und geht langsam auf das Haus zu. Es ist warm. Die Bäume sind dunkelgrün, die Luft steht still. Ein Boot steht auf einem Anhänger in der Auffahrt, auf der Veranda befindet sich ein Gestell mit Angeln.

Zwei Mädchen, etwa vier oder fünf Jahre alt, spielen vor dem Haus.

»Hallo!«, sagt das eine von ihnen. »Was willst du hier?« Sie hat schwarze Haare, dunkle Augen und einen lebhaften Blick.

Thea bleibt stehen.

»Ich suche nach John Swanson.«

»Das ist mein Opa«, antwortet das Mädchen.

Die Haustür geht auf, und ein groß gewachsener Mann kommt heraus. Bart und Haare sind ergraut, er geht leicht gebeugt, trägt ein kariertes Flanellhemd und Jeans.

»Kann ich Ihnen weiterhelfen?«, fragt er in fast akzentfreiem Englisch.

Thea holt tief Luft.

»Ich suche Leo Rasmussen«, sagt sie auf Schwedisch.

Sie sieht, wie der Mann zusammenzuckt, als würde der Name eine Tür in seinem Kopf öffnen, die er lieber geschlossen halten würde.

»Mein Name ist Thea Lind«, beeilt sie sich hinzuzufügen. »Ich bin hier, um Ihnen von der Walpurgisnacht neunzehnhundertsechsundachtzig zu erzählen, Ihnen zu sagen, was wirklich passiert ist.«

Der Mann starrt sie an, und mehrere Sekunden lang ist Thea überzeugt, dass er sie gleich auffordern wird zu gehen. Aber dann macht er eine Handbewegung Richtung Veranda.

»Setzen Sie sich«, sagt er auf Schwedisch. »Möchten Sie etwas zu trinken?«

Sie setzt sich in einen der Rattansessel, während er im Haus verschwindet, um kurz darauf mit zwei Flaschen Mineralwasser zurückzukommen und sich neben sie zu setzen.

Thea holt tief Luft, bevor sie alles von Anfang an erzählt. Er hört schweigend zu.

»Hier, schauen Sie.«

Sie reicht ihm ihr iPad. Es enthält eine Bildercollage mit einigen Zeitungsartikeln vom Frühjahr, Bildern der Autos, die aus dem Schlamm gezogen wurden, von Leo und Elita als Kinder, dem Polaroidfoto.

Er blättert die Bilder durch, bleibt aber weiterhin stumm. Bei Elitas Selbstporträt verweilt er einen Moment. Er streicht mit dem Zeigefinger über ihr Gesicht, bevor er weiterblättert.

»Ich danke Ihnen«, murmelt er, als er fertig ist. »Danke, dass Sie mir all das erzählt haben.«

Seine Augen glänzen, und vielleicht täuscht sie sich, aber es kommt ihr so vor, als sei sein Rücken jetzt ein wenig aufrechter, als sei eine Last von seinen Schultern gefallen.

Sie bleibt noch eine Weile sitzen und beantwortet seine Fragen, schließlich steht sie auf und verabschiedet sich. Sie gibt ihm eine Karte mit ihrer Telefonnummer und lässt ihn dann mit seinen Gedanken allein.

Auf dem Weg zurück zum Auto läuft das kleine dunkelhaarige Mädchen hinter ihr her und nimmt ihre Hand.

»Wie heißt du?«, fragt das Mädchen.

»Thea. Und du?«

»Ich heiße Elita.«

»Was für ein schöner Name«, sagt Thea.

Und für einen kurzen Augenblick ist sie beinahe glücklich.

# ANMERKUNG DES AUTORS

Tornaby und Ljungslöv sind fiktive Orte. Genau wie Reftinge in *Sommernachtstod*, Nedanås in *Spätsommermord* und Vedarp in *Winterfeuernacht* basieren sie auf den Dörfern meiner Heimat im Nordwesten der Provinz Schonen.